AÑORANZAS y PESARES

TAD WILLIAMS
AÑORANZAS y PESARES

1/2
EL TRONO
DE HUESOS
DE DRAGÓN

minotauro

Añoranzas y pesares nº 01 El trono de huesos de dragón 1/2

MEMORY, SORROW AND THORN - THE DRAGONBONE CHAIR
by Tad Williams © 1988 by Daw Books, an imprint of Astra Publishing House inc,
New York Rights negotiated through Books Crossing Borders
and Ute Körner Literary Agent.

Publicación de Editorial Planeta, SA. Diagonal, 662-664, 08034 Barcelona.
Copyright © 2024 Editorial Planeta, SA, sobre la presente edición.
Reservados todos los derechos.

Traducción: © Miguel J. Portillo

Diseño de cubierta: Coverkitchen

ISBN: 978-84-450-1800-2
Depósito legal: B. 6.127-2023
Printed in EU / Impreso en UE.

Inscríbete en nuestra newsletter en: www.edicionesminotauro.com
Facebook/Instagram: @EdicionesMinotauro
Twitter: @minotaurolibros

NOTA DEL AUTOR

He llevado a cabo una labor, una grata labor dirigida al mundo y destinada a consolar nobles corazones: a aquellos a los que aprecio y al mundo sobre el que descansa el mío propio. No me refiero al mundo común, a ese mundo de los que, según he oído decir, no pueden soportar el dolor y únicamente ansían estar inmersos en la felicidad. ¡Que Dios se lo permita! Mi historia no está dirigida ni a su mundo ni a su forma de vivir; su vida y la mía son dos mundos aparte. Es a otro mundo al que me dirijo, al mundo que lleva en su corazón una carga de dulce amargura, que se deleita con ello y con el dolor de la nostalgia, que ama la vida y se entristece con la muerte, que ama la muerte y se entristece con la vida. Dejad que tenga mi mundo en ese mundo, que me condene o me salve con él.

Gottfried von Strassburg
(autor de *Tristán e Isolda*)

Este trabajo no hubiera sido posible sin la ayuda de muchas otras personas. Mi agradecimiento para Eva Cumming, Nancy Deming-Williams, Arthur Ross Evans, Peter Stampfel y para Michael Whelan, quienes leyeron un manuscrito horriblemente extenso, me ofrecieron apoyo, consejos útiles e inteligentes sugerencias; también para Andrew Harris, por el soporte logístico más allá de la amistad; y especialmente para mis editores, Betsy Wollheim y Sheila Gilbert, que trabajaron larga y duramente para ayudarme a escribir el mejor libro que soy capaz de escribir, todos ellos son grandes personas.

Este libro está dedicado a mi madre, Barbara Jean Evans, que me inculcó un profundo cariño por Toad Hall, los Bosques de Aker y Shire, así coma por otros lugares y países recónditos más allá de lo conocido. También inculcó en mí un inagotable deseo de realizar mis propios descubrimientos y de compartirlos con los demás. Quisiera compartir este libro con ella.

ADVERTENCIA DEL AUTOR

A los viajeros que circulen por la tierra de Osten Ard se les aconseja no menospreciar las antiguas reglas y formalidades, y observar todos los rituales cuidadosamente, ya que a veces pueden confundir el *ser* con el *parecer*.

El pueblo qanuc de las nevadas Montañas de los Gnomos tiene un proverbio: «El que está seguro de conocer el fin de las cosas cuando tan sólo ha empezado a realizarlas es o un sabio o un loco; no importa cuál de las dos cosas sea, lo cierto es que será un hombre *desgraciado*, ya que ha puesto un cuchillo en el corazón del enigma».

Como premisa, los nuevos visitantes de esta tierra deben prestar especial atención a lo siguiente:
Eviten las suposiciones.

Los qanuc tienen otro dicho: «Bienvenido, extranjero. Los caminos no están hoy nada seguros».

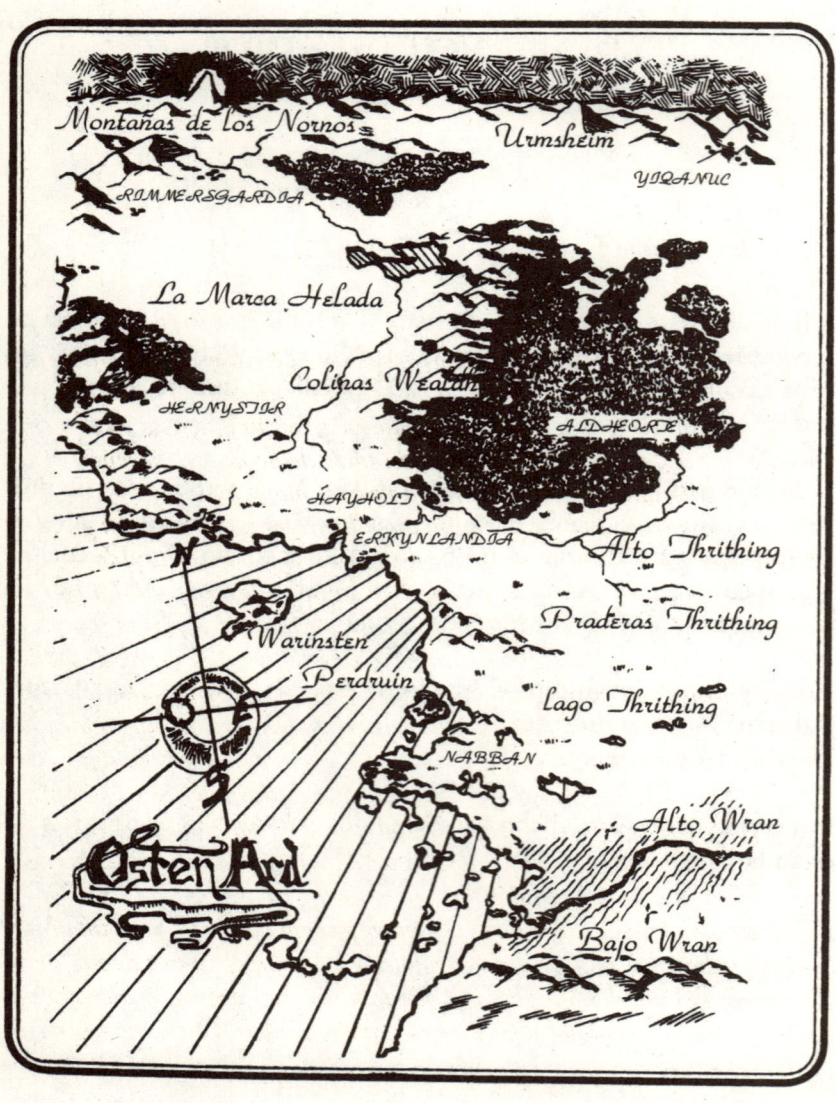

PRÓLOGO

Dicen los que lo han visto que el libro de Nisses, un sacerdote que enloqueció, es grande y pesado como un niño. Fue descubierto junto a Nisses, que yacía muerto y con una sonrisa en el rostro, al lado de la ventana de la torre desde la que su señor, el rey Hjeldin, había saltado hacia su propia muerte momentos antes.

La mohosa tinta de color marrón, que al parecer está hecha con grasa de cordero, eléboro y ruda —así como de un espeso y rojizo líquido—, está muy seca y, por ello, salta con facilidad de las delgadas páginas. La piel sin curtir de un animal sin pelo, de especie desconocida, conforma el soporte.

Los hombres santos de Nabban, que lo leyeron tras la muerte de Nisses, lo consideraron herético y peligroso, pero por alguna causa desconocida no lo quemaron, como solía hacerse con textos de esa especie. En lugar de ello, permaneció, durante incontables años, en los inmensos archivos de la Madre Iglesia, en los más profundos y secretos sótanos de Sancellan Aedonitis.

En la actualidad parece haber desaparecido del cofre de ónix que lo albergaba; la siempre poco social Orden de los Archivos se manifiesta vagamente sobre su actual paradero.

Algunos de los que han leído el herético trabajo de Nisses proclaman que contiene todos los secretos de Osten Ard, desde los oscuros orígenes de esta tierra hasta más allá de las sombras de lo que todavía está por venir. Los sacerdotes-examinadores aedonitas sólo declaran que su contenido es «impío».

En verdad debe de ser cierto que los escritos de Nisses predicen lo que está por acontecer de forma tan clara —y, presumimos, de manera excéntrica— como lo ya ocurrido. De todas formas, se desconoce si los grandes acontecimientos de nuestra era —y, de forma especial para nosotros, la aparición y el triunfo del Preste Juan— aparecen incluidos en los escritos del sacerdote, aunque existen indicios de que así es.

La mayor parte de los escritos de Nisses son misterios, y su sentido permanece oculto en extrañas rimas y oscuras referencias. Nunca llegué a leerlo por completo y la mayor parte de los que lo hicieron hace ya mucho que murieron.

El título del libro, redactado en la extraña y oscura escritura rúnica del lugar de origen de Nisses, allá en el norte, es Du Svardenvyrd, *que significa* Enigma de las Espadas…

Extracto de *La vida y el reinado del rey Juan el Presbítero,*
por Morgenes Ercestres

PRIMERA PARTE

Simón cabezahueca

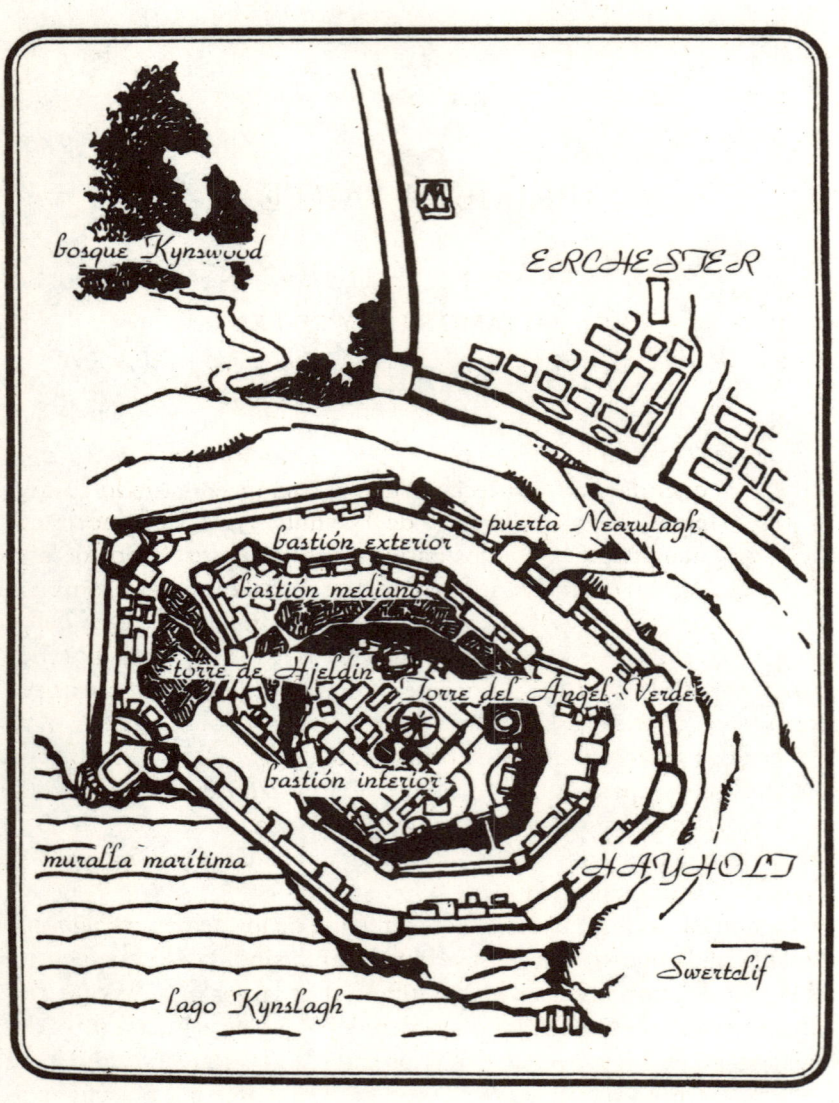

bosque Kynswood

ERCHESTER

puerta Nearulagh

bastión exterior

bastión mediano

torre de Hjeldin

Torre del Ángel Verde

bastión interior

muralla marítima

HAYHOLT

Swertclif

lago Kynslagh

1

EL SALTAMONTES Y EL REY

Aquel día podía apreciarse una agitación fuera de lo común en el dormido corazón de Hayholt, en la desconcertante maraña de tranquilos pasillos y en los patios llenos de hiedra, en las celdas de los monjes y en las húmedas y sombrías cámaras. Cortesanos y sirvientes murmuraban con los ojos fuera de las órbitas. Los pinches de las cocinas intercambiaban significativas miradas a través de los fogones humeantes. Conversaciones en susurros parecían tener lugar en cada pasillo y puerta de la gran fortaleza.

Debía de ser el primer día de primavera, a juzgar por el ambiente de expectación que parecía existir, pero el gran calendario situado en las abarrotadas estancias del doctor Morgenes parecía indicar algo muy diferente: era el mes de novendre. El otoño estaba en pleno apogeo y el invierno se acercaba lentamente.

Lo que hacía que aquel día fuese diferente de los demás era algo que no tenía nada que ver con la estación del año, sino con lo que ocurría en la sala del trono de Hayholt. Durante tres largos años sus puertas habían permanecido cerradas por orden del rey y sus ventanas multicolores habían sido igualmente cubiertas con grandes telas. Ni siquiera se les había permitido traspasar el umbral a los criados que se ocupaban de la limpieza, lo que provocó una angustia sin fin a la dama encargada de las sirvientas. Tres veranos y tres inviernos había permanecido cerrada aquella sala, pero hoy había dejado de estar vacía y eso hacía que el castillo hirviese de rumores.

Lo cierto es que *había* una persona en Hayholt cuya atención no se hallaba volcada en la sala que durante tanto tiempo había permanecido cerrada; era una solitaria abeja, en un panal lleno de murmullos, cuya canción solitaria no entroncaba con el zumbido general. Aquel ser se hallaba en el corazón del Jardín de los Setos, en un hueco entre la apagada piedra roja de la capilla y la parte trasera de un seto cardado, y esperaba que nadie lo echase de menos. Había tenido un día horroroso; todas las mujeres andaban de aquí para allá muy ocupadas, con poco tiempo para responder a preguntas; el desayuno había sido preparado tarde, y frío por añadidura. Como siempre, le habían dado órdenes confusas, y parecía que nadie tenía tiempo para ninguno de *sus* problemas…

De mala gana pensó que aquello también era de prever. Si no fuera por el descubrimiento de aquel grande y magnífico escarabajo —que había llegado deambulando a través del jardín, tan satisfecho de sí mismo como un próspero aldeano—, toda la tarde habría resultado una gran pérdida de tiempo.

Con una ramita ensanchó el delgado caminito que había escarbado en la oscura y fría tierra junto a la muralla, pero aun así el cautivo no pudo seguir hacia adelante. Movió ligeramente el brillante caparazón, pero el terco escarabajo se negó a moverse. El muchacho enarcó las cejas y se mordió el labio superior.

—¡*Simón!* En el nombre de la Creación, ¿dónde has estado metido?

La ramita cayó de sus nerviosos dedos, como si una flecha le hubiese atravesado el corazón. Poco a poco se volvió para mirar la sombra surgida por encima de él.

—En ningún sitio… —empezó a decir Simón, y según sentía salir las palabras a través de sus labios un par de huesudos dedos lo cogían de la oreja y lo levantaban hasta ponerlo en pie, mientras aullaba de dolor.

—No me digas que en ninguna parte, gandul —rugió en su oreja Raquel *el Dragón,* dama encargada de las sirvientas, una yuxtaposición únicamente posible gracias a que Raquel estaba de puntillas y a la natural inclinación de Simón a estar cabizbajo, ya que a la cabeza de la sirvienta le faltaba más de un palmo para alcanzar la estatura del muchacho.

—Perdonad, señora, lo siento —murmuró Simón, a la vez que percibía, lleno de tristeza, que el escarabajo se dirigía hacia una rendija en la pared de la capilla, hacia la libertad.

—El sentirlo no siempre te va a servir —rezongó Raquel—. ¡Todos los chicos de la casa están trabajando y poniéndolo todo a punto menos tú! Eso ya está bastante mal, pero, claro, *yo* tengo que perder mi valioso tiempo en tratar de encontrarte. ¿Cómo puedes ser tan malo, Simón, cuando deberías actuar como un hombre? ¿Eh, cómo?

El chico, de catorce larguiruchos años y totalmente aturdido, no dijo nada. Raquel lo miró.

«Ya tiene un aspecto bastante triste —pensó la mujer— con ese pelo rojo y las pecas, pero cuando entorna los ojos y frunce el entrecejo, parece medio bobo.»

A su vez, Simón miró a su apresadora, y vio que respiraba pesadamente, exhalando el aire de novendre con bufidos de vapor. Ella también temblaba, aunque el muchacho no podía afirmar si era de frío o de rabia. En realidad, no tenía mucha importancia, pero lo hacía sentirse peor.

«Todavía espera una respuesta. ¡Qué aspecto más enfadado y cansado tiene!» Simón se encogió todavía más y se miró los pies.

—Bueno, pues vas a venir conmigo. El buen Dios sabe que tengo un montón de cosas que un chico ocioso como tú puede hacer. ¿Es que no sabes que *el rey* se ha levantado de su lecho de enfermo?

Raquel lo agarró del codo y lo llevó arrastrando por el jardín.

—¿El rey? ¿El rey Juan? —preguntó Simón, lleno de sorpresa.

—¡No, ignorante, el rey Perico-de-los-Palotes! ¡*Claro* que se trata del rey Juan!

Raquel detuvo sus pasos para apartarse una guedeja de lacio cabello gris y sujetarla bajo su bonete. Le tembló la mano.

—Espero que estés contento —dijo—. Me has hecho enfadar tanto que he sido irrespetuosa con el nombre de nuestro buen rey Juan, que tan enfermo está. —Respiró ruidosamente y se inclinó para dar una dolorosa manotada en la parte carnosa del brazo de Simón—. Sígueme.

La dama echó a andar, con un compungido muchacho pisándole los talones.

Simón nunca había conocido otro hogar aparte del antiquísimo castillo llamado Hayholt, que quiere decir Gran Torreón. El nombre era adecuado: la Torre del Ángel Verde, su punto más alto, se elevaba por encima de los más altos y viejos árboles. Si el mismo ángel, encaramado en el extremo de la torre, hubiera dejado caer una piedra de su verdusca mano, habría recorrido cerca de doscientos codos[1] antes de caer ruidosamente en el foso salobre y turbar el sueño de los grandes lucios que se agitaban por encima del lodo centenario.

1. Codos: Antigua medida de longitud equivalente a unos 42 centímetros. (*N. de la T.*)

Hayholt era más antiguo que todas las generaciones de campesinos erkynos que hubieran podido nacer, trabajar y morir en los campos y pueblos que rodeaban el gran torreón. Los erkynos eran sólo los últimos poseedores del castillo; otros muchos también lo habían llamado suyo, pero nadie había podido conseguirlo del todo. La muralla exterior que rodeaba la desgarbada torre mostraba el trabajo de diversas manos y épocas. La áspera roca y la madera labradas por los rimmerios, los extraños grabados de los hernystiros, junto con las meticulosas tallas de los nabbanos. Pero, por encima de todo ello, permanecía la Torre del Ángel Verde, erigida por los imperecederos sitha mucho antes de que los hombres llegasen a estas tierras, cuando todo Osten Ard formaba parte de sus dominios. Los sitha fueron los primeros en construir aquí; edificaron el baluarte primigenio en los promontorios situados junto al lago Kynslag y al río que corría hacia el mar. *Asu'a* llamaron los sitha a su castillo. Si esta casa con tantos señores tuviera un nombre real, ése sería Asu'a.

Aquella «raza mágica», los sitha, desaparecieron de las verdes praderas y se dirigieron hacia los bosques, las escarpadas montañas y a otros lugares desconocidos no recomendables para el hombre. Los restos de su castillo —un hogar para los usurpadores— quedaron atrás.

Asu'a representaba una paradoja; orgulloso y desvencijado, festivo y prohibido, se alzaba imponente por encima de los campos y del pueblo, inclinado sobre su feudo como un oso durmiendo entre sus crías.

A menudo Simón tenía la sensación de ser el único habitante del inmenso castillo que no había encontrado su lugar en la vida. Los albañiles enyesaron la parte frontal de la residencia y repararon los desperfectos de los muros del castillo —aunque a menudo aquellos desperfectos parecían volver a abrirse paso a través de la restauración— sin dedicar un solo pensamiento al porqué o al cómo giraba el mundo. Los carniceros, entre alegres silbidos, llevaban rodando grandes barriles de buey en salazón, de aquí para allá. Junto con el senescal del castillo, regateaban con granjeros, todavía con tierra húmeda pegada a la piel, sobre las cebollas y zanahorias que cada mañana llegaban a las cocinas de Hayholt. Raquel y las sirvientas que estaban a su cargo siempre se hallaban terriblemente ocupadas, arriba y abajo con sus escobas de paja, juntando montoncitos de polvo como si estuviesen reuniendo un rebaño de asustadizas ovejas, entre murmullos de piadosas imprecaciones sobre la forma en que *algunas gentes* dejan las habitaciones cuando se marchan, y, en general, siendo el terror de los perezosos y dejados.

En medio de tanta actividad, el desgarbado Simón era como un desfallecido saltamontes en un hormiguero. Sabía que nunca llegaría a ser gran cosa; así lo había pronosticado demasiada gente, casi todos ellos mayores que él, y presumiblemente más listos. A una edad en la que otros chicos clamaban por las responsabilidades de los hombres adultos, Simón todavía era una persona atolondrada. No importaba el trabajo que le encomendasen, su atención pronto empezaba a vagar y caía en sueños sobre batallas, gigantes, viajes por mar a bordo de grandes y brillantes navíos…, y, de alguna manera, las cosas se le rompían, perdían o salían al revés.

En otras ocasiones no se lo encontraba por ninguna parte. Permanecía oculto en el castillo como una escuálida sombra, podía escalar los muros como los encargados de reparar los tejados o como los vidrieros, y conocía tantos pasadizos y lugares ocultos que la gente del castillo lo llamaba «el chico fantasma». Raquel le tiraba con bastante frecuencia de las orejas y lo llamaba cabezahueca.

Por fin Raquel le había soltado el brazo, y Simón arrastró los pies con aspecto sombrío mientras seguía, como un cordero, a la dama encargada de las sirvientas. Había sido descubierto, el escarabajo había escapado y toda la tarde se había desplomado sobre él.

—¿Qué es lo que tengo que hacer, Raquel? —murmuró desganado—. ¿Ayudar en la cocina?

La dama gruñó con desdén y siguió andando. Simón miró hacia atrás con pesar al tener que abandonar el refugio de los árboles y arbustos del jardín. Las pisadas de ambos resonaron llenas de solemnidad a lo largo del pasillo enlosado.

Simón había sido criado por las sirvientas, pero estaba claro que él nunca podría entrar en el servicio; dejando su niñez aparte, Simón era alguien a quien obviamente *no* se le podían confiar delicadas operaciones domésticas. Se había realizado un gran esfuerzo para encontrarle tareas adecuadas. En una gran casa, y Hayholt sin duda era la mayor de ellas, no había lugar para los que no estaban ocupados. Encontró una especie de trabajo en las cocinas del castillo, pero incluso en esa labor, que no pedía demasiado de él, le fue imposible acomodarse. Los demás friegaplatos reían y se daban codazos unos a otros al observar cómo Simón —con los brazos metidos hasta el codo en agua caliente y los ojos entrecerrados, mientras se perdía en el mundo de los sueños— aprendía el secreto del vuelo de los pájaros o salvaba a doncellas de bestias imaginarias, mientras su estropajo flotaba lejos, en la superficie de la pila.

La leyenda dice que sir Fluiren —un familiar del famoso sir Camaris de Nabban— llegó en su juventud a Hayholt para convertirse en caballero, y que durante un año trabajó disfrazado en el mismo fregadero, debido a su gran humildad. Los trabajadores de la cocina se burlaban de él y lo apodaron «manos finas», ya que el terrible trabajo no conseguía disminuir la blancura de sus dedos.

Simón sólo tenía que mirar sus agrietadas y enrojecidas manos para darse cuenta de que *él* no era el hijo huérfano de ningún gran señor. Siendo no mucho mayor que él, el rey Juan había matado al Dragón Rojo. Simón peleaba con escobas y cacerolas, lo que para él no resultaba muy diferente. Se trataba de un mundo más tranquilo, diferente del de los tiempos de la juventud de Juan, gracias, en gran parte, a los actos del ahora anciano rey. Ya no había dragones —al menos vivos— que habitasen las oscuras y grandes estancias de Hayholt. Aunque Raquel —según se decía Simón—, con su hosca faz y sus dedos retorcidos, se parecía bastante a ellos.

Llegaron a la antecámara de la sala del trono, centro de una desacostumbrada actividad. Las sirvientas se movían casi a la carrera, de una pared a otra, como moscas encerradas en una botella. Raquel se detuvo y, con los brazos apoyados en las caderas, dio un vistazo a sus dominios; por la sonrisa que afloró a sus labios, lo que vio parecía agradarle.

Durante un momento se olvidó de Simón, que permanecía medio apoyado en una pared llena de tapices. Con la cabeza baja dirigió una mirada de reojo a la chica nueva, Hepzibah, que estaba rellenita y tenía el cabello ensortijado; observó cómo caminaba con un balanceo de caderas insolente. Al pasar junto a él con un cubo de agua, vio cómo lo miraba y la muchacha sonrió abiertamente, divertida. Simón sintió que el fuego le subía por el cuello hasta inundarle las mejillas y se volvió para cogerse al deshilachado tapiz que colgaba de la pared.

A Raquel no le había pasado inadvertido el intercambio de miradas.

—Que el Señor te azote como a un burro, chico, ¿no te he dicho que te pusieras a trabajar? ¡Pues ponte!

—¿En qué? —respondió Simón, y se sintió mortificado al oír la risita burlona de Hepzibah desde el pasillo. El muchacho se pellizcó el brazo, lleno de frustración, y le dolió.

—Coge esa escoba y vete a barrer las habitaciones del doctor. Ese hombre vive como en un nido de ratas, y quién sabe *dónde* querrá ir el rey, ahora que se ha levantado.

Por el tono de voz de Raquel podía percibirse que el hecho de ser rey no aminoraba la generalizada aversión que sentía hacia los hombres.

—¿A las habitaciones del doctor Morgenes? —preguntó Simón; por primera vez desde que había sido descubierto en el jardín, se sintió revivir—. ¡Ahora mismo voy!

Asió una escoba a la carrera y desapareció.

Raquel bufó y se dio la vuelta para examinar la más mínima mota de polvo que pudiera quedar en la antecámara. Durante un instante se preguntó lo que sería poder atravesar la gran puerta de la sala del trono, aunque apartó el pensamiento de sí de un manotazo. Reunió a sus legiones con unas palmadas y con su recia mirada las condujo fuera de la antecámara para librar otra batalla contra su gran enemigo: el desorden.

En la sala que se extendía más allá de la puerta colgaban polvorientos estandartes, una fila sobre otra, a lo largo de los muros, llenos de animales fantásticos: el dorado pura sangre del clan Mehrdon, la brillante cimera en forma de martín pescador de Nabban, lechuzas y bueyes, nutrias, unicornios y serpientes fabulosas; todas las hileras estaban llenas de silenciosas y durmientes criaturas. Ningún destacamento agitó aquellos raídos colgantes; incluso las telarañas aparecían vacías y deshechas.

Algunos pequeños cambios se habían producido en la sala del trono, algo volvía a revivir en la lóbrega cámara. Alguien cantaba una tranquila canción con la delicada voz de un joven o de un anciano.

En el extremo más alejado de la sala colgaba un inmenso tapiz entre las estatuas de los Supremos Reyes de Hayholt, un tapiz con el escudo de armas, el Dragón y el Árbol. Las ceñudas estatuas de malaquita, una guardia de honor en número de seis, flanqueaban un enorme y pesado trono que daba la impresión de estar completamente hecho de amarillento marfil. Los brazos del trono eran nudosos y el respaldo aparecía cubierto por una enorme y dentada calavera cuyos ojos eran pozos de sombras.

Ante el trono aparecían sentadas dos figuras. La más menuda de ellas iba vestida con ropas multicolores y cantaba: era su voz la que se elevaba desde los pies del trono, demasiado débil para producir ni siquiera un ligero eco. Sobre ella se cernía una gran forma, sentada en el borde como una vieja y cansada ave de presa encadenada al hueso del trono.

El rey, tras tres años de enfermedad y debilitamiento, había regresado a su polvorienta sala y escuchaba mientras el hombrecito cantaba a sus pies; las largas y moteadas manos del monarca se aferraban a su grande y amarillento trono.

Se trataba de un hombre alto; tiempo atrás lo habría parecido mucho más, pero ahora aparecía encorvado, como un monje en posición de orar. Vestía una túnica del color del cielo y llevaba barba como un profeta jesureo. Una espada reposaba cruzada en su regazo, brillando como si acabase de ser limpiada; en la frente del rey descansaba una corona de hierro, tachonada de esmeraldas y ópalos.

El enano que había a los pies del soberano reposó durante un largo y silencioso instante, para luego volver a empezar otra canción:

> *¿Pueden contarse las gotas de lluvia*
> *cuando el sol luce en lo alto?*
> *¿Se puede nadar en el río*
> *cuando su lecho está seco?*
> *¿Se puede coger una nube?*
> *No, no se puede, tampoco yo...*
> *y el viento grita: «Espera»*
> *cuando pasa una.*
> *El viento grita: «Espera»*
> *cuando pasa una...*

Una vez que la canción hubo acabado, el hombre alto con la túnica azul bajó su mano y el bufón la tomó entre las suyas. Ninguno de los dos dijo ni una palabra.

Juan *el Presbítero*, Señor de Erkynlandia y Supremo Rey de todo Osten Ard; azote de los sitha y defensor de la verdadera fe, poseedor de la espada Clavo Brillante, flagelo del dragón *Shurakai*... Preste Juan, sentado una vez más en el trono hecho con huesos de dragón. Era muy, muy anciano, y estaba llorando.

—Ay, Towser —balbuceó al fin, con voz profunda pero cascada por la edad—, debe de tratarse de un Dios inmisericorde para que me haga pasar este mal trago.

—Tal vez, mi señor —respondió el hombrecito con una sonrisa amarga—. Tal vez..., pero sin duda otros muchos no se quejarían de crueldad si los condujera a vuestra posición en la vida.

—¡Eso es precisamente lo que *quiero* decir, viejo amigo! —El rey agitó la cabeza—. En esta edad enfermiza, todos los hombres son ecuánimes. Cualquier aprendiz de sastre ha sacado seguramente más provecho de la vida que yo.

—Ay, mi señor… —La canosa cabeza de Towser se movió de lado a lado, pero los cascabeles de su sombrero, desde hacía tiempo sin badajo, no tintinearon—. Mi señor, os quejáis oportunamente pero sin razón, todos los hombres llegan a este momento, grandes o pequeños. Habéis tenido una hermosa vida.

El Preste Juan levantó la empuñadura de Clavo Brillante ante él, blandiéndola como si se tratase del Sagrado Árbol. Estiró la mano y pasó el dorso ante sus ojos.

—¿Conoces la historia de esta espada? —preguntó.

Towser la miró abiertamente. Había oído aquel relato en numerosas ocasiones.

—Explicádmela, ¡oh, rey! —dijo, tranquilo. El Preste Juan sonrió, pero sus ojos no dejaron de mirar la empuñadura forrada de cuero.

—Una espada, mi pequeño amigo, es la extensión de la mano derecha de un hombre… y el extremo de su corazón. —Elevó todavía más la espada, para que atrapase un delgado rayo de luz que atravesaba una de las diminutas y altas ventanas—. Al igual que el Hombre es la mano derecha de Dios, el Hombre es el ejecutor de los deseos del Corazón de Dios. ¿Lo entiendes?

De repente se agachó y miró con ojos brillantes bajo las pobladas cejas.

—¿Sabes lo que es esto?

Su tembloroso dedo señalaba un trozo de gastado metal incrustado en la empuñadura de la espada.

—Decidme, señor —contestó Towser, a pesar de saber perfectamente de qué se trataba.

—Este es el único clavo del verdadero Árbol que todavía queda en Osten Ard. —El Preste Juan llevó la empuñadura a sus labios y la besó, para después apretar el frío metal contra su mejilla—. Este clavo proviene de la mano de Jesuris Aedón, nuestro Salvador…, de Su mano…

Los ojos del rey se convirtieron en espejos al recibir el reflejo de una extraña luz proveniente del techo.

—Y también está la reliquia, claro —dijo un instante después—, el hueso del dedo del martirizado san Eahlstan, el azote de los dragones, que está aquí, en la empuñadura…

Hubo otro intervalo de silencio, y cuando Towser alzó la mirada vio que su señor lloraba de nuevo.

—¡Al diablo con ello! —se quejó Juan—. ¿Cómo puedo ser merecedor del honor de poseer la Espada de Dios? Tanto pecado hay en mi alma que todavía siento su peso, y el brazo que una vez castigó al dra-

25

gón apenas puede ahora levantar una taza de leche. ¡Me muero, querido Towser, me muero!

El bufón se inclinó hacia adelante y desasió de la empuñadura de la espada una de las huesudas manos del rey para besarla mientras éste sollozaba.

—Por favor, mi señor —suplicó—. ¡No lloréis más! Todos los hombres deben morir; vos, yo, todo el mundo. Si no nos matamos a causa de la estupidez de nuestra juventud o por la mala ventura, es nuestro destino vivir como los árboles: envejecer hasta que nos tambaleemos y caernos. Ése es el camino que siguen todas las cosas. ¿Cómo se puede luchar contra la voluntad del Señor?

—¡Pero es que yo *construí* este reino! —El Preste Juan tembló de rabia y liberó su mano de la presión del bufón para depositarla en el brazo del trono—. ¡Eso *debería* contar y contrarrestar cualquier pecado que hubiese en mi alma, por muy manchada que ésta estuviese! ¡Seguro que el Buen Dios lo tiene en cuenta! Saqué a esa gente del fango, fui el azote de los malditos, expulsé a los sitha del país, di a los campesinos ley y justicia... El bien que he hecho *debe* ser tenido en cuenta.

Durante un instante la voz de Juan se hizo apenas perceptible, como si sus pensamientos vagasen por otros mundos.

—¡Ay, mi querido amigo! —dijo, por fin, con un tinte de amargura en la voz—, y ahora ni siquiera puedo ir al mercado de la calle Mayor. Debo permanecer en el lecho, o caminar penosamente por el castillo apoyado en los brazos de hombres más jóvenes. Mi..., mi *reino* se está corrompiendo mientras los sirvientes murmuran y caminan de puntillas al otro lado de mi cámara. ¡Todo es pecado!

La voz del rey rebotó en las paredes de piedra de la sala provocando un eco que se disipó entre las motas de polvo que revoloteaban por todas partes. Towser volvió a tomar la mano de Juan y la apretó hasta que el monarca volvió a recuperar la compostura.

—Bueno —dijo el Preste Juan al cabo de unos instantes—, mi Elías reinará con mayor firmeza de lo que yo soy ahora capaz. Al ver la decadencia de todo esto —y extendió el brazo como para abarcar la sala del trono—, hoy he decidido hacer que regrese de Meremund. Debe prepararse para ser coronado. —El rey suspiró—. Supongo que debo abandonar estos lamentos propios de mujer y estar agradecido por tener lo que otros muchos reyes no tuvieron: un hijo fuerte que pueda mantener el reino unido después de mi marcha.

—Dos hijos fuertes, mi señor.

—Bah —sonrió el rey—. Podría llamar muchas cosas a Josua, pero no creo que «fuerte» fuera una de ellas.

—Sois demasiado duro con él, mi señor.

—Tonterías. ¿Crees que puedes hacer que cambie de opinión, bufón? ¿Conoces al hijo mejor de lo que puede hacerlo el padre?

La mano de Juan tembló, y éste pareció ponerse enteramente rígido. La tensión se aflojó al cabo de un instante.

—Josua es un cínico —volvió a empezar el rey con voz más tranquila—. Un cínico, un melancólico, frío con sus súbditos, y el hijo de un rey no tiene nada *excepto* súbditos, cada uno de los cuales es un potencial asesino. No, Towser, mi hijo menor es muy extraño, sobre todo desde…, desde que perdió la mano. Ay, misericordioso Aedón, tal vez sea culpa mía.

—¿Qué queréis decir, mi señor?

—Tendría que haber tomado otra esposa tras la muerte de Ebekah. Mi hogar, sin una reina, ha sido un lugar frío… Tal vez sea éste el origen del extraño carácter del chico. Sin embargo, creo que Elías no es de esa manera.

—Hay una especie de franqueza brutal en la naturaleza del príncipe Elías —murmuró Towser, pero si el rey lo oyó no hubo reacción por su parte que así lo indicase.

—Doy gracias a Dios por hacer que Elías naciese primero. Posee un carácter valiente y marcial. Creo que si fuese el menor, Josua no estaría seguro sobre el trono.

El rey Juan agitó la cabeza para asentir a sus propias palabras y, a tientas, agarró la oreja del bufón, pellizcándola como si el viejo saltimbanqui fuese un niño de cinco o seis años.

—Prométeme una cosa, Towser…

—¿Qué, señor?

—Cuando muera (sin duda pronto, no creo que resista el invierno) traerás a Elías a esta sala… ¿Crees que la coronación tendrá lugar aquí? No importa; si es así, esperarás hasta el final. Tráelo aquí y entrégale Clavo Brillante. Sí, tómala ahora y sostenla. Temo morir mientras Elías esté lejos, en Meremund o en cualquier otro lugar, y quiero que la hoja llegue a sus manos con mis bendiciones. ¿Lo has entendido, Towser?

Con manos temblorosas Juan volvió a enfundar la espada y durante unos instantes luchó por deshacer el nudo de tahalí del que colgaba. Towser se arrodilló para tratar de ayudar al rey con sus fuertes dedos.

—¿Cuáles son vuestras bendiciones, mi señor? —preguntó Towser, con la lengua entre los dientes, mientras trataba de desenredar el nudo.

—Dile lo que yo te he explicado. Dile que esta espada es la punta de su corazón y de su mano, al igual que nosotros somos los instrumentos del Corazón y la Mano del Dios… Y dile que nada vale tanto, vale tanto…, vale tanto… —Juan dudó, y condujo sus manos temblorosas hacia los ojos—. No, déjalo. Explícale únicamente lo que te he dicho sobre la espada. Dile sólo eso.

—Lo haré, mi señor —respondió Towser, y enarcó las cejas al deshacer el nudo—. Cumpliré vuestros deseos de buen grado.

—Muy bien. —El Preste Juan volvió a apoyarse en su trono de huesos de dragón y cerró sus ojos grises—. Vuelve a cantar para mí, Towser.

Así lo hizo el bufón. Por encima de ellos, los polvorientos gallardetes parecieron moverse ligeramente, como si un susurro se deslizase entre la multitud de observadores, entre las viejas garzas, osos de ojos apagados, y otros todavía más raros.

2

UNA HISTORIA DE DOS RANAS

Una mente ociosa *es un semillero del mal.*

Mientras observaba las armaduras para caballos que se hallaban esparcidas a lo largo del pasillo, Simón parecía ser un triste reflejo de la frase, una de las expresiones favoritas de Raquel. Un momento antes había descendido por el largo y adornado pasillo que corría a lo largo de la capilla, de camino hacia las habitaciones del doctor Morgenes, que tenía que barrer. *Había* estado moviendo la escoba, pretendiendo que era el estandarte del Árbol y el Dragón de la guardia erkyna del Preste Juan y que los conducía a la batalla. Tal vez le hubiera valido más la pena poner atención sobre dónde estaba agitando su escoba, pero ¿quién había sido el idiota que había colgado una armadura de caballo en el pasillo del capellán? No es necesario decir que el estruendo que provocó la armadura al ser golpeada por la escoba de Simón y caer al suelo había sido horroroso, y el muchacho esperaba, con el rostro expectante, que un vengativo padre Dreosan apareciese de un momento a otro.

Se dio mucha prisa en recoger los deslustrados trozos de la armadura, algunos de los cuales se habían soltado de las tiras de cuero que sujetaban la pieza entera. Simón consideró otra de las máximas de Raquel: «El mal siempre encuentra quehaceres para unas manos desocupadas». Aquello era una tontería, claro, pero lo puso furioso. No eran sus manos vacías ni lo ocioso de su pensamiento lo que le causaba problemas. No, eran el *hacer* y el *pensar* los que lo sacaban de quicio. ¡Si pudieran dejarlo en paz!

El padre Dreosan todavía no había hecho acto de presencia cuando Simón ya había conseguido amontonar todas las piezas en un precario equilibrio; luego, de forma precipitada, las escondió bajo los faldones de un tapete de mesa. Al hacerlo, casi derribó el relicario dorado que reposaba en el centro de la mesa; pero, por fin —y sin más contratiempos— consiguió hacer desaparecer de la vista los restos de la armadura, y nada, excepto un ligero cerco en la pared, indicaba que allí había reposado aquel objeto. Simón recogió su escoba y la restregó por la ennegrecida pared, tratando de borrar los bordes más oscuros de la marca que indicaba la presencia de la armadura colgada. Después echó a correr por el pasillo y a través de las escaleras del coro.

Volvió a aparecer en el Jardín de los Setos, de donde había sido brutalmente arrancado por el Dragón. Simón se detuvo para inhalar el fuerte aroma de las plantas y tratar de apartar de sus narices el hedor de sopa sebosa. Su mirada se vio sorprendida por una extraña forma que se perfilaba en las ramas superiores del Roble del Festival, un viejo árbol al otro extremo del jardín, tan retorcido y lleno de ramas que daba la impresión de que durante siglos había crecido bajo una cesta gigante. Bizqueó y levantó una mano para protegerse los ojos de los rayos del sol. ¡Se trataba de un nido de pájaros!

Aquello era algo que de verdad le gustaba. Tiró la escoba y dio algunos pasos en dirección al árbol antes de recordar su misión en las habitaciones de Morgenes. Si hubiera estado en situación de distraerse habría trepado al árbol en un instante, pero el tener que ver al doctor era un placer, aunque ello implicase trabajo. Se prometió a sí mismo que el nido no permanecería allí mucho tiempo sin que le echase un vistazo; pasó a través de los setos y penetró en el patio del castillo que se extendía ante la puerta del bastión interior.

Dos figuras acababan de traspasar la puerta y se dirigían hacia Simón. Una de ellas era achaparrada; la otra, todavía más. Se trataba de Jakob, el candelero, y de su ayudante Jeremías. Este último llevaba un enorme y al parecer pesado bulto sobre el hombro, y caminaba —si es que ello era posible— con más pereza de lo habitual. Simón los saludó al cruzarse con ellos. Jakob sonrió y alzó la mano.

—Raquel quiere velas nuevas para el comedor —dijo el candelero—, así que le llevamos velas.

Jeremías puso cara hosca.

Un corto trote por la verde pendiente llevó a Simón ante la inmensa puerta. Un pequeño retazo de sol todavía brillaba a aquellas horas de la tarde sobre las almenas que se extendían por encima de su cabeza, y las sombras de los gallardetes del muro occidental se revolvían como oscuros peces sobre la hierba. El guardia —poco mayor que Simón—, que vestía librea roja y blanca, sonrió y asintió mientras el señor de los espías traspasaba la puerta, con su mortífera escoba en la mano, y la cabeza baja por si a la tiránica Raquel se le ocurría asomarse a echar un vistazo desde una de las altas ventanas del torreón. Cuando se creyó al abrigo de la gran entrada, aminoró el paso. La atenuada sombra de la Torre del Ángel Verde atravesaba el foso; la distorsionada figura del Ángel, triunfante en su aguja, descansaba en una zona de tintes rojizos, en uno de los extremos del foso.

Tan pronto como se encontró allí, Simón decidió coger algunas ranas. No le llevaría demasiado tiempo, y el doctor las usaba a menudo para sus cosas. No estaría escabulléndose de su trabajo sino ampliando la gama de sus servicios, aunque tendría que apresurarse, ya que se acercaba la noche. Ya podían escucharse los laboriosos ensayos de los grillos para lo que debía de ser una de sus últimas actuaciones del año, a la vez que las ranas dejaban escapar sus sonoros contrapuntos.

Simón se metió en el agua y se detuvo para escuchar; vio cómo el cielo iba adquiriendo tintes violetas por el este. Junto con las habitaciones del doctor Morgenes, el foso era su lugar favorito en toda la Creación…, o al menos en lo que había podido ver de ella.

Con un suspiro inconsciente se quitó su deformada gorra de tela y chapoteó a lo largo del foso hacia los viveros de jacintos.

El sol había desaparecido por completo y el viento siseaba a través de los arbustos que bordeaban el foso cuando Simón llegó al bastión mediano para detenerse, con la ropa goteando y una rana en cada bolsillo, ante los aposentos del doctor Morgenes. Golpeó con los nudillos sobre el grueso panel de la puerta, procurando no tocar el extraño símbolo pintado con tiza sobre la madera. Había aprendido a través de una dura experiencia que no tenía que posar las manos sobre las cosas del doctor sin antes preguntar. Pasaron unos instantes antes de que la voz de Morgenes se hiciese audible.

—Idos —dijo, con un tono de irritación.

—¡Soy yo…, Simón! —gritó éste, y volvió a llamar.

En esta ocasión se produjo una pausa mayor que se deshizo al escucharse el sonido de unos pasos rápidos. La puerta se abrió. Morgenes, cuya cabeza apenas alcanzaba la barbilla de Simón, apareció enmarcado en una brillante luz azulada, y la expresión de su rostro se presentó oscurecida. Durante unos instantes pareció mirarlo con fijeza.

—¿Qué? —dijo, por fin—. ¿Quién?

—Soy yo. ¿Queréis ranas? —repuso Simón, sonriendo. Agarró una de las cautivas y se la alargó cogida de una pata.

—¡Oh, oh! —dijo el doctor, que pareció despertar de un profundo sueño. Agitó la cabeza—. ¡Simón…, claro! ¡Entra, entra! Te pido disculpas… Soy algo distraído.

El doctor Morgenes abrió la puerta lo suficiente como para que el muchacho pudiera deslizarse a través de ella y entrar en un estrecho vestíbulo interior. Luego volvió a cerrarla.

—Has dicho ranas, ¿eh? Hummm, ranas…

El doctor se adelantó y lo condujo a través del corredor. A la luz de las lámparas azules que se alineaban a lo largo del pasillo, la forma simiesca del doctor parecía inclinarse en vez de caminar. Simón lo siguió, con los hombros casi tocando los fríos muros de piedra de ambos lados. Nunca había podido entender cómo estancias que parecían tan pequeñas como las de Morgenes —las había observado desde la muralla y había medido la distancia desde el patio— podían tener corredores tan largos.

Las divagaciones de Simón se vieron interrumpidas por un repentino estruendo proveniente del final del pasillo. Silbidos, pitidos, estallidos y algo que parecía el aullido de cien podencos hambrientos.

Morgenes dio un salto de sorpresa, y dijo:

—Oh, en el Nombre del más grande, olvidé apagar las velas. Espérame aquí.

El hombrecito salió disparado por el corredor, con el fino cabello blanco ondeando, empujó la puerta hasta que consiguió entrar —el aullido y los silbidos doblaron su intensidad— y se deslizó en el interior. Simón pudo oír una explosión apagada.

El horroroso estruendo cesó al instante, de forma tan rápida y absoluta como…, como…

«Como una vela que se apaga», pensó.

La cabeza del doctor asomó por la puerta y le hizo una seña para que entrase.

Simón, que ya había presenciado escenas similares, siguió a Morgenes al interior de las estancias, no sin cierta precaución. Entrar de forma precipitada en ellas podía representar que uno cayese de bruces sobre algo desagradable y extraño.

En el interior no existía nada que pudiese ser relacionado con el espantoso griterío. El muchacho volvió a maravillarse de la diferencia entre lo que las estancias de Morgenes *parecían* ser —una garita de guardia reconvertida, de veinte pasos de largo, colgada entre la pared llena de hiedra de la esquina nordeste del bastión mediano— y la percepción del lugar una vez que uno se encontraba en su interior, que era la de una cámara de techo bajo pero espaciosa, casi tan larga como un campo de torneo, aunque no tan ancha. A la anaranjada luz que se filtraba a través de la larga hilera de ventanitas que daban al patio de armas, Simón oteó el rincón más lejano de la habitación y decidió que, si tirase una piedra, le costaría alcanzar la pared al otro lado de donde se encontraba, junto a la puerta.

Aquel curioso efecto de estiramiento le resultaba, a pesar de todo, familiar. De hecho, aparte de los sonidos horrorosos, toda la estancia tenía el aspecto usual, como si una horda de buhoneros enloquecidos hubieran sentado sus puestos de venta y a continuación hubiesen emprendido una precipitada retirada bajo una salvaje tormenta. La gran mesa del refectorio, que se extendía casi a lo largo de toda la pared, estaba atestada de aflautados tubos de vidrio, cajas, sacos de tela llenos de especias y olorosas sustancias, así como intrincadas estructuras de madera y metal de las que colgaban ampollas, frascos y otros recipientes irreconocibles. La pieza central de la mesa la constituía una gran bola llena de delgados tubos que se introducían en su interior a través de la brillante superficie y que parecía flotar en un recipiente de líquido plateado. Ambos artilugios se balanceaban en el vértice de un trípode de marfil labrado. De los tubos salía una especie de vapor, y la bola de metal no dejaba de agitarse.

El suelo y los estantes estaban llenos de objetos aún más extraños. Bloques de piedra pulida, cepillos y alas de cuero se veían extendidos por las losas del suelo, compitiendo por el espacio con jaulas —algunas llenas y otras no—, armatostes metálicos, láminas de brillante cristal amontonadas de forma caprichosa contra las paredes tapizadas... y libros, libros y más libros, por todas partes, medio abiertos o apilados aquí y allá por toda la habitación, como grandes y torpes mariposas.

También se veían bolas de vidrio con líquidos de colores en su interior, que hervían y burbujeaban sin estar al fuego, y una caja plana de brillante arena negra que cambiaba de forma en un movimiento sin fin, como si estuviese siendo modelada por una inexistente brisa del desierto. Cabinas de madera que colgaban de la pared dejaban entrever pájaros que piaban de forma impertinente para desaparecer a continuación. Junto a éstas colgaban grandes mapas de países de geografía desconocida, aunque la geografía nunca había sido uno de los fuertes de Simón. Todo aquello junto hacía que la guarida del doctor resultase un paraíso para un joven curioso... Sin lugar a dudas, era el lugar más maravilloso de Osten Ard.

Morgenes se paseaba por el extremo más alejado de la habitación bajo un mapa estelar medio caído, en el que se unían los brillantes puntos celestiales mediante una línea dibujada que conformaba el contorno de un extraño pájaro de cuatro alas. Con un silbido de triunfo, el doctor se inclinó y empezó a excavar entre todo aquel desorden como una ardilla en primavera. Un rollo de pergaminos, unas calzas de brillantes colores, un montón de copas y platos provenientes de alguna cena perdida salieron volando por encima de su cabeza. Por fin se incorporó, levantando una gran caja de cristal. Se abrió paso hasta la mesa, depositó la caja encima y cogió un par de frascos de una estantería, según creyó Simón, al azar.

El líquido de uno de ellos era del color de las puestas de sol; del frasco salía humo como si de un incensario se tratase. El otro estaba lleno de algo azul y viscoso que cayó muy lentamente a la caja en la que Morgenes vaciaba ambos frascos. Los fluidos se mezclaron y se tornaron tan claros como el aire de la montaña. El doctor sacó sus manos de la caja, como un ilusionista ambulante, y se hizo un silencio.

—Las ranas —pidió Morgenes, agitando los dedos.

Simón se acercó y sacó a los batracios de los bolsillos de su manto. El doctor los cogió y los echó a la caja con un ademán de triunfo. Los sorprendidos anfibios se sumergieron en el líquido transparente, hundiéndose con lentitud hacia el fondo para, a continuación, empezar a nadar con vigor por su nuevo hogar. Simón rió tanto a causa de la sorpresa como de lo divertido que encontró el comportamiento de las ranas.

—¿Es agua?

El anciano se volvió para mirarlo con ojos brillantes.

—Más o menos, más o menos… —Morgenes se pasó los largos dedos por su espesa barba—. Esto…, gracias por las ranas. Creo que ya sé qué hacer con ellas. No les dolerá lo más mínimo. Incluso diría que disfrutarán, aunque dudo de que les guste ponerse botas.

—¿Botas? —preguntó Simón, pero el doctor ya volvía a estar ausente y revolviéndolo todo de nuevo. Esta vez cogió un fajo de mapas de un estante inferior y le indicó al muchacho que tomase asiento.

—Bueno, jovencito, ¿qué te gustaría recibir a cambio de tu día de trabajo? ¿Una brillante moneda? ¿O tal vez preferirías quedarte a *Coccindrilis* como mascota?

El doctor soltó una carcajada y le alargó un lagarto disecado.

Simón dudó acerca de la oferta sobre el lagarto —sería estupendo dejarlo en la cesta de la ropa para que lo descubriese la chica nueva, Hepzibah—, pero no se decidió. El pensar en las sirvientas y en la limpieza lo irritó. Algo que quería ser recordado se abría paso a través de su mente, pero Simón se las arregló para apartarlo.

—No —dijo, al fin—. Me gustaría oír algunas historias.

—¿Historias? —preguntó Morgenes mientras se inclinaba hacia adelante con gesto sorprendido—. ¿Historias? Deberías acudir al viejo Shem, a los establos, si quieres escuchar ese tipo de cosas.

—No —respondió Simón, cabizbajo. Esperaba no haber ofendido al anciano. ¡Los viejos eran tan sensibles!—. ¡Me refiero a historias sobre cosas reales! ¡Sobre cómo eran las cosas —las batallas, los dragones—, cosas que hayan ocurrido!

—Aaahh —dijo Morgenes, al tiempo que la sonrisa volvía a aparecer en su sonrosada cara—. Ya comprendo. Te refieres a la *historia*. —El doctor se frotó las manos—. Eso está mejor. —Se incorporó y empezó a andar, evitando con ágiles pasos todos los cachivaches esparcidos por el suelo—. Bueno, ¿qué es lo que quieres escuchar, muchacho? ¿La caída de Naarved? ¿La batalla de Ach Samrath?

—Explicadme algo sobre el castillo —contestó Simón—. Sobre Hayholt. ¿Lo construyó el rey? ¿Qué antigüedad tiene?

—El castillo…

El anciano detuvo su caminar, se cogió una esquina de su brillante túnica gris y empezó a frotar, con aire ausente, una de las curiosidades favoritas de Simón: una armadura, de exótico diseño, pintada con flores de brillantes colores azul y amarillo, fabricada enteramente en madera pulida.

—Hummm…, el castillo… —repitió Morgenes—. Bueno, ésta es en verdad una historia de dos ranas. Si tuviera que contarte la historia *completa* tendrías que vaciar el foso y traer a todos sus verrugosos habitantes, carretadas de ellos, para merecerlo. Pero si lo que quieres es un apunte general, creo que te lo podré ofrecer. Ten un poco de paciencia mientras encuentro algo con lo que humedecerme la garganta.

Mientras Simón trataba de permanecer tranquilo, Morgenes se dirigió a su gran mesa y cogió una taza que contenía un líquido espumoso y marrón. La olió con aire sospechoso, la llevó a sus labios y bebió un trago. Tras una pausa en la que se detuvo a considerar el sabor, se relamió el labio superior y se atusó la barba con aire de felicidad.

—Ah, la Stanshire Negra. Sin lugar a dudas, la cerveza es lo mejor. ¿De qué hablábamos? Ah, sí, del castillo.

Morgenes despejó un lado de la mesa y —con la taza cogida cuidadosamente— saltó con sorprendente facilidad para sentarse en ella; entonces dejó que los pies se balanceasen a medio codo por encima del suelo. Volvió a beber otro trago.

—Me temo que esta historia empieza mucho antes de nuestro rey Juan. Deberíamos empezar con los primeros hombres y mujeres que llegaron a Osten Ard, gente sencilla que vivía a orillas del Gleniwent. La mayoría eras pastores y pescadores; tal vez habían venido del perdido oeste a través de algún puente de tierra que ya no existe. A los señores de Osten Ard apenas les causaron molestias…

—Creí haberos oído decir que fueron los primeros en llegar aquí —interrumpió Simón, con el secreto placer de haber pillado a Morgenes en una contradicción.

—No. Dije que fueron los primeros *hombres*. Los sitha eran los amos de esta tierra mucho antes de que ningún hombre caminase sobre ella.

—¿Queréis decir que en verdad *eran* la Gente Pequeña? —Simón hizo una mueca—. ¿Tal y como Shem Horsegroom explica? ¿Pookahs, niskis y todo eso? Qué interesante.

Morgenes agitó su cabeza y bebió otro trago.

—No sólo eran: *son*, aunque eso ya se sale del marco de mi narración, y de ninguna manera son «gente pequeña»… Espera, muchacho, déjame seguir.

Simón se inclinó hacia adelante y trató de parecer paciente.

—¿Sí?

—Bueno, como ya he dicho, los hombres y los sitha fueron pacíficos vecinos, aunque bien es cierto que, de forma ocasional, se originaron disputas sobre pastos o cosas por el estilo. Pero como los humanos no representaban ninguna amenaza para el Pueblo Encantado, fueron generosos. Según fue pasando el tiempo, los hombres empezaron a construir ciudades, a veces a sólo medio día de camino de tierras sitha. Más tarde, emergió un gran reino en la península rocosa de Nabban, y los hombres mortales de Osten Ard empezaron a dirigir sus miradas hacia allí en busca de guía. ¿Me sigues, muchacho?

Simón asintió.

—Bien. —Antes de continuar, Morgenes echó un gran trago—. Pues bueno, la tierra parecía lo bastante grande como para ser compartida por todos, hasta que el hierro negro llegó de más allá de las aguas.

—¿El qué? ¿Qué hierro negro?

Simón se quedó rígido ante la mirada que le dirigió el doctor.

—El pueblo de marinos que vino del casi olvidado oeste, los rimmerios —continuó Morgenes—. Desembarcaron en el norte, iban muy armados y eran fieros como osos. Vinieron en sus grandes navíos en forma de serpiente.

—¿Los rimmerios? —preguntó el muchacho—. ¿Rimmerios como el duque Isgrimnur de nuestra corte? ¿En barcos?

—Los antepasados del duque eran grandes marinos antes de asentarse en estas tierras —afirmó el anciano—. Pero cuando llegaron no venían en busca de pastos o de tierra cultivable, sino a saquear. Aunque lo más importante es que trajeron el hierro con ellos, o al menos el se-

36

creto para darle forma. Hicieron espadas y lanzas de hierro, armas contra las que nada podía el bronce de Osten Ard; armas que incluso podían abatir las de madera encantada de los sitha.

Morgenes se incorporó y volvió a llenar la copa con el contenido de una barrilito situado sobre la catedral de libros que había junto a la pared. En lugar de regresar a la mesa se detuvo para pasar el dedo sobre las brillantes charreteras de la armadura.

—Nadie pudo contenerlos durante mucho tiempo; el frío y fuerte espíritu del hierro parecía estar tanto en los navegantes como en sus armas. Mucha gente huyó hacia el sur, en busca de la protección de las guarniciones fronterizas de Nabban. Las legiones de Nabban, fuerzas bien organizadas, resistieron todavía durante un tiempo. Pero al final también ellas se vieron forzadas a abandonar la Marca Helada en manos de los rimmerios. Hubo… muchas matanzas.

Simón se revolvió inquieto.

—¿Qué pasó con los sitha? ¿Dijisteis que no tenían hierro?

—El hierro les resultaba mortal.

El doctor rascó con la uña e hizo desaparecer una mota de polvo de la pulida madera de la pechera de la armadura.

—Ni siquiera ellos pudieron derrotar a los rimmerios en campo abierto, *pero* —apuntó con su dedo lleno de polvo en dirección a Simón, como si el hecho le concerniese de forma personal—, pero los sitha conocían su tierra. Estaban unidos a ella, puede decirse que formaban parte de ella, de una manera que los invasores nunca conseguirían emular. La defendieron durante un tiempo y fueron retirándose poco a poco a posiciones de resistencia. El mayor de estos lugares, y ahora comprende la razón de todo este discurso, era Asu'a Hayholt.

—¿*Este* castillo? ¿Los sitha vivieron en Hayholt? —A Simón le resultaba imposible disimular el tono de incredulidad que tenía su voz—. ¿Cuánto hace que fue construido?

—Simón, Simón…

El doctor se rascó la oreja y volvió a sentarse en la mesa. La puesta de sol había desaparecido por completo de las ventanas, y la luz de las antorchas dividía su rostro como una máscara medio iluminada.

—Por todo lo que yo o cualquier otro mortal podemos saber, aquí ya había un castillo cuando llegaron los sitha…, cuando Osten Ard era tan nuevo e inmaculado como un arroyo de alta montaña. Lo cierto es que los sitha vivieron aquí desde incontables años antes de que apareciesen los hombres. Éste fue el primer lugar de todo Osten Ard que sintió el trabajo de manos artesanas. Es la fortaleza del país que domina las vías de agua, las tierras de cultivo y los pastos. Hayholt y sus predecesores, las antiguas ciudadelas que se hallan enterradas debajo de nosotros, han permanecido aquí desde mucho antes de la aparición de la humanidad. Ya era viejo, *muy* viejo, cuando llegaron los rimmerios.

A Simón le dio vueltas la cabeza al pensar en la enormidad de las afirmaciones de Morgenes. El viejo castillo le pareció de repente opresivo, como si sus muros fueran una jaula. Se estremeció y miró a su alrededor, como si alguna antigua y celosa cosa fuera a aparecer en aquel instante para cogerlo con manos polvorientas.

Morgenes se rió alborozado —una risa muy juvenil para un hombre tan viejo— y saltó de la mesa.

Las antorchas parecieron brillar con más intensidad.

—No temas, Simón. Creo, y yo, entre todo el mundo, soy el más indicado para saberlo, que ya no hay nada que temer de la magia sitha. No hoy en día. El castillo ha cambiado mucho, con piedras nuevas sobre las antiguas, y cada palmo ha sido bendecido por cien sacerdotes. Bueno, Judit y el personal de cocina de vez en cuando deben de notar la desaparición de alguna bandeja de pasteles, pero creo que eso se podría imputar tanto a los jovencitos como a los duendes…

La charla del doctor fue interrumpida por unos golpes secos sobre la puerta de las estancias.

—¿Quién es? —gritó.

—Soy yo —respondió una voz sombría. Se hizo una larga pausa—. Yo, Inch —acabó de decir la voz.

—¡Por los huesos de Anaxos! —juró el anciano, muy aficionado a las expresiones exóticas—. Abre la puerta…, yo ya estoy demasiado viejo para hacer caso a los tontos.

La puerta se abrió hacia adentro. El hombre que apareció enmarcado a la luz del vestíbulo interior parecía ser alto, pero tenía la cabeza gacha e inclinaba su cuerpo hacia adelante de forma que era difícil poder afirmarlo con seguridad. Una cara redonda y sin expresión flotaba como una luna por encima de las clavículas, tachonada de erizado cabello negro, como si hubiera sido cortado con un cuchillo sin filo y mellado.

—Siento… molestaros, doctor, pero…, dijisteis que viniese antes, ¿no?

La voz era lenta y pesada como la manteca al caer.

Morgenes hizo un gesto de exasperación y se tiró de una guedeja de su propio cabello gris.

—Sí, así lo hice, pero me refería a pronto después de la hora de la cena, que todavía no es el caso. Bueno, ahora no tiene sentido hacerte volver tras tus pasos. Simón, ¿conoces a Inch, mi ayudante?

El muchacho asintió educadamente. Había visto a aquel hombre una o dos veces; Morgenes lo había hecho venir alguna noche para que lo ayudase, al parecer, a mover cosas pesadas. Lo cierto es que no parecía servir para gran cosa más, ya que Inch no tenía el aspecto de ser la persona más idónea en la que confiar.

—Bien, joven Simón. Siento tener que poner fin a mi charla —dijo el anciano—, pero ya que Inch está aquí, debo aprovecharlo. Vuelve pronto, y hablaremos más, si quieres.

—Claro que sí.

Una vez más Simón saludó con una inclinación de cabeza a Inch, que lo miró con ojos de vaca. Había alcanzado la puerta, y casi la llegó a tocar, cuando una visión repentina volvió la vida a su cabeza: una clara visión de la escoba de Raquel, que seguía donde él la había dejado, en la hierba, junto al foso, como el cadáver de un extraño pájaro acuático.

¡Cabezahueca!

No respondería nada. Podría recoger la escoba en el camino de regreso y explicar al Dragón que había terminado la tarea encomendada. Raquel tenía demasiadas cosas en las que pensar, y, aparte de que ella y el doctor fueran dos de los habitantes más antiguos del castillo, apenas hablaban. No era un mal plan.

Sin comprender por qué, Simón se dio la vuelta. El anciano estaba inclinado sobre un rollo de pergaminos depositados sobre la mesa mientras Inch permanecía tras él sin tener la mirada fija en nada en particular.

—Doctor Morgenes…

Al conjuro de su nombre el doctor alzó la mirada, bizqueando. Pareció sorprendido de que Simón todavía permaneciese en la habitación, y éste también lo estaba.

—Doctor, me he portado como un loco.

Morgenes arqueó las cejas, expectante.

—Se suponía que tenía que barrer vuestras estancias. Eso es lo que Raquel me pidió que hiciese, y se me ha pasado toda la tarde sin que cumpliese el encargo.

—¡Ah, ya! —dijo Morgenes, mientras arrugaba la nariz; luego mostró una amplia sonrisa—. Conque barrer mis habitaciones, ¿eh? Bueno, muchacho, vuelve mañana y hazlo. Dile a Raquel que tengo más tareas para ti y que, por favor, sea tan amable de dejarte venir.

Morgenes volvió a depositar la mirada sobre el libro, la levantó de nuevo, con ojos entrecerrados, y frunció los labios. Cuando el doctor se sentó en silencio, la alegría que había sentido Simón se transformó en nerviosismo.

«*¿Por qué me mirará así?*»

—Piensa en ello, muchacho —añadió el doctor—. Tengo muchas tareas en las que me puedes ayudar y… puede que necesite un aprendiz. Vuelve mañana, como ya te he dicho. Yo hablaré con el ama de los sirvientes acerca de lo otro.

El doctor sonrió y regresó al estudio de sus pergaminos. Simón se dio cuenta de que Inch lo miraba desde detrás del doctor, con una indescifrable expresión que se movía por debajo de la plácida superficie de su pálida faz. El muchacho se dio la vuelta y salió corriendo a través de la puerta. La euforia hizo presa de él cuando abandonó el vestíbulo de luz azulina y emergió bajo el cielo oscuro y cubierto de nubes. ¡Aprendiz! ¡Aprendiz del doctor!

Cuando llegó al gran portón, se detuvo y se asomó al borde del foso para buscar la escoba. Los grillos ya habían dado comienzo a su actuación coral. Cuando por fin la encontró, se sentó un momento, reclinado en el muro, junto a la orilla del agua para escucharlos.

Mientras la rítmica serenata crecía a su alrededor, pasó los dedos por las piedras cercanas. Al acariciar la superficie de una de ellas, tan suave y pulida como madera de cedro, pensó:

«Esta piedra puede que esté aquí desde…, desde antes de que nuestro Señor Jesuris naciera. Quizás algún chiquillo sitha se hubiera sentado en este mismo rincón tranquilo para escuchar los sonidos de la noche…

«*¿De dónde llegaría esa brisa?*»

Se oyó una voz parecida a un silbido, aunque las palabras eran demasiado débiles para ser entendidas.

«Tal vez, también pasó la mano sobre la misma piedra.»

Un silbido del viento: «Volveremos a tenerlo, hombrecito. Volveremos a tenerlo…».

Arrebujó el cuello de su manto para guarecerse de aquel frío inesperado y se incorporó para subir por la vertiente donde crecía la hierba. De repente, se sintió solo y lejos de las voces y luces familiares.

3

PÁJAROS EN LA CAPILLA

E n el nombre del Bendito Aedón...

¡Paf!

—...Y de Elysia, su madre...

¡Paf!

—...Y de todos los santos que cuidan de nosotros...

¡Paf!

—...Cuidad... ¡Bah! —sonó un grito de frustración—. ¡Malditas arañas!

Entre golpes, maldiciones e invocaciones, Raquel limpiaba de telarañas el techo del comedor.

Dos muchachas estaban enfermas y otra se había torcido un tobillo. Aquélla era la clase de día que proporcionaba un brillo peligroso a los ojos color ágata de Raquel *el Dragón*. Ya era bastante tener a Sara y a Jael en cama con la menstruación. —Raquel era muy severa, pero sabía que cada día de trabajo de una chica que se encuentra mal puede significar perderla tres días más—. Sí, ya era bastante desagradable que Raquel tuviera que cuidarse del trabajo restante a causa de la ausencia de aquéllas. Como si no tuviera suficiente, ahora el senescal había anunciado que el rey cenaría aquella noche en el Gran Salón, y Elías, el príncipe regente, había llegado de Meremund, por lo que todavía había *más* trabajo que hacer.

Y Simón, a quien había enviado hacía horas a recoger unos pocos montoncitos de polvo, todavía no había regresado.

Así que allí estaba ella con su cansado y viejo cuerpo, colgada de una desvencijada escalera, mientras trataba de desprender las telarañas de los altos rincones del techo con una escoba. ¡Ese chico! Ese, ese…

—Sagrado Aedón, dame fuerzas…

¡Paf! ¡Paf! ¡Paf!

¡Ese maldito chico!

No sólo se trataba —pensó después Raquel, mientras trepaba por la escalera, con la cara enrojecida— de que el chico fuese perezoso y difícil. Había hecho por él todo lo posible durante años para evitarle desgracias; y a causa de ello sabía que era mejor de lo que cabía esperar. No, lo peor de todo es que parecía *que no le importaba a nadie más.* Simón ya tenía la altura de un hombre y una edad en la que casi debería desempeñar las labores de un hombre… Pues no. Se escondía, desaparecía y soñaba despierto. Los trabajadores de la cocina se reían de él. Las sirvientas lo mimaban y le hacían llegar comida, cuando ella, Raquel, lo había castigado sin comer. ¡Y Morgenes! Bendita Elysia. ¡Ese hombre incluso lo *animaba* a hacerlo!

Y encima, ahora le había pedido a Raquel que dejara que el chico trabajase para él, a diario, para que barriese y le ayudase a tener las cosas en orden—¡ja!— y para asistir al anciano en algunos de sus trabajos. Como si ella no lo supiera. Ambos no harían más que sentarse, y el viejo trasegaría cerveza y le explicaría al chico sólo el cielo podía llegar a saber qué clase de perniciosas historias.

De todas formas, no podía dejar de tener en cuenta la oferta. Era la primera vez que alguien se interesaba por el muchacho. ¡Parecía tan *hundido* la mayor parte del tiempo! Al fin y al cabo Morgenes parecía creer que podía ser en beneficio del chico…

El doctor a menudo irritaba a Raquel con sus historias y su florido lenguaje —pues estaba segura de que ocultaba burla—, pero parecía querer cuidar al mozo. Morgenes siempre parecía haber sentido interés por todo lo referente a Simón… Una sugerencia aquí, una idea allí: en una ocasión intercedió por él cuando el jefe de los lavaplatos lo echó y le prohibió volver a las cocinas. Morgenes se *había* interesado por el chico.

Raquel miró por entre las anchas vigas del techo y su mirada se deslizó a través de las sombras; sopló para apartarse un mechón de húmedo cabello del rostro.

Volvió a acordarse de aquella lluviosa noche, ¿cuándo fue…? ¿Hace casi quince años? Se sintió muy vieja al volver a pensar en aquello… Le parecía que sólo había transcurrido un momento…

La lluvia había caído durante todo el día y toda la noche. Raquel atravesó el patio lleno de barro, levantando su capa por encima de la cabeza con una mano y con la otra sosteniendo un candil. De repente metió el pie en una ancha rodera dejada por un carromato y sintió que el agua le salpicaba las pantorrillas. Liberó el pie, pero sin el zapato. Juró con amargura y continuó su agotadora carrera en una noche como aquélla con un pie descalzo, pero no disponía de tiempo para hurgar en los charcos en busca de su zapato.

Una luz permanecía encendida en el estudio de Morgenes, pero los pasos que la llevaron hasta su entrada le parecieron interminables. Cuando el doctor abrió la puerta, Raquel se dio cuenta de que estaba acostado: vestía un largo camisón que necesitaba unos cuantos remiendos y se frotaba los ojos con aspecto adormilado a la luz de un candil. Las enredadas sábanas del lecho, rodeado de una especie de empalizada de libros, hicieron que a Raquel le viniese al pensamiento el cubil de algún animal salvaje.

—¡Doctor, dese prisa! —dijo la dama—. ¡Tiene que venir enseguida, ahora mismo!

Morgenes la miró y retrocedió.

—Entra, Raquel. No tengo idea de qué clase de palpitaciones nocturnas son las que padeces, pero ya que estás aquí…

—No, no, loco, se trata de Susana. Ha llegado la hora, pero está muy débil. Tengo miedo de lo que pueda ocurrirle.

—¿Quién? ¿Qué? Bueno, un momento, deja que coja mis cosas. ¡Qué noche más horrorosa! Ve para allá. Ya te alcanzaré.

—Pero, doctor Morgenes, he traído el candil para usted.

Demasiado tarde. La puerta ya estaba cerrada y Raquel se encontró sola en el escalón con el agua de lluvia goteando por su larga nariz. Maldijo y volvió hacia las dependencias de los servidores.

Poco después Morgenes aparecía subiendo las escaleras mientras se quitaba el manto. Al llegar al umbral se dio cuenta de cuál era la situación con una sola mirada: una mujer estaba tendida en la cama con el rostro vuelto hacia el otro lado; estaba embarazada y gemía. Su oscuro cabello le cruzaba el rostro, y con un puño sudado agarraba la mano de otra joven arrodillada junto a ella. Raquel estaba al pie de la cama con otra mujer de más edad.

La mayor de ellas se dirigió a Morgenes mientras éste se deshacía de su abultado vestuario.

—Hola, Elispeth —saludó él con calma—. ¿Cómo está?

—No muy bien. Tengo miedo, señor. Sabéis que si fuese de otra forma lo habría hecho yo misma, pero ella ha probado durante horas y ahora se está desangrando. Su corazón está muy débil.

Mientras Elispeth hablaba, Raquel se acercó.

—Hummm —dijo Morgenes, se inclinó y revolvió en la bolsa que había traído consigo—. Dale un poco de esto, por favor —indicó, y alargó hacia Raquel un frasquito tapado—. Sólo un trago, pero cuida de que lo tome.

El doctor volvió a rebuscar en su bolsa mientras Raquel abría con mucho cuidado la temblorosa mandíbula de la mujer que reposaba en el lecho y vertía un poco del líquido en el interior de la boca. El olor de sangre y sudor que impregnaba la habitación cambió de repente y se convirtió en una fuerte y aromática fragancia.

—Doctor —dijo Elispeth cuando Raquel regresaba—, no creo que podamos salvar a los dos.

—Debéis salvar la vida del niño —interrumpió Raquel—. Ése es el deber de los temerosos de Dios. Así lo afirman los sacerdotes. Salvad al niño.

Morgenes se volvió para dirigirle una mirada de desagrado.

—Buena mujer, yo temo a Dios a mi manera, si es que no te importa. Si la salvo a ella, y no pretendo que pueda hacerlo, siempre podrá tener otra criatura.

—No, no puede —respondió Raquel, con tono duro—. Su esposo ha muerto.

La mujer pensó que de todas las personas que allí había, Morgenes tenía que ser el que mejor lo supiera. El marido de Susana había sido pescador y visitaba a menudo al doctor antes de ahogarse, aunque Raquel no podía imaginarse de qué hablaban.

—Está bien —dijo Morgenes, distraído—, siempre puede encontrar otro... ¿Qué? ¿Su marido?

Su mirada se iluminó y corrió junto al lecho. El doctor pareció darse cuenta finalmente de quién estaba en el lecho, desangrando su vida en la áspera sábana.

—¿Susana? —preguntó, con calma, y volvió el doloroso rostro de la mujer hacia él. Los ojos de ella se abrieron durante un instante y lo vieron; después, tras sufrir otra oleada de agonía, se volvieron a cerrar—. Pero ¿qué es lo que ha pasado aquí? —suspiró Morgenes. Susana sólo podía gemir, y el doctor miró a Raquel y a Elispeth con rabia en el rostro—. ¿Por qué no me ha informado nadie de que esta pobre muchacha estaba a punto de concebir a su hijo?

—No esperaba hacerlo hasta dentro de dos meses —respondió amablemente Elispeth—. Ya lo sabéis, estamos tan sorprendidas como vos.

—¿Y por qué tendría que preocuparos que la viuda de un pescador

44

fuera a dar a luz? —preguntó Raquel. Ella también podía ponerse furiosa—. ¿Y por qué perdéis el tiempo preguntando?

Morgenes la miró y bizqueó.

—Tenéis toda la razón —dijo, y volvió junto al lecho—. Salvaré al niño, Susana —dijo a la temblorosa mujer.

Ella asintió una vez y luego se puso a llorar.

Era un llanto débil, pero se trataba del llanto de un niño vivo. Morgenes tendió la delgada y enrojecida criatura a Elispeth.

—Es un niño —explicó el doctor, y volvió a posar su atención sobre la madre.

Susana estaba tranquila y respiraba con más calma, pero su piel estaba tan blanca como el mármol de Harcha.

—Lo he salvado, Susana. Tenía que hacerlo —susurró el doctor. Las comisuras de la boca de la mujer se tensaron en lo que podía ser el esbozo de una sonrisa.

—Lo… sé… —dijo, con una voz cada vez más débil—. Si mi… Eahlferend… no hubiera…

El esfuerzo fue demasiado para ella y se detuvo. Elispeth se inclinó sobre el lecho para enseñarle la criatura, envuelta en sábanas, y todavía unida por el cordón umbilical.

—Es muy pequeño —dijo la anciana mujer—, pero se debe a que ha llegado demasiado pronto. ¿Cuál es su nombre?

—Llamadle… Seomán… —jadeó Susana—. Quiere decir… «espera»…

Susana se volvió hacia Morgenes y pareció desear decir algo más. El doctor se le acercó, y con su blanco cabello rozó una mejilla pálida como la nieve, pero ella no pudo decir nada más. Después volvió a toser, y sus ojos oscuros rodaron para mostrarse blancos. La muchacha que sostenía una de sus manos sollozó.

También Raquel sintió sus ojos llenos de lágrimas. Se alejó y pretendió hacer ver que limpiaba algo. Elispeth separaba a la criatura del último vínculo que lo unía a su madre ya muerta.

El movimiento hizo que la mano derecha de Susana, que había estado cogida a su propio cabello, se liberase y cayese hasta el suelo. Cuando chocó contra éste, algo que brillaba saltó de su palma cerrada y rodó hasta detenerse junto a los pies del doctor. Raquel vio por el rabillo del ojo cómo Morgenes se agachaba y recogía el objeto. Se trataba de algo pequeño, que desapareció de inmediato en la palma de su mano y de allí fue a parar al interior de su bolsa.

A Raquel no le gustó el gesto, pero parecía que nadie más se había dado cuenta. Trató de enfrentarse al doctor, con lágrimas en los ojos, pero la mirada de aquél la hizo permanecer donde se encontraba sin decir palabra.

—Se llamará Seomán —dijo el anciano, cuyos ojos aparecían más extraños y ensombrecidos cuando se acercó a Raquel, a quien dijo con ronca voz—: Debes cuidar de él, Raquel. Sus padres han muerto.

Con la respiración entrecortada Raquel volvió a la realidad y a punto estuvo de resbalar y caer del taburete en el que estaba sentada. Se sentía avergonzada de sí misma, ¡había soñado despierta! Aquello venía a añadirse al ritmo brutal con que había trabajado durante todo el día para cubrir las ausencias de las tres chicas… y de Simón.

Lo que necesitaba era un poco de aire fresco. No había duda de que subida a un taburete y pasando la escoba de aquí para allá como una loca, su cuerpo había empezado a ser presa de los vapores. Salió al exterior para que le diera un poco el aire. El señor sabía que tenía todo el derecho a hacerlo. Aquel Simón estaba hecho un holgazán.

Lo habían criado ella y las sirvientas. Susana no tenía parientes, y nadie quería saber mucho o poco acerca de Eahlferend, su esposo, que murió ahogado, así que se quedaron con el chico. Raquel pretendió protestar por ello, pero tampoco habría dejado que se marchase, al igual que no habría traicionado al rey o dejado las camas sin hacer. Fue ella la que le dio el nombre de Simón, todo el mundo al servicio del rey Juan tomaba un nombre proveniente de la isla de donde era nativo el monarca, Warinsten. Simón era el que más se aproximaba a Seomán, así que se quedó con Simón.

Raquel descendió por las escaleras hasta el piso inferior y notó que le temblaban las piernas. Pensó que debería haber traído una capa con ella, ya que parecía refrescar. La puerta se abrió poco a poco, ruidosamente —se trataba de una puerta imponente, cuyos goznes necesitaban algo de aceite—, y la mujer caminó hacia el patio. El sol matutino empezaba a asomar por encima de las almenas, como un niño travieso.

A Raquel le gustaba aquel lugar, situado bajo el puente de piedra que conectaba el pasillo del refectorio con el cuerpo principal de la capilla. El pequeño patio a la sombra del puente aparecía lleno de pinos y brezos, dispuestos en las pequeñas vertientes de la colina; todo el jardín no tenía más extensión que la que podría alcanzar un tiro de piedra. Mirando hacia arriba, más allá del pasadizo de piedra pudo ver la forma puntiaguda de la Torre del Ángel Verde, que brillaba frente al sol como un colmillo de marfil.

Raquel recordaba que había existido un tiempo, mucho antes de la llegada de Simón, en que ella misma también había sido una niña que jugaba en aquel mismo jardín. ¡Cuánto reirían algunas de las doncellas si llegaba a saberse!: el Dragón también había sido niña. Bueno, lo *había* sido, y después se había convertido en una joven dama, incluso atractiva. Por aquel entonces el jardín se había llenado del frufrú de los brocados y la seda, de damas y caballeros que reían, y que portaban halcones en sus puños y una alegre canción en los labios.

Ahora Simón creía saberlo todo. Dios hacía que los jóvenes fueran estúpidos y ahí estaba la causa de todo. Las chicas lo habían estropeado hasta que casi no hubo posibilidad de recuperación; sin embargo, Raquel siempre había permanecido vigilante. Ella sabía muchas cosas, aunque los jóvenes pensasen lo contrario.

«Las cosas eran diferentes, entonces», pensó Raquel... Y, mientras meditaba sobre todo ello, el aroma a pino del sombreado jardín pareció apoderarse de su corazón. El castillo había sido un lugar tan maravilloso y emocionante...: altos caballeros con brillantes armaduras, hermosas jóvenes con elegantes ropajes, la música..., ay, y el campo de los torneos, lleno del colorido de las tiendas de los contendientes. Ahora el castillo reposaba tranquilo y únicamente parecía soñar. Las altas almenas estaban ahora a cargo de los de la misma condición de Raquel: cocineros y sirvientas, senescales y lavaplatos...

Hacía un poco de frío. Raquel se inclinó hacia adelante y se arrebujó en el chal, para volver a mirar frente a sí. Simón estaba allí, con las manos escondidas a su espalda. ¿Cómo habría conseguido deslizarse hasta ella sin que se diera cuenta? ¿Y por qué mostraba aquella sonrisa idiota en el rostro? La dama sintió que la fuerza de su carácter volvía a inundar su cuerpo. La camisa de Simón —limpia tan sólo una hora antes— aparecía ennegrecida y sucia, además de descosida en varios sitios, al igual que sus calzas.

—*¡Bendita sea santa Rhiap!* —gritó Raquel—. ¿Qué has hecho?

Rhiappa había sido una mujer aedonita de Nabban que había perecido con el nombre del único Dios en sus labios tras haber sido repetidamente violada por piratas del mar. Gozaba de gran devoción entre el personal doméstico.

—¡Mira lo que tengo, Raquel! —dijo Simón, y le mostró un sucio y desproporcionado cono de paja: un nido de pájaros del que salían débiles gorjeos—. ¡Lo encontré debajo de la Torre de Hjeldin! Debe de haberse caído a causa del viento. ¡Tres de ellos todavía viven, y yo voy a cuidarlos!

—¿Estás loco? —preguntó Raquel, al tiempo que elevaba la escoba, como si fuera el rayo vengador del Señor que con toda probabilidad había destruido a los violadores de Rhiap—. Tú no criarás a esas criaturas en mi casa. Cosas peludas y sucias que estén todo el día volando por ahí y enredando en el cabello de las gentes. Además, mira tus ropas. ¿Sabes cuánto tiempo le llevará a Sara recomponerlas?

El palo de la escoba se estremeció en el aire.

Simón bajó la mirada. Desde luego no había encontrado el nido en el suelo: era el que había localizado desde donde había estado sentado, bajo el Roble del Festival. Se había subido al árbol para cogerlo y, en su excitación al pensar en quedarse para sí los pajaritos, no había reparado en el trabajo que ello le iba a proporcionar a Sara, la tranquila y hogareña muchacha que realizaba los zurcidos en el piso de abajo. Una ola de vergüenza y frustración se abatió sobre él.

—¡Pero Raquel, me acordé de recoger las esteras!

Simón balanceó el nido con cuidado y extrajo de debajo de su justillo un magro y mojado grupo de cañas.

La expresión de Raquel se suavizó un poco, pero siguió con el entrecejo fruncido.

—Es que no piensas, muchacho, no piensas: eres como un crío. Si algo se rompe o se hace demasiado grande, alguien tiene que responsabilizarse de ello. Así es como el mundo funciona. Ya sé que no lo haces con mala intención, pero… ¿Por qué *tienes* que ser tan estúpido?

Simón levantó la mirada con precaución. Aunque su rostro todavía mostraba preocupación y arrepentimiento en la medida justa, Raquel, a través de su ojo de basilisco, pudo observar que él creía que lo peor había pasado. La ceja de la dama volvió a enarcarse.

—Lo siento, Raquel, de verdad que… —dijo el chico, al tiempo que ella se incorporaba y le daba un golpecito en el hombro con el mango de la escoba.

—No me vengas con el «lo siento» de siempre, muchacho. Lo que debes hacer es devolver esos pájaros al lugar donde los has encontrado. En este lugar no habrá criaturas revoloteadoras.

—Venga, Raquel. ¡Puedo meterlos en una jaula! ¡Construiré una!

—No y no. Cógelos y llévaselos a tu inútil doctor si te place, pero no los traigas por aquí para que molesten a la gente honrada que tiene *trabajo* que hacer.

Simón se dio la vuelta arrastrando los pies, con el nido entre sus manos. En alguna parte debía de estar el fallo. Raquel había estado a punto de ceder, pero era una vieja dura. El más ligero error de cálculo al tratar con ella significaba una rápida y terrible derrota.

—¡Simón! —llamó Raquel.

El joven giró sobre sus talones.

—¿Puedo quedármelos?

—Desde luego que no. No seas cabezahueca.

La mujer lo miró con fijeza. Pasó un incómodo espacio de tiempo; Simón se apoyaba ora en un pie ora en el otro y esperaba.

—Vete a trabajar con el doctor —dijo ella, al fin—, tal vez él pueda inculcarte algo de sentido común. Yo abandono. —Raquel lo miró con viveza—. Y haz lo que te diga que debes hacer, y agradécele que te dé esa última oportunidad. ¿Has entendido?

—¡Claro que sí! —dijo Simón, lleno de felicidad.

—No siempre vas a escaparte de mí con tanta facilidad. Regresa a la hora de comer.

—¡Sí, señora!

Simón se dio la vuelta para salir corriendo en dirección a los aposentos de Morgenes, pero se detuvo.

—¿Raquel? Gracias.

La dama respondió con un gruñido y regresó a las escaleras del refectorio. Simón se preguntó por qué tenía tantas agujas de pino enganchadas en el chal.

Un débil manto de nieve había empezado a caer desde las nubes bajas. El tiempo se ponía bueno. Simón sabía que haría frío para la Candelaria. En lugar de llevar a los pajaritos a través del ventoso patio, decidió sumergirse en la capilla y continuar por la parte oeste del bastión interior. Las plegarias matinales habían finalizado hacía una o dos horas y la iglesia debía de estar vacía. Al padre Dreosan no le gustaba ver a Simón merodear por su territorio, pero sin duda el buen padre debía de estar muy atareado en la mesa, en uno de sus habituales tentempiés de media mañana, canturreando las excelencias de la mantequilla o la consistencia del pastel de pan y miel.

Simón subió las dos docenas de escalones que conducían a la puerta lateral de la capilla. La nieve empezaba a arreciar y la piedra gris de la arcada de entrada aparecía moteada con los húmedos restos de copos mortecinos. La puerta se abrió sobre unos goznes increíblemente silenciosos.

Antes de que sus zapatos mojados dejaran huellas que pudieran delatarlo, optó por cogerse a los tapices de terciopelo que colgaban de la entrada y subir otro tramo de escalones que conducían a la barandilla del coro.

El desordenado y mal ventilado coro, un horno durante el verano, ahora resultaba agradable y cálido. El suelo estaba lleno de restos dejados por los monjes: cáscaras de nuez, un corazón de manzana, trozos de pizarra en los que habían sido escritos mensajes contraviniendo los votos de silencio. Más parecía una jaula de monos que una pieza en la que se cantaban alabanzas al Señor. Simón sonrió, mientras seguía su recorrido por entre otros objetos: ropa amontonada, unos pocos taburetes de madera… Resultaba reconfortante el saber que aquellos hombres de rostro adusto y cabeza afeitada podían llegar a ser tan revoltosos como niños.

Alarmado por el repentino sonido de unas voces que conversaban abajo, se detuvo y se escondió bajo el tapiz que colgaba de la pared trasera del coro. Apretado tras el tejido, tanto su respiración como el corazón emprendieron una loca carrera. Si el padre Dreosan o Barnabás, el sacristán, estaban abajo, nunca podría salir por donde pensaba hacerlo, así que tendría que escabullirse por donde había entrado y, después de todo —el maestro de espías cogido en campo enemigo—, atravesar por el patio.

Agachado, más callado que un muerto, Simón puso atención para localizar a los que hablaban. Le pareció oír dos voces; en ello estaba concentrado cuando los pajarillos asomaron por entre sus manos. Durante un instante balanceó el nido en el ángulo interior del codo al tiempo que se desprendía del gorro —¡si el padre Dreosan lo cogía con el gorro puesto en la capilla, su situación empeoraría aún más!— y lo colocaba en el nido. El piar de los pajarillos pronto se apagó, como si sobre ellos hubiera descendido la noche. Apartó un poco los bordes del tapiz y asomó la cabeza. Las voces provenían del pasillo situado junto al altar. Por el tono tranquilo que de ellas se desprendía supo que no había sido descubierto.

Tan sólo unas pocas antorchas permanecían encendidas. El vasto techo de la capilla estaba casi por completo oculto entre las sombras; las brillantes ventanas de la cúpula parecían flotar en un cielo nocturno, como agujeros en la oscuridad a través de los cuales podían ser observadas las líneas del cielo. Con sus huerfanitos tapados y mecidos, Simón avanzó sin ruido hasta la barandilla del coro. Se colocó en la zona más oscura y cercana a las escaleras que conducían a la propia capilla y asomó la cabeza por entre las columnitas de la balaustrada, con una mejilla contra el martirio de san Tunath y la otra rozando el nacimiento de santa Pelippa de la Isla.

—...Y tú, ¡con todas tus malditas quejas! —despotricaba una de las voces—. Estoy harto de todo esto.

Simón no podía ver el rostro del que hablaba, pues estaba de espaldas al coro y vestía una capa con el cuello levantado. Su compañero, hundido en un banco, tampoco era muy visible; sin embargo, el muchacho enseguida lo reconoció.

—La gente que oye cosas que no quiere oír, a menudo lo llama «quejas», hermano —dijo el del banco, y movió una mano de dedos muy delgados—. Te prevengo sobre ese sacerdote en interés del reino —se hizo un silencio— y a causa del aprecio que una vez tuvimos el uno por el otro.

—¡Puedes decir todo, todo lo que quieras! —aulló el primer hombre, y su rabia pareció retumbar con dolor—. Pero el trono es mío por ley y por el deseo de nuestro padre. ¡Nada de lo que pienses, digas o hagas cambiará eso!

Josua *el Manco*, como Simón había oído llamar a menudo al hijo menor del rey, se irguió del banco. Vestía una túnica gris perla y calzas bordadas con finos estampados rojos y blancos; el cabello castaño le caía sobre la frente. Donde debería haber estado su mano derecha aparecía un cilindro de cuero negro.

—Yo no *quiero* el Trono del Dragón; créeme, Elías —siseó.

Sus palabras fueron pronunciadas en voz baja, pero volaron hasta el lugar en que Simón se ocultaba como si de flechas se tratase.

—Sólo quiero prevenirte acerca del sacerdote Pryrates, un hombre con... intereses insanos. No lo traigas aquí, Elías. *Créeme*, lo conozco desde los tiempos en que estaba en el seminario jesuriano de Nabban. Los monjes de allí le rehuían como al portador de una plaga. Y aun así continúas oyendo sus consejos, como si fuera tan de fiar como el duque Isgrimnur o el anciano sir Fluiren. ¡No seas loco! Ese sacerdote arruinará nuestra casa. —Josua retomó la compostura—. Sólo intento ofrecerte un consejo desinteresado. Por favor, créeme. No ambiciono el trono.

—¡Entonces, abandona el castillo! —rugió Elías, y volvió la espalda a su hermano, con los brazos cruzados ante el pecho—. Vete, y deja que me prepare para gobernar como un hombre debe hacerlo: libre de tus quejas y manipulaciones.

El hermano mayor poseía la misma frente despejada y la misma nariz aguileña que Josua, pero era de complexión mucho más fuerte; daba la impresión de ser un hombre que podía romper cuellos con la única ayuda de sus manos. El cabello, al igual que las botas de montar y la túnica, eran negros. La capa y las calzas aparecían manchadas de verde a causa del viaje.

—*Ambos* somos hijos de nuestro padre, ¡oh, heredero del trono…! —La sonrisa de Josua era de burla—. La corona es tuya por derecho. Los recelos que tenemos uno contra otro no tienen que preocuparte. Tu persona, ya casi, casi real, está a salvo; te doy mi palabra. *Pero* —la voz alzó el tono—, pero yo no seré, óyeme, *no* seré echado de la casa de mi señor por *nadie*. Ni siquiera por ti, Elías.

Este se dio la vuelta y miró a Josua; el reflejo que aparecía en sus miradas encontradas le recordó a Simón el entrechocar de espadas.

—¿Los recelos que existen entre nosotros? —gruñó Elías, y había algo roto y agonizante en su voz—. ¿Qué clase de recelos *puedes* tener contra mí? ¿Tu mano? —preguntó, y se alejó de Josua unos pasos, para permanecer de espaldas a él y dirigirle palabras llenas de amargura—. La pérdida de tu mano. Gracias a ti, ahora *estoy* viudo, y mi hija es medio huérfana. ¡No me hables de penas!

Josua pareció contener la respiración durante un instante antes de responder.

—Tu dolor… no es desconocido para mí, hermano —dijo—. ¡Sabes que no sólo habría dado mi mano derecha sino mi vida…!

Elías se dio la vuelta, llevó una mano a su garganta y extrajo algo brillante de su túnica. Simón miró entre las columnas de la balaustrada. No se trataba de un cuchillo, sino de algo suave y flexible, algo así como un retal de trémulo tejido. Elías lo mantuvo ante el rostro encendido de su hermano con una muestra de desprecio, luego lo tiró al suelo, giró sobre sus talones y salió por el pasillo. Josua permaneció sin moverse durante unos instantes, después se agachó, como un hombre en sueños, para recoger el brillante objeto, un pañuelo dorado de mujer. Mientras lo veía brillar en su mano, el rostro se le contrajo en un rictus de dolor o de rabia. Simón respiró varias veces antes de que Josua metiera el pañuelo en el interior de su camisa y siguiera los pasos de su hermano hacia el exterior de la capilla.

Transcurrió un tiempo hasta que Simón se sintió lo suficientemente a salvo como para descender de su escondite y dirigirse hacia la puerta principal de la capilla. Se sentía como si hubiese presenciado una extraña representación de títeres, una representación expresamente realizada para él. De repente el mundo le pareció menos estable, menos merecedor de confianza, al ver que los príncipes de Erkynlandia, herederos de todo Osten Ard, podían insultarse y gritar como soldados borrachos.

Se asomó al interior de la sala y se sobresaltó al percibir un súbito movimiento, una figura con un justillo marrón que corría por el pasillo: una pequeña figura, un joven de aproximadamente la misma edad que Simón. El extraño dirigió una breve mirada hacia atrás y dio la vuelta a la esquina. Simón no lo reconoció. ¿Podría aquella figura haber estado espiando a los príncipes? El muchacho agitó la cabeza y se sintió tan confuso y estúpido como un buey deslumbrado por el sol. Levantó el gorro del nido, haciendo que volviese a ser de día para los pajaritos, que volvieron a piar, y de nuevo sacudió la cabeza. Había sido una mañana muy perturbadora.

4

Jaula de grillos

Morgenes revolvía todo su estudio en busca de un libro extraviado. Con la mano dio permiso a Simón para que encontrase una jaula para los pajaritos y volvió a su búsqueda, tirando pilas de papeles y manuscritos como un gigante ciego en una frágil ciudad.

Encontrar un hogar para los ocupantes del nido resultó una tarea más difícil de lo que Simón había esperado: todo estaba lleno de jaulas, pero ninguna parecía adecuada. Unas tenían barrotes tan separados que parecían haber sido construidas para cerdos u osos; otras ya estaban llenas de extraños objetos, ninguno de los cuales parecía tener el aspecto de un animal. Por fin encontró una que parecía adecuada bajo un trozo de tejido brillante. Le llegaba hasta la rodilla y tenía forma de campana; estaba construida con cañas de río y se hallaba vacía, a excepción de una capa de arena que reposaba en el fondo. Había una puertecita en uno de los lados que permanecía cerrada con un trozo de cuerda. Simón deshizo el nudo y abrió la jaula.

—*¡Alto!* ¡Detente ahora mismo!

—¿Qué?

El chico retrocedió de un salto. El doctor apareció corriendo tras él y cerró la puerta de la jaula con un pie.

—Perdóname por asustarte, muchacho —dijo Morgenes mientras respiraba con dificultad—, pero tendría que haberlo pensado antes de dejarte rebuscar por ahí. Esta jaula no sirve para tus propósitos. Lo siento.

—¿Por qué no?

Simón se inclinó hacia adelante y miró la jaula con ojos inquisitivos, pero no pudo descubrir nada extraordinario.

—Bueno, amigo mío, espera aquí un momento y no toques nada, te lo enseñaré. Qué tonto he sido por no acordarme.

Morgenes rebuscó durante unos instantes hasta que encontró una cesta de frutos secos con aspecto de haber sido olvidada hacía mucho tiempo. Sopló para quitar el polvo de un higo mientras se acercaba a la jaula.

—Ahora observa con atención —le dijo a Simón.

El doctor abrió la jaula y echó el fruto en el interior, que fue a parar sobre la arena que reposaba en el fondo.

—¿Y...? —preguntó Simón, perplejo.

—Espera —susurró el doctor.

No había acabado de decir aquellas palabras cuando algo ocurrió. Al principio dio la impresión de que empezaba a soplar el viento en el interior de la jaula, y por ello temblaba; pero pronto se hizo patente que la arena se deslizaba y rodeaba el higo. De pronto —tan de golpe que Simón reculó sobresaltado— una inmensa boca dentada se abrió en la arena y engulló el fruto con tanta rapidez como una carpa emerge a la superficie de un estanque para atrapar un mosquito. Se produjo una ligera onda a través de la arena, y volvió a quedar inmóvil, con una apariencia tan inocente como antes.

—¿Qué es lo que hay debajo? —balbuceó Simón.

Morgenes rió.

—¡Es la arena! —dijo, con aire satisfecho—. ¡Ella es la bestia! No es arena: para decirlo de alguna manera, es un disfraz. Lo que hay en el fondo de la jaula es un animal muy listo. Encantador, ¿verdad?

—Eso parece —respondió Simón, sin demasiada convicción—. ¿De dónde proviene?

—De Nascadu, en los países desérticos. Ahora puedes ver por qué no quería que pusieras nada ahí. No creo que a tus temerosos huerfanitos les hubiera ido muy bien ahí dentro.

Morgenes volvió a cerrar la puerta de la jaula con una tira de cuero y la colocó en una de las estanterías de arriba. Habiéndose subido a la mesa para conseguirlo, continuó a lo largo de ella, con paso experto, por encima de todos los objetos que allí se encontraban hasta que dio con lo que buscaba. Volvió a saltar al suelo. La caja que sostenía, hecha de tiras de madera, no contenía arena de aspecto sospechoso.

—Es una jaula de grillos —explicó el doctor.

A continuación ayudó al joven a meter los pajarillos en ella. En el interior colocaron un plato con agua, y, de alguna parte, Morgenes sacó una bolsita de semillas, que esparció por el suelo de la jaula.

—¿Ya tienen edad para esto? —preguntó Simón.

El anciano hizo un gesto para quitarle importancia al asunto.

—No te preocupes —dijo—. Es bueno para sus picos.

Simón les prometió a sus pájaros que estaría pronto de regreso con algo más adecuado y siguió al doctor hacia el estudio.

—Bueno, joven Simón —sonrió Morgenes—. ¿Qué puedo hacer por ti en esta fría mañana? Creo que el otro día, antes de ser interrumpidos, no acabamos de completar la muy honorable transacción de tus ranas.

—Así es, y esperaba…

—Y creo que hay algo más, ¿verdad?

—¿Qué? —trató de pensar Simón.

—¿Una minucia acerca de un suelo que necesita ser barrido? ¿Algo sobre una escoba, solitaria y abandonada, que con el corazón compungido espera ser utilizada?

El muchacho asintió con tristeza. Había supuesto que el aprendizaje empezaría de manera más propicia.

—Ah…, ya veo, ¿padeces de una pequeña aversión a las labores menores? —preguntó el doctor, con una ceja enarcada—. Es comprensible, pero está fuera de lugar. Uno debe realizar esas humildes tareas que mantienen el cuerpo ocupado, pero debe dejar la mente y el corazón libres y sin trabas. Bien, tenemos que esforzarnos para ayudarte durante tu primer día de trabajo y he pensado en un magnífico arreglo. —Dio un gracioso saltito—. Yo hablaré y tú trabajarás. ¿Está bien, verdad?

Simón se encogió de hombros.

—¿Tenéis una escoba? —preguntó—. Me he olvidado la mía.

Morgenes echó un vistazo detrás de la puerta y volvió con un objeto viejo y lleno de telarañas, en el que apenas se podía reconocer una escoba.

—Ahora —dijo el doctor, al presentársela con tanta dignidad como si fuera el estandarte real—, ¿de qué quieres que hable?

—Acerca de los marinos y de su hierro negro, y de los sitha…, y de nuestro castillo, claro. ¡Ah, y del rey Juan!

—Ah, sí —asintió Morgenes—. Se trata de una larga lista, pero si ese tonto y haragán de Inch no nos vuelve a interrumpir, tal vez sea capaz de rebajarla un poco. Ponte a barrer, muchacho, ponte a hacerlo, ¡haz volar el polvo! A propósito, ¿en qué parte de la historia me había quedado?

—Cuando llegaron los rimmerios y se retiraron los sitha, y en las espadas de hierro con que los rimmerios troceaban a la gente, y mataban a *todo el mundo* y a los sitha con hierro negro...

—Hummm —dijo Morgenes—, ahora me acuerdo. Humm. Bueno, a decir verdad, los saqueadores del norte no mataban exactamente a *todo el mundo*; ni sus saqueos y asaltos fueron tan implacables como pudiera parecer. Permanecieron en el norte durante muchos años antes de cruzar la Marca Helada; después se encontraron ante otro gran obstáculo: los hombres de Hernystir.

—¡Sí, pero los *sitha*...! —interrumpió Simón, impaciente. Lo sabía todo acerca de los hernystiros, pues había conocido a mucha gente de las tierras del oeste pagano—, ¡Dijisteis que la Gente Pequeña tuvo que huir de las espadas de hierro!

—No *Gente Pequeña,* Simón... ¡Oh! —contestó el doctor, y se lanzó sobre una pila de libros forrados de piel para, a continuación, atusarse la espesa barba—. Veo que tendré que darle más profundidad a mi historia. ¿Esperan en la cocina que regreses a la hora de comer?

—No —mintió el chico con prontitud. Una historia ininterrumpida de boca del doctor valía la pena a cambio de una de las zurras de Raquel.

—Bien. Entonces, vamos a buscar algunas cebollas y pan para nuestros estómagos..., y tal vez un vasito de algo para beber: hablar es un oficio que da mucha sed. Y después haremos un esfuerzo para convertir la escoria en Metal Absoluto: en otras palabras, para tratar de enseñarte algo.

Cuando se hubieron provisto de todo ello, el doctor Morgenes volvió a tomar asiento.

—Bueno, bueno, Simón. Oh, no hace falta que sigas con la escoba mientras comes. ¡Los jóvenes sois tan flexibles! Ahora, por favor, corrígeme si me equivoco: hoy es jueves, quince..., ¿dieciséis?... No, quince de novendre. Y el año es mil ciento sesenta y cuatro, ¿no es así?

—Creo que sí.

—Estupendo. Pon eso encima del taburete, ¿quieres? Así que hace mil ciento sesenta y cuatro años, ¿de *qué*? ¿Lo sabes?

Morgenes se echó hacia adelante.

Simón compuso una amarga expresión. El doctor sabía que era un cabezahueca y se burlaba de él. ¿Cómo se suponía que un friegaplatos podía saber de esas cosas? Continuó barriendo en silencio.

Instantes después levantó la mirada. El anciano masticaba y lo miraba con intensidad por encima de un mendrugo de oscuro pan.

«¡Qué ojos más azules tiene!», pensó Simón, y volvió a apartar la vista.

—¿Y bien? —dijo el doctor con la boca llena—. ¿De qué?

—No lo sé —susurró el muchacho, y odió el sonido de su propia voz resentida.

—Dejémoslo así. No lo sabes…, o tal vez crees que no. ¿Escuchas las proclamaciones cuando las lee el pregonero?

—A veces. Cuando estoy en el mercado. Otras veces Raquel me explica lo que ha dicho.

—¿Y qué es lo que dice al final? Lee la fecha, ¿recuerdas?… Ten cuidado con esa urna de cristal, muchacho, barres como alguien que estuviera afeitando a su peor enemigo. ¿Qué es lo que dice al final?

Simón, lleno de vergüenza, estaba a punto de tirar la escoba y salir corriendo cuando, de repente, una frase flotó y emergió de las profundidades de su memoria, trayendo consigo los sonidos del mercado —el ondear de los gallardetes y toldos— y el nítido olor de la hierba de primavera esparcida a sus pies.

—Desde la Fundación.

Estaba seguro de ello. Lo había oído en la calle Mayor.

—¡*Excelente!* —dijo el doctor, y levantó la jarra como en un brindis para al final echar un largo trago—. Y ahora, ¿la «Fundación» de *qué*? No te preocupes —continuó Morgenes mientras Simón empezaba a negar con la cabeza—, yo te lo diré. No espero que los jóvenes de hoy día, criados como lo hacen, sepan demasiado sobre la verdadera naturaleza de los acontecimientos —añadió el doctor sacudiendo la cabeza, en un rictus mitad en broma, mitad en serio—. El *Imperium Nabbanai* fue fundado, o declarado fundado, hace mil ciento sesenta y cuatro años, por Tiyagaris, el primer Imperator. En ese tiempo, las legiones de Nabban gobernaban en todos los países del hombre, tanto al norte como al sur, y a ambas orillas del río Gleniwent.

—Pero…, pero Nabban es pequeño —dijo Simón, sorprendido—. ¡Es la parte más pequeña del reino del rey Juan!

—Eso, jovencito —explicó Morgenes—, es lo que llamamos «historia». Los imperios tienen tendencia a declinar; y los reinos, a caer. En el lapso de mil años o algo así, cualquier cosa puede suceder. La época de máximo apogeo de Nabban no se alargó tanto. Lo que quiero decir, al fin y al cabo, es que Nabban gobernó un tiempo a los hombres, y los hombres vivían codo a codo con los sitha. El rey de los sitha reinaba aquí, en Asu'a, o Hayholt, como nosotros lo llamamos. El rey-erl, «erl» es una vieja palabra que quiere decir sitha, negaba a los humanos el derecho a entrar en las tierras de su gente, si no era mediante un permiso especial; y los humanos, más ligeramente temerosos de los sitha, lo obedecían.

—¿Qué *son* los sitha? Dijisteis que no eran Gente Pequeña.

Morgenes sonrió.

—Aprecio tu interés, muchacho, ¡en especial cuando todavía no he hablado de matanzas ni amputaciones!, pero lo apreciaría todavía más si no te mostrases tan tímido con la escoba. Baila con ella, muchacho, ¡baila con ella! Mira, si puedes, limpia eso de ahí.

Morgenes trotó hasta la pared y señaló una mancha de hollín de varios codos de diámetro. Parecía una pisada. Simón decidió no preguntar, y en lugar de ello se puso a tratar de borrarla de la pared enyesada.

—Ahhh, te doy las gracias. He esperado para sacar eso de ahí durante meses; de hecho, desde la víspera de los Difuntos del último año. Ahora, ¿por dónde, en el nombre de los Vistrilies Interiores, iba yo…? Ah, sí, tus preguntas. ¿Los sitha? Bueno, ellos fueron los primeros y tal vez sigan aquí cuando desaparezcamos todos nosotros. Son tan diferentes de nosotros como el hombre lo es de los animales, aunque más parecidos… —El doctor se detuvo para reconsiderar sus afirmaciones—. Para ser franco, el hombre y los animales viven un mismo y breve lapso de años, pero no ocurre lo mismo entre el hombre y los sitha. Si bien el Pueblo Encantado no es inmortal, la verdad es que viven mucho más que cualquier hombre, incluso más que nuestro nonagenario rey. Puede que tal vez no mueran, si no es por propia elección o a través de la violencia… Tal vez, si fueras sitha, la violencia *en sí misma* podría ser una elección…

Morgenes perdió el hilo. Simón lo miraba con la boca abierta.

—Oh, vamos, cierra esa mandíbula, muchacho, pareces Inch. Es mi privilegio el poder divagar un poco. ¿Preferirías regresar y escuchar a la dama encargada de la servidumbre?

Simón cerró la boca y continuó frotando el hollín de la pared. Había conseguido cambiar la forma original de la mancha para convertirla en algo parecido a un cordero; de vez en cuando se detenía para valorar su trabajo. Una picazón de fastidio se hizo presente en la base del cuello; le *gustaba* el doctor, y prefería estar aquí antes que en cualquier otra parte, pero el anciano hablaba tanto… Tal vez si frotase un poco más por la parte superior de la mancha ésta podría llegar a parecerse a un perro… Su estómago rugió intranquilo.

Morgenes siguió con sus explicaciones, llenas de lo que para Simón resultaban detalles innecesarios, sobre la era de paz entre los súbditos del rey-erl de edad indefinida y los de los Imperatores humanos emergentes.

—… Así, sitha y hombres encontraron una especie de equilibrio —dijo el anciano—, incluso comerciaban un poco…

El rugido del estómago de Simón se hizo audible. El doctor sonrió y dejó otra vez sobre la mesa la última cebolla que acababa de coger.

—Los hombres traían especias y tintes de las Islas del Sur, o piedras preciosas de las Montañas Grianspog de Hernystir; a cambio recibían hermosas cosas provenientes de los cofres del rey-erl, objetos de una misteriosa y exquisita artesanía.

La paciencia de Simón tocaba a su fin.

—Pero ¿qué ocurrió con los hombres de los barcos, los rimmerios? ¿Qué pasó con las espadas de hierro?

El muchacho miró a su alrededor en busca de algo a lo que hincarle el diente. ¿La última cebolla? Se acercó con cautela hacia ella. Morgenes estaba frente a la ventana, desde donde observaba el gris atardecer. Simón se la metió en el bolsillo y corrió de vuelta hasta la mancha de la pared. Con un tamaño claramente inferior al original, la mancha tenía ahora la forma de una serpiente. Morgenes continuaba sin apartarse de la ventana.

—Supongo que *ha habido* un poco de tiempos pacíficos y gentes de igual talante en mi historia de hoy —dijo. Meneó la cabeza y se dirigió hacia su asiento—. La paz pronto acabará...

El doctor volvió a sacudir la cabeza y un mechón de fino cabello se cruzó en su frente arrugada. Simón mordisqueaba la cebolla a escondidas.

—La edad de oro de Nabban duró unos cuatro siglos, hasta el advenimiento de los rimmerios sobre Osten Ard. El Imperium Nabbanai se había recluido sobre sí mismo. El linaje de Tiyagaris había muerto, y cada nuevo emperador que se hacía con el poder era como un dado escogido de un cubilete; algunos eran buenos y trataban de mantener al reino unido; otros, como Crexis *el Chivo,* eran peores que los saqueadores del norte. Y algunos, como Enfortis, eran simplemente débiles.

»Durante el reinado de Enfortis se produjo la llegada de los poseedores del hierro. Nabban decidió retirarse del norte. Lo hicieron a través del río Gleniwent, de forma tan apresurada que muchos de los puestos fronterizos del norte se encontraron solos y abandonados a su suerte: unirse a los rimmerios o morir.

»Hummm... ¿Te aburro, muchacho?

Simón, apoyado contra la pared, se sacudió para enfrentarse con la conocida sonrisa de Morgenes.

—¡No, doctor, no! —Tenía los ojos cerrados para poder escuchar mejor—. ¡Seguid!

Todos aquellos nombres, nombres y más nombres le estaban provocando sueño..., y deseó que el anciano se apresurase para llegar a la parte de las batallas. Pero le gustó ser el único del castillo para quien hablaba Morgenes. Las sirvientas no sabían nada de aquel tipo de cosas…, cosas de *hombres*. ¿Qué sabían las sirvientas o las chicas más jóvenes sobre ejércitos, banderas y espadas…?

—¿Simón?

—¡Oh! ¿Sí? ¡Seguid!

El chico se dio la vuelta con rapidez para restregar los últimos restos de la mancha mientras el doctor continuaba. La pared estaba limpia. ¿Lo habría hecho sin darse cuenta?

—Así que trataré de acortar un poco la historia, muchacho. Como iba diciendo, Nabban retiró sus ejércitos del norte y se convirtió por primera vez en un imperio totalmente sureño. Fue el principio del fin, claro; según fue pasando el tiempo, el imperio se replegó sobre sí mismo como una sábana, cada vez más y más pequeño, hasta nuestros días, cuando ya no es más que un ducado, una península con unas cuantas islas añadidas. En el nombre de la Flecha de Paldir, ¿qué es lo que *haces*?

Simón se contorsionaba como un podenco mientras trataba de rascar una mancha en un lugar difícil. Sí, allí estaban los restos de la mancha de la pared: una silueta en forma de serpiente cruzaba toda la espalda de su camisa. Se había apoyado contra ella. Se volvió hacia Morgenes con cara de borrego, pero el doctor se rió y continuó.

—Sin las guarniciones imperiales, Simón, el norte quedó inmerso en el caos. Los hombres que habían llegado en los barcos capturaron la mayor parte del norte de la Marca Helada, y llamaron a su nuevo hogar Rimmersgardia. No contentos con ello, los rimmerios avanzaron hacia el sur, barriendo todo lo que encontraban en su sangriento camino. Pon esas hojas en la estantería, contra la pared, ¿quieres?

»Robaron y arruinaron a otros hombres, hicieron numerosos cautivos, pero para los sitha fueron criaturas fatales; los cazaron y dieron muerte allí donde los encontraron, mediante el fuego y el hierro frío… Cuidado con eso, muchacho.

—¿Aquí encima, doctor?

—Sí…, pero, ¡por los Huesos de Anaxos, no los *tires*! ¡Ponlos bien! ¡Si supieras la de horas que durante una terrible noche estuve jugando a los dados en un cementerio utanyeato para poner mis manos sobre ellos…! ¡Allí! Así está mucho mejor.

»Por aquel entonces, la gente de Hernystir, un orgulloso y aguerrido pueblo al que ni siquiera los emperadores de Nabban habían podido conquistar, no parecía estar dispuesta a ofrecer sus cuellos a los rimmerios. Estaba horrorizada por lo que los norteños hacían con los sitha. De todos los humanos, los hernystiros eran los más cercanos a los sitha; todavía hoy son visibles las marcas de una antigua ruta comercial entre este castillo y el Taig de Hernysadharc. El señor de Hernystir y el rey-erl formaron una alianza desesperada, y durante un tiempo mantuvieron a distancia la marea norteña.

»Pero ni siquiera unidos podían oponer suficiente resistencia frente al avance invasor. Fingil, el rey de los rimmerios, marchó hacia el sur de la Marca Helada por encima de las fronteras del territorio del rey-erl… —Morgenes sonrió con tristeza y continuó—: Estamos a punto de acabar, joven Simón, no temas, llegamos al final de todo ello…

»En el año seiscientos sesenta y tres, las dos grandes huestes llegaron a las praderas de Ach Samrath, al norte del río Gleniwent. Durante cinco días de horribles y despiadados combates, los hernystiros y los sitha consiguieron hacer retroceder a los rimmerios. Pero en el sexto día fueron atacados a traición por su flanco desprotegido. El ataque fue llevado a cabo por un ejército de hombres de Thrithings, que durante mucho tiempo habían codiciado las riquezas de Erkynlandia y de los sitha. Amparados por la oscuridad, llevaron a cabo una carga mortífera. La línea de defensa fue rota; los carros hernystiros, aplastados, y el Blanco Venado de la Casa de Hern, pisoteado sin miramientos. Se dice que, sólo en ese día, diez mil hombres de los hernystiros encontraron la muerte en el campo de batalla. Nadie sabe cuántos sitha cayeron, pero sus pérdidas también fueron enormes. Los hernystiros que sobrevivieron huyeron hacia los bosques de su tierra. En Hernystir, Ach Samrath es un nombre que se emplea para designar odio y pérdida.

—¡Diez mil! —silbó Simón. Los ojos le brillaron a causa del terror y la enormidad de la cifra.

Morgenes se percató de la expresión del chico e hizo una mueca, aunque sin añadir comentario alguno.

—Ése fue el día en que el señorío de los sitha sobre Osten Ard tocó a su fin, aunque todavía pasaron tres años de duro sitio antes de que Asu'a cayese en manos de los victoriosos norteños.

»Si no hubiera sido por las horribles magias realizadas por el hijo del rey-erl, no habría sobrevivido ni un solo sitha a la caída del castillo. Sin embargo, muchos lo hicieron y huyeron a los bosques y hacia el sur, en dirección a las aguas, y… hacia cualquier parte.

Ahora la atención de Simón estaba fija como si se hallase clavado al suelo.

—¿Y el hijo del rey-erl? ¿Cómo se llamaba? ¿Qué clase de magia invocó? —preguntó el chico, y un pensamiento repentino atravesó su mente—. ¿Y qué hay del rey Juan? ¡Creí que ibais a explicarme algo del rey…, ¡de nuestro rey!

—Otro día, Simón.

Morgenes se abanicó la frente con un fajo de pergaminos, aunque la pieza estaba bastante fría.

—Hay mucho que explicar sobre las eras oscuras tras la caída de Asu'a, muchas historias. Los rimmerios gobernaron aquí hasta la llegada del dragón. Años más tarde, mientras el dragón dormía, otros hombres poseyeron el castillo. Muchos años y varios reyes pasaron por Hayholt, muchos años oscuros y muchas muertes hasta el advenimiento de Juan…

Se detuvo y pasó una mano por el rostro como para apartarse el cansancio.

—Pero ¿qué pasó con el hijo del rey de los sitha? —preguntó Simón, con calma—. ¿Qué hay sobre… la «terrible magia»?

—Sobre el hijo del rey-erl… es mejor no decir nada.

—¿Por qué?

—¡Basta de preguntas, muchacho! —rugió Morgenes, agitando las manos—. ¡Estoy cansado de tanto hablar!

Simón se ofendió. Sólo había tratado de oír la historia completa; ¿por qué la gente mayor se enfada con tanta facilidad? De todas formas, era mejor no matar la gallina de los huevos de oro.

—Lo siento, doctor.

Trató de parecer contrito, pero el viejo sabio tenía un aspecto tan gracioso, con su cara sonrosada y su cabello encrespado, que Simón sintió cómo se iba conformando en sus labios una sonrisa. Morgenes lo vio, pero mantuvo su adusta expresión.

—De verdad que lo siento.

No se produjo ningún cambio. ¿Qué más podía probar?

—Os doy las gracias por explicarme la historia.

—¡No es ninguna «historia»! —gruñó Morgenes—. ¡Es *Historia*! ¡Ahora vete! ¡Vuelve mañana por la mañana dispuesto a trabajar, porque apenas has empezado la faena de *hoy*!

Simón se incorporó y trató de ocultar su sonrisa, pero según se daba la vuelta para marcharse se le escapó y se dibujó a través de su rostro. Al cerrar la puerta tras de sí oyó al anciano maldecir a no-sé-qué-demonios que habían ocultado su jarra de cerveza.

La luz del atardecer se introducía como un cuchillo a través de los claros abiertos entre las nubes mientras Simón volvía de camino al bastión interior. Tenía el aspecto de un holgazán tonto y boquiabierto, un alto y desagradable chico pelirrojo, vestido con ropas polvorientas. Pero en su interior bullían extraños pensamientos, como un panal de deseos y murmullos zumbones.

«Mira el castillo», pensó. Estaba viejo y muerto, con piedras amontonadas sobre piedras carentes de vida, una montaña de rocas habitada por criaturas de mente estrecha. Pero una vez había sido diferente. Grandes acontecimientos ocurrieron aquí. Los cuernos habían sonado; las espadas, brillado; grandes ejércitos se habían enfrentado como las olas del Kynslagh batiendo contra el muro. Cientos de años habían transcurrido, pero a Simón le pareció que estaba ocurriendo en aquel instante y sólo para él, mientras la lerda y tonta gente con la que compartía el castillo se arrastraba sin pensar en nada excepto en la próxima comida, y en echar una cabezada inmediatamente después.

«Idiotas.»

Al atravesar la postrera puerta, una luz le llamó la atención hacia la distante pasarela que rodeaba la Torre de Hjeldin. Vio a una muchacha, brillante y pequeña como una pieza de joyería. Su ropa de color verde y el dorado cabello eran abrazados por un rayo de luz solar como si hubiera sido lanzado como una flecha desde el cielo para ella sola. Simón no podía verle el rostro, pero estaba seguro de que tenía que ser hermosa; hermosa y compasiva como la imagen de la Inmaculada Elysia que había en la capilla.

Durante un momento aquel destello de verde y oro lo encendió, como una chispa sobre madera seca. Sintió desaparecer todo el fastidio y el resentimiento que llevaba dentro de sí, que se esfumaron en un instante. Se sintió ligero y capaz de flotar como una pluma de ganso y rogó que la brisa se lo llevase de un soplo hacia el rayo dorado.

Apartó la mirada de la maravillosa muchacha sin rostro y miró sus ropas harapientas. Raquel lo esperaba, y su comida se habría enfriado. Un indefinible peso volvió a tomar su lugar acostumbrado y le hizo inclinar el cuello y hundir sus hombros mientras caminaba arrastrando los pies hacia las dependencias de los servidores.

5

LA VENTANA DE LA TORRE

Novendre balbuceaba en el exterior a través del viento y de la delicada nieve; decimbre aguardaba paciente, con el final del año atado en su cola.

El rey Juan *el Presbítero* había enfermado tras hacer que sus dos hijos regresasen a Hayholt, y había vuelto a sus sombrías estancias, rodeado de sanguijuelas, sabios doctores y del inquieto cuerpo de servidores. El obispo Domitis vino desde San Sutrino, la más grande iglesia de Erchester, y sentó plaza junto a la cama de Juan. Aquél despertaba al monarca a todas horas para inspeccionar la textura y el peso del alma real. El anciano rey, que se debilitaba por momentos, soportó a ambos, dolor y sacerdote, con valeroso estoicismo.

En la pequeña estancia situada junto a la del propio rey, que Towser había ocupado durante cuarenta años, reposaba la espada Clavo Brillante, engrasada y enfundada, envuelta en finos lienzos en el fondo del baúl de roble del bufón.

La noticia se extendió por la ancha faz de Osten Ard: el Preste Juan se moría. Hernystir al oeste y la norteña Rimmersgardia despacharon delegaciones inmediatamente junto al lecho de la sufrida Erkynlandia. El viejo duque Isgrimnur, compañero del rey a la izquierda de la Gran Mesa, llevó cincuenta rimmerios de Elvritshalla y Naarved. La compañía iba envuelta de pies a cabeza en pieles y cueros para cruzar la Marca

Helada en invierno. Sólo veinte hernystiros acompañaron al hijo del rey Lluth, Gwythinn, pero el brillo del oro y la plata que vestían relucía tanto que ocultaba la pobreza de sus prendas.

El castillo empezó a llenarse de vida con música y lenguas que durante mucho tiempo habían dejado de escucharse: rimmerspakk, perdruinense y lengua harcha. El lenguaje isleño de Naraxi flotaba en el patio, y en los establos se oía el eco de las cadencias musicales de los hombres de Thrithings; los habitantes de las llanuras, como siempre, se encontraban más cómodos entre caballos. Entre éstos y aquéllos flotaba el lento hablar de Nabban, la articulada lengua de la Madre Iglesia y de sus sacerdotes aedonitas, siempre preocupados por las idas y venidas de los hombres y de sus almas.

En el alto Hayholt y bajo él, en Erchester, aquellos pequeños ejércitos de extranjeros llegaban juntos y se separaban, la mayor parte de las veces sin incidentes. Aunque muchas de esas gentes eran antiguos enemigos, casi ochenta años de tutela bajo el Supremo Rey habían curado muchas heridas. Se intercambiaron más litros de cerveza que duras palabras.

Existió una lamentable excepción a aquella regla de armonía, difícil de pasar por alto o dejar de entender. Allí donde se encontrasen, bajo las anchas puertas de Hayholt o en las estrechas callejuelas de Erchester, los soldados de verdes libreas, del príncipe Elías, y los de las camisas pardas, seguidores del príncipe Josua, se zarandeaban y discutían. Aquello era un reflejo público de la privada división que existía entre los hijos del rey. La guardia erkyna del Preste Juan tuvo que ser llamada para intervenir en varias reyertas. Al final, uno de los seguidores de Josua fue apuñalado por un joven noble meremundo, un íntimo del heredero. Por fortuna, la herida del hombre de Josua no resultó fatal y todos tuvieron que oír las reprimendas de los cortesanos más ancianos. Las tropas de ambos príncipes volvieron a las miradas frías y a las burlas desdeñosas; el derramamiento de sangre fue abortado.

Aquéllos eran extraños días en Erkynlandia y en todo Osten Ard; días cargados por igual de pena y excitación. El rey no había muerto, pero daba la impresión de que lo haría pronto. El mundo entero estaba en proceso de cambio. ¿Cómo podría continuar todo igual cuando el Preste Juan ya no se sentase en el Trono del Dragón?

«¡Lunen: sueño… Jueses: mejor… Veirnes: el mejor… Sátedo: día de mercado… Domingo: descanso!»

Mientras bajaba las crujientes escaleras de dos en dos, Simón cantaba la vieja rima a voz en cuello. Casi tropezó con Sofrona, la dama que se ocupaba de la ropa, mientras ésta conducía a un escuadrón de doncellas cargadas con sábanas por la puerta del Jardín de Pinos. Sofrona se echó atrás, contra la jamba de la puerta, emitiendo un gritito mientras Simón la cruzaba. La mujer levantó un huesudo puño en ademán amenazante contra la espalda ya lejana del muchacho.

—¡Se lo diré a Raquel! —gritó.

Sus acompañantes ahogaron la risa.

¿A quién le preocupaba Sofrona? Hoy era sátedo —día de mercado— y Judit, la cocinera, le había dado dos peniques para que le comprase algo, y una pequeña pieza —¡bendito sátedo!— para que se la gastase en lo que Simón quisiera. Las monedas sonaban con ruido cantarín en su bolsa de piel mientras daba una vuelta por los acres de largos y circulares patios del castillo, yendo desde el bastión interno al mediano, ahora casi vacío, desde que sus residentes —soldados y artesanos— se encontraban, en su mayoría, atendiendo sus deberes o en el mercado.

Los animales pastaban en el patio de los comunes del bastión exterior, amontonados de forma miserable para resguardarse del frío, vigilados por pastores que apenas mostraban mejor aspecto que el ganado. Simón se apresuró a lo largo de las hileras de casas bajas, almacenes y cobertizos de animales, la mayoría de ellos demasiado viejos y tan cubiertos de hiedra que parecían tumores que le hubiesen salido a las murallas interiores de la Gran Torre.

El sol, apenas velado por las nubes, brillaba sobre los innumerables grabados que cubrían la imponente superficie de ágata de la Puerta Nearulagh. Mientras reducía la velocidad de sus pasos para evitar los charcos que se habían formado en el suelo y miraba con la boca abierta los intrincados grabados de la victoria del rey Juan sobre Ardrivis —la batalla por la que Nabban se inclinó ante la autoridad real—, Simón oyó el sonido de cascos de caballos y el chirrido de las ruedas de los carros. Levantó la mirada lleno de horror para encontrarse frente a los grandes ojos en blanco de un caballo que iba salpicando fango con sus cascos según penetraba a través de la Puerta Nearulagh. Simón se echó a un lado y sintió que el viento azotaba su rostro al paso del animal. El conductor del carro iba azuzando a la bestia mediante salvajes voces. El chico tuvo una breve visión del conductor, que iba enfundado en una oscura capa con capucha de color escarlata. Los ojos del hombre lo miraron con desprecio al pasar junto a él; eran negros y brillantes, como las crueles órbitas de un tiburón. Aunque el encuentro de sus miradas fue muy breve, Simón sintió que los ojos del conductor casi lo habían *quemado*. Se echó hacia atrás y se dejó caer, encogido, contra la piedra de la jamba de la puerta, mientras veía desaparecer el carro por el bastión exterior. Los pollos chillaban y revoloteaban a su paso, excepto los que quedaban aplastados bajo las ruedas del carro. Plumas sucias de barro cayeron al suelo.

—¡Eh, chico! ¿Estás herido? —preguntó uno de los guardias de la puerta mientras cogía la temblorosa mano de Simón y lo ayudaba a incorporarse—. Entonces, sigue tu camino.

La nieve se arremolinaba en el aire y se posaba casi deshecha sobre sus mejillas mientras Simón bajaba por la colina en dirección a Erchester. El tintineo de las monedas en su bolso tenía ahora un ritmo más lento.

—Ese sacerdote está más loco que una cabra —oyó decir al guardia, que se dirigía a su compañero—. Si no fuese porque es un hombre del príncipe Elías…

Tres niños seguían con dificultad a su madre colina arriba y señalaron al larguirucho Simón cuando se cruzó con ellos; se reían de la expresión que denotaba su pálido rostro.

La calle Mayor aparecía cubierta de pieles estiradas a lo ancho, de edificio a edificio. En cada cruce había grandes fogatas; la mayor parte del humo que éstas producían subía en espirales y desaparecía a través de los agujeros practicados en los toldos de piel. La nieve caía lentamente a través de las improvisadas chimeneas y se fundía entre siseos al entrar en contacto con el aire caliente de las hogueras. Calentándose a las llamas o charlando y paseando —mientras examinaban los artículos que aparecían expuestos a cada lado de la calle—, la gente de Erchester y de Hayholt se mezclaban con aquellos llegados de los feudos más lejanos, mientras se arremolinaban arriba y abajo de la ancha calle que corría a lo largo de dos leguas, desde la Puerta Nearulagh hasta la Plaza de la Batalla, al final de la ciudad. Atrapado en medio de toda aquella agitación, Simón se sintió revivir. ¿Por qué tenía que preocuparse por un cura borracho? ¡Al fin y al cabo, era día de mercado!

El usual ejército de mercaderes y vendedores ambulantes que no dejaban de gritar, campesinos de mirada sorprendida, jugadores, ladronzuelos y músicos, había engrosado sus filas con la soldadesca de las misiones enviadas junto al rey moribundo. Rimmerios, hernystiros, warinstenos o perdruinos; su andar lleno de pavoneo y sus brillantes correajes atraían la mirada de Simón. Se encontró siguiendo a un grupo de legionarios nabbanos vestidos de azul y oro, admirando su contoneo y aires de superioridad, entendiendo sin que mediaran palabras la tonta manera en que se imprecaban los unos a los otros. Cada vez se iba acercando más a ellos, con la esperanza de echar una mirada a las cortas espadas enfundadas que colgaban de sus cinturas, cuando uno de ellos —un soldado de ojos brillantes y oscuros y espeso bigote— se volvió y lo vio.

—Ah, hermanos —dijo con una mueca, mientras agarraba el brazo de uno de sus compañeros—. ¡Mira! Un ladronzuelo. ¡Apuesto a que tenía la mirada puesta en tu bolsa, Turis!

Ambos hombres se detuvieron para mirar a Simón, y el más pesado de ellos, de espesa barba, el llamado Turis, miró al joven con una mueca.

—Tocó bolsa, lo mataré —gruñó.

Su dominio de la lengua westerling no era tan bueno como el del primer hombre; también parecía carecer de su humor.

Otros tres legionarios habían llegado para unirse a los primeros. Cada vez se acercaban más a Simón, hasta que éste se sintió como un zorro acorralado.

—¿Qué ocurre, Gelles? —preguntó uno de los recién llegados al compañero de Turis—. *Hué fauge*? ¿Ha robado algo?

—*Nai, nai...* —dijo Gelles entre dientes—. Estábamos de broma con Turis. Este flacucho no ha hecho nada.

—¡Tengo mi propia bolsa! —espetó Simón, lleno de indignación. La desató del cinturón y la alzó para moverla ante los rostros de los sonrientes soldados—. ¡No soy un ladrón! ¡Vivo en la casa del rey! ¡*Vuestro* rey!

Todos los soldados estallaron en carcajadas.

—¡*Heá*, escuchadlo! —dijo Gelles—. ¡*Nuestro* rey, dice! ¡Qué valiente!

Simón se dio cuenta en aquel instante de que el joven legionario estaba borracho. Parte —aunque no toda— de su fascinación desapareció y se convirtió en disgusto.

—Oíd, muchachos. —Gelles alzó las cejas—. «*Mulveiz-nei cenit drenizend*», dicen. Hay que tener cuidado con este cachorro, así que dejémosle que duerma.

Otra explosión de risas sacudió a los soldados. Simón, con el rostro enrojecido, volvió a anudarse la bolsa y se dio la vuelta.

—¡Adiós, rata de castillo! —se despidió uno de los legionarios.

Simón no se dio la vuelta para contestar, sino que se alejó a toda prisa.

Había pasado junto a una de las fogatas y había salido bajo los toldos de la calle Mayor cuando sintió que una mano se posaba sobre su hombro. Giró sobre sí mismo, pensando que los nabbanos habían vuelto para seguir insultándolo, pero en su lugar encontró a un hombre rechoncho con la cara sonrosada a causa de lo que parecía una larga exposición a los elementos. El extraño vestía el manto gris y lucía la tonsura de un padre mendicante.

—Perdóname, muchacho —dijo, con fuerte acento hernystiro—. Sólo deseaba saber si te encontrabas a salvo, si esos *goirach* nabbanos te habían causado algún daño.

El extraño se acercó a Simón y lo palpó, para cerciorarse de que no había sufrido mal alguno. Sus ojos, bajo unas espesas cejas, se movían sin cesar en un rostro con arrugas que marcaban las curvas de una sonrisa que debía de ser frecuente, pero que parecía contener algo más: una sombra muy densa, que causaba desazón aunque no miedo. Simón se dio cuenta de que se había quedado con la mirada fija en el fraile, casi contra su voluntad, y la retiró.

—No, gracias, padre —empezó a decir, siguiendo las normas de educación—. Sólo se estaban divirtiendo a mi costa. No me han causado daño.

—Eso está bien, muy bien... Ah, perdóname, no me he presentado. Soy el hermano Cadrach ec-Crannhyr, de la orden vilderivana —dijo, y le dirigió una sonrisa al muchacho. Su aliento hedía a vino—. He venido con el príncipe Gwythinn y sus hombres. ¿Quién eres tú?

—Simón. Vivo en Hayholt —respondió, e hizo un vago gesto indicando el castillo.

El fraile volvió a sonreír, sin decir nada, y se dio la vuelta para observar a un hyrka vestido con brillantes colores; el hombre llevaba arrastrando de una cadena a un oso con bozal. Cuando el dúo hubo pasado, Cadrach volvió a dirigir sus vivos ojitos hacia Simón.

—Hay algunos que dicen que los hyrkas pueden hablar con los animales, ¿lo has oído alguna vez? Sobre todo con sus caballos, y que los animales les entienden perfectamente.

El fraile se encogió de hombros con una mueca burlona, como para mostrar que un hombre de Dios de ninguna manera puede creer aquella clase de tonterías.

Simón no contestó.

Él, desde luego, también había oído aquel tipo de historias a propósito de los salvajes hyrkas. Shem Horsegroom juraba que esas historias eran pura verdad. A los hyrkas se los podía ver a menudo en el mercado, donde vendían hermosos caballos a precios de escándalo y donde engañaban a los campesinos con trampas y rompecabezas. Al pensar en ello —sobre todo en la mala reputación de que gozaban—, Simón bajó la mano y se cogió la bolsa del dinero. Se sintió más seguro al advertir las monedas en el interior.

—Gracias por vuestra ayuda, padre —dijo, para acabar, aunque no recordaba que el hombre hubiera hecho nada por él—. Ahora debo irme. Tengo que comprar algunas especias.

Cadrach lo miró durante unos instantes, como si tratase de recordar algo, una clave que debiera estar escondida en el rostro de Simón. Después dijo:

—Me gustaría pedirte un favor, jovencito.

—¿Qué? —preguntó Simón, con una voz llena de sospecha.

—Como ya te he dicho, soy un extranjero en tu Erchester. Tal vez pudieras guiarme durante un rato, sólo para ayudarme un poco. Después, tras haber hecho una buena obra, podrás seguir tu camino.

—Ah… —dijo Simón.

Se sintió aliviado. Su primer impulso fue decir que no, pues ya era bastante raro que tuviese una tarde libre para recorrer el mercado. Pero ¿cuántas veces tiene uno la oportunidad de charlar con un monje aedonita de la pagana tierra de Hernystir? Además, el hermano Cadrach no parecía del tipo de los que sólo quieren aleccionarte sobre el pecado y la condenación. Volvió a mirar el rostro del hombre, pero la cara del monje le pareció inescrutable.

—Bueno, supongo que sí. Vamos… ¿Queréis ver las danzas de Nascadu en la Maza de la Batalla…?

Cadrach resultó ser un compañero interesante. Aunque no dejaba de hablar —explicó a Simón todo lo referente al frío viaje que, desde Hernysadharc a Erchester, había realizado con el príncipe Gwythinn, y sus frecuentes chanzas sobre los transeúntes y sus exóticas vestimentas—, parecía refrenado, como esperando siempre algo, incluso cuando se reía de sus propias historias. Ambos deambularon por el mercado durante buena parte de la tarde, miraron las mesas de pasteles y vegetales secos que se amontonaban contra las paredes de las tiendas de la calle Mayor, olieron los cálidos aromas de las panaderías y de los vendedores de castañas. Cuando se percató de la triste mirada de Simón al ver tales cosos, el fraile insistió en pararse a comprar un cestillo de castañas asadas, que pagó de buena gana, dando al vendedor de cara agrietada una pieza extraída con torpeza de un bolsillo de su casulla gris. Después de quemarse los dedos y lenguas en vano intento por comerse las castañas, reconocieron su derrota y esperaron a que se enfriasen mientras observaban una discusión entre un mercader de vinos y un malabarista que obstruía la puerta de su bodega.

Más tarde se detuvieron para ver una representación de títeres sobre la vida de Jesuris, a la que asistía una manada de niños chillones y fascinados adultos. Los muñecos hacían reverencias y más reverencias. Jesuris, con su túnica blanca, trataba de no ser capturado por el emperador

Crexis, representado con cuernos y barba de chivo y agitando una larga pica. Al final Jesuris fue capturado y colgado en el Árbol; Crexis, con aguda y estridente voz, no hacía más que atormentar al Sabio colgado. Los niños, muy excitados, insultaban al emperador.

Cadrach dio un ligero codazo a Simón.

—¿Ves? —preguntó, mientras apuntaba con un grueso dedo hacia el teatrillo.

La cortina que colgaba desde el escenario hasta el suelo se movía, como agitada por una fuerte brisa. Cadrach volvió a dar un codazo a Simón.

—¿No dirías que ésta es una buena representación de Nuestro Señor? —inquirió, sin apartar los ojos del telón. Arriba, Crexis daba saltos y Jesuris sufría—. Mientras el hombre desarrolla su propia representación, el Manipulador permanece fuera de la vista; lo conocemos no porque lo hayamos visto, sino por la forma en que se mueven sus títeres. De vez en cuando la cortina se agita, eso lo hace permanecer oculto a su fervoroso público. Ah, pero le estamos agradecidos incluso por ese pequeño movimiento del telón, ¡agradecidos!

Simón lo observó; Cadrach dejó de mirar la representación de títeres y sus ojos se encontraron. Una extraña y triste sonrisa hizo acto de presencia por una de las comisuras de la boca del fraile; por una vez su mirada podía ser valorada.

—Ah, muchacho —dijo—, ¿qué puedes saber tú de asuntos religiosos?

Continuaron vagando por el mercado durante un tiempo antes de que el padre Cadrach se marchase agradeciendo su hospitalidad al muchacho. Simón continuó su andar sin rumbo durante bastante tiempo más, y los trozos de cielo que podían ser vistos a través de los toldos fueron adquiriendo un tinte oscuro antes de que recordase el encargo.

Cuando llegó al puesto del comerciante de especias descubrió que su bolsa había desaparecido.

El corazón empezó a latirle a un ritmo tres veces más rápido de lo normal mientras trataba de recordar. Sabía que había sentido el balanceo de la bolsa en el cinturón cuando junto a Cadrach se detuvieron para comprar las castañas, pero no pudo recordar su presencia a partir de entonces. Fuera donde fuese que había desaparecido, ya no la tenía, y no sólo se trataba de su moneda, ¡sino de los dos peniques que Judit le había confiado!

Recorrió en vano el mercado hasta que los agujeros del techo de toldos se hubieron vuelto del todo negros. La nieve que apenas había sentido antes le pareció muy fría y húmeda al regresar, con las manos vacías, al castillo.

Peor que ningún castigo —como descubriría Simón al regresar a casa sin especias ni dinero— fue el observar la mirada de fastidio que la dulce, gorda y llena de harina Judit le dirigió. Raquel también utilizó la más desagradable de las tácticas al castigarlo con algo tan doloroso como una expresión de disgusto ante la chiquillada y la promesa de que trabajaría «hasta que se le gastasen los dedos» para devolver el dinero. Incluso Morgenes, a quien Simón acudió en busca de consuelo y simpatía, pareció poco sorprendido ante la falta de cuidado del joven. Aunque se había ahorrado una zurra, nunca se había sentido tan mal ni había tenido tan mala impresión de sí mismo.

El domingo llegó y pasó, como un oscuro y triste día en el que la mayor parte del personal de Hayholt pareció estar en la capilla orando por el rey Juan. O eso, o diciéndole a Simón que se apartase. Sentía la clase de desagradable sentimiento que podía ser aliviado mediante una visita al doctor Morgenes o una excursión más allá de las puertas, para realizar alguna exploración. El doctor se encontraba ocupado, encerrado con Inch; parecía trabajar en algo grande y peligroso; no iba a necesitar a Simón para nada. El tiempo en el exterior era tan frío que ni siquiera en el estado en que se encontraba pudo convencerse para salir a deambular. En lugar de ello, el resto de la larga tarde lo pasó con el gordo aprendiz de candelero, Jeremías, amontonando rocas de uno de los torreones del bastión interno y hablando de cosas tan insulsas como si los peces se helaban en el foso durante el invierno o, si no, adónde iban hasta que llegase la primavera.

El frío exterior —así como la frialdad de una naturaleza diferente que se respiraba en las habitaciones de los servidores— permanecía cuando se levantó, la mañana del lunen, y se sintió mal y a disgusto. Morgenes también parecía encontrarse de no muy buen humor. Así que, cuando Simón hubo terminado sus labores en las estancias del doctor, cogió algo de pan y queso de la despensa y salió al exterior para estar solo.

Durante un rato permaneció con aspecto abatido en el Salón de los Archivos, en el bastión mediano, y se dedicó a escuchar el sonido seco y parecido al zumbido de un insecto que hacían los padres escribanos al copiar. Pero después de una hora empezó a sentirse como si fuese sobre su propia piel sobre la que las plumas de los escribas estuvieran rascando, rascando y rascando…

Decidió coger la comida y subir las escaleras de la Torre del Ángel Verde, algo que no había hecho desde que el tiempo había empezado a cambiar.

Teniendo en cuenta que Barnabás, el sacristán, lo echaría fuera si lo pillaba, resolvió no tomar el camino de la capilla para dirigirse a la torre, y en lugar de ello decidió tomar su propio y secreto camino hacia los pisos superiores. Envolvió con cuidado la comida en el pañuelo y partió.

Caminó por las que parecían interminables salas de la Cancillería, de pasillos cubiertos a patios al aire libre. De vuelta otra vez a los pasillos —aquella parte del castillo estaba dotada de pequeños patios cerrados—, evitó, no sin cierta superstición, mirar hacia lo alto de la torre que, delgada y pálida, dominaba la esquina sudoeste de Hayholt como un abedul en un jardín de piedras, tan increíblemente alta y delicada que desde el nivel del suelo parecía erigirse en alguna lejana colina, a millas y millas de distancia de los muros del castillo. Cuando se detuvo la sintió estremecerse al contacto con el viento, como si fuese la cuerda de un laúd rasgada por alguna púa celestial.

Los cuatro primeros niveles de la Torre del Ángel Verde no se diferenciaban demasiado de cientos de otras estructuras similares esparcidas por el castillo. Antiguos señores de Hayholt habían encerrado su delgada base entre muros de granito y almenas; si lo hicieron con el objetivo de asegurar su estabilidad o por el extraño aspecto de la torre, nadie podría decirlo. Por encima del nivel del recinto que la rodeaba, la estructura de contención dejaba de existir; la torre seguía hacia arriba, desnuda, como una hermosa criatura albina que escapase de un monótono capullo. Balconadas y ventanas de extrañas formas habían sido abiertas en la misma brillante superficie de piedra, al igual que el diente de ballena lleno de grabados que Simón había visto a menudo en el mercado. En el distante pináculo de la torre brillaba un halo de cobre dorado y verde: se trataba del Ángel, con un brazo extendido como en un gesto de despedida y el otro con la palma de la mano extendida sobre los ojos, como si mirase lejos en la distancia.

La vasta y ruidosa Cancillería aparecía más ajetreada que de costumbre. Los muchachos a cargo del padre Helfcene corrían de aquí para allá y de una cámara a otra, o se amontonaban para discutir en el patio frío y nevado. Algunos de ellos, que llevaban rollos de papel y poseían una expresión distraída, trataron de conseguir que Simón les hiciera algunos encargos en el Salón de los Archivos, pero él siguió su camino, pretextando una misión del doctor Morgenes.

Se detuvo en la antecámara de la sala del trono, y trató de aparentar que admiraba los vastos mosaicos mientras esperaba que el último de los sacerdotes de la Cancillería pasase en su camino hacia la capilla. Cuando ese momento hubo llegado, abrió la puerta y se deslizó hasta el interior de la sala del trono.

Los grandes goznes crujieron para después quedar en silencio. Las propias pisadas de Simón produjeron un impresionante eco. El joven se detuvo y permaneció inmerso en un gran silencio, sin respirar. No importaba en cuántas ocasiones había visitado aquella sala —durante varios años había sido, al menos por lo que él sabía, el único residente del castillo que se había atrevido a entrar en ella—, el caso es que siempre le había parecido imponente.

Justo el mes pasado, tras la inesperada recuperación del rey Juan, a Raquel y a su grupo de ayudantes les fue permitido traspasar el prohibido umbral; habían realizado un asalto de dos semanas contra dos años de polvo y suciedad, cristales rotos, nidos de pájaros y telarañas. Pero aunque apareciese limpia, con las losas fregadas, las paredes igualmente pulidas y algunos —aunque no todos— de los estandartes librados de su armadura de polvo, a pesar de la infatigable e implacable acción de limpieza, la sala del trono emanaba un cierto envejecimiento y antigüedad.

Los estrados se hallaban en el extremo más alejado de la enorme sala, en una laguna de luz que se filtraba desde una ventana situada en el techo abovedado. Por encima de los estrados se elevaba, como un extraño altar, el Trono del Dragón, desocupado, rodeado de brillantes y juguetonas motas de polvo, flanqueado por las estatuas de los seis Supremos Reyes de Hayholt.

Los huesos del trono eran grandes, más gruesos que las piernas de Simón, y tan pulidos que brillaban como piedra bruñida. Con algunas contadas excepciones se habían cortado y ajustado de manera que, aunque su tamaño era evidente, resultaba difícil adivinar en qué parte del otrora poderoso dragón habían encajado. Sólo el respaldo del trono, una gran estructura de siete cúbitos de curvadas varillas amarillas que se elevaba por encima de la cabeza de Simón tras los cojines aterciopelados del rey, podría ser identificado de inmediato como el cráneo del dragón. Colgados por encima del respaldo del gran asiento, sobresaliendo lo suficiente como para servir de marquesina, se veían —si es que alguna vez había penetrado en la oscura sala del trono algo más que un débil rayo de sol— el cráneo y las mandíbulas del dragón *Shurakai*. Las cuencas de los ojos eran como rotas y negras ventanas, y los curvados dientes podían tener la misma longitud que los brazos de Simón. La calavera del dragón era del color de los viejos pergaminos, y estaba plagada de pequeñas grietas, pero en ella existía algo vivo, algo terrible y maravillosamente vivo.

De hecho, existía un aura impresionante y sagrada en toda la sala, que iba más allá del entendimiento de Simón. El trono de pesados y amarillentos huesos, así como los masivos bloques que conformaban las figuras negras que guardaban un trono vacío en una elevada y desierta cámara, parecían impregnados de algún terrible poder. Los ocho habitantes de la sala, el friegaplatos, las estatuas y la enorme calavera de cuencas vacías, parecieron contener la respiración.

Aquellos momentos robados llenaban a Simón de un éxtasis tranquilo y casi imponente. Tal vez los reyes de malaquita esperaran con oscura paciencia de piedras a que el muchacho tocase con su blasfema mano de hombre común el Trono del Dragón; esperarían…, esperarían, y entonces, con un horrible ruido lleno de crujidos, volverían a la vida. Simón sintió un estremecimiento de nervioso placer a la vista de su propia imaginación y poco a poco avanzó con la mirada puesta en los oscuros rostros. Sus nombres le habían resultado familiares tiempo atrás, cuando habían sido incluidos en una tonta rima de niños, una rima que Raquel —¿Raquel? ¿Era eso cierto?— le había enseñado cuando era un renacuajo de unos cuatro años. ¿Podía recordarla?

Si su propia niñez le parecía tan lejana, se preguntó, ¿cómo la sentiría el Preste Juan, que lo aventajaba en varias décadas? ¿Despiadadamente clara, como cuando Simón recordaba humillaciones pasadas, o suave e insustancial, como historias de un glorioso pasado…? Cuando te hacías viejo, ¿se mezclaba la memoria con el resto de los pensamientos, o perdías para siempre tu infancia, los odiados enemigos, los amigos…?

¿Cómo era esa vieja canción? Seis reyes…

Seis reyes gobernaron en las grandes salas de Hayholt;
seis señores caminaron por entre sus poderosos muros de piedra;
seis túmulos en los acantilados por encima del profundo Kynslagh;
seis reyes allí dormirán hasta el Día del Juicio Final.

¡Eso es!

Fingil, el primero, llamado el Rey Sanguinario,
que voló desde el norte en una roja ala de guerra.

Hjeldin, su hijo, el horroroso Rey Loco,
saltó hacia su muerte desde lo alto del chapitel.

Ikferdig, el siguiente, el Rey Quemado,
encontró al dragón llameante en la oscuridad de la noche.

Tres reyes norteños, todos muertos y fríos.
No más leyes del norte en el altivo Hayholt.

Aquéllos eran los tres reyes rimmerios que se encontraban a la izquierda del trono. ¿No era de Fingil de quien le había hablado Morgenes, el líder de aquel ejército criminal que mató a los sitha? A la derecha de los amarillentos huesos estaba el resto, que debían de ser...

El rey Sulis de Heron, llamado el Rey Garza,
dejó Nabban, pero en Hayholt encontró su destino.

El sagrado rey hernystiro, el viejo Tethtain,
que entró por la puerta para no volver a salir.

Y el último, Eahlstan, el Rey Pescador, de ciencias muy conocedor,
al dragón despertó, y en Hayholt murió...

«¡Ahá! —Simón miró al rey de Heron, con rostro satisfecho—. Mi memoria es mejor de lo que cree mucha gente, mejor que la de la mayoría de los cabezahuecas.» Claro, ahora había un séptimo rey en Hayholt, el viejo Preste Juan. Simón se preguntó si alguien añadiría el rey Juan, algún día, a la canción.

La sexta estatua, la más cercana al trono por la derecha, era la favorita de Simón; se trataba del único nativo de Erkynlandia que se había sentado en el gran trono de Hayholt. Se acercó a ella para mirar en los profundos ojos de san Eahlstan, llamado Eahlstan Fiskerne porque provenía del pueblo pescador del Gleniwent, y llamado también el Mártir por haber sido asesinado por *Shurakai*, el dragón de fuego, criatura al fin destruida por el Preste Juan.

Al contrario que el Rey Quemado del otro lado del trono, el rostro del Rey Pescador no aparecía grabado con una mueca de miedo y duda: más bien el escultor había dotado los rasgos de una especie de radiante fe, le había dado a los opacos ojos la ilusión de estar mirando cosas remotas. El ya desaparecido artesano le confirió un aspecto humilde y reverente a Eahlstan, aunque también audaz. En lo más recóndito de sus pensamientos, Simón a menudo imaginaba que su propio padre, que había sido pescador, debía de parecerse al rey.

Mientras miraba, el muchacho sintió una súbita sensación de frialdad en la mano. ¡Había tocado el brazo de hueso del trono! ¡Un friegaplatos había tocado el trono! Retiró los dedos y se preguntó cómo incluso la muerta sustancia de una bestia tan fiera como aquélla podía tener un tacto tan helado. Dio un paso atrás.

Durante un instante terrorífico le pareció que las estatuas *habían* empezado a inclinarse sobre él, con sus sombras reflejadas en los tapices de los muros, y retrocedió. Una vez que hubo constatado que nada se movía, se irguió con toda la dignidad que pudo, hizo una reverencia a los reyes y al trono, y retrocedió. Palpó con la mano —«Calma, calma», se dijo a sí mismo. «No te comportes como un loco asustado»— y al final encontró la puerta de la sala de espera para las audiencias, su destino original. Dirigió una cauta mirada a la escena, que parecía seguir inmóvil, y se deslizó hacia el exterior.

Tras los pesados tapices de la sala, llenos de gruesos y rojos bordados de terciopelo que representaban escenas festivas, encontró la escalera que subía hasta un excusado. Éste se hallaba por encima de la galería que se extendía al sur de la sala del trono. Se maldijo por el nerviosismo de que había hecho gala instantes atrás y subió por la escalera. Una vez arriba sólo era cuestión de abrirse paso y apretarse a través de la larga ventana del excusado hasta llegar al muro que corría por debajo. El atajo se presentaba un poco más difícil que cuando estuvo allí por última vez, en setiendre: las piedras estaban resbaladizas a causa de la nieve y soplaba una fría brisa. Por fortuna, el borde del muro era ancho; Simón saltó con mucho cuidado.

Ahora venía la parte que más le gustaba. La esquina de aquel muro se encontraba a tan sólo cinco o seis pies de la ancha balaustrada del cuarto piso de la Torre del Ángel Verde. Se detuvo y casi pudo oír el tronar de las trompetas y el choque de las armas de los caballeros en las plataformas que había por debajo de donde él se encontraba. Se preparó para saltar…

Ya fuese porque su pie resbaló un poco al saltar o porque su atención se vio distraída por las imaginarias escaramuzas que tenían lugar abajo, el caso es que Simón llegó mal al borde del torreón. Se dio un tremendo golpe en la rodilla contra las piedras y casi resbaló hacia atrás, lo que habría provocado una caída de dos brazas hasta el muro inferior de la base de la torre o hasta el foso. La súbita conciencia del peligro hizo que el corazón se le desbocase de horror. Consiguió deslizarse en el espacio que había entre los esmerejones del torreón y se arrastró hasta el suelo de anchas tablas.

Empezaba a nevar cuando se sentó, lleno de una sensación de horrible pánico. Se frotó la rodilla herida, que le dolía como un pecado; si no fuera porque se dio cuenta de lo infantil que hubiese resultado, habría gritado.

Se incorporó y cojeó mientras entraba en la torre. Después de todo, había tenido suerte: nadie había oído su dolorosa caída. La culpa sólo había sido suya. Se palpó el bolsillo; encontró el pan y el queso, que, aunque aplastados, todavía estaban comestibles. Al menos por esa parte no tenía que preocuparse.

El subir escaleras con la rodilla dolorida significó un esfuerzo, pero no estaría bien haber llegado a la Torre del Ángel Verde, la construcción más alta de Erkynlandia —era probable que de todo Osten Ard—, para después quedarse a la altura de los muros principales de Hayholt.

El hueco de la escalera era bajo y estrecho, y los escalones, hechos de lustrosa piedra blanca, distinta a la del resto del castillo, resultaban resbaladizos al tacto pero firmes bajo el pie. La gente del castillo decía que aquella torre era la única parte original de la fortaleza de los sitha que había permanecido sin cambios. El doctor Morgenes le había explicado una vez que aquello no era cierto. Si eso significaba que la torre había sufrido cambios, o que quedaban otros vestigios de la vieja Asu'a, el doctor —con su exasperante forma de ser— no se lo había dicho.

Tras haber subido durante algunos minutos. Simón pudo ver, desde las ventanas, que ya estaba más alto que la torre de Hjeldin. La siniestra columna abovedada desde la que el Rey Loco había encontrado la muerte miraba hacia el Ángel Verde a través de la extensión del tejado de la sala del trono, como un enano celoso mira a su príncipe cuando nadie lo ve.

A la altura en que se encontraba, la piedra del interior del hueco de la escalera era diferente: de suave color *beige*, estaba llena de vetas de color azul celeste. Apartó su atención de la Torre de Hjeldin y se detuvo por unos instantes donde la luz de una alta ventana iluminaba la pared, pero cuando trató de seguir el curso de una de las delicadas vetas de la piedra sintió su cabeza presa del vértigo y apartó la mirada.

Por fin, cuando parecía que había subido durante interminables y penosas horas, el hueco de la escalera se ensanchó y se abrió ante el reluciente suelo blanco del campanario, construido también éste con el mismo tipo de piedra que la escalera. Aunque la torre seguía hacia arriba durante casi cien codos más —hasta la cima en la que permanecía el mismísimo Ángel recortado contra el nublado horizonte—, la escalera acababa allí, donde colgaban grandes campanas de bronce alineadas en filas a lo largo de todo el techo abovedado, como solemnes frutas verdes. El campanario estaba abierto a la intemperie por los cuatro lados, así que, cuando sonaban los repiques a través de las arqueadas ventanas, todo el país podía oírlos.

Simón permaneció con la espalda apoyada contra uno de los seis pilares de oscura y lisa madera, dura como la piedra, que se extendían entre suelo y techo. Mientras masticaba el chusco de pan miró el paisaje que se abría hacia el oeste, donde las aguas del Kynslagh rompían con eterna monotonía contra los muros de Hayholt. Aunque el día era oscuro, y los copos de nieve danzaban enloquecidos ante él, Simón estaba sorprendido a causa de la claridad con la que veía el mundo que se extendía a sus pies. Muchos barcos sorteaban las olas del Kynslagh; hombres con capas negras se inclinaban de manera imperturbable sobre los remos. Más allá, pensó que apenas podía entrever el lugar en el que el río Gleniwent salía del lago al comienzo de su largo viaje hacia el océano, un sinuoso camino de quinientas millas, a lo largo de poblaciones portuarias y granjas. Ya fuera del curso del Gleniwent, en los brazos del mismo mar, la isla Warinsten guardaba la desembocadura del río; más allá de Warinsten, al oeste, no había nada sino incontables y desconocidas leguas de océano.

Comprobó el estado de su dolorida rodilla y, por el momento, decidió no sentarse, ya que después se tendría que levantar. Se hundió la gorra hasta las orejas, que enrojecían y le dolían a causa del viento, para empezar a mordisquear un trozo de queso desmenuzado. A la derecha, pero ya lejos de los límites de su visión, se encontraban las praderas y colinas de Ach Samrath, las todavía más lejanas marcas del reino de Hernystir y el sitio donde tuvo lugar la terrible batalla descrita por Morgenes. A mano izquierda, al otro lado del ancho Kynslagh, se extendían las Thrithings, tierras de pastos que parecían no tener fin. Claro que en algún lugar tenían que acabar: más allá estaban Nabban, Bahía Firranos y sus islas, y el pantanoso país Wran... Lugares que Simón no había visto y que lo más seguro es que nunca llegaría a conocer.

Cada vez más aburrido con el monótono Kynslagh y sus historias imaginarias sobre el inaccesible sur, se trasladó al otro lado del campanario. Mirando desde el centro de la pieza, desde donde no se podían ver detalles de la tierra que se extendía por debajo, la oscuridad envolvente y sin forma le resultaba un gris agujero en la nada, y la torre se convirtió por un instante en un navío fantasma a la deriva en un mar vacío y lleno de niebla. El viento aullaba, cantaba y se introducía por las ventanas abiertas; las campanas repicaban de forma apenas audible, como si la tormenta hubiera conducido a pequeños y asustados espíritus al interior de sus pieles de bronce.

Simón se asomó al bajo alféizar y se inclinó para mirar el revoltijo que conformaban los tejados de Hayholt, los cuales se extendían a sus pies. Al principio el viento lo estiraba como si desease agarrarlo y sacudirlo, como un gatito jugando con una hoja seca. Se agarró con más fuerza a la húmeda piedra, y pronto el viento se hizo más suave. Simón sonrió; desde su aventajado mirador, la gran mezcolanza de tejados de Hayholt —cada uno de ellos de diferente altura y estilo, con su bosque de chimenea, azoteas y cúpulas— parecía un patio lleno de extraños y robustos animales. Casi se arremolinaban unos encima de los otros, como si luchasen por hacerse un sitio, como cerdos ante la comida.

De menor altura que las dos torres, la bóveda de la capilla del castillo dominaba el bastión interior, y sus ventanas llenas de color aparecían cubiertas de aguanieve. Las demás construcciones de la fortaleza, las residencias, el refectorio, la sala del trono y la Cancillería, estaban, cada una de ellas, amontonadas y apretadas entre posteriores ampliaciones, muda evidencia de los diferentes señoríos del castillo. Los dos bastiones exteriores y la gran muralla exterior descendían de modo concéntrico por la colina y aparecían atestados de la misma forma. Hayholt nunca se había extendido más allá de las murallas exteriores; la gente construía hacia arriba, o dividía lo que ya tenía en porciones cada vez más pequeñas.

Más allá de la fortaleza se extendía el pueblo de Erchester en una desordenada sucesión de calles y casas bajas; únicamente la catedral sobresalía de esa monotonía, pero también quedaba empequeñecida al ser comparada con Hayholt y con la torre en la que se encontraba Simón. Aquí y allá se elevaban columnas de humo que se dispersaban en el viento.

Al otro lado de los muros de la ciudad, Simón podía percibir los difusos, ahora suavizados por la nieve, contornos del cementerio, del antiguo cementerio pagano, un lugar de mala reputación. Más allá de aquel lugar las colinas se extendían casi hasta el mismo borde del bosque; por encima de aquella humilde formación se elevaba la alta colina llamada Thisterborg, que se erguía de forma tan dramática como la catedral por encima de las bajas techumbres de Erchester. Aunque Simón no pudiera verlos, sabía que Thisterborg estaba coronada por un anillo de pilares de piedra, pulidos por el viento, que los habitantes del pueblo llamaban Piedras de la Cólera.

Y más allá de Erchester y del cementerio, de las colinas y de la coronada de piedras Thisterborg, se extendía el Bosque. Su nombre era Aldheorte y era como el mar: vasto, oscuro e insondable. Los hombres que vivían en sus lindes mantenían abiertos unos cuantos caminos al borde del bosque, pero muy pocos se aventuraban en su interior, más allá de la periferia. Era un gran y sombrío país en el centro de Osten Ard; no enviaba embajadas y recibía muy pocos visitantes. Comparado con su magnificencia, incluso el inmenso Circoille, el enmarañado bosque de Hernystir, al oeste, era un mero bosquecillo. Sólo existía un Bosque.

El mar hacia el oeste, el Bosque al este; el norte y sus hombres de hierro; la tierra de los imperios caídos hacia el sur... Al mirar a través del rostro de Osten Ard, Simón se olvidó de su rodilla durante un rato. La verdad es que durante ese tiempo el muchacho se sintió como el rey de todo el mundo conocido.

Cuando el velado sol invernal hubo traspasado el borde del cielo, Simón se movió para marcharse. Al estirar la pierna dio un grito de dolor: la rodilla se había quedado rígida durante la hora larga que había estado en el alféizar. Resultaba obvio que no podría tomar su accidentada ruta secreta para bajar del campanario. Tendría que probar suerte ante Barnabás y el padre Dreosan.

La larga escalinata le resultó un martirio, pero la vista desde la ventana de la torre apartó sus pesares; ya no sentía la pena de sí mismo que de otra forma hubiera sentido. Ardía en su interior el deseo de conocer más acerca del mundo, y el calor de ese fuego se extendía hasta la punta de sus dedos. Le pediría a Morgenes que le hablase de Nabban y de las Islas del Sur, y de los Seis Reyes.

Al llegar al cuarto nivel, por donde había entrado, oyó un ruido: alguien bajaba la escalera con rapidez por debajo de él. Simón se detuvo mientras se preguntaba si habría sido descubierto. No es que estuviese prohibido de una forma estricta el subir a la torre, pero no tenía una buena razón para justificar su presencia allí; el sacristán sospecharía de su culpabilidad. *Era* extraño, pero las pisadas iban disminuyendo de intensidad. La verdad es que Barnabás o cualquier otro hubiera albergado pocas dudas en cuanto a subir y cogerlo del cuello hasta llegar abajo. Simón continuó descendiendo por las escaleras; al principio con cuidado; después, y a pesar de su rodilla herida, más deprisa.

El hueco de la escalera finalizaba en el amplio vestíbulo de entrada de la torre, que se encontraba iluminado por una débil luz y de cuya pared colgaban grandes y apenas visibles tapices que representaban, seguramente, motivos religiosos. Simón se detuvo en el último escalón, todavía al abrigo de la oscuridad de la escalera. No se oía ruido de pasos, ni de ninguna otra cosa. Caminó tan en silencio como pudo a través de la fría habitación y cada roce de sus botas sobre el suelo parecía elevarse, a causa del eco, hasta el techo de vigas de roble. La puerta principal se hallaba cerrada; la única iluminación provenía de la luz que se filtraba a través de las ventanas situadas por encima del dintel.

¿Cómo había podido, quienquiera que estuviese en las escaleras, haber abierto y cerrado una puerta gigantesca como aquélla sin que él lo hubiese oído? Los pasos se habían escuchado con mucha claridad, y había estado esperando el chirrido que harían los goznes de la puerta al abrirse. Se volvió para inspeccionar el vestíbulo otra vez.

Allí, bajo el adornado reborde inferior de uno de los tapices que colgaban junto a las escaleras, sobresalían dos pequeñas formas: unos zapatos. Si miraba con atención podía observar que el viejo tapiz parecía abultado, como si alguien estuviera escondido detrás.

Se sostuvo sobre un pie, como una garza, y primero se quitó una bota para después hacer lo mismo con la otra. ¿Quién podría ser? Tal vez se tratase del gordo Jeremías, que lo había seguido para gastarle una broma. Bueno, si así era, Simón pronto *le* enseñaría lo que es bueno.

Con los pies descalzos, sin hacer ruido, se deslizó a través de la sala hasta que se encontró justo enfrente del sospechoso abultamiento. Durante unos momentos, mientras elevaba la mano hasta el borde del tapiz, recordó las extrañas cosas que había dicho el hermano Cadrach sobre las cortinas, cuando eran espectadores de la representación de títeres. Dudó y se sintió avergonzado de su propia timidez, pero apartó el tapiz a un lado.

En lugar de abrirse y revelar al espía, el gran tapiz se salió de las guías y cayó como una monstruosa sábana rígida. Simón sólo pudo captar una ligera visión de una carita asustada antes de que el peso de la tela lo hiciese caer al suelo. Mientras caía, maldiciendo y luchando por liberarse, una figura vestida de marrón salió corriendo.

Simón oyó a quienquiera que fuese luchar con la pesada puerta mientras él mismo forcejeaba con la polvorienta y envolvente colgadura. Al fin pudo liberarse del tapiz y ponerse en pie; trató de cruzar la habitación para atrapar a la pequeña figura antes de que se deslizara por la puerta, ahora en parte abierta. Logró asir con firmeza un justillo. El espía fue capturado con medio cuerpo fuera.

Simón estaba enfadado, en gran parte debido a la turbación.

—¿Quién eres? —gruñó—. ¡Eres un espía!

Su cautivo no dijo nada, sólo trató de liberarse con más fuerza. Quienquiera que fuese, no tenía el vigor suficiente como para librarse de Simón. Al forcejear para colocar a la figura que se le resistía contra la puerta —un trabajo que no le resultó fácil—, Simón se quedó asombrado al reconocer la ropa de color marrón que asía con sus manos. ¡Aquél debía de ser el joven que lo había espiado en la puerta de la capilla! Simón estiró con fuerza y apretó la cabeza y los hombros del otro muchacho contra la jamba de la puerta, para poder mirarlo.

El prisionero era pequeño y de finas facciones: había algo en la nariz y en la barbilla que le recordaba a un zorro, pero no resultaba desagradable. Su cabello era negro como ala de cuervo. Simón llegó a pensar que se trataba de un sitha, a causa de su altura —trató de recordar las historias de Shem sobre los duendes: si pescabas a uno no tenías que dejarlo marchar hasta que te diese su caldero de oro—, pero antes de que pudiera gastar nada de su tesoro imaginario vio el miedo que se reflejaba en aquel rostro y en las mejillas enrojecidas, y decidió que aquello no era una criatura sobrenatural.

—¿Cómo te llamas? —preguntó.

El cautivo trató de desasirse, pero estaba bien sujeto. Un instante después desistió de toda lucha.

—¿Cuál es tu nombre? —volvió a insistir Simón, esta vez con voz más suave.

—Malaquías —dijo el joven, respirando con dificultad.

—Bien, Malaquías, ¿por qué me seguías?

Simón acompañó su frase con un empujón en el hombro del otro para recordarle quién había capturado a quién.

El joven se volvió y lo miró con resentimiento. Tenía unos ojos muy oscuros.

—¡No te estaba espiando! —respondió con vehemencia.

El chico volvió a desviar el rostro una vez más y Simón se vio asaltado por la sensación de que existía algo que le resultaba familiar en la cara de Malaquías, algo que debería reconocer.

—Entonces, ¿qué eres? —preguntó Simón, y volvió la barbilla del otro chico hacia él—. ¿Trabajas en los establos… o en algún otro sitio de Hayholt?

Antes de que pudiese volver el rostro del chico para mirarlo de nuevo, Malaquías puso ambas manos en el pecho de Simón y le dio un fuerte y sorprendente empujón. Simón soltó el justillo del joven y se tambaleó hacia atrás, para acabar cayendo al suelo. Antes de que hiciese amagos de levantarse, Malaquías se había esfumado por la puerta y la había cerrado con un agudo y sonoro chirrido de los goznes de bronce.

Simón todavía permanecía sentado en el suelo de piedra —con la rodilla dolorida, el trasero resentido y su dignidad mortalmente herida— cuando Barnabás, el sacristán, salió de la Cancillería para investigar las causas de todo aquel barullo. Se detuvo bajo el umbral de la puerta, vio a Simón descalzo en el suelo, miró el tapiz caído y amontonado frente a la escalera y volvió a mirar a Simón. Barnabás no dijo ni palabra, pero una vena empezó a hacerse visible y a palpitar a la altura de sus sienes, y sus párpados se entrecerraron hasta que los ojos parecieron meras rendijas.

Simón, dolorido y humillado, sólo pudo sacudir la cabeza, como un borracho que hubiese tropezado con su propia jarra y hubiese caído sobre el gato del mismísimo lord mayor.

6

El túmulo sobre los acantilados

El castigo de Simón por su reciente delito fue la suspensión de su nuevo aprendizaje y el confinamiento en las dependencias de la servidumbre.

Durante días recorrió los límites de su prisión, desde los fregaderos de la cocina hasta las habitaciones de costura y a la inversa, sin descanso, como un cernícalo en cautiverio.

«Me lo he buscado yo mismo —pensaba en ocasiones—. Soy tan estúpido como dice el Dragón que soy.» «¿Por qué tienen que preocuparse tanto por mí? —se preguntaba en otras ocasiones—. Todo el mundo pensará que soy un animal salvaje en el que no se puede confiar.»

Raquel, en un gesto de misericordia, le encontró una serie de labores domésticas que realizar; los días no pasaron tan desesperadamente lentos como había esperado, pero Simón tenía la impresión de ser algo menos que un caballo de tiro. Habría traído y llevado pesos hasta que hubiera sido demasiado viejo para trabajar; después iría de vuelta a los establos, en donde Shem le daría un buen martillazo en la frente para acabar con sus días.

Mientras tanto fueron pasando los últimos días de novendre, y decimbre se coló en sus vidas como un sinuoso ladrón.

A finales de la segunda semana del nuevo mes, a Simón le fue permitido recobrar su libertad. Se le prohibió regresar a la Torre del Ángel

Verde y a otros de sus escondites preferidos; en cambio, le fue permitido volver a sus ocupaciones con el doctor, pero le encomendaron labores adicionales por las tardes que requerían su pronto regreso a las dependencias de los sirvientes. Incluso esas cortas visitas significaron para él un gran consuelo. De hecho, parecía que Morgenes confiaba cada vez más en Simón. El doctor le enseñó muchas cosas acerca de los usos y cuidados de la fantástica variedad de cachivaches que se amontonaban en el estudio.

Desgraciadamente, también aprendía a leer. Aquello era un trabajo mucho más laborioso que barrer suelos y fregar polvorientos alambiques y contenedores, pero Morgenes lo condujo a través de todo ello con mano decidida, explicándole que sin el conocimiento de las letras Simón nunca sería un aprendiz de utilidad.

El día de San Tunath, el veintiuno de decimbre, Hayholt hervía de actividad. La festividad del santo era la última gran celebración antes de Aedonmansa y por ello se había preparado un gran festín. Las doncellas del servicio colocaban ramas de muérdago alrededor de docenas de esbeltos candelabros de cera de abeja; todos ellos se encenderían a la puesta del sol, cuando sus llamas pudieran traspasar las ventanas, para convocar al errante san Tunath desde la oscuridad del invierno o para que éste bendijese el castillo y a sus moradores. Otros sirvientes apilaban troncos en las chimeneas o esparcían alfombras en los suelos.

Simón, que había hecho todo lo posible durante la tarde para pasar inadvertido, fue, a pesar de ello, descubierto y encargado de dirigirse a las estancias del doctor Morgenes para averiguar si el sabio tenía algún tipo de aceite para dar brillo a las cosas. Las huestes de Raquel habían usado todo el disponible para obtener un brillo cegador en la Gran Mesa, y el trabajo no había hecho más que empezar en el Salón Principal.

Simón, que ya había pasado toda la mañana en las estancias del doctor, leyendo en voz alta y titubeante un libro titulado *Remedios de los Sanadores wrananos*, prefería cualquier cosa que Morgenes quisiera de él a los horrores de la dura mirada de Raquel. Casi voló desde el Salón Principal, por la Cancillería y el patio de los comunes, bajo el Ángel Verde. Poco después atravesaba el puente sobre el foso como un halcón en pleno vuelo; sólo habían pasado algunos instantes cuando se encontró ante las puertas de las estancias del doctor por segunda vez en aquel día.

El anciano tardó en responder a la llamada de Simón, pero éste pudo escuchar algunas voces provenientes del interior. Aguardó con tanta paciencia como fue capaz de reunir, rascando astillas de la vieja puerta, hasta que Morgenes llegó. Había visto al muchacho poco antes, pero no hizo ningún comentario sobre su reaparición. Parecía distraído cuando le indicó que pasase; al sentir su extraña disposición de ánimo, Simón lo siguió por el iluminado corredor sin decir palabra.

Gruesas telas cubrían los ventanales. Al principio, mientras sus ojos se acostumbraban a la oscuridad de la habitación, Simón no pudo ver ni rastro de ningún visitante. Después advirtió una borrosa forma sentada en un gran baúl, situado en un rincón. El hombre del manto gris miraba hacia el suelo, con el rostro oculto, pero el muchacho lo reconoció.

—Perdonad, príncipe Josua —se excusó Morgenes—. Este es Simón, mi nuevo aprendiz.

Josua levantó la mirada. Sus pálidos ojos —¿eran grises... o azules?— lo miraron con desapego, como un comerciante hyrka examinaría un caballo que no intentase comprar. Tras una primera inspección el príncipe volvió a fijar su atención en Morgenes, como si Simón hubiera desaparecido. El doctor indicó al muchacho que esperase en el otro extremo de la habitación.

—Alteza —dijo Morgenes al príncipe—, me temo que no hay nada más que yo pueda hacer. Mis habilidades como doctor y boticario se han agotado. —El anciano se frotó las manos con un gesto de nerviosismo—. Perdonadme. Sabéis que amo al rey y que odio verlo sufrir, pero..., pero algunas cosas no pueden ser removidas por alguien como yo. Existen demasiadas posibilidades, demasiadas consecuencias imprevisibles. Una de ellas es el traspaso de un reino.

Morgenes, al que Simón nunca había visto con aquella disposición, extrajo de su manto un objeto unido a una cadena dorada y lo sopesó con nerviosismo. Por lo que el muchacho sabía, el doctor —al que le encantaba evitar todo tipo de presunción— nunca había llevado ninguna joya.

—¡Pero, en nombre de Dios, no os pido que interfiráis en la sucesión! —exclamó Josua, con una voz tensa como la cuerda de un arco.

A Simón le molestaba terriblemente estar presente en aquella conversación, pero no tenía ningún sitio en el que meterse sin que se advirtiera su presencia.

—No os pido que «remováis» nada, Morgenes —continuó Josua—, sólo os pido que me deis algo que haga que mi anciano padre pase sus últimos momentos de forma tranquila. Tanto si muere mañana como el año que viene, Elías será el Supremo Rey, y yo sólo seré el señor de Naglimund. —El príncipe agitó la cabeza—. Al menos pensad en el viejo vínculo que os une con mi padre... ¡Vos, que habéis sido su sanador y que habéis estudiado y realizado la crónica de su vida durante décadas!

Josua levantó la mano para señalar un montón de hojas apiladas en el carcomido escritorio del doctor.

«¿Ha escrito acerca de la vida del rey?», se preguntó Simón. Era la primera vez que oía hablar de un trabajo así. El doctor parecía lleno de muchos secretos aquella mañana.

El príncipe todavía intentaba convencerlo.

—¿No podéis tener un poco de piedad? Es un viejo león al final de sus días, una gran bestia rodeada de chacales. Dulce Jesuris, la deslealtad…

—Pero alteza… —había empezado a decir con voz lastimera Morgenes cuando los tres ocupantes de la estancia oyeron carreras y voces en el patio exterior.

Josua, con el rostro pálido y ojos enfebrecidos, se levantó con la espada desenvainada, con tanta rapidez que dio la impresión de haber aparecido por arte de magia en su mano izquierda. Un fuerte golpe hizo temblar la puerta. Morgenes se echó hacia adelante, pero fue detenido por un aviso del príncipe. Simón sentía galopar su corazón. El temor de Josua era contagioso.

—¡Príncipe Josua, príncipe Josua! —llamó alguien. El golpeteo sobre la puerta continuó.

El hijo del rey enfundó la espada y se adelantó al doctor a través del corredor. Abrió la puerta, en cuyo quicio aparecieron cuatro figuras. Tres vestían la librea verde propia de los hombres de Josua; la otra, que hincó una rodilla en el suelo ante el príncipe, vestía una brillante túnica blanca y sandalias. Como en sueños, Simón reconoció en él a san Tunath, un muerto protagonista de incontables pinturas de motivo religioso. ¿Qué quería decir aquello…?

—Oh, alteza… —dijo el santo arrodillado, y se detuvo para recuperar el aliento.

Simón se quedó boquiabierto al darse cuenta de que aquél no era sino otro soldado, disfrazado para representar el papel del santo en las festividades que se preparaban para aquella noche.

—Alteza… Josua… —repitió el soldado.

—¿Qué ocurre, Deornoth? —preguntó el príncipe, con voz tirante.

Deornoth elevó la mirada. Su cabello al estilo militar se percibía en el interior de su blanca capucha. En aquel instante tenía verdaderos ojos de mártir.

—El rey, señor, vuestro padre el rey… El obispo Domitis dice…, dice que ha muerto.

Sin decir una palabra, Josua apartó al hombre arrodillado y atravesó el patio, con los soldados corriendo tras él. Un instante después Deornoth se incorporó y los siguió, con las manos unidas ante el pecho en un gesto típico de monje, como si la tragedia hubiese cambiado impostura por realidad. La puerta se quedó batiendo debido al frío viento.

Cuando Simón se volvió hacia Morgenes, éste miraba hacia los que marchaban, con sus ancianos ojos muy brillantes y a punto de derramar lágrimas.

Así fue como el rey Juan *el Presbítero* murió el día de San Tunath, a una muy avanzada edad. Amado y reverenciado, como parte integrante de la vida de su pueblo, como la misma tierra. Aunque su muerte se sabía cierta, el dolor de su deceso hizo mella en todos los países habitados por el hombre.

Algunos de los más ancianos recordaron que fue en el día de San Tunath, el año 1083 de la Fundación —ochenta años antes—, cuando el Preste Juan mató al dragón *Shurakai* y salió triunfante a través de las puertas de Erchester. Cuando aquella historia fue explicada de nuevo, no sin algo de embellecimiento, las cabezas asintieron en un gesto de reconocimiento. Ungido rey por Dios —decían—, como fue revelado a través de ese gran acontecimiento, volvía al regazo del Redentor en su aniversario. Era de prever.

Aunque estaban a mediados de invierno y durante la festividad de Aedón, la gente llegaba a Erchester y al Castillo Supremo desde todos los puntos de Osten Ard. La verdad es que las gentes del pueblo empezaron a quejarse porque los visitantes tomaban para sí los mejores bancos de la iglesia, y lo mismo en las tabernas. Existía algo más que un poco de resentimiento hacia los extraños que tanto ruido hacían sobre *su* rey: aunque hubiera sido el señor de todos, Juan había dado la impresión de ser, principalmente, el señor de los habitantes de Erchester. En sus años mozos había gustado de mezclarse entre la gente, con su hermosa figura brillando, a causa de la armadura, sobre la grupa del caballo. Los habitantes del pueblo que vivían en los barrios más pobres a menudo hablaban con orgullo familiar de «nuestro viejo, allá en Hayholt».

Ahora se había ido, o al menos había marchado fuera del alcance de las almas simples. Ya pertenecía a los historiadores, escribanos, poetas y curas.

En los cuarenta días estipulados entre la muerte y el entierro del rey, el cuerpo de Juan permaneció en la Sala de Preparativos de Erchester, donde los sacerdotes lo ungieron con raros aceites, lo frotaron con olorosas resinas vegetales de las islas sureñas y lo envolvieron en lino blanco, mientras no dejaban de recitar piadosas plegarias. A continuación, el rey Juan fue vestido con una simple túnica, del tipo de las usadas por los jóvenes caballeros para jurar sus primeros votos, y se le dejó reposar en un féretro situado en la sala del trono, con delgadas velas negras ardiendo a su alrededor.

Mientras el cuerpo de rey era expuesto, el padre Helfcene, capellán de la Cancillería del rey, ordenó que se encendiera el gran fuego de la fortaleza de Wentmouth, algo que sólo se hacía en tiempos de guerra o con ocasión de grandes acontecimientos. Sólo algunos podían recordar la última vez en que la poderosa torre había sido prendida.

Helfcene también ordenó excavar un gran agujero en Swertclif, en las tierras al este de Erchester y sobre el Kynslagh, en la cumbre de una colina batida por el viento, donde permanecían los seis túmulos coronados por la nieve de los reyes que poseyeron Hayholt antes que Juan. El tiempo no era adecuado para cavar, pues el suelo se hallaba medio helado a causa del tiempo invernal; pero los trabajadores de Swertclif eran orgullosos y sufrieron los embates del viento a causa del honor que representaba el trabajo. La mayor parte del frío mes de eneror pasó antes de que la excavación fuese concluida y el hoyo fue cubierto con una gran tienda de tela de velamen, de color rojo y blanco.

En Hayholt, los preparativos procedieron a paso más lento. Las cuatro cocinas del castillo hervían como atareadas fundiciones al compás de una horda de sudorosos pinches que preparaban las viandas para el funeral, las carnes, el pan y las galletas. El senescal Pete *Tazón-Dorado*, un hombre pequeño y fiero de pelo amarillento, parecía estar en todos los lugares a la vez, como un ángel vengador. Con la misma facilidad probaba el caldo que hervía en ollas gigantescas, como andaba en busca de polvo entre las rendijas de la Gran Mesa —con escasa suerte, ya que pertenecía a los dominios de Raquel— o lanzaba imprecaciones tras los atareados servidores. Todos estuvieron de acuerdo en que se trataba de su hora más grande.

El velatorio reunió en Hayholt a todas las naciones de Osten Ard. Skali *Nariz afilada* de Kaldskryke, odiado primo del duque Isgrimnur, llegó de Rimmersgardia con diez barbudos y sospechosos secuaces. De los tres clanes que reinaban en las salvajes y verdes Thrithings llegó el Primer Lord de sus casas reinantes. Extrañando a todos, los hombres de los clanes se olvidaron por una vez de sus enemistades y llegaron juntos; era una muestra de su respeto hacia el rey Juan. Incluso se decía que cuando las noticias sobre la muerte del rey llegaron a las Thrithings, los jefes de los tres clanes se encontraron en las fronteras —que con tanto celo guardaban unos de otros— y lloraron y bebieron juntos durante toda la noche a la salud del alma de Juan.

Desde Sancellan Mahistrevis, el palacio ducal de Nabban, el duque Leobardis envió a su hijo Benigaris con una columna de caballeros y legionarios con cotas de malla, en número de cien. Cuando desembarcaron de los navíos de guerra, cada uno de ellos con el dorado martín pescador, emblema de Nabban en la vela, la multitud congregada en los muelles irrumpió en exclamaciones llenas de admiración. Incluso se elevaron algunos gritos en honor de Benigaris cuando éste pasó, montado en un majestuoso corcel; pero también hubo mucha gente que murmuraba que si aquél era el sobrino de Camaris, el más grande caballero de la época de Juan, parecía estar cortado según el patrón de su padre y no por el de su tío. Camaris había sido un hombre alto y fuerte como una torre —o al menos eso decían los que lo recordaban—, mientras que Benigaris, si había que decir la verdad, parecía estar un poco gordo. Pero habían transcurrido casi cuarenta años desde que Camaris-sá Vinitta se perdiera en el mar: muchos de los jóvenes albergaban la sospecha de que su estatura había crecido en la memoria de los vejetes y los parlanchines.

También llegó otra gran delegación desde Nabban, sólo que menos marcial que la de Benigaris: el lector Ranessin en persona navegaba en el Kynslagh a bordo de un hermoso bajel blanco, sobre cuya vela azulina brillaba el blanco Árbol y el dorado Pilar de la Madre Iglesia. La multitud apiñada en los muelles, que había recibido a Benigaris y a los soldados nabbanos con un poco de frialdad —como si recordasen los días en que Nabban se había enfrentado con Erkynlandia por el dominio de la nación—, saludaron con gritos entusiastas. Los apiñados en el muelle de atraque fueron los primeros que se echaron hacia adelante, y fue necesaria la fuerza combinada de los guardias del rey y del lector para mantenerlos a raya; incluso así, dos o tres no pudieron aguantar el empuje y cayeron en las frías aguas del lago. Sólo un rápido rescate permitió salvarlos de la congelación.

—Esto no es lo que yo hubiera deseado —susurró el lector a su joven ayudante, el padre Dinivan—. Me refiero a esa cosa que me han enviado —y señaló a la litera, una espléndida creación de madera de cerezo tallada con sedas azules y blancas.

El padre Dinivan, envuelto en un sencillo hábito negro, sonrió.

Ranessin, un hombre delgado y elegante de casi setenta años, frunció el entrecejo en señal de disgusto ante la litera que esperaba. Después hizo una gentil seña a un nervioso oficial de la guardia de Erkynlandia.

—Por favor, llevaos eso —dijo—. Apreciamos el detalle del canciller Helfcene, pero preferimos andar cerca del pueblo.

El ofensivo vehículo fue alejado y el lector se movió hacia las repletas escaleras del Kynslagh. Mientras hacía el signo del Árbol —el dedo pulgar y el meñique unidos, y los medianos en posición vertical—, la multitud, llena de júbilo, abrió un pasillo a lo largo de los altos y anchos escalones.

—Por favor, no andéis tan deprisa, señor —exclamó Dinivan, mientras apartaba los brazos que se estiraban hacia ellos—. Dejáis atrás a vuestros guardianes.

—¿Y qué os hace pensar —dijo Ranessin mientras una traviesa sonrisa cruzaba su rostro, tan rápida que sólo Dinivan pudo verla— que no es eso lo que trato de hacer?

Dinivan maldijo en silencio, para arrepentirse de inmediato de su debilidad. El lector iba un escalón por encima de él y la multitud se apretaba hacia ellos. Por fortuna, el viento que soplaba en los muelles arreció y Ranessin se vio forzado a aminorar el paso, mientras con sus manos desocupadas trataba de mantener el sombrero sobre su cabeza. Este parecía tan alto, delgado y pálido como Su Santidad misma. El padre Dinivan, viendo que el lector empezaba a tener problemas con el viento, se abrió paso hacia adelante y, cuando estuvo a la altura del anciano, lo agarró con firmeza del codo.

—Perdonadme, señor, pero el escritor Velligis nunca podría entender que os dejase caer en el lago.

—Claro, hijo mío —asintió Ranessin, mientras continuaba trazando la señal del Árbol en el aire a cada lado de la ancha y larga escalera—. He sido un inconsciente. Ya sabes lo que me molesta toda esta pompa innecesaria.

—Pero lector —arguyó Dinivan con amabilidad, enarcando las cejas con una mirada entre burlona y sorprendida—, sois la voz en el mundo de Jesuris Aedón. No me gusta veros subir las escaleras como si fueseis un seminarista.

Dinivan quedó decepcionado cuando el lector sólo respondió con una débil sonrisa. Durante un rato subieron en silencio, mientras el joven mantenía su protector apretón en el brazo del anciano.

«Pobre Dinivan —pensó Ranessin—. Lo intenta con ganas, y es tan cuidadoso… No es que me trate, a mí, al Lector de la Madre Iglesia, nada menos, con una cierta falta de respeto. Bueno, claro que lo hace, pero porque yo se lo permito, en mi propio beneficio. Pero hoy no estoy de humor y él lo sabe.»

Era a causa de la muerte de Juan, claro, pero no sólo porque se tratase de la muerte de un buen amigo y un gran rey: se trataba del cambio, y la Iglesia, en la persona del lector Ranessin, no podía afrontar un cambio tan súbito con demasiada facilidad. También se trataba de la marcha —aunque sólo de este mundo, se recordó el lector con firmeza— de un hombre de buen corazón y mejores intenciones, aunque en ocasiones Juan había sido demasiado directo en la consecución de esos fines. Ranessin le debía mucho a Juan, pues la influencia del rey había jugado un papel decisivo en la elevación del antiguo obispo de Stanshire a las alturas de la Iglesia y posteriormente al lectorado, que ningún otro erkyno había conseguido en cinco siglos. Al rey se lo iba a echar mucho de menos.

Por fortuna, Ranessin tenía depositadas grandes esperanzas en Elías. Sin duda, el príncipe era un hombre de coraje, decidido, valiente: rasgos todos ellos extraños de encontrar en los hijos de los grandes hombres. El heredero también poseía un temperamento no demasiado tranquilo, pero aquél era un defecto que se curaba, o al menos se suavizaba, a través de la responsabilidad y de los buenos consejos.

Cuando llegó a la cima de las escaleras del Kynslagh y entró con su cortejo en el Camino Real que rodeaba las murallas de Erchester, el lector se prometió que enviaría un consejero de confianza para ayudar al nuevo rey y, claro, para que se ocupase de incrementar el bienestar de la Iglesia. Alguien como Velligis, o incluso el joven Dinivan… No, no enviaría a Dinivan. No importaba, Ranessin mandaría a alguien para contrarrestar a los sanguinarios jóvenes nobles de Elías y al idiota del obispo Domitis.

El primero de ferruero, el día anterior a Candelmansa amaneció brillante, frío y claro. El sol apenas había aparecido por encima de los picos de las lejanas montañas cuando una lenta y solemne multitud empezó a llenar la capilla de Hayholt. El cuerpo del rey ya se encontraba frente al altar, en un féretro envuelto en ropa de hilo de oro con negros ribetes de seda.

Simón observaba con resentida fascinación a los nobles enfundados en sus ricas y sombrías vestimentas. Había llegado al desierto coro de la capilla directo desde las cocinas y todavía llevaba puesta la sucia camisa de trabajo; incluso oculto entre las sombras se sintió avergonzado de sí mismo por su pobre atuendo.

«Soy el único sirviente que se encuentra aquí —pensó—. ¡El único de todos los que vivieron en el castillo con nuestro rey! ¿De dónde serán todos esos elegantes caballeros y damas? Sólo reconozco a unos pocos...: el príncipe Isgrimnur, los dos príncipes y algún otro.»

Había algo equívoco en todo ello, en que los que se sentaban abajo, en la capilla, estuvieran tan espléndidos en sus sedas funerarias mientras él llevaba la marca de las cocinas sobre sí, como una sábana. Pero ¿qué es lo que estaba equivocado? ¿Acaso debieran los servidores del castillo ser bienvenidos entre los nobles? ¿O acaso era él quien lo deseaba?

«¿Qué ocurriría si el rey Juan estuviera vigilando? —Sintió un estremecimiento al pensarlo—. ¿Y si estuviera haciéndolo desde algún lugar? ¿Le diría a Dios que me colé en la capilla con una camisa sucia?»

El lector Ranessin entró, cubierto con los ropajes propios de las circunstancias, en negro, plata y oro. Sobre la cabeza llevaba una guirnalda de sagradas hojas de ciyán, y en sus manos, un incensario y una vara de ónix negro. Hizo que el gentío se arrodillase y dio comienzo la recitación de las oraciones del *Mansa-sea-Cuelossan*, la Misa de Difuntos. Mientras leía las líneas en su rico, pero todavía ligeramente acentuado, nabbaneo, y envolvía en incienso el cuerpo del rey muerto, a Simón le pareció descubrir el brillo de una luz en el rostro del Preste Juan; pudo ver el aspecto del rey cuando era joven y cabalgaba con ojos brillantes en el fragor de la batalla, a las puertas de la recién conquistada Hayholt. ¡Cómo desearía haberlo visto en realidad!

Cuando las numerosas oraciones hubieron finalizado, la compañía de nobles se incorporó y cantó el *Cansim Felis*; Simón se contentó con musitar las palabras. Cuando los acompañantes del féretro volvieron a sentarse, Ranessin empezó a hablar y sorprendió a todos al abandonar el nabbaneo para usar el westerling, idioma que Juan había hecho la *lingua franca* de su reino.

—Debe ser recordado —entonó Ranessin— que, cuando el último clavo fue introducido en el Árbol del Sacrificio, nuestro Señor Jesuris fue abandonado a una terrible agonía. Una noble mujer de Nabban, llamada Pelippa, hija de un poderoso caballero, lo vio, y su corazón se llenó de piedad a causa de Su sufrimiento. Cuando la oscuridad llegó, durante la Primera Noche, mientras Jesuris Aedón colgaba, agonizando y solo (pues Sus discípulos fueron expulsados del patio del templo), ella se acercó con agua, y se la dio empapando su rico pañuelo en un cuenco dorado para después humedecer Sus secos labios.

«Cuando le dio de beber, Pelippa lloró al ver el dolor del Redentor, y le dijo: "Pobre hombre, ¿qué es lo que te han hecho?". Jesuris le respondió: "Nada para lo que este pobre hombre no haya nacido". Pelippa volvió a llorar, y dijo: "Pero es terrible que te hayan colgado sólo a causa de tus palabras, además de que lo hayan hecho cabeza abajo para humillarte aún más". Jesuris el Redentor contestó: "Hija, no importa el modo en el que estoy colgado, cabeza arriba o al revés. Aun así puedo mirar en el rostro de Dios, mi Padre".

»Así, pues... —el lector bajó su mirada para abarcar a los asistentes—, al igual que de nuestro Señor Jesuris, así podemos nosotros decir de nuestro amado Juan. La gente común del pueblo que está bajo nosotros dice que Juan *el Presbítero* no se ha ido, sino que permanece para proteger a su pueblo y a Osten Ard. El Libro de Aedón dice que ya ahora debe de haber ascendido a nuestro hermoso Cielo de luz, música y azules montañas. Otros, nuestros hermanos, los súbditos de Juan de Hernystir, dirán que ha marchado para unirse a los demás héroes en las estrellas. No tiene importancia. Esté donde esté el que una vez fue Juan el Rey, se encuentre en brillantes montañas o en campos estelares, sabemos esto: es feliz por ver el rostro de Dios...

Cuando el lector acabó de hablar, con lágrimas en los ojos, y las últimas plegarias fueron recitadas, los asistentes dejaron la capilla.

Simón observó, con reverente silencio, cómo el cuerpo de sirvientes del rey Juan daba comienzo a sus últimos servicios en su nombre, amontonándose a su alrededor como escarabajos en torno a una libélula, mientras lo vestían con todos los atributos reales y guerreros. Sabía que tenía que irse —aquello iba más allá del espiar; bordeaba la blasfemia—, pero no pudo moverse. Miedo y pena habían sido reemplazados por un extraño sentido de irrealidad. Todo parecía una representación o una mascarada, cuyos personajes se movían rígidos en sus papeles como si sus miembros se congelaran y se derritiesen y volvieran a congelarse de nuevo.

Los sirvientes del difunto rey lo vistieron con su blanca armadura, poniendo los guanteletes agarrados al tahalí, pero con los pies desnudos. Por encima del corselete de Juan colocaron una túnica de color azul cielo y le pasaron una capa de brillante color carmesí por encima de los hombros. Todo ello lo hicieron a un ritmo tan lento que parecían tener fiebre. El cabello y la barba del rey fueron anudados en coletas al estilo de los guerreros, y la corona en forma de anillo circular que significaba el señorío sobre Hayholt le fue colocada sobre la frente. Al final, Noah, el viejo ayuda de cámara del rey, trajo el anillo de hierro de Fingil; los súbitos lamentos del hombre resquebrajaron el silencio que a todos envolvía. Noah sollozaba con tanta amargura que Simón se preguntaba si, con los ojos llenos de lágrimas, podría encajar el anillo en el dedo del monarca. Por fin los escarabajos de negros ropajes colocaron al rey Juan de nuevo en el féretro. Envuelto en el manto de hilo dorado, lo sacaron del castillo por última vez, con tres hombres a cada lado del ataúd. Noah los seguía con el casco de guerra que había pertenecido al rey, cuya cimera tenía forma de dragón.

Entre las sombras de su observatorio, a Simón se le cortó la respiración. El rey se había ido.

Cuando el duque Isgrimnur vio pasar el cuerpo del Preste Juan a través de la Puerta Nearulagh y vio la procesión de nobles aparecer tras él, un extraño sentimiento se apoderó de su corazón, como un sueño de ahogo.

«No seas tan burro, viejo —se dijo—. Nadie vive para siempre, aunque Juan pareciera estar a punto de hacerlo.»

Lo más gracioso era que, incluso cuando estaban codo con codo en el infierno de las batallas y las negras flechas de Thrithings silbaban a su alrededor como relámpagos divinos, Isgrimnur siempre supo que Juan moriría en la cama. Verlo en la batalla era ver a un hombre ungido por el cielo, intocable y lleno de autoridad, un hombre que reía mientras el cielo se teñía de niebla color sangre. «Si Juan hubiera sido un rimmerio —sonrió Isgrimnur para sus adentros—, habría sido un auténtico demonio. Pero está muerto, y eso es lo que más cuesta de entender. Mira a los caballeros y señores…, ellos también creyeron que viviría para siempre. Asustados; la mayoría de ellos están asustados.»

Elías y el lector habían ocupado sus lugares inmediatamente después del féretro del rey. Isgrimnur, el príncipe Josua y la rubia princesa Miriamele —la única hija de Elías— los seguían de cerca. Las otras grandes familias también habían ocupado sus lugares, sin que mediase ninguno de los acostumbrados codazos para lograr una mejor posición. Cuando el cuerpo fue llevado por el Camino Real hacia los promontorios, la gente común retrocedió un paso, emocionada por la procesión.

En un lecho de largas varas, en la base del Camino Real, se encontraba el barco del rey, *Flecha del Mar*, en el que, se decía, llegó a Erkynlandia desde las islas Westerling. Era un barco no muy grande, con no más de ocho metros de longitud; el duque Isgrimnur se alegró de ver que las maderas de su estructura habían sido lacadas de nuevo y ahora brillaban a la débil luz del sol de ferruero.

«¡Por los dioses, cómo amaba ese barco!», recordó Isgrimnur. Las obligaciones del reino le habían dejado poco tiempo para navegar, pero el duque recordó una noche infernal, hacía unos treinta años, cuando Juan se encontraba tan fuerte que nada pudo evitar que él e Isgrimnur —entonces un joven— cogieran *Flecha del Mar* y partieran por el Kynslagh, azotado por los vientos. El aire era tan frío que dolía. Juan, entonces casi con setenta años, reía mientras el navío volaba por encima de las olas. Isgrimnur, cuyos antepasados se habían convertido en hombres de tierra desde largo tiempo atrás, se tuvo que coger a la regala y rezar a sus viejos dioses, y al nuevo.

Ahora, los sirvientes y soldados del rey depositaban el cuerpo de Juan sobre el barco, con suma ternura, y lo dejaban sobre una plataforma que había sido preparada para recibir el féretro. Cuarenta soldados de la guardia real tiraron de las grandes planchas y se las colocaron en los hombros; a continuación, levantaron el barco y lo cargaron.

El rey y *Flecha del Mar* guiaron a la larga comitiva durante media legua, a lo largo de los promontorios que se extendían sobre la bahía; luego llegaron a Swertclif y a la sepultura. La tienda que cubría el agujero fue retirada, y el hoyo pareció una boca abierta junto a los seis pilares, solemnes y redondeados, de los seis señores anteriores de Hayholt.

A un lado del hoyo se amontonaban pilas de césped cortado y un montón de piedras, junto con maderas. *Flecha del Mar* fue depositado en la tumba, en un lado en que la tierra había sido removida para formar un ligero ángulo. Cuando el navío quedó fijo, las nobles casas de Erkynlandia y los sirvientes de Hayholt dejaron caer presentes sobre la cubierta del barco o sobre el túmulo, como muestra de amor. Cada una de las tierras bajo su Suprema Custodia también habían enviado alguna pieza valiosa, que el Preste Juan llevaría consigo hacia el Cielo; un tejido o seda preciosa de Perdruin, una cruz tallada de Nabban. El grupo de Isgrimnur trajo desde Elvritshalla, en Rimmersgardia, un hacha de plata con piedras preciosas incrustadas en el mango. Lluth, el rey de Hernystir, envió desde Taig, en Hernysadharc, una larga lanza toda taraceada en oro rojo y con la punta dorada.

El sol de mediodía parecía colgar demasiado alto en el cielo, y el duque Isgrimnur tuvo la impresión de que, aunque siguiera su recorrido a través de la bóveda celestial, el calor permanecería. El viento soplaba aún más fuerte, chillando a través de los acantilados. Isgrimnur llevaba en sus manos las gastadas botas de guerra negras del Preste Juan. No pudo encontrar fuerzas en su corazón para levantar la vista y mirar los blancos rostros que sobresalían de la multitud como el trémulo brillo de la nieve en el bosque profundo.

Al aproximarse al navío miró a su rey por última vez. Aunque más pálido que la pechuga de una paloma, Juan todavía parecía tan duro y lleno de durmiente vida que Isgrimnur se sorprendió al sentir pena por su viejo amigo, estirado allí de aquella forma, sin ninguna manta que ponerse. En aquel instante casi sonrió.

«Juan siempre decía que yo tengo el corazón de un oso y talento de un buey —se reprendió Isgrimnur—. Y si aquí hace frío, imagina el frío que hará para él en la tierra helada…»

Isgrimnur se movió con cuidado aunque de manera torpe por la empinada rampa de tierra, mientras empleaba una mano para ayudarse cuando era necesario. Aunque la espalda le dolía un horror, supo que nadie lo sospechaba; no era tan viejo como para sentirse orgulloso de ello.

Tomó los pies de Juan *el Presbítero*, llenos de venas azules, uno después del otro, les enfundó las botas y elogió las habilidosas manos que habían trabajado en la Sala de Preparaciones por la meticulosidad con que habían hecho su trabajo. Sin volver a mirar el rostro de su amigo, le tomó la mano y la besó; después se alejó, con una extraña rigidez en el cuerpo.

De repente le pareció que aquél no era el cuerpo sin vida del rey que había sido condenado a ser enterrado; el alma revoloteaba libre como una mariposa recién nacida, la flexibilidad de los miembros de Juan, el rostro familiar en reposo —tal y como Isgrimnur lo había visto en incontables ocasiones, cuando el rey se concedía una hora o dos de sueño durante una tregua en la batalla—, todas esas cosas lo hacían sentir como si abandonase a un amigo vivo. *Sabía* que Juan estaba muerto, pues había sostenido su mano cuando exhaló el último suspiro; pero aun así, se sintió como un traidor.

Tan ensimismado estaba en sus pensamientos que casi tropezó con el príncipe Josua, que se movía con dificultad cerca de él mientras caminaba hacia el túmulo. Isgrimnur se sorprendió al ver que Josua llevaba la espada de Juan, Clavo Brillante, envuelta en tela gris.

«¿Qué ocurre aquí? —se preguntó Isgrimnur—. ¿Qué es lo que hace con la espada?»

Cuando el duque alcanzó la primera fila del gentío allí congregado y se dio la vuelta para observar, se acrecentó su desazón: Josua había depositado a Clavo Brillante sobre el pecho del rey y cerraba las manos de Juan sobre la empuñadura.

«Esto es una locura —pensó el duque—. Esa espada pertenece al heredero del rey. ¡Sé que Juan quería que la tuviese Elías! Y aunque éste prefiriese enterrarla con su padre, ¿por qué no la ha depositado él mismo? ¡Qué locura! ¿Es que no le extraña a nadie más?»

Isgrimnur miró a uno y otro lado, pero en los rostros que lo rodeaban no vio nada excepto dolor.

Ahora era Elías el que descendía con lentitud y se cruzaba con su hermano, como si participase en una danza estática, como de hecho así era. El heredero del trono se inclinó sobre la regala del barco. Lo que depositó junto a su padre nadie pudo verlo, pero todos advirtieron que, aunque una sola lágrima afloró en la mejilla de Elías cuando éste volvía, los ojos de Josua permanecían secos.

El cortejo elevó una plegaria más. Ranessin, cuyos ropajes ondeaban al viento del lago, salpicó a *Flecha del Mar* con los santos óleos. Después hicieron descender el barco con suavidad por la pendiente hasta el hoyo. Unos soldados realizaron aquella operación en silencio hasta que el navío reposó a una braza de profundidad en el interior de la tierra. Sobre él fueron depositadas grandes planchas de madera, formando un arco, y unos trabajadores pusieron los trozos de tierra y césped uno sobre otro. Por fin, mientras se iban amontonando las piedras que conformarían el túmulo de Juan, el cortejo fúnebre dio la vuelta y regresó por encima de los acantilados del Kynslagh.

El festín fúnebre que se celebró aquella noche en la gran sala del castillo no fue una reunión solemne, sino más bien una reunión llena de alborozo. Juan había muerto, claro, pero su vida había sido larga —más que la de la mayoría de los hombres— y dejaba un reino estable y en paz, así como un hijo fuerte para gobernarlo.

Las llamas de las chimeneas encendidas formaban extrañas y sobrecogedoras sombras en los muros, mientras sudorosos sirvientes corrían de un lado para otro. Los participantes en el festín agitaban los brazos y lanzaban brindis por el anciano rey desaparecido, al igual que por el que iba a ser coronado al amanecer. Los perros del castillo, grandes y pequeños, ladraban y se lanzaban sobre los desperdicios que caían sobre el suelo cubierto de paja. Simón, que formaba parte del servicio y que cargaba con uno de los pesados aguamaniles llenos de vino, corría a las llamadas de los alborotados integrantes del festín; se sentía como si estuviera sirviendo vino en alguno de los ruidosos infiernos que aparecían en los sermones del padre Dreosan. Los huesos sobrantes de la comida se amontonaban encima de las mesas y crujían bajo los pies al ser pisados, como si se tratase de los osarios de los atormentados pescadores y luego fuesen apartados por los alegres demonios.

Aunque todavía no había sido coronado, Elías poseía el aspecto de un rey guerrero. Se sentaba a la mesa principal rodeado de los jóvenes nobles que gozaban de su favor: Guthwulf de Utanyeat, Fengbald, el conde de Falshire, Breyugar de Westfold y otros. Todos ellos llevaban en sus ropas de funeral un poco de color verde, representativo de Elías, y cada uno competía con los otros para brindar con más fuerza que el anterior y para hacer la broma más graciosa. El heredero presidía todo aquel esfuerzo y premiaba a los favoritos con su sonrisa. De vez en cuando se inclinaba para decirle algo a Skali de Kaldskryke, pariente de Isgrimnur, que se sentaba a la mesa de Elías por invitación expresa. Aunque era un hombre de aspecto imponente, con cara de halcón y barba rubia, Skali parecía algo abrumado por estar junto al príncipe coronado; sobre todo porque el duque de Isgrimnur no había recibido honores similares. Simón advirtió que algo que decía Elías provocaba la sonrisa del rimmerio, que estalló después en una gran carcajada, y vio cómo entrechocaba su copa de metal con la del príncipe. Elías, con sonrisa lobuna, se volvió y dijo algo a Fengbald; éste también se unió al alborozo.

En comparación, la mesa a la que Isgrimnur se sentaba, junto al príncipe Josua y algunos otros, parecía más bien seria y austera, a tono con la vestimenta gris del príncipe. Aunque el resto de los nobles hacían lo que podían para mantener la conversación, Simón pudo darse cuenta al pasar de que las dos figuras principales no tomaban parte en ella. Josua miraba al vacío, como fascinado por los tapices que se alineaban en los muros. El duque de Isgrimnur también aparecía silencioso, aunque sus razones no eran un misterio. Incluso Simón podía darse cuenta de la manera en que el viejo duque miraba a Skali *Nariz afilada*, y cómo sus grandes y retorcidas manos doblaban, con aire distraído, el borde de su capa de piel de oso.

El desprecio que sentía Elías por uno de los más queridos caballeros de Juan no había pasado inadvertido para las otras mesas: algunos de los nobles más jóvenes, aunque lo suficientemente corteses como para no demostrarlo, parecían encontrar divertida la incomodidad del duque. Murmuraban ocultando sus labios tras las manos, con las cejas enarcadas para realzar la magnitud del escándalo.

Mientras Simón observaba todo aquello, fascinado por el estrépito y por sus propias y confusas observaciones, una voz se elevó desde una mesa y le increpó algo acerca del vino, lo que lo hizo volver a toda prisa a la vida.

Al anochecer, cuando por fin Simón hubo encontrado un momento para descansar en una alcoba tras uno de los gigantescos tapices, se dio cuenta de que un nuevo huésped se había sentado a la mesa principal, en un alto taburete, entre Elías y Guthwulf. El recién llegado no iba vestido de funeral, sino de escarlata, con lunares negros y dorados en el dobladillo de sus voluminosas mangas. Cuando el extraño se inclinó hacia Elías para susurrarle algo al oído, Simón se quedó observándolo con muda fascinación. El hombre no tenía ni un pelo sobre la cabeza, ni cejas ni pestañas, pero sus rasgos eran los de un joven. La piel, tersa y tirante sobre el cráneo, resultaba pálida incluso a la luz anaranjada que bañaba la estancia; los ojos aparecían hundidos en las órbitas, y eran tan oscuros que parecían puntos negros bajo las desnudas cejas. Simón conocía aquellos ojos; lo habían mirado desde la capucha del conductor del carro que casi se lo lleva por delante en la Puerta Nearulagh. El muchacho se estremeció y lo miró con fijeza. Había algo enfermizo, pero a la vez embelesador, en aquel hombre, como en una serpiente.

—Resulta repugnante mirarlo, ¿verdad? —dijo una voz a la altura de su hombro.

Simón brincó. Un hombre joven, de pelo oscuro y con una sonrisa en el rostro, se encontraba en la alcoba, tras de él, con un laúd colgado sobre una túnica de color gris paloma.

—Lo…, lo siento —tartamudeó el chico—. Me habéis sorprendido.

—No pretendía hacerlo —rió el otro—. Vine para saber si me podrías ayudar.

El desconocido sacó la otra mano de detrás de la espalda y mostró a Simón una copa de vino vacía.

—Oh… —dijo el muchacho—. Perdonadme…, estaba descansando, señor… Lo siento mucho.

—¡Paz, amigo, paz! No he venido a molestarte, pero si no dejas de disculparte, entonces me *enfadaré*. ¿Cómo te llamas?

—Simón, señor.

Levantó la jarra con dificultad, llenó la copa del joven y luego éste la dejó en una hornacina. Agarró el laúd, sacó otra copa del interior de la túnica y se la ofreció con una reverencia.

—Iba a robar esto, maese Simón, pero creo que deberíamos beber por la salud de ambos, y en memoria del viejo rey… Y, por favor, no me llames señor, porque no lo soy.

Acercó la copa a la jarra hasta que Simón la llenó.

—¡Así! —dijo el extraño—. Ahora, llámame Sangfugol o, como el viejo Isgrimnur lo hace, «Zong-vogol».

La perfecta imitación del acento rimmerio por parte del extraño dibujó una leve sonrisa en el rostro de Simón. Tras mirar a su alrededor en busca de Raquel, dejó el aguamanil en el suelo y empinó la copa que le había dado Sangfugol. Fuerte y amargo, el vino recorrió su garganta como agua de primavera; cuando bajó la copa, la sonrisa se le había ensanchado.

—¿Formáis parte del… cortejo del duque Isgrimnur? —preguntó Simón, mientras se secaba los labios con la manga.

Sangfugol rió. Las risas parecían aflorar con facilidad a su rostro.

—¡Cortejo! ¡Buena palabra para ser dicha por un chico que sirve el vino! No, soy el arpista de Josua. Vivo en la fortaleza de Naglimund, en el norte.

—¿Gusta Josua de la música? —preguntó Simón, y aquel pensamiento lo dejó pasmado—. Parece tan serio…

—Y lo es…, pero ello no significa que le disguste el arpa o el laúd. La verdad es que son mis canciones melancólicas las que son de su agrado, pero en ocasiones me pide la *Balada de Tom el de tres piernas* o cosas así.

Antes de que Simón pudiera hacer otra pregunta, se produjo una explosión de hilaridad que provenía de la mesa principal. El chico se dio la vuelta y vio que Fengbald había derramado su jarra de vino sobre el regazo de otro hombre que, con ademanes ebrios, trataba de quitarse la camisa, mientras Elías, Guthwulf y los demás nobles se burlaban y gritaban. Sólo el extraño calvo de ropa escarlata permanecía frío, con impasibles y fijos ojos y una leve sonrisa.

—¿Quién es ése? —preguntó Simón a Sangfugol, que había acabado con el vino y había cogido el laúd para acercárselo a la oreja y comprobar el estado de las cuerdas—. El hombre vestido de rojo.

—Sí —dijo el arpista—, ya he visto que lo mirabas al llegar. Tiene un aspecto que da miedo, ¿eh? Se trata de Pryrates, un sacerdote nabbano, uno de los consejeros de Elías. La gente dice que es un maravilloso alquimista, aunque parece demasiado joven para serlo, ¿no? Eso por no mencionar que no parece una actividad muy adecuada para un sacerdote. Si pones atención, también puedes oír murmurar que es un brujo: alguien que practica la magia negra. Y si todavía escuchas más atentamente…

Como para demostrarlo, Sangfugol bajó el tono de la voz y Simón tuvo que inclinarse para oír. Se dio cuenta de que acababa de beberse el tercer jarro de vino.

—Si escuchas con mucha atención, mucha atención… —continuó el arpista—, oirás decir a la gente que la madre de Pryrates era una bruja, y que su padre era… ¡un *demonio!*

Sangfugol hizo sonar en tono bajo una de las cuerdas del laúd, y Simón retrocedió, sorprendido.

—Pero Simón, no puedes creer todo lo que oyes, sobre todo lo que dicen los juglares borrachos.

Sangfugol acabó la frase con una risa sofocada y extendió la mano. El muchacho lo miraba con expresión estúpida.

El arpista sonrió.

—Me ha gustado mucho hablar contigo, pero me temo que debo regresar a la mesa, donde otros aguardan impacientes a que los divierta. Adiós.

—Adiós...

Simón le dio la mano y observó cómo el arpista cruzaba la sala con la torpeza de un experimentado borracho.

Cuando Sangfugol se sentó, los ojos del chico se posaron sobre dos muchachas del servicio que permanecían apoyadas contra una pared del vestíbulo, abanicándose con los delantales y charlando. Una de ellas era Hepzibah, la chica nueva; la otra era Rebah, una de las sirvientas de la cocina.

Simón notó que le empezaba a hervir la sangre. Resultaría tan fácil cruzar la estancia y ponerse a hablar con ellas... Había algo en Hepzibah, un descaro en sus ojos y boca cuando reía...

Como se sentía con la cabeza algo más que ligera, Simón se adentró en la estancia y el rugido de las voces lo engulló como una tormenta.

«Un momento, un momento —pensó, y empezó a sentirse asustado—, ¿cómo puedo acercarme y ponerme a hablar con ellas como si no pasase nada?... ¿No se darán cuenta de que las he estado mirando? No...»

—¡Eh, tú, vago patán! ¡Tráenos algo de vino!

Simón se giró para ver la cara enrojecida del conde Fengbald, que agitaba un jarro hacia él desde la mesa del rey. En el vestíbulo las chicas del servicio empezaban a alejarse despacio. Simón volvió a la carrera hacia la alcoba para recuperar su aguamanil y lo cogió de entre una enmarañada manada de perros que se disputaban el hueso de una costilla. Un cachorro, joven y escuálido, con una mancha blanca sobre su cabeza marrón, gimoteaba junto al resto del grupo, incapaz de competir con los demás perros más grandes. Simón encontró una tira de piel grasosa en una silla desierta y se la echó al perrito, que meneó la cola al recibir el regalo y después siguió al muchacho mientras salía de la pieza con el aguamanil.

Fengbald y Guthwulf, conde de Utanyeat, se encontraban inmersos en una especie de pulseada, con sus respectivas dagas clavadas sobre la mesa a cada lado de los brazos de los contendientes. Simón se acercó con todo el cuidado que pudo y escanció el vino del pesado aguamanil en las jarras de los bulliciosos espectadores mientras trataba de no pisar al perro, que jugueteaba entre sus piernas. El rey observaba la pulseada con regocijo, pero tenía a su propio paje a la espalda, por lo que Simón no le llenó el vaso. A Pryrates le sirvió el último mientras trataba de evitar la mirada de éste, aunque no le pasó inadvertida la extraña fragancia del hombre, una inexplicable amalgama de metal y especias dulzonas. Al retroceder vio que el perrillo se encontraba jugando cerca de las brillantes botas negras de Pryrates.

—¡Ven aquí! —siseó Simón, al tiempo que retrocedía un poco más y se palmeaba la rodilla; pero el animal no le hizo caso. Empezó a escarbar en la paja del suelo con ambas patas delanteras, mientras con el lomo rozaba el manto rojizo del sacerdote—. ¡Ven aquí! —volvió a susurrar el chico.

Pryrates se dio la vuelta y miró hacia abajo. La brillante cabeza se inclinó despacio sobre el largo cuello. Levantó el pie y puso la pesada bota sobre el lomo del perro con un rápido y compacto movimiento realizado en un abrir y cerrar de ojos. Se produjo un «crack» de huesos astillados y un chillido apagado; el perrito se agitó en la paja, hasta que Pryrates levantó el pie y le aplastó el cráneo.

El sacerdote miró el cuerpo con aire despreocupado, y después deslizó sus ojos sin brillo hacia el horrorizado rostro de Simón. La oscura mirada —sin trazas de remordimiento, despreocupada— se apoderó de él. Los mortecinos y fríos ojos de Pryrates volvieron a descender hacia el perro y, cuando se dirigieron de nuevo a Simón, una ligera sonrisa cruzaba el rostro del sacerdote.

«Ya no puedes hacer nada por él, muchacho —decía la mirada—. ¿A quién le importa?»

La atención del sacerdote volvió a dirigirse a la mesa; Simón, liberado, dejó caer el aguamanil y corrió en busca de un lugar para vomitar.

Era poco antes de medianoche y casi la mitad de los comensales se habían retirado o habían sido conducidos al lecho. Parecía dudoso que la mayoría de ellos pudiera asistir a la coronación al día siguiente. Simón escanciaba en la copa de un huésped ya borracho el vino aguado, que era todo lo que a aquellas horas servía Peter *Tazón-Dorado,* cuando el conde Fengbald, el único que quedaba en la mesa del rey, entró a la estancia desde el patio. El joven noble aparecía con el cabello desordenado y sus calzas a medio ajustar, aunque una beatífica sonrisa le cruzaba el rostro.

—¡Venid todos afuera! —gritó—. ¡Salid a mirar!

Volvió a salir por la puerta. Los que todavía podían hacerlo se levantaron y lo siguieron, mientras se daban empujones y reían, algunos de ellos cantando tonadas de borrachos.

Fengbald se hallaba en los comunes, con la cabeza mirando hacia arriba. El negro cabello le caía en cascada por la espalda de su manchada túnica mientras oteaba el cielo. Señalaba algo. Uno detrás de otro, los rostros de los que habían salido se elevaron para mirar.

—¡Una estrella que arde! —gritó alguien—. ¡Es un presagio!

—¡El viejo rey está muerto, muerto, muerto! —gritó Fengbald, mientras agitaba una daga al aire, como si tratase de retar a las estrellas—. ¡Larga vida al rey! —voceó—. ¡Una nueva era ha dado comienzo!

Los gritos de asentimiento llenaron el aire, y algunos de los presentes aullaron y patalearon. Otros dieron comienzo a un baile lleno de risas, en el que los hombres y las mujeres se cogían de las manos mientras giraban en círculos. Por encima de ellos la estrella roja brillaba como carbón encendido.

Simón, que había seguido a los juerguistas para descubrir cuál era la causa de todo aquel lío, volvió a la sala con los gritos de los bailarines flotando a su espalda. Se sorprendió al ver al doctor Morgenes entre las sombras del muro del bastión. El anciano, que no se percató de la presencia de su aprendiz, iba envuelto en una gruesa ropa para defenderse del aire frío y también miraba hacia la estrella, cuya roja cola rasgaba la bóveda celeste. Al contrario que los demás, no se veían rastros de borrachera o alegría en su rostro. Parecía asustado, pequeño y lleno de frío.

«Parece —pensó Simón— un hombre solitario oyendo la hambrienta canción de los lobos…»

7

LA ESTRELLA DEL CONQUISTADOR

La primavera y el verano del primer año del reinado de Elías fueron mágicos y brillaron de pompa y lujo. Todo Osten Ard pareció renacer. La joven nobleza volvió a llenar los salones de Hayholt, durante mucho tiempo desiertos, cubriendo de luz y color lo que antes era oscuridad. Como en los días de juventud de Juan, el castillo se llenó de risas, bebida y del movimiento de brillantes espadas de batalla y armaduras. Durante las noches, la música volvía a oírse en los jardines de setos y las espléndidas damas de corte iban y venían de citas amorosas amparadas por la cálida oscuridad, como gráciles espíritus que flotasen. El campo de torneos renació y se llenó de tiendas multicolores como si fuese un jardín de flores. A la gente común todo aquello le hacía tener la impresión de que cada día era festivo y de que el alborozo no tenía fin. El rey Elías y sus amigos estaban siempre de broma. Todo Erkynlandia parecía festejar y dar volteretas como un perro emborrachado de verano.

Algunos de los habitantes del pueblo murmuraban que resultaba difícil plantar la cosecha con tanta despreocupación a su alrededor. Muchos de los viejos y amargados sacerdotes hacían predicciones sobre tan licenciosas costumbres, pero la mayor parte de la gente se reía de aquellos pronósticos. La monarquía de Elías era de nuevo cuño, y Erkynlandia —y de hecho parecía que todo Osten Ard— había salido de un largo invierno para despertar a una imperecedera estación de juventud. ¿Cómo podía todo ello ser antinatural?

Simón sentía que le dolían los dedos mientras trazaba las letras sobre el pergamino gris con gran laboriosidad. Morgenes se encontraba junto a la ventana, con una larga y aflautada pipa de cristal que examinaba a la luz del sol, como si buscase suciedad en ella.

«¡Si dice una sola palabra acerca de que esa cosa no está suficientemente limpia, me marcharé! —pensó Simón—. La única luz del sol que puedo ver es la que se refleja en los vasos que limpio.»

Morgenes se apartó de la ventana y trajo la pieza de cristal hasta la mesa en la que el muchacho sudaba tinta con la escritura. Mientras el anciano se acercaba, Simón se iba preparando para la reprimenda y sintió un ramalazo de resentimiento.

—¡Un excelente trabajo, Simón! —dijo Morgenes, y depositó la pipeta junto al rollo de pergamino—. Parece ser que tratas todas estas cosas con más cuidado del que yo tendré nunca.

El doctor le dio una palmada en el brazo y se inclinó hacia los escritos.

—¿Cómo te va con eso? —preguntó Morgenes.

—Muy mal —se oyó contestar el aprendiz. Aun cuando el nudo de resentimiento seguía en él, se sentía disgustado por el tono frívolo de su voz—. Quiero decir que nunca lo haré bien. No puedo trazar las letras sin que lo manche todo de tinta, ¡y tampoco puedo leer nada de lo que escribo!

Al decirlo se sintió algo mejor, pero todavía se notaba estúpido.

—Simón, te preocupas por nada —dijo el doctor, y se incorporó.

Tenía un aire distraído y, mientras hablaba, parecía buscar algo con la mirada por la habitación.

—En primer lugar, cuando se aprende a escribir todo el mundo hace borrones. Algunos malgastan sus vidas «emborronando»; eso significa que no tienen nada importante que decir. Y en segundo lugar, *claro* que no puedes leer lo que escribes, pues el libro está escrito en nabbaneo y tú no conoces esa lengua.

—Entonces, ¿por qué tengo que copiar palabras que no entiendo? —rezongó Simón—. Es una tontería.

Morgenes volvió a posar la mirada sobre el muchacho.

—Ya que he sido yo el que te ha dicho que lo hagas, ¿también soy yo un tonto?

—No, no quería decir eso… Es que…

—No te molestes en explicarlo.

El doctor acercó un taburete y se sentó junto a Simón. Sus largos y curvados dedos rascaban distraídamente unas manchas de la mesa.

—Quiero que copies esas palabras porque es más fácil concentrarse en la forma de las letras si no te distraes con el significado.

—Ya —respondió Simón, que se sentía satisfecho a medias—. ¿Podéis decirme qué libro es éste? Aunque miro las pinturas no puedo imaginármelo.

Pasó las páginas hasta dar con una ilustración que había mirado muchas veces durante los últimos tres días: un grotesco grabado de un hombre con una cornamenta, que miraba con grandes ojos y poseía negras manos. Unas figuras aparecían postradas a sus pies; por encima del hombre un sol flamígero colgaba en un cielo negro.

—Como ésta —señaló Simón a la extraña pintura—; aquí al pie dice *Sa Asdridan Condiquilles*. ¿Qué significa?

—Quiere decir —respondió Morgenes mientras cerraba la tapa y cogía el libro— «la Estrella del Conquistador», y no es de la clase de cosas que necesitas saber —añadió, y colocó el libro en precario equilibrio en una estantería que había en la pared.

—¡Pero soy vuestro aprendiz! —protestó el chico—. ¿Cuándo vais a enseñarme algo?

—¡Muchacho idiota! ¿Qué es lo que crees que estoy haciendo? Intento enseñarte a leer y escribir. Eso es lo más importante. ¿Qué *quieres* aprender?

—¡Magia! —dijo Simón de inmediato.

Morgenes lo miró con fijeza.

—¿Y leer...? —preguntó el doctor, amenazador.

El muchacho estaba malhumorado. Como de costumbre, la gente parecía determinada a burlarse de él en todo momento.

—No sé... —dijo—. ¿Qué importa la lectura y las letras? Los libros son sólo historias sobre cosas. ¿Por qué tendría que leer libros?

Morgenes sonrió mostrando los dientes, como un viejo zorro al encontrar un agujero en la tapia del gallinero.

—Ah, muchacho, podría enfadarme tanto contigo... ¡Qué maravillosa, encantadora y perfectamente estúpida cosa acabas de decir!

El doctor rió.

—¿Qué queréis decir? —repuso Simón frunciendo el entrecejo—. ¿Por qué es maravillosa y estúpida?

—Es maravillosa por haber obtenido esa maravillosa respuesta —rió Morgenes—. Y estúpida porque..., porque los jóvenes son estúpidos. Supongo que, al igual que las tortugas han sido provistas de caparazones y las avispas de aguijones, es su protección contra las incomodidades de la vida.

—Perdonadme, ¿qué habéis dicho?

Ahora Simón se encontraba totalmente desconcertado.

—Los libros... —explicó Morgenes con gesto imponente—, los libros *son* magia. Esa es la respuesta. Y los libros también son trampas.

—¿Magia? ¿Trampas?

—Los libros son una forma de magia —el doctor cogió el volumen que acababa de dejar en el estante— porque atraviesan el tiempo y la distancia de forma más segura que cualquier encantamiento. ¿Qué hizo que alguien pensase así sobre esto y lo otro hace doscientos años? ¿Puedes volar hacia el pasado y preguntárselo? No…, seguramente que no… Pero, ah, si escribió sus pensamientos, si en alguna parte existe un rollo de pergaminos o un libro de sus discursos…, ¡esa persona te habla a través de los siglos! Y si deseas visitar Nascadu o la perdida Khandia, no tienes más que abrir un libro.

—Sí, creo que eso lo entiendo —dijo Simón, que no trataba de ocultar su desagrado. Aquello no era lo que *él* entendía por «magia»—. ¿Y las trampas? ¿Por qué trampas?

Morgenes se inclinó hacia adelante y agitó el volumen forrado de cuero bajo la nariz del muchacho.

—Un escrito *es* una trampa —explicó de forma jovial—, y del peor tipo. Mira, un libro es la única clase de trampa que mantiene a su cautivo, que es el conocimiento, vivo para siempre. Cuantos más libros tienes —dijo el doctor mientras con sus manos abarcaba la estancia—, más trampas, y por ello más oportunidades de capturar alguna presa elusiva y brillante que de otra forma moriría sin ser vista.

Morgenes finalizó con un ademán grandilocuente, y dejó caer el libro sobre los otros. Una tenue nube de polvo se elevó y las motas se hicieron visibles en la franja de luz solar que se filtraba a través de las ventanas barradas.

Simón miró durante un instante el polvo, mientras trataba de poner en orden sus pensamientos. Seguir las explicaciones del anciano era como tratar de coger con mitones a un ratón.

—Pero ¿qué me decís de la magia *real*? —preguntó al fin, con un pliegue de tozudez entre las cejas—. Magia como la que dicen que practica Pryrates en la torre.

Durante un breve instante una mirada de rabia —¿o tal vez de miedo?— contrajo el rostro del doctor.

—No, Simón —dijo con calma—. No me hables de Pryrates. Es peligroso y está loco.

A pesar de sus malos recuerdos sobre el sacerdote rojo, Simón pensó que la intensidad de la mirada del sabio resultaba extraña y algo asustadiza, pero se animó para realizar otra pregunta.

—*Vos* hacéis magia, ¿no? ¿Por qué es Pryrates peligroso?

Morgenes se incorporó de repente, y por un instante el joven temió que el anciano fuese a golpearlo o a gritarle. En lugar de ello, caminó con rigidez hasta la ventana y miró hacia afuera durante un momento. Desde donde Simón permanecía sentado, el fino cabello del doctor formaba un halo pajizo por encima de los hombros.

Morgenes se volvió y regresó junto al aprendiz. Su rostro aparecía lleno de gravedad y turbado por la duda.

—Simón —dijo—, lo más seguro es que lo que voy a decirte no me reporte ningún bien, pero quiero que te mantengas lejos de Pryrates. No te le acerques ni hables de él…, excepto conmigo, claro.

—Pero ¿por qué?

Contrariamente a lo que el doctor pudiera pensar, Simón ya había decidido mantenerse alejado del alquimista. Morgenes nunca se mostraba tan comunicativo y, por ello, el chico no quería desperdiciar la ocasión.

—¿Qué hay de malo en él? —preguntó.

—¿Te has dado cuenta de que la gente tiene miedo de Pryrates, de que cuando desciende de sus nuevas habitaciones en la Torre de Hjeldin la gente se aparta corriendo de su camino? Existe una razón. Lo temen porque él mismo no posee ni un ápice de miedo. Sus ojos así lo demuestran.

Simón se puso el extremo de la pluma en la boca y la mordió, para volver a preguntar:

—¿Ni un ápice de miedo? ¿Eso qué significa?

—No existe lo que se llama «falta de temor», Simón, a menos que un hombre esté loco. La gente a la que se llama intrépida lo único que hace es esconderlo bien, y eso es una cosa muy diferente. El viejo rey Juan conocía el miedo, y sus dos hijos también lo han conocido… Yo también. Pero Pryrates… Bueno, la gente se da cuenta de que él no teme ni respeta las cosas que los demás sí respetan y temen. Eso es lo que queremos decir cuando llamamos loco a alguien.

A Simón todo aquello le pareció fascinante. Ni siquiera estaba seguro de poder llegar a creer que el Preste Juan o Elías hubiesen tenido miedo, pero el tratar sobre Pryrates se le hacía irresistible.

—¿Está Pryrates loco? ¿Cómo puede ser? Es un sacerdote y uno de los consejeros del rey —preguntó el muchacho; aunque recordó los ojos y la sonrisa dentona y supo que Morgenes tenía razón.

—Deja que te lo explique de otra forma —dijo el sabio, al tiempo que se retorcía un rizo de la nevada barba entre los dedos—. Te he hablado de trampas, de la búsqueda del conocimiento como de la caza de una criatura escurridiza. Bien, mientras que yo y otros buscadores del conocimiento ponemos nuestras trampas para ver qué brillante presa podemos tener la suerte de atrapar, Pryrates deja abierta su puerta durante la noche y espera a ver qué es lo que entra.

Morgenes apartó la pluma de Simón, se cogió la manga del manto y frotó para quitar la tinta que se extendía por la mejilla del muchacho.

—El problema del método de Pryrates —continuó— es que, si no te gusta la presa que ha acudido a la llamada, es muy difícil, muy, *muy* difícil, volver a cerrar la puerta.

—¡Ajá! —aulló Isgrimnur—. ¡Te he tocado! ¡Admítelo!

—No tengo el más mínimo rasguño sobre la ropa —dijo Josua, con una ceja enarcada y aire de fingida sorpresa—. Siento ser testigo de que los achaques os hayan conducido a tan desesperados recursos…

A media frase se echó hacia adelante. Con un ruido sordo, Isgrimnur paró con su propia empuñadura la estocada de la hoja de madera, y desvió el golpe.

—¿Achaques? —siseó el duque a través de su boca desdentada—. ¡Yo te daré un achaque que te enviará llorando de regreso con tu niñera!

Todavía veloz, a pesar de su corpulencia y los años, el duque de Elvritshalla avanzó, con ambas manos sobre la empuñadura de la hoja, lo que le permitía mantener un buen control al lanzar mandobles en amplios arcos con la espada de madera. Josua retrocedió de un salto, tratando de defenderse, mientras los finos cabellos se le pegaban a la frente empapada de sudor. Vio una abertura en la guardia del duque y, cuando éste tuvo la espada de prácticas a su espalda para volver a lanzar otro barrido, el príncipe agachó la cabeza. Entonces, usando su propia arma para ayudarse a esquivar el golpe, metió un pie tras el talón de Isgrimnur y estiró. El duque cayó de espaldas al suelo sobre la hierba, junto a él. Con su única mano se desató el grueso traje y rodó sobre la espalda.

Isgrimnur, que trataba de recuperar el aliento, no dijo nada durante un rato. Tenía los ojos cerrados y las gotas de sudor que le humedecían la barba brillaban a la luz del sol. Josua se sentó para mirarlo y una mueca de pesar le atravesó el rostro. Se incorporó del todo para desabrochar el traje de Isgrimnur. Cuando puso los dedos sobre el nudo, la manaza rosada del duque se levantó, lo golpeó a un lado de la cabeza y lo hizo caer de nuevo al suelo. El príncipe se llevó una mano a la oreja y su rostro expresó una mueca de dolor.

—¡Ajajá! —jadeó el duque—. Eso te enseñará…, joven cachorro.

Pasó otro lapso de tiempo en silencio mientras ambos hombres continuaban estirados mirando hacia el cielo despejado.

—Has hecho trampa —dijo Isgrimnur mientras se sentaba sobre la hierba—. La próxima vez que aparezcas en Hayholt te pediré la revancha. Además, si no hiciese este maldito calor y yo no estuviera tan malditamente gordo, te habría roto las costillas hace una hora.

Josua se sentó, con ojos ensombrecidos. Dos figuras se acercaban a través de la hierba amarillenta del campo de torneo. Una de ellas iba enfundada en un largo manto.

—*Hace* calor —apuntó el príncipe.

—¡Y estamos en novendre! —gruñó Isgrimnur, despojándose del traje de duelo—. Los días de verano están lejos, y todavía hace este calor. ¿Dónde está la lluvia?

—Tal vez se haya asustado y haya desaparecido —dijo Josua, y miró con ojos entornados las figuras que se aproximaban.

—¡Hola, hermano menor! —saludó una de ellas—. ¡Y hola a ti también, viejo tío Isgrimnur! ¡Parece que os hayáis lastimado con vuestro juego!

—Josua y el calor casi me matan, majestad —respondió el duque al aproximarse el rey.

Elías vestía una rica túnica de color verde mar; Pryrates, con la mirada oscura, caminaba a su lado con un manto rojo.

Josua se levantó y le ofreció la mano a Isgrimnur para que pudiera incorporarse.

—El duque exagera, como de costumbre —dijo el príncipe con suavidad—. Me vi obligado a derribarlo y sentarme encima de él para salvar mi vida.

—Sí, sí, ya vimos vuestros juegos desde la Torre de Hjeldin —explicó Elías, y agitó la mano hacia donde la mole de la torre se elevaba por encima de la muralla exterior de Hayholt—, ¿no es así, Pryrates?

—Sí, sire —respondió el sacerdote, con voz rasposa y una sonrisa tan delgada como un cabello—. Vuestro hermano y el duque son en verdad hombres vigorosos.

—A propósito, majestad —intervino Isgrimnur—, ¿puedo pediros algo? Odio tener que molestaros con asuntos de Estado en estos momentos.

Elías, que había tenido la vista perdida por el campo de torneo, se volvió hacia el viejo duque con una mirada de ligera molestia.

—Ahora estoy tratando algunos asuntos importantes con Pryrates. ¿Por qué no venís a verme cuando conceda audiencia para tratar ese tipo de asuntos? —respondió, y miró hacia otra parte.

Al otro lado del campo de torneo, Guthwulf y el conde Eolair de Nad Mullach —un pariente del rey Lluth de Hernystir— trataban de coger a un semental que había roto las riendas. Elías se rió al verlo y dio un ligero codazo a Pryrates, quien le obsequió con otra sonrisa superficial.

—Eh…, os pido perdón, majestad —Isgrimnur volvió a la carga—, pero hace quince días que trato de hablar con vos sobre este asunto. Vuestro canciller Helfcene no hace más que decirme que estáis muy ocupado…

—…en la Torre de Hjeldin —añadió Josua.

Durante un instante los hermanos entrecerraron los ojos; después, Elías se volvió hacia el duque.

—Está bien. ¿De qué se trata?

—Se trata de la guarnición real de Vestvennby. Hace más de un mes que se marcharon y continúan sin ser reemplazados. La Marca Helada sigue siendo un lugar salvaje, y yo no tengo los hombres suficientes como para mantener abierta la ruta de Wealdhelm sin la guarnición de Vestvennby. ¿Enviaréis otra tropa?

Elías había vuelto a dirigir la mirada hacia Guthwulf y Eolair, dos pequeñas figuras que brillaban al sol mientras trataban de dar caza al cada vez más lejano caballo. Respondió sin darse la vuelta.

—Skali de Kaldskryke asegura que tenéis hombres más que suficientes, viejo tío. Dice que estáis acumulando hombres en Elvritshalla y Naarved. ¿Por qué lo hacéis?

Antes de que el furioso Isgrimnur pudiera responder, Josua elevó su voz.

—Skali *Nariz afilada* es un mentiroso si afirma eso, y tú eres un loco si le crees.

Elías se dio la vuelta, con los labios contraídos.

—¿Es eso cierto, hermano Josua? ¿Es Skali un mentiroso? ¿Y debo creeros a vos, a vos, que nunca habéis ocultado vuestro odio hacia mí?

—Un momento, un momento… —interrumpió Isgrimnur, nervioso y algo más que asustado—. Elías…, vuestra majestad, sabéis de mi lealtad. ¡Fui el amigo más firme que vuestro padre jamás tuvo!

—¡Oh, sí, mi *padre*! —gruñó el monarca.

—Y, por favor, no prestéis oídos a esos escandalosos rumores, porque eso es lo que son, sobre Josua. ¡Él no os odia! ¡Os es tan leal como yo!

—De eso —dijo el rey— no tengo ninguna duda. ¡Enviaré una guarnición a Vestvennby cuando esté listo para ello, y no antes!

Tras decir aquello, Elías miró a ambos con ojos muy abiertos. Pryrates, que había permanecido callado todo el rato, levantó una mano y la apretó contra la manga de la túnica de Elías.

—Mi señor —intervino—, éste no es el lugar ni el momento adecuado para este tipo de asuntos… —añadió, y le dedicó una imprudente y burlona sonrisa a Josua—, o así humildemente lo creo.

El rey miró a su valido, y asintió una vez.

—Tenéis razón. Me he puesto colérico por nada. Perdonadme, tío —le dijo a Isgrimnur—. Como bien habéis dicho, es un día caluroso. Perdonad mis maneras —acabó, y sonrió.

El duque sacudió la cabeza.

—Desde luego, sire. Es fácil dejarse llevar por los malos humores en un día tan caluroso, lo cual resulta muy extraño en esta época del año. ¿No es así?

—Así es —respondió Elías, y sonrió de oreja a oreja mirando al sacerdote vestido de rojo—. Pryrates, aquí presente, a pesar de su sagrada pertenencia a la Iglesia, no parece poder convencer a Dios para que nos conceda la lluvia por la que rezamos, ¿no es cierto, consejero?

Pryrates miró al rey con extrañeza y hundió la cabeza en el cuello del manto, como una tortuga albina.

—Por favor, mi señor... —dijo—, prosigamos nuestra conversación y dejemos a estos caballeros con su esgrima.

—Sí —asintió el rey—, supongo que será lo mejor.

La pareja empezó a alejarse, cuando Elías se detuvo. Se dio la vuelta con lentitud hasta encararse con Josua, que recogía las espadas de madera de la seca hierba.

—¿Sabes, hermano? —empezó a decir el rey—. Hace mucho tiempo que no cruzamos nuestras espadas. Al observarte he recordado los viejos tiempos. ¿Qué te parece si hacemos un poco de ejercicio, aprovechando que estamos aquí?

Pasó un momento en el que nadie dijo nada.

—Como deseéis, Elías —replicó Josua, y lanzó una de las hojas de madera hacia el rey. Este la cogió por el mango con la mano derecha.

—De hecho —dijo el monarca, con una media sonrisa en los labios—, creo que no nos hemos vuelto a enfrentar desde tu... accidente. —Elías adoptó una mirada solemne—. Tuviste suerte de no perder la mano con la que esgrimes la espada.

—Mucha suerte, en verdad —respondió Josua, retrocediendo un paso y medio antes de enfrentarse al rey.

—Por otra parte —empezó a decir el rey—, es una tontería que lo hagamos con estas pobres espadas de madera. —Elías movió el arma de prácticas—. Me divertiría mucho veros usar..., ¿cómo llamáis a esa gruesa hoja vuestra?... Ah, Naidel. Es una lástima que no la hayáis traído.

Sin avisar, Elías se echó hacia adelante y fue a golpear a Josua en la cabeza con el dorso de la mano. El príncipe vio venir el golpe y pudo esquivarlo; y, a su vez, contraatacó. El soberano eludió con destreza la estocada. Ambos hermanos se separaron.

—Sí —dijo Josua, al tiempo que levantaba la espada frente a sí, con el rostro mojado de sudor—. Es una pena que Naidel no esté conmigo. También me disgusta que Clavo Brillante no esté con vos.

El príncipe arremetió con una estocada baja, pero el rey retrocedió con rapidez para contraatacar a su vez.

—¿Clavo Brillante? —dijo Elías, respirando con un poco de dificultad—. ¿Qué queréis decir con eso? Sabéis que fue enterrada con nuestro padre.

Giró la espada y se lanzó hacia su hermano, que retrocedió.

—Ya lo sé —respondió Josua, rechazando el golpe—, pero la espada de un rey, así como su reino, debe ser sabia —avanzó— y valiente —volvió a echarse hacia adelante—… Debe ser usada con sabiduría y cuidado… por su heredero.

Las dos hojas de madera entrechocaron con el ruido de un hacha al penetrar en la madera. Ambas empuñaduras quedaron juntas y los rostros de los hermanos se encontraron separados por unos pocos centímetros. Los músculos de ambos se hincharon bajo la ropa; durante un instante casi parecieron estar rígidos. El único movimiento que se apreció fue un ligero temblor al presionar uno contra el otro. Por fin, Josua, que no podía coger la empuñadura con ambas manos, como el rey, sintió que su espada empezaba a resbalar. Con un rápido encogerse de hombros pudo deshacerse de la presión contraria y retroceder, al tiempo que volvía a elevar la espada entre él y su hermano.

Mientras ambos se enfrentaban sobre la hierba, con respiración agitada, se oyó un repique a través del campo de torneo; se trataba de las campanas de la Torre del Ángel Verde, que tocaban la hora de mediodía.

—¡Ya está bien, caballeros! —gritó Isgrimnur, con una débil sonrisa en el rostro. No había posibilidad de pasar por alto el odio que flotaba entre ambos hermanos—. Han sonado las campanas y eso significa que es la hora de comer. ¿Podemos decir que ha sido un empate? Si no me aparto del sol y encuentro una jarra de vino, temo que no llegaré a final de año.

—El duque tiene razón, mi señor —dijo Pryrates, y puso la mano sobre la de Elías, que todavía sostenía la espada enhiesta. Una sonrisa de reptil apareció en los labios del sacerdote—. Podemos seguir con nuestro asunto mientras regresamos.

—Muy bien —gruñó Elías, y tiró la espada por encima del hombro. La hoja rebotó en el suelo, se irguió un poco y volvió a caer plana—. Os agradezco el ejercicio, hermano.

El rey se dio la vuelta y ofreció el brazo a Pryrates. Ambos se alejaron, escarlata y verde.

—¿Qué me dices, Josua? —preguntó Isgrimnur, y cogió la espada de la mano del príncipe—. ¿Vamos a tomar un poco de vino?

—Sí, me parece que sí —replicó Josua, que se agachó para recoger la capa mientras Isgrimnur agarraba la espada que había tirado el monarca—. ¿Pueden los muertos permanecer para siempre entre los vivos, tío? —inquirió con calma, y se pasó la mano por el rostro—. Es igual. Vamos a ver si encontramos un lugar más fresco.

—De verdad, Judit, está bien, a Raquel no le importará…

La mano de Simón fue capturada a pocos centímetros del recipiente. A pesar de lo rolliza y sonrosada que era Judit, la asió con fuerza.

—Acaba de una vez con eso de que «a Raquel no le importará». Me rompería todos los huesos de mi frágil y viejo cuerpo.

Retiró la mano de Simón y se apartó de los ojos un mechón de cabello; después se limpió las manos en el sucio delantal.

—Tendría que haber sabido que el más mínimo soplo del olor a pastel te traería hacia aquí como a un perro de Inniscrich.

El muchacho trazó formas sin sentido sobre la mesa llena de harina, con triste expresión en el rostro.

—Pero Judit, has hecho montones y montones de masa, ¿por qué no puedo probar un poco?

La mujer se incorporó del taburete y se dirigió, llena de gracia, hacia uno de los cientos de estantes de la cocina, como una barcaza sobre un plácido río. Dos jóvenes pinches salieron corriendo ante ella, como gaviotas asustadas.

—Y ahora… —musitó—, ¿dónde está la vasija de la mantequilla?

Mientras permanecía con el dedo sobre los labios en actitud pensativa, Simón se acercó al recipiente de la masa.

—Ni te atrevas, jovencito. —Judit se había dirigido al muchacho por encima del hombro, sin ni siquiera haberlo mirado, ¿Es que tenía ojos en la nuca?—. Ahí no hay masa para ti, Simón. A Raquel no le gusta que luego no cenes.

Judit continuó su búsqueda a través de los ordenados estantes llenos de cosas, al tiempo que Simón volvía a sentarse.

A pesar de las periódicas frustraciones, la cocina era un lugar agradable. Más grande, incluso, que las estancias de Morgenes; daba la sensación de ser pequeña y acogedora, envuelta en el calor de los hornos y en los aromas de los buenos alimentos. El cordero estofado se estaba haciendo en cazuelas de hierro, panes de Aedontide se cocían en el horno y marrones cebollas colgaban como campanas de cobre en la empañada ventana. El aire resultaba espeso, lleno del aroma de las especias y del fuerte olor a jengibre y canela, azafrán, clavo y pimienta molida. Los pinches movían barriles de harina y pescado en escabeche a través de la puerta, o extraían panes de los hornos con largas palas de madera. Uno de los jefes de cocina hervía pasta de arroz sobre el fuego en un cazo de leche de almendras, para el postre del rey. La misma Judit, una mujer tan corpulenta como amable, que había conseguido que la gigantesca cocina pareciese tan íntima como una cabaña de granjero, lo dirigía todo sin apenas levantar la voz. Parecía una amable y lista soberana en su reino de pucheros y fuegos.

La buena mujer regresó con el frasco de la mantequilla, y Simón vio con pesar cómo con un largo cepillo bañaba la superficie de los panes con la mantequilla deshecha.

—Judit —preguntó el chico—, casi es Aedonmansa.[2] ¿Por qué no ha nevado todavía? Morgenes dice que nunca había tardado tanto en hacerlo.

—No lo sé —dijo ella con rapidez—. Tampoco hemos tenido lluvia en novendre. Creo que debe de tratarse de un año seco —añadió, y volvió a cepillar la barra más cercana.

—Han estado dando de beber agua del foso de Hayholt al ganado del pueblo —dijo Simón.

—¿De veras?

—Sí. Puedes incluso darte cuenta de cómo ha bajado su nivel por las marcas que ha dejado el agua en la tierra. ¡Hay algunos sitios en los que ni siquiera te llega a las rodillas!

—Y seguro que tú te los conoces todos, no tengo la menor duda.

—Pues sí —respondió Simón con orgullo—. El año pasado, a estas alturas, ya estaba helado. ¡Piensa en ello!

Judit levantó la vista de lo que hacía para mirar al muchacho con sus pálidos ojos azules.

—Ya sé que todo eso es muy interesante —dijo—, pero recuerda que necesitamos el agua. No habrá más comidas decentes si no tenemos lluvia o nieve. Ya sabes que no nos podemos beber el Kynslagh.

El Kynslagh, al igual que el Gleniwent que lo alimentaba, era tan salado como el mar.

—Ya lo sé —replicó Simón—. Estoy seguro de que pronto nevará, o lloverá, porque hace mucho bochorno. Simplemente estamos pasando una temporada rara.

2. Aedonmansa: véase el Apéndice.

Judit estaba a punto de decir algo más, pero se contuvo al mirar el vano de la puerta por encima del hombre de Simón.

—¿Sí, muchacha? ¿Qué ocurre? —preguntó.

El chico se volvió para encontrarse con una joven de rizado cabello que estaba a unos metros: Hepzibah.

—Raquel me ha enviado a buscar a Simón, Judit —explicó con una especie de reverencia cansina—. Lo necesita para coger algo de una estantería alta.

—Bien, querida, no tienes que preguntármelo. Él está aquí sentado remoloneando alrededor de la masa, y no me es de ninguna ayuda.

Judit hizo un gesto hacia Simón, como despidiéndolo, aunque él no lo vio, pues estaba admirando el entallado delantal de Hepzibah y el suelto cabello que ni siquiera la cofia podía contener.

—Por el amor de Lysia, muchacho, levántate —dijo Judit, y se inclinó hacia él con el mango de un cepillo en alto.

Hepzibah ya había dado media vuelta y casi había salido de la habitación. Cuando Simón saltó del taburete para seguirla, la encargada de la cocina posó una cálida mano sobre su hombro.

—Aquí —le indicó— parece que se ha estropeado éste... Mira, está torcido.

La mujer le alargó una barra de pan recién hecho, torcido como un trozo de cuerda. El pan olía a azúcar.

—¡Gracias! —respondió el muchacho.

Partió un trozo y se lo metió en la boca mientras corría hacia la puerta.

—¡Está muy bueno! —dijo, como despedida.

—¡Claro que lo está! —añadió Judit a su espalda—. ¡Si se lo dices a Raquel te desollaré vivo!

Cuando hubo acabado de lanzar su amenaza, se encontró gritando ante un umbral vacío.

A Simón sólo le costó unos pasos alcanzar a Hepzibah, que no iba muy deprisa.

«¿Me esperaba?», se preguntó, y sintió que le faltaba el aire. Decidió que sería mejor dar una vuelta lejos de la mirada de Raquel.

—¿Te gustaría..., te gustaría un poco de esto? —preguntó Simón, con voz trémula.

—Oh, claro que sí —dijo Hepzibah, y obsequió al muchacho con una deslumbrante sonrisa—. Dame otro trozo, ¿quieres?

Simón quiso.

Salieron por el vestíbulo hacia el patio. Hepzibah cruzó los brazos como para abrazarse a sí misma.

—¡Qué frío! —exclamó la muchacha, aunque hacía bastante calor, considerando que estaban en decimbre; pero ahora que ella lo había mencionado, Simón se dio cuenta de que se había levantado brisa.

—Sí, *hace* frío —dijo, y volvió a callarse.

Mientras daban la vuelta al bastión interior que albergaba las estancias reales, Hepzibah señaló hacia una pequeña ventana que estaba situada bajo el torreón superior.

—¿Ves aquella ventana? —preguntó—. Pues el otro día vi allí a la princesa mientras se cepillaba el cabello… ¡Qué hermoso pelo tiene!

Un ligero recuerdo del oro que atrapaba la luz del atardecer vino a la memoria de Simón, pero aquello no lo iba a distraer.

—Bueno, yo creo que tú tienes el cabello mucho más bonito —dijo, y miró hacia una de las torres de vigilancia del bastión mediano, aunque el rubor de sus mejillas lo traicionó.

—¿De verdad? —rió Hepzibah—. Me parece que lo tengo muy enredado. La princesa Miriamele tiene damas que le cepillan el pelo. Sara, la chica rubia, ¿sabes?, conoce a una de ellas y dice que esa dama le explicó que la princesa a veces está muy triste, y que quiere regresar a Meremund, en donde se crió.

Simón miraba el cuello de Hepzibah con mucha atención. Un cuello que estaba inundado de los bucles del rizado cabello de la muchacha que se escapaban por debajo de la cofia.

—Hummm —musitó el joven.

—¿Quieres saber alguna cosa más? —preguntó Hepzibah. Se dio la vuelta y miró a Simón—. ¿Qué es lo que miras? —preguntó con una mueca, aunque sus ojos parecían divertidos—. Deja de hacerlo. Ya te dije que tenía el cabello muy enredado. ¿Quieres saber algo más sobre la princesa?

—¿Qué, por ejemplo?

—Su padre quiere casarla con el conde Fengbald, pero ella se niega. El rey está furioso con ella, y Fengbald amenaza con dejar la corte y volver a Falshire, aunque quién sabe por qué querrá hacerlo. Lofsunu dice que nunca se irá, porque en su condado nadie tiene el dinero suficiente como para apreciar sus caballos, ropajes y demás.

—¿Quién es Lofsunu? —quiso saber Simón.

—Oh… —Hepzibah pareció evasiva—. Es un soldado que conozco. Ha venido con la guardia del conde Breyugar. Es muy bien parecido.

El último pedazo de pan pareció convertirse en ceniza mojada en la boca de Simón.

—¿Un soldado? —dijo, con calma—. ¿Es... un familiar tuyo?

Hepzibah rió cantarina, de una forma que al joven le empezaba a resultar irritante.

—¿Un familiar? Por el misericordioso Rhiap, no. ¡No hace más que ir detrás de mí! —volvió a reír. A Simón la risa de la muchacha le gustaba cada vez menos—. Tal vez lo hayas visto —continuó Hepzibah—. Está de guardia en los cuarteles orientales. Posee anchas espaldas y lleva barba. —Mientras hablaba, sus manos dibujaban una figura de hombre en el aire, en cuyo interior hubieran podido caber dos Simones con comodidad.

El chico se sintió herido en sus sentimientos.

—Los soldados son estúpidos —gruñó, irritado.

—¡No es cierto! —respondió la muchacha—. ¡Lofsunu es muy agradable, y algún día se casará conmigo!

—Qué bien, haréis una bonita pareja —gruñó Simón, aunque un instante después se arrepintió de haberlo dicho—. Espero que seáis felices —acabó, con la esperanza de que las razones de su resentimiento no se hiciesen tan transparentes como él sentía que eran.

—Lo seremos —dijo Hepzibah, calmada, y miró a un par de guardianes que caminaban por las almenas, con largas picas apoyadas en los hombros—. Algún día Lofsunu será sargento y tendremos una casa propia en Erchester. Seremos tan felices... como podamos. Pero, en cualquier caso, más felices que la pobre princesa.

Con una mueca de disgusto, Simón cogió una piedra y la lanzó por encima del muro del bastión.

El doctor Morgenes, que paseaba por las almenas, miró hacia abajo y vio que Simón y una de las jóvenes sirvientas pasaban por debajo de él. Un golpe de viento le quitó la capucha justo cuando la pareja estaba a su altura. Sonrió y le deseó a Simón buena suerte, pues el chico parecía necesitarla. Aunque su carácter lo aproximaba más a un niño que a un hombre, ya era bastante alto y en él se podían ver indicios de que algún día crecería. Simón se encontraba en la frontera, e incluso el doctor, cuya edad nadie del castillo podía adivinar, recordó lo que *eso* significaba.

Se produjo un súbito batir de alas a espaldas del sabio; éste se volvió, con cuidado, como si lo esperase. Todos los que hubiesen estado observándolo habrían podido ver una sombra de color gris frente al anciano durante algunos segundos; la sombra desapareció después en los anchos pliegues de sus mangas grises.

Las manos del doctor, que un momento antes estaban vacías, ahora se hallaban ocupadas con un delgado pergamino enrollado y sujeto mediante una cinta azul, cuyo nudo deshizo con suaves ademanes. El mensaje estaba escrito en la lengua sureña de Nabban y de la Iglesia, pero las letras eran runas de Rimmersgardia.

Morgenes:

Los fuegos del Pico de las Tormentas han sido encendidos. Desde Tungoldyr he podido ver el humo durante nueve días y las llamas durante ocho. Los Zorros Blancos han vuelto a despertar otra vez, y en la oscuridad amenazan a los niños. Envío también palabras aladas a nuestro pequeño amigo, aunque no creo que lo cojan desprevenido. Alguien ha llamado a puertas peligrosas.

Jarnauga.

Junto a la firma el autor había dibujado una pluma en un círculo.

—Qué tiempo tan extraño, ¿verdad? —dijo una seca voz—. Pero resulta muy agradable para pasear por las almenas.

El doctor se dio la vuelta mientras estrujaba el mensaje en la mano. Pryrates estaba a su espalda, con una sonrisa en el rostro.

—El aire parece estar hoy lleno de pájaros —añadió el sacerdote—. ¿Estudiáis vos a los pájaros, doctor? ¿Sabéis mucho de sus hábitos?

—Tengo algún conocimiento sobre ellos —dijo Morgenes, con calma, aunque sus ojos azules se achicaron.

—Yo también he pensado en estudiarlos —asintió Pryrates—. Son muy fáciles de capturar, ¿sabéis...?, y poseen numerosos secretos que pueden resultar de mucho valor para una mente inquisitiva. —Suspiró y se frotó la barbilla—. Ah, bueno, tan sólo es algo que está por considerar. Buenos días, doctor. Disfrutad del aire.

Pryrates se retiró de las almenas.

Morgenes no se movió hasta que hubo pasado un buen rato tras la partida del sacerdote y se quedó con la vista fija en dirección al norte, cuyo cielo aparecía de color azul grisáceo.

8

AIRE DULCE Y AMARGO

Estaban a fines del mes de eneror y las lluvias todavía no habían llegado. El sol empezó a encenderse tras las murallas del oeste y los insectos revoloteaban en la alta y seca hierba. Simón y Jeremías, el aprendiz de velero, estaban sentados espalda contra espalda y respiraban con dificultad.

—Venga —dijo el primero, y se esforzó por ponerse en pie—. Volvamos a intentarlo.

Jeremías, al que ya nada sostenía, cayó hacia atrás hasta quedar tendido en la hierba como una tortuga boca arriba.

—Ve tú —siseó—. Yo nunca seré soldado.

—Claro que sí —contestó Simón, molesto por la respuesta—. Lo seremos ambos. Lo hiciste mucho mejor la última vez. Vamos, levántate.

Con un gemido de dolor, Jeremías intentó levantarse y, de mala gana, cogió la tabla de tonel que le alargaba su amigo.

—Vámonos, Simón. Me duele todo.

—Piensas demasiado —respondió el muchacho, y recogió su propia madera—. ¡Ya! —gritó.

—¡Una estocada mortal! —dijo el aprendiz de velero, ya más animado.

El retumbar de la lucha continuó.

No sólo era su frustrado intento de coqueteo con Hepzibah lo que había vuelto a despertar en Simón la antigua fascinación que sentía por las glorias de la vida castrense. Antes de que Elías ocupase el trono, el chico había sentido que su verdadero deseo —por el que lo hubiera dado todo— era ser el aprendiz de Morgenes, y descubrir todos los secretos del mágico y confuso mundo del doctor. Pero ahora que estaba en ello y había reemplazado al laborioso Inch como ayudante del doctor, la gloria había empezado a palidecer. En primer lugar, representaba demasiado *trabajo*, y Morgenes era tan malditamente riguroso con todo... ¿Había podido aprender algo de magia? No. Comparados con las largas horas de lectura, escritura, barrido y limpieza de la oscura cámara del doctor, los grandes hechos del campo de batalla y las miradas llenas de admiración de las mujeres jóvenes no podían ser desperdiciadas así como así.

En lo más profundo del gabinete —lleno de olor a sebo— del candelero Jakob, el gordo Jeremías también había caído en las redes del esplendor marcial que reinaba durante el primer año desde la ascensión de Elías al trono. Durante las justas, de una semana de duración, que el soberano promovía cada mes, todo el color de la realeza se hallaba representado en los torneos. Los caballeros parecían relucientes mariposas de seda y brillante acero, mucho más hermosos que cualquier cosa mortal. El viento lleno de gloria que batía el campo de torneos despertaba profundos anhelos en los pechos de los jóvenes.

Simón y Jeremías fueron al taller del tonelero en busca de trozos de madera para convertir en espadas, como habían hecho en su infancia, e intercambiaron estocadas y golpes durante horas, después de finalizar sus tareas. Al principio sus fingidas batallas tenían lugar en los establos, hasta que Shem los echó de allí con el fin de proporcionar paz a sus huéspedes; después se trasladaron a la franja de hierba que había justo al lado del campo de torneos. Noche tras noche Simón volvía cojeando a las dependencias de la servidumbre, con las calzas llenas de rotos y la camisa rasgada, y Raquel *el Dragón* apartaba los ojos de él y rezaba en voz alta a san Rhiap para que la salvase de la estupidez de los chicos; después se arremangaba y añadía algunos moretones a los que ya mostraba el muchacho.

—Creo... —bufó Simón— que... es suficiente.

La sonrosada cara de Jeremías sólo pudo asentir.

Cuando volvían hacia el castillo, sudorosos y resoplando como bueyes atados a un arado, Simón notó con cierta alegría que el aprendiz de velero empezaba a perder parte de su torpeza. Un mes más y empezaría a parecerse a un soldado. Antes de que sus duelos dieran comienzo de una forma regular, tenía el aspecto de algo en lo que su maestro podría poner una mecha.

—Hoy ha estado bien, ¿no te parece? —preguntó Simón. Jeremías se frotó la cabeza y lo miró con disgusto.

—No sé por qué he dejado que me metieras en esto —se quejó—. A la gente como nosotros nunca la dejarán ser otra cosa que chicos de cocina.

—¡Pero en el campo de batalla puede suceder cualquier cosa! —dijo el maestro—. ¡Puedes salvar la vida del rey frente a los hombres de Thrithings o los jinetes de Naraxi, y ser nombrado caballero allí mismo!

—Ya… —Jeremías no parecía muy impresionado—. ¿Y cómo nos las vamos a arreglar para estar en primera fila, sin familias, caballos, ni espadas? —preguntó mientras levantaba el trozo de madera.

—Sí —dijo Simón—, bueno…, esto…, ya pensaré en algo.

—Ya —asintió Jeremías, y se enjugó el sudor del rostro con el dobladillo de la túnica.

El resplandor de las antorchas se cruzó en su camino al menos en una veintena de lugares mientras se acercaban a los muros del castillo. Lo que había sido un espacio vacío a la sombra de las murallas exteriores de Hayholt se encontraba ahora infestado de tiendas y chozas amontonadas unas sobre otras, como las escamas de un viejo y enfermo lagarto. La hierba había desaparecido ya hacía tiempo, arrancada del suelo por cabras y ovejas. Mientras los harapientos moradores iban arriba y abajo, encendían las hogueras para la noche y llamaban a sus hijos en la oscuridad, el polvo se convirtió en arena y revoloteó un poco en el aire antes de posarse sobre las ropas y las telas de las tiendas, a las que confirió un oscuro color gris marrón.

—Si no llueve pronto —observó Jeremías, enarcando las cejas al mirar a un grupo de niños gritones que se cogían a las descoloridas ropas de una mujer de cara amarga—, la guardia tendrá que echarlos. No tenemos suficiente agua como para ir dándosela a ellos. Que se vayan y caven sus propios pozos.

—Pero ¿dónde…? —empezó a preguntar Simón, para detenerse y quedarse con la mirada fija.

Al final de una de las travesías del poblado de chozas le pareció ver un rostro familiar. Sólo fue durante un segundo, luego desapareció; pero estaba seguro de que se trataba del chico al que había encontrado espiando, el que lo había abandonado a la cólera del sacristán Barnabás.

—¡Es de quien te he hablado! —siseó lleno de excitación. Jeremías miró hacia atrás sin comprender—. Ya sabes, Mal…, ¡Malaquías! ¡Le debo algo! —Simón llegó hasta el grupo de gente entre el que estaba

125

seguro de haber visto la cara del espía. La mayoría eran mujeres y niños pequeños, pero también encontró a unos cuantos hombres mayores entre los miembros del grupo, doblados y marchitos como árboles viejos. Rodeaban a una mujer joven que estaba sentada en el suelo, ante una casucha medio caída que se apoyaba en la parte baja de la muralla exterior. Sobre su regazo sostenía a un niño diminuto al que mecía, llorando. Malaquías no estaba a la vista.

Simón observó las caras impasibles y ajadas de su alrededor y luego bajó la mirada hasta encontrar a la mujer que lloraba.

—¿Está enfermo el niño? —preguntó a alguien que había a su lado—. Soy el aprendiz del doctor Morgenes. ¿Quieren que vaya a buscarlo?

Una anciana volvió el rostro hacia él. Sus ojos, entre una intrincada maraña de sucias arrugas, eran tan duros y oscuros como los de un pájaro.

—Lárgate de aquí, hombre del castillo —dijo, y escupió en el polvo—. Vete, hombre del rey.

—Pero quisiera ayudar… —empezó a contestar Simón, cuando una fuerte mano lo cogió del codo.

—Haz lo que la vieja te ha mandado, muchacho.

El que le había dicho aquello era un hombre anciano de barba enmarañada. La mirada que aparecía en su rostro no era del todo desagradable, y apartó a Simón del círculo.

—Nada puedes hacer aquí. La gente está llena de ira. El niño está muerto. Sigue tu camino.

El hombre le dio a Simón un amable pero firme empujón.

Jeremías todavía lo esperaba en el mismo lugar. Los fuegos del campamento de alrededor iluminaban la expresión de preocupación de su rostro.

—No hagas eso, Simón —se quejó su amigo—. No me gusta estar aquí, sobre todo cuando el sol ya ha desaparecido.

Ninguna de las antorchas estaba encendida, pero una extraña y desvaída luz llenaba la amplia sala. Simón no podía ver ni un alma en Hayholt, pero en cada pasadizo sonaban los ecos de voces que cantaban y reían.

Simón pasaba de una habitación a otra, apartaba las cortinas, abría las puertas de las despensas, pero no podía encontrar a nadie. Las voces parecían burlarse de él y de su búsqueda; aumentaban el volumen para luego disminuir, cantaban y reían en cien diferentes lenguas y ninguna de ellas resultaba ser la de Simón.

Al final se encontró delante de la puerta de la sala del trono. Las voces se oían más fuertes que antes, y todas parecían gritar desde el interior de la gran sala. Empujó la puerta con una mano y se abrió, no estaba cerrada. Mientras la empujaba las voces se iban callando, como si fuesen desterradas al silencio por el chirriar de los goznes. La luz pastosa salió como humo brillante. Simón entró.

El trono amarillento, el Trono del Dragón, se encontraba en el centro de la habitación. A su alrededor danzaban unas figuras en círculo, con las manos entrelazadas, que se movían con tanta lentitud como si estuvieran en aguas profundas. Simón reconoció a algunas: Judit, Raquel, Jakob el candelero y a otra gente del castillo, con sus rostros contraídos por el salvaje alborozo mientras se inclinaban y brincaban. Entre ellos se movían bailarines de más alto rango: el rey Elías, Guthwulf de Utanyeat, Gwythinn de Hernystir; éstos, al igual que la gente del castillo, giraban con tanta lentitud como el hielo que cae de las montañas convertido en polvo. Dispersas a lo largo del silencioso círculo había figuras amenazadoras, de un negro brillante como escarabajos: los reyes, que habían bajado de sus pedestales para unirse a la etérea festividad. En el centro se alzaba el gran trono, una montaña de apagado marfil que, en cierta forma, parecía lleno de vitalidad, inundado por una vieja y misteriosa energía que sostenía a los bailarines del círculo mediante unas tensas aunque invisibles riendas.

La sala del trono estaba silenciosa, a excepción de un hilo de melodía que flotaba en el aire: el Himno de la Alegría. La tonada era tensa y desafinada, como si las manos invisibles que la hacían posible no estuvieran preparadas para manejar instrumentos terrenales.

Simón se sintió empujado hacia la terrible danza, hacia el centro de un torbellino; apretó los pies contra el suelo, pero aun así se sintió atraído hacia el centro de manera inexorable. Las cabezas de los bailarines se volvieron hacia él con lentos movimientos, como tallos de hierba echados al viento.

En el centro del anillo, en el mismo Trono del Dragón, se iba conformando la oscuridad; se estaban uniendo oscuridades procedentes de muchas partes, que revoloteaban como una nube de moscas. Cerca del extremo superior de aquella hirviente y hormigueante negrura, dos latentes chispas carmesíes empezaron a brillar, como si fuesen avivadas por una súbita brisa.

Los bailarines miraban a Simón, mientras pasaban por su lado, y murmuraban su nombre: Simón, Simón, Simón... *En la parte más alejada del círculo, más allá de la oscuridad del trono, se abrió una rendija: dos manos apretadas se separaron produciendo el ruido de una tela al ser rasgada.*

Cuando el círculo se movió hacia él, una de las manos flotó como un ondulante pez. Era Raquel, y al acercarse lo llamó por señas. En lugar de su

acostumbrada mirada llena de sospechas, el rostro de la mujer estaba plaga-
do de líneas de desesperada alegría. Raquel alargó la mano y, a través de
ella, el gordo Jeremías mantuvo la rendija abierta, con una menguada son-
risa en su pálido rostro.

—Ven, muchacho… —*dijo Raquel, o al menos eran sus labios los que*
se movían, aunque la voz suave y ronca era la de un hombre—. Ven, ¿es
que no ves el lugar que hemos dejado para ti? Un sitio especialmente
preparado.

La mano lo cogió del cuello y empezó a tirar de él hacia la órbita de la
danza. Simón luchó, trató de desasirse de los dedos pegajosos, pero estaba sin
fuerzas. La boca de Raquel y la de Jeremías estaban contraídas en una
mueca. Las voces se hicieron más profundas.

—¡Muchacho! ¿Es que no me oyes? ¡Vamos, muchacho!

—¡No! —El grito salió al fin, liberándose de la constreñida prisión
que constituía la garganta de Simón—. ¡No, no quiero, no!

—Oh, vamos, por las ligas de Frayja, muchacho. ¡Despierta! ¡Has
desvelado a todo el mundo!

La mano volvió a sacudirlo con brusquedad, y se hizo un súbito rayo
de luz. Simón se sentó, trató de gritar y cayó de espaldas, presa de un
ataque de tos. Una negra sombra se inclinó sobre él, perfilada por una
lámpara de aceite.

«La verdad es que el chico no ha despertado a nadie —pensó Isgrimnur—. Los demás han estado agitados y quejándose desde que he entrado, como si todos padeciesen la misma pesadilla. ¡Por los dioses, qué
noche tan extraña!»

El duque observó cómo las agitadas figuras que lo rodeaban caían
poco a poco en la quietud y volvió a fijar su atención en el chico.

«Mira, el pequeño cachorro no deja de toser. Aunque la verdad es
que no es tan pequeño, lo que ocurre es que está más delgado que un
potro hambriento.»

Isgrimnur colocó la lámpara en una hornacina, retiró a un lado la
sábana de basto tejido para poder coger mejor el hombro del joven.
Levantó al chico en la cama y le dio una firme palmada en la espalda.
El muchacho tosió una vez más y luego dejó de hacerlo. El duque le dio
unas cuantas palmadas más con su ancha y velluda mano.

—Perdona, amigo, perdona. Tómate tu tiempo.

Mientras el joven recobraba el ritmo respiratorio, Isgrimnur miró
alrededor de la alcoba compartida en la que la lisa cama del muchacho
estaba extendida, separada por una sábana colgada. Del otro lado de la
sábana provenían los murmullos de sueño y nocturnidad de una docena
o más de pinches, que permanecían acostados en las proximidades.

Isgrimnur volvió a coger el candil y echó una mirada a las extrañas formas que colgaban en la pared llena de sombras: un desenmarañado nido de pájaros, un gallardete de seda —parecía verde a la débil luz— que con toda probabilidad provenía del equipo de algún caballero. Cerca de ellos, también colgados en clavos incrustados en las hendiduras de la pared, podían verse una pluma de halcón, un tosco árbol de madera y una pintura cuyo borde rasgado mostraba que provenía de un libro. Isgrimnur torció el gesto; en el grabado distinguía a un hombre que lo contemplaba con el cabello totalmente alborotado…, ¿o eran cuernos…?

Cuando volvió a mirar hacia el suelo, sonriendo ante el desorden de los jóvenes, el chico había recuperado el aliento. Miraba hacia arriba, al duque, con grandes y nerviosos ojos.

«Con esa nariz y cubierto de —¿qué es, rojo?— pelo, el muchacho parece un maldito pájaro de los pantanos», pensó.

—Perdóname por haberte despertado —dijo el viejo duque—, pero eras el que más cerca estaba de la puerta. Necesito hablar con Towser, el bufón. ¿Sabes quién es?

El muchacho asintió, y miró el rostro del conde con aire dormido.

«Dios —pensó el rimmerio—, al final resultará que no es más que un tonto.»

—Me dijeron que esta noche dormía por aquí, pero no veo dónde está. ¿Lo sabes tú?

—Vos sois…, vos sois…

El joven tenía problemas para acabar.

—Sí, soy el duque de Elvritshalla, y no empieces a hacer reverencias y a decir un «sire» tras otro. Sólo dime dónde está el bufón y te dejaré volver a dormir.

Sin mediar otra palabra el muchacho se deslizó fuera del jergón y se incorporó, cogió la sábana y se la puso como abrigo por encima de los hombros. La camisa le caía por debajo y se agitaba entre las piernas desnudas mientras saltaba por encima de los cuerpos tendidos en la pieza, algunos de los cuales aparecían enfundados en sus capas en el desnudo suelo, como si no hubiesen sido capaces de recorrer el camino hasta sus camas. Isgrimnur lo siguió con la lámpara, saltando con cuidado por encima de las negras formas como si siguiese a una de las doncellas-espíritus de Udún[3] a través de la carnicería de un campo de batalla.

Atravesaron dos habitaciones más de la misma forma, el gran espíritu y el pequeño; en la última, unas cuantas brasas de carbón ardían en

---

3. Udún: véase el Apéndice.

la chimenea. En las baldosas del suelo frente al hogar, hecho un ovillo y con una bota de vino de piel de carnero agarrada con sus viejos dedos huesudos, estaba estirado y roncaba Towser, el bufón.

—Ah —gruñó Isgrimnur—. Bien, gracias, muchacho. Vuelve a la cama con mis disculpas, aunque creo que tenías un sueño del que debes de haberte sentido feliz de despertar. Ahora vete.

El joven se dio la vuelta y se dirigió de regreso hacia la puerta. Cuando pasó al lado del duque, éste se sorprendió al reparar en que casi era tan alto como él, e Isgrimnur no era bajo. Era la delgadez del muchacho y el modo en que se encorvaba al andar lo que hacía su talla menos evidente.

«Es una pena que nadie le enseñe a caminar erguido —pensó—. Y lo más seguro es que nunca lo aprenderá en las cocinas, o dondequiera que esté.»

Cuando al cabo de un instante el joven hubo desaparecido, Isgrimnur se agachó y zarandeó a Towser; con suavidad, al principio, para luego pasar a hacerlo con más vigor, cuando se hizo patente que el hombrecito estaba totalmente ausente. Las más fuertes sacudidas del duque sólo provocaban débiles sonidos de protesta. Al final se agotó la paciencia de Isgrimnur. Se agachó, cogió un tobillo del hombrecito con cada una de sus manos y tiró de ellos hacia arriba, hasta que Towser quedó colgando cabeza abajo; únicamente su calva coronilla estaba en contacto con el suelo. La modorra de Towser dio paso a graznidos de disgusto, que al final se convirtieron en inteligibles palabras en lengua westerling.

—¿Qué...? ¡Abajo!... Ponedme... en pie, Aedón os maldiga...

—¡Si no te despiertas, viejo borracho, golpearé tu cabeza contra el suelo hasta que te convenzas para siempre de que el vino es pecado!

El duque añadió hechos a sus palabras y levantó los tobillos del bufón unos cuantos palmos, para dejarlo caer de nuevo de cabeza, sin demasiada amabilidad, sobre las frías piedras.

—¡Desistid! ¡Demonio, yo... me rindo! Dadme la vuelta, hombre, dadme la vuelta. ¡No soy Jesuris para que me colguéis cabeza abajo para la instrucción de... de las masas!

Isgrimnur lo bajó con suavidad hasta que el pequeño bufón estuvo del todo estirado sobre la espalda.

—No añadas blasfemias a las tonterías, viejo loco —gruñó.

Mientras contemplaba cómo Towser rodaba con dolor sobre su estómago, el duque no observó la delgada sombra que tomó posición en el vano de la puerta, tras él.

—Oh, misericordioso, misericordioso Aedón —gorgoteó el bufón mientras se incorporaba, hasta que logró quedar sentado—. ¿Habéis venido para usar mi cabeza como un pico? Si lo que queréis es excavar un pozo, yo mismo os hubiera podido decir que el suelo es aquí, en las habitaciones de los servidores, demasiado duro.

—Ya basta, Towser. No me he levantado dos horas antes de la salida del sol para oír chistes malos. Josua se ha marchado.

El hombrecito se rascó la coronilla, mientras con la otra mano buscaba la bota de vino a tientas.

—¿Adónde ha ido, Isgrimnur? Por piedad, hombre, ¿habéis roto *mi* calva porque Josua no ha acudido a encontrarse con vos en alguna parte? Yo no tengo nada que ver con ello, os lo juro. —Towser tomó la bota y bebió un largo trago.

—Idiota —increpó Isgrimnur, pero el tono de su voz no denotaba enfado—. Me refiero a que el príncipe se *ha ido*. Ha abandonado Hayholt.

—Imposible —respondió el otro con firmeza, al tiempo que recobraba algo de compostura gracias al segundo trago de vino dulce—. No se marchará hasta la semana que viene. Así lo anunció. Me dijo que si lo deseaba podía ir con él y ser su juglar en Naglimund. —Towser torció la cabeza y escupió a un lado—. Le dije que le daría mi respuesta mañana…, hoy, ya que a Elías parece no importarle si me quedo o me voy. —Meneó la cabeza—. Yo, el más querido compañero de su padre…

El duque movió la cabeza con impaciencia y se acarició la barba gris.

—No, hombre, se ha ido. Ha partido en algún momento después de medianoche; eso es todo lo que puedo decir, o al menos eso afirma el guardia erkyno que encontré en sus estancias vacías cuando me dirigía a la reunión que debíamos mantener. Me dijo que fuera a esas horas de la noche, aunque yo ya me hubiese acostado, porque me explicó que había algo que no podía esperar. ¿Es eso propio de él: marcharse así, sin ni siquiera dejarme un mensaje? —explicó.

—¿Quién sabe? —dijo Towser. Su rostro arrugado se tensó mientras pensaba—. Tal vez por eso quería hablaros, porque se marchaba en secreto.

—Entonces, ¿por qué no esperó hasta que llegase? Todo esto no me gusta nada. —Isgrimnur se sentó en cuclillas y removió el carbón con un atizador—. Esta noche se respira un ambiente extraño en las salas de esta casa.

—A menudo los actos de Josua parecen extraños —intervino el bufón con tranquila seguridad—. En ocasiones es caprichoso, por el Señor, ¡ya lo creo que es caprichoso! Lo más seguro es que haya salido a cazar búhos, o por cualquier otro motivo. No temáis.

Tras un largo silencio, el duque dejó escapar un suspiro.

—Ah, estoy seguro de que tienes razón —dijo, y el tono de su voz casi resultó convincente—. Aunque él y Elías estén abiertamente enfrentados, nada puede suceder aquí, en la casa de su padre, ante Dios y ante la corte.

—Nada excepto que vengáis a golpearme la cabeza en plena noche. Parece que Dios se muestra hoy un poco torpe, por lo que respecta al reparto de castigos —sonrió Towser, con una mueca.

Mientras ambos hombres seguían hablando en un murmullo, cerca de las brasas casi apagadas, Simón volvió en silencio hacia su lecho, en donde se mantuvo despierto durante bastante tiempo, envuelto en la sábana y con los ojos abiertos en la oscuridad; pero cuando el gallo del patio vio aparecer el primer rayo de sol, el chico ya había vuelto a caer dormido.

—Ahora recordad —avisó Morgenes, mientras se secaba el sudor de la frente con un brillante pañuelo azul—, no comáis nada hasta que lo traigáis de regreso y me preguntéis. *Especialmente* si tiene manchas rojas. ¿Entendido? Muchas de las cosas que os he pedido que me consigáis son puro veneno. Evitad la estupidez, si es posible. Simón, muchacho, tú estás a cargo de todo. Te encomiendo la responsabilidad de velar por la seguridad de los otros.

Los otros eran Jeremías, el muchacho del candelero, e Isaak, un joven paje de la residencia de arriba. El doctor había escogido aquel cálido atardecer de ferruero para organizar una batida en busca de setas y plantas en el Kynswood, un pequeño bosque de menos de cien acres que se extendía en la orilla superior del Kynslagh, a lo largo del muro occidental de Hayholt. A causa de la sequía, las provisiones de importantes productos del doctor Morgenes habían disminuido de forma alarmante, y Kynswood, situado como estaba, junto al gran lago, parecía ser un buen lugar para buscar los apreciados tesoros de humedad del doctor.

Se dispersaron por el bosque y Jeremías se quedó atrás para esperar hasta que el sonido de las pisadas de Morgenes disminuyera de intensidad entre los poblados arbustos.

—¿Se lo has preguntado? —inquirió Jeremías, cuyas ropas ya aparecían tan empapadas de sudor que se le pegaban al cuerpo.

—No —respondió Simón, que se había agachado para observar una apresurada fila de hormigas que subía por un tronco de pino de Vestivegg—. Lo haré hoy, pero tengo que pensar en la forma más adecuada de hacerlo.

—¿Y si dice que no? —preguntó el otro, mientras miraba la procesión con cierto disgusto—. ¿Qué haremos entonces?

—No dirá que no. —Simón se incorporó—. Y si lo hace…, bueno, tendré que pensar en algo.

—¿Qué andáis cuchicheando vosotros dos? —exclamó el joven Isaak, que había reaparecido en el claro del bosque—. No está bien guardar secretos.

Aunque tenía tres o cuatro años menos que ellos, Isaak ya había desarrollado un tono «de arriba». Simón frunció el entrecejo.

—No te importa.

—Mirábamos el árbol —terció Jeremías, que ya se sentía culpable.

—Debería haberlo pensado —dijo el paje, asqueado—. Hay un montón de árboles a los que mirar sin necesidad de permanecer oculto y contar secretos.

—Ya, pero éste… —empezó Jeremías—. Este es…

—Deja el estúpido árbol —añadió Simón con disgusto—. Vamos. Morgenes nos puede pillar y entonces sabremos cómo las gasta.

Simón apartó una rama y se sumergió en la espesura de los arbustos.

Era un trabajo duro; cuando se detuvieron para beber agua y descansar a la sombra, una hora y media después, los tres chicos estaban cubiertos de fino polvo rojo, desde las manos hasta los codos y de los pies a las rodillas. Cada uno de ellos llevaba un pequeño montón de artículos envueltos en un pañuelo. El de Simón era el más grande, y los de Isaak y Jeremías presentaban un aspecto más modesto. Encontraron una gran picea en la que se acomodaron con las piernas, llenas de polvo, extendidas en abanico como los radios de una rueda. Simón tiró una piedra a través del claro; éste fue a parar a un montón de ramas rotas, e hizo temblar unas cuantas hojas.

—¿Por qué hace tanto calor? —se quejó Jeremías, mientras se secaba la frente—. ¿Y por qué debo llevar el pañuelo lleno de ridículas setas y secarme el sudor con las manos? —y mostró las palmas húmedas.

—Hace calor porque hace calor —refunfuñó Simón—, porque no llueve.

Pasó un largo rato sin que nadie dijese nada. Incluso los insectos y los pájaros parecían haber desaparecido, haberse ido a lugares más oscuros para dormir durante el seco atardecer.

—Supongo que deberíamos alegrarnos de no estar en Meremund —intervino Jeremías al fin—. Dicen que allí han muerto más de mil personas a causa de la plaga.

—¿Mil? —dijo Isaak, desdeñoso. El calor había hecho que su acostumbrada tez pálida apareciese sonrosada—. ¡Miles! Es la comidilla de la residencia. Mi amo va por todo Hayholt con un pañuelo empapado en agua bendita sobre el rostro, y eso que la plaga todavía no ha llegado a cien leguas de aquí.

—¿Sabe tu amo lo que ocurre en Meremund? —preguntó Simón, interesado—. ¿Te habla de ello?

—Continuamente —explicó el joven paje, pagado de sí mismo—. El marido de su hermana es el alcalde. Fueron de los primeros en huir de la plaga. Ha obtenido mucha información de ellos.

—Elías ha nombrado Heraldo del Rey a Guthwulf de Utanyeat —dijo Simón.

Jeremías se quejó y se apartó del tronco, para estirarse en el manto de agujas de pino que cubría el suelo.

—Eso está bien —replicó Isaak, que con una ramita escarbaba en el suelo—, y ha conseguido mantener la enfermedad a raya, sin que se extendiera.

—¿Qué es lo que causó la plaga, la pestilencia? —preguntó Simón—. ¿Lo sabe alguien de la residencia?

Se sintió estúpido haciendo preguntas a un chico mucho más joven que él, pero el paje oía los chismorreos de arriba y no se mostraba reticente en compartirlos.

—Nadie lo sabe con certeza. Algunos dicen que celosos comerciantes hernystiros de Abaingeat, al otro lado del río, envenenaron los pozos. También ha muerto mucha gente en Abaingeat. —Isaak dijo aquello con cierto aire de satisfacción; después de todo, los hernystiros no eran aedonitas, sino paganos. Aunque nobles y aliados, la Casa de Lluth debería estar bajo la Tutela del Supremo Rey—. Otros dicen que la sequía ha hecho que la tierra se resquebraje, y que aires venenosos escaparon del suelo. Sea lo que fuere, mi amo dice que no se detiene ante nadie, ricos, sacerdotes o campesinos. Primero sientes calor y fiebre…

Jeremías, estirado sobre la espalda, gruñó y se palpó la frente.

—… después te salen ampollas, como si hubieses caído sobre carbones encendidos. Luego las ampollas empiezan a supurar. —Isaak enfatizó la última frase con una mueca infantil, enmarcada por el rubio cabello que le caía sobre el rostro contraído—. Y finalmente te mueres. Con muchos dolores.

El bosque parecía exhalar calor a su alrededor cuando se quedaron sentados sin hablar.

—Mi amo Jakob —explicó Jeremías— teme que la plaga llegue a

Hayholt, a causa de todos esos sucios campesinos que viven al otro lado de las murallas. —El bosque pareció volver a exhalar una pesada respiración—. Rubén *el Oso,* el herrero, le dijo a mi amo que un fraile mendicante le había hablado de que Guthwulf había tomado medidas muy crueles en Meremund.

—¿Crueles medidas? —preguntó Simón, con los ojos cerrados—. ¿Eso qué quiere decir?

—El fraile le dijo a Rubén que, cuando Guthwulf llegó a Meremund, como Heraldo del Rey, reunió a la guardia erkyna y fue a los hogares de los afectados. Cogieron martillos, clavos y tablas y sellaron las casas.

—¿Con la gente dentro? —interrogó Simón, horrorizado a la vez que fascinado.

—Claro. Lo hizo para detener el avance de la plaga. Sellaron las casas para que los familiares de los enfermos no pudieran huir y extender la enfermedad a los demás.

Jeremías levantó la manga y se volvió a secar el sudor.

—Pero yo creía que la plaga provenía de malignos vapores escapados de la tierra.

—Incluso así podía extenderse. De esa manera han muerto numerosos sacerdotes, monjas y sanguijuelas. El fraile dijo que por la noche, y durante muchas semanas, las calles de Meremund eran…, eran…, ¿cómo dijo?, «como los Salones del Infierno». Podías oír aullar como perros a la gente que había quedado en las casas selladas. Al final, cuando todos hubieron callado, Guthwulf y la guardia erkyna quemaron las viviendas sin abrirlas.

Mientras Simón se maravillaba ante aquel último detalle, se oyeron ruidos de ramas rotas.

—¡Así que estáis aquí, vagos! —dijo Morgenes al aparecer entre la espesura, con la ropa llena de ramitas y hojas. Un poco de hierba colgaba del borde de su ancho sombrero—. Debería haberme imaginado que os iba a encontrar así.

Simón se puso en pie.

—Sólo llevamos sentados un poco, doctor —intervino—. Hemos estado buscando durante mucho tiempo.

—¡No te olvides de preguntárselo! —siseó Jeremías, a la vez que se incorporaba.

—Bien —dijo Morgenes, mientras los observaba con ojo crítico—. Supongo que no lo habéis hecho del todo mal, teniendo en cuenta las circunstancias. Veamos qué es lo que habéis encontrado. —Se agachó como un granjero que recortase un seto y miró entre lo que los chicos habían hallado—. ¡Ah! ¡Oreja de Diablo! —gritó, y sostuvo un festoneado champiñón para mirarlo a la luz del sol—. ¡Estupendo!

—Doctor —dijo Simón—, quisiera pediros un favor.

—¿Hummm? —respondió Morgenes, revolviendo entre los hongos, con un pañuelo extendido como mesa.

—Bueno, Jeremías está interesado en entrar a formar parte de la guardia, o en intentarlo. El problema reside en que el conde Breyugar no nos conoce mucho, a nosotros, la gente del castillo, y Jeremías no tiene conexiones en esos círculos.

—Eso —dijo Morgenes— no me sorprende.

El doctor vació el siguiente pañuelo.

—¿Creéis que podríais escribirle una carta de recomendación? Vos sois bien conocido por todos.

Simón trataba de aparentar un tono de tranquilidad en la voz. Isaak miraba al sudoroso Jeremías entre admirado y divertido.

—Hummm. —El tono de voz del anciano era neutro—. Sospecho que soy demasiado bien conocido para Breyugar y sus amigos. —Morgenes elevó la mirada y enfocó a Jeremías—. ¿Lo sabe Jakob?

—Él..., él conoce mis deseos —aseguró el interesado.

El sabio doctor amontonó todo lo encontrado en un saco y devolvió los pañuelos a los muchachos. Luego se incorporó y se sacudió unas hojas y agujas de pino de la ropa.

—Supongo que sí que podría —dijo, mientras regresaban a Hayholt—, aunque no lo apruebo. Y no creo que una nota de mi parte les merezca una respetuosa atención. Pero supongo que si Jakob lo sabe, está bien.

Caminaron en fila india a través de la espesura.

—Gracias, doctor —expresó Jeremías casi sin respiración, mientras luchaba por mantener el equilibrio.

—Dudo de que te acepten —añadió el paje, con algo de envidia. Mientras regresaban al castillo su altanería reapareció.

—Doctor Morgenes —dijo Simón, tratando de aparentar un tono de indiferencia—, ¿por qué no escribo *yo* la carta? Vos podéis verla después y firmarla. Sería una buena práctica para mí, ¿no creéis?

—Por qué no... —respondió el doctor y saltó por encima del tronco de un árbol caído—. Me parece una excelente idea. Me alegra verte tomar ese tipo de iniciativas. Tal vez haya hecho de ti un verdadero aprendiz.

La alegre afirmación del anciano, su tono de orgullo, cayeron sobre el muchacho como un manto de plomo. Todavía no había hecho nada, nada malo, y ya se sentía como un asesino o algo peor. Iba a decir algo más cuando el apacible ambiente del bosque fue roto por un grito.

Simón se volvió y vio a Jeremías, con la cara tan blanca como la harina, que señalaba hacia algo en la espesura, junto a una rama caída. Isaak estaba junto a él, helado de terror. Simón retrocedió a la carrera, con Morgenes a sus talones.

Se trataba de un cuerpo caído; se veía a medias a través de la vegetación. Aunque el rostro estaba parcialmente cubierto de arbustos, el estado casi descarnado de las zonas expuestas indicaba que llevaba muerto bastante tiempo.

—Oh, oh, oh —boqueó Jeremías—. ¡Está muerto! ¡Hay bandidos por aquí? ¿Qué haremos?

—Oh, calla —saltó Morgenes—. Esto será el principio. Dejadme echar una mirada.

El doctor se cogió el vuelo de la ropa y se introdujo en la espesura; luego se detuvo y apartó las ramas que ocultaban parte del cuerpo.

Por la barba enredada que todavía colgaba del rostro picoteado por pájaros e insectos, parecía que se trataba de un norteño, tal vez de un rimmerio. El cadáver vestía ropas de viaje, una ligera capa de lana y botas de cuero teñido, ahora podrido, por las que asomaban trozos del forro.

—¿Cómo habrá muerto? —preguntó Simón.

Las vacías cuencas de los ojos, oscuras y taciturnas, lo ponían nervioso. La boca llena de dientes, en la que faltaban algunos trozos de carne, parecía estar paralizada en una sonrisa, como si el cadáver hubiera estado allí tendido durante semanas, riéndose de algún chiste.

Morgenes usó un palo para apartar la túnica del muerto. Unas cuantas moscas se alzaron perezosas y volaron en círculo.

—Mira —dijo.

De un putrefacto agujero en el reseco tronco del cadáver sobresalía un fragmento de flecha, rota un palmo por encima de las costillas.

—Lo ha hecho alguien que tal vez tuviera prisa; alguien que no quería ser reconocido por la flecha.

Tuvieron que esperar un rato hasta que Isaak volvió a encontrarse bien antes de regresar al castillo.

9

HUMO EN EL VIENTO

L o hiciste? ¿Se ha dado cuenta?

Todavía pálido, a pesar de todas las horas que pasaba al sol, Jeremías bailoteaba junto a Simón como una boya flota en la red del pescador.

—Lo hice —gruñó el aprendiz de Morgenes.

La agitación de Jeremías lo irritaba; parecía estar fuera de lugar, vista la masculina gravedad de su misión.

—Piensas demasiado —añadió.

Jeremías no se sintió ofendido.

—Hasta que lo conseguiste —dijo.

La calle Mayor, descubierta bajo el duro sol de mediodía, sin los toldos, estaba casi desierta por completo. Aquí y allá aparecían guardias —de librea amarilla, para mostrar su lealtad al conde Breyugar, y con franjas del verde real de Elías— que se apoyaban en los quicios de las puertas o jugaban a los dados a la sombra de los muros de las tiendas cerradas. Aunque el mercado había acabado hacía horas, a Simón le pareció ver más comunes de lo habitual en la calle. Aquellos que se veían eran, en su mayoría, los sin hogar que habían llegado a Erchester durante los recientes meses invernales, desalojados del campo a causa de los torrentes secos y los pozos anegados. Permanecían de pie o sentados a la sombra de los edificios y de los muros de piedra, llenos de indiferencia y con movimientos lentos o sin propósito. Los guardias los empujaban o saltaban por encima de ellos como si fuesen perros.

La pareja giró a la derecha de la calle Mayor para salir a la calle de la Taberna, la más larga de las travesías que corrían perpendiculares a la Mayor. Aquí parecía haber más actividad, aunque la mayor parte de la gente que se veía seguían siendo soldados. El calor los había hecho entrar en las casas; se apoyaban en las ventanas bajas con jarros en las manos, observando a Simón y a Jeremías y a una media docena de peatones con desinterés provocado por la cerveza.

Una muchacha que vestía una falda de las hechas en casa —la hija de un mozo de cuadra, con toda probabilidad— atravesó la calle corriendo. Unos cuantos soldados le silbaron y llamaron, mientras lanzaban parte del contenido de sus jarras de cerveza sobre el polvo, al otro lado de los alféizares de la taberna. La joven no levantó la mirada al caminar. Su prisa, combinada con la pesada jarra que llevaba a la espalda, hacía que sus pasos fuesen cortos. Simón miró apreciativamente el balanceo de sus caderas; incluso se dio la vuelta para seguir mirándola hasta que desapareció por un callejón.

—¡Simón, vamos! —dijo Jeremías—. ¡Es allí!

En medio del bloque de edificios, sobresaliendo de la calle de la Taberna, como una piedra en el centro de un camino lleno de baches, estaba la catedral de San Sutrino. La piedra de su gran fachada se reflejaba en el sol. Las altas arcadas y los abovedados contrafuertes dibujaban sombras sobre los nidos de gárgolas, cuyos vividos y torcidos rostros miraban hacia abajo llenos de alegría, soltando risotadas y bromeando por encima de los severos santos. Tres gallardetes colgaban del mástil que se encontraba sobre las dos amplias puertas: el dragón verde de Elías, el Pilar y el Árbol de la Iglesia, y la diadema de Erchester, sobre campo blanco. Un par de guardias se apoyaban en las puertas abiertas, con las picas hacia abajo.

—Bueno, vamos allá —exclamó Simón, ceñudo, y con Jeremías trotando tras él subió las dos docenas de escalones de mármol. Una vez arriba uno de los guardias levantó la pica y les barró el paso. Tenía la capucha de malla echada hacia atrás, y le colgaba como un velo por los hombros.

—¿Qué queréis? —preguntó el centinela, y estrechó los ojos.

—Un mensaje para Breyugar. —Simón se sintió avergonzado al oír su voz asustada—. Para el conde Breyugar, de parte del doctor Morgenes, de Hayholt.

Con gesto desafiante alargó el manuscrito enrollado. El guardia que había hablado lo cogió y dedicó una mirada rápida al sello. El otro observaba las figuras grabadas en el dintel, como si esperase ver escrito que era relevado del trabajo durante ese día.

El primer guardia devolvió el pergamino con un encogimiento de hombros.

—Dentro y a la izquierda. No os entretengáis por ahí.

Simón se irguió, indignado. Cuando *fuese* un guardia, se comportaría con más elegancia que aquellos barbudos idiotas. ¿Es que no se daban cuenta del honor que representaba vestir el verde del rey? Él y Jeremías pasaron al frío interior de San Sutrino.

Nada se movía en la antecámara, ni siquiera el aire, pero Simón pudo ver el juego de la luz sobre las figuras en movimiento que había más allá de la puerta. En lugar de ir directamente hacia la puerta de la izquierda, se dio la vuelta para ver si los guardias los vigilaban —no lo hacían, claro— y siguió hacia adelante, para observar el interior de la gran capilla de la catedral.

—¡*Simón!* —siseó Jeremías, alarmado—. ¿Qué es lo que *haces*? ¡Dijeron que era por allí! —y señaló hacia la puerta de la izquierda.

Simón ignoró a su compañero y metió la cabeza por otra puerta. Jeremías, que estaba hecho un manojo de nervios, vino a su lado.

«Es como una de esas pinturas religiosas —pensó Simón— en las que ves a Jesuris con el Árbol a la espalda, y los rostros de los campesinos nabbanos, muy cercanos todos y de frente.»

La verdad es que la capilla era tan alta y grande que parecía todo un mundo. La luz del día, suavizada por las ventanas coloreadas como si fuesen nubes, se esparcía por toda la parte superior. Sacerdotes de blancos hábitos se movían alrededor del altar, limpiaban y pulían como sirvientas de cabezas afeitadas. Simón supuso que se preparaban para los servicios de Elysiamansa, una o dos semanas más tarde.

Más cerca de la puerta, aunque con movimientos igualmente atareados, pero sin ningún otro punto de unión, los guardias de túnicas amarillas al servicio de Breyugar iban de aquí para allá, cruzándose con un centinela del castillo o con algún notable de Erchester, vestido con ropas pardas o negras. Ambos grupos parecían estar totalmente separados; a Simón le costó un momento ver la fila de tableros y taburetes que habían sido montados entre el frente y la parte trasera de la catedral. Enseguida se dio cuenta de lo que significaba; no era una cerca para mantener a los escurridizos sacerdotes *dentro*, como fue su primera impresión; no, más bien era para mantener a los soldados *fuera*. Parece que el obispo Domitis y los sacerdotes todavía no habían renunciado a la esperanza de que la ocupación de la catedral por parte del Lord de la Guardia dejase de ser permanente.

Mientras subían las escaleras tuvieron que mostrar el pergamino a tres guardias más. Todos ellos estaban más alerta que los de la entrada principal, debido a que se encontraban dentro, apartados del sol, y debido también a su proximidad con el objeto que debían proteger. Al final permanecieron en una atestada habitación ante un veterano de cara arrugada, cuyo cinturón, lleno de llaves, y un aire de marcado desinterés le conferían una evidente autoridad.

—Sí, el Lord de la Guardia se encuentra aquí, hoy. Dadme la carta y yo se la haré llegar —dijo el sargento, y se rascó la barbilla, impasible.

—No, señor, debemos entregársela en persona. Es del doctor Morgenes —respondió Simón, aparentando firmeza.

Jeremías miraba al suelo.

—¿Ah, sí? Bueno, ya veremos.

El hombre escupió al suelo lleno de polvo.

—Aedón me proteja, qué día. Esperad aquí.

—¿Qué es lo que tenemos aquí? —preguntó el conde Breyugar.

El conde se encontraba sentado a la mesa junto a los restos de una comida constituida por pajaritos. Enarcó una ceja. Poseía facciones delicadas, casi perdidas en la papada, y manos de músico: finas y de largos dedos.

—Una carta, mi señor —dijo Simón, rodilla en tierra, con el pergamino extendido hacia él.

—Bien, entonces dádmela, muchacho. ¿Es que no ves que estoy comiendo?

La voz de Breyugar era aflautada y afeminada, pero el muchacho había oído decir que era un terrible espadachín; aquellas manos tan finas habían matado a muchos hombres.

Mientras el conde leía el mensaje, moviendo los labios, que brillaban llenos de grasa, Simón trató de mantener los hombros erguidos y la espalda tiesa. Por el rabillo del ojo creyó ver al canoso sargento mirándolo, así que irguió la barbilla y miró hacia adelante, mientras pensaba en lo favorecido que salía en comparación con lo zoquetes que estaban de guardia a las puertas de la catedral.

—...Por favor, considerad..., *portadores...*, para servir bajo vuestro mando... —leyó Breyugar en voz alta. El énfasis produjo pánico en Simón: ¿se habría dado cuenta de la «e» y «s» que había añadido a «portador»? Las *había* apretado un poco para que cupiesen.

El conde, con la mirada puesta sobre Simón, le alargó la carta al sargento. Mientras aquél la leía, todavía con más lentitud que Breyugar, el noble miró al joven de arriba abajo, y dirigió un rápido vistazo al todavía arrodillado Jeremías. Cuando el sargento le devolvió la carta, en su rostro se dibujaba una sonrisa que mostraba la falta de dos dientes y una lengua sonrosada que se movía en el vacío.

—Así —Breyugar dejó escapar un sonido que pareció un suspiro de pesar— que Morgenes, el viejo boticario, quiere que tome a mi cargo a un par de ratones de castillo y los convierta en hombres. —El conde cogió una pata del plato y la mordió—. Imposible.

Simón sintió temblar sus rodillas y el estómago se le subió a la garganta.

—Pero…, pero…, ¿por qué? —balbuceó.

—Porque no os necesito. Tengo hombres suficientes. No podría manteneros. Nadie puede plantar si no llueve, y tengo hombres que ya están buscando otras tareas que puedan alimentarlos. Pero lo más importante es que no os quiero; sois una pareja de sebosos chicos de castillo que en toda vuestra vida no habéis sentido nada más doloroso que unas palmadas en el trasero por haber robado cerezas. Largaos. Si hay guerra, si esos malditos paganos de Hernystir continúan resistiéndose a la voluntad del rey, o si el traidor Josua se rebela, entonces podréis llevar una bielda o una pequeña guadaña, junto con el resto de los campesinos; tal vez incluso podáis seguir al ejército y dar de beber a los caballos, si estamos necesitados de hombres, pero *nunca* seréis soldados. El rey no me ha hecho Lord de la Guardia para alimentar a dos palurdos. Sargento, mostrad a estos ratones de castillo dónde hay un agujero para que desaparezcan.

Ni Simón ni Jeremías dijeron una palabra durante el largo viaje de regreso a Hayholt. Cuando Simón estuvo a solas en su cortinada alcoba, rompió sobre la rodilla el trozo de madera de barril que utilizaba como espada. No lloró. No lloraría.

«Hoy hay algo extraño en el viento del norte —pensó Isgrimnur—. Algo que huele como un animal, o como una tormenta a punto de descargar, o ambas cosas… Algún maldito fenómeno que me ha erizado el pelo de la nuca.»

Se frotó las manos como si el aire fuese frío, y se bajó las mangas de su ligera túnica de verano —que llevaba desde ya hacía muchos meses de este extraño año— por encima de sus brazos. Regresó al umbral y miró hacia afuera, sintiendo vergüenza de que un viejo soldado como él estuviese mezclado en juegos de jovenzuelos.

¿Dónde estaría aquel condenado hernystiro?

Volvió a caminar impaciente y casi se cayó por encima de una pila de cajas rotuladas al tratar de poner el pie sobre ellas para atarse una hebilla de las botas. Maldijo desesperado y se agachó a tiempo para evitar la caída de las cajas. La verdad es que la desierta habitación del Salón de los Archivos, vacía para que los sacerdotes pudieran realizar su observancia de Elysiamansa, resultaba un buen lugar para encontrarse en una reunión clandestina. Pero ¿por qué no podían dejar el espacio suficiente entre sus malditos garabatos para que un hombre crecido pudiera moverse con soltura?

El picaporte de la puerta giró. El duque Isgrimnur, cansado de esperar, se echó hacia adelante. En vez de asomarse con cautela, abrió la puerta no para encontrarse, como esperaba, con dos hombres, sino con uno solo.

—¡Eolair, estáis aquí! —rugió—. ¿Dónde está el escritor?

—Chist. —El conde de Nad Mullach se puso dos dedos sobre los labios al entrar, y cerró la puerta tras de sí—. Más bajo. El archivero está charlando con alguien en la sala.

—¿Y por qué debo preocuparme? —exclamó el duque, aunque con voz más baja que al principio—. ¿Es que somos críos para escondernos de ese viejo eunuco?

—Si queríais tener una reunión de la que se enterase todo el mundo —preguntó Eolair, al tiempo que se acomodaba en un taburete—, ¿por qué estamos escondidos en un ropero?

—No es un ropero —gruñó el rimmerio—, y sabéis perfectamente por qué os he pedido que vinieseis, y por qué no hay ningún secreto que pueda ser guardado en el bastión interior. ¿Dónde está el escritor Velligis?

—Sintió que un ropero no era lugar adecuado para la mano derecha del lector.

Eolair rió. Isgrimnur no, y pensó que el hernystiro estaba bebido, a causa de su rostro arrebolado, o al menos un poco borracho, y deseó estar en el mismo estado.

—Pensé que sería importante que nos reuniéramos en algún lugar donde pudiéramos hablar con tranquilidad —dijo Isgrimnur, un poco a la defensiva—. No hemos tenido ninguna conversación en los últimos tiempos.

—No, Isgrimnur; tenéis razón. —Eolair agitó la mano en un gesto de asentimiento.

Iba vestido para las celebraciones del Día de la Señora, en su condición de respetuoso observador; una condición que los paganos hernystiros habían aprendido bien. Su túnica blanca de festividades estaba rodeada por tres cinturones, cada uno de ellos cubierto de oro o de esmaltes, y su larga melena de negro cabello le caía por la espalda sujeta por cintas doradas.

—Sólo bromeaba, y en verdad que es una broma de triste cariz —siguió Eolair—, ya que los súbditos del rey Juan deben encontrarse en secreto para hablar de cosas que no significan traición.

Isgrimnur se movió con lentitud hacia la puerta y jugueteó con el picaporte, asegurándose de que permanecía cerrado. Se dio la vuelta, apoyó su ancha espalda contra la madera y cruzó los brazos sobre el pecho. Él también iba vestido de acuerdo con las festividades: llevaba la fina túnica de color azul y calzas, pero las trenzas de su barba ya aparecían deshechas a causa del nerviosismo, que había provocado que el conde las desenredase; además, las calzas ya le llegaban a las rodillas. Isgrimnur odiaba tener que vestirse de fiesta.

—Bien —dijo, refunfuñando y alzando la cabeza en tono desafiante—, ¿hablo yo primero o lo hacéis vos?

—No necesitamos preocuparnos por quién hable primero —respondió el conde.

Durante un instante, el rubor del rostro de Eolair, el color que mostraban sus altos pómulos, le recordó al anciano algo que había visto antes, hacía muchos años; una inolvidable figura entrevista a través de cincuenta yardas de nieve rimmeria.

«Una de las *Zorras Blancas,* como las llamó mi padre.»

Isgrimnur se preguntó si las viejas historias serían ciertas. ¿Habría en verdad sangre sitha en las nobles casas de Hernystir?

Eolair se pasó la mano por la frente mientras hablaba, para secarse las gotas de sudor, y la momentánea imagen se esfumó.

—Hemos hablado lo suficiente como para saber que las cosas han ido muy mal. De lo que necesitamos hablar, y para lo que precisamos hacerlo en privado —agitó la mano para abarcar la atestada habitación del archivo, un oscuro nido de papel y pergamino iluminado por una alta ventana triangular—, es de lo que podemos hacer al respecto; si es que podemos hacer algo. La cuestión es precisamente ésta: *¿Qué se puede hacer?*

Isgrimnur todavía no estaba dispuesto a lanzarse a tontas y a locas en la conversación, que, a pesar de lo que dijese Eolair, ya tenía un débil tufo a traición.

—Si seguimos así —dijo—, seré el último en condenar a Elías por el mal tiempo que tenemos. Sé que mientras aquí hace tanto calor como si se tratase de la respiración del diablo y está todo más seco que un hueso, en mi tierra, en el norte, el invierno está siendo terrible: la nieve y el hielo están causando estragos. Así que el tiempo que hace aquí no es culpa del rey, como el hecho de que se caigan los techos a causa de la nieve y de que el ganado se congele en los establos de Rimmersgardia tampoco es culpa mía. —Se pasó la mano por la barba y se deshizo otra trenza; la cinta que la sujetaba colgó de la gris maraña—. Claro que a Elías hay que recriminarle el mantenerme aquí mientras mi gente sufre, pero ésa ya es otra cuestión… ¡No, lo que ocurre es que parece no preocuparle! Los pozos se secan, las granjas están en barbecho, la gente hambrienta duerme en los campos y las ciudades están infestadas por la plaga, y todo ello parece no importarle. Las tasas y las levas siguen aumentando; esos malditos cachorros lameculos de la nobleza que ha reunido a su alrededor se pasan el día bebiendo, cantando, luchando y…, y… —El viejo duque gruñó con disgusto—. ¡Y los *torneos*! Por la lanza roja de Udún, en mis tiempos no había hombre al que le gustasen más los torneos que a mí, pero Erkynlandia se hunde en el polvo bajo el trono de su padre, los países bajo la Suprema Custodia están intranquilos como un potro encabritado, ¡y los torneos *siguen* celebrándose! ¡Al igual que las fiestas sobre barcazas en el Kynslagh! ¡Y los malabaristas, los saltimbanquis, y las luchas entre perros y osos! ¡Es peor de lo que dicen que fueron los peores días de Crexis *el Chivo!* —Isgrimnur cerró los puños, con la cara roja de furor.

—En Hernystir —la voz de Eolair tenía un sonido suave y musical tras la áspera invectiva del rimmerio— decimos: «Un pastor, no un carnicero», queriendo dar a entender con ello que un rey debe preservar su tierra y a su pueblo como a un rebaño, tomando de ellos sólo lo que necesite tomar; pero no hasta el extremo de que no les quede nada que hacer, excepto comerse los restos. —Eolair miró la ventanita y las partículas de polvo de pergamino que se entreveían en la difusa luz—. Eso es lo que Elías está haciendo: devorar la tierra poco a poco, al igual que el gigante Croich-ma-Feareg devoró en una ocasión la montaña de Crannhyr.

—Antes Elías era un hombre bueno —dijo Isgrimnur—, era de trato mucho más agradable que su hermano. Claro que no todos los hombres están hechos para reinar, pero parece ser que se trata de algo peor que de un hombre echado a perder por el poder. Algo está equivocado, y no sólo son Fengbald, Breyugar y los demás los que lo llevan hasta el precipicio. —El duque había recuperado el aliento—. Ya sabéis que ese bastardo vicioso de Pryrates le llena la cabeza con extraños pensamientos y lo mantiene despierto por las noches en esa torre llena de luz y de ruidos endiablados; a veces da la impresión de que el rey no sabe dónde está cuando sale el sol. ¿Qué puede querer Elías de una criatura como ese sacerdote hijo de puta? Es el rey del mundo conocido, ¿qué puede tener Pryrates que ofrecerle?

Eolair se incorporó, todavía con los ojos puestos en la luz que se filtraba por la ventana, y se pasó la manga por la frente.

—Desearía saberlo —replicó, al fin—. ¿Qué podemos hacer?

Isgrimnur entrecerró sus viejos y fieros ojos.

—¿Qué es lo que dice el escritor Velligis? Después de todo, la catedral de la Madre Iglesia ha sido confiscada. Son los barcos del duque Leobardis de Nabban, junto con los de vuestro rey Lluth, los que ha robado Guthwulf, bajo pretexto del «peligro de plaga» en el soberano puerto de Abaingeat. Leobardis y el lector Ranessin son amigos; gobiernan Nabban como un monarca bicéfalo. Seguro que Velligis debe de tener *algo* que decir en nombre de su señor.

—Tiene mucho que decir, pero con poca sustancia, amigo mío.

Eolair se dejó caer en el taburete. La brillante luz del sol iba en disminución, y parecía palidecer mientras el astro hundía a la salita en una sombra más espesa.

—Lo que el duque Leobardis piense de ese acto de piratería: tres barcos llenos de grano robados en un puerto de Hernystir, Velligis asegura desconocerlo. Y en representación de su señor, se muestra, como de costumbre, vago en extremo. En cuanto a Su Santidad Ranessin, creo que tiene intenciones de convertirse en mediador entre Elías y el duque Leobardis y, tal vez, al mismo tiempo, aumentar la importancia de vuestra Iglesia aedonita aquí en la corte. Mi señor, el rey Lluth, me ha enviado de viaje a Nabban, y quizá pueda averiguar la verdad de todo esto cuando me encuentre allí. Temo que, si ése es el caso, el lector se haya equivocado en sus cálculos; si el desaire que Elías y sus aduladores han hecho a Velligis representa alguna señal, el rey se encuentra más intranquilo incluso que su padre bajo la amplia sombra de la Madre iglesia.

—¡Demasiadas conspiraciones! —gruñó Isgrimnur—. ¡Demasiadas intrigas! Todo ello hace que la cabeza me dé vueltas. No soy hombre para eso. ¡Dadme una espada o un hacha y dejadme que me las entienda con quien sea!

—¿Es por ello por lo que os metéis en los roperos? —sonrió Eolair, y de debajo de la capa sacó una bota de aguamiel—. No parece que haya nadie a quien golpear aquí. Me parece que os estáis metiendo en intrigas a avanzada edad, mi buen duque.

El noble frunció el entrecejo y tomó la bota que se le ofrecía.

«Él también está hecho un buen intrigante, nuestro Eolair —pensó—. Pero al menos debo estar agradecido de tener a alguien con quien hablar. A pesar de toda esa palabrería de poeta que le he oído cuando persigue a las mujeres, en el fondo es duro como un escudo de acero; un buen aliado en tiempos de traición.»

—Hay algo más. —Isgrimnur devolvió la bota a Eolair y se pasó la mano por la comisura de los labios.

El conde bebió un largo trago y asintió con la cabeza.

—Vamos a ello. Soy todo oídos, como una liebre de Circoille.

—¿Sabéis lo del muerto que encontró el viejo Morgenes en Kynswood; el que murió de un flechazo?

Eolair volvió a asentir.

—Se trataba de un hombre de los míos —dijo Isgrimnur—. Se llamaba Bindesekk, aunque nunca lo habría reconocido, después de todo ese tiempo que llevaba muerto, si no hubiera sido por un hueso roto en su rostro que se había fracturado durante un servicio anterior. No he dicho nada, desde luego.

—¿Era vuestro? —El conde enarcó una ceja—. ¿Y qué es lo que hacía? ¿Lo sabéis?

El duque rió, con un sonido corto como un ladrido.

—Ciertamente. Por eso es por lo que no he dicho nada. Lo envié cuando Skali de Kaldskryke salió hacia el norte con sus hombres. *Nariz afilada* ha hecho demasiados amigos entre la corte de Elías, para mi gusto, así que envié a Bindesekk con un mensaje para mi hijo Isorn. Mientras el rey me siga manteniendo aquí con todas esas idas y venidas diplomáticas que dice que son tan importantes (y si *son* tan importantes, ¿por qué se las confía a un torpe y viejo perro de guerra como yo?), quiero que mi hijo Isorn esté especialmente atento. No confío en Skali más que en un lobo hambriento, y mi hijo ya tiene bastantes problemas allí, por lo que he oído: tormentas, caminos inseguros, los aldeanos forzados a alojarse en las salas principales del castillo a causa de los desastres. Todo ello hace que sean tiempos difíciles, y Skali lo sabe.

—¿Pensáis que Skali mató a vuestro hombre? —preguntó Eolair, que se inclinó hacia adelante para volver a pasar la bota.

—No lo sé con seguridad. —El duque volvió a levantar la cabeza para echar otro largo trago; los músculos de su grueso cuello temblaban. Un chorro de aguamiel cayó sobre su túnica azul—. Lo que quiero decir es que parece lo más obvio, pero tengo muchas dudas. —Se limpió la mancha con aire ausente—. En primer lugar, aunque apresase a Bindesekk, matarlo representaría un acto de traición. A pesar de toda su rebeldía, Skali es mi súbdito y yo soy su señor.

—Pero el cuerpo estaba escondido.

—No del todo. ¿Y por qué se hallaba tan cerca del castillo? ¿Por qué no esperar hasta alcanzar las colinas Wealdhelm o la ruta de la Marca Helada, si es que todavía es practicable, y matarlo allí, donde nunca lo hubiesen descubierto? Además, la flecha no me parece que sea del estilo de Skali. Me lo imagino lleno de rabia y troceando a Bindesekk con su gran hacha; pero ¿dispararle una flecha y abandonarlo en Kynswood? No me acaba de encajar.

—Entonces, ¿quién?

Isgrimnur sacudió la cabeza, como si acabase de sentir el sabor del aguamiel.

—Eso es lo que me preocupa, hernystiro —respondió—. No lo sé. Se están tramando extrañas cosas; no hay más que oír las historias de los viajeros, los rumores del castillo…

Eolair se dirigió a la puerta y quitó el pestillo para después abrirla y dejar entrar aire fresco en la pequeña habitación.

—En verdad éstos son tiempos extraños, amigo mío —dijo el conde, y tomó aire—. Y queda la pregunta más importante de todas: ¿dónde está el príncipe Josua?

Simón cogió un trocito de pedernal y lo lanzó con fuerza al espacio. Tras describir un arco a través de la mañana, la piedra descendió y cayó con un ruido sordo sobre los setos recortados en forma de animales del jardín de abajo. Se asomó al borde del tejado de la capilla y se fijó en el impacto, como si fuese un avezado lanzador de catapultas; notó el temblor de las patas del seto en forma de ardilla. Luego se deslizó por el canalón hasta encontrar la sombra de una chimenea y se dejó rodar; saboreó la fría solidez de las piedras sobre las que reposaba su espalda. Por encima de su cabeza, el fiero ojo del sol de marzis casi había alcanzado el cenit del mediodía.

Era un día para escapar de las responsabilidades, para escapar de las tareas de Raquel y de las explicaciones de Morgenes. El doctor todavía no había descubierto —o no había mencionado— la frustrada incursión de Simón en las artes militares, y el muchacho estaba satisfecho de que así fuese.

Con los miembros extendidos y bizqueando al brillante sol de la mañana, oyó un débil ruido junto a la cabeza. Abrió un ojo a tiempo de ver una pequeña sombra gris. Rodó con cuidado sobre el estómago y se fijó en el tejado.

La gran cubierta de la capilla se extendía ante él; un campo de relieve irregular, lleno de tejas de pizarra, en cuyas rendijas crecía el musgo que de alguna forma milagrosa había sobrevivido a la sequía, aferrándose a la vida como se aferraban a las tejas escalonadas. El campo de tejas se extendía hacia arriba, desde el borde del tejado hasta la cúpula de la capilla, que se elevaba sobre el techo como el caparazón de una tortuga de mar a través de las tranquilas olas de una gruta. Vistos desde aquel ángulo, los paneles de vidrio multicolor de la cúpula —que brillaban en el interior de la capilla en forma de mágicas pinturas sobre la vida de los santos— tenían un aspecto oscuro y plano, una muestra de crudas figuras a través de un mundo de color pardo. En el extremo de la cúpula, una protuberancia sujetaba, en lo alto, un árbol dorado, pero desde el punto de observación de Simón parecía sólo bañado en oro, pues los panes habían ido abriéndose y mostrando la corrosión que avanzaba por debajo.

Más allá de la capilla del castillo se extendía un mar de tejados: el Gran Salón, la sala del trono, los archivos y las dependencias de la servidumbre; todos desiguales, reparados o reemplazados en numerosas ocasiones a causa del paso de las estaciones, que habían dejado su rastro en la gris piedra, mordisqueándola y a veces haciéndola desaparecer. A la izquierda de Simón se elevaba la delgada arrogancia blanca de la Torre del Ángel Verde; más allá, el achaparrado bulto de la Torre de Hjeldin sobresalía por encima del arco de la cúpula de la capilla, como si fuese un perro mendicante.

Mientras el chico inspeccionaba el mundo de los tejados, una sombra gris volvía a aparecer en el filo de su visión. Se volvió con rapidez y vio los cuartos traseros de un gatito lleno de hollín que desaparecía por un agujero que había en el borde de la cubierta. Caminó de cuclillas por las tejas para investigar. Cuando estuvo lo suficientemente cerca como para ver el agujero, volvió a dejarse caer sobre el estómago y apoyó la barbilla en el dorso de las manos. No se produjo ninguna señal de movimiento.

«Un gato en el tejado —pensó—. Bueno, alguien debe de vivir aquí, además de las moscas y las palomas; supongo que ese gato debe de comer ratas de tejado.»

Simón, a pesar de haberle visto sólo la cola y las patas traseras, sintió una repentina afinidad con el gato. Al igual que él, el animal conocía los pasajes secretos, los ángulos y las grietas, y se movía por ellos a su gusto. Al igual que él mismo, aquel cazador gris seguía su camino sin preocuparse de los otros…

Incluso Simón se dio cuenta de que todo ello era una exageración de su propia situación, pero aun así le gustó la comparación.

Por ejemplo, ¿es que no había trepado al mismo tejado hacía cuatro días, en la festividad de Elysiamansa, para observar la llamada a formar de la guardia erkyna? Raquel *el Dragón*, irritada a causa de su chifladura por todo menos por el mantenimiento de la casa, que ella sentía era su verdadero —y abandonado— trabajo, se apresuró a prohibirle que bajara a unirse a la multitud que se arremolinaba en la puerta principal.

Rubén *el Oso*, el musculoso herrero de anchas espaldas del castillo, le había contado a Simón que la guardia erkyna iba a ir a Falshire, por el río Ymstrecca, hacia el este de Erchester. Parecía que el gremio de comerciantes de lana estaba causando disturbios, le explicó Rubén al joven mientras metía una herradura al rojo vivo en un cubo de agua. Apartó el siseante vapor y trató de describirle la complicada situación: parecía que la sequía había causado tantos desastres que las ovejas de los granjeros de Falshire —su principal fuente de ingresos— iban a ser expropiadas por la Corona para alimentar a las masas hambrientas y desposeídas que atestaban Erchester. Los comerciantes de lana argüían que eso los arruinaría —y que también les haría padecer hambre— y se habían echado a las calles, inflamando a la población local contra el impopular edicto.

Así que, el último mardis, Simón había trepado a escondidas al tejado de la capilla para ver partir a la guardia erkyna: unos cientos de bien armados soldados de a pie y una docena de caballeros bajo el mando del conde Fengbald, cuyo feudo era Falshire.

Cuando Fengbald se situó al frente de la guardia, con el casco y la armadura puestos, espléndido con su capa roja y el águila plateada cosida en ella, algunos de los más cínicos entre la multitud que lo observaba sugirieron que el conde llevaba tantos soldados por miedo a que sus súbditos de Falshire no lo reconocieran, debido a sus largas ausencias. Otros sugirieron que debía de temer que lo reconocieran, pues no se había preocupado demasiado por defender los intereses de su heredado dominio.

Simón volvió a pensar en el impresionante casco de Fengbald, un brillante yelmo plateado rematado por un par de alas extendidas.

«Raquel y los demás tienen razón —pensó de repente—. Aquí estoy soñando con los ojos abiertos de nuevo. Fengbald y sus amigos de la nobleza nunca sabrán si estás vivo o muerto. Tengo que hacer algo que salga de mí mismo. No quiero ser un niño para siempre, ¿no?» Simón rascó una teja de pizarra con un trozo de grava, en un intento de dibujar un águila. «Además, seguro que tengo un aspecto horrible con una armadura...»

El recuerdo de los soldados de la guardia erkyna saliendo orgullosos por la Puerta Nearulagh le produjo pinchazos de amargura, pero también le produjo una sensación cálida; estiró los pies con pereza mientras observaba el agujero del gato, en busca de su morador.

Una hora después del mediodía, una nariz sospechosa apareció por el agujero. En esos momentos Simón montaba en un alazán a través de las puertas de Falshire y le tiraban flores desde las ventanas superiores de las casas. Vuelto a la realidad a causa de un súbito movimiento, recuperó el aliento cuando la nariz fue seguida del resto del animal. Se trataba de un pequeño gato gris de pelo corto con una mancha blanca que se extendía desde el ojo derecho hasta la barbilla.

El joven se quedó totalmente inmóvil cuando el gato —a una escasa media braza de su propia posición— se asustó de algo, arqueó el lomo y entrecerró los ojos. Simón temió que lo hubiese visto, pero después de que el gato permaneciese inmóvil, saltó hacia adelante de forma repentina, salió del borde sombreado del tejado y apareció inmediatamente en la ancha zona bañada por el sol.

Observado con delectación por el muchacho, el gatito encontró un trozo de pedernal y jugueteó con él por las tejas haciéndolo correr con un rápido movimiento de la pata, hasta que la piedra quedaba inmóvil y el juego volvía a empezar.

Simón observó cómo jugueteaba el animal durante un rato, hasta que una ridícula caída de culo —el gatito había resbalado con ambas patas delanteras sobre una teja astillada y había metido la cabeza en una hendidura entre dos tejas, para quedar allí agitando la cola y lleno de desesperación— lo forzó a revelar su posición. La carcajada que había tratado de reprimir lo desbordó: el animal saltó dando un tumbo en el aire, cayó y volvió en dirección a su agujero sin dirigir más que una rápida mirada hacia donde estaba Simón. Aquella escapada precipitada lo volvió a convulsionar.

—¡Desaparece, gato! —dijo tras la criatura desaparecida—. ¡Desaparece, desaparece!

Mientras se arrastraba hacia el agujero para cantarle una cancioncilla al animalito gris sobre panoramas compartidos, tejados, piedras y soledad —que estaba seguro escucharía—, algo le llamó la atención. Colocó las manos en el borde del tejado y asomó la cabeza por encima. El inicio de una suave brisa trazo sutiles dibujos en su cabello.

Lejos, hacia el sudeste, más allá de los límites de Erchester y de los promontorios sobre el Kynslagh, una gran mancha de color gris se extendía por el claro cielo de marzis, como si un sucio pulgar se hubiese marcado sobre una pared recién pintada. El viento deshacía la mancha, según observaba Simón, pero oscuras oleadas volvían a crecer desde atrás, formando una turbulenta oscuridad demasiado espesa para que ningún viento pudiese dispersarla. Una gran nube negra hacía aparición por el horizonte, desde el este.

Durante un momento estuvo tan sorprendido que le costó darse cuenta de que lo que veía era humo, una densa humareda que manchaba el pálido y claro cielo.

Falshire ardía.

10

El rey Cicuta

Dos días después, en la última mañana de marzis, Simón había bajado a desayunar con los demás pinches cuando se sobresaltó al notar una negra y pesada mano sobre el hombro. Durante un irreal y terrorífico instante, sus pensamientos volvieron al sueño de la sala del trono y al baile de los reyes de malaquita.

Aquella mano, sin embargo, estaba enfundada en un guante agrietado al que le faltaba la parte superior de los dedos. Su dueño tampoco estaba hecho de negra piedra, aunque cuando Simón miró, sorprendido, el rostro de Inch, le pareció que Dios debía de ir corto de materia humana cuando lo hizo y que las sustituciones de última hora, a base de algún material inerte e imperturbable, habían sido necesarias.

Inch se inclinó hasta que su rostro sin afeitar estuvo muy cerca del de Simón; incluso su respiración parecía oler más a piedra que a vino, cebollas o cualquier otra cosa normal.

—El doctor quiere verte —dijo, e hizo rodar sus ojos de lado a lado—. Ahora mismo.

Los demás pinches pasaron junto al muchacho y el fornido Inch, dirigiéndoles miradas llenas de curiosidad y, a continuación, siguieron su camino. Simón trató de mirar por debajo de la pesada manaza que reposaba sobre su hombro, y los vio desaparecer lleno de desesperanza.

—Muy bien. Ahora mismo iré —respondió, y mediante un tirón se deshizo de la presa de Inch—. Deja que coja un trozo de pan que pueda ir comiendo mientras vamos.

Simón se lanzó por el corredor hacia el comedor de la servidumbre, mientras lanzaba una mirada a su espalda; Inch todavía permanecía en el mismo lugar, y seguí sus pasos con los tranquilos ojos de un toro paciendo en la pradera.

Cuando Simón volvió a aparecer un poco después con un chusco de pan y un pedazo de queso blanco, casi se desmaya al ver que Inch todavía lo esperaba. El chico le ofreció algo de comida y trató de sonreír mientras lo hacía, pero el otro lo miró desprovisto de interés y sin decir nada.

Mientras caminaban por el reseco patio del bastión mediano, serpenteando entre los grupos de monjes-escribanos en su diaria peregrinación de la Cancillería al Salón de los Archivos, Inch se aclaró la garganta como para hablar. Simón, que se encontraba muy incómodo junto a él, pues lo ponía nervioso incluso el silencio, lo miró lleno de expectación.

—¿Por qué… —empezó por fin Inch—, por qué me has quitado el puesto? —preguntó, sin apartar la mirada del camino lleno de monjes que venían hacia ellos.

Ahora fue el corazón de Simón el que adquirió las características de la piedra: frío, pesado y gravoso. Lo sentía por aquel animal que se creía un hombre, pero también estaba asustado por él.

—Yo…, yo no te he quitado el sitio. —Sus protestas sonaron falsas hasta en sus propios oídos—. ¿Es que no te llama el doctor cuando necesita ayuda para cargar o mover algo? A mí me enseña otras cosas, cosas muy diferentes.

Siguieron caminando en silencio. Al fin, las estancias de Morgenes se hicieron visibles, envueltas en una espesa enredadera, como el nido de un pequeño pero ingenioso animal. Cuando estuvieron a unos diez pasos de distancia, la mano de Inch se posó una vez más en el hombro de Simón.

—Antes de que tú vinieras… —dijo, con su ancha y redonda cara moviéndose hacia Simón como una cesta que bajase desde una ventana del piso de arriba—, antes de que tú vinieras *yo* era su ayudante. *Yo* iba a ser el próximo. —Frunció el entrecejo, dejó caer el labio superior y puso sus rectas cejas en un ángulo superior, pero sus ojos continuaron siendo mansos y tristes—. Doctor Inch, yo hubiera sido. —Concentró la mirada sobre Simón, que temió romperse bajo el peso de la garra en su hombro—. *No me gustas*, muchachito de cocina.

Inch lo dejó libre y se marchó arrastrando los pies; la parte de atrás

154

de su cabeza apenas era visible por encima de la enormidad de sus hombros caídos. El muchacho se frotó el cuello y se sintió un poco mal.

Morgenes estaba despidiendo a un trío de jóvenes sacerdotes. Parecían —al menos por lo que Simón pudo ver— bebidos.

—Han venido para mi contribución a la celebración del Día de Todos los Locos —dijo Morgenes, mientras cerraba la puerta tras el trío, que ya habían empezado a cantar una canción—. Sostén la escalera, Simón.

Un cubo de pintura roja aparecía colocado en el escalón superior. Cuando el doctor hubo llegado junto a él, sacó un pincel que había caído en su interior y comenzó a dibujar extraños caracteres por encima del marco de la puerta, símbolos angulosos, cada uno de ellos una diminuta y enigmática pintura. A Simón le recordaron un poco los antiguos escritos que contenían algunos de los libros de Morgenes.

—¿Para qué son? —preguntó.

El sabio, que seguía pintando, no respondió. Simón apartó la mano del peldaño para rascarse el tobillo y la escalera empezó a resbalar de forma amenazadora. Morgenes tuvo que cogerse al dintel de la puerta para no caer.

—¡No, no, no! —gritó, mientras trataba de mantener el vaivén de la pintura por debajo del borde del cubo—. Sabes hacerlo mejor, Simón. La regla es: ¡Todas las preguntas por escrito! Pero espera a que baje de aquí; si me caigo y muero, no habrá respuestas para ti.

El anciano volvió a su pintura, farfullando para sí.

—Perdonad, doctor —se excusó Simón, un poco indignado—. Lo olvidé.

Pasaron unos instantes sin otros sonidos que el del pincel de Morgenes.

—¿Siempre tendré que escribir las preguntas? Creo que nunca escribiré tan rápido como para poder plantearlas todas.

—Esa —dijo Morgenes, mirando su último trazo— era la idea general que sostenía la regla. Tú, muchacho, haces preguntas como Dios crea moscas y gente pobre: en cantidades asombrosas. Soy un hombre viejo, y prefiero ir a mi propio paso.

—Pero —la voz de Simón adquirió tintes de desesperación—, ¡tendré que escribir durante el resto de mis días!

—Puedo pensar en maneras menos valiosas en las que puedes malgastar la vida —respondió Morgenes, mientras bajaba de la escalera. Se dio la vuelta para observar el efecto de las extrañas letras a lo largo de la parte superior del marco de la puerta—. Por ejemplo —dijo, mirando de forma penetrante al muchacho—, puedes falsear una carta y unirte a los guardias de Breyugar, y pasar el resto de tu vida perdiendo trozos de tu cuerpo a manos de otros hombres con espadas.

«Maldición —pensó Simón—, atrapado como una rata.»

—¿Lo... lo sabéis? —pregunto, por fin.

El doctor asintió con una sonrisa llena de rabia.

«¡Jesuris *me* salve, qué ojos tiene! —pensó Simón—. Son como agujas. Tiene una mirada peor que la voz de Raquel.»

El anciano continuó observándolo. La mirada de Simón cayó al suelo. Al final, con una débil voz que sonaba mucho más juvenil de lo que hubiese deseado, dijo:

—Lo siento.

El doctor, como si una tirante cuerda hubiese sido cortada, empezó a pasear.

—Si hubiese imaginado para lo que querías la carta... —masculló—. ¿En qué estabas pensando? ¿Y por qué, *por qué* tuviste que mentirme?

En algún lugar de su interior, una parte del chico estaba encantada de ver al sabio fuera de sí. Otra parte, sin embargo, se sentía avergonzada. En algún otro rincón —¿cuántos Simones había allí?—, era un tranquilo e interesado observador que esperaba para saber qué parte hablaría por todas.

El caminar de Morgenes empezó a ponerlo nervioso.

—De todos modos —dijo Simón al anciano—, ¿por qué os preocupáis? Se trata de mi vida, ¿no es cierto? ¡La vida de un estúpido pinche de cocina! En cualquier caso, tampoco me han aceptado... —finalizó, en un murmullo.

—¡Y deberías estar agradecido! —exclamó Morgenes, con claridad—. Agradecido de que no te quisieran. ¿Qué clase de vida es ésa? Siempre sentado en los barracones jugando a los dados con estúpidos que no saben nada de nada, en tiempos de paz; siendo herido, atravesado por flechas y pisoteado por caballos, en tiempos de guerra. ¿No sabes, no sabes, estúpido muchacho, que ser un simple lancero mientras todos esos caballeros expoliadores de campesinos están en el campo de batalla no es mucho mejor que ser un gallo volador en los juegos del Día de la Señora? —Se dio la vuelta para mirar a Simón—. ¿Sabes lo que han hecho Fengbald y sus caballeros en Falshire?

El joven no respondió.

—Quemaron todo el distrito lanar, eso es lo que hicieron. Quemaron a mujeres y niños junto con el resto, sólo porque no quisieron entregar sus ovejas. Fengbald llenó sus vasijas de aceite hirviente y escaldó a los líderes de los comerciantes de lana hasta que murieron. ¡Seiscientos de los propios súbditos del conde asesinados, y él y sus hombres volvieron al castillo cantando! ¿Y ésa es la compañía que quieres tener?

Simón estaba rabioso de verdad. Sintió que se ponía colorado, y lo aterrorizó la idea de echarse a llorar. El desapasionado observador Simón había desaparecido del todo.

—¿Y? —espetó—. ¿A quién le importa?

La aparente sorpresa de Morgenes a su desacostumbrado exabrupto lo hizo sentirse peor.

—¿Qué va a ser de *mí*? —preguntó Simón, y se golpeó los muslos, lleno de frustración—. ¡No hay gloria en ser pinche, ni entre los servidores…, ni en esta oscura habitación llena de estúpidos… *libros*!

La mirada herida que apareció en el rostro del anciano pareció echar abajo los diques; Simón corrió al rincón más alejado de la habitación para sollozar desconsolado, con el rostro apretado contra la fría pared de piedra. Afuera, en algún lugar, los tres jóvenes sacerdotes cantaban himnos con distraída armonía de borrachos.

El pequeño doctor estuvo a su lado en un instante y le dio unas palmadas sobre el hombro.

—Vamos, muchacho, vamos… —dijo, desconcertado—. ¿Qué es todo eso acerca de la gloria? ¿También *tú* has contraído esa enfermedad? Me maldigo por no haberme dado cuenta. Tendría que haberlo visto. Esa fiebre ha corrompido incluso tu simple corazón, ¿no es cierto? Lo siento. Hace falta una fuerte voluntad o un ojo avezado para, a través del resplandor exterior, ver el podrido corazón. —Dicho esto, volvió a palmear el hombro de Simón.

El chico no tenía ni idea de lo que hablaba Morgenes, pero el tono de su voz resultaba consolador. A pesar de sí mismo, sintió que la rabia lo iba abandonando; pero el sentimiento de lo que parecía debilidad que le siguió le hizo rechazar la mano del anciano. Se secó el rostro mojado con la manga del justillo.

—No sé por qué lo sentís, doctor —empezó a decir, tratando de que su voz no temblase—. *Yo* soy el que lo siente…, por actuar como un chiquillo. —Los ojos del sabio lo siguieron mientras cruzaba la habitación hasta llegar a la mesa, donde pasó un dedo por encima de un montón de libros—. Os he mentido, y he hecho un tonto de mí mismo —dijo Simón, sin levantar la mirada—. Por favor, perdonad la estupidez de un simple pinche de cocina, doctor…, un pinche que creyó que podría llegar a ser algo más que eso.

En el silencio que siguió a su valiente confesión, Simón oyó que Morgenes hacía un extraño ruido —¿acaso *lloraba?*—. Pero un momento después todo se aclaró: el anciano trataba de aguantarse la risa; no, se reía, tratando de esconderse tras su abultada manga.

El chico se dio la vuelta, con las orejas ardiendo como carbones.

Morgenes lo miró durante un instante, para desviar la vista a continuación y volverse de espaldas con fuertes sacudidas de hombros.

—Ay, muchacho…, ay, muchacho —exclamó con voz asmática, y alargó una mano hacia el ofendido Simón—. ¡No te marches! Vamos, no te enfades. ¡Te echarás a perder en los campos de batalla! En lugar de ello debes ser un gran señor y obtener tus victorias en la mesa de negociaciones, que siempre pesan más que las victorias en los campos de batalla; o ser un escritor de la Iglesia, y engatusar a las almas eternas de los ricos y disolutos. —Morgenes volvió a sonreír a escondidas, y se atusó la barba hasta que pasó el ataque de risa.

El joven permanecía rígido, como si fuese de piedra, con el entrecejo fruncido. No sabía si lo estaba agasajando o insultando. Por fin el doctor recobró la compostura; se aseguró de que podía sostenerse sobre las piernas y se dirigió hacia el barril de cerveza. Un largo trago completó el proceso de recobrar la calma, y se volvió hacia el chico con una sonrisa en los labios.

—¡Ay, Simón, bendito seas! No dejes que el ruido y la jactancia de los camaradas del rey Elías te impresionen demasiado. Posees una afilada inteligencia…, bueno, a veces…, y posees dones de los que todavía nada sabes. Aprende lo que puedas de mí, joven halcón, y de los demás que encuentres que puedan enseñarte algo. ¿Quién sabe cuál será tu destino? Existen muchas clases de gloria.

Dicho esto, el doctor volvió a abrir el barril para beber otro trago.

Tras observar cuidadosamente a Morgenes durante un momento, para asegurarse de que el último parlamento no fuese sólo otra broma, Simón se permitió esbozar una tímida sonrisa. Le gustaba que lo hubiese llamado «joven halcón».

—Muy bien. Pues *yo* siento haberos mentido. Pero si tengo una afilada inteligencia, ¿por qué no me enseñáis algo que sea importante?

—¿Como qué? —preguntó Morgenes, a quien se le iba borrando la sonrisa.

—Ah, no sé. Magia…, o algo.

—¡*Magia!* —siseó el sabio—. ¿Es en eso en todo lo que piensas, muchacho? ¿Crees que soy una especie de brujo, algún mago barato que deleita a la corte, para que tenga que enseñarte trucos?

Simón no dijo nada.

—Todavía estoy furioso a causa de tu embuste —añadió Morgenes—. ¿Por qué debería premiarte?

—Haré todas las tareas que me digáis, a cualquier hora —dijo Simón—. Incluso limpiaré el techo.

—Aquí y ahora —respondió el doctor—, no me dejaré intimidar. Te diré algo, muchacho: abandona esa fascinación sin fin por la magia y responderé a todas tus demás preguntas durante todo un mes, ¡y no tendrás que escribir ninguna! ¿Qué te parece, eh?

El muchacho torció la vista, pero no dijo nada.

—¡Bueno, entonces te leeré mi manuscrito sobre la vida del Preste Juan! —ofreció el anciano—. Recuerdo que me lo pediste una o dos veces.

Simón todavía torció más la mirada.

—Si me enseñáis magia —sugirió—, os traeré cada semana uno de los pasteles de Judit, y un barril de cerveza de Stanshire de la despensa.

—¡Hete aquí! —rugió Morgenes, triunfante—. ¿Lo ves? ¿Lo ves, muchacho? ¡Estás tan convencido de que los trucos de magia te reportarán poder y buena suerte que estás dispuesto a robar para convencerme de que te enseñe! No, Simón, no puedo regatear contigo sobre todo esto.

El chico volvía a estar furioso, pero respiró profundamente y se pellizcó el brazo.

—¿Por qué está tan en contra, doctor? —preguntó cuando se hubo calmado—. ¿Es porque soy un pinche de cocina?

Morgenes sonrió.

—Aunque tu trabajo sea de pinche, Simón, muchacho, no eres un pinche. Eres mi aprendiz. No, no existe ninguna deficiencia en ti, excepto tu juventud e inmadurez. Se trata de que no comprendes lo que pides.

El joven se subió a un taburete.

—No os entiendo —murmuró.

—Exacto. —El doctor bebió otro trago de cerveza—. Lo que tú llamas «magia» es sólo la acción de cosas, de la naturaleza, fuerzas elementales como el fuego y el aire. Todo eso responde a leyes naturales, las cuales son muy difíciles de aprender y entender. Muchas nunca serán comprendidas.

—¿Por qué no me *enseñáis esas* leyes?

—Por la misma razón por la que no le daría una antorcha encendida a un crío sentado sobre un montón de paja. El niño, y eso no es un insulto, Simón, no está preparado para la responsabilidad. Sólo aquellos que han estudiado durante muchos años, y muchas otras materias y disciplinas, pueden empezar a dominar el Arte que tanto te fascina. Incluso entonces la mayoría de ellos no están preparados para hacerse con ningún poder. —El anciano volvió a beber, secó sus labios y sonrió—. Cuando la mayoría de nosotros somos capaces de usar el Arte, somos lo suficientemente viejos como para saber más. Es demasiado peligroso para los jóvenes, Simón.

—Pero...

—Si vas a decir: «Pero Pryrates...», te daré un puntapié —dijo Morgenes—. En una ocasión ya te dije que era un loco, o algo así. Él sólo busca el poder a través del dominio del Arte, e ignora las consecuencias. Pregúntame sobre las consecuencias, Simón.

El muchacho inquirió con voz apagada:

—¿Qué ocurre con las conse...?

—No puedes ejercer la fuerza sin pagar por ello. Si robas un pastel, alguien se quedará con hambre. Si galopas sobre un caballo y quieres ir demasiado rápido, el caballo morirá. Si usas el Arte para abrir puertas, Simón, no tienes elección en cuanto a los huéspedes.

Desilusionado, el joven echó una mirada por la polvorienta habitación.

—¿Por qué habéis pintado esos signos sobre *vuestra* puerta, doctor? —preguntó.

—Porque no deseo que me visite un huésped al que no quiero ver.

Morgenes se inclinó para dejar el jarro y, al hacerlo, algo dorado y brillante cayó del collar de su manto gris, hasta quedar colgando de una cadena. El anciano pareció no darse cuenta.

—Ahora debo hacerte regresar, pero recuerda esta lección, Simón, una que encaja con los reyes... o con los hijos de los reyes. *No existe nada que no tenga un coste.* Hay un precio para todo poder, y no siempre se nos hace evidente. Prométeme que lo recordarás.

—Lo prometo, doctor —respondió Simón; empezaba a sentir los efectos de tanto gritar y llorar pues se encontraba algo mareado, como si hubiese corrido una carrera—. ¿Qué es eso? —preguntó, al tiempo que se inclinaba para mirar el objeto dorado que colgaba del cuello del sabio.

Morgenes lo sostuvo en la palma de la mano, para que el aprendiz pudiera echarle un vistazo.

—Es una pluma —dijo sin más.

Mientras el sabio devolvía el brillante objeto al interior de sus ropas, Simón vio que el final del cañón de la pluma estaba unido a un rollo para escribir grabado de piedra blanca perlada.

160

—No es una pluma común —replicó inquisitivo—; es una pluma para escribir, ¿verdad?

—Sí, muy bien, se trata de una pluma para escribir —gruñó Morgenes—. Ahora, si no tienes nada mejor que hacer que interrogarme sobre mis objetos, será mejor que te vayas. ¡Y no olvides tu promesa! ¡Recuérdalo!

Mientras se dirigía a los aposentos de la servidumbre, a través del Jardín de los Setos, Simón se preguntó acerca de los eventos de tan extraña mañana. El doctor había descubierto lo de la carta, pero no lo castigó ni lo echó para no volver más. También se había negado a enseñarle algo sobre la magia. ¿Y por qué su aserto acerca de la pluma para escribir había irritado tanto al anciano?

Mientras pensaba en todo ello y arrancaba, de manera inconsciente, los secos rosales sin podar, Simón se enganchó el dedo con una espina escondida. Maldijo, y levantó la mano. La brillante sangre era una gota roja en la yema del dedo, una perla escarlata. Se llevó el dedo a la boca y le supo salado.

En la oscuridad más densa de la noche antes del Día de Todos los Locos, un tremendo estruendo retumbó a través de Hayholt. Hizo que los durmientes despertasen sobresaltados en sus lechos y produjo un largo y simpático zumbido proveniente del campanario de la Torre del Ángel Verde.

Algunos de los sacerdotes más jóvenes, que con júbilo ignoraban sus rezos de medianoche en aquella su única noche de libertad al año, fueron sacudidos en sus taburetes mientras bebían vino e insultaban al obispo Domitis; la conmoción por la fuerza del estrépito fue tan grande que incluso los borrachos se sintieron invadidos por una oleada de terror, como si en una parte profundamente enterrada de su ser hubieran sabido reconocer lo disgustado que Dios se encontraba.

Pero cuando el harapiento y súbitamente despierto grupo salió al patio para ver lo ocurrido, con sus testas rapadas como pálidos champiñones a la sedosa luz de la luna, no existió ni una sombra del cataclismo universal que habían esperado. A excepción de algunos rostros pertenecientes a otros moradores del castillo que se habían despertado de repente y miraban con curiosidad desde las ventanas, la noche era apacible y clara.

Simón dormía en un estrecho lecho, ubicado entre los tesoros que había coleccionado con tanto esfuerzo; en su sueño se veía escalando un pilar de hielo negro, y a cada paso que daba hacia arriba le correspondía un resbalón que lo hacía volver a descender. Llevaba un pergamino cogido entre los dientes, un mensaje de algún tipo. En la cima del helado pilar se encontraba una puerta, en cuyo umbral se acurrucaba una oscura presencia…, esperando el mensaje.

Cuando al final alcanzó el umbral, apareció una mano que le arrebató el manuscrito, y se cerró en un puño negro y vaporoso. Simón trató de retroceder, de apartarse, pero otra oscura zarpa apareció y lo agarró de la muñeca. Fue alzado hacia un par de ojos que brillaban con una luz roja, como agujeros carmesíes en la barriga de un infernal y oscuro horno…

Se despertó boqueando en busca de aire y oyó las hoscas voces de las campanas, que gemían incómodas mientras parecían regresar a su frío y triste sueño.

Sólo una persona en el castillo parecía haber visto algo: Caleb, el mozo de cuadra, ayudante de Shem, que se encontraba tan excitado que no había podido dormir durante la noche. A la mañana siguiente iba a ser coronado Rey de los Locos y llevado en hombros por los sacerdotes jóvenes en su marcha a través del castillo, cantando canciones pícaras y lanzando avena y pétalos de flores. Lo cogerían y llevarían al refectorio, donde presidiría el banquete de Todos los Locos desde su burlesco trono, construido con juncos de la ribera del Gleniwent.

Caleb había oído el gran rugido, dijo a todos los que quisieron escucharle, pero también había oído *palabras*, una potente voz que hablaba en una lengua que el chico del establo sólo podía calificar como «mala». También creía haber visto salir una gran serpiente de fuego desde la ventana de la Torre de Hjeldin, enroscarse alrededor de la aguja de la torre y estallar en una lluvia de chispas.

Nadie hizo demasiado caso de la historia de Caleb, pues por alguna razón el muchacho retrasado había sido escogido Rey de los Locos. Además, el amanecer trajo algo a Hayholt que eclipsó cualquier trueno nocturno, e incluso las expectativas despertadas por el Día de los Locos.

La luz de la mañana reveló una línea de nubes —nubes de lluvia— que se arremolinaban desde el horizonte, al norte, como un rebaño de gordas y grises ovejas.

—¡Por la maza de Dror, el terrorífico ojo de Udún y…, y…, y Jesuris nuestro Señor! ¡Hay que hacer algo!

El duque Isgrimnur, olvidando casi su té aedonita al dejarse llevar por la cólera, golpeó la Gran Mesa con su fuerte y nudoso puño, con el vigor suficiente como para que la vajilla saltase un palmo a causa del impacto. Su voluminoso cuerpo se agitaba como un bajel sobrecargado en medio de una tormenta, mientras sus ojos iban de un extremo a otro de la mesa; a continuación volvió a golpearla con el puño. Una copa se elevó levemente, para volver a rendirse ante la gravedad.

—¡Debemos adoptar medidas, sire! —rugió, y se pasó la mano por la barbilla, lleno de angustia—. ¡La Marca Helada se encuentra hundida en la anarquía! ¡Mientras yo estoy aquí con mis hombres, la ruta de la Marca helada se ha convertido en un camino de bandidos! ¡Y además, no he tenido noticias de Elvritshalla desde hace dos meses o más! —El duque expiró con tanta fuerza que su bigote pareció a punto de desprenderse—. ¡Mi hijo necesita ayuda, y yo no puedo hacer nada! ¿Dónde está la tutela del Supremo Rey, mi señor?

Rojo como una remolacha, el rimmerio volvió a dejarse caer en la silla. Elías levantó una lánguida ceja y miró a los otros caballeros esparcidos por la circunferencia de la mesa, superados en número por las sillas vacías que había entre ellos. Las antorchas que pendían de los candelabros de la pared lanzaban alargadas sombras sobre los tapices de las paredes.

—Bien, ahora que el anciano pero honorable duque se ha presentado a sí mismo, ¿quisiera alguien más unirse a él? —Elías jugueteó con su propia jarra de oro, restregándola por las rendijas de la mesa de roble—. ¿Hay alguien más que sienta que el Supremo Rey de Osten Ard ha abandonado a sus súbditos?

A la derecha del soberano, Guthwulf sonrió con satisfacción.

Isgrimnur, resentido, hizo ademán de volverse a levantar, pero Eolair de Nad Mullach posó una mano en el brazo del viejo duque.

—Sire —dijo Eolair—, ni Isgrimnur ni nadie más que haya hablado lo ha hecho para acusaros de nada. —El hernystiro puso las palmas de las manos sobre la mesa—. A lo que todos se refieren es a que pedimos…, *suplicamos*, mi señor, que dediquéis más atención a los problemas de aquellos de vuestros súbditos que viven más allá de vuestra mirada, aquí en Hayholt. —Pensando que sus palabras habían sido demasiado duras, Eolair hizo aparecer una sonrisa en su rostro—. Los problemas existen *allí* —continuó—. El bandolerismo se extiende por todo el norte y el oeste. Los hombres hambrientos tienen pocos escrúpulos, y la sequía que acaba de terminar ha sacado a la superficie lo peor… de cada uno de nosotros.

Elías, sin decir una palabra, continuó mirando a Eolair después de que el occidental hubiese terminado de hablar. Isgrimnur no se sintió más aliviado al ver lo pálido que estaba el rey. Recordó los tiempos en los que había cuidado al padre de Elías, Juan, cuando éste se vio atacado por un brote de fiebre, en las Islas del Sur.

«Esa mirada tan brillante —pensó—, esa nariz como las de las aves de presa... Es extraño comprobar cómo esos detalles, esas breves expresiones y recuerdos, pasan de generación en generación, mucho después de que el hombre y sus palabras hayan muerto.»

Isgrimnur pensó en Miriamele, la melancólica hija de Elías. Se preguntó qué bagaje perteneciente a su padre llevaría sobre sí y qué dispares imágenes arrastraría de su hermosa madre, muerta ya hacía diez años; ¿o eran doce?

Al otro lado de la mesa Elías movió la cabeza, despacio, como si andase en sueños o tratando de desprenderse de los efectos del vino. Isgrimnur vio que Pryrates, sentado a la izquierda del rey, apartaba con rapidez su pálida mano de la manga del monarca. Había algo repugnante en el sacerdote, pensó Isgrimnur, no por primera vez; era algo más que su calvicie o su áspera voz.

—Bien, conde Eolair —dijo el rey, con una esquiva sonrisa en los labios—, ya que hablamos de «obligaciones» y demás, ¿qué tiene que decir vuestro pariente, el rey Lluth, sobre el mensaje que le envié?

El soberano se echó hacia adelante con aparente interés y las poderosas manos extendidas sobre la mesa.

Eolair replicó con tono mesurado, escogiendo con cuidado cada una de sus palabras.

—Como siempre, señor, os envía sus respetos y su amor para la noble Erkynlandia. Sin embargo, cree que no podrá enviaros nada más en forma de impuestos...

—¡Tributos! —rugió Guthwulf, que se limpiaba las uñas con un delgado puñal.

—... Como impuestos, al menos por ahora —acabó el conde, haciendo caso omiso de la interrupción.

—¿Es eso cierto? —preguntó Elías, y volvió a sonreír.

—En realidad, mi señor —Eolair, de forma deliberada, no quiso tomar en cuenta la sonrisa—, me ha enviado a pediros vuestra real ayuda. Sabéis los problemas que han causado la sequía y la plaga. La guardia erkyna debe trabajar con nosotros para mantener abiertas las rutas comerciales.

—Ah. ¿Deben hacerlo? —preguntó el rey, cuyos ojos centelleaban, al tiempo que un leve palpitar aparecía entre los músculos de su cuello—. Ahora se trata de que «deben», ¿no es así? —Se echó hacia adelante, desprendiéndose de la mano de Pryrates, que trataba de contenerlo—. ¿Y quién sois vos —rugió—, el primo destetado de un rey pastor, ¡que sólo es rey a causa de la debilidad de mi padre!, quién sois vos para decirme qué *debo* hacer?

—¡Mi señor! —gritó el anciano Fluiren de Nabban, lleno de horror, golpeando la mesa con sus manos moteadas a causa de la edad; unas manos antaño poderosas, pero ahora dobladas y retorcidas como las garras de un halcón—. ¡Mi señor! —dijo, entre jadeos—, ¡vuestra cólera es real, pero Hernystir ha sido un leal aliado bajo la Suprema Custodia de vuestro padre, por no mencionar que su país fue la tierra en la que nació vuestra santa madre, que en paz descanse su alma! ¡Por favor, sire, no habléis así de Lluth!

Elías posó su mirada esmeralda sobre Fluiren, y pareció que iba a volcar toda su ira contra el otro héroe, pero la línea de la boca permaneció tan tensa como la cuerda de un arco.

Incluso el aire que reposaba encima de la mesa pareció tensarse ante los desagradables acontecimientos que amenazaban sobrevenir.

—Perdonad lo imperdonable, conde Eolair —dijo Elías, al fin, con una extraña y estúpida sonrisa en la comisura de sus anchos labios—. Perdonad mis crueles y estúpidas palabras. Hace menos de un mes que empezaron las lluvias, y antes de que llegasen ha sido un año duro para todos nosotros.

El conde asintió, y sus inteligentes ojos bailaron incómodos.

—Desde luego, majestad. Os entiendo. Por favor, perdonadme por haberos provocado.

En el otro extremo de la mesa oval, Fluiren juntó sus moteadas manos con un gesto de satisfacción.

Isgrimnur se incorporó, poderoso como un oso marrón que escalase un témpano de hielo.

—Sire, también yo quisiera hablar de forma comedida, pero todos vosotros sabéis que eso va en contra de mi naturaleza de guerrero.

La divertida sonrisa de Elías prevaleció en su rostro.

—Muy bien, tío Piel de Oso, todos practicaremos la amabilidad en nuestras formas. ¿Qué es lo que queréis de vuestro rey?

El duque de Elvritshalla inspiró profundamente y se acarició la barba con dedos nerviosos.

—Mi gente y la de Eolair estaban necesitadas de ayuda, señor. Por primera vez desde los comienzos del reinado de Juan *el Presbítero,* la ruta de la Marca Helada se ha vuelto impracticable a causa de las tempestades en el norte y de los ladrones en el sur. El Camino Real del

Norte, más allá de Wealdhelm, no está en mejores condiciones. Necesitamos que esas rutas estén abiertas y mantenerlas así. —Isgrimnur se volvió a un lado y escupió, lo que provocó las quejas de Fluiren—. Muchas de las poblaciones de los clanes, de acuerdo con la última carta de mi hijo Isorn, sufren la falta de alimentos. No podemos comerciar nuestros productos y no podemos mantener el contacto con los clanes más lejanos.

Guthwulf, que escarbaba con el cuchillo en el borde de la mesa, bostezó de forma llamativa, Heahferth y Godwig, dos jóvenes barones que vestían visibles ribetes verdes, se sonrieron disimuladamente.

—Duque, seguramente —Guthwulf habló de forma lenta y pesada, mientras se apoyaba contra el brazo de la silla como un gato descansando al sol— no nos echaréis la culpa de todo eso. ¿Posee el rey, nuestro señor, poderes como Dios Todopoderoso para detener las tormentas y las nieves con un movimiento de su mano?

—¡No he sugerido tal cosa! —rugió Isgrimnur.

—¿Tal vez —dijo Pryrates desde la cabecera de la mesa, con una inapropiada y ancha sonrisa— también le echéis la culpa al rey de la desaparición de su hermano, como hemos oído que se rumorea?

—¡Nunca! —El duque se hallaba realmente sorprendido. Junto a él, Eolair entrecerró los ojos, como si viese algo inesperado—. ¡Nunca! —repitió, mirando desesperado hacia Elías.

—Sé que Isgrimnur nunca pensaría algo así —intervino el rey, mientras movía una mano con apatía—, porque nos ha mecido a ambos, a mí y a Josua, en sus rodillas. Espero, claro, que Josua no haya sufrido ninguna desgracia. El hecho de que no haya aparecido en Naglimund después de todo este tiempo es preocupante; pero si ha ocurrido alguna tragedia, no será *mi* conciencia la que necesite consuelo.

Pero mientras así terminaba, durante un instante Elías pareció turbado, con la vista fija en la nada, como si vagase a través de su confusa memoria.

—Dejadme volver sobre la cuestión, señor —dijo Isgrimnur—. Las rutas del norte no son seguras y el tiempo no es el único factor. Mis hombres han sido desplegados, pero necesitamos refuerzos; hombres fuertes que vuelvan a hacer de la Marca Helada un lugar seguro. La tierra está llena de ladrones y bandoleros y…, y de cosas peores, según dicen.

Pryrates se echó hacia adelante, interesado, con la barbilla apoyada en sus largos dedos, como un niño viendo llover a través de la ventana, con sus ojos hundidos atrapados en el brillo de las antorchas.

—¿*Qué «cosas* peores»*, noble Isgrimnur? —preguntó el sacerdote.

—Eso no importa. La gente piensa... cosas, eso es todo. Ya sabéis cómo son los habitantes de la Marca... —El rimmerio dejó de hablar y tomó un trago de vino.

Eolair se alzó.

—Si él no quiere decir sus pensamientos en voz alta, los pensamientos que se oyen en el mercado y entre los sirvientes, yo lo haré. La gente del norte está asustada. Suceden cosas que no pueden ser explicadas por un tiempo horroroso o por las malas cosechas. En mi tierra no necesitamos llamar a las cosas ángeles o demonios. Nosotros, los de Hernystir, nosotros, los del oeste, sabemos que hay seres que caminan sobre la tierra y que no son hombres..., y sabemos si hay que temerlos o no. Nosotros, los hernystiros, conocimos a los sitha cuando todavía vivían en nuestros campos, cuando las altas montañas y anchas praderas de Erkynlandia eran suyas.

Las antorchas parpadeaban, y la alta frente y mejillas de Eolair parecían brillar con un débil resplandor escarlata.

—No hemos olvidado —añadió, con calma. Su voz incluso llamó la atención al medio dormido Godwig, que levantó su borracha cabeza como un perro que oyese una lejana llamada—. Nosotros, los hernystiros, recordamos los días de los gigantes y los días de la maldición del norte, los Zorros Blancos; así que hablemos claro: el mal está presente en este invierno y en esta primavera de mal augurio. No son sólo los bandidos los que hacen presa en los viajeros y los que causan la desaparición de aislados granjeros. La gente del norte está asustada...

—«¡Nosotros, los hernystiros!» —La voz burlona de Pryrates se oyó a través del silencio, apartando el embrujo de lo desconocido—. «¡Nosotros, los hernystiros!» ¡Nuestro noble y pagano amigo quiere hablar con claridad! —El sacerdote trazó un exagerado signo del Árbol sobre el pecho de sus rojas vestiduras. La expresión de Elías dejó entrever su buen humor—. ¡Muy bien! —continuó—. *¡Él* nos ha regalado con la cantidad más grande de misterios de charlatanes que nunca había oído! ¡Gigantes y elfos! —Pryrates dio un golpe con la mano, y la manga de su vestido revoloteó por encima de la vajilla—. ¡Como si su majestad el rey no tuviera suficiente con que preocuparse: su hermano ha desaparecido, sus súbditos están hambrientos y asustados! ¡Como si el gran corazón del monarca no estuviera a punto de romperse! ¡Y tú, Eolair, nos traes paganas historias de fantasmas propias de viejas viudas!

—¡Sí, será un pagano —alzó la voz Isgrimnur—, pero en él hay más buena voluntad aedonita que en el montón de cachorros soñolientos que he visto repantigarse por esta corte...!

167

El barón Heahferth ladró, provocando una carcajada de borracho por parte de Godwig.

—¡...Repantigados mientras la gente tiene que vivir de magras esperanzas y menos cosechas! —acabó el duque.

—Ya está bien, Isgrimnur —dijo Eolair, con tono de hastío.

—¡Señores! —exclamó Fluiren, agitado.

—¡No quiero ver cómo sois insultado cuando habláis con honestidad! —dijo Isgrimnur, dirigiéndose al conde. El duque levantó el puño para volver a golpear la mesa, pero pareció pensarlo mejor y lo llevó a su pecho, donde cogió el Árbol de madera que pendía del cuello—. Perdonad mis exabruptos, mi rey, pero Eolair dice la verdad. Tengan o no consistencia sus miedos, el caso es que la gente *los* tiene.

—¿Y qué es lo que temen, querido y viejo tío Piel de Oso? —preguntó el rey mientras alargaba la copa a Guthwulf para que se la llenase.

—Temen la oscuridad —respondió el anciano, lleno de dignidad—. Temen el oscuro invierno, y temen que el mundo se haga todavía más oscuro.

Eolair puso boca abajo sobre la mesa su copa vacía.

—En el mercado de Erchester, unos cuantos mercaderes que han podido llegar hasta el sur llenan los oídos de la gente con noticias de una extraña aparición. He escuchado la misma historia tantas veces que no dudo de que nadie en el pueblo se haya quedado sin oírla. —Eolair hizo una pausa y miró al rimmerio, que volvía a asentir, con gravedad, mientras se acariciaba la barba grisácea.

—¿Y bien? —preguntó Elías, con impaciencia.

—Durante la noche, en las extensiones de la Marca Helada, una cosa muy extraña ha sido vista; un carruaje, un carruaje negro, tirado por caballos blancos...

—¡Qué cosa tan rara! —rezongó Guthwulf; Pryrates y Elías cruzaron sus miradas durante un instante. El rey enarcó una ceja mientras volvía a mirar al occidental.

—Seguid.

—Los que lo han visto dicen que apareció pocos días después de la festividad de Todos los Locos. Cuentan que el carruaje lleva un ataúd, y que monjes con hábitos negros caminan tras él.

—¿Y a qué espíritus de naturaleza pagana atribuyen los campesinos dicha visión? —preguntó el monarca y se inclinó poco a poco en la silla, hasta que se quedó mirando el puente de la nariz del hernystiro.

—Dicen, mi rey, que se trata del carruaje de la muerte de vuestro padre..., os pido perdón, sire..., y que mientras sufra la tierra, él no descansará tranquilo en su túmulo.

Tras un intervalo habló el rey; su voz tan sólo se elevó un poco por encima del crepitar de las antorchas.

—Bien, entonces —dijo—, tendremos que asegurarnos de que mi padre consiga su bien merecido descanso, ¿no es así?

«Míralos —pensó el viejo Towser mientras estiraba su pierna doblada y su cansado cuerpo por el pasillo de la sala del trono—. Míralos, todos repantigados y sonriendo satisfechos; más parecen jefes paganos de las Thrithings que caballeros aedonitas de Erkynlandia.»

Los cortesanos de Elías gritaban y chillaban mientras el bufón cojeaba, moviendo las cabezas hacia él como si se tratase de un mono de Naraxi atado a una cadena. Incluso el rey y su heraldo, el conde Guthwulf, cuya silla se encontraba próxima al trono, contribuían a las crueles chanzas; Elías estaba sentado con una pierna sobre el Trono del Dragón, como un muchacho de granja sobre una cerca. Sólo la joven hija del monarca, Miriamele, se sentaba erguida y callada, con su hermoso rostro lleno de solemnidad y los hombros echados hacia atrás como si esperase recibir una bofetada. Su cabello, del color de la miel —que no había heredado ni de su padre moreno, ni del pelo negro como ala de cuervo de su madre—, le caía a cada lado del rostro, como si de cortinas se tratase.

«Parece como si tratara de esconderse tras el cabello —pensó Towser—. Qué vergüenza. Dicen que la pecosa es testaruda, pero todo lo que veo en sus ojos es miedo. Se merece algo mejor, sospecho, que los lobos jactanciosos que llegan a nuestro castillo en estos días, pero dicen que su padre ya la ha prometido a ese maldito borracho baboso de Fengbald.»

No avanzó más deprisa; su camino hacia el trono se vio dificultado por las manos que se extendían para tocarlo. Se decía que tocar la cabeza de un enano daba buena suerte. Towser no era un enano, pero era viejo, muy viejo, y caminaba encorvado, lo que hacía que los cortesanos se divirtiesen tratándolo como si lo fuera.

Al fin llegó junto al trono de Elías. Los ojos del rey estaban enrojecidos a causa del exceso de bebida o de dormir poco, o ambas cosas.

El soberano puso sus verdes ojos sobre el hombrecito.

—Mi querido Towser —dijo—, nos complaces con tu compañía.

El bufón se dio cuenta de que los botones de la blanca blusa del rey aparecían sin abrochar, y que era visible una mancha de salsa en los hermosos guantes de ante que colgaban de su cinturón.

—Sí, sire, he venido.

Towser trató de hacer una reverencia, cosa harto difícil con una pierna rígida como la suya; un borbotar de risas recorrió las filas de damas y caballeros.

—Antes de que nos entretengas, viejo bufón —habló Elías, bajando la pierna del brazo del trono y enfocando al anciano con su mirada más sincera—, ¿podría, tal vez, pedirte un favor? Se trata de algo que me he estado preguntando desde hace tiempo.

—Desde luego, mi señor.

—Entonces, dime, querido Towser, ¿qué ocurrió para que te pusieran el *nombre de un perro?*

Elías enarcó las cejas con gesto burlón; primero miró a Guthwulf, que sonreía, y luego a Miriamele, que miraba hacia otra parte. El resto de los cortesanos rió y murmuró, cubriendo sus bocas con las manos.

—No me pusieron el nombre de un perro, sire —respondió Towser, con calma—. Yo lo escogí.

—¿Qué? —dijo Elías, volviéndose de nuevo hacia el anciano—. Creo que no he oído bien lo que has dicho.

—Yo me di a *mí mismo* un nombre de perro, sire. Vuestro noble padre lo usaba para tomarme el pelo a causa de mi lealtad, ya que siempre lo acompañé, siempre estuve a su lado. Como broma, llamó a uno de sus canes Cruinh, que era mi verdadero nombre —el anciano se volvió poco a poco, como para actuar ante la multitud—, así que me dije: «Si el perro lleva mi nombre por voluntad de Juan, entonces yo tomaré el nombre del perro». Desde entonces no he respondido a otro nombre que no sea Towser, y nunca lo haré. —El bufón se permitió una ligera sonrisa—. Es posible que vuestro reverenciado padre se haya arrepentido de su broma en alguna ocasión.

Elías no pareció muy conforme con la respuesta, pero rió abiertamente y se palmeó las rodillas.

—Qué enano tan gracioso, ¿no es cierto? —dijo, mientras miraba a su alrededor.

Los allí congregados trataron de acomodarse al humor del rey y rieron educadamente; todos menos Miriamele, que miró hacia Towser desde su silla de alto respaldo con una expresión en su rostro cuyo significado el bufón no pudo descifrar.

—Bueno —prosiguió Elías—, si yo no fuese el buen rey que soy, si fuese, por así decirlo, un rey pagano como el rey Lluth de Hernystir, tu minúscula cabeza hubiera rodado por hablar de mi padre como lo has hecho. Pero, claro, yo no soy esa clase de monarca.

—Desde luego que no, sire —dijo Towser.

—¿Has venido para cantar con nosotros, para dar volteretas..., espero que no, ya que pareces demasiado frágil para tales ejercicios…, o para qué? Vamos dilo. —Elías se dejó caer hacia atrás en su trono y dio unas palmadas para que le sirviesen más vino.

—Para cantar, majestad —replicó el bufón.

Towser cogió el laúd que colgaba a su espalda y comenzó a ensayar los arpegios, haciendo que sonasen unas notas. Cuando un joven paje se acercó para volver a llenar la copa del rey, el anciano elevó la mirada hacia el techo, donde los gallardetes de los caballeros y de los nobles de Osten Ard colgaban ante las ventanas superiores, ahora barridas por la lluvia. El polvo había desaparecido y las telarañas habían sido dispersadas, pero a los ojos de Towser los vivos colores de los banderines le parecieron falsos, demasiado brillantes, como si hubiesen sido vueltos a pintar esperando imitar los viejos tiempos, aunque haciendo desaparecer lo que quedaba de auténtica belleza en ellos.

Cuando el nervioso paje acabó de llenar los jarros de Guthwulf, Fengbald y los demás, Elías movió la mano hacia Towser.

—Mi señor —asintió el bufón—, cantaré sobre otro buen rey; sin embargo, éste fue un monarca desafortunado y triste.

—No me gustan las canciones tristes —dijo Fengbald que, como siempre, estaba bebido. Junto a él, Guthwulf aparecía con una sonrisa satisfecha.

—Silencio. —El Heraldo del Rey le dio un codazo a su compañero—. Si cuando haya acabado no nos ha gustado la canción, *entonces* podremos hacer saltar al enano.

Towser se aclaró la garganta y empezó a rasguear su instrumento, para, a continuación, cantar con su fina y dulce voz:

> *El viejo rey Junípero,*
> *muy viejo era;*
> *su barba blanca colgaba*
> *desde la barbilla hasta la rodilla.*
>
> *El noble y viejo rey Junípero,*
> *sentado en su trono,*
> *llamó: Traedme a mis hijos,*
> *porque pronto partiré.*
>
> *Le trajeron a sus principescos hijos,*
> *que llegaron con perros y halcones.*
> *El más joven era el príncipe Acebo;*
> *el mayor, el príncipe Cicuta.*

171

Hemos oído que nos llamabas, sire,
y hemos dejado la cacería.
Así habló Cicuta: ¿Por qué
nos ordenasteis venir?

Pronto moriré, principescos hijos
—dijo el anciano rey—.
y quisiera ver paz entre vosotros,
cuando al fin muerto esté...

—Creo que no me gusta cómo suena esa canción —gruñó Guthwulf—. Parece una burla.

Elías le ordenó callar; sus ojos brillaban cuando le indicó a Towser que podía proseguir.

Pero, querido padre, ¿por qué teméis?
El príncipe Cicuta tiene todo el derecho
—dijo Acebo—. Yo no podría ir contra él
y ser un caballero temeroso de Dios.

Con el pensamiento tranquilo el rey ordenó
salir a sus hijos,
y agradeció al misericordioso Aedón
el que fuesen hombres tan buenos.

Pero en lo más profundo del corazón de Cicuta,
que era el heredero,
las amables palabras de Acebo
encendieron un fuego de infamia.

Quien habla con palabras tan dulces
debe de esconder malvadas intenciones
—pensó Cicuta—. Debo pensar en alguna
estratagema contra mi taimado hermano.

Temiéndole al gentil corazón
que latía en el pecho de Acebo,
cogió una dosis de veneno
del forro de sus ropajes.

Y, cuando los hermanos se sentaron a comer,
lo vertió en una copa
y el confiado príncipe Acebo se lo bebió...

—¡Basta! ¡Esto es traición! —rugió Guthwulf, mientras se incorporaba, tirando la silla hacia atrás entre los sorprendidos cortesanos; su larga espada silbó al ser desenvainada. Si Fengbald no se hubiera levantado, medio atontado por la bebida, y no se hubiese colgado de su brazo, Guthwulf le habría dado una estocada al amedrentado Towser.

Elías también se incorporó con rapidez.

—¡Envainad esa espada, idiota! —gritó—. ¡Nadie desenvaina una espada en la sala del trono del rey!

El monarca dejó de dirigirse al furioso conde de Utanyeat para mirar al bufón. El anciano, que de alguna forma se había recobrado del alarmante espectáculo ofrecido por el colérico Guthwulf, luchaba por recobrar la dignidad.

—No creas, criatura enana, que tu canción nos ha complacido —rezongó el rey—, o que tus largos años al servicio de mi padre te hacen intocable; pero tampoco pienses que provocarás escozor en la piel real con esos aburridos dardos. ¡Desaparece de mi vista!

—Confieso, sire, que esta canción ha sido compuesta recientemente —dijo el bufón, a la vez que empezaba a temblar. Su gorro multicolor aparecía ladeado—, pero no era...

—¡*Vete de aquí!* —espetó Elías, con la tez pálida y ojos de bestia.

Towser salió cojeando de la sala del trono, temblando al ver la salvaje mirada del rey y el desesperanzado rostro de su hija, la princesa Miriamele.

11

UN HUÉSPED INESPERADO

ediada la tarde del último día de avrel, Simón se encontraba en el oscuro henil del establo, sumergido en un mar de paja amarilla, con sólo la cabeza por encima de las olas. El henil relucía a causa de la luz que penetraba por la ancha ventana; Simón escuchaba su propia respiración.

Había bajado desde la sombría galería de la capilla, donde los monjes cantaban sus salmos de mediodía. Los limpios tonos de las solemnes plegarias lo habían emocionado de la misma forma en que a menudo lo hacía la capilla y las estampas que se veían en sus viejos tapices. Cada una de las notas era cuidadosamente producida, como un artesano de la madera poniendo delicados barcos de juguete en un torrente. Las voces cantoras envolvían su secreto corazón en una dulce y fría red de plata; la tierna resignación de sus voces todavía lo embargaba. Era una extraña sensación; por un momento se había sentido muy frágil, como un pajarillo en las manos de Dios.

Había bajado las escaleras de la galería a todo correr; se había sentido indigno de tanta delicadeza y atención. Él era demasiado tosco, demasiado tonto. Le daba la impresión de que con sus cuarteadas manos de pinche podía malograr la hermosa música, como un niño podía lastimar, sin quererlo, a una mariposa.

Ahora, en el henil, el corazón se le empezó a calmar. Se enterró en la húmeda paja y con los ojos cerrados escuchó el tranquilo pacer de los caballos en el establo de abajo. Pensó que casi podía sentir el imperceptible contacto de las motas de polvo que le caían sobre el rostro, en la soñolienta oscuridad.

Debía de haberse quedado dormido —no estaba seguro—, pero lo siguiente que notó fue el súbito y claro sonido de voces por debajo de él. Rodó sobre sí mismo y se arrastró por la cosquilleante paja hasta el borde del henil, para poder ver lo que ocurría abajo, en el establo.

Eran tres: Shem Horsegroom, Rubén *el Oso* y un hombrecillo. Simón pensó que debía de ser Towser, el viejo bufón, aunque no podía estar seguro, ya que éste no vestía un traje de colores y llevaba un gorro que le cubría la mayor parte del rostro. Habían entrado a través de la puerta del establo como un trío de cómicos locos; Rubén *el Oso* llevaba colgada de su puño una jarra tan grande como la pierna de un cabrito. Los tres estaban borrachos como pájaros en un cerezo, y Towser —si es que de él se trataba— cantaba una vieja tonada:

> *Jack lleva a una doncella*
> *a lo alto de la alegre colina.*
> *Va entonando una canción,*
> *con el sol en lo alto.*

Rubén le pasó la jarra al hombrecillo. El peso de ésta lo desequilibró en mitad de la canción; se balanceó hacia adelante para luego hacerlo hacia atrás. Se le cayó el sombrero. Era Towser; mientras rodaba sin parar, Simón pudo ver su arrugado y fruncido rostro, que empezaba a poner una expresión como la de un bebé a punto de llorar. En vez de eso, empezó a reír sin parar y se apoyó contra la pared con la jarra entre las rodillas. Sus dos compañeros se echaron hacia adelante para unírsele. Todos se sentaron en fila, como urracas en una cerca.

Simón se preguntaba si debía dejarse ver; no conocía demasiado bien a Towser, pero siempre se había mostrado amistoso con Shem y con Rubén. Tras considerarlo durante un momento, se decidió a no hacerlo. Era más divertido observarlos sin que lo supieran; ¡tal vez pudiera gastarles una broma! Se sintió cómodo, en secreto y silencioso en lo alto del pajar.

—Por san Muirfath y el Arcángel —dijo Towser con un suspiro después de que hubieran pasado unos momentos—. ¡Siento una gran necesidad de esto! —añadió; pasó el dedo índice por el borde de la jarra y después se lo llevó a la boca.

Shem Horsegroom se le acercó por encima del amplio estómago del herrero y cogió la jarra para dar un trago; luego se secó los labios con el dorso de la mano.

—¿Adónde irás? —preguntó al bufón.

Towser dejó escapar un suspiro. La vida pareció desaparecer de la pequeña reunión de borrachos; todos miraron al suelo con tristeza.

—Tengo algunos parientes, parientes lejanos, en Grenefod, en el delta del río. Tal vez vaya allí, aunque dudo de que se sientan muy felices al tener otra boca que alimentar. Tal vez vaya al norte, a Naglimund.

—Pero si Josua se ha ido —dijo Rubén, y eructó.

—Sí, se ha ido lejos —añadió Shem.

Towser cerró los ojos y descansó la cabeza contra la áspera madera de la puerta del corral.

—Pero la gente de Josua todavía está en Naglimund, y deberían sentir simpatía por alguien que ha sido expulsado de su hogar por los patanes de Elías; ahora incluso más simpatía, ya que la gente dice que el rey ha asesinado al pobre Josua.

—Pero otros dicen que el príncipe se había convertido en un traidor —dijo a su vez Shem, y se frotó la barbilla con aire soñoliento.

—¡Bah! —espetó el pequeño bufón.

En el pajar, arriba, también Simón sintió la calidez de la tarde de primavera, y el sueño que se infiltraba en él. Todo ello confería a la conversación que se desarrollaba abajo un aire de poca importancia, distante; asesinato y traición parecían los nombres de lugares lejanos.

Durante la larga pausa que siguió, el muchacho sintió que se le cerraban los párpados de forma inexorable…

—Tal vez no haya sido una acción demasiado inteligente, hermano Towser… —ahora hablaba Shem, con tono desvaído—… acosar al rey, quiero decir. ¿Qué necesidad tenías de cantar una canción tan irritante?

—¡Ja! —Towser se rascó la nariz—. Mis antepasados occidentales eran *verdaderos* bardos, no renqueantes saltimbanquis como yo. ¡Ellos le hubieran cantado una canción que le habría erizado las orejas! ¡Dicen que el poeta Eoin-ec-Cluias compuso una vez una canción llena de rabia tan poderosa que todas las doradas abejas del Grianspog descendieron sobre el caudillo Gormhbata y lo picaron hasta matarlo!… ¡*Esa* sí que fue una canción! —El viejo bufón volvió a apoyar la cabeza sobre la pared del establo—. ¿El rey? ¡Por los dientes de Dios, ni siquiera puedo aguantar el llamarle así! Yo estuve con su santo padre; ¡aquél era un rey al que podíais llamar rey! Este otro no es mucho mejor que un bandido… No es ni la mitad de hombre que… su padre Juan…

La voz del anciano vacilaba ante el sueño, la cabeza de Shem descendió poco a poco sobre su pecho. Los ojos de Rubén permanecían abiertos, pero era como si mirase a los espacios vacíos que había entre las vigas del techo. Towser, junto a él, volvió a agitarse.

—¿Os he contado? —dijo el viejo de repente—, ¿os he contado lo de la espada del rey? ¿La espada del rey Juan…, Clavo Brillante? Él me la dio a mí, ¿sabéis?, y dijo: «Towser, sólo tú puedes dársela a mi hijo Elías. Sólo tú…». —Una lágrima cayó por la arrugada mejilla del bufón—. «Lleva a mi hijo a la sala del trono y dale Clavo Brillante», me dijo. ¡Y lo hice! ¡Se la entregué la misma noche en que murió su querido padre…! La puse en sus manos de la forma en que él me dijo…, y la dejó caer. *¡La dejó caer!* —La voz de Towser se elevó llena de rabia—. ¡La espada que su padre llevó en más batallas que pulgas tiene un perro vagabundo! ¡Apenas puedo creer en una torpeza así, tan… irrespetuosa! ¿Me oyes, Shem? ¿Rubén?

Junto a él se oyó roncar al herrero.

—Me quedé horrorizado, claro. La recogí y se le volví a dar; esa vez la cogió con ambas manos. «Se me ha resbalado», dijo, como un idiota. Ahora que la volvía a empuñar, una extraña mirada se adueñó de su rostro, como…, como… —El bufón se detuvo.

Simón temió que se hubiese quedado dormido, pero, por lo visto, el hombrecillo se limitaba a pensar, tal y como lo hacen los borrachos.

—La mirada en su rostro —volvió a empezar— era como la de un chiquillo al que sorprenden haciendo algo muy, muy malo, ¡exactamente! ¡Eso es! ¡Se puso pálido, y se le aflojó la boca; después me la volvió a alargar! «Entierra esto con mi padre —dijo—. Es su espada; debe estar con él.» «¡Pero él quiso que os la diera a vos, mi señor!», repliqué… Pero ¿me escuchaba? ¿Eh, lo hacía? No. «Esta es una nueva era, anciano —me dijo—. No necesitamos cargar con estas reliquias del pasado.» ¿Podéis imaginaros la clase de agallas que posee un hombre así?

Towser tanteó a su alrededor con las manos hasta que encontró la jarra, que levantó para echarse un largo trago. Ahora, sus dos compañeros habían cerrado los ojos y respiraban pesadamente, pero el anciano no reparó en ello, perdido en sus indignados recuerdos.

—Y luego, ni siquiera tuvo la cortesía hacia su viejo padre de… depositarla él mismo en la tumba. ¡Ni siquiera…, ni siquiera de tocarla! ¡Hizo que fuese su hermano pequeño! ¡Hizo que Josua… —La calva cabeza de Towser asintió—. Habríais dicho que le quemaba las manos…, si hubierais visto cómo me la devolvió…, tan deprisa…, maldito cachorro… —La cabeza se balanceó una vez más y se hundió en el pecho, para no volver a elevarse.

Cuando Simón bajó, sin hacer ruido, por la escalera del pajar, los tres hombres roncaban como perros viejos ante una chimenea. Pasó junto a ellos de puntillas, aunque se detuvo para evitar que volcaran la jarra en medio del sueño, y salió a la oblicua luz del sol que caía sobre el patio de los comunes.

«Cuántas cosas extrañas han sucedido este año», pensó mientras se sentaba a tirar piedras en el pozo situado en el centro del patio de los comunes. «Sequía y enfermedad, el príncipe desaparecido, la gente quemada y asesinada en Falshire...» Pero nada de ello le parecía demasiado grave.

«Todo les ocurre a los demás —decidió Simón, entre contento y pesaroso—. Todo les ocurre a los extraños.»

Estaba hecha un ovillo en el quicio de la ventana, mirando hacia abajo y a través de las deliciosas hojas de vidrio grabadas al aguafuerte. No levantó la mirada cuando él entró, aunque el roce de las botas sobre las losas lo anunció de forma clara; él se quedó durante un instante en el umbral, con los brazos cruzados sobre el pecho, pero la joven tampoco se volvió. Él continuó hacia adelante y se detuvo, mirando por encima del hombro de ella.

No había nada que ver en el patio de los comunes excepto un chico de las cocinas que estaba sentado en el borde de la cisterna de piedra; un joven de piernas largas, greñudo y con una sucia camisa. Aparte de eso, el patio se encontraba vacío del todo, excepto de ovejas, sucios montones de lana que buscaban el suelo más oscuro en busca de restos de hierba fresca.

—¿Qué ocurre? —preguntó él, posando una ancha mano en el hombro de la joven—. ¿Tanto me odias que te has ido sin decirme una sola palabra?

Ella movió la cabeza, atrapando un rayo de sol en su cabello. Su mano cogió la de él con fríos dedos.

—No —respondió, mirando todavía al desierto patio de abajo—. Pero odio las cosas que veo a mi alrededor.

Él se inclinó hacia adelante, pero la muchacha liberó su mano y la colocó sobre el rostro, como para resguardarse del sol del atardecer.

—¿Qué cosas? —preguntó él, con un ligero tono de exasperación en su voz—. ¿Preferiríais estar en Meremund y vivir en esa especie de prisión que mi padre me dio, con el olor a pescado envenenando el aire, incluso de las más altas balconadas? —Le cogió la barbilla y la giró, con firme dulzura, hasta que pudo ver los ojos húmedos y rabiosos de la muchacha.

—¡Sí! —respondió ella, y le apartó la mano, aunque ahora mantuvo

178

la mirada—. Sí, lo preferiría. Allí también puedes oler el viento y ver el océano.

—¡Oh, Dios, muchacha! ¿El océano? ¿Eres la dueña del mundo conocido y todavía lloras porque no puedes ver la condenada agua? ¡Mira! ¡Mira allí! —señaló más allá de las murallas de Hayholt—. ¿Entonces, qué es el Kynslagh?

La joven lo miró con resentimiento.

—Es una bahía, una bahía real, que pacientemente espera a que el rey embarque o nade en ella. Ningún rey posee el mar.

—Ah. —Elías se dejó caer en un cojín, con las largas piernas extendidas una a cada lado—. Y el pensamiento que se esconde detrás de todo ello supongo que será que eres prisionera también aquí, ¿eh? ¡Vaya una tontería! Ya sé por qué estás enfadada.

La muchacha apartó del todo la vista de la ventana y le dirigió una intensa mirada.

—¿De verdad? —preguntó, y bajo el desdén flotó una leve esperanza—. Entonces, decidme por qué, padre.

Elías rió.

—Porque estás a punto de casarte. ¡No es ninguna sorpresa! —El rey se acercó más a su hija—. Ay, Miri, no tienes nada que temer. Fengbald es un jactancioso, pero es joven y un poco alocado. Con una paciente mano de mujer que se encargue de ello aprenderá a comportarse muy pronto. Y si no lo hace…, bueno, se comportaría como un auténtico loco si maltratase a la hija del rey.

El rostro de Miriamele se endureció y su mirada se llenó de resignación.

—No lo has entendido. —El tono de su voz era plano, como el de un recaudador de impuestos—. Fengbald me interesa tanto como una piedra o como un zapato. Es a ti a quien preocupa, y eres tú el que tiene algo que temer. ¿Por qué haces gala de tanta ostentación delante de ellos? ¿Por qué te burlas y amenazas a un anciano?

—¿Burlas y amenazas? —Durante un instante el amplio rostro de Elías se contrajo en una fea mueca—. Ese viejo hijo de puta canta una canción que poco menos me acusa de haber matado a mi hermano, ¿y dices que me burlo de él? —De repente, el rey se puso en pie y dio tal patada al cojín que éste salió rodando por el suelo de la estancia—. ¿Qué es lo que tengo que temer? —preguntó, de súbito.

—Si tú no lo sabes, padre, tú, que pasas tanto tiempo junto a esa serpiente roja de Pryrates y sus maldades, si no puedes darte cuenta de lo que ocurre…

—En el nombre de Aedón, ¿de qué me hablas? —inquirió el rey—.

¿Qué sabes tú? —Se golpeó el muslo con la palma de la mano, produciendo un chasquido—. ¡Nada! Pryrates es mi fiel servidor; él hará por mí lo que nadie más puede hacer.

—¡Pryrates es un monstruo y un nigromante! —gritó la princesa—. ¡Y tú te has convertido en su instrumento, padre! ¿Qué te pasa? ¡Has cambiado!

Miriamele, con un sollozo lleno de angustia, trató de esconder el rostro en su largo velo azul; después se incorporó para, mediante pasos dados en sus zapatillas de terciopelo, encaminarse a su dormitorio. Un momento después había cerrado la pesada puerta tras ella.

—¡Maldita chiquilla! —exclamó Elías—. ¡Muchacha! —gritó, mientras se abalanzaba contra la puerta—. ¡Tú no puedes entenderlo! No sabes nada respecto a lo que el rey está llamado a realizar. Y no tienes ningún derecho a ser desobediente. ¡No tengo ningún hijo! *¡No tengo ningún heredero!* Hay hombres ambiciosos a mi alrededor, y necesito a Fengbald. ¡No me estorbarás en mis designios!

El rey permaneció junto a la puerta durante un buen rato, pero del interior no surgió ninguna respuesta, y golpeó con la palma de la mano contra la superficie de madera. La hoja tembló.

—¡Miriamele! ¡Abre la puerta!

Elías obtuvo silencio como respuesta.

—Hija —dijo al fin, y apoyó la cabeza contra la madera—, sólo quiero que me des un nieto, yo te daré Meremund. Procuraré que Fengbald no impida tu marcha, y podrás pasar el resto de tu vida mirando el océano. —El rey levantó la mano y se enjugó el sudor de su rostro—. Yo no quiero mirar el océano... porque me hace pensar en tu madre.

Volvió a golpear la puerta una vez más. Se escuchó el eco, que luego se apagó.

—Te quiero, Miri... —dijo el monarca, con voz muy dulce.

La torreta de la esquina del muro occidental acababa de atrapar el primer bocado del sol del atardecer. Otro guijarro cayó cisterna abajo, siguiendo a cientos de compañeros camino del olvido.

«Tengo hambre. No sería mala idea —pensó Simón— dirigirse hacia la despensa y pedir algo que comer a Judit.» La cena no sería servida hasta dentro de más de una hora, y el muchacho se encontraba a disgusto, pues no había probado un bocado desde muy temprano, por la mañana. El único problema era que Raquel y su equipo limpiaban el largo pasillo del refectorio y las cámaras que había junto al comedor, en la última batalla de la exhaustiva campaña de primavera de Raquel. Lo mejor sería, sin duda, tratar de evitar al Dragón y cualquier comentario que tuviese a bien realizar acerca de lo que pudiera parecerle el que fuese a pedir comida antes de la hora de la cena.

Tras un momento de consideración, durante el cual todavía tuvo tiempo de lanzar tres piedras más pozo abajo, Simón decidió que sería mejor pasar bajo el Dragón que por su alrededor. La sala del refectorio ocupaba la misma extensión que el piso superior a lo largo del dique de contención del bastión central del castillo; le llevaría bastante tiempo dar toda la vuelta alrededor de la Cancillería para llegar a las cocinas, que se encontraban en el extremo opuesto. No, la única ruta posible era a través de los trasteros.

Probó suerte y se lanzó con rápida zancada desde el patio de los comunes a través del pórtico occidental del refectorio, para colarse por él sin ser observado. Una vaharada de agua con jabón y el distante chapoteo de las fregonas le hicieron aminorar el paso mientras se introducía por el oscuro piso inferior, en donde se hallaban las habitaciones y trasteros que ocupaban la superficie de los comedores, aunque por debajo.

Como aquel piso se encontraba a unas cuantas brazas por debajo de los cimientos del muro del bastión interior, sólo un ligerísimo espectro de luz se abría camino a través de las ventanas. La profunda oscuridad le dio confianza a Simón. A causa de los combustibles que allí se encontraban almacenados, casi nunca se llevaban antorchas, así que existían pocas oportunidades de que fuese descubierto.

En la gran cámara central se apilaban grandes cantidades de barriles y toneles que llegaban hasta el techo, formando un tenebroso paisaje de torres redondeadas y estrechos pasillos. En esos barriles podía estar almacenada cualquier cosa: vegetales secos, quesos, rollos de tejido de muchos años de antigüedad, incluso armaduras en aceite, como si fuesen brillantes pescados en salazón. La tentación de abrir algunos para ver los tesoros que contenían tomó forma en el interior de Simón, pero éste no llevaba consigo ninguna palanca con la que abrir los pesados y claveteados barriles; tampoco quería hacer demasiado ruido con el Dragón y sus huestes limpiando y puliendo como condenados justo por encima.

En el centro de la larga y ensombrecida habitación, mientras caminaba por entre las pilas de barriles que parecían contrafuertes de una catedral, Simón casi se cae en un agujero oculto en la oscuridad.

Retrocedió con el corazón latiendo a ritmo desenfrenado, y pronto se dio cuenta de que más que un agujero se trataba de una escotilla, que se abría en el suelo, ante él, con la puerta abierta y echada hacia atrás. Si ponía cuidado podría rodearla, a pesar de lo estrecho del camino…

181

¿Pero por qué estaba abierta? Obviamente, las escotillas no se abren sin que nadie las ayude a hacerlo. Era muy dudoso que una de las asistentas hubiese ido a buscar algo al almacén de abajo, y que le hubiese resultado molesto volver a cerrar la puerta a causa del peso.

Sólo dudó un instante y, al siguiente, Simón descendía por la escala que había bajo la puerta de la escotilla. ¿Quién podría imaginarse las extrañas y excitantes cosas que se escondían en la habitación de abajo?

El espacio, una vez allí, se hizo más oscuro que el de la habitación superior, y al principio no pudo ver nada. Su vacilante pie tocó algo al descender y, al acabar de bajar, notó el familiar tacto de las tablas de madera que formaban el suelo. De todos modos, cuando el otro pie llegó a la misma altura, no encontró nada en que apoyarse y sólo la fuerza con que sus manos agarraban la escala hicieron que no perdiese el equilibrio. Había más espacio vacío bajo la escala; otra escotilla que descendía a un nivel inferior. Maniobró como pudo hasta que el pie en el aire encontró el borde de la escotilla inferior; luego dejó la escalera para quedarse sobre el suelo de la habitación del medio.

La puerta de la escotilla que había por encima de él y por la que había descendido era un gris rectángulo en un muro de oscuridad. Con la escasa luz que penetraba a través de ella vio, no sin disgusto, que la habitación en la que estaba apenas era más grande que un ropero; el techo era mucho más bajo que el de la habitación superior, y las paredes apenas se extendían a unos pocos brazos de distancia de donde él se encontraba. Aquel pequeño espacio estaba repleto hasta el techo de barriles y sacos, con sólo un pequeño pasillo que llegaba hasta la pared del otro extremo.

Mientras observaba la habitación con desinterés, oyó crujir una tabla en algún sitio y percibió unos pasos apagados en la oscuridad, por debajo de él.

«¡Oh, Dios mío! ¿Quién debe de ser? ¿Y ahora qué puedo hacer?»

¡Qué estúpido había sido al no pensar en que si la escotilla estaba abierta se debía a que todavía había alguien en las habitaciones inferiores! ¡Lo había *vuelto* a hacer! Se maldijo a sí mismo por ser tan tonto y se deslizó por el estrecho pasillo que había entre los artículos empaquetados. Los pasos de abajo se aproximaron a la escala. Simón se apartó del pasillo y se apretujó en un espacio que había entre dos mohosos sacos de tela, que olían como si estuviesen llenos de ropa vieja. Se dio cuenta de que aun así podría ser visible para cualquiera que dejase la escotilla y se adentrase en el pasillo; se hundió medio agachado, haciendo que su peso descansase en un barril de roble. Los pasos se detuvieron y la escala empezó a crujir como si alguien subiese por ella. Simón contuvo la respiración, aunque no tenía ni idea de por qué se sentía tan asustado; si era descubierto, ello sólo implicaría más castigos, más palabras duras por parte de Raquel y comentarios airados. ¿Por qué se sentía como un conejo arrinconado por podencos?

El ruido de la escalera continuó y, por un momento, pareció que quienquiera que fuese iba a proseguir su ascensión hasta la gran habitación de encima... Finalmente los crujidos cesaron y se produjo un profundo silencio. Oyó un crujido y luego otro más, pero se dio cuenta, con súbito malestar en el estómago, de que los ruidos eran producidos por alguien que volvía a descender. Un golpe sordo le reveló que una figura invisible había bajado de la escala hasta el suelo del ropero y, de nuevo, volvió a hacerse el silencio, pero en esta ocasión la calma parecía estremecedora. Unas lentas pisadas se deslizaron por el interior del estrecho pasillo, hasta que se detuvieron justo enfrente del lugar escogido por Simón para esconderse. Con la escasa luz que le llegaba, el muchacho pudo ver unas botas negras, casi tan cerca de él que podía tocarlas; por encima de ellas colgaba el dobladillo negro de un manto escarlata. Era Pryrates.

Simón se acurrucó contra los sacos y rezó para que Aedón detuviera el pulso de su corazón, cuyos latidos le parecían truenos. Sintió que sus ojos se elevaban a pesar de su voluntad hasta que se encontró mirando entre los sacos tras los que se escondía. A través de la estrecha rendija pudo ver la desoladora faz del alquimista: durante un instante pareció que Pryrates lo miraba fijamente a los ojos, y casi gritó lleno de terror. Un momento después se dio cuenta de que no era así; los sombríos ojos del sacerdote miraban la pared, por encima de Simón. Parecía estar escuchando.

«Sal.»

Los labios de Pryrates no se habían movido, pero el chico oyó la voz tan clara como si se lo hubiera dicho al oído.

«Sal ahora mismo.»

El tono era firme, aunque razonable. Simón se avergonzó de su conducta; no había nada que *temer*. Era una chiquillada continuar allí escondido, en la oscuridad, cuando podía incorporarse y mostrarse, admitiendo la broma... Pero aun así...

«¿Dónde estás? Muéstrate.»

Justo cuando la tranquila voz que escuchaba lo había convencido de que nada sería tan fácil como mostrarse y hablar —estaba empezando a levantarse—, los negros ojos de Pryrates se deslizaron un momento a través de la oscura rendija por la que Simón observaba, y la mirada asesina que éste vio en ellos le hizo abandonar por completo cualquier intención de descubrirse, como una súbita nevada helaría un capullo de rosa. La mirada de Pryrates hirió los escondidos ojos del muchacho y una puerta se abrió en su corazón; la sombra de la destrucción llenó por completo el umbral.

Aquello *era* la muerte, y Simón lo supo. Sintió cómo se desmoronaba el suelo de la tumba bajo sus dedos retorcidos, el peso de la oscuridad y el sabor de tierra húmeda en la boca y los ojos. Ahora ya no había más voces, ninguna voz desprovista de pasión se abría camino en su cabeza, sólo un tirón; un algo intocable que tiraba de él hacia adelante, poco a poco. Un gusano de hielo se enroscó en su corazón mientras luchaba por resistirse; aquello era la muerte, que aguardaba… *su* propia muerte. Si hacía un ruido, la más mínima señal que indicase dónde estaba, nunca más volvería a ver el sol. Cerró los ojos con tanta fuerza que le dolieron las sienes; apretó los dientes y la lengua contra la acuciante necesidad de respirar. El silencio parecía sisear y palpitar. El tirón se hizo más fuerte, más intenso. Simón sintió como si se estuviese hundiendo poco a poco en las aplastantes profundidades del mar.

Un súbito aullido fue seguido por una imprecación de Pryrates. El intangible y asfixiante tirón había desaparecido; Simón abrió los ojos a tiempo para ver que una rápida sombra saltaba hasta el suelo, brincaba por encima de las botas del sacerdote y desaparecía rápidamente por la escotilla. La carcajada de sorpresa de Pryrates se esparció por la pequeña habitación, provocando un eco apagado.

—¿Un *gato*…?

Tras una pausa de una media docena de latidos del corazón de Simón, las negras botas dieron la vuelta y retrocedieron por el pasillo. Un instante después, Simón oyó crujir los peldaños de la escala. Continuó rígido, con la respiración intranquila y con todos los sentidos a flor de piel. Un sudor frío le penetró en los ojos, pero no levantó la mano para secarse; todavía no.

Finalmente, después de que hubieran pasado muchos minutos y de que los ruidos de la escala hubieron desaparecido, Simón se levantó con piernas temblorosas de los sacos que le habían dado refugio. ¡Rezó a Jesuris y dio las gracias al gato! Pero ¿qué podía hacer ahora? Había oído cómo se cerraba la escotilla de arriba y el sonido de los pasos de las botas sobre el techo superior, pero eso no quería decir que Pryrates se hubiera ido muy lejos. ¡Incluso levantar la pesada puerta y mirar significaba un gran riesgo! Si el sacerdote todavía estaba en el trastero tenía todas las posibilidades de oírlo. ¿Cómo se las arreglaría para salir de allí?

Simón sabía que debía quedarse donde estaba, esperando en la oscuridad. Si el alquimista se encontraba en el piso superior, debía dejarle acabar con sus asuntos y esperar que se fuera. Aquél parecía ser el mejor plan; pero una parte de la naturaleza de Simón se rebeló. Una cosa era estar asustado —y Pryrates lo había asustado tontamente— y otra muy distinta pasar toda la tarde encerrado en un oscuro cuartucho y sufrir los castigos que le aguardaban, cuando el sacerdote ya casi debía de encontrarse de regreso a su nido de águilas en la Torre de Hjeldin.

«Además, no creo que *en realidad* hubiera podido hacerme salir… Lo que pasa es que estaba tan asustado que casi me muero…»

El recuerdo del perro con el lomo partido se agitó en su mente. Simón trató de ahogarlo en el fondo de la memoria y se pasó un buen rato respirando profundamente.

¿Y qué le había pasado al gato que lo había salvado de ser atrapado? *Atrapado;* la imagen de los negros y hundidos ojos de Pryrates no lo abandonaba; no *eran* un producto de la fantasía. ¿Adónde había ido el animal? Si había escapado hacia el piso inferior, sin duda estaría atrapado y nunca podría encontrar el camino de regreso sin la ayuda de Simón. Se trataba de una deuda de honor.

Al moverse hacia adelante vio un débil resplandor que escapaba por la rendija de una escotilla en el suelo. ¿Habría allí una antorcha encendida? ¿O tal vez había algún camino de salida, un pasadizo que iba a parar a uno de los bastiones inferiores?

Tras escuchar en silencio durante unos instantes lo que ocurría bajo la escotilla para asegurarse de que esta vez no sería sorprendido por nadie, Simón descendió con cautela por la escala. Una oleada de aire frío agitó su túnica y le puso la carne de gallina; se mordió los labios y dudó, luego se decidió a continuar.

En lugar de llegar enseguida al suelo del piso inferior, el muchacho se dio cuenta de que seguía bajando. Al principio la única luz que percibía venía de la parte de abajo, como si descendiera por una especie de cuello de botella. Poco después la iluminación se hizo más general, y al cabo de un poco más su descenso se encontró con la resistencia del suelo. Tocó madera a un lado de la escalera con la punta del pie: había llegado al suelo. Descendió del todo y vio que la escala ya no continuaba más abajo, el extremo inferior terminaba allí. La única fuente de luz que existía en la cámara —con la escotilla de arriba del todo cerrada— era un extraño y luminoso rectángulo que brillaba en la pared más alejada; se trataba de una puerta como envuelta en bruma pintada en la pared y que emitía una irregular luz amarillenta.

Simón, para curarse de espanto, hizo el signo del Árbol mientras miraba a su alrededor. El resto de la habitación contenía únicamente un poste roto y otras piezas estropeadas que formaban parte de un equipo de torneo. Aunque las alargadas sombras de la estancia dejaban muchos rincones totalmente a oscuras, el muchacho no vio nada que pudiera interesar a un hombre como Pryrates. Se movió hacia la brillante forma de la pared con las manos extendidas; las cinco siluetas de sus dedos aparecían perfiladas sobre una luz ambarina. El brillante rectángulo pareció llamear de repente, para después debilitarse y desaparecer, dejando sobre toda la habitación un manto de absoluta negrura.

Simón estaba solo en la oscuridad. No se distinguía ningún sonido excepto el de su propia sangre zumbándole en los oídos, como un distante océano. Dio un cauteloso paso hacia adelante; el ruido del zapato al arrastrarse por el suelo llenó el vacío durante un instante. Dio otro paso, luego otro más; los dedos extendidos sintieron la fría piedra…, y algo más: extrañas y apenas perceptibles líneas de calor. A continuación se arrodilló ante la pared.

«Ahora ya sé lo que se siente al estar en el fondo de un pozo. Sólo espero que nadie empiece a tirar piedras desde arriba.»

Al sentarse para pensar en lo que haría a continuación, oyó un débil rumor de movimiento. Algo saltó sobre su pecho y le dio un susto. Cuando gritó, el contacto ya había desaparecido, pero regresó un momento después. Algo jugueteaba con su túnica… y ronroneaba.

—¡Gato! —murmuró.

«Me salvaste, ¿sabes?» Simón acarició la invisible forma. «Cálmate. Es difícil saber dónde tienes la cabeza si te retuerces de esa manera. Es verdad, me salvaste, y voy a sacarte de este agujero en el que te has metido.»

—Claro que yo también me he metido en el mismo agujero —dijo Simón, en voz alta. Cogió la forma peluda y la colocó sobre la túnica. El ronroneo del gato se hizo más evidente cuando estuvo apoyado sobre el cálido estómago del chico—. Ya sé lo que era aquello que brillaba —susurró—. Una puerta. Era una puerta mágica.

También era la puerta mágica de Pryrates, y Morgenes lo desollaría por acercarse a ella; pero Simón sintió una cierta indignación cabezota. Después de todo, aquél también era *su* castillo, y los trasteros no pertenecían a ningún sacerdote advenedizo, aunque fuese temido. En cualquier caso, si volvía a subir por la escala y Pryrates estaba allí… Bueno, incluso el recobrado orgullo de Simón le permitió especular sobre lo que pasaría en ese caso. Así que, o se sentaba durante toda la noche en el fondo de un pozo de oscuridad, o…

Extendió la mano sobre la pared y la deslizó por las frías piedras hasta que volvió a encontrar cálidas estrías. Las recorrió con los dedos y cayó en la cuenta de que se correspondían con la forma rectangular que había visto. Puso las manos en el centro y trató de apretar, pero sólo encontró la sólida resistencia de la piedra. Volvió a intentarlo y empujó con tanta fuerza como pudo reunir; el gato se agitó nervioso bajo la camisa. No sucedió nada. Se inclinó para recobrar el aliento y volvió a notar el calor que salía por las rendijas, bajo sus manos. Una súbita visión de Pryrates —esperando en la oscuridad, por encima de su cabeza, como una araña, con una sonrisa cruzando su huesudo rostro— hizo que el corazón de Simón se desbocase.

—¡Por Elysia, Madre de Dios, ábrete! —murmuró, sin esperanza y con las palmas de las manos resbaladizas a causa del sudor frío que le provocaba el miedo—. ¡Ábrete!

La piedra se fue calentando más, hasta quemar, lo que forzó a Simón a apartarse. Una línea dorada se formó en la pared, ante él, y corrió como un torrente de metal fundido, hasta que ambos extremos se unieron. Allí estaba la puerta, refulgiendo. Simón sólo tuvo que alzar la mano y tocarla con un dedo para que la línea se volviera aún más brillante. Las rendijas se hicieron más visibles, a lo largo de toda la silueta. Colocó con mucho cuidado los dedos sobre un borde y tiró hacia sí; una puerta de piedra se abrió silenciosa hacia afuera, llenando de luz la habitación.

Le llevó unos instantes adaptar sus ojos al baño de luz. Tras la puerta se extendía un corredor de piedra que desaparecía tras una esquina, excavado directamente sobre la áspera roca del castillo. Una antorcha ardía en un tedero sobre la pared, en el interior del pasadizo; aquello era lo que lo había deslumbrado. Se puso en pie, y sintió el agradable peso del gato en el interior de la camisa.

¿Habría dejado Pryrates arder una antorcha si no pensase volver? ¿Y qué era aquel extraño pasadizo? Simón recordó que Morgenes le había dicho algo sobre unas viejas ruinas sitha bajo el castillo. Desde luego, aquél parecía ser un trabajo muy antiguo, pero demasiado basto en comparación con la pulida delicadeza de la Torre del Ángel Verde. Decidió hacer una rápida inspección; si el corredor no llevaba a ninguna parte, no le quedaría más remedio que subir por la escala.

Las rugosas paredes de piedra del túnel estaban húmedas y mojadas. Mientras Simón entraba pisando sin hacer ruido, escuchó un sonido apagado a través de la piedra.

«Debo de estar bajo el nivel del Kynslagh. Por eso las piedras, el aire y todo es tan húmedo.» Como para confirmar sus pensamientos, sintió que le entraba agua por las costuras de los zapatos.

Ahora el corredor volvía a girar, continuando su descenso. La ya difusa luz de la antorcha de la entrada se vio aumentada por otra nueva fuente de luminosidad. Al dar la vuelta al último recodo del pasillo, fue a parar a un piso elevado y ancho que acababa a unos diez pasos, en una pared de granito. Otra antorcha ardía allí en un soporte.

Dos oscuros agujeros aparecieron en la pared que quedaba a la izquierda de Simón; al final, justo tras ellos, había lo que parecía ser otra puerta, casi levantada al final del corredor. El agua salpicaba cerca de las punteras de sus zapatos y Simón se adelantó unos pasos.

Los dos primeros espacios negros tenían el aspecto de haber sido cámaras de algún tipo —más bien celdas—, pero sus puertas astilladas colgaban fuera de los goznes; la luz temblorosa de la antorcha no revelaba nada en su interior, aparte de sombras. Un olor a humedad podía ser percibido en los abandonados agujeros, y Simón pronto los pasó de largo para detenerse frente a la puerta del fondo. El gato escondido le hizo cosquillas con sus garras, que no querían hacerle daño, mientras examinaba la plana y pesada hoja de la puerta a la difusa luz de la antorcha.

¿Qué habría detrás? ¿Otra cámara en estado de abandono o un corredor que llevaba aún más lejos en el interior de la piedra embestida por el agua? ¿O tal vez fuese la cámara secreta del tesoro de Pryrates, a cubierto de todas las miradas indiscretas...? Bueno, *de casi* todas las miradas indiscretas...

En mitad de la puerta se encontraba fijada una placa de metal. Simón no podía asegurar si se trataba de un pestillo o de la tapa de un agujero para mirar. Trató de moverla, pero el oxidado metal no se desplazó, y el muchacho se retiró con marcas rojas en los dedos. Buscó a su alrededor y encontró un trozo de bisagra rota que reposaba junto al marco abierto de su izquierda. Lo cogió y lo apretó contra la pieza metálica de la puerta, hasta que, con un chasquido, la placa pareció levantarse de mala gana sobre una oxidada y herrumbrosa bisagra. Simón echó una rápida mirada por el corredor y se mantuvo un momento en silencio para ver si oía el rumor de pasos; después se inclinó hacia la puerta y miró a través del agujero de la madera.

Para su sorpresa, unos cuantos manojos de cañas ardían en un soporte que había en la cámara; la idea de que había encontrado la cámara secreta de Pryrates desapareció de inmediato de su cabeza, barrida por el aspecto húmedo del suelo cubierto de paja y las desnudas paredes. Había *algo* en el extremo más alejado de la cámara, sí..., un bulto oscuro.

Un sonido metálico hizo que Simón se volviese sorprendido. El miedo lo inundó mientras miraba a su alrededor con frenesí, esperando oír en cualquier momento el sonido de las pisadas de unas botas negras sobre el suelo del pasillo. El ruido volvió a dejarse oír; con sorpresa,

Simón se dio cuenta de que procedía de más allá de la puerta de la cámara que ya había inspeccionado. Volvió a mirar por el agujero hacia las sombras.

Algo se movía al otro lado de la habitación, una sombra oscura, y, mientras se arrastraba lentamente hacia un lado, el sonido metálico volvió a hacerse presente en el pequeño espacio. La forma envuelta en la oscuridad levantó la cabeza.

Simón se atragantó y retrocedió, abandonando el agujero como si le hubiesen abofeteado el rostro. Durante un instante pensó que la tierra se movía a sus pies, como si al levantar un objeto familiar hubiese descubierto que debajo se arrastraba algo podrido...

La cosa encadenada que lo había mirado, la cosa con ojos desquiciados... era el príncipe Josua.

12

Seis gorriones

Simón salió corriendo por el patio de los comunes. Sus pensamientos se le amontonaban en la cabeza como una multitud ensordecedora. Tenía deseos de esconderse, de correr, de huir. Quería gritar la terrible verdad y reírse a carcajadas, llevarse a la gente del castillo saltando y tropezando hasta estar fuera de las puertas, ¡pero ellos no sabían nada! *¡Nada!* Simón quería aullar y patalear, pero no podía liberar su corazón de la terrible sensación de miedo que le habían inspirado los ojos de corneja de Pryrates. ¿Qué podía hacer? ¿Quién lo ayudaría a volver a poner el mundo a derechas?

Morgenes.

Mientras Simón corría arrastrando los pies a través del ya oscuro patio de los comunes, la enigmática y tranquila faz del doctor apareció en sus pensamientos, apartando de él el mortífero semblante del sacerdote y la sombra encadenada en la mazmorra de abajo.

Sin otro pensamiento consciente atravesó las puertas negras de la Torre de Hjeldin y subió las escaleras de la Cancillería. En pocos instantes atravesó los largos vestíbulos y dio un tirón para abrir la puerta de la prohibida Torre del Ángel Verde. Tan imperiosa era su necesidad de llegar a las estancias del doctor, que si Barnabás, el sacristán, hubiera estado allí esperándolo. Simón se habría convertido en mercurio entre las manos del hombre. Una gran oleada de viento lo invadía, inflamando su prisa, empujándolo hacia adelante. Antes de que la puerta lateral de la torre se hubiese vuelto a cerrar, el muchacho ya estaba en el puente levadizo, y segundos después llamaba a la puerta de Morgenes. Un par de guardias erkynos levantaron la mirada y acto seguido volvieron a jugar a los dados.

—¡Doctor! ¡Doctor! ¡Doctor! —gritó Simón, mientras aporreaba la puerta como un tonelero demente.

El anciano apareció rápidamente; sus pies estaban descalzos y sus ojos denotaban alarma.

—¡Por los cuernos de Cryunnos, muchacho! ¿Es que te has vuelto loco? ¿Te has tragado algún abejorro?

Simón empujó a Morgenes al entrar, sin pronunciar una sola palabra a modo de explicación, y atravesó el corredor. Se quedó respirando con dificultad ante la puerta interior mientras el sabio llegaba tras él. Tras un momento de perspicaz inspección, Morgenes abrió y ambos entraron.

El doctor no hizo más que cerrar la puerta y Simón empezó a explicar la historia de su expedición y sus resultados. El anciano encendió un pequeño fuego y puso una jarra de fuerte vino a calentar en un cazo. Morgenes escuchaba mientras trabajaba; de vez en cuando, y con mucho cuidado, hacía una pregunta que detenía la parrafada del chico, como un hombre que tuviera que coger un palo de una jaula de un oso. Meneó la cabeza, reflexivo, y le alargó al joven una copa de vino caliente con especias; después se sentó con su propia taza en una silla de respaldo alto. Se había puesto unas zapatillas en sus finos y blancos pies; cuando se sentó con las piernas cruzadas sobre el cojín de la silla, la túnica verde se arrugó por encima de sus huesudas espinillas.

—...Yo *sé* que no debería haber tocado la puerta mágica, doctor. Lo sé, pero lo hice..., ¡y era Josua! Lo siento, eso y explicar las cosas sin ningún orden, ¡pero estoy seguro de haberlo visto! ¡Llevaba barba, creo, y tenía un aspecto horrible..., pero era él!

Morgenes sorbió el vino y se limpió los pelos de la barba con una larga manga.

—Te creo, muchacho —dijo—. Desearía no hacerlo, pero todo tiene un maldito sentido. Confirma una extraña información que he recibido.

—Pero ¿qué es lo que haremos? —preguntó Simón, casi con un grito—. ¡Casi está muerto! ¿Es Elías el que le ha hecho eso? ¿Lo sabrá el rey?

—La verdad es que no puedo asegurarlo; lo que es cierto es que *Pryrates* lo sabe.

El doctor dejó la taza de vino en el suelo y se levantó. El último rayo de sol de la tarde enrojecía las estrechas ventanas por detrás de la cabeza de Morgenes.

—Y en cuanto a lo que haremos —prosiguió—, lo primero será que te vayas a cenar.

—¿*Cenar?* —dijo Simón, sorprendido, y se le derramó el vino por la túnica—. ¿Con el príncipe Josua…?

—Sí, muchacho, eso es lo que he dicho, a cenar. No podemos hacer nada en este preciso instante, y necesito tiempo para pensar. Si no vas a cenar, levantarás sospechas, aunque no muy grandes, y ello contribuirá a que ocurra lo que precisamente no necesitamos: atraer la atención. No, vete y cena…, y mientras comes, mantén la boca cerrada. ¿Lo harás?

La cena pareció durar tanto como el deshielo en primavera. Apretado entre pinches que gritaban mientras masticaban, a Simón el corazón le latía al doble de velocidad de lo normal, pero se resistió al impulso de repartir golpes a diestro y siniestro, y tirar copas y vajilla por el suelo recién fregado. Las conversaciones lo ponían furioso a causa de su irre-levancia, y el pastel de pastor que preparó Judit especialmente para la Fiesta de Belthainn[4] le pareció tan incomestible y falto de sabor como si fuese de madera.

Raquel observaba su inquietud con descontento desde su asiento a la cabecera de la mesa. Cuando Simón hubo permanecido sentado tan-to tiempo como pudo aguantar y se levantó para presentar sus excusas, la mujer lo siguió hasta la puerta.

—¡Lo siento, Raquel, tengo prisa! —dijo, con la esperanza de ahorrar-se el discurso que ella parecía tenerle reservado—. El doctor Morgenes tiene algo muy importante que hacer y quiere que yo lo ayude. ¿Puedo?

Durante un instante, el Dragón dio la impresión de ir a cogerlo de la oreja y devolverlo a la mesa por la fuerza, pero algo en el rostro y en la voz de Simón pareció convencerla; incluso el joven tuvo la impresión de que por un momento ella había sonreído.

—De acuerdo, muchacho, por esta vez, pero tendrás que darle las gracias a Judit por ese delicioso trozo de pastel antes de irte. Ha traba-jado en él durante toda la tarde.

Simón se dirigió a la mujer, que estaba en su propia mesa. Las rolli-zas mejillas de la cocinera enrojecieron de forma deliciosa cuando él le agradeció sus atenciones.

4. Fiesta de Belthainn: véase el Apéndice.

Cuando salía corriendo hacia la puerta, Raquel se le acercó y lo cogió de una manga. Simón se detuvo, se dio la vuelta y, cuando iba a abrir la boca para quejarse, ella le dijo:

—Tienes que calmarte y ser cuidadoso, desastre de muchacho. Nada es lo suficientemente importante como para que te mates por intentar llegar allí.

Raquel le dio unas palmadas en el brazo y lo dejó marchar; el chico atravesó la puerta y desapareció mientras ella lo observaba.

Cuando llegó al pozo, Simón ya se había abrochado las ropas y la capa. Morgenes todavía no había venido, así que el muchacho se puso a caminar impaciente a lo largo de las densas sombras del comedor, hasta que una suave voz que oyó a la altura del codo le hizo dar un respingo de sorpresa.

—Discúlpame por haberte hecho esperar, muchacho, pero es que llegó Inch y perdí un maldito tiempo tratando de convencerlo de que ya no lo necesitaría.

El doctor se echó la capucha por encima, ocultando el rostro.

—¿Cómo os habéis podido acercar de forma tan silenciosa? —preguntó el chico, con un murmullo calcado del emitido por el anciano.

—Todavía *puedo* hacer algunas cosillas, Simón —dijo el doctor, con un tono de voz ofendido—; soy viejo, pero todavía no estoy moribundo.

Simón no sabía lo que quería decir «moribundo», pero captó la idea general.

—Perdonadme —siseó.

Ambos recorrieron el camino a través del comedor hasta llegar al primer trastero, en donde Morgenes hizo aparecer una esfera de cristal del tamaño de una manzana. Al frotarla apareció una chispa en el centro, que fue haciéndose más brillante hasta que iluminó los barriles y bultos con una suave luz de color miel. El anciano cubrió la mitad de la bola con la manga y alargó la mano en la que la sostenía para que les iluminase el camino mientras andaban a través de los artículos empaquetados.

La escotilla estaba cerrada; Simón no recordaba si la había cerrado él mismo en su alocada carrera. Bajaron por la escala con mucho cuidado; el muchacho iba en primer lugar, mientras Morgenes, por encima de él, observaba el camino con la brillante esfera. El aprendiz señaló el cartucho en el que Pryrates casi lo captura. Lo pasaron de largo y siguieron hacia el piso de abajo.

La habitación que se encontraba en el nivel más bajo aparecía tan descuidada como antes, pero la puerta que conducía al pasadizo de piedra aparecía cerrada. Simón estaba seguro de no haberlo hecho, y así se lo comunicó a Morgenes, pero el hombrecillo movió la mano y fue en dirección a la pared; encontró el lugar en el que se hallaba la grieta, según las indicaciones del joven, murmuró algunas palabras en voz baja, pero la franja de calor continuó sin aparecer. Mientras el doctor seguía junto a la pared en lo que parecía ser un diálogo consigo mismo, Simón pareció cansarse de estar apoyado ora en un pie ora en el otro y se agachó junto a él.

—¿No podéis decir algo mágico y abrirla? —preguntó el muchacho.

—¡No! —susurró Morgenes—. Un hombre sabio nunca, repito *nunca* usa el Arte cuando no lo necesita; sobre todo cuando trata con otro adepto, como nuestro padre Pryrates. Sería como dejar mi nombre escrito sobre la pared.

Cuando Simón se incorporó y frunció el entrecejo, el doctor colocó la mano izquierda en medio de la zona en la que había estado la puerta; palpó durante unos instantes la superficie y luego dio un golpe con la palma de la mano derecha. La puerta apareció y se abrió, inundando la habitación con luz proveniente de la antorcha. El anciano se introdujo por ella y ocultó la lámpara de cristal en el interior de su voluminosa manga, para después extraer un bolso de cuero.

—Ah, Simón, muchacho —sonrió—, qué ladrón hubiera podido ser. No se trataba de una puerta mágica, sólo había sido escondida a través del uso del Arte. ¡Entra, vamos!

A continuación penetraron por el húmedo corredor de piedra.

Sus pasos provocaban ecos según avanzaban hacia el final del pasillo y llegaban a la puerta cerrada. Tras examinar durante unos instantes la cerradura, Morgenes se acercó a la mirilla y echó una ojeada en el interior.

—Creo que tienes razón, chaval —siseó—. ¡Por la Tibia del Nuanni! Aunque hubiese preferido que no fuese así. —El doctor volvió a investigar la cerradura—. Ve ahora hasta el final del pasillo y mantén los ojos abiertos, ¿de acuerdo?

Mientras Simón estaba de guardia, Morgenes revolvió en el interior de la bolsa de cuero hasta que extrajo una larga aguja con un mango de madera. Se la mostró al chico con alegría en el rostro.

—Una ganzúa de Naraxi. ¡Sabía que un día me sería de utilidad!

Morgenes la introdujo en el agujero de la cerradura y pareció que entraba, aunque le sobraba bastante espacio. El anciano removió su artilugio a la vez que sacaba un pequeño frasco de la bolsa, que destapó con los dientes. Mientras Simón lo observaba, fascinado, levantó el frasco y vertió una oscura y viscosa sustancia a lo largo de la aguja; después, colocó ésta de nuevo en el agujero de la cerradura.

Morgenes retorció la ganzúa durante unos instantes, después retrocedió y empezó a contarse los dedos. Cuando hubo contado ambas manos tres veces cada una, agarró la delgada manija e intentó hacerla girar. Pero luego, con una mueca, volvió a dejarla.

—Ven aquí, Simón. Necesito tus fuertes y jóvenes brazos.

Bajo las indicaciones del doctor, el chico agarró la extraña herramienta por el mango y empezó a hacerle dar vueltas. Durante unos instantes le resbalaron las sudadas palmas sobre la madera pulida; volvió a cogerla, y tras un pequeño intervalo sintió un crujido en el interior de la cerradura. Un segundo después oyó cómo se abría el pestillo. Morgenes asintió con la cabeza y Simón empujó la puerta con los hombros para abrirla.

Las cañas que ardían en un hueco de la pared ya sólo emitían una débil luz.

Cuando el doctor y Simón se aproximaron, vieron que la figura encadenada al fondo de la celda levantaba la mirada y sus ojos se hacían más grandes, como si los hubiese reconocido. La boca de la figura se movió, pero sólo emitió una especie de suspiro entrecortado. El olor de la mojada paja sucia era insoportable.

—Oh…, oh…, mi pobre príncipe Josua —dijo Morgenes.

El sabio le echó un rápido vistazo a las argollas de Josua; Simón sólo podía mirarlo. Se sentía impotente ante el curso de los acontecimientos, como si viviese un sueño.

Morgenes susurraba algo al oído del príncipe. El doctor había vuelto a extraer el bolso de piel y de su interior sacó un potecito, del tipo de los que usaban las damas para pintarse los labios. Frotó enérgicamente su contenido, primero en una palma y luego en la otra, mientras una vez más miraba las ligaduras de Josua. Ambos brazos aparecían encadenados a un gran anillo de hierro sujeto a la pared; una argolla encadenaba una mano, y el brazo manco aparecía ligado en el flaco antebrazo del príncipe.

Morgenes acabó de frotarse las manos y le pasó a Simón el bote y el bolso.

—Ahora, sé un buen muchacho —dijo—, y cúbrete los ojos. Cambié un volumen forrado en seda del *Plesinnen Myrmenis,* el único existente al norte de Perdruin, para aprender a hacer esto. Espero que…, Simón, *cúbrete* los ojos…

Cuando el joven levantó las manos para obedecer la indicación, vio que Morgenes se acercaba al anillo de hierro que sujetaba las cadenas del príncipe Josua. Un instante después, una explosión de luz pareció atravesar los entrelazados dedos de Simón, acompañada de un estruendo parecido al golpear de un martillo sobre una placa de pizarra.

El chico se atrevió a mirar y vio al príncipe Josua tendido en el suelo, hecho un ovillo con sus cadenas, y a Morgenes arrodillado a su lado y con las palmas de las manos humeantes. La argolla de la pared se veía ennegrecida y doblada como un pastel de centeno quemado.

—¡Fu! —respiró el doctor—. Espero…, espero… que nunca tenga que volver a hacerlo. ¿Puedes levantar al príncipe, Simón? Yo me encuentro muy débil.

Josua se dio la vuelta poco a poco y miró a su alrededor.

—Creo… que… podré caminar. Pryrates… me hizo tomar algo.

—Tonterías —respondió Morgenes, que respiró profundamente y se puso en pie—. Simón es un muchacho fuerte; ¡vamos, chico, no te quedes ahí mirando las musarañas! ¡Levántalo!

Después de intentarlo durante unos instantes, Simón se las arregló para coger los restos de las cadenas de Josua que todavía colgaban de su muñeca y brazo, y enrollarlas a la cintura del príncipe. Después, con la ayuda de Morgenes, lo levantó como si cogiese a un niño a cuestas. Se incorporó y trató de tomar una bocanada de aire. Por unos instantes temió no poder aguantar el peso, pero con un pequeño balanceo colocó a Josua más arriba en su espalda y se dio cuenta de que incluso con el peso adicional de las cadenas no le resultaría imposible.

—Borra esa tonta sonrisa de la cara, Simón —dijo el doctor—. Todavía tenemos que subirlo por la escala.

De alguna forma se las arreglaron. Simón gruñía y casi lloraba a causa del esfuerzo que suponía subir a Josua por los peldaños, mientras Morgenes empujaba desde abajo y murmuraba frases de ánimo. Fue una lenta y angustiosa subida, pero al final consiguieron alcanzar el suelo del almacén principal. El doctor se puso a caminar mientras Simón se apoyaba contra un fardo para descansar, con el príncipe todavía colgado de su espalda.

—En alguna parte, en alguna parte… —murmuraba Morgenes, caminando entre los barriles y paquetes. Cuando llegó a la pared sur de la habitación, con la esfera luminosa ante él, empezó a buscar con fervor.

—¿Qué…? —quiso preguntar Simón, pero el doctor lo silenció con un gesto.

Mientras lo veía aparecer y desaparecer por entre las montañas de bultos, el muchacho sintió un contacto muy suave sobre su cabello. El príncipe le daba leves palmadas en la cabeza.

—Real. *¡Real!*—dijo Josua.

Simón sintió que algo húmedo le bajaba por el cuello.

—¡Lo encontré! —oyó que susurraba en tono de triunfo Morgenes—. ¡Ven! —le dijo el doctor.

Simón se incorporó, se tambaleó un poco y avanzó con el príncipe todavía en su espalda. El anciano se encontraba junto a una desnuda pared de piedra, y señalaba hacia una pirámide de barriles. La lámpara de cristal le otorgaba lo que parecía la sombra de un gigante.

—¿Qué habéis encontrado? —Simón sujetó bien al príncipe y miró—. ¿Barriles?

—¡Eso es! —cacareó el sabio, y con un ademán, giró un cuarto de vuelta el borde redondeado del barril superior. Aquella cara se abrió como si se tratase de una puerta y reveló una cavernosa oscuridad en su interior.

Simón miró lleno de desconfianza.

—¿Qué es eso? —preguntó.

—Un pasadizo, tonto.

Morgenes lo cogió del codo y lo condujo hasta el barril abierto.

—El castillo está perforado con esta clase de pasadizos.

Simón se detuvo y frunció el entrecejo, mientras miraba las profundas oscuridades que se extendían más allá del umbral.

—¿Hay que entrar ahí?

El doctor asintió. El muchacho, que se había dado cuenta de que no podría entrar, debido a la reducida altura de la tapa de la cuba, se arrodilló para introducirse dentro, con el príncipe montado sobre su espalda, como si el chico fuese un poni de festival.

—No sabía que existía este tipo de pasadizos en los almacenes —dijo, y su voz produjo un eco en el interior del barril.

El joven se inclinó para que la cabeza de Josua pasase por el quicio de la entrada.

—Simón, hay más cosas que tú *no* sabes y que yo *sí* sé. Me desespera la diferencia existente. Ahora cierra la boca y démonos prisa.

Pudieron llegar al otro extremo. La bola de Morgenes les mostró un largo y anguloso corredor, que pasaría inadvertido si no fuese por la fabulosa acumulación de polvo.

—¡Ah, Simón! —exclamó el doctor, mientras seguían hacia adelante—, sólo desearía tener el tiempo suficiente para mostrarte unas cuantas de las habitaciones por las que atraviesa este pasadizo; algunas eran las cámaras de una muy grande y hermosa dama que usaba este corredor para acudir a sus secretas citas amorosas. —El anciano miró a Josua, cuyo rostro descansaba sobre el cuello de Simón—. Ahora está dormido —murmuró Morgenes—, del todo.

El pasillo subía y bajaba, giraba a uno y otro lado. Pasaron junto a muchas puertas cuyos cerrojos aparecían enmohecidos y junto a otras que los tenían relucientes como una moneda nueva. Pasaron junto a una serie de ventanucos a través de los cuales Simón se sorprendió al ver a los centinelas del muro occidental, con sus siluetas enmarcadas contra el cielo. Las nubes aparecían teñidas de un débil color rosa donde el sol había desaparecido.

«Debemos de estar por encima del comedor —pensó Simón, maravillado—. ¿Cuándo habremos subido tanto?»

Ya estaban a punto de desfallecer exhaustos, cuando Morgenes se detuvo. En aquella parte del corredor no existían puertas, sólo tapices. El doctor levantó uno que reveló una puerta de áspera madera. Posó la oreja contra ella y escuchó durante unos instantes; después la abrió.

—El Salón de los Archivos —Morgenes señaló hacia el vestíbulo iluminado por antorchas que se veía a corta distancia—, a tan sólo unos… cientos de pasos de mis estancias…

Cuando Simón y su pasajero salieron, el anciano dejó que la puerta se cerrase tras de ellos; ésta lo hizo con un autoritario portazo. El muchacho miró a sus espaldas pero no consiguió distinguir la entrada de los demás paneles de madera que se alineaban por el muro del corredor.

Sólo quedaba una pequeña distancia que recorrer a cielo abierto, una relativamente rápida carrera desde la puerta más oriental del Salón de los Archivos, a través del patio de los comunes.

Cuando se lanzaron a través de la hierba ensombrecida, tan arrimados a los muros como podían sin llegar a tropezar en las enredaderas, Simón creyó ver un movimiento entre las sombras de la pared del otro extremo del patio; algo grande que se deslizaba con sigilo, como si observase su paso, una familiar forma de hombros abultados. La luz del sol se apagaba con rapidez y el muchacho no pudo asegurar que no se trataba de una mancha más que se movía frente a sus ojos.

Simón sentía una punzada en uno de los costados, como si alguien le cogiese las costillas con una de las tenazas de fundición de Rubén. Morgenes, que iba en cabeza, abrió la puerta. Simón entró casi a la carrera, depositó su carga en el suelo, con extremo cuidado, y se dejó caer cuan largo era sobre las frías losas, sudoroso y sin aliento. El mundo parecía girar a su alrededor en una danza alocada.

—Alteza, bebed esto…, así —oyó que decía el anciano.

Al cabo de un rato volvió a abrir los ojos y se incorporó sobre un codo. Josua estaba sentado apoyado contra la pared; Morgenes se inclinaba sobre él con una jarra de cerámica verde.

—¿Mejor? —preguntó el doctor.

El príncipe asintió débilmente.

—Me encuentro mejor. Ese licor tiene casi el mismo sabor que el que me dio Pryrates…, aunque no es tan amargo. Dijeron que me debilitaba con demasiada rapidez…, y que me necesitarían esta noche.

—¿Necesitaros? No me gusta cómo suena eso, no me gusta nada de nada.

Morgenes llevó la jarra hasta donde se encontraba Simón. La bebida era algo amarga de gusto pero calentaba. El doctor echó una ojeada al otro lado de la puerta y luego la cerró y corrió el cerrojo.

—Mañana es el Día de Belthainn, el primero de maya —dijo el doctor—. Esta noche…, esta noche es una noche muy mala, alteza. La llaman la «Noche Empedrada».

Simón sintió que el licor del anciano lo calentaba placenteramente al bajarle hasta el estómago. El dolor de sus articulaciones disminuyó, como si un pedazo de tela retorcida hubiera sido aflojado una o dos vueltas. Se sentó, con una sensación de vértigo en la cabeza.

—Me parece una mala señal que os «necesiten» en una noche como ésta —repitió Morgenes—. Temo que ocurran cosas incluso peores que el encarcelamiento del hermano del rey.

—Eso ya ha sido bastante malo para mí. —Una sonrisa llena de ironía cruzó las desvaídas facciones de Josua, para desaparecer a continuación y ser sustituida por una mueca de dolor—. Morgenes —dijo un momento después, con voz temblorosa—, esos…, esos bastardos hijos de puta mataron a mis hombres. Nos tendieron una emboscada.

El doctor levantó la mano como para coger al príncipe por el hombro, pero luego la bajó con dificultad.

—Lo creo, mi señor, lo creo. ¿Sabéis a ciencia cierta si vuestro hermano ha sido el responsable? ¿Puede haber actuado Pryrates por propia iniciativa?

Josua movió la cabeza lleno de cansancio.

—No lo sé. Los hombres que nos atacaron no llevaban distintivos, y nunca había visto a ninguno de ellos, excepto al sacerdote, antes de que me trajeran aquí… Pero me parece muy sorprendente que Pryrates hiciese algo así *sin* Elías.

—Eso es cierto.

—¿Pero por qué? ¿Por qué, malditos sean? No me interesa el poder, todo lo contrario. Vos lo sabéis, Morgenes. ¿Por qué lo habrán hecho?

—Mi señor, me temo no poder ofreceros las respuestas en este momento, pero sí debo deciros que todo esto va más allá en cuanto a confirmar mis sospechas sobre… otras cosas. Acerca de… cuestiones del norte. ¿Recordáis haber oído hablar de los Zorros Blancos? —El tono de voz del sabio era significativo, pero el príncipe sólo enarcó una ceja y no respondió—. Bien, en estos momentos no podemos perder ni un segundo hablando de mis temores. Tenemos poco tiempo, y debemos ocuparnos de cuestiones más inmediatas.

Morgenes ayudó a levantarse del suelo a Simón y después se puso a buscar algo. El joven se quedó mirando con timidez al príncipe Josua, que continuaba apoyado en la pared, con los ojos cerrados.

El doctor volvió con un martillo de cabeza redondeada, a causa del uso, y con un cincel.

—Rompe las cadenas de Josua; ¿podrás conseguirlo, muchacho? Yo tengo unas cuantas cosas que hacer —dijo el doctor, y volvió a alejarse.

—¿Alteza? —murmuró Simón en voz baja, y se acercó al príncipe.

Josua abrió los ojos y primero miró al joven; después, a las herramientas que llevaba. Asintió.

El chico se arrodilló junto a él y rompió mediante un par de fuertes golpes el cierre de la banda metálica que rodeaba el brazo derecho del príncipe. Cuando se movió para ponerse a la izquierda de Josua, éste volvió a abrir los ojos y depositó la mano sobre el brazo de Simón.

—En este lado quita sólo la cadena, muchacho. —Una sonrisa fantasmal apareció en su rostro—. Deja que conserve el grillete para que recuerde por ello a mi hermano. —El príncipe alargó el arrugado muñón de su muñeca derecha—. Tenemos una especie de cuenta pendiente.

Simón sintió frío de repente y tembló al apoyar el antebrazo izquierdo de Josua contra las losas de piedra. Mediante un único golpe cortó la cadena y dejó el grillete de hierro negro por encima de la mano.

Morgenes apareció con un fardo de ropas oscuras.

—Venid, debemos darnos prisa. Casi ha pasado una hora desde que oscureció, ¿y quién sabe cuándo irán a buscaros? He dejado la puerta tal y como estaba, pero eso no evitará que descubran vuestra ausencia.

—¿Qué podemos hacer? —preguntó el príncipe, al tiempo que se incorporaba con dificultad y Simón lo ayudaba a ponerse el gastado traje de campesino—. ¿En quién podemos confiar en este castillo?

—Por ahora, en nadie, al menos de momento. Por ello debéis huir a Naglimund. Sólo allí os encontraréis a salvo —contestó Morgenes.

—Naglimund... —Josua pareció contento—. Durante estos horribles meses he soñado tantas veces con mi hogar... ¡Pero no! Mostraré a la gente el engaño de mi hermano. ¡Encontraré fuertes brazos que me ayuden!

—No aquí... y no ahora. —La voz del doctor era firme, y sus brillantes ojos imponían respeto—. Volveríais a encontraros en un calabozo, y en esa ocasión pronto seríais decapitado en privado. ¿Es que no os dais cuenta? Debéis llegar a una plaza fuerte, donde estéis a salvo de la traición, antes de dar a conocer vuestras acusaciones. Muchos reyes han metido en prisión y asesinado a sus parientes; se necesita algo más que peleas familiares para excitar al populacho.

—De acuerdo —dijo Josua, todavía en un mar de dudas—; pero, aunque estéis en lo cierto, ¿cómo podría escapar? —Un ataque de tos hizo presa en él—. Las puertas del castillo, sin duda..., están..., están cerradas durante la noche. ¿Debo ir hasta la entrada disfrazado de juglar y tratar de cantar para conseguir que me dejen salir?

Morgenes sonrió. Simón estaba impresionado por el espíritu indómito del príncipe, cuando apenas hacía una hora estaba encadenado en una húmeda celda sin la más mínima esperanza de ser rescatado.

—Como veréis, no me habéis cogido desprevenido ante tal pregunta —respondió el doctor—. Observad, por favor.

El anciano caminó hasta el otro extremo de la larga estancia, hacia la esquina donde Simón lloró una vez, inclinado contra el áspero muro de piedra. Hizo un gesto señalando el mapa del firmamento, cuyas constelaciones conectadas entre sí conformaban un pájaro de cuatro alas. Apartó el mapa y detrás de él vieron un gran agujero cuadrado que se introducía en la roca, y que estaba cerrado mediante una puerta de madera.

—Como ya os he demostrado, Pryrates no es el único que posee puertas escondidas y pasadizos secretos —rió el doctor—. El padre Capa Roja es un recién llegado y todavía tiene mucho que aprender sobre el castillo que ha sido *mi* hogar durante más tiempo del que vosotros dos podáis imaginar.

Simón se encontraba presa de tal excitación que apenas pudo mantenerse en pie, pero la expresión de Josua mostraba dudas.

—¿Adónde conduce, Morgenes? —preguntó el príncipe—. No me resultaría muy beneficioso escapar de la mazmorra de Elías para ir a parar al foso de Hayholt.

—No temáis. Este castillo está construido sobre un laberinto de cuevas y túneles, por no mencionar las ruinas del anterior castillo que reposa bajo nosotros. El laberinto es tan grande que ni siquiera yo conozco la mitad de él, pero sí lo suficiente como para aseguraros hasta dónde os conducirá. Venid conmigo.

Morgenes se llevó al príncipe, que descansaba sobre el brazo de Simón, junto a la mesa; el doctor había extendido un pergamino cuyos bordes estaban grises y desgastados a causa del paso del tiempo.

—¿Veis? —intervino el sabio—, no estuve ocioso mientras mi joven amigo, aquí presente, se fue a cenar. Éste es un plano de las catacumbas. Desde luego que sólo es parcial, pero en él aparece marcado el camino que habréis de tomar. Si seguís estas indicaciones cuidadosamente, os encontraréis de nuevo en cielo abierto un poco más allá del cementerio que hay a las afueras de los muros de Erchester. Estoy seguro que una vez allí, podréis hallar el camino que os conduzca hacia un lugar seguro al amparo de la noche.

Tras estudiar el mapa durante unos instantes, Morgenes se llevó aparte a Josua y ambos hombres mantuvieron una conversación en susurros. Simón, que se sentía un poco al margen, se puso a examinar el pergamino del doctor. Aquél había marcado el camino en brillante tinta roja; el muchacho casi se mareó al tratar de seguir los giros y vueltas.

Cuando ambos hombres acabaron la conversación, Josua recogió el mapa.

—Bien, viejo amigo —dijo—, si tengo que irme debo hacerlo lo antes posible. No sería muy inteligente por mi parte permanecer una hora más entre los muros de Hayholt. Pensaré con mucho cuidado en las demás cosas que me habéis dicho. —La mirada del príncipe recorrió la atestada habitación—. Lo único que temo es lo que os reportará vuestra valiente actuación.

—No hay nada que podáis hacer al respecto, Josua —replicó Morgenes—. No estoy del todo indefenso, todavía puedo emplear algunos trucos. Tan pronto como Simón me comunicó que os había encontrado, empecé a hacer algunos preparativos. Durante bastante tiempo he temido que viniesen por mí; todo esto no hará sino adelantarlo un poco. Tomad esta antorcha.

Mientras decía aquello, el pequeño doctor descolgó una antorcha de la pared y se la alargó al príncipe; luego le dio también un zurrón que colgaba de un gancho junto a aquélla.

—He puesto algo de comida para vos, al igual que un poco más del licor curativo. No es demasiado, pero debéis viajar ligero. Por favor, daos prisa. —Morgenes cogió el mapa de las constelaciones y lo descolgó de la puerta del pasadizo—. Avisadme tan pronto como os encontréis a salvo en Naglimund y a buen seguro que tendré más cosas que explicaros.

El príncipe asintió y se adentró lentamente por la boca del pasadizo. La llama de la antorcha empujó su sombra hacia las profundidades cuando éste se volvió.

—Nunca olvidaré esto, Morgenes —dijo—. Y tú, muchacho…, tú has realizado un acto valeroso en el día de hoy. Espero que ello sea el comienzo, algún día, de un nuevo futuro para ti.

Simón se arrodilló, embargado por la emoción que sentía. Josua tenía un aspecto cansado y ojeroso… El chico sintió orgullo, pesar y miedo, todo ello a la vez. Sus pensamientos estaban agitados.

—Que os vaya bien, Josua —añadió Morgenes, y posó una mano sobre el hombro de Simón. Juntos observaron cómo la antorcha del príncipe se hundía en el estrecho pasadizo hasta que fue tragada por la oscuridad. El doctor cerró la puerta y volvió a colgar el mapa en su lugar—. Vamos, Simón —dijo—, todavía nos queda mucho por hacer. Pyrates ha perdido a su huésped en esta «Noche Empedrada», y no creo que ello lo haga muy feliz.

Pasaron un rato en silencio. Simón balanceaba los pies desde su asiento en la mesa, asustado, pero, a pesar de ello, saboreando la tensión que llenaba las estancias y que ahora parecía pender sobre todo el castillo.

—La mayor parte de todo esto lo hice mientras estabas cenando, pero todavía tenemos que hacer algunas cosas más; hay que atar algunos cabos.

La explicación del anciano no le aclaró nada a Simón; sin embargo, las cosas sucedían a tal velocidad que incluso su naturaleza impaciente se veía satisfecha. Asintió y balanceó los pies durante unos instantes más.

—Bueno, supongo que esto es todo lo que puedo hacer por esta noche —dijo Morgenes—. Lo mejor que podrás hacer es irte a la cama. Vuelve mañana temprano, después de que hayas terminado tus labores.

—¿Labores? —se atragantó el chico—. ¿Labores? ¿Mañana?

—Claro que sí —cortó el doctor—. No creerás que va a suceder algo fuera de lo corriente, ¿verdad? ¿Es que crees que el rey va a anunciar: «Oh, a propósito, mi hermano escapó de la mazmorra ayer por la noche, así que hoy tomaremos el día libre e iremos a buscarlo»? No lo crees, ¿verdad?

—No, pe…

—…Y tú no irás a decir: «Raquel, no puedo realizar mis tareas porque Morgenes y yo estamos planeando una traición», ¿verdad que no?

—¡Pues claro que no…!

—Muy bien, entonces lo mejor que puedes hacer es acabar tus tareas y regresar tan pronto como puedas, y entonces valoraremos la situación. Todo esto es más peligroso de lo que te imaginas, Simón, pero me temo que, para bien o para mal, ahora formas parte de ello. Hubiera deseado mantenerte fuera de este…

—¿Fuera de qué? ¿Parte de *qué,* doctor?

—No te preocupes, muchacho. ¿Todavía no tienes bastante? Mañana trataré de explicarte todo lo que pueda, pero la «Noche Empedrada» no es la mejor ocasión para hablar de cosas como…

Las palabras de Morgenes fueron interrumpidas por unos fuertes golpes que provenían de la puerta exterior. Durante un instante, Simón y el doctor se miraron el uno al otro; tras una pausa los golpes volvieron a repetirse.

—¿Quién está ahí? —preguntó Morgenes, con una voz tan tranquila que Simón tuvo que volver a mirar la cara, llena de miedo, del anciano.

—Inch —replicaron desde el otro lado.

El doctor se tranquilizó visiblemente.

—Vete —respondió—. Ya te dije que esta noche no te necesitaría.

Se hizo un breve silencio.

—Doctor —susurró Simón—, me parece que vi a Inch antes…

La voz apagada volvió a elevarse.

—Creo que me he dejado algo… en vuestra habitación, doctor.

—Vuelve en otro momento —contestó Morgenes, y en esa ocasión su irritación era auténtica—. Estoy demasiado ocupado como para que me molestes ahora.

Simón volvió a dirigirse al anciano.

—Creo que lo vi cuando íbamos con Jos…

—¡¡Abrid esta puerta inmediatamente, en el nombre del rey!!

Simón sintió que se le retorcía el estómago de desesperación: aquella nueva voz no pertenecía a Inch.

—¡Por el Cocodrilo Menor! —maldijo Morgenes—, ese estúpido nos ha vendido. No creí que pudiera hacer una cosa así. *¡No me molestéis más!* —exclamó, y cogió la mesa para ir a apoyarla contra la puerta interior—. ¡Soy un anciano y necesito descansar!

El muchacho se incorporó para ayudarlo, con un sentimiento mezcla de terror y de una inexplicable euforia.

Una tercera voz vino a unirse a las dos anteriores, al otro lado de la puerta; una voz cruel.

—Vuestro descanso será largo en verdad, anciano.

Simón se tambaleó y casi se cayó al doblársele las rodillas. Pryrates estaba allí.

Un horrible ruido de crujidos empezó a oírse a través del pasillo interior cuando Simón y el doctor consiguieron por fin colocar la pesada mesa contra la puerta.

—Hachas —dijo el sabio, y empezó a rebuscar sobre la mesa.

—¡Doctor! —siseó el joven, que se movía arriba y abajo, lleno de miedo. El sonido de la madera partida retumbaba fuera de la habitación—. ¿Qué podemos hacer?

Simón se dio la vuelta para enfrentarse a una escena de locura.

Morgenes estaba de rodillas encima de la mesa, inclinado sobre un objeto que un instante después reconoció como una jaula de pájaros. El anciano tenía la cara junto a los delgados barrotes y parecía arrullar y murmurar algo a las criaturas de dentro; al mismo tiempo Simón oyó caer la puerta exterior.

—¡¿Qué hacéis?! —gritó.

Morgenes saltó abajo, y corrió por la habitación hasta llegar a la ventana. Al oír el grito de Simón se volvió para mirar, lleno de calma, al aterrorizado joven; después, sonrió con tristeza y movió la cabeza.

—Claro que sí, muchacho, también he pensado en ti, como le prometí a tu padre. ¡Qué poco tiempo tenemos!

El doctor dejó la jaula y volvió junto a la mesa, en cuya superficie desordenada empezó a rebuscar, justo cuando la puerta de la habitación se estremeció bajo el impacto de los pesados golpes. Podían oírse violentas voces y el sonido metálico de unas armaduras. Morgenes encontró lo que buscaba: una caja de madera. La abrió y dejó caer sobre las palmas de sus manos una cosa brillante y dorada. Volvió a dirigirse hacia la ventana, después se detuvo y también recogió un fajo de pergaminos del caos de la mesa.

—¿Te llevarás esto, por favor? —preguntó, y le alargó el paquete de manuscritos a Simón para después regresar a toda prisa junto a la ventana—. Es mi biografía sobre el Preste Juan, y quiero evitarle a Pryrates el placer de criticarla.

Estupefacto, el muchacho recogió los papeles y se los puso en el cinturón, bajo la camisa. El doctor cogió la jaula y extrajo, en la palma de la mano, a uno de sus pequeños moradores. Se trataba de un pequeño gorrión de color gris plateado. Mientras Simón lo observaba todo en un estado de entumecimiento sensorial, el sabio ató con un poco de hilo el brillante objeto —¿un anillo?— en una pata del gorrión. Una pequeña porción de pergamino fue igualmente ligada a la otra pata.

—Mantente fuerte con esta pesada carga —dijo, con dulzura, al pajarillo.

La hoja de un hacha traspasó la pesada puerta justo por encima de la cerradura. Morgenes se agachó y recogió un palo largo del suelo para romper con él el cristal de la alta ventana; después depositó al gorrión en el alféizar y lo dejó marchar. El pájaro dio unos saltitos a lo largo del marco, después desplegó las alas y desapareció en la inmensidad del cielo vespertino. Uno a uno, el doctor fue liberando cinco gorriones más de la misma forma, hasta que la jaula estuvo vacía.

Un gran trozo de madera había sido arrancado del centro de la puerta; Simón vio los rostros llenos de ira y el resplandor de la antorcha sobre el metal del otro lado de la entrada.

El doctor le hizo una seña.

—¡Por el túnel, muchacho, rápido!

Otra plancha de madera cayó al suelo tras ellos. Mientras cruzaban la habitación hacia la puerta del pasadizo, el anciano alargó a Simón un objeto pequeño y redondo.

—Frótalo y tendrás luz, Simón —dijo—. Es mejor que una antorcha. —El doctor apartó el mapa y abrió la puerta—. ¡Entra, corre! ¡Busca las escaleras de Tan'ja y súbelas!

Cuando el muchacho entraba en el corredor la gran puerta de la estancia saltaba de sus goznes y caía al suelo. Morgenes se dio la vuelta.

—¡Pero, doctor! —gritó Simón—. ¡Venid conmigo! ¡Podemos escapar!

El hombrecillo lo miró y sonrió, luego movió la cabeza. La mesa que había frente a la puerta fue derribada en medio de un estruendo de cristales rotos, y un grupo de hombres armados, vestidos de verde y amarillo, empezaron a pasar a través de los escombros. Entre los hombres de la guardia erkyna, acurrucado como un sapo en un jardín de espadas y hachas, se encontraba Breyugar, el Lord de la Guardia. En el pasillo iluminado permanecía la voluminosa figura de Inch; tras él, el manto escarlata de Pryrates emitía destellos al reflejar la luz.

—¡*Alto!* —rugió una voz a través de la habitación.

Simón se quedó maravillado, en medio de todo el miedo y la confusión que sentía, de que un sonido tal pudiera provenir del frágil cuerpo de Morgenes. El doctor ahora se encontraba en pie frente a la guardia erkyna, y sus dedos formaban extrañas figuras en el espacio. El aire entre él y los sorprendidos soldados empezó a doblarse y tomar forma, y a brillar como algo sólido. Parecía que algo estaba creciendo de la nada, mientras Morgenes seguía realizando extraños movimientos con las manos. Durante un instante las antorchas delimitaron la escena ante los ojos de Simón, como si las figuras formasen parte de un viejo tapiz.

—Bendito seas, muchacho —siseó Morgenes—. ¡*Vete!* ¡*Ahora!*

Simón retrocedió un paso en el interior del corredor.

Pryrates avanzó a través de los atemorizados guardias, como una borrosa sombra rojiza contra la pared de aire. Una de las manos del sacerdote se levantó hacia adelante; una crepitante red de chispas azules marcó el lugar que había tocado en la pared de aire creada por el doctor. Este retrocedió, y su barrera empezó a deshacerse como si fuese de hielo. El anciano se agachó y recogió un par de vasos de una estantería junto al suelo.

—¡Detened al joven! —gritó Pryrates, y de repente Simón vio los ojos del sacerdote por encima del manto escarlata…, unos fríos ojos negros de reptil que parecían apoderarse de él…, traspasarlo…

La pared de aire se disolvió.

—¡Cogedlos! —ordenó el conde Breyugar, y los soldados avanzaron hacia ellos.

Simón lo observaba todo inmerso en una enfermiza fascinación. Deseaba correr, pero no podía hacerlo; no había nada entre él y las espadas de la guardia erkyna, nada excepto… Morgenes.

—¡*ENKI ANNUKHAI SHI'IGAO!* —La voz del doctor retumbó como una campana hecha de piedra.

Un fuerte viento invadió la habitación y extinguió las antorchas. En el centro del remolino permanecía Morgenes, con un frasco en cada una de sus extendidas manos. En un instante de oscuridad se produjo un estallido, y después una llamarada de incandescencia al romperse los frascos, envueltos en llamas. Un segundo después, los brazos de Morgenes eran recorridos por llamaradas inmensas. Simón se quedó petrificado a causa del terrible calor, mientras el doctor se volvía para mirarlo una vez más; su rostro parecía desvanecerse y desaparecer tras el vaho del fuego que lo envolvía.

—Vete, Simón —suspiró, en llamas—. Ya es demasiado tarde para mí. Ve con Josua.

El muchacho retrocedió lleno de horror, y la frágil forma del anciano avanzó hacia los soldados con flamígero resplandor. Morgenes pareció correr y saltar hacia los amedrentados soldados, que gritaron al verlo sobre ellos. Los guardias se apartaron y se pisaron unos a otros llenos de desesperación, en busca de una salida a través de la destrozada puerta. Unas inmensas llamas se elevaron hacia arriba y ennegrecieron las vigas del techo, que crujieron ante la amenaza. Todas las paredes empezaron a estremecerse. Durante un instante Simón escuchó la ronca y burlona voz de Pryrates mezclada con los sonidos de la agonía final de Morgenes… Después se produjo una gran explosión de luz y un estampido de los que rompen los tímpanos. Una oleada de aire caliente empujó al joven hacia el interior del pasadizo y cerró la puerta tras él con un ruido parecido al que debía de producir un martillo del Juicio Final. Incapaz de moverse, Simón oyó el crujido de la madera de las vigas del techo al caer al suelo. La puerta se estremeció, ahora ya bloqueada por toneladas de escombros de madera y piedra.

Simón permaneció allí, sin moverse, inmerso en interminables sollozos, cuyas lágrimas se evaporaban de inmediato a causa del calor. Al fin se puso en pie. Encontró la cálida pared de piedra al palpar con la mano y, dando tumbos, se adentró en la oscuridad.

13

Entre mundos

Voces, muchas voces —producto de su propia imaginación o provenientes de las intranquilizadoras sombras que lo rodeaban, Simón no podía asegurarlo— fueron su única compañía durante la primera y terrible hora.

«¡Simón cabezahueca! ¡Lo has vuelto a hacer, Simón cabezahueca!»

«¡Su amigo, su único amigo está muerto!»

«¿Dónde estamos?»

«En la oscuridad, para siempre en la oscuridad, revoloteando como una alma en pena a través de los túneles sin fin...»

«Ahora es Simón peregrino, cuyo destino es vagar, desear...»

«No —se estremeció el muchacho, y trató de refrenar el clamor de las voces—, lo recordaré, recordaré la línea roja que aparecía en el viejo mapa, y buscaré las escaleras de Tan'ja, estén donde estén. Recordaré los planos y los negros ojos de ese asesino de Pryrates; recordaré a mi amigo..., a mi amigo el doctor Morgenes...»

Simón se hundió en el arenoso suelo del túnel, y lloró desconsoladamente, lleno de rabia, como un corazón solitario en un universo de negra piedra. La oscuridad era asfixiante y le resultaba insoportable, case le impedía respirar.

«¿Por qué lo hizo? ¿Por qué no corrió?»

«Murió para salvarte a ti, muchacho estúpido, y a Josua. Si hubiese huido, os habrían seguido; Pryrates poseía poderes más fuertes. Habríais sido capturados, y después habrían seguido al príncipe, para apresarlo y volverlo a encerrar en la celda. Morgenes murió para que eso no ocurriese.»

Simón maldijo el sonido de su propio llanto, la tos seca y el lloriqueo que parecían oírse para siempre en el eco del túnel. Vació su ser de todo ello, y sollozó hasta que su voz fue un sonido áspero, un sonido que pudo soportar, y no el gemido de un cabezahueca perdido en la oscuridad.

Mareado y sintiéndose enfermo, se secó las lágrimas con la manga de la camisa y notó que había olvidado el peso de la esfera de cristal de Morgenes. Luz. El doctor le había proporcionado luz. Junto con los papeles que descansaban atravesados en el cinturón de sus calzas, era el último regalo que el anciano le había hecho.

«No —murmuró una voz—, el penúltimo, Simón peregrino.»

El joven movió la cabeza en un intento de deshacerse del miedo que sentía. ¿Qué era lo que había dicho Morgenes cuando ató el objeto brillante a la delgada pata del gorrión? ¿Que se mostrase fuerte con la pesada carga? ¿Por qué estaba sentado en aquella oscuridad, entre sollozos? ¿Acaso no era el aprendiz de Morgenes?

Se puso en pie, desconcertado y tembloroso. Sintió la superficie de vidrio de la bola de cristal bajo los dedos. Miró a la oscuridad, hacia el lugar en que debían encontrarse sus manos, con el pensamiento puesto en el sabio. ¿Cómo podía reír tan a menudo el doctor, cuando el mundo estaba tan lleno de escondida traición, de cosas hermosas que llevaban el germen de la podredumbre en su interior? Existían demasiadas zonas oscuras, y tan poca...

Un débil chispazo de luz apareció ante él, como un agujero hecho por una aguja en la cortina de la noche. Frotó la bola con más intensidad para ver qué sucedía. La luz se hizo más intensa y se abrió paso entre las sombras; las paredes del pasadizo aparecieron a ambos lados, teñidas de una suave luz ámbar. El aire pareció penetrarle en los pulmones. ¡Podía ver!

La emoción momentánea desapareció cuando miró a un lado y otro del túnel. El dolor de cabeza que sentía hacía que las paredes se moviesen ante él. El túnel apenas tenía forma, tan sólo era un agujero que penetraba en la panza del castillo, cubierto de pálidas telarañas. Miró hacia atrás y vio el cruce que ya había pasado, una boca abierta en el muro. Retrocedió. La luz de la bola no reveló nada más allá del otro agujero, excepto cascotes, una pequeña montaña de escombros que se extendía más allá del alcance de la luz de la esfera. ¿Cuántos cruces y desvíos habría dejado atrás? ¿Y cómo podría saber cuáles eran los acertados? Simón volvió a sentirse invadido por otra ola de desasosiego. Estaba solo, perdido sin remisión. Nunca podría volver al mundo de la luz.

«Simón peregrino, Simón cabezahueca… La familia muerta, el amigo muerto, vedle vagar y vagar para siempre…»

—¡Silencio! —gritó, y se sorprendió al oír su voz recorrer el camino ante él; un mensajero que transportaba una proclama del rey del subsuelo: Silencio… silencio… silen… si…

Simón, *el rey de los Túneles*, inició su tambaleante caminar.

El pasadizo se adentraba en el corazón de piedra de Hayholt, a través de un monótono camino lleno de telarañas e iluminado sólo por el brillo de la esfera de cristal de Morgenes. Las telarañas rotas parecían representar una lenta y fantasmagórica danza a su paso; cuando se volvió para mirar hacia atrás, los filamentos se movieron tras él, como los fláccidos dedos de los ahogados. Tenían enganchadas en el cabello madejas de fino hilo que también se le pegaban en el rostro, de tal forma que tuvo que caminar con la mano sobre los ojos. De vez en cuando sentía alguna cosa pequeña y llena de patas que le recorría los dedos al ir atravesando las redes; tuvo que detenerse durante un instante, con la cabeza baja, hasta que cesaron los espasmos.

Cada vez hacía más frío, y las estrechas paredes del pasadizo parecían exudar humedad. El túnel aparecía derrumbado en algunos lugares; en otro se veían, cerrando el camino, montones de piedras sucias apiladas tan alto que Simón tenía que pasar con la espalda contra las paredes húmedas.

Se hallaba realizando una de estas maniobras —en las que rodeaba un obstáculo, con la mano en la que llevaba su fuente de iluminación sobre la cabeza y la otra extendida por delante, para tantear el terreno—, cuando de repente sintió un punzante dolor, como si le clavasen mil agujas en el brazo que iba extendido por delante y en la mano. A la luz de la esfera tuvo una visión que lo llenó de horror: cientos, no, *miles* de diminutas arañas blancas le subían por la muñeca y se introducían en su interior por la manga de la camisa, y lo picaban como miles de fuegos encendidos. Simón chilló y golpeó el brazo contra la pared del túnel; así consiguió que cayese al suelo un montón de suciedad y polvo, que se le introdujo en los ojos y la boca. Sus gritos de terror provocaron a través de todo el pasadizo un eco que se fue alejando poco a poco. Cayó de rodillas en el húmedo suelo, y golpeó una y otra vez el brazo dolorido hasta que el punzante dolor empezó a menguar; después se encogió de brazos y piernas, para alejarse del horrible nido o madriguera de lo que fuese que había tocado. Mientras se retorcía y seguía con sus frenéticos golpes contra el suelo, volvió a llorar; se sentía como si hubiese recibido una paliza.

Cuando reunió suficiente valor para mirarse el codo, la luz de la esfera de cristal reveló únicamente un enrojecimiento de la piel que había bajo la suciedad, en lugar de las heridas sanguinolentas que estaba seguro de encontrar. El brazo le palpitaba, y se preguntó si las arañas serían venenosas, si todavía tenía que llegar lo peor. Cuando el pecho se le inundó de sollozos que una vez más le impedían respirar, se forzó a incorporarse. Debía seguir adelante. Tenía que hacerlo.

Mil arañas blancas.

Tenía que seguir adelante.

Siguió hacia el interior del túnel alumbrado con el débil resplandor de la esfera. La luz iluminaba las piedras, que estaban resbaladizas a causa de la humedad, así como las bocas de los corredores que se cruzaban, las cuales se hallaban tapadas con escombros. Ahora debía de encontrarse bastante por debajo del castillo, muy en el fondo de la oscura tierra. No descubrió ningún rastro del paso de Josua ni de ningún otro ser. Poseía la enfermiza certeza de que, en la oscuridad, había dejado atrás algún lugar en el que tendría que haber torcido para adentrarse por otro pasadizo, y estaba seguro de que ahora se encontraba dando vueltas sin fin dentro de un pozo del que no había escapatoria.

Caminó penosamente durante mucho tiempo; dio vueltas y giros en tal cantidad que ahora ya no le servía de nada el recuerdo de la línea roja sobre el mapa de Morgenes. No encontró nada en el estrecho y desesperante agujero que se pareciera, ni remotamente, a unas escaleras. La luminosa esfera empezaba a debilitarse. Las voces volvieron a escapar de su control y lo envolvían entre sombras de locura como una multitud vociferante.

«Está seguro y cada vez lo estará más. Está seguro y cada vez lo estará más.»

«Descansemos en el suelo por unos momentos. Queremos dormir, sólo unos instantes, dormir…»

«El rey tiene unas bestias en su interior, y Pryrates es su guardián…»

«"Mi Simón", te llamó Morgenes. "Mi Simón"… El doctor conocía a tu padre. *Él* sabía secretos.»

«Josua se dirige a Naglimund. El sol brilla allí, día y noche. Naglimund. Allí la gente come dulce miel y bebe una clara, muy clara agua. En Naglimund el sol brilla en el cielo.»

«El sol es cálido y brillante. Es *cálido*. ¿Por qué?»

De repente, el aire del húmedo túnel se había vuelto muy caliente. Simón avanzó dando traspiés, con la seguridad de que sentía el principio de la fiebre ocasionada por el veneno de las arañas. Iba a morir en la oscuridad, en la terrible oscuridad. Nunca volvería a ver el sol, o a sentir sus...

El bochorno pareció penetrarle en el interior de los pulmones. ¡Cada vez hacía más calor!

La calurosa atmósfera lo rodeó; la camisa se le pegó al pecho, y el cabello, a la frente. Durante un instante sintió todavía más pánico del que había sentido hasta aquel momento.

«¿Habré estado caminando en círculos? ¿He andado durante años sólo para volver a encontrarme entre las ruinas de las estancias de Morgenes, entre los quemados y ennegrecidos restos de su vida?»

No era posible. Había caminado hacia abajo, y nunca le pareció que se hubiera dirigido hacia arriba, a excepción de unos ligeros pasos. ¿Por qué hacía tanto calor?

El recuerdo de una de las historias de Shem, el encargado de los establos, se abrió camino en su memoria. Una historia sobre el joven Preste Juan vagando a través de la oscuridad hacia el gran calor, hacia el dragón *Shurakai* en su guarida bajo el castillo..., *aquel castillo*.

«¡Pero el dragón está muerto! Yo toqué sus huesos, que forman un solio amarillo en la sala del trono. Ya no existe ningún dragón, ninguna forma adormilada, de respiración profunda, del tamaño de un campo de torneos, que espera en la oscuridad con garras tan afiladas como espadas y un alma tan antigua como las piedras de Osten Ard. El dragón está muerto.»

Pero ¿acaso los dragones no tenían hermanos?

¿Y qué ruido era aquel que se oía, aquel apagado y constante ruido?

El calor era insoportable y el aire estaba inundado de humo. Simón sentía su corazón como si fuese un pedazo de plomo. La esfera de cristal empezó a reducir su intensidad justo cuando grandes manchas de luz rojiza oscurecieron la débil potencia de la esfera. El túnel se alisó, y ya no giraba ni a derecha ni a izquierda, sino que continuaba hacia adelante por una larga y erosionada galería que desembocaba en un dintel en forma de arco. Éste brillaba iluminado por una difusa luz anaranjada. Simón tembló, mientras el sudor le resbalaba a lo largo del rostro, pero se sintió atraído hacia la salida.

«¡Date la vuelta y echa a correr, cabezahueca!»

No pudo hacerlo. Cada paso que daba representaba un gran esfuerzo, pero aun así se acercó todavía más. Llegó hasta la arcada y asomó la cabeza, lleno de temor.

Se trataba de una gran caverna, inundada de luz. Las paredes de piedra parecían derretidas y compuestas como la cera en la base de una vela. Durante unos instantes los ojos de Simón se abrieron llenos de asombro: en la parte más alejada de la caverna aparecieron una veintena de formas arrodilladas ante la figura de… *¡un monstruoso y llameante dragón!*

Un segundo más tarde pudo ver que no se trataba de eso: la inmensa figura agazapada contra la piedra era un enorme horno.

«¡La fundición! ¡La fundición del castillo!»

Por toda la caverna aparecían hombres enmascarados y pesadamente vestidos que forjaban armas de guerra. Grandes recipientes de hirviente hierro fundido eran extraídos de las llamas con la ayuda de largas varas. El metal burbujeaba y siseaba al ser vertido en los moldes, y por encima de la ronca voz de la fundición retumbaban los sonidos metálicos del martillo contra el yunque.

Simón retrocedió al interior del túnel. Por un momento había pensado echar hacia adelante y correr en dirección a aquellos hombres, pues hombres eran, a pesar de su extraña vestimenta. En aquel instante le pareció que cualquier cosa sería preferible antes que el oscuro túnel y las voces, pero lo pensó mejor. ¿Creía que aquellos individuos le ayudarían a escapar? Sin duda, sólo conocerían un camino para salir de la abrasadora fundición; un camino que llevaba de vuelta arriba, de regreso a las garras de Pryrates —si es que había sobrevivido al *infierno* de las estancias de Morgenes— o a la brutal justicia de Elías.

Simón se sentó a pensar. El ruido de la fundición y su dolorida cabeza le impidieron hacerlo con claridad. No podía recordar haber pasado ningún cruce de túneles desde hacía tiempo. En la pared más alejada de la caverna había visto una hilera de agujeros; puede que no fuesen nada excepto cámaras de almacenamiento…

«O calabozos…»

Pero más bien daba la impresión de que podían tratarse de diferentes caminos que llevasen hacia el exterior de la cámara. Volver al túnel sobre sus pasos le parecía una locura…

«¡Cobarde, más que cobarde!»

Entumecido y magullado, Simón se encontraba en el filo de la indecisión. Regresar, y vagar de nuevo a través de la misma oscuridad que ya conocía, a través de los túneles llenos de arañas, y con la única fuente de luz de que disponía casi extinguida… O atravesar el rugiente infierno de la fundición, y desde allí, ¿quién podía saber lo que ocurriría?

«¡Será el "Rey del Subterráneo", el "Señor de las Lágrimas"!»

«¡No, su gente ha partido, dejadlo!»

Simón se dio un golpe en la cabeza, para tratar de ahuyentar las voces.

«Si tengo que morir —decidió, una vez reconquistado el dominio de su alocado corazón—, al menos que sea a la luz del día.»

Se inclinó hacia adelante, con la cabeza palpitando, para mirar la esfera de cristal que reposaba entre sus manos. La luz se extinguía y, con una vibración, parecía regresar a la vida. Simón la guardó en el bolsillo.

Las llamas del horno y las figuras que pasaban ante ellas configuraban compulsivas explosiones de colores rojo, naranja y negro a lo largo de las paredes; el muchacho salió del umbral de la arcada y se escondió tras el declive de una rampa. El siguiente escondite resultó ser una derruida estructura de ladrillos, a unas quince o veinte yardas de donde estaba acurrucado, un horno en desuso que se encontraba en uno de los márgenes de la cámara. Tomó unas cuantas bocanadas de aire y se lanzó en aquella dirección, medio corriendo y medio a rastras. Le dolía la cabeza, y cuando alcanzó el horno tuvo que apoyarla sobre las rodillas hasta que se le pasó un poco. El bestial rugido de la fundición penetraba como un trueno en el atormentado cerebro de Simón y llegaba incluso a silenciar las voces que producían el doloroso clamor.

Fue de lugar oscuro en lugar oscuro, pequeñas islas de sombras en medio de un océano de humo rojo y ruido. Los hombres de la fundición no levantaron la mirada ni lo vieron. Apenas se comunicaban entre ellos; se limitaban a gesticular en medio de todo aquel estruendo, como hombres con armadura en medio del caos de la batalla. Sus ojos, pequeños puntos que reflejaban la luz, a pesar de llevar sus rostros enmascarados, parecían tener un único objetivo: el brillante y compacto flujo de hierro caliente. Al igual que la línea roja marcada en el mapa que todavía serpenteaba a través de la memoria de Simón, el radiante metal estaba por todas partes, semejante a la mágica sangre de un dragón. En unos sitios saltaba por encima del borde de algún recipiente y caía al suelo, donde parecía romperse en mil gotas, brillantes como gemas; en otros lugares serpenteaba a través de la roca para ir a caer, entre humo siseante, en un estanque de agua salobre. Grandes lenguas incandescentes, que eran vertidas por enormes recipientes, teñían de escarlata a los enmascarados hombres de la fundición.

Simón se arrastraba y se escabullía de rincón en rincón dando un laborioso rodeo por el borde de la cueva-fundición, hasta que consiguió llegar a la rampa cercana que conducía al exterior. El opresivo y asfixiante calor, al igual que su propio espíritu herido, le impelieron a subir deprisa, pero la aplastada tierra de la rampa mostraba una profunda huella de carro. Se trataba de una salida muy utilizada, meditó Simón, con la mente llena de pensamientos nebulosos y lentos. No era el lugar que debería escoger para salir de allí.

Al final alcanzó una de las bocas sin rampa que se abrían en la pared de la caverna. Resultó difícil subir por la ablandada —¿por el fuego?, ¿por las llamas del dragón?— roca, pero las escasas fuerzas que aún podía reunir le permitieron alcanzar la boca y meterse de cabeza en las sombras protectoras del interior, con la esfera débilmente iluminada entre sus manos, como una luciérnaga atrapada.

Cuando pudo recordar quién era, se encontró arrastrándose por el suelo.

«¿Otra vez de rodillas, cabezahueca?»

La oscuridad era completa, y Simón se movió a ciegas hacia el interior de la oscura boca. Bajo sus manos el suelo parecía estar seco y cubierto de arena.

Siguió a rastras durante mucho, mucho tiempo; incluso le pareció que las voces empezaban a sentir pena por él.

«Simón perdido... Simón perdido, perdido, per...»

Sólo la sensación de ir alejándose poco a poco del calor lo convenció de que se movía, pero ¿hacia qué y hacia dónde? Se arrastró como un animal herido a través de las sombras, en descenso, siempre hacia abajo. ¿Acaso llegaría al mismísimo centro de la tierra de aquella manera?

Los seres que serpenteaban entre sus dedos en aquellos momentos no significaban nada para Simón. La oscuridad era completa, tanto dentro como fuera. En su interior, el muchacho se sentía casi incorpóreo, como un fardo de asustados pensamientos que se hundían en la enigmática tierra.

Algo después, cuando la ya oscurecida esfera que había apretado entre sus manos durante tanto tiempo parecía formar parte de él, empezó a alumbrar de nuevo, esta vez con extraña claridad azulada. De un vibrante núcleo de color azul empezó a expandirse luz hasta que tuvo que sujetar la bola por delante de la cabeza, aunque el destello lo hiciera bizquear. Se incorporó con lentitud y una vez en pie respiró con dificultad; las manos y rodillas le hormigueaban en los lugares que habían estado en contacto con la arena del suelo.

La pared, por debajo del musgo, aparecía cubierta por una especie de azulejos, en algunos lugares rotos y desconchados, y en otros inexistentes, por lo que se podía ver la blanda tierra. Tras él, el túnel parecía ascender y las huellas de su paso se detenían donde ahora estaba. Ante él continuaba la oscuridad. Simón decidió que caminaría sobre las piernas durante un rato.

El pasadizo se ensanchó al cabo de un momento. Las entradas arqueadas de decenas de otros corredores se unían al que recorría Simón, la mayoría de ellas cubiertas con tierra y piedras. Pronto aparecieron losas bajo sus pasos, desiguales y desencajadas piedras que, no obstante, atrapaban la luz de la esfera con extrañas opalescencias. El techo pareció adquirir forma de ángulo por encima de él de manera gradual, fuera del alcance de la luz azul; el corredor continuaba descendiendo en la tierra. Algo que podía haber sido el batir de alas de un murciélago revoloteó en la vacuidad que se extendía sobre la cabeza del chico.

«¿Dónde estoy? ¿Cómo puede llegar hasta tan abajo el Hayholt? El doctor dijo que había castillos sobre castillos, hasta llegar al esqueleto de la tierra. Castillos sobre castillos…, sobre castillos…»

Se detuvo sin darse cuenta, y se volvió para permanecer ante uno de los cruces de pasadizos. En algún lugar en su cabeza podía verse y observar el aspecto que presentaba: andrajoso, sucio y moviendo la cabeza de lado a lado, como un idiota; la baba le caía por la comisura de los labios.

La oscura entrada que había ante él aparecía abierta, sin obstrucciones, y flotaba un extraño aroma, como de flores secas. Simón se echó hacia adelante, con un brazo extendido y sosteniendo en alto, en la otra mano, la esfera de cristal.

«…¡Qué hermoso lugar! ¡Hermoso!»

Se trataba de una habitación en perfecto estado, según lo que de ella podía verse con la luz azulada de la esfera; tan arreglada como si alguien acabase de salir. El techo era abovedado y estaba adornado de delicados trazos y líneas pintadas, algo que sugería arbustos espinosos, cepas de uva o el serpentear de mil torrentes. Las ventanas redondeadas estaban tapiadas y la suciedad y los sedimentos cubrían el suelo de azulejos, pero todo lo demás permanecía en un estado impecable. Vio una cama —una maravilla de trabajo en madera— y una silla de patas tan delgadas como las de un pájaro. En el centro de la habitación se encontraba una fuente de piedra pulida: daba la sensación de que el agua cantarina iba a manar de ella de un momento a otro.

«Un hogar para mí. Un hogar en las profundidades de la tierra. Un lecho en el que dormir profundamente hasta que Pryrates, el rey y los soldados hayan desaparecido…»

Dio unos cuantos pasos hacia adelante y permaneció junto a la cama, cuyas sábanas eran limpias e inmaculadas como las mortajas de los benditos. Un rostro lo miraba desde una hornacina por encima del lecho; se trataba de un espléndido e inteligente rostro de mujer, una estatua. Algo en el busto no acababa de ser perfecto; los rasgos resultaban demasiado angulosos, los ojos demasiado grandes y hundidos, los pómulos altos y pronunciados. Aun así, era un rostro de gran belleza, capturado en piedra translúcida y para siempre congelado en una triste sonrisa.

Cuando Simón se acercó con lentitud para acariciar la mejilla de la escultura, su espinilla rozó la estructura del lecho. Apenas se trató de un ligero roce, como el paso de una araña, pero el lecho se derrumbó y se deshizo hasta quedar convertido en simple polvo. Un instante después, mientras Simón permanecía paralizado de terror, el busto de la hornacina se disolvió como fina ceniza bajo las yemas de sus dedos; las facciones de la mujer se esfumaron en un segundo. El muchacho dio un salto hacia atrás y la luz de la esfera pareció disminuir de intensidad. El ruido de sus pasos sobre el suelo provocó el mismo efecto sobre la silla y la fuente, y un instante después el techo también pareció derrumbarse. Las entrelazadas ramas de los diseños se convirtieron en polvo. La estera parpadeó cuando Simón salió del cuarto, y cuando alcanzó el corredor, la luz azul se extinguió.

Otra vez volvía a encontrarse en la oscuridad. De repente, oyó llorar a alguien. Pasó un largo minuto antes de que se decidiera a avanzar y penetrar en la negrura que parecía no tener fin, mientras se preguntaba quién era el ser que todavía parecía tener lágrimas que verter.

El paso del tiempo parecía haberse convertido en una cuestión de detenerse y volver a continuar. En alguna parte, tras él, Simón había dejado caer la esfera, ya gastada, para que permaneciese para siempre en la oscuridad, como una perla en las oscuras profundidades de un mar secreto. En lo que daba la sensación de ser la única parte de su mente que todavía permanecía sana, supo que avanzaba y que seguía un camino descendente.

«Voy hacia abajo, sigo cayendo por el pozo. Hacia abajo.»

«¿Hacia dónde? ¿Hacia qué?»

«De sombra en sombra, como siempre viaja un simple pinche.»

«Un cabezahueca muerto. Un fantasmal cabezahueca…»

A la deriva, sin propósito… Simón pensó en Morgenes, con su barba rala envuelta en llamas, pensó en el resplandeciente cometa que brillaba con aquella luz roja por encima de Hayholt…, pensó en sí mismo, que descendía a través de la negra nada como una pequeña y fría estrella. A la deriva.

La vacuidad era completa. La oscuridad, al principio sólo una ausencia de luz y de vida, empezó a asumir cualidades por sí misma: incómoda y llena de nada cuando los túneles se estrechaban. Simón avanzó a través de escombros y de retorcidas raíces, o por la altiva y amplia oscuridad de cámaras invisibles, repletas del roce de alas de murciélago. Seguía andando a través de las vastas galerías subterráneas y podía escuchar el rumor apagado de sus propias pisadas; cualquier sentido de la orientación que pudiera haber tenido había desaparecido ya hacía mucho tiempo. Podría estar subiéndose por las paredes y deambulando por el techo como una mosca enloquecida. No existía derecha ni izquierda; cuando los dedos de Simón volvían a encontrar sólidas paredes ante él o puertas que conducían a otros túneles, entraba sin pensarlo dos veces y penetraba en estrechos pasadizos o en otras catacumbas llenas del batir de alas de murciélago.

«¡El fantasma de un cabezahueca!»

Un olor a roca húmeda lo impregnaba todo. Su sentido del olfato, al igual que el del oído, parecía haberse desarrollado para contrarrestar la ciega y negra noche en la que caminaba. Y, a medida que avanzaba palpando el camino con las manos, siempre hacia abajo, los olores de su mundo nocturno lo inundaban: una húmeda y margosa tierra, con un aroma casi tan rico como el de la masa de pan, y la blanda, aunque persistente, fragancia de las rocas. Simón se vio inundado por los vibrantes olores del musgo y las raíces, en la dulce podredumbre de las cosas diminutas que viven y mueren. Flotando por encima de todo ello, empapándolo todo, estaba el amargo y fuerte olor de agua de mar.

¿Agua de mar? Con la respiración contenida escuchó los distantes sonidos del océano. ¿A qué profundidad debía de haber llegado? Todo lo que oía era el arrastrar de diminutas cosas que hurgaban bajo sus pies y su propia respiración entrecortada. ¿Acaso había ido a parar bajo el insondable Kynslagh?

¡Allí! Débiles sonidos musicales, que provenían de las lejanas profundidades. Se trataba de agua que goteaba.

Simón avanzó y notó que las paredes estaban mojadas.

«Estás muerto, Simón Cabezahueca. Eres un espíritu, destinado a vagar en el vacío.»

«No existe luz. Aquí nunca existió tal cosa. ¿Hueles la oscuridad? ¿Escuchas el sonido de la nada? Así es como ha sido siempre.»

El miedo era todo lo que le quedaba, pero incluso eso ya era algo, pues si se asustaba, quería decir que debía de estar vivo. Existía la oscuridad, pero también existía Simón. Todavía no eran uno sólo. Todavía no...

Y ahora, tan lentamente que el muchacho no percibió la diferencia durante largo tiempo, volvió a aparecer la luz. Se trataba de un rayo tan débil, tan apagado, que al principio era algo así como puntos de colores que permanecían inmóviles frente a sus inservibles ojos. Después, con sorpresa, vio una forma negra ante él, una sombra aún más profunda. ¿Sería una amalgama de gusanos retorciéndose? No. Eran dedos…, una mano…, ¡*su* mano! Vio la silueta de su propia mano frente a él, bañada en una débil luminosidad.

Las estrechas paredes del túnel estaban cubiertas de musgo, y era este mismo el que emitía destellos de un pálido y verdoso resplandor. Ello despedía la suficiente luz como para percibir la insondable oscuridad del paso subterráneo que se extendía ante él, y la sombra de sus propias manos y brazos. ¡Pero era luz! ¡Luz! Simón rió sin emitir sonido alguno, y su sombra nebulosa atravesó el pasadizo.

El túnel desembocaba en otra galería abierta. Simón miró hacia arriba, estupefacto, a la constelación de radiante musgo que se esparcía por el techo, y sintió que le caía una gota de agua fría sobre el cuello. Cayeron más gotas, y cada una de ellas golpeaba la roca de abajo produciendo un sonido parecido al de un mazo contra un cristal. La cámara abovedada se encontraba llena de largos pilares de piedra, plano en los remates y estrechos en la mitad; algunos eran tan delgados como un cabello, como la miel que cae de un frasco. Al avanzar se dio cuenta, en alguna remota parte de su trastornada mente, de que la mayor parte de los pilares eran consecuencia de la unión entre la roca y el agua que goteaba, y no producto de unas manos humanas. Pero aun así, veía, entre la penumbra, algunas formas que le resultaban difíciles de identificar como naturales: unos pliegues angulosos que se encontraban en las paredes cubiertas de musgo, una especie de pilares en ruinas que aparecían en medio de las estalagmitas y que estaban demasiado bien ordenados como para tratarse de algo accidental. Se movía a través de un lugar que alguna vez había sido algo más que un incesante ritmo de agua que caía sobre los charcos del suelo. En alguna ocasión debían de haberse escuchado otros pasos. Pero «en alguna ocasión» sólo quería decir algo si el tiempo todavía fuese una barrera. Se había arrastrado durante tanto tiempo por lugares oscuros, que debía de haber penetrado a través del nebuloso futuro o del sombrío pasado, o en los desconocidos reinos de la locura; ¿cómo podía llegar a saberlo…?

Al adelantar el pie para dar un paso, Simón notó un sorprendente vacío. Se sumergió en la fría y húmeda oscuridad. Vio sus propias manos mientras caía, y el agua lo cubrió hasta las rodillas. Percibió el contacto de algo que le arañaba la pierna y retrocedió para regresar al pasadizo, mientras temblaba a causa de algo más que de frío.

«No quiero morir. Quiero volver a ver el sol.»

«Pobre Simón —respondieron las voces en su cabeza—. Se ha vuelto loco en la oscuridad.»

Calado y tembloroso, trató de llegar a la cámara iluminada por el musgo, lleno de prevención, ante la posibilidad de que la vacía oscuridad fuese más profunda en la próxima ocasión. Unos fulgores débiles y repentinos, entre rosas y blancos, aparecían y desaparecían en los agujeros llenos de agua, según los cruzaba o rodeaba. ¿Serían peces? ¿Se trataría de peces luminosos que habitaban en lo más profundo de la tierra?

Ahora, a medida que una gran cámara desembocaba en otra y en otra, las líneas pertenecientes a las formas forjadas por la mano del hombre empezaron a hacerse más nítidas bajo la capa de musgo y de piedra caída, conformando extrañas siluetas a la débil luz: espacios que en otro tiempo parecían haber sido balconadas y unas depresiones arqueadas cubiertas de pálido musgo que podrían haber sido ventanas o puertas.

Simón bizqueaba mientras trataba de descubrir los detalles en la casi total negrura reinante, y sintió que la mirada se le desplazaba hacia los lados; de alguna forma, las sombras ampliadas y suavizadas en la escasa luz parecían iluminarse con los rasgos que una vez revistieron. Con el rabillo del ojo vio una de las medio derruidas columnas que se alineaban a lo largo de la galería y que permanecía erecta: una brillante cosa blanca con una serie de armoniosos motivos florales grabados. Cuando se volvió para mirar, advirtió que, una vez más, sólo se trataba de un montón de piedras derruidas, medio comidas por el musgo y la tierra. La profunda oscuridad de las cámaras provocaba que forzase dolorosamente la vista; la cabeza le martilleaba. El incesante sonido del agua que caía empezó a carcomer su mente agitada. Las voces volvieron a oírse, esta vez excitadas a causa de la salvaje tonada producida por las gotas al caer.

«¡Loco! ¡El chico se ha vuelto loco!»

«¡Tened piedad de él, está perdido, perdido, perdido…!»

«¡La tendremos, muchacho! ¡La tendremos!»

«¡Loco cabezahueca!»

Cuando descendió por la vertiente de otro túnel empezó a oír otras voces que hablaban en el interior de su cabeza, voces que nunca antes había escuchado, más reales e irreales a la vez que las que durante tanto tiempo habían sido compañeras indeseadas. Algunas de ellas hablaban en lenguas desconocidas para él, a menos que las hubiese entrevisto en los antiguos libros del doctor.

«*¡Ruakha, ruakha Asu'a!*»

«*¡T'si e-isi'ha as-irigú!*»

«¡Arden los árboles! ¿Dónde está el príncipe? ¡El bosque encantado está en llamas, los jardines *arden!*»

La penumbra giraba a su alrededor, como si Simón se encontrase en el centro de una rueda giratoria. El muchacho torció y avanzó tambaleante y a ciegas por el pasadizo, hasta desembocar en otra habitación, con su delirante cabeza entre las manos. Aquí existía otro tipo de luz, diferente: delgados haces luminosos salían por entre las rendijas de un techo invisible; una luz que se introducía en la oscuridad para no iluminar nada en su descenso. Simón volvió a sentir el penetrante olor a agua y a extraña vegetación; oyó cómo los hombres corrían y gritaban y cómo lloraban las mujeres, y el sonido de metal al entrechocar con metal. En aquella extraña penumbra percibía el sonido de alguna terrible batalla que se desencadenaba a su alrededor, pero que no lo afectaba. El chico gritó —o pensó que así lo hacía—, aunque no pudo oír su propia voz, sólo un horrible estrépito en el interior de su cabeza.

Después, como para confirmar su ya casi cierta locura, unas figuras borrosas empezaron a correr por entre la azulada oscuridad, hombres barbudos portadores de antorchas y hachas que perseguían a otros más delgados, que llevaban espadas y arcos. Todos ellos, perseguidores y perseguidos, eran tan transparentes y vagamente definidos como la niebla. Ninguno tocó o vio a Simón, aunque éste permaneció en el centro de su camino.

«*¡Jinguzu! ¡Aya'ai! ¡O jingizu!*», chilló una voz quejumbrosa.

«Matad a los demonios sitha —gritaron voces llenas de crueldad—. ¡Prended fuego a su refugio!»

Aunque Simón se tapó los oídos con las manos, no pudo apartar aquellos gritos de su cabeza. Avanzó con pasos vacilantes, tratando de escapar de las formas que giraban, y cayó a través de una puerta, donde pudo descansar al fin sobre una brillante y blanca piedra plana. El muchacho sintió el musgo blando bajo las manos, pero no pudo ver nada excepto negrura. Se arrastró sobre el estómago, todavía con deseos de escapar de las horribles voces que gritaban de dolor y de rabia. Sintió agujeros y grietas bajo los dedos, pero la piedra le siguió pareciendo tan lisa como el vidrio. Finalmente alcanzó el borde y levantó la mirada para ver el negro vacío que olía a tiempo, a muerte y al paciente océano. Un guijarro invisible rodó bajo su mano y cayó en silencio, hasta que se lo oyó entrar en contacto con el agua que reposaba debajo, en las profundidades.

Algo grande y blanco brillaba a su lado. Simón levantó su pesada y dolorida cabeza del borde del lago interior. A escasas pulgadas de donde estaba tendido sobresalían los peldaños finales de una larga escalera de piedra, una espiral que se perdía hacia arriba, escalando la pared de la caverna y rodeando el lago subterráneo para desaparecer en la oscuridad superior. Simón la observó al tiempo que un recuerdo de perfiles borrosos se abría paso a través del clamor que moraba en el interior de su cabeza.

«Escaleras. "Las escaleras de Tan'ja." El doctor dijo que buscase las escaleras...»

Simón avanzó, realizando un esfuerzo para subir por el alto escalón que venía a continuación, con dedos temblorosos y resbaladizos a causa del sudor. Mientras ascendía, a veces descansando, a veces arrastrándose y arañando la piedra, miró hacia abajo. El silencioso lago, un gran estanque de sombras bajo él, descansaba en el fondo de una gran sala de forma circular, mucho más grande que la fundición. El techo era inconmensurablemente alto, perdido en la negrura que había por encima de Simón, con el remate de los delgados y hermosos pilares blancos atravesando el espacio. Una luz nebulosa, y que no parecía dirigirse a nada en particular, resplandecía en las paredes de color jade y azul marino, rozando los marcos de altas ventanas abovedadas que ahora parpadeaban con un amenazador resplandor carmesí.

En medio de la perlada niebla suspendida sobre el silencioso lago, permanecía una oscura sombra oscilante que producía a su vez otra sombra maravillosa y llena de terror. Esta inundó a Simón de un inexplicable horror.

—¡Príncipe Ineluki! ¡Ahora llegan! ¡Llegan los norteños!

Mientras este último grito exaltado resonaba en las oscuras paredes del cráneo de Simón, la figura que permanecía en el centro de la habitación levantó la cabeza. Unos brillantes ojos rojos parecían hervir en el rostro y atravesaban la niebla como antorchas.

«Jingizu —suspiró una voz—. Jingizu. Demasiado dolor.»

La luz carmesí resplandeció. El grito de muerte y miedo se elevó como una gran oleada. En el centro de todo ello, la oscura figura elevó un objeto estilizado y la cámara se estremeció, trémula como un reflejo destrozado, para volver a caer en la nada. Simón desvió la mirada, lleno de terror, envuelto en una estranguladora oleada de perplejidad y desespero.

Algo había desaparecido. Algo hermoso había sido destruido más allá de toda posible recuperación. Un mundo acababa de morir, y el muchacho sintió que su llanto le penetraba en el corazón como una espada. Incluso el miedo que lo consumía había sido desplazado por la terrible tristeza que lo invadía y que lo llenó de dolorosas y estremecedoras lágrimas, provenientes de depósitos que tenían que haberse seca-

223

do hacía ya mucho tiempo. Penetró en la oscuridad y continuó su ascensión sin fin, por la escalera de caracol, alrededor de la estancia. Las sombras y el silencio se tragaron bajo él la fantasmal batalla y la habitación imaginada, para extender un negro velo por encima de su enfebrecida mente.

Bajo su cuerpo, que avanzaba a ciegas, pasaron un millón de escalones. Un millón de años transcurrieron mientras viajó por el vacío, ahogado en el dolor.

Oscuridad a su alrededor y oscuridad en su interior. Lo último que sintió fue el tacto de metal bajo los dedos y el contacto del aire libre sobre el rostro.

FUEGO EN LA COLINA

Se despertó en una gran habitación oscura, rodeado por rígidas y dormidas figuras. Claro, todo debía de haber sido un sueño. Estaba de nuevo en su lecho, junto a los otros pinches soñolientos; la única luz era un delgado rayo de luna que penetraba a través de una grieta que había en la puerta. Simón agitó su dolorida cabeza.

«¿Por qué estoy durmiendo en el suelo? Estas piedras están tan frías…»

¿Y por qué los demás permanecían tan inmóviles, y sus figuras aparecían con cascos y escudos, fuera de sus lechos, en fila, como…, como muertos aguardando el juicio…? Todo *había* sido un sueño…, ¿no?

Con un grito de terror, Simón se arrastró y se alejó de la negra boca del túnel, hacia la blanquecina luz que se distinguía en la entrada. Las imágenes de los muertos, fijadas en piedra inmóvil por encima de sus viejas tumbas, no lo siguieron. El muchacho empujó la pesada puerta de la cripta y cayó hacia adelante, sobre la húmeda hierba del cementerio.

Tras lo que le parecieron interminables años en los oscuros lugares de abajo, la marfileña y redonda luna, que se perfilaba en la oscuridad de arriba, sólo parecía otro agujero que condujera a un lugar frío e iluminado más allá del cielo, una tierra de ríos resplandecientes y olvido. Reposó la mejilla contra el suelo y sintió las húmedas briznas de hierba dobladas bajo el peso de su rostro. Dedos de deteriorada piedra asomaban a cada lado a través de las aprisionadas plantas, o aparecían rotos en segmentos, como grabados por la luna con luz tenue, sin nombre y sin preocuparse por los viejos muertos cuyas tumbas señalaban.

En la mente de Simón, el oscuro lapso de horas que había transcurrido desde los momentos llenos de fuego presenciados en las estancias del doctor y la hierba llena de la humedad de la noche del presente era tan inalcanzable como las casi invisibles nubes que llenaban el cielo. El estallido y las crueles llamas, el rostro de Morgenes ardiendo, los ojos de Pryrates como agujeros practicados en la oscuridad: todo eso era tan genuino como el aliento que acababa de recuperar. El túnel sólo representaba un menguante y medio recordado dolor, una espesa niebla llena de voces y locura. Sabía que había pasado por entre ásperas paredes y atravesado telarañas y túneles que se bifurcaban sin cesar. También le parecía haber tenido vividos sueños llenos de tristeza y de la muerte de hermosas cosas. Se sentía como una hoja en otoño, frágil y sin ningún tipo de fuerza.

Le pareció que se había arrastrado por el suelo —lo cual comprobó al mirarse las rodillas y brazos, inflamados y doloridos, y la ropa, llena de desgarrones—, pero su memoria se hallaba velada por la oscuridad. Nada de todo ello le parecía lo suficientemente *real*; no como el cementerio en el que ahora estaba estirado, a la luz de la luna.

El sueño se introducía desde la parte de atrás de su cabeza con pasos lentos pero decididos. Simón luchó contra esa sensación, se puso de rodillas y sacudió la cabeza. No podía quedarse a dormitar allí, aunque, por lo que sabía, no se había iniciado ninguna persecución a través de la obstruida puerta de la cámara del doctor; pero eso no quería decir gran cosa. Sus enemigos disponían de soldados, de caballos y de la autoridad del rey.

Las ganas de dormir dejaron sitio al miedo y a un poco de rabia. Le habían robado todo lo que tenía, sus amigos, y su hogar, así que no lo iban a despojar de lo único que le quedaba: la vida y la libertad. Se incorporó con dificultad y echó un vistazo a su alrededor; luego se apoyó en la lápida de la tumba para secarse las lágrimas de miedo y cansancio.

Las murallas de Erchester se erguían a una media legua, como un cinturón de piedra iluminado por la luna, que separaba a los dormidos ciudadanos del cementerio y del mundo que se extendía más allá. Ante las puertas de la muralla llegaba la pálida forma de la ruta de Wealdhelm; a la derecha de Simón, la ruta serpenteaba hacia el norte, por entre las colinas; a su izquierda, acompañaba al río Ymstrecca a través de las granjas que se extendían bajo Swertclif, por Falshire, en la orilla opuesta, y por último a través de las praderas del este.

Parecía obligado pensar que los pueblos que se encontraban a lo largo de la gran ruta serían los primeros lugares en los que la guardia erkyna buscaría a un fugitivo. Además, la mayor parte del camino se extendía a través de las granjas del valle Hasu, donde le sería difícil encontrar un escondite si se veía obligado a abandonar el itinerario.

Se volvió de espaldas a Erchester, y al único hogar que había conocido, y cojeó a través del cementerio, en dirección a las lejanas pendientes. Sus primeros pasos le produjeron un ramalazo de dolor en la base del cráneo, pero pensó que sería mejor no hacer caso de los dolores del cuerpo y del espíritu durante bastante tiempo; podría preocuparse del futuro cuando hubiese encontrado un lugar seguro en el que tenderse.

Cuando la luna recorrió el cálido cielo hacia la medianoche, los pasos de Simón se hicieron más y más pesados. El cementerio parecía no tener fin, aunque la verdad es que el terreno había empezado a subir y bajar por las suaves ondulaciones de las pendientes, cuando se encontró entre desgastados dientes de piedra, algunos solitarios y erguidos, otros juntos y tendidos como ancianos en un coloquio senil. Recorrió el terreno por entre los pilares enterrados, dando traspiés por el herboso y desigual suelo. Cada paso que daba parecía ser el resultado de una terrible lucha, como si tratase de vadear un río con el agua hasta el cuello.

Titubeante y cansado, tropezó, una vez más, con una piedra oculta y cayó al suelo como un saco de arena. Se arrastró unos cuantos metros hasta que pudo acurrucarse en la vertiente llena de hierba de un terraplén. Algo se le clavaba en la espalda; Simón, con torpeza, cambió de posición, lo que no resultó ser mucho más cómodo, ya que ahora estaba estirado sobre el doblado pergamino de Morgenes, que seguía sujeto en su cintura. Con los ojos medio cerrados de cansancio trató de incorporarse y descubrir la causa de la molestia que sentía. Se trataba de una pieza de metal que mostraba la huella de la corrosión y que aparecía perforada como una madera corroída por gusanos. Trató de desclavarla, pero parecía estar muy enterrada en el suelo. Tal vez el resto, fuera lo que fuese, permanecía a cierta profundidad. ¿Sería la punta de una lanza? ¿Una hebilla de cinturón o un pedazo de armadura cuyo propietario había sido alimento de la hierba sobre la que permanecía estirado? Durante un confuso momento, Simón pensó en todos los cuerpos que permanecían bajo tierra, en la carne que una vez había palpitado llena de vida pero que ahora formaba parte de la oscuridad y del silencio.

Mientras el sueño se iba adueñando de él, le daba la impresión de que volvía a encontrarse en el tejado de la capilla. Bajo él se extendía el castillo…, pero éste estaba hecho de mojado e irregular suelo y de blancas raíces. La gente del castillo dormía de forma intermitente, agitada, como si en sus sueños escuchase a Simón andar por el tejado de encima de sus lechos.

Ahora caminó —o soñó que lo hacía— a lo largo del negro río de aguas agitadas que no reflejaba luz alguna, como un fluido de sombras. Se vio rodeado por la neblina y no podía distinguir nada de la tierra sobre la que caminaba. Oyó muchas voces en la oscuridad que se extendía tras él; los murmullos se entremezclaban con el diluido rumor del río de aguas negras, y se acercaban, precipitándose como el viento entre las hojas de los árboles.

La orilla opuesta se presentaba desprovista de niebla. La hierba se extendía ante su mirada, y, más allá de ella, un sombrío grupo de alisos corrían hacia las faldas de las colinas. Todo el paisaje al otro lado del río aparecía oscuro y húmedo, como si se tratase del amanecer o del crepúsculo; al cabo de un rato tuvo la sensación de que debían de ser las últimas horas del día, a causa del eco del solitario canto de un ruiseñor que provenía de las cercanas colinas. Todo parecía estar fijo e inmóvil.

Escrutó con la mirada más allá de las rumorosas aguas y vio una figura junto a la orilla contraria. Se trataba de una mujer toda vestida de gris y con largos cabellos que ocultaban parte del rostro; en los brazos apretaba algo contra su pecho. Cuando la mujer levantó los ojos y lo miró, Simón se dio cuenta de que lloraba. Daba la impresión de que al muchacho no le resultaba del todo desconocida.

—¿Quién sois? —gritó él.

Su voz se apagó en cuanto las palabras abandonaron la boca, tragadas por el profundo y denso correr de las aguas. La mujer lo miró como intentando memorizar todos y cada uno de los rasgos del chico. Al final, habló.

—Seomán. —Sus palabras le llegaron como provenientes de un largo corredor, débiles y huecas—. ¿Por qué nos has venido a mí, hijo mío? El viento es helado y está triste, y yo he pasado tanto tiempo esperándote…

—¿Madre?

Simón sintió un frío terrible. El suave rumor de las aguas parecía estar en todas partes. La figura volvió a hablar:

—No nos hemos visto desde hace mucho tiempo, mi querido hijo. ¿Por qué no viniste a mí? ¿Por qué no viniste y enjugaste las lágrimas de una madre? El viento es frío, pero el río es cálido y tranquilo. Ven…, ¿es que no vas a cruzar para venir conmigo?

La mujer extendió los brazos, y la boca, bajo los ojos negros, se abrió en una sonrisa. Simón se movió en dirección a ella, hacia su madre perdida que lo llamaba; caminó y descendió por la orilla hacia el serpenteante y negro río. Los brazos de la mujer estaban extendidos para él, para su hijo…

Y entonces, Simón vio lo que la figura apretaba entre sus brazos, lo que ahora balanceaba desde una mano extendida: era una muñeca…, una muñeca hecha de cañas, hojas y tallos de hierba retorcidos. Pero parecía muy oscura; las arrugadas hojas se ensortijaban en los tallos, y Simón se dio cuenta, de repente, de que ningún ser vivo cruzaría el río hacia la zona del ocaso. El muchacho se detuvo al borde del agua y bajó la mirada.

En el agua negra como tinta pudo ver un débil rayo de luz; mientras lo observaba, el destello emergió hacia la superficie y se convirtió en tres brillantes y estilizadas formas. El sonido del río cambió; se volvió una especie de música etérea y desagradable. Las aguas hirvieron y se encresparon, ocultando las verdaderas formas de los objetos, pero daba la impresión de que si lo deseaba, podía adentrarse en el río y tocarlas…

—¡Simón…! —volvió a llamarlo su madre.

El chico levantó la vista y la vio más alejada, vio que retrocedía lentamente, como si la tierra gris fuese un torrente que la alejase de él. Los brazos de la mujer permanecían abiertos y su voz resonaba con la vibrante soledad del frío que busca el calor y del infructuoso deseo de la oscuridad por la luz.

—¡Simón… Simón…! —la voz sonó como un quejido de desesperación.

El muchacho se sentó sobre la hierba, en el regazo de un viejo túmulo. La luna todavía estaba alta, pero la noche se había hecho más fría. Retazos de niebla acariciaban las piedras a su alrededor mientras se sentaba, con el corazón a punto de enloquecer.

—…*Simón.*

El grito llegó susurrante desde la oscuridad que se extendía más allá. Se trataba de una figura gris y de la voz de una mujer que lo llamaba desde el nebuloso cementerio que había cruzado. Sólo parecía una diminuta y vacilante forma gris, un parpadeo lejano en una zona inmersa en la niebla que recorría los túmulos; pero al verla, Simón sintió que el corazón le daba un vuelco en el pecho. Empezó a correr por las ondulaciones, como si lo persiguiese el mismísimo diablo. La oscura mole del

Thisterborg se elevaba en el horizonte y los promontorios parecían rodearlo. Simón corrió, corrió y corrió…

Tras mil apresuradas palpitaciones detuvo su carrera para convertirla en un desordenado caminar. No habría corrido tanto si hubiera sido la presa del demonio más salvaje. Se encontraba exhausto, flojo y hambriento. El miedo y la confusión lo embargaban como si estuviese cubierto de cadenas; el sueño lo había asustado tanto que incluso se sentía más débil que antes de dormir.

Caminó despacio hacia adelante, siempre dejando el castillo a sus espaldas. Sintió que los recuerdos de tiempos mejores aparecían confusos y enmarañados en su memoria, y lo dejaban vacío de todo, excepto de un delgadísimo nexo de unión con el mundo de la claridad, del orden y de la cordura.

«¿Qué sentía cuando acostumbraba a tumbarme en el henil, en medio de toda aquella tranquilidad? Ahora ya no hay nada en mi cabeza, excepto palabras. ¿Me gustaba vivir allí, en el castillo? ¿Dormía allí, corría por allí, comía, hablaba y…?

»No lo creo. Me parece que desde siempre he caminado por estas pendientes, bajo la luz de la luna —ese rostro blanco—, caminando y caminando, como el lastimero y solitario espíritu de un cabezahueca; andando y andando…»

Una súbita llamarada que apareció en la cima de la colina detuvo sus lóbregos pensamientos. Durante algún tiempo, el terreno había ido elevándose, y Simón casi había alcanzado la base del sombrío Thisterborg; el manto de altos árboles de que estaba recubierta formaba una impenetrable oscuridad superpuesta a la propia negrura de la colina. Ahora se veía vibrar un fuego en la cima, un signo de vida en medio de las ondulaciones y de la húmeda tierra. Inició una lenta carrera, que era lo más que podía intentar en el estado en que se encontraba. Tal vez se tratase de un campamento de pastores, de una alegre hoguera junto a la que pasar la noche.

«¡Puede que tengan comida! Una pata de cordero…, un chusco de pan…»

Tuvo que doblarse a la altura del estómago porque se le retorcieron las tripas al pensar en comida. ¿Cuánto tiempo había pasado desde que cenó por última vez…? Le resultaba asombroso ponerse a considerarlo.

«Aunque no tengan comida, resultará maravilloso oír sus voces, calentarme al fuego…, un fuego…»

El recuerdo de llamas crepitantes se abrió paso en su cabeza y lo invadió una sensación de esperanza.

Simón subió a través de árboles y enredados arbustos. La base del Thisterborg aparecía rodeada de niebla, como si la colina fuese una isla elevada sobre un mar de color gris. Mientras se acercaba a la cumbre, observó las abultadas formas de las Piedras de la Cólera, que coronaban la elevación final, rematadas en rojo relieve contra el cielo.

«Más piedras. Piedras y más piedras. ¿Qué dijo Morgenes que era esta noche —si es que todavía se trataba de la misma luna, de la misma oscuridad y de las mismas estrellas—? ¿Cómo la llamó?»

Noche Empedrada. Como si las mismas piedras estuvieran de fiesta. Como si, mientras Erchester dormía tras las ventanas cerradas y las puertas con los pasadores echados, las piedras festejasen algo. En el interior de sus cansados pensamientos, Simón veía a las piedras rodar y bailar…, girar poco a poco…

«¡Estúpido! —pensó—. Tu mente desvaría, y ello no es sorprendente. Necesitas comer y dormir; de otra forma, te volverás loco de verdad, sea lo que sea volverse loco…» ¿Sería estar enfadado para siempre? ¿Asustado de la nada? Una vez había visto a una mujer loca en la Plaza de la Batalla, pero ella se había limitado a recoger un montón de harapos y a mecerse entre lamentos, que le parecieron de gaviota.

«Loco bajo la luna. Un cabezahueca loco.»

Simón alcanzó la última hilera de árboles que rodeaban la cima de la colina. La atmósfera era tensa, expectante; sintió que se le erizaba el pelo. De pronto le pareció buena idea caminar con lentitud, echar una cautelosa mirada a aquellos pastores nocturnos en lugar de aparecer repentinamente de entre los arbustos, como un oso hambriento. Se acercó a la luz y se agachó bajo las retorcidas ramas de un roble atormentado por el viento. Por encima de su posición sobresalían las Piedras de la Cólera, conformadas en anillos concéntricos de altos pilares, esculpidos por las tormentas.

Desde allí vio un grupo de sombras humanas acurrucadas cerca del fuego, en el centro de los anillos de piedra, con las capas sobre los hombros. Había algo en ellas que les confería una sensación de desasosiego y rigidez, como si esperasen algo que no fuese del todo deseado. Hacia el nordeste, más allá de las piedras, la cumbre del Thisterborg se estrechaba. La hierba, batida por el viento, y el brezo colgaban de la pendiente, que se extendía desde las rocas para hundirse más allá de la luz del fuego, en el borde norte de la colina.

Al mirar las figuras rígidas como estatuas que permanecían junto al fuego, Simón volvió a sentir que el miedo se apoderaba de él. ¿Por qué permanecían tan inmóviles? ¿Se trataba de hombres vivos o tal vez eran alguna especie de demonios de las colinas?

Una de las formas se acercó al fuego y lo removió con un palo. Cuando se elevaron las llamas, el muchacho pudo verificar que era un ser humano. Se arrastró de hurtadillas hacia adelante y se detuvo justo en el borde del anillo exterior de piedras. La luz de la hoguera hizo aparecer un súbito brillo de metal bajo la capa de la figura más cercana; aquel pastor llevaba puesta una cota de malla.

El vasto cielo nocturno pareció encogerse, como si fuese una manta que lo aprisionase. Simón se dio cuenta de que la decena de hombres cubiertos que allí había iban armados. Estaba seguro de que se trataba de la guardia erkyna. Se maldijo con amargura, pues se había dirigido directamente a su campamento, como una polilla que volase hacia la llama de una vela.

«¿Por qué siempre actúo como un condenado loco?»

Se levantó una ligera brisa nocturna y las llamas se elevaron como gallardetes. Los hombres, embozados y cubiertos con capuchas, volvieron las cabezas al unísono, con lentitud, y echaron una mirada hacia la oscuridad del borde norte de la colina.

Simón también pudo escucharlo. Por encima del ulular del viento que doblegaba la hierba y agitaba los árboles, se acercaba un débil sonido, que iba aumentando de intensidad: era el chirrido de las ruedas de un carro. Una abultada forma empezó a hacerse visible en la oscuridad del norte de la cima. Los guardias se alejaron de lo que venía y se reunieron alrededor del fuego, en el lado más cercano a Simón. No cruzaron ninguna palabra entre ellos.

Tétricas y pálidas formas que se convirtieron en caballos aparecieron en el borde de la luz de la hoguera; tras ellas, sobresaliendo por encima de la noche, vio un carro negro. Oscuras figuras encapuchadas caminaban a ambos lados del vehículo, cuatro en total, siguiendo su paso fúnebre. La parpadeante luz reveló a un quinto individuo encima del carro, encorvado sobre el grupo de corceles blancos como el hielo. Esta última figura parecía más grande que las demás, y más sombría, como si llevase puesto algún manto de oscuridad; la rigidez que mostraba parecía hablar de un escondido y triste poder.

Los guardias continuaron sin moverse, pero permanecieron observando en atenta posición. Sólo el chirrido de las ruedas del carro pareció romper el silencio. Simón se encontraba paralizado; sentía una fría presión en la cabeza, como si le desgarrasen el interior.

«Todo esto es un sueño, una pesadilla... ¿Por qué no puedo moverme?»

El carro negro y sus acompañantes se detuvieron al entrar en el círculo de luz. Una de las cuatro figuras levantó el brazo, y la oscura manga cayó para mostrar una muñeca y una mano tan delgada y blanca como un hueso.

Habló con voz fría y sin tono:

—Hemos venido hasta aquí para cumplir lo que se acordó.

Hubo un estremecimiento entre los que esperaban. Uno de ellos dio un paso al frente.

—Al igual que nosotros.

Ante las proporciones que estaba adquiriendo toda aquella locura, Simón no se sorprendió demasiado al reconocer la voz de Pryrates. El sacerdote se quitó la capucha; la luz de la hoguera trazó un arco alto en su frente y destacó la cadavérica profundidad de las cuencas de sus ojos.

—Estamos aquí…, según lo que se convino —continuó Pryrates, en lo que a Simón le pareció un tono de voz trémulo—. ¿Habéis traído lo prometido?

El brazo blanco y delgado apuntó señalando al carro.

—Sí. ¿Y vosotros?

El sacerdote asintió con la cabeza. Dos de los guardias se agacharon y cogieron un bulto que descansaba sobre la hierba, lo llevaron hacia adelante y lo dejaron junto a la bota del alquimista.

—Aquí está —dijo Pryrates—. Este es el presente para vuestro amo.

Dos de las figuras envueltas en los mantos negros se dirigieron al carro y, con mucho cuidado, bajaron un objeto grande y oscuro. Mientras lo traían hacia la luz, uno a cada extremo del bulto, se levantó una ráfaga de aire que batió la colina. Los mantos ondearon al viento, y la capucha de una de las figuras cayó, dejando al descubierto una mata de brillante pelo blanco. El rostro que apareció durante ese breve instante era delicado como una máscara del más fino y exquisito marfil. Un segundo después volvió a colocarse la capucha.

«¿Quiénes son esas criaturas? ¿Son brujos? ¿Fantasmas?»

Al abrigo de las piedras, Simón hizo la señal del Árbol con mano temblorosa.

«Las Zorras Blancas… Morgenes dijo Zorras Blancas…»

Pryrates, esos demonios —o lo que pudieran ser—…, todo ello era demasiado. Simón pensó que todavía *debía* de estar soñando en el cementerio. Rezó para que así fuese, y cerró los ojos para apartar tan horribles imaginaciones… Pero el suelo que había debajo de él rezumaba un inconfundible olor a tierra húmeda, y el fuego crepitaba en sus oídos. Abrió los ojos y vio que la pesadilla no había desaparecido.

¿Qué estaba ocurriendo?

Las dos oscuras figuras alcanzaron el borde del círculo iluminado por el fuego; mientras los soldados aún retrocedían más, depositaron la carga y volvieron a su lugar. Se trataba de un ataúd, o al menos era algo con esa forma, pero de tres palmos de alto. Una fantasmagórica luz azul aparecía latente en el borde de la caja.

—Mostrad lo que habéis prometido —dijo la primera criatura vestida de oscuro.

Pryrates hizo un gesto y el bulto que reposaba a sus pies fue echado hacia adelante. Cuando los soldados retrocedieron, el alquimista empujó el objeto con la punta de una de sus botas. Se trataba de un hombre, amordazado y con las muñecas atadas. Simón apenas pudo reconocer la redonda y pálida faz del conde Breyugar, el Lord de la Guardia.

La figura envuelta en ropas oscuras observó las magulladas facciones de Breyugar durante un intervalo. Su expresión permaneció oculta entre los pliegues de la capucha, pero cuando habló se advirtió el desagrado en su clara voz, desprovista de tono.

—Esto no parece ser lo prometido.

Pryrates inclinó un poco el cuerpo hacia un lado, acercándose a la criatura encapuchada.

—Éste permitió que el que habíamos prometido escapase —dijo, con algo de aprensión—. Por tanto, ocupará su lugar.

Otra figura se abrió paso entre una pareja de guardias, hasta ponerse a la altura del sacerdote.

—¿Prometido? ¿Qué es lo «prometido»? ¿*Quién* fue prometido?

Pryrates levantó las manos en un gesto tranquilizador, pero su expresión era severa.

—Por favor, mi señor. Creo que ya lo sabéis. Por favor.

Elías movió bruscamente la cabeza para mirarlo.

—¿Lo sé, consejero? ¿Qué es lo que prometisteis en mi nombre?

Pryrates se acercó a su amo; su voz rasposa dijo, con tono ofendido:

—Señor, me mandasteis que hiciera todo lo necesario para que este encuentro tuviese lugar. Lo hice... o lo hubiera hecho de no ser por este... imbécil —y con el pie golpeó a Breyugar—, que fracasó en su deber para con su soberano. —El alquimista levantó la mirada para observar a la figura vestida de negro, que, a pesar de la impasibilidad que demostraba, parecía estar algo impaciente. El sacerdote frunció el entrecejo—. Por favor, mi señor, de quien hablábamos ha huido; ya no hay por qué discutir. Por favor —y posó ligeramente la mano en el hombro de Elías.

El rey rehuyó el contacto y, desde las sombras de su capucha, miró a su consejero, pero sin decir nada. Pryrates se volvió otra vez hacia la negra figura.

—Os ofrecemos a éste..., su sangre también es noble. Su linaje es alto.

—¿De alto linaje? —preguntó el individuo, y sus hombros sufrieron una sacudida, como si al pensarlo riese—. Ah, sí, eso es muy importante. ¿Su familia se remonta a muchas generaciones de hombres? —preguntó la oscura capucha, y se giró para encontrar la velada mirada de sus compañeros.

—Así es —respondió el sacerdote, algo desconcertado—. Desde hace cientos de años.

—Bien, nuestro amo estará en verdad complacido —dijo el encapuchado, y rió con una especie de agudo trino que hizo retroceder un paso a Pryrates—. Proceded.

El consejero miró a Elías y éste descubrió su cabeza. Simón sintió que el cielo todavía empequeñecía más. El rostro del rey aparecía pálido incluso junto a las rojas llamas y parecía flotar en el aire. La noche se arremolinó, y la impasible mirada del soberano reflejó la luz como haría un espejo en un pasillo iluminado por antorchas. Finalmente, Elías asintió.

Pryrates dio un paso y agarró a Breyugar por el cuello para arrastrarlo hasta la especie de ataúd, donde lo dejó caer en el suelo. A continuación, se desabrochó la capa e hizo visible un apagado brillo de ropas rojas; después rebuscó entre los pliegues interiores hasta extraer una larga y curvada hoja, como una hoz. La elevó ante sus ojos, mientras se encaraba al punto más al norte de los anillos de piedra, y empezó a cantar con una voz que, a cada instante que transcurría, aumentaba en volumen y autoridad:

> *Al Oscuro, que es el amo de este mundo,*
> *a quien domina el cielo del norte:*
> *¡**Vasir Sombris, feata concordin**!*
>
> *Al Negro Cazador,*
> *poseedor de la mano de hielo:*
> *¡**Vasir Sombris, feata concordin**!*
>
> *Al Rey de la Tormenta, al que está fuera de todo alcance,*
> *al Morador de la Montaña de Piedra,*
> *al helado y ardiente,*
> *al dormido pero despierto:*
> *¡**Vasir Sombris, feata concordin**!*

Las figuras vestidas de negro se balancearon —todas excepto la que permanecía sobre el carro, que seguía tan rígida como las mismas Piedras de la Cólera—, y un siseo emergió desde el centro del grupo, mezclado con el viento, que de nuevo parecía haberse levantado.

—¡Escucha a los que te suplican! —gritó Pryrates.

> *Al escarabajo bajo vuestro pie,*
> *a la mosca entre vuestros fríos dedos,*
> *al susurrante polvo de vuestra sombra sin fin:*
> *¡Escuchadme! ¡Oídme!*
> *¡Timior cuelos exaltat mei!*
> ***¡Padre de las Sombras, que el pacto quede sellado!***

La mano del alquimista descendió y agarró la cabeza de Breyugar. El conde, que seguía tendido a los pies de Pryrates, trató de incorporarse y se tambaleó. Finalmente consiguió alejarse dejando al sorprendido sacerdote sin nada en las manos excepto un puñado de cabellos ensangrentados.

Simón observó cómo el Lord de la Guardia, cuyos ojos aparecían desorbitados, avanzaba justo en la dirección en la que se hallaba escondido; apenas oyó el colérico grito de Pryrates. La noche se estrechó a su alrededor, impidiéndole respirar y oscureciéndole la visión cuando un par de guardias salieron tras Breyugar.

El conde sólo se encontraba a unos cuantos pasos de Simón, y corrió con dificultad a causa de sus manos atadas, cuando tropezó y cayó al suelo. En el instante en que los guardias llegaron a su altura, empezó a patalear y a respirar jadeante tras la banda que lo amordazaba. Simón casi se había incorporado tras la piedra que lo ocultaba, y su asustado corazón latía como si fuese a estallar. Trató, lleno de desesperación, de mantener las piernas rígidas. Los guardias, tan cerca que casi podría haberlos tocado, tiraron de Breyugar para levantarlo entre juramentos. Uno de ellos elevó la espada y golpeó al conde con la hoja plana. Simón vio que Pryrates lo observaba todo desde el círculo de luz; el rostro ceniciento y fascinado del rey estaba junto a él. Cuando Breyugar fue llevado de nuevo junto al fuego, el sacerdote continuó observando el lugar en que había caído el conde.

—¿Quién está ahí?

La voz pareció cabalgar sobre el viento en dirección a la cabeza de Simón. ¡Pryrates lo miraba! ¡Debía de haberlo visto!

—Sal, seas quien seas. Te ordeno que vengas hacia aquí.

Las figuras enfundadas en mantos negros empezaron a emitir un extraño y amenazador canturreo, mientras el muchacho luchaba contra la voluntad del alquimista. Recordó lo que estuvo a punto de ocurrirle en el almacén y trató de resistirse a la inexorable fuerza, pero cada vez se sentía más débil.

—Sal —repitió la voz, y algo alcanzó a tocar la mente de Simón. Este luchó, y trató de cerrar las puertas de su alma, pero la fuerza que penetraba en él era mucho más potente que su voluntad. Sólo tenía que sujetarlo.

—Si el pacto no os place —dijo una fina voz—, rompámoslo ahora. Es peligroso dejar el ritual a medias, *muy* peligroso.

Fue la figura encapuchada la que así había hablado, y Simón notó que las órdenes del sacerdote empezaban a desvanecerse.

—¿Qué…, qué? —titubeó Pryrates, como si acabase de despertar.

—Tal vez no entendáis lo que hacéis en este lugar —murmuró la figura negra—. Puede que no comprendáis quién y qué están involucrados.

—No…, sí, sí que lo sé —tartamudeó.

Simón llegó a sentir el nerviosismo del alquimista, como si se tratase de un olor.

—Rápido —se volvió Pryrates hacia los guardias—, traedme ese saco de asaduras.

Los soldados llevaron la carga de regreso a los pies del sacerdote.

—Pryrates… —empezó a decir el rey.

—Por favor, majestad, por favor. Sólo será un momento.

Para horror de Simón, una parte de la mente de Pryrates no había abandonado su cerebro: una especie de asidero que aquél no había retirado. El muchacho casi sentía el estremecimiento expectante del sacerdote cuando éste levantó la cabeza de Breyugar; sentía su respuesta al murmullo de los encapuchados. Ahora, en ese instante, sentía algo más profundo, una especie de cuña de horror que penetraba en su mente inexperta y sensible. Una especie de inexplicable *otro* estaba allí, en la noche, un terrible *alguien* que permanecía en el aire por encima de la colina como una nube asfixiante, y que ardía en el interior de la figura sentada en el carro como una oculta llama negra; también habitaba en los cuerpos de las piedras.

La hoz se elevó. Durante un instante, la brillante curva carmesí de la hoja pareció una segunda luna en el cielo, una vieja y roja luna creciente. Pryrates gritó en una lengua que Simón no pudo entender.

—¡*Aí Samu'sitech'a*! ¡*Aí Nakkiga*!

La hoja descendió y Breyugar cayó hacia adelante. De su cuello manó sangre púrpura, que cayó en el ataúd. Durante un instante, el Lord de la Guardia se retorció con violencia bajo la mano del sacerdote, para quedarse tan fláccido como una anguila; el oscuro fluido continuó manando sobre la negra tapa. Enredado en una extraña maraña de pensamientos, Simón no pudo evitar experimentar la aterradora euforia que sentía Pryrates. Tras todo ello sintió al *alguien,* como una cosa fría, oscura, horrible y vasta. Sus antiguos pensamientos cantaron con obscena alegría.

Uno de los soldados vomitaba y, si no hubiera sido por la insensibilidad que lo dominaba y silenciaba, Simón habría hecho lo mismo.

El alquimista apartó el cuerpo del conde a un lado; Breyugar cayó como un fardo, con unos dedos muy blancos retorcidos hacia el cielo. La sangre humeaba encima de la oscura caja, y la luz azul brillaba aún más. La línea que describía alrededor del borde se hizo más pronunciada. Poco a poco, y de forma terrible, la tapa empezó a abrirse.

«Sagrado Jesuris que me amáis, Sagrado Jesuris que me amáis —los pensamientos de Simón eran un enfebrecido y aterrado revoltijo—, ayudadme, ayudadme. El diablo está en el interior de esa caja y está saliendo. Por favor, ayudadme, oh, por favor, ayudadme.»

«¡Lo hemos conseguido, lo hemos conseguido! —decían otros pensamientos, ajenos a los suyos. Demasiado tarde para dar marcha atrás.»

«El primer paso —dijeron los más fríos y terribles de todos—. Cómo lo pagarán, pagarán, pagarán...»

Cuando la tapa se abrió, una luz salió del interior, una luz color índigo mezclada con un gris nebuloso y púrpura, una luz terrible que deslumbraba y latía. La tapa acabó de abrirse, y el viento se hizo más débil, como si estuviese asustado y enfermo a causa de la luminosidad que salía de la gran caja negra. Al final pudo verse lo que contenía.

«*Jingizu* —susurró una voz en la cabeza de Simón—, *Jingizu...*»

Se trataba de una espada: una espada que reposaba en el fondo de la caja, mortífera como una víbora. Debía de ser negra, pero aparecía moteada por un extraño brillo, una especie de fosforescencia gris, como una mancha de aceite sobre agua negra. El viento ululó. «Late como un corazón; el corazón de todo el pesar...» Una voz pareció cantar en el interior de la cabeza de Simón, una voz horrible y hermosa a la vez, tan seductora como garras que le arañasen suavemente la piel.

—¡Cogedla, alteza! —urgió Pryrates a través del ulular del viento.

Embelesado y sin opción, de repente Simón deseó tener la suficiente fortaleza como para cogerla él mismo. ¿Podría hacerlo? El poder le susurraba al oído, le hablaba de los tronos de los poderosos, de lo que significaba alcanzar un deseo.

Elías dio un paso vacilante. Uno de los soldados que había junto a él retrocedió y empezó a correr entre sollozos colina abajo, para desaparecer entre la oscuridad de los árboles. En unos instantes, sólo Elías, Pryrates y el oculto Simón fueron los únicos que permanecieron en la cima de la colina junto a los encapuchados y su espada. Elías dio otro paso; ahora ya se encontraba sobre la caja. Tenía los ojos desorbitados por el miedo; parecía estar asaltado por la duda y sus labios se movían sin cesar y sin emitir sonido alguno. Los invisibles dedos del viento agarraron su capa, y la hierba de la colina se agitó bajo los tobillos del rey.

—¡Debéis cogerla! —volvió a decir Pryrates, y Elías lo miró como si lo viese por primera vez—. ¡Tomadla!

Las palabras del alquimista bailaron de forma frenética en el interior de la cabeza de Simón, como ratas en una casa que se quemase. El soberano se inclinó y extendió la mano. La codicia que había sentido el muchacho se convirtió en horror ante el salvaje vacío de la oscura canción de la espada.

«¡No es bueno! ¿Es que no puede sentirlo? ¡No es bueno!»

Mientras la mano de Elías alcanzaba la espada, el gemido del viento se hizo más vivido. Las cuatro figuras encapuchadas permanecieron sin moverse ante el carro; la quinta pareció hundirse en una oscuridad más profunda. Sobre la cima de la colina cayó un silencio tan espeso que podía palparse.

El monarca agarró la empuñadura y sacó el arma de la caja con un lento movimiento. Cuando la puso ante sí, el miedo desapareció de su rostro y sus labios se abrieron en una sonrisa idiota. Entonces elevó la espada; un resplandor azul se extendía a lo largo de todo el filo, haciendo que resaltase sobre la oscuridad del cielo. La voz de Elías casi era un gemido de placer.

—To... tomaré el presente de vuestro amo. Haré... honor a este pacto.

Con lentitud, y con la espada levantada frente a sí, el rey puso una rodilla en tierra.

—¡Salve a Ineluki, Rey de la Tormenta!

El viento volvió a levantarse y a gemir. Simón empezó a retroceder y a apartarse de la agitada colina cuando las cuatro figuras envueltas en ropas negras elevaron sus blancos brazos y empezaron a cantar:

—¡*Ineluki, aí! ¡Ineluki, aí!*

«¡No! —se agitaron los pensamientos de Simón—, el rey... ¡Todo está perdido! ¡Corre, Josua!»

«Dolor... Dolor sobre toda la tierra...»

El quinto encapuchado empezó a retorcerse sobre el carro. La ropa cayó y una forma de luz carmesí se hizo visible, y se agitó como una vela marina ardiendo. Un horrible y demoledor miedo parecía exteriorizarse desde esa cosa cuando empezó a crecer ante los aterrorizados y fijos ojos de Simón. Aquello carecía de cuerpo y se movía en oleadas, cada vez más grandes, hasta que la forma batida por el viento lo cubrió todo, como una aullante criatura hecha de aire y de una brillante magnitud rojiza.

«¡El diablo está aquí! ¡Dolor, su nombre es *Dolor*...! ¡El rey ha traído al demonio! ¡Morgenes, Sagrado Jesuris, salvadme, salvadme, salvadme!»

Simón corrió sin pensar a través de la negra noche, lejos de la cosa roja y del exultante *otro*. El ruido que provocó en su huida se perdió entre el gemido del viento. Las ramas le golpeaban los brazos y se enredaban entre el cabello y el rostro como zarpas...

«La helada garra del norte..., las ruinas de Asu'a.»

Al final el muchacho tropezó y cayó, y su espíritu se alejó de todo aquel horror. Se hundió en una oscuridad más profunda y, en el último instante, oyó a las piedras de la tierra gemir en sus lechos, bajo él.

SEGUNDA PARTE

Simón peregrino

Un encuentro en el albergue

Lo primero que oyó Simón fue un zumbido, un apagado rumor que penetraba de forma insistente en su oído mientras luchaba por despertarse. Entreabrió un ojo y se encontró con que miraba una monstruosidad, una oscura e indistinguible masa de patas retorcidas y ojos brillantes. Se sentó al tiempo que gritaba y agitaba los brazos; el abejorro que de forma inocente había explorado su nariz se alejó con un batir de alas translúcidas en busca de algo menos excitable.

Simón levantó la mano para cubrirse los ojos, que bizqueaban a causa de la vibrante claridad del mundo que se extendía a su alrededor. La luz diurna resultaba deslumbrante. El sol de primavera, como si participase en una procesión imperial, había esparcido oro a todos los lados de las colinas cubiertas de hierba; a cualquier parte que mirase asomaban infinidad de flores: dientes de león y caléndulas de largos tallos, repartidas por las vertientes de las colinas. Las abejas se afanaban de unas a otras, yendo de flor en flor como pequeños doctores que descubrían —para su sorpresa— que todos los pacientes mejoraban al mismo tiempo.

Simón volvió a estirarse sobre la hierba y cruzó las manos bajo la nuca. Había dormido durante mucho tiempo, pues el radiante sol ya parecía estar encima de su cabeza y hacía que el vello de los antebrazos brillase como cobre fundido; las punteras de sus destrozados zapatos se veían tan lejanas que casi pudo imaginar que se trataban de los picos de distantes montañas.

Un súbito pinchazo en los recuerdos atravesó el velo de la somnolencia. ¿Cómo había llegado hasta allí? ¿Qué…?

Una oscura presencia a su espalda le hizo ponerse de rodillas con rapidez; se volvió para ver la masa del Thisterborg, que se elevaba a menos de una legua de distancia. Cada detalle resultaba asombrosamente claro y todos los relieves podían ser apreciados; si no fuese por los recuerdos agitados de Simón, podría haber parecido un lugar confortable y fresco, una plácida colina que se erguía entre anillos de árboles, llena de sombra y de brillantes hojas verdes. En la cresta podrían apreciarse las Piedras de la Cólera, unos pequeños puntos grises enmarcados contra el cielo azul.

El hermoso día de primavera se hallaba ahora empañado por un retazo de sueño. ¿Qué había sucedido la última noche? Simón había huido del castillo, claro; aquellos momentos, los últimos que había pasado con Morgenes, estaban grabados en lo más profundo de su corazón. Pero ¿y después? ¿Qué significaban aquellos espantosos recuerdos, todos aquellos túneles sin fin? ¿Y el fuego y los demonios de blanco cabello?

«Sueños, idiota, pesadillas. Terror, cansancio y más terror. Corría por el cementerio, de noche, y caí. Me dormí y tuve pesadillas.»

Pero ¿y los túneles, y… el ataúd negro? Todavía le dolía la cabeza, pero también lo embargaba una extraña sensación de torpor, como si le hubiesen puesto un trozo de hielo sobre una herida. El sueño pareció del todo real. Ahora resultaba distante y sin sentido, una oscura punzada de miedo y dolor que desaparecería como humo si Simón así lo deseaba, o al menos eso creía. Apartó los recuerdos y los enterró tan profundamente como pudo; a continuación, cerró su mente sobre ellos como la tapa de una caja.

«Como si no tuviese suficientes cosas por las que preocuparme…»

El brillante sol de la Fiesta de Belthainn ablandó los nudos que se habían formado en sus músculos, pero todavía se encontraba dolorido… y muy hambriento. Se puso en pie con rigidez y se sacudió las briznas de hierba de sus haraposos y sucios vestidos. Volvió a mirar el Thisterborg. ¿Estarían las cenizas de un gran fuego esparcidas entre las piedras de allá arriba? ¿O es que los acontecimientos tan inquietantes del día anterior lo habían llevado a la locura? La colina permanecía imponente e impasible; cualesquiera que fuesen los secretos que se ocultaban bajo el manto de árboles, o en lo alto de las piedras, Simón no tenía ninguna gana de saberlos. Existían demasiados vacíos que necesitaban ser llenados.

Le dio la espalda al Thisterborg y miró la oscura linde del bosque, más allá de los promontorios. Al observar toda aquella extensión de tierra se sintió invadido por una profunda pena y por un sentimiento de autocompasión. ¡Se encontraba tan solo! Lo habían dejado sin nada, sin hogar y sin amigos. Dio un golpe con las manos, lleno de rabia, y sintió dolor en las palmas. ¡Después! Después lloraría; ahora debía comportarse como un hombre. ¡Pero todo resultaba tan desagradable!

Respiró profundamente una y otra vez, y volvió a mirar hacia las distantes tierras. En alguna parte, cerca de la delgada línea de sombras, corría el camino del Viejo Bosque. Se extendía durante muchas millas a lo largo del perímetro sur de Aldheorte, a veces a distancia, y a veces junto al mismo límite del hogar de los viejos árboles. En otros lugares recorría su camino bajo las bóvedas del bosque, a través de oscuros emparrados o entre silenciosos claros bañados por el sol. Unos cuantos y diminutos pueblos y algunas casas tenían su refugio a la sombra de los árboles.

«Tal vez pueda encontrar algún tipo de trabajo, incluso conseguir comida. Estoy tan hambriento como un oso…, como un oso que acabase de despertar de un largo invierno. ¡Realmente, estoy muerto de hambre! No he comido desde…, desde…»

Simón se mordió el labio. Lo único que tenía que hacer era empezar a caminar.

El contacto del sol actuaba como una bendición. Al calentar el dolorido cuerpo de Simón, también parecía atravesar el turbulento manto de sus pensamientos. Se sintió como un recién nacido, como el potro de piernas temblorosas y lleno de curiosidad que Shem le había mostrado la primavera pasada. Pero la nueva extrañeza que sentía por el mundo no resultaba del todo inocente; algo raro y oculto se agazapaba tras los maravillosos paisajes que pendían ante él; los colores resultaban demasiado chillones, y los aromas y sonidos demasiado dulzones.

Pronto se le hizo patente la molestia que le ocasionaba el manuscrito de Morgenes que llevaba metido en el cinto, pero tras haber tratado de llevar el fajo de pergaminos en las sudorosas manos durante unos cuantos cientos de pasos, lo dejó estar y lo volvió a sujetar en el cinturón. El anciano le había pedido que lo salvase y él así lo haría; para evitar el roce con la piel puso los faldones de la camisa entre el manuscrito y su cuerpo.

Cuando se cansó de buscar lugares por los que vadear los torrentes que circulaban por los campos, se quitó los zapatos. El olor de las praderas de hierba y del húmedo aire de maya le resultaban indicios de los que desconfiar, pero a pesar de ello encontró la manera de mantener sus pensamientos alejados de la oscuridad y de los lugares que le provocaban dolor; el sentir el barro bajo los pies también lo ayudó.

Llegó al ancho camino del Viejo Bosque al cabo de poco tiempo. En lugar de continuar por él, pues estaba embarrado y lleno de roderas de carro encharcadas, Simón giró hacia el oeste y siguió el curso del camino por la orilla llena de alta hierba. Bajo él, en el suelo, las lilas y otras flores aparecían contusas y desprotegidas entre las marcas de las ruedas, como sorprendidas en medio de un lento peregrinaje desde una orilla a la otra. Los charcos retenían en su interior el azul del cielo al atardecer, y el humilde barro parecía tachonado de brillante cristal.

A un estadio[5] de distancia del camino se veían los árboles de Aldheorte, en una formación interminable, como un ejército dormido de pie. La completa oscuridad en la que encerraban la tierra que reposaba bajo ellos aparecía resquebrajada por la luz que penetraba entre algunos troncos. En otros lugares descansaban lo que parecían ser chozas de troncos, con sus líneas angulosas en contraste con las suaves formas de Aldheorte.

Simón caminó y se deleitó mirando el interminable frente del bosque. Pasó por encima de una zarza llena de moras y se arañó los pies. Tan pronto como se dio cuenta de lo que había pisado, dejó de maldecir. La mayor parte de las moras todavía estaban verdes, pero algunas habían madurado; las mejillas y la barbilla de Simón aparecieron manchadas de su jugo cuando minutos después continuó caminando mientras masticaba. Las moras todavía no estaban dulces, pero aun así le pareció el primer argumento en favor de la Creación que había encontrado en mucho tiempo. Cuando acabó de comer, se limpió las manos en su arruinada camisa.

El camino, con Simón como compañero, empezó a subir por un terreno elevado. De repente, apareció una evidencia definitiva de presencia humana. Aquí y allá, hacia el sur, surgían cercas hechas de madera desbastada que se elevaban desde la hierba crecida; más allá de aquellos vigilantes de fronteras podían verse unas figuras que se movían con la lentitud de los plantadores, que hacían lo propio con los guisantes de primavera. Más cerca había otros que se agachaban por las hileras y manejaban herramientas con las que cortaban las malas hierbas, tratando de salvar todo lo posible de un mal año. Los más jóvenes estaban en los tejados de las cabañas, revolviendo la paja y golpeándola con largos palos para desprender el musgo que había crecido durante las lluvias de avrel.

5. Estadio: Antigua medida de longitud (200 metros). (*N. de la T.*)

246

Simón sintió la urgente necesidad de atravesar los campos y dirigirse hacia las tranquilas y ordenadas granjas. Seguro que alguien le daría trabajo, lo tomaría a su cargo…, lo alimentaría.

«¿Cómo puedo llegar a ser tan estúpido? —pensó—. ¿Por qué no vuelvo al castillo y me pongo a gritar en el patio de los comunes?» Era bien conocido que la gente del campo desconfiaba de los extraños, en especial durante aquellos días, con todos esos rumores sobre bandolerismo y cosas peores que provenían del norte. La guardia erkyna lo habría estado buscando, de eso estaba seguro, y en aquellas granjas aisladas no les resultaría difícil recordar a un joven pelirrojo que hubiera pasado por ellas. Además, no tenía ninguna prisa en entablar conversación con extraños, al menos no tan cerca de Hayholt. Tal vez fuese mejor dejarse caer por uno de los albergues que se encontraban junto al misterioso bosque.

«Sé algo sobre el trabajo en las cocinas, ¿no? Alguien me dará trabajo…, al menos eso creo.»

Trepó a un promontorio y vio que el camino llevaba hasta una intersección con un sendero de carros que emergía del bosque y que serpenteaba por los campos; tal vez se tratase de una ruta de leñadores o de un camino que venía desde una serrería y que se dirigía hacia las granjas al oeste de Erchester. Había un objeto oscuro, anguloso y erecto que permanecía quieto justo en el punto en el que se encontraban ambas sendas. Simón sintió un súbito ramalazo de miedo antes de darse cuenta de que el objeto era demasiado alto como para que se tratase de alguien que esperaba su paso. Deseó que fuera un espantapájaros o una imagen junto a la carretera, dedicada a Elysia, Madre de Dios. Los cruces de caminos eran lugares extraños y la gente común a menudo erigía una sagrada reliquia para mantener alejados a los espíritus de los alrededores.

Mientras se acercaba al cruce decidió que tenía razón al pensar que se trataba de un espantapájaros; el objeto parecía colgar de un árbol o de un poste, y se balanceaba con lentitud a causa del viento. Al cabo de poco tiempo, ya no tuvo la posibilidad de convencerse de que se trataba de otra cosa de la que en realidad era: el cuerpo de un hombre que se balanceaba en una horca.

Simón llegó al cruce. El viento persistía y el fino polvo del camino lo envolvía en una nube marrón. Se detuvo para mirar, impotente. El polvo se posó, por un momento, para volver a arremolinarse a su alrededor.

Los pies del hombre que pendía de la horca colgaban desnudos y ya negros a causa de la hinchazón, a la altura del hombro de Simón. La cabeza aparecía hacia un lado, como un cachorro cogido por el pescuezo; los pájaros habían pasado por los ojos y el rostro del condenado. Un trozo de madera con las palabras «N LAS TIERRAS DE REY» colgaba del pecho del ahorcado; en el camino había otro trozo de madera caído, que parecía haber estado unido al anterior. En él también aparecían grabadas otras palabras: «CAZADOR FURTIVO E».

Simón retrocedió espantado. Una suave brisa hizo que el cuerpo que colgaba se moviese y el rostro del hombre se torció para quedarse mirando a la lejanía que se extendía a través de los campos. El muchacho corrió por el camino y trazó el signo del Árbol sobre su pecho cuando pasó por la sombra del ahorcado. En circunstancias normales su visión le hubiese resultado temerosa y fascinante, como todo lo muerto, pero ahora lo único que podía sentir era un terror enfermizo. Él mismo había robado —o ayudado a robar— algo mucho más importante de lo que aquel desgraciado ladronzuelo nunca hubiera podido imaginar: había robado al hermano del rey de los propios calabozos reales. ¿Cuánto tiempo pasaría antes de que lo atrapasen, como habían atrapado a aquella pobre criatura comida por los pájaros? ¿Cuál sería *su* castigo?

Volvió a mirar hacia atrás. El arruinado rostro se había vuelto a mover, como para observar su marcha. Simón corrió hasta que el camino empezó a descender y el cruce desapareció de su vista.

A última hora de la tarde llegó a un pueblecito llamado Flett. La verdad es que no se trataba de un pueblo propiamente dicho, sino de un albergue y de unas cuantas casas amontonadas junto al camino, a un tiro de piedra del bosque. No se veía a nadie excepto a una delgada mujer que estaba a la puerta de una de las casas, y a una pareja de solemnes niños de ojos muy abiertos que se asomaban junto a las piernas de la mujer. También eran visibles varios caballos —la mayor parte de ellos, animales de granja— atados a un tronco situado frente al albergue El Dragón y el Pescador. Simón pasó cauteloso ante la puerta y miró dentro, pero unas voces estentóreas salieron del interior y se asustó. Decidió esperar y probar suerte más tarde, cuando hubiese más clientela que se detuviese para pasar la noche y entre la cual su haraposa y sucia apariencia pasase más inadvertida.

Siguió andando por el camino un poco más. Las tripas se quejaban y Simón se arrepintió de no haber guardado moras. Ante él sólo había unas cuantas casas y una especie de capilla; más allá, el camino se desviaba repentinamente para acabar bajo el bosque abovedado.

Al llegar al extremo del pueblo encontró un pequeño torrente que serpenteaba por el negro y frondoso suelo. Se arrodilló y bebió.

Intentó no fijarse en las zarzas y la humedad tanto como pudo. Cogió los zapatos para usarlos como almohada y se arrellanó a la sombra de un roble, fuera de la vista del sendero y de la última casa del pueblo. Cayó dormido rápidamente bajo los árboles, como un agradecido huésped bajo la seguridad de las ramas.

Simón soñó...

Encontró una manzana en el suelo, al pie de un gran árbol blanco, una manzana tan brillante y redonda, de color rojo, que no se atrevió a darle un mordisco. Pero tenía mucha hambre y pronto la llevó hasta la boca e hincó los dientes en ella. El sabor de la fruta era delicioso, dulce y crujiente, pero cuando miró donde había mordido, vio el delgado y resbaladizo cuerpo de un gusano que se retorcía sobre la brillante superficie. Simón no se atrevió a tirar la manzana, pues era una fruta de hermoso aspecto y él se encontraba muy hambriento. Le dio la vuelta y mordió en otro lugar, pero cuando sus dientes entraron en contacto con la superficie, volvió a retirarla y una vez más observó el sinuoso cuerpo del gusano. Allí donde mordiese, siempre en lugares diferentes, volvía a encontrar a la criatura, que no parecía poseer cabeza ni cola, sino únicamente anillos interminables alrededor del corazón de la manzana, los cuales se extendían a través de la fría y blanca carne de la fruta...

Simón se despertó bajo los árboles con dolor de cabeza y un sabor amargo en la boca. Se dirigió a la corriente del arroyo para beber y se sintió flojo y débil de espíritu. ¿Cuándo alguien había estado tan solo como él? La oblicua luz del atardecer no llegaba a acariciar la hundida superficie del riachuelo; al arrodillarse y mirar durante un instante la oscura y murmurante corriente de agua, sintió que ya había estado en aquel lugar con anterioridad. Mientras pensaba en ello, el suave movimiento de las ramas de los árboles que le llegaba como si se tratase de un idioma fue acallado por el creciente murmullo de voces humanas. Por un instante temió que estuviese de nuevo soñando, pero al volverse vio a un grupo de personas, al menos una veintena, que venían por el camino del Viejo Bosque y se dirigían a Flett. Todavía al abrigo de la sombra de los árboles, Simón los observó, mientras se secaba la boca con la manga de la camisa.

Los que así llegaban eran campesinos, ataviados con la áspera ropa propia de la región, pero en medio de una atmósfera festiva. Las mujeres llevaban cintas de color azul, oro y verde, prendidas en el suelto cabello, y las faldas por encima de los desnudos tobillos. Alguna de las que corrían por delante llevaban pétalos de flores en los delantales y los esparcían por el aire. Los hombres, algunos jóvenes y de pies ligeros, otros vejetes renqueantes, llevaban sobre las espaldas un árbol caído. Sus ramas aparecían adornadas de cintas, como las mujeres, y los hombres lo izaban, balanceándolo mientras venían por el camino.

Simón sonrió débilmente. ¡El árbol de maya! Claro, de eso se trataba. Hoy se celebraba la Fiesta de Belthainn, y aquella gente traía el árbol de maya. El muchacho había visto, en algunas ocasiones, subir el árbol por la Plaza de la Batalla, en Erchester. De repente su sonrisa le pareció demasiado satisfecha. Se sentía mareado y se acurrucó todavía más entre los arbustos que le servían de escondite.

Ahora se oía cantar a las mujeres, y sus dulces voces se mezclaban de forma desigual en medio de los bailes y las vueltas de todos.

Venid a Breredón,
¡venid a la Colina de las Zarzas!
¡Poneos vuestras guirnaldas de flores!,
¡venid a bailar junto a mi fuego!

Los hombres replicaban, con voces jocosas y alegres:

¡Bailaré ante tu fuego, moza;
después, en la sombra del bosque
extenderemos un lecho de flores,
y pondremos fin a la tristeza!

Ambos, hombres y mujeres, cantaron juntos un estribillo:

Así estaremos bajo este Yrmansol;
¡elevad vuestros cánticos!,
permaneced bajo el poste de maya,
¡elevad vuestros cánticos!
¡Dios se hace hombre!

Las muchachas empezaron a cantar otro verso, uno acerca de la malvaloca y de las hojas de lis y del Rey de las Flores, cuando el ruidoso grupo se dirigió hacia donde estaba Simón; éste, sorprendido en un momento de alegría, con la cabeza llena de la exuberante música, empezó a avanzar. A menos de diez pasos, sobre el camino lleno de luz del sol, tropezó uno de los hombres que más cerca se encontraba de donde estaba Simón; tropezó, y una de las cintas que colgaba se le enredó alrededor de los ojos. Un compañero le ayudó a quitársela y, cuando consiguió desembarazarse de la dorada cinta, el rostro de barba crecida se transformó en una amplia sonrisa. Por alguna extraña razón la visión de aquella sonrisa hizo que Simón dudase en abandonar el refugio de los árboles.

«Pero ¿qué es lo que hago? —se regañó—. ¿Es que me voy a lanzar al descubierto al primer sonido de voces amistosas que oiga? Esa gente está muy alegre, pero un mastín también jugaría con su amo… y se lanzaría contra el extraño que apareciese sin ser esperado.»

El hombre al que había observado le gritó algo a su compañero que Simón no pudo escuchar por encima del estruendo del grupo; después, se volvió y levantó una cinta al tiempo que vociferaba algo a otra persona. El árbol siguió hacia adelante y, cuando pasaron los últimos rezagados de la procesión, Simón salió al camino y los siguió. Su figura resultaba tan delgada y sus ropas tan andrajosas que podía haber sido el doliente espíritu de los árboles que, lleno de tristeza, seguía a su hogar robado.

La alegre procesión torció por una pequeña colina situada detrás de la ermita. El último rayo de sol se desvanecía con rapidez a lo largo de los anchos campos; la sombra de la cruz que coronaba el tejado de la iglesia se extendía por el montículo como un largo y curvado cuchillo. No sabiendo lo que venía a continuación, Simón se quedó detrás del grupo mientras éste cargaba con el árbol por el montículo, tropezando y cayendo entre las zarzas. Una vez arriba, se reunieron los hombres, sudorosos y sin dejar de bromear, y bajaron el tronco para meterlo en un agujero que había sido cavado a tal efecto. Después, mientras algunos lo sostenían recto, otros rellenaron el resto del agujero y el borde con piedras. Luego retrocedieron unos pasos. El árbol de maya se balanceó un poco y después se inclinó hacia un costado, lo que provocó un chillido sofocado y risas entre el grupo. Finalmente se quedó algo torcido; un grito de entusiasmo se elevó de las gargantas de la gente. Simón, todavía bajo las sombras de los árboles, exhaló un alegre suspiro, pero tuvo que abandonar su refugio con un nudo en la garganta. Tosió hasta que se le nubló la vista; casi había transcurrido un día entero desde que había hablado por última vez.

Retrocedió lentamente, con los ojos humedecidos. Habían encendido una hoguera al pie de la colina. Con la parte superior teñida por la luz de la puesta de sol y las llamas crepitando en la base, el árbol parecía una antorcha encendida por ambos extremos. Atraído de un modo irresistible por el olor a comida, Simón se acercó a los vejetes y charlatanes que extendían manteles y preparaban la cena junto al muro de piedra trasero de la ermita. Se sintió sorprendido y frustrado al ver lo magro de los alimentos que allí reposaban: escasos bienes para un día festivo y, mala suerte, todavía una más escasa posibilidad de poder llegar hasta ellos sin ser sorprendido.

Los hombres y mujeres más jóvenes empezaron a bailar alrededor de la base del árbol de maya, para conformar un círculo. El anillo, a causa de los borrachos que tropezaban, nunca acabó de cerrarse; los espectadores gritaban al ver a los bailarines tratar de alcanzar una mano, sin resultados, o al verlos girar sin ton ni son. Uno a uno, los juerguistas se fueron apartando de la danza, tambaleándose y a veces rodando colina abajo para detenerse al final entre carcajadas. Simón no deseaba otra cosa que unirse a ellos.

Poco después se formaron grupos de gente que se sentaron en la hierba y junto a la pared. La copa del árbol tenía el aspecto de un rubí, con el último rayo de sol capturado en ella. Uno de los hombres que permanecía en la base de la pequeña colina extrajo una flauta hecha de hueso y empezó a tocar. Un silencio gradual fue extendiéndose a medida que tocaba, sólo interrumpido por algunos susurros y algún estallido de risa ocasional. La oscuridad de la noche también cayó sobre el grupo. La quejumbrosa voz de la flauta sobresalía por encima de todo ello como el espíritu de un pájaro melancólico. Una muchacha, de negro cabello y rostro delgado, se incorporó y se apoyó en el hombro de su joven acompañante. Empezó a balancearse con lentitud, como un abedul en el camino del viento, y de sus labios salió una canción; Simón sintió que el gran vacío que había en su interior se abría para recibir la canción, el anochecer, el paciente y contenido olor de la hierba y otras cosas.

Oh fiel amigo, oh tilo.

Me diste cobijo cuando era joven.
Háblame del que me fue desleal;
vuelve a ser mi amigo.

El que fue el deseo de mi corazón,
el que me prometió todo a cambio,
me ha abandonado y mi corazón ha rechazado,
y ha hecho del Amor una mentira.

¿Adónde ha ido, oh tilo?
¿A los brazos de qué dulce amiga?

¿Qué podría hacerlo regresar?
¡Oh, tilo, espíalo por mí!

No me pidáis eso, hermosa mujer.
De buena gana no os respondería,
pues sólo la verdad puedo responder
y no deseo herir vuestros sentimientos.

No me rechaces, oh alto tilo;
¡dime quién está junto a él esta noche!
¡Dime quién es la mujer que me ha desbancado!,
¿quién lo aparta de mi llamada?

Oh, hermosa mujer, os diré la verdad:
él ya no volverá a vos nunca más.
Esta noche caminará por la orilla del río
para tropezar y caer.

Ahora tiene a la mujer-río,
y ella se abraza fuerte a él,
pero ella lo devolverá,
empapado y frío.

Así volverá,
mojado por el río y frío...

Cuando la muchacha de cabello negro volvió a sentarse el fuego crepitó, como si se burlase de una canción tan tierna y sentimental.

Simón se alejó de las llamas, con los ojos inundados en lágrimas. La voz de la mujer había despertado en él una enorme nostalgia por su hogar, por las bromistas conversaciones con los trabajadores de la cocina, por la ternura de las sirvientas, por su cama, el foso, por las soleadas estancias de Morgenes, incluso —y le causó disgusto el darse cuenta— por la severa presencia de Raquel, *el Dragón.*

Los murmullos y las risas que se oían a su espalda inundaban la primaveral noche como el suave aleteo de los pájaros.

Aproximadamente una veintena de personas se encontraban en la calle, frente a la iglesia. La mayoría de ellas, reunidas en grupos de dos, tres o cuatro, parecían dirigirse a través de la oscuridad hacia El Dragón y el Pescador. La luz de las antorchas brillaba junto a la puerta del local, inundando a los que remoloneaban en el porche con una claridad amarillenta. Cuando Simón se acercó, todavía secándose los ojos, el olor a carne y cerveza negra casi lo ahoga, como si hubiese sido alcanzado por una ola del océano. Caminaba con lentitud, a unos pasos de distancia del grupo, y se preguntaba si debería pedir trabajo ahora mismo o esperar, en aquel cálido ambiente de sociabilidad, hasta más tarde, cuando el mesonero dispusiera de un momento para hablar con él y comprobar que era un muchacho en quien se podía confiar. Le daba miedo el pensar en pedirle trabajo a un extraño, ¿pero qué podía hacer? ¿Dormir en el bosque como si fuese un animal?

Cuando pasó junto a un grupo de granjeros borrachos que discutían sobre los méritos de la última esquilada, casi se echó de bruces sobre una oscura figura arrebujada contra la pared, bajo el oscilante cartel del hostal. Una cara redondeada y sonrosada, de ojos diminutos, se giró para mirarlo. Simón murmuró algunas palabras a modo de disculpa y ya se alejaba cuando recordó.

—¡Yo os conozco! —le dijo a la figura que permanecía en cuclillas; los oscuros ojos del hombre emitieron una señal de alarma—. ¡Vos sois el fraile que conocí en la calle Mayor!… ¡El hermano Cadrach?

Cadrach, que durante un instante pareció que saldría corriendo a cuatro patas, estrechó los ojos para mirarlo.

—¿No os acordáis de mí? —preguntó el muchacho, lleno de excitación. La visión de un rostro familiar se le había subido a la cabeza como el vino—. Me llamo Simón. —Un par de granjeros se giraron para mirarlo con ojos turbios, desprovistos de curiosidad; el chico sintió un pinchazo de terror al recordar que era un fugitivo—. Me llamo Simón —repitió en voz más baja.

Una chispa de reconocimiento, y algo más, se abrió paso a través del rechoncho rostro del monje.

—¡Simón! ¡Pues claro que sí, muchacho! ¿Qué es lo que te ha hecho venir de la gran Erchester al diminuto Flett? —preguntó el fraile, mientras se incorporaba con la ayuda de una larga vara que reposaba contra la pared, a su lado.

—Pues… —Simón estaba confundido.

«Sí, realmente, ¿qué es lo que haces, idiota, conversando con quien es casi un desconocido? ¡*Piensa*, estúpido! Morgenes ya te dijo que esto no era ningún juego.»

—Estoy haciendo un recado… para una gente del castillo…

—Y has decidido coger algo del dinero que te han dado y hacer una parada en el famoso El Dragón y el Pescador… —Cadrach compuso una mueca irónica—, para comer algo. —Antes de que Simón pudiera contradecirlo, o al menos decidir si quería hacerlo, el monje continuó—: Lo que deberías hacer es cenar conmigo y dejar que pague tu cuenta; no, no, muchacho. ¡Insisto! Sólo quiero devolverte el favor, después de la amabilidad que demostraste hacia un extraño.

Simón no pudo decir ni una palabra, pues antes de que pudiese reaccionar, el hermano Cadrach lo hizo entrar en la taberna.

Unos cuantos rostros se giraron cuando hicieron su entrada, pero las miradas no permanecieron mucho tiempo posadas sobre ellos. La habitación era grande y de techo bajo, y a ambos lados se alineaban mesas y bancos tan manchados de vino, mellados y desencajados que parecían sostenerse sólo a causa de la salsa seca y el sebo con que tan generosamente aparecían salpicados. Cerca de la puerta ardía una chimenea. Un muchacho campesino, cubierto de hollín, estaba dando vueltas a una pata de buey en un asador y reculó cuando de la pierna cayó un trozo de grasa que hizo crepitar el fuego. A Simón le dio la impresión de que todo parecía y olía como el paraíso.

Cadrach lo arrastró hacia un lugar junto a la negra pared; la superficie de la mesa estaba tan resquebrajada y astillada que causaba dolor cuando se apoyaban los codos sobre ella; el monje se sentó frente al muchacho, reposó la espalda contra la pared y estiró las piernas por debajo del banco. En lugar de las sandalias que Simón había esperado ver, el fraile calzaba unas destrozadas botas, muy desgastadas a causa del tiempo y del mucho uso.

—¡Mesonero! ¿Dónde estáis, respetable mesonero? —llamó Cadrach.

Un par de cejijuntos y mal afeitados campesinos, que Simón hubiera jurado que eran gemelos, los miraron desde la mesa de al lado con una mueca de desagrado en el rostro. El propietario apareció tras una corta espera; se trataba de un hombre ancho como un barril, barbudo y con una profunda cicatriz que le cruzaba por toda la nariz hasta el labio superior.

—Ah, aquí estáis —dijo Cadrach—. Bendito seáis, hijo mío, y traednos una jarra de vuestra mejor cerveza. Después, ¿seríais tan amable de alcanzarnos algo de esa pierna y dos pedazos de pan para untar? Gracias, muchacho.

El propietario frunció el entrecejo ante las palabras del monje, pero asintió con la cabeza y se alejó.

—…Mierda de hernystiro… —lo oyó murmurar Simón mientras se iba.

La cerveza llegó enseguida, y luego la carne y después más cerveza. Al principio, el chico comía como un perro hambriento, pero luego dulcificó sus maneras iniciales y echó un vistazo por la habitación para asegurarse de que nadie prestaba demasiada atención; finalmente aminoró el ritmo y empezó a escuchar la divagante conversación del hermano Cadrach.

El hernystiro era un maravilloso narrador de cuentos, a pesar del acento que a veces dificultaba su comprensión. Simón se divirtió mucho con la historia del arpista Ithineg y su larga, larga noche, a pesar de haberse sorprendido, inicialmente, al escuchar un relato así de los labios de un hombre que vestía hábitos. Rió con tanta fuerza con las aventuras de Hathrayhinn *el Rojo* y de la mujer sitha llamada Finaju, que derramó cerveza sobre su camisa.

Permanecieron allí durante largo tiempo; la posada se encontraba medio vacía cuando el barbudo tabernero acabó de llenar las jarras por cuarta vez. Cadrach, con muchas gesticulaciones, le explicaba a Simón la historia de una pelea que había presenciado en los muelles de Ansis Pelippe, en Perdruin. Dos monjes, explicó, se habían golpeado hasta quedar casi inconscientes a causa de una discusión sobre si nuestro Señor Jesuris había liberado, mediante magia o no, a un hombre de un embrujo que lo había convertido en cerdo en la isla de Grenamman. En la parte más interesante de la historia —el hermano Cadrach gesticulaba de forma tan entusiasta durante la descripción que Simón temió que fuese a caer del banco—, el mesonero depositó una jarra en medio de la mesa, con un fuerte golpe. El monje, interrumpido en medio de la explicación, levantó la mirada.

—¿Sí, mi buen señor? —preguntó, y se atusó una ceja—. ¿En qué podemos seros de ayuda?

El mesonero permanecía con los brazos cruzados y con una mirada de sospecha en el rostro.

—Os he dado crédito porque sois un hombre de fe, padre —dijo—, pero voy a cerrar dentro de poco.

—¿Es *eso* lo que os preocupa? —Una sonrisa cruzó la redonda cara de Cadrach—. Enseguida estaremos con vos para hacer las cuentas, compañero. A propósito, ¿cómo os llamáis?

—Freawaru.

—Bien, entonces no temáis, buen Freawaru. Dejad que el muchacho y yo acabemos estos vasitos y os dejaremos dormir.

El posadero asintió, más o menos satisfecho con la respuesta, y se alejó para dirigirse junto al muchacho del asador. Cadrach vació su jarra mediante un largo y ruidoso trago; después se volvió sonriente hacia Simón.

—Bebe, bebe, muchacho. No debemos hacerlo esperar. Pertenezco a la orden Granisiana, y nos dedicamos sobre todo a los pobres. ¡Entre otras cosas, el buen san Granis es el patrón de los hostaleros y de los borrachos, una pareja bastante natural!

Simón sonrió y vació la copa, pero cuando la ponía sobre la mesa se hizo la luz en su memoria. ¿No le había dicho Cadrach, la primera vez que se encontraron en Erchester, que pertenecía a *otra* orden? ¿Algo con una «v»? ¿Vilderivana?

El monje rebuscaba en los bolsillos de su hábito con una mirada de gran concentración en el rostro, así que el muchacho no hizo ninguna pregunta. Al cabo de un momento, Cadrach sacó una bolsa de piel y la dejó sobre la mesa; no hizo ningún sonido, ni tintineó ni produjo ningún ruido metálico. La brillante frente del fraile aparecía arrugada con una mirada de preocupación, y levantó la bolsa hasta acercársela al oído para agitarla. No se produjo ningún tipo de sonido. Simón se quedó mirándolo.

—Ah, muchachito, muchachito —dijo Cadrach, apesadumbrado—. ¿Ves esto? Hoy me paré para ayudar a un pobre mendigo, lo ayudé a llegar hasta el río y le lavé los pies, y mira, mira de qué manera me ha pagado mis desvelos. —Le enseñó la bolsa para que Simón pudiera ver el interior—. ¿Me podrías decir por qué a veces me preocupo por un mundo tan inhóspito, joven Simón? Ayudé a ese hombre, y me ha robado mientras lo llevaba en brazos. —El monje exhaló un profundo suspiro—. Bien, muchacho, siento tener que depender de tu amabilidad y de tu caridad aedonita para dejarme el dinero que debemos aquí; no temas, pronto te lo devolveré. —El monje cloqueó mientras le alargaba al chico la vacía bolsa para que viese el contenido—. Oh, este mundo está lleno de pecado.

Simón sólo oyó las palabras de Cadrach vagamente, como un parloteo confuso que se introducía en su cabeza, abotargada por la cerveza. No miraba el agujero de la bolsa, sino la gaviota que había grabada sobre el cuero, con fuerte hilo azul. La placentera borrachera que lo embargaba un minuto antes se había convertido en algo pesado y amargo. Levantó la mirada hasta que sus ojos se encontraron con los del hermano Cadrach. La cerveza y la calidez del albergue habían enrojecido las mejillas y orejas de Simón, pero ahora sentía una oleada de sangre todavía más caliente que ascendía desde su desbocado corazón.

—¡Esa es… mi… bolsa! —dijo.

Cadrach bizqueó como un tejón fuera de la madriguera.

—¿Qué dices, muchacho? —preguntó, lleno de aprensión, mientras se incorporaba poco a poco desde la pared hasta la mitad del banco—. Me temo que no te he oído bien.

—Esa... bolsa... es *mía*.

Simón sintió sobre sí la herida y la frustración que le causó la pérdida —el rostro de desagrado de Judit, la triste sorpresa del doctor Morgenes—, y la tristeza que corresponde a toda confianza traicionada. El vello rojizo de su nuca se erizó como un cepillo de púas.

—¡*Ladrón*! —gritó, de repente, y se echó hacia adelante; pero Cadrach, que le había adivinado las intenciones, saltó del banco y retrocedió a lo largo del comedor del hostal hasta llegar a la puerta.

—¡Espera, muchacho, estás cometiendo un error! —gritó el fraile, pero aunque creyese lo que decía, no parecía tener demasiada confianza en su habilidad para convencer a Simón.

Sin darse un respiro, el monje agarró la vara y salió disparado a través de la puerta. Simón corrió tras él, pero apenas había llegado junto al dintel cuando se sintió agarrado por la cintura por un par de fornidos brazos. Un momento después se encontró elevado, sin que sus pies tocasen el suelo, sin poder respirar y con las piernas colgando.

—¿Se puede saber qué tratas de hacer? —le preguntó Freawaru al oído.

El hostelero cerró la puerta y llevó en volandas a Simón hacia el interior de la habitación, teñida con el color de las llamas de la chimenea. El muchacho tomó tierra sobre el suelo mojado y trató de recuperar el aliento.

—¡El monje! —pudo balbucear—. ¡Me ha robado la bolsa! ¡No lo dejéis escapar!

Freawaru asomó la cabeza al otro lado de la puerta.

—Bueno, si eso es cierto ya está lejos; pero ¿cómo puedo saber que eso no forma parte del plan, eh? ¿Cómo puedo estar seguro de que no ponéis ese truco en práctica en todos los albergues entre aquí y Utanyeat? —Un par de bebedores de última hora rieron tras él—. Levántate, muchacho —dijo el mesonero, y cogió el brazo de Simón para tirar de él y ponerlo en pie—. Voy a ver si Deorhelm o Godstan han oído hablar de vosotros dos.

Freawaru arrastró al chico fuera del albergue y lo llevó, cogido del brazo, alrededor del edificio. La luz de la luna teñía la paja del tejado del bosque, a un tiro de piedra de distancia.

—No sé por qué no pediste trabajo, tonto —gruñó el tabernero mientras empujaba ante sí al tambaleante joven—. Mi Heanfax se acaba de marchar y yo podría haber sacado algún provecho de un joven tan bien proporcionado como tú. Maldita tontería; ahora mantén la boca cerrada.

Junto al establo se encontraba una pequeña cabaña, aunque conectada con el edificio principal del albergue. Freawaru aporreó la puerta con el puño.

—¡Deorhelm! —llamó—. ¿Estás levantado? Ven a echarle un vistazo a este muchacho y dime si lo has visto antes.

Podía oírse el ruido de unos pasos que se acercaban a la puerta, desde el interior.

—Maldita sea, ¿eres tú, Freawaru? —preguntó una voz, en tono de queja—. Tenemos que volver al camino en cuanto cante el gallo.

La puerta se abrió y dejó entrever la habitación que había en el interior, iluminada por algunas velas.

—Tienes suerte de que estuviéramos jugando a los dados y no acostados —dijo el hombre que abrió—. ¿Qué pasa?

A Simón casi se le salen los ojos de las órbitas y le explota el corazón. ¡Aquel hombre y el que limpiaba la espada sobre uno de los jergones vestían la librea verde de la guardia erkyna de Elías!

—Este joven rufián y ladrón de…

Eso fue todo lo que Freawaru tuvo tiempo de decir antes de que Simón se diera la vuelta y hundiera la cabeza en el estómago del mesonero. El hombre se dobló con un quejido de dolor. Simón salió disparado en busca del refugio que le podía ofrecer el bosque, y en unos cuantos pasos desapareció. Los soldados lo vieron huir con muda sorpresa. En el suelo, frente a la puerta iluminada por una vela, Freawaru, el mesonero, maldecía, pataleaba y volvía a maldecir.

16

LA FLECHA BLANCA

No es justo! —sollozó Simón por centésima vez, mientras golpeaba el suelo con los puños. Las hojas se le pegaban en los nudillos enrojecidos, que ya parecía tener insensibles—. ¡No es justo! —murmuró, mientras se arrebujaba como una pelota.

Y no *era* justo; no lo había sido, en verdad. ¿Qué es lo que había hecho para estar allí tendido, mojado, sintiéndose miserable y sin hogar en el bosque de Aldheorte, mientras otros dormían en cálidos lechos o se levantaban para comer pan y leche, con ropas secas? ¿Por qué tenía que ser perseguido como si fuese una alimaña? Había tratado de hacer lo que era correcto, ayudar a su amigo y al príncipe, y eso lo había convertido en un forajido hambriento.

«Pero a Morgenes le había ido peor, ¿no? —apuntó una parte de él, con desdén—. Seguro que el pobre doctor habría cambiado los papeles de buena gana.»

Pensó que aunque hubiera sido así, aquélla no era la cuestión: al menos el doctor Morgenes tenía alguna idea de lo que se jugaba o de lo que podría pasar. En cambio, él, pensó con disgusto, había sido tan estúpido e inocente como un ratón que deja su refugio para jugar con un gato.

«¿Por qué Dios me odia tanto?», se preguntó Simón, entre sollozos. ¿Cómo Jesuris Aedón, de quien los sacerdotes decían que observaba a todo el mundo, le había dejado sufrir y casi morir de esa manera? Simón volvió a caer presa del llanto.

Al cabo de un tiempo se secó las lágrimas y se preguntó cuánto rato habría permanecido allí tendido, con la mirada perdida. Simón se incorporó y se alejó del refugio del árbol lo suficiente como para vaciar la vejiga; después se encaminó, de mala gana, hacia un arroyo para beber. El dolor que sentían en las rodillas, la espalda y el cuello lo torturaba a cada paso.

«Que se vayan todos al infierno. Maldito sea este bosque, y Dios también, por todo lo que padezco.»

Levantó la mirada de la mano llena de agua, temeroso, pero su silenciosa blasfemia no fue castigada.

Cuando hubo acabado de beber se dirigió corriente arriba hasta un lugar en el que el arroyo se arremolinaba en un remanso y las turbulentas aguas aparecían más calmadas. Al inclinarse y mirar su reflejo a través de las lágrimas, notó una resistencia en la cintura que le impedía inclinarse sin apoyarse en las manos.

«¡El manuscrito del doctor!», recordó.

Se incorporó a medias y extrajo el cálido y flexible pergamino de entre los pantalones y los faldones de la camisa. El cinturón había formado una arruga a lo largo de todo el bulto. Simón lo había llevado encima durante tanto tiempo que las páginas estaban tan amoldadas a la curva de su barriga como lo estaría la pieza de una armadura; en sus manos reposaron dobladas igual que una vela hinchada por el viento. La página superior aparecía manchada, pero Simón reconoció la pequeña e intrincada letra del doctor; había vestido la delgada armadura de las palabras de Morgenes. Sintió una repentina punzada como de hambre, y apartó los papeles con delicadeza para volver a dirigir su mirada al remanso.

Le llevó unos instantes poder separar su propio reflejo de las manchas y sombras que aparecían en la superficie del agua. La luz se encontraba a su espalda, y la mayor parte de su imagen era una silueta, una oscura figura en la que únicamente aparecían indicios de rasgos en la sien iluminada, así como en la mejilla y la mandíbula. Giró la cabeza para atrapar el sol; miró por el rabillo del ojo y vio una especie de animal atrapado, reflejado en el agua, con la oreja erguida como para oír a los perseguidores, el pelo enredado y el cuello torcido de una manera que no indicaba ningún tipo de civilización, sino vigilancia y miedo. Cogió el manuscrito a toda prisa y remontó la orilla del arroyo.

«Estoy completamente solo. Nadie se preocupará por mí nunca más. Nadie lo ha hecho jamás.» Simón imaginó que sentía su corazón golpetear contra el interior del pecho.

Tras unos minutos de búsqueda encontró un trozo de tierra en el

261

que daba el sol, y se sentó en él para secarse las lágrimas y poder pensar. Le pareció obvio, mientras oía el eco del canto de los pájaros y otros sonidos del bosque, que *debería* buscar ropas que lo abrigasen más si iba a pasar las noches al raso, y eso tendría que hacer hasta que se alejase lo suficiente de Hayholt. También tenía que decidir hacia dónde iría.

Empezó a hojear, con aire ausente, los papeles de Morgenes, todos ellos llenos de palabras. Palabras... ¿Cómo podía pensar alguien en tantas palabras a la vez, y no digamos escribirlas? Le dolió la cabeza de sólo pensar en ello. ¿Y de qué servían —reflexionó, con el labio tembloroso a causa de la amargura—, cuando tienes frío, y estás hambriento..., o cuando Pryrates está en tu puerta? Pasó dos hojas. La última se rompió y Simón sintió como si hubiese insultado a un amigo. Se quedó mirando el papel durante unos instantes, siguiendo de forma solemne la familiar caligrafía con el dedo; a continuación, levantó la hoja para poder ver qué ponía.

> *... resulta extraño, pues, pensar cómo esos que escribieron las canciones e historias que entretenían a la resplandeciente corte de Juan hicieron de él, en un esfuerzo por hacerlo más grande que la vida, un ser inferior al que en realidad era.*

Lo leyó una vez, palabra por palabra y no pudo entender nada; pero al leerlo de nuevo le vinieron a la imaginación las inflexiones del hablar de Morgenes. Casi sonrió, olvidando durante un instante la horrible situación en que se hallaba. Todo aquello que leía tenía poco sentido para él, pero reconocía en ello la voz de su amigo.

> *Por ejemplo, consideremos —continuaba—, su llegada a Erkynlandia desde la isla de Warinsten. Los cantores de baladas dicen que Dios lo convocó para que matase al dragón* Shurakai; *que desembarcó en* Grenefod *con la espada* Clavo Brillante *en la mano y con la sola idea de cumplir su gran misión.*
>
> *Si bien es posible que el benevolente Dios lo llamase para librar al mundo de tan temida bestia, resta por explicar por qué Dios permitió que el dragón permaneciese arrasando durante tanto tiempo el país, antes de que le llegase su némesis. Y, claro, los que lo conocieron en aquellos días recuerdan que dejó Warinsten como un desarmado hijo de granjero, y que llegó a nuestras costas en las mismas condiciones; ni siquiera pensó en el* Gusano de Fuego *hasta que pasó la mayor parte del año en nuestra Erkynlandia...*

Resultaba muy reconfortante volver a oír la voz de Morgenes, aunque fuese en el interior de su propia cabeza, pero el pasaje le resultaba incomprensible. ¿Trataba de decir el doctor que el Preste Juan *no* había matado al Dragón Rojo, o sólo que no había sido escogido por Dios para hacerlo? Si no había sido escogido por el Señor Jesuris desde el cielo, ¿cómo había matado a la bestia? ¿Acaso la gente de Erkynlandia no decía que era el rey ungido por Dios?

Simón se sentó a pensar, y una racha de viento que penetró entre los árboles le puso la carne de gallina.

«Aedón lo maldiga; tengo que encontrar una capa o algo que sea cálido —pensó—. Y debo decidir adonde ir, en lugar de sentarme aquí sin hacer nada, como un bobo, con unos viejos pergaminos.»

Parecía evidente que su plan del día anterior —el de esconderse bajo una profunda capa de anonimato, convirtiéndose en pinche de cocina o en criado de algún albergue rural— ya no tenía sentido. No se trataba de si los dos guardias de los que había escapado lo habían reconocido o no: alguien lo haría, tarde o temprano. Estaba seguro de que los soldados de Elías batían los alrededores en su busca; no se había convertido sólo en un sirviente huido, era un criminal, un terrible criminal. La fuga de Josua ya había sido pagada con algunas muertes; no existiría piedad para Simón si caía en las manos de la guardia erkyna.

¿Cómo podría escapar de todo ello? ¿Adónde podría ir? Sintió que el pánico volvía a invadirlo y trató de suprimir aquella sensación. El último deseo de Morgenes antes de morir había sido que siguiese a Josua hacia Naglimund, algo que a aquellas alturas parecía ser lo único válido. Si el príncipe había tenido éxito en su fuga, Simón, sin duda, sería bien recibido. Si, por el contrario, había fracasado, era casi seguro que los súbditos de Josua le ofrecerían refugio a cambio de tener noticias sobre su señor. Se trataba de un muy largo viaje hasta Naglimund; Simón conocía el camino y la distancia sólo de oídas, pero nadie decía que fuese corto. Si continuaba por el Viejo Bosque hacia el oeste, llegaría a cruzarse con la ruta de Wealdhelm, que corría hacia el norte a lo largo de la falda de las colinas que le daban nombre. Si podía llegar a encontrar aquella ruta, podría encaminarse en la dirección correcta.

Con una tira de tela arrancada del dobladillo de la camisa, Simón envolvió los papeles enrollándolos en forma de cilindro; luego los cubrió con más tela, para acabar rematando el paquete con un cuidadoso nudo a cada extremo. Se percató de que había olvidado una hoja, que seguía caída a un lado; al recogerla se dio cuenta de que era la que su propio sudor había manchado. Entre los borrones de las letras medio desfiguradas, se podía leer una frase. Los ojos de Simón se vieron atraídos por ella.

Si fue dotado de divinidad, se hacía más evidente en sus idas y venidas, en su querer estar en el lugar adecuado en el momento propicio, y así aprovechar...

No se trataba de una predicción de futuro ni de una profecía, pero lo fortaleció un poco y dio peso a la resolución que había adoptado. Iría hacia el norte, hacia Naglimund.

Un aburrido, penoso y miserable viaje al abrigo del camino del Viejo Bosque fue, en parte, salvado por un descubrimiento fortuito. Iba penetrando a través de los matojos, rodeando las ocasionales cabañas que se agazapaban a poca distancia del sendero, cuando a través de la espesura del bosque descubrió un tesoro inapreciable: la ropa extendida de alguien. Se acercó al árbol, cuyas ramas aparecían adornadas con ropas mojadas y sábanas empapadas, y su mirada fue a parar a la cabaña de techo de zarzas que estaba a unos cuantos metros de distancia. El corazón le latió aún más deprisa cuando encontró un manto de lana tan pesado a causa de la humedad que le hizo tambalearse al cogerlo en los brazos. Ninguna señal de alarma provino de la cabaña; de hecho, no parecía haber nadie allí. Por alguna razón se sintió peor al robar el manto. Volvió a hurtadillas hacia los enmarañados árboles con su carga, cuando en su imaginación apareció una basta señal de madera que golpeaba contra su pecho que ya no respiraba.

La verdad era que, según Simón había captado enseguida, la vida de forajido no tenía nada que ver con las historias de Jack Mundwode *el Bandido*, que Shem le había contado. En su imaginación, el bosque de Aldheorte había sido una especie de alta e interminable sala con un piso de suave césped y altos pilares de troncos apuntalando un distante techo de hojas y cielo azul; un pabellón ventilado donde caballeros como sir Tallistro de Perdruin o el gran Camaris hacían cabriolas sobre corceles de guerra y salvaban de odiosos destinos a damas hechizadas.

Encallado en una desagradable y casi malévola realidad, Simón se encontró con que los árboles de la linde del bosque se amontonaban y las ramas se retorcían unas sobre otras, como serpientes entrelazadas. Los mismos arbustos resultaban un obstáculo, un interminable campo de zarzales y troncos caídos que permanecían, casi invisibles, bajo el musgo y las hojas caídas.

En aquellos primeros días, cuando de repente se encontraba en algún claro del bosque en el que podía andar sin trabas durante un corto tiempo, el sonido de sus propios pasos sobre el desnudo suelo lo hacía sentirse al descubierto. Se encontró corriendo a toda prisa a través de los pequeños valles a la sesgada luz del sol, rezando por volver a encontrar la seguridad que le brindaban los arbustos. La falta de nervio lo ponía tan furioso que se obligó a cruzar a paso lento por los claros. A veces incluso cantaba bravas canciones y escuchaba el eco, como si pensase que el sonido de su voz, temblorosa y agonizante, contra los árboles fuera la cosa más natural del mundo; pero una vez que alcanzaba los arbustos apenas podía acordarse de lo que había cantado.

Aunque su mente todavía se veía asaltada por los recuerdos de su vida en Hayholt, éstos casi se habían convertido en fragmentos de memorias que cada vez le parecían más distantes e irreales, reemplazados por una creciente niebla, mezcla de amargura y desesperación. Le habían robado su hogar y su felicidad. La vida en Hayholt había resultado muy fácil y cómoda: la gente era amable, y las estancias, maravillosamente cómodas. Ahora se arrastraba por un tortuoso bosque una hora tras otra, inundado de miseria y autocompasión. Sintió que la percepción que tenía de sí mismo se desvanecía y que su pensamiento sólo estaba puesto en dos cosas: marchar hacia adelante y comer.

Al principio había pensado mucho en si debía seguir campo traviesa, pues podría ir más rápido aun a riesgo de ser descubierto, o tratar de hacerlo a través del resguardo que le ofrecía el bosque. Lo último le había parecido lo más apropiado, pero pronto descubrió que ambas opciones, tanto el camino como la linde del bosque, divergían en ciertos puntos, y que entre la gruesa maraña de los árboles, a veces se le hacía muy difícil volver a encontrar el sendero.

También se dio cuenta, con dolor, de que no tenía la menor idea de cómo encender fuego, algo en lo que nunca había pensado cuando escuchaba cómo Shem describía al gracioso Mundwode y a sus compañeros de fechorías festejando algo con un venado asado en su mesa de madera. Sin antorcha con la que iluminar su camino, la única solución posible parecía ser seguir su andadura de noche cuando la luz de la luna se lo permitiese. Podría dormir durante el día y usar las restantes horas de sol para seguir caminando a través del bosque.

El carecer de antorcha significaba no tener fuego con el que cocinar, y eso, a veces, era lo peor de todo. De vez en cuando encontraba nidos que contenían huevos moteados depositados por la madre en algunos agujeros escondidos entre la hierba. Ello lo proveía de algún alimento, pero le resultaba difícil succionar las viscosas y frías yemas sin dejar de pensar en las calientes y aromáticas delicias de la cocina de Judit, y verse reflejado con amargura en las mañanas en las que había ido a toda prisa a ver a Morgenes o había salido al campo de torneos dejando tras de sí grandes pedazos de pan con mantequilla y miel sin apenas tocar sobre su plato. Ahora, el pensar en un cuscurro de pan con mantequilla le parecía un sueño de príncipes.

Incapaz de cazar, y sabiendo poco o nada acerca de las plantas silvestres que podían comerse sin peligro, Simón debía su supervivencia al pillaje de los huertos de los leñadores locales. Con un aterrorizado ojo en busca de perros o de airados campesinos, se deslizaba desde su escondite en el bosque para caer sobre los huertos plantados de vegetales, arrancaba zanahorias y cebollas o tiraba de las manzanas que colgaban en las ramas más bajas; pero incluso esos magros bienes resultaban escasos y sólo los encontraba muy de vez en cuando. A menudo, mientras andaba, los retortijones de hambre que sentía eran tan grandes que habría gritado de dolor y dado patadas a diestro y siniestro sobre los enmarañados arbustos. En una ocasión, pataleó tanto y gritó con tanta fuerza que, cuando cayó sobre los hierbajos, no pudo incorporarse en mucho tiempo. Permaneció en el suelo y escuchó cómo desaparecían los ecos de sus gritos, y pensó que iba a morir.

No, la vida al aire libre no era ni una décima parte de lo gloriosa que había imaginado durante los atardeceres en Hayholt de todos esos lejanos años, cuando se arrebujaba en los establos y olía el heno y el cuero tachonado, escuchando las historias de Shem. El poderoso bosque era un oscuro y tacaño anfitrión, que se mostraba muy reticente en cuanto a distribuir comodidades entre los extraños. Simón se escondía entre los arbustos espinosos para dormir durante las horas de sol, y seguía su vacilante camino a través de la oscuridad, bajo la luna escondida por los árboles, o se abalanzaba furtivamente sobre los huertos con su andrajosa capa, demasiado grande; y supo que era más un conejo que un pícaro.

Aunque llevaba enrolladas allí donde fuese las páginas de Morgenes sobre la vida de Juan, cogidas como si se tratasen de un bastón de mando o como un árbol bendecido de un sacerdote, según pasaban los días sentía cada vez menos necesidad de leerlas. Al final de la jornada, entre una patética comida —si es que tenía esa suerte— y la atemorizante y cercana oscuridad del mundo, abría el paquete y leía un fragmento de una página, pero a medida que transcurrían los días, aquello le iba pareciendo algo sin sentido. Una página, en la que sobresalían los nombres de Juan, de Eahlstan, *el Rey Pescador* y el dragón *Shurakai*, atrajo su volátil atención, pero tras leerla cuatro veces, se dio cuenta de que lo que allí ponía para él tenía menos sentido que los círculos que en el interior de los troncos indicaban la edad de los árboles. En el quinto atardecer que pasaba en el bosque se sentó y lloró, con las hojas esparcidas en el regazo. Sin darse cuenta estrujó los pergaminos, como una vez había hecho con el gato de la cocina, hacía ya incontables años, en una cálida e iluminada habitación que olía a cebollas y a canela...

Una semana y un día después de dejar El Dragón y el Pescador, pasó cerca de un pueblo llamado Sistan, un asentamiento poco más grande que Flett. Las chimeneas gemelas de arcilla del hostal de Sistan humeaban, pero el camino aparecía desierto, y el sol brillaba. Simón se asomó tras una colina, desde detrás de un grupo de plateados abedules, y el recuerdo de su última comida caliente le dolió como si se tratase de un golpe real y le debilitó las rodillas de tal forma que casi se cayó. Aquella ya lejana y perdida noche le pareció como la descripción que hiciera una vez el doctor Morgenes sobre el paraíso pagano de los antiguos rimmerios: una eterna borrachera llena de relatos, una juerga sin fin.

Descendió colina abajo hacia una casa que aparecía en plena calma, junto al camino; le temblaban las manos, e imaginaba planes sobre cómo robar un pastel de carne de alguna repisa de una ventana o escabullirse por la puerta trasera y asaltar la cocina. Ya había salido del abrigo de los árboles y había recorrido la mitad de la ladera cuando de repente se dio cuenta de lo que hacía: merodeaba fuera de los bosques al descubierto, sin la protección de la noche, como un animal enfermo y enfebrecido que hubiese perdido los instintos de autoprotección. Se sintió súbitamente desnudo y, a pesar del pesado manto de lana, ahora lleno de hojas y ramas, se quedó helado. A continuación se dio la vuelta y salió corriendo hacia los delgados abedules. Incluso los árboles le parecían ahora demasiado expuestos; maldijo y sollozó, y se dirigió al interior de las sombras, dejando que el viejo bosque lo rodease como un espeso manto.

Cinco días después, al oeste de Sistan, el sucio y hambriento muchacho se encontró acurrucado en otra pendiente, mirando hacia un gran claro donde había una choza. Estaba seguro —tan seguro como podían estar con su mente tan fragmentada y dolida— de que otro día sin probar una auténtica comida u otra noche solitaria al raso, en medio del bosque, lo descompondría de una vez por todas; se convertiría en la bestia que cada vez con mayor frecuencia pensaba que era. Sus pensamientos se embrutecían y desvariaban. La comida, los sitios oscuros en los que esconderse y las amenazas del bosque se habían convertido en sus principales preocupaciones. Cada vez le resultaba más difícil recordar el castillo. ¿Se había sentido a gusto allí? ¿Hablaba con la gente? Cuando el día anterior una rama había penetrado a través de la capa y se le había clavado en las costillas, sólo había sido capaz de gruñir y quejarse como una bestia.

«Alguien…, alguien vive aquí…»

De la cabaña de leñador salía un camino alineado con ordenadas piedras. Un montón de troncos partidos descansaba bajo los aleros de una pared lateral. Lo más seguro, razonó, es que alguien se apiadaría de él si llegaba hasta la puerta y con calma pedía algo de comer.

«Tengo tanta hambre… ¡No es justo, no es justo! Alguien debe alimentarme…, alguien…»

Descendió la colina con las piernas rígidas y la boca medio abierta. Una somera rememoración de las normas sociales le recordó que no debía espantar a aquella gente rústica, a aquellos asustadizos habitantes del bosque que vivían en el claro. Mantuvo las palmas de las manos hacia adelante mientras caminaba, con los pálidos dedos separados como para mostrar su falta de animosidad.

La cabaña se encontraba vacía, o al menos sus habitantes no respondían al golpeteo de los nudillos de Simón sobre la puerta. El muchacho rodeó la choza, con los dedos tocando la áspera madera. La única ventana que había aparecía cerrada con una ancha tabla. Golpeó la madera con más fuerza de la que había empleado al hacerlo sobre la puerta, y sólo le respondieron los ecos del vacío.

Simón se dejó caer hecho un ovillo bajo la ventana tapada mientras se preguntaba, lleno de desesperación, si podría abrirla con un trozo de leña. De repente, un susurro, un chasquido que provenía de entre los árboles que tenía a su espalda, lo hizo incorporarse tan deprisa que su visión se vio restringida a un punto de luz rodeado de oscuridad; se tambaleó una vez en pie, sintiéndose enfermo. La barrera de árboles pareció inclinarse hacia adelante, como sacudida por una mano gigante, y volvió a su posición original con un estremecimiento. Al cabo de un instante el silencio cayó de nuevo sobre el lugar, esta vez acompañado por un extraño y apagado siseo. El rumor se convirtió en una rápida sucesión de palabras, en una lengua incomprensible para Simón, pero que no por ello dejaba de ser una lengua. Momentos después el claro volvía a estar en silencio.

El muchacho se había quedado más tieso que una piedra; no podía moverse. ¿Qué es lo que debería hacer? Tal vez el morador de la cabaña había sido atacado por un animal en su camino de regreso a casa... Simón podría ayudarlo..., y así, después tendría que darle algo de comida. Pero ¿de qué manera lo asistiría? Apenas podía andar. ¿Y qué pasaría si sólo se trataba de un animal y en realidad no hubiese más que imaginado las voces, entre toda aquella maraña de ruido?

¿Y si se trataba de algo peor? ¿Y si eran los guardias del rey con afiladas espadas, o una delgada bruja de cabello blanco? Tal vez fuese el mismo diablo, vestido con ropas de fuego y ojos inundados de belladona.

De dónde había sacado el valor, la fortaleza, para enderezar sus tambaleantes rodillas y adentrarse entre los árboles era algo a lo que Simón no habría podido contestar. Si no se hubiese sentido tan enfermo y desesperado, podría..., pero *estaba* enfermo, hambriento y tan sucio y solo como un chacal de Nascadu. Se apretó el manto contra el pecho, cogió los escritos de Morgenes, los mantuvo contra el pecho y se dirigió hacia el bosquecillo.

El sol se filtraba de forma desigual entre los árboles, se metía por los entresijos de un tamiz de hojas primaverales y dotaba al suelo del brillo de las monedas nuevas. El aire parecía tenso, como si el bosque contuviese el aliento. Simón no vio nada durante unos instantes más que las oscuras sombras de los árboles y los rayos del sol. En un lugar, los dardos de luz parecían moverse con espasmos; un instante después se dio cuenta de que brillaban sobre una figura que se debatía. Cuando avanzó un paso, las hojas crujieron bajo sus pies y el sonido de la figura que se retorcía cesó. La cosa que colgaba por encima de una yarda del suelo levantó la cabeza y lo miró. Tenía rostro de hombre, pero en su cara aparecían los inmisericordes ojos de topacio de un gato.

Simón dio un salto hacia atrás y su corazón palpitó de forma espasmódica contra el pecho. Extendió las manos, con los dedos estirados como para tapar la visión del extraño pájaro colgado. Fuera lo que fuese, no se parecía a ningún hombre que Simón hubiera visto, aunque había algo que le resultaba familiar en aquel ser, algo así como un recuerdo de un borroso sueño; pero la mayor parte de los sueños de Simón habían resultado pesadillas. ¡Qué aparición tan extraña! Aunque atrapado en una cruel trampa, cogido por la cintura y los codos por una negra soga de nudo corredizo y colgando de una rama, sin poder alcanzar a ponerse en tierra, el prisionero aún tenía una fiera mirada, que en nada denotaba humillación: como un zorro acorralado que moriría con los dientes clavados en el cuello de algún mastín.

Si era un hombre, parecía muy delgado. Sus altos pómulos y cara de finas facciones le recordaron a Simón —durante un terrorífico instante— las criaturas envueltas en negros ropajes que vio en Thisterborg; pero así como aquéllos eran pálidos, de piel tan blanca como la luna, este otro era de piel dorada como el roble pulido.

Trató de ver mejor a través de la escasa luz y dio un paso hacia adelante; el prisionero cerró los ojos y entreabrió los labios dejando al descubierto sus dientes, con una especie de maullido felino. Hubo algo en la forma de hacerlo, algo inhumano en aquel rostro casi animal, que hizo que Simón enseguida supiera que lo que aparecía atrapado como una comadreja no era un hombre..., se trataba de algo diferente.

El muchacho se había acercado más de lo que aconsejaba la prudencia y, cuando miraba los ambarinos ojos del prisionero, éste le propinó una patada en las costillas. Simón, aunque había observado el balanceo de la criatura y adivinado el ataque, recibió un doloroso golpe en el costado, pues los movimientos del prisionero eran muy rápidos. El muchacho trastabilló hacia atrás y observó ceñudo a su atacante, que le dirigió una fiera mirada a cambio.

Miró al extraño dejando entre ellos la distancia de lo que podía ser la altura de un hombre; Simón advirtió cómo los extraños músculos de la boca de aquel ser se contraían para formar una sonrisa llena de sarcasmo, y el sitha —pues el chico se percató de ello de repente, como si alguien se lo hubiese dicho, ya que eso era exactamente la criatura que pendía de la cuerda— le escupió una simple y desagradable palabra dicha en idioma westerling, la lengua de Simón.

—¡*Cobarde!*

Al joven le sentó tan mal que a punto estuvo de echarse hacia adelante y cargar contra el sitha, a pesar del hambre, el miedo y los doloridos miembros..., hasta que se percató de que eso era justamente lo que la pulla lanzada por la criatura, con su extraño acento, trataba de conseguir. Simón logró recuperarse del dolor que sentía en sus mortificadas costillas y se cruzó de brazos para observar al sitha atrapado, con una mueca de satisfacción al ver lo que le pareció un gesto de frustración en el otro.

El duende, como Raquel supersticiosamente siempre se había referido a la raza, vestía una extraña y suave ropa y pantalones de un resbaladizo tejido marrón, sólo un poco más oscuro que su propia piel. El cinturón y los demás complementos de una brillante piedra verde contrastaban de forma hermosa con el cabello, de un color azul lavanda, como brezo de las montañas, estirado hacia atrás y sujeto a la cabeza mediante un anillo de hueso, que colgaba en una cola de caballo tras una oreja. Parecía un poco más bajo, aunque mucho más delgado que Simón, a pesar de que el muchacho no se había visto en los últimos días en ningún espejo más que en las turbias pozas del bosque; tal vez ahora también tuviera aquel aspecto escuálido y salvaje. Pero aunque así fuese, seguían existiendo algunas diferencias: algunos movimientos como de ave en la cabeza y el cuello, una extraña elasticidad en las articulaciones, un halo de poder y control que podía ser fácilmente discernible aunque su poseedor colgase como un animal en la más cruel de las trampas. Aquel sitha, aquel personaje de fantasía, era diferente de todo lo que Simón había conocido. Resultaba aterrorizador y apasionante... Era extraño, ajeno.

—Yo no..., no quiero hacerte daño —dijo Simón, y se dio cuenta de que hablaba como si se dirigiese a un niño—. Yo no he puesto la trampa.

El sitha continuó mirándolo con unos siniestros ojos encendidos.

«Qué terrible dolor debe de esconder —se maravilló el muchacho—. Tiene los brazos tan estirados que..., que *yo* estaría aullando... si estuviese en su lugar.»

Por encima del hombro izquierdo del prisionero sobresalía un carcaj con sólo dos flechas. Algunas más y un arco de fina y oscura madera aparecían en el blando suelo, bajo sus colgantes pies.

—¿Me prometes no hacerme daño si te libero? —preguntó Simón, hablando despacio—. Yo también tengo mucha hambre —añadió, inseguro.

El sitha no respondió nada, pero cuando el chico dio otro paso encogió las piernas ante él para volver a golpearlo; Simón retrocedió.

—¡Maldita sea! —gritó—. ¡Sólo quiero ayudarte! —Pero ¿por qué *tendría* que hacerlo? ¿Por qué debía sacar al lobo del pozo?—. Tienes... —empezó a decir, pero el resto de sus palabras se esfumaron cuando una forma oscura se acercó en dirección al claro, por el bosque, a espaldas de Simón, produciendo crujidos de ramas rotas.

—¡Ah! ¡Aquí lo tenemos, aquí está...! —dijo una voz ronca.

Un hombre sucio y barbudo se abrió camino por el claro. Llevaba las ropas llenas de remiendos y en la mano sostenía un hacha.

—Ahora verás... —El hombre se detuvo cuando vio a Simón medio escondido junto a un árbol—. Ven aquí —gruñó—. ¿Quién eres? ¿Qué estás haciendo aquí?

El muchacho miró la reluciente hoja del hacha.

—Soy…, sólo soy un viajero… Oí un ruido aquí, entre los árboles —agitó la mano hacia el extraño cuadro del sitha atrapado—. *Lo* encontré aquí, en…, en esa trampa.

—¡*Mi* trampa! —rugió el leñador—. Mi maldita trampa, y ahí está. —El hombre le volvió la espalda y miró con frialdad al sitha colgado—. Prometí que acabaría con sus vagabundeos y su agriarme la leche, y lo he hecho.

El individuo elevó una mano y empujó al prisionero en un hombro; éste se balanceó de un lado a otro, formando un arco. El sitha siseó lleno de rabia, pero resultó un sonido cargado de impotencia. El leñador rió a carcajadas.

—Por el sagrado Árbol, está dispuesto a luchar a pesar de la situación en la que se halla. Quiere pelear.

—¿Qué…, qué vais a hacer con él? —preguntó Simón.

—¿*Tú* qué crees, muchacho? ¿Qué crees que quiere Dios que hagamos con los impuros y los demonios cuando les ponemos las manos encima? Devolverlos al infierno con mi querida hacha, eso es lo que quiere.

El prisionero dejó de balancearse, poco a poco. Tenía la mirada puesta en el suelo y el cuerpo fláccido.

—¿Matarlo? —inquirió Simón. Se sentía enfermo, débil, pero aun así le chocó oír hablar de esa forma al leñador, y trató de contener sus desordenados pensamientos—. Vais a… ¡Pero no podéis hacerlo! ¡No podéis! Él es…, él es un…

—¡Lo que es cierto es que no se trata de una criatura natural! Lárgate de aquí, extraño. Estás en mi terreno, y nadie te ha llamado para que vengas. *Yo* ya sé cómo tratar con estas criaturas.

El leñador volvió desdeñosamente la espalda a Simón y se dirigió hacia el sitha, con el hacha levantada como si fuese a partir madera. Sin embargo, aquella madera se incorporó súbitamente y empezó a debatirse, a dar patadas y a luchar fieramente por su vida. El primer hachazo del hombre cayó de lado, rozó la huesuda mejilla y produjo un corte a lo largo de la manga del extraño y brillante vestido. Un riachuelo de sangre manó de la delgada mandíbula y del cuello. El leñador volvió a avanzar.

Simón se dejó caer sobre sus doloridas rodillas y buscó algo con que detener aquella angustiosa lucha, para que el individuo dejase de gruñir y maldecir, y para que el agudo chillido del asediado prisionero dejase de penetrarle por los oídos. Palpó a tientas y encontró el arco, que era mucho más liviano de lo que parecía, como hecho de juncos de los pantanos. Un instante después halló una piedra medio enterrada. Tiró hacia afuera y la piedra quedó liberada del suelo. Simón la levantó por encima de la cabeza.

—¡Alto! —gritó—. ¡Dejadlo tranquilo!

Ninguno de los dos combatientes pareció enterarse de sus palabras. El leñador se encontraba a corta distancia, asestando golpes a su inmóvil diana, que continuaba desviándolos aunque de sus heridas seguía manando sangre. El delgado pecho del sitha subía y bajaba como un fuelle; Simón se dio cuenta de que se debilitaba rápidamente.

El muchacho no podía permanecer impasible ante tan cruel espectáculo por más tiempo. Liberó el aullido que había ido tomando forma en su interior a lo largo de los interminables y terroríficos días de su exilio, y se echó hacia adelante; cruzó el pequeño claro para dejar caer la piedra en la parte de atrás de la cabeza del leñador. Un apagado sonido de algo roto resonó entre los árboles; el hombre pareció quedarse sin voluntad en un instante. Se dejó caer sobre las rodillas y luego dio con el rostro en el suelo, mientras un surco rojo manaba a través del enmarañado cabello.

Simón miró la fractura de la que brotaba la sangre y sintió que se le revolvían las tripas; se dejó caer de rodillas para vomitar, pero no pudo expulsar más que una saliva amarga. Apoyó la aturdida cabeza sobre el húmedo suelo y sintió que el bosque daba vueltas a su alrededor.

Cuando se sintió mejor se levantó y se volvió hacia el sitha, que otra vez pendía de la cuerda de nudo corredizo. La túnica que llevaba aparecía lacerada y con riachuelos de sangre y sus mágicos ojos estaban apagados, como si una cortina interior se hubiese desplegado para ocultar el paso de la luz. Tan vacilante como un sonámbulo, Simón recogió el hacha caída y cortó la tensa cuerda de la que colgaba el prisionero y que pendía de una rama alta del árbol, una rama demasiado alta como para trepar. Simón, demasiado aturdido como para sentir miedo, colocó la afilada hoja del hacha contra el nudo que se encontraba en la espalda del sitha. El duende hizo un gesto de dolor cuando la cuerda se tensó más, pero no dijo nada.

Tras unos instantes de trabajo, el resbaladizo nudo se partió. El sitha cayó al suelo, se le doblaron las piernas y tropezó con el inmóvil leñador. Rápidamente se apartó del mudo bulto, como si le quemase, y empezó a recoger las flechas diseminadas por el suelo. Las tomó como si fueran un ramo de flores de largo tallo. Con la otra mano sujetó el arco y se detuvo para mirar a Simón. Los fríos ojos de la criatura brillaron e hicieron que las palabras del chico se detuviesen antes de empezar a salir por la boca. Durante un instante, el sitha, olvidándose de las heridas, permaneció en pie tan tenso como un ciervo asustado; después se marchó, como un relámpago de color marrón y verde que desapareciera entre los árboles, dejando a Simón con la boca abierta y solo.

La luz del sol todavía no había acabado de volver a posarse sobre las hojas por las que el sitha había pasado cuando Simón oyó un zumbido, como de un insecto furioso, y sintió pasar una sombra junto a su rostro. Una flecha apareció clavada en el tronco de un árbol que había junto a él, a menos de un brazo de distancia de donde permanecía en pie. La miró con ojos entrecerrados y se preguntó cuándo lo heriría la próxima. Se trataba de una flecha blanca, de dardo y plumas brillantes como el ala de una gaviota. Simón esperó la inevitable sucesora, pero no llegó. Los árboles permanecían silenciosos y sin movimiento.

Después de los más extraños y terribles quince minutos de su vida, y tras un particularmente extraño día, al muchacho no le hubiera tenido que sorprender oír una nueva y desconocida voz que le hablaba desde la oscuridad, más allá de los árboles: una voz que no era la del sitha, y que, ciertamente, tampoco pertenecía al leñador, que seguía tendido como un árbol caído.

—Cógela —dijo la voz—. La flecha. Cógela. Es para ti.

Simón no tendría que haberse sorprendido, pero lo hizo. Se dejó caer en el suelo y empezó a llorar desconsoladamente, con grandes sollozos de cansancio, confusión y completa desesperación.

—Oh, Hija de las Montañas —añadió la extraña y nueva voz—. Esto no tiene buen aspecto.

17

Binabik

Cuando por fin Simón miró en la dirección de la que provenía la nueva voz, sus ojos inundados en lágrimas se abrieron como platos a causa de la sorpresa. Un niño se dirigía hacia él.

No, no era un niño, sino un hombre tan pequeño que la punta de la cabeza de negro cabello probablemente no sobrepasaría el ombligo de Simón. Sin embargo, el rostro tenía algo de aniñado; los ojos juntos y la amplia boca aparecían como estirados hacia los pómulos, en una expresión de simple buen humor.

—Éste no es un buen lugar para llorar —dijo el extraño. Se apartó del chico para echarle un vistazo al leñador tendido en el suelo—. También yo creo que no servirá de mucho, al menos a este muerto.

Simón se secó la nariz con la manga de su tosca camisa e hipó. El extraño se movió para dirigirse a observar la pálida flecha, que seguía en el tronco del árbol, cerca de la cabeza del muchacho, como una rígida y fantasmal rama.

—Debes cogerla —apuntó el hombrecillo, y su boca volvió a ensancharse en una sonrisa que, durante unos instantes, mostró una hilera de dientes amarillentos.

No era un enano, como los saltimbanquis que Simón había visto en la corte y en la calle Mayor de Erchester; aunque tenía un pecho muy desarrollado, por otra parte parecía bien proporcionado. Sus ropas se asemejaban a las de los rimmerios: chaqueta y pantalones hechos con la piel de algún animal grueso y unidos con tendones, y un cuello de piel girada por debajo de su redonda cara. Un gran bolso de cuero colgaba, mediante una correa, del hombro, y llevaba un bastón para caminar que parecía extraído y fabricado de algún hueso delgado y enorme.

—Por favor, perdona que insista, pero debes coger esa flecha. Se trata de una Flecha Blanca sitha, y tiene mucho valor. Significa una deuda, y los sitha son gente que hacen honor a sus deudas.

—¿Quién... eres? —preguntó Simón en medio de otra hipada.

Se sentía acongojado y aplastado como una camisa mojada puesta a secar sobre una piedra. Si el hombrecillo hubiera salido de entre los árboles rugiendo y con un cuchillo, pensó que no habría reaccionado de manera muy diferente.

—¿Yo? —inquirió el extraño, e hizo una pausa, como si la respuesta necesitase de mucho pensar—. Un viajero, como tú. Estaré contento de explicarte más cosas más tarde, pero ahora debemos irnos. Ese hombre —e indicó al leñador con el bastón— seguro que no vuelve a la vida, pero puede tener familia o amigos a los que no les gustará encontrarlo tan extremadamente muerto. Por favor, coge la Flecha Blanca y acompáñame.

Aunque lleno de desconfianza y reticente, Simón se sorprendió poniéndose en pie. Representaba mucho más trabajo *no* confiar, de momento; ya no podía seguir estando en guardia. Una parte de él sólo deseaba tenderse y morir en paz. Arrancó la flecha del árbol. El diminuto hombre ya se había puesto en marcha y subía por la colina que se erguía por encima de la cabaña. La casita seguía tan en calma como si nada hubiese sucedido.

—Pero... —Simón tomó una bocanada de aire mientras trotaba tras el extraño, que se movía con sorprendente rapidez—, pero ¿qué hacemos con la cabaña? Tengo..., tengo *tanta* hambre..., y ahí adentro debe de haber comida...

El hombrecillo se dio la vuelta desde lo alto de la cresta para mirar al joven.

—¡Estoy muy sorprendido! —dijo—. Primero lo matas y luego quieres robarle la despensa. ¡Temo haber encontrado a un desesperado forajido! —añadió, y siguió adentrándose en la espesura de los árboles.

El otro lado de la cresta era una larga y gradual pendiente. Los tambaleantes pasos de Simón lo acercaron hasta llegar a la altura del extraño; momentos después había recuperado el aliento.

—¿Quién eres? ¿Y adónde te diriges?

El extraño hombrecillo no respondió, pero continuó con la mirada puesta de árbol en árbol, como si buscase una señal entre la monótona igualdad de los bosques. Después de dar unos veinte pasos, se volvió para mirar a Simón y mostró su típica sonrisa.

—Me llamo *Binbiniqegabenik* —dijo—, pero alrededor de un fuego me suelen llamar Binabik. Espero que me honres y uses la versión más corta y amistosa.

—Lo…, lo haré. ¿De dónde eres? —volvió a hipar el muchacho.

—Pertenezco al pueblo gnomo de Yiqanuc —replicó Binabik—. Yiqanuc Superior, en las nevadas y ventosas montañas del norte… ¿Y *tú* eres…?

Simón lo miró lleno de sospecha antes de responder.

—Simón. Simón de…, de Erchester. —Todo había pasado tan deprisa, pensó…, como un encuentro en la plaza del mercado, pero aquello había sucedido en medio de un bosque, tras un extraño asesinato. ¡Sagrado Jesuris, cómo le dolía la cabeza! El estómago también—. ¿Adónde…, adónde vamos?

—A mi campamento. Pero primero debo encontrar mi montura…, o, mejor dicho, ella debe encontrarme a mí. Por favor, no te asustes.

Y al acabar de decir esto, Binabik se puso dos dedos en la boca y emitió una larga y vibrante nota. Al cabo de un rato lo repitió.

—Recuérdalo, no te muestres asustado o ansioso.

Antes de que Simón pudiera sopesar las palabras del gnomo, oyó un crujido, como un fuego entre los arbustos. Un momento después, un enorme lobo apareció en el claro, atravesó frente al sorprendido joven y saltó como un rayo sobre el pequeño Binabik, que cayó bajo el atacante.

—¡Qantaqa!

El grito del gnomo se oyó apagado, pero en su voz había alegría. Amo y montura dieron vueltas por el suelo del bosque. Simón se preguntó si el mundo que se extendía fuera del castillo era siempre así. ¿Era todo Osten Ard un territorio lleno de monstruos y lunáticos?

Binabik pudo al fin sentarse, con la enorme cabeza de Qantaqa en el regazo.

—La he dejado sola durante todo el día —explicó—. Los lobos necesitan mucho afecto y pronto se encuentran solos.

Qantaqa pareció sonreír mostrando los dientes y respiró para recuperar el aliento. La mayor parte de su envergadura correspondía a un espeso pelo gris, pero aun así era inmensa.

—No te asustes —rió Binabik—. Ráscala sobre la nariz.

A pesar de lo irreal de la situación, Simón todavía no se hallaba preparado para eso, y, en lugar de hacerlo, preguntó:

—Perdonad..., pero ¿dijisteis que teníais comida en vuestro campamento, señor?

El gnomo se puso en pie, riendo, y alzó el bastón.

—¡No soy señor..., soy Binabik! Y con respecto a la comida: sí. Comeremos juntos; tú, yo e incluso Qantaqa. Vamos. Como deferencia hacia tu debilidad y tu hambre, caminaré en lugar de montar.

Simón y el gnomo siguieron andando durante un rato. Qantaqa los acompañaba a ratos, pero la mayor parte del tiempo corría por delante y desaparecía por entre los densos matorrales. Una vez regresó lamiéndose el morro con su larga y rosada lengua.

—Bueno —dijo Binabik, con regocijo—, uno ya está alimentado.

Al final, cuando al dolorido y cansado Simón le pareció que ya no podía seguir andando, cuando perdió el hilo de la conversación de Binabik, llegaron a un pequeño claro del bosque, vacío de árboles pero con un techo de ramas entrelazadas. Junto a un tronco caído se encontraba un círculo de piedras ennegrecidas. Qantaqa, que caminaba junto a ellos, se adelantó para husmear alrededor del claro.

—«*Bhojujik mo qunquc*», como dice mi gente. —Binabik hizo un gesto como para abarcar la extensión del claro—. «Si los osos no te comen, es que estás en casa.»

El gnomo llevó a Simón hasta el tronco; el joven se derrumbó, con un profundo suspiro. Binabik lo miró lleno de preocupación.

—Oh —dijo—, no irás a llorar otra vez, ¿verdad?

—No —sonrió débilmente el muchacho. Sentía los huesos de su cuerpo como si fuesen de piedra—. No... No lo creo. Es que estoy muy cansado y hambriento. Prometo no llorar.

—Mira, encenderé un fuego. Después, haré la cena.

Binabik empezó a reunir un montón de ramas y palos, amontonándolos en el centro del círculo de piedras.

—Es madera de primavera y está mojada —explicó—, pero por suerte eso tiene fácil solución.

Se quitó el bolso del hombro y lo colocó en el suelo. A continuación empezó a hurgar en su interior. A Simón, la pequeña figura le pareció un niño más que nunca. Binabik miraba hacia el interior de la bolsa con los labios fruncidos y los ojos entrecerrados, con un gesto de concentración, como un crío de seis años que estudiase un escarabajo con toda seriedad.

—¡Ah! —acabó diciendo el gnomo—, lo encontré.

De la bolsa sacó un saquito más pequeño, del tamaño del pulgar de Simón. Cogió una pizca de una especie de sustancia en polvo de su interior y la esparció por encima de la madera verde; después agarró dos piedras de su cinturón y las golpeó entre sí. La chispa que originó vaciló durante algunos instantes, pero poco después apareció una espiral de humo amarillento. Segundos más tarde la madera ardía y al cabo de poco se había convertido en una hermosa y crepitante hoguera. El calor que desprendía adormeció a Simón, a pesar de los retortijones que sufría en su vacío estómago. La cabeza se le caía, caía... Pero, un momento —lo invadió una oleada de temor—. ¿Cómo podía quedarse dormido en el campamento de un extraño? Tenía que..., debería...

—Siéntate y caliéntate, amigo Simón. —Binabik se quitó el polvo de las manos al levantarse—. Volveré muy pronto.

Aunque una profunda inquietud luchaba por hacerse oír desde el fondo de sus pensamientos —¿adónde iba el gnomo?, ¿a buscar a sus amigos, a sus amigos bandidos?—, Simón no pudo reunir la fuerza necesaria para observar la marcha de Binabik. Tenía los ojos fijamente puestos sobre las agitadas lenguas de las llamas que parecían pétalos de alguna flor iridiscente..., una amapola encendida que se estremecía en el cálido viento de verano...

Simón despertó de un gran vacío nebuloso y encontró la cabeza del enorme lobo gris descansando sobre sus propios muslos. Binabik estaba de cuclillas sobre el fuego, preocupado con algún proyecto. El muchacho pensó que había algo que no le encajaba en todo aquello; había un lobo que descansaba sobre su regazo, pero no pudo encontrar los resortes necesarios para poder hacer nada al respecto... La verdad es que no parecía tener demasiada importancia.

La siguiente vez que despertó, Binabik apartaba a Qantaqa de su regazo y le ofrecía una gran taza de algo humeante.

—Está caliente pero se puede beber —dijo el gnomo, y lo ayudó a llevarse la taza a los labios.

El caldo era almizcleño y de gusto delicioso, y tenía un fuerte olor, como de hojas otoñales. Se lo bebió todo, y tuvo la sensación de que le penetraba directamente en las venas, como si se tratase de la sangre derretida del bosque que lo calentaba y lo llenaba de la fortaleza secreta de los árboles. Binabik le dio una segunda taza, que Simón también bebió. Una densa y pesada sensación de entumecimiento que sentía entre el cuello y los hombros acabó por desaparecer, barrida por la oleada de buenos sentimientos que lo invadía. Se sintió como si ventilasen su interior, lo que a su vez lo conducía a una paradójica pesadez, un cálido y difuso adormecimiento... Se abandonó a esa sensación y oyó sus propios latidos, acunados y apagados como si reposasen en el abrigo del cansancio.

Simón estaba seguro de que cuando llegó al campamento de Binabik faltaba por lo menos una hora para la puesta de sol, pero, cuando abrió los ojos, vio que el bosque volvía a refulgir con el brillo de una nueva mañana. Bizqueó y sintió que lo abandonaban los últimos retazos de sueño... ¿Un pájaro...?

«Un pájaro de ojos brillantes en un círculo iluminado por la luz del sol... Un viejo y poderoso pájaro cuyos ojos estaban llenos del conocimiento de lugares en las alturas y de amplia visión... En su garra colgaba un hermoso pez del color del arco iris...»

Simón se estremeció y se arrebujó más en el manto. Miró los árboles que se extendían hacia el cielo por encima de su cabeza, con sus hojas nuevas en embrión iluminadas por el sol con filigranas de color esmeralda; escuchó un gemido y se volvió de lado para descubrir su procedencia.

Binabik estaba sentado con las piernas cruzadas junto a la hoguera, oscilando de lado a lado. Ante él había unas raras y pálidas formas que reposaban sobre una piedra plana y que parecían huesos. El gnomo emitía un ruido peculiar. ¿Estaría cantando? Simón se quedó mirándolo durante un instante, pero no pudo adivinar lo que hacía el hombrecillo. ¡Qué mundo tan extraño!

—¡Ah, mi amigo Simón! —Binabik sonrió por encima del hombro y recogió rápidamente los objetos para meterlos en su bolsa de piel; después se incorporó y se dirigió junto al chico—. ¿Cómo te sientes? —preguntó, y se inclinó para posar una áspera y pequeña mano sobre su frente—. Parece que has dormido profundamente.

—Es cierto. —Simón se acercó al fuego—. ¿Qué es... ese olor?

—Un par de palomas torcaces que han hecho una parada para comer con nosotros esta mañana —sonrió el gnomo, y señaló dos bultos envueltos en hojas que reposaban sobre carbones al borde de la fogata—. Junto a ellas hay algunas moras y nueces recién cogidas. Tendría que haberte despertado más temprano para que me ayudases a reunirlas. Creo que estarán muy buenas. Oh, un momento, por favor.

Binabik volvió a dirigirse hacia su bolsa de piel, de la que extrajo dos pequeños bultos.

—Aquí —se los alargó a Simón—. Tu flecha y algo más —eran los papeles de Morgenes—; los tenías en el cinturón y temí que se rompiesen mientras dormías.

Una sombra de sospecha cruzó por el rostro del muchacho. La idea de que alguien rebuscase entre los papeles del doctor mientras él dormía lo hacía sentirse desconfiado. Cogió los objetos que le ofrecía Binabik y volvió a colocar los pergaminos en el cinturón. La alegre mirada del hombrecillo se convirtió en una llena de consternación. Simón se sintió avergonzado —como si no pudiese ser tan cuidadoso— y cogió la flecha, que había sido envuelta en una fina tela, con menos brusquedad.

—Gracias —dijo con algo de rigidez.

La expresión del gnomo todavía seguía siendo la de alguien cuya amabilidad ha sido despreciada. Sintiéndose culpable y confuso, Simón desenvolvió la flecha. Aunque todavía no había tenido ocasión de estudiarla de cerca, en aquel momento lo hizo, respondiendo a la necesidad de encontrar algo con que ocupar las manos y los ojos.

La flecha no estaba pintada, como Simón había dado por sentado; más bien procedía de algún tipo de madera tan clara como la corteza de abedul, y parecía rematada con plumas blancas como la nieve. Sólo la cabeza, tallada en piedra de un lechoso color azulado, contenía algo de color. Simón la sopesó y encontró que poseía una sorprendente ligereza para lo flexible y sólida que era, y se vio asaltado por el recuerdo del día anterior. Supo que nunca olvidaría los ojos felinos y los extraños y rápidos movimientos del sitha. Todas las historias que le había explicado Morgenes eran ciertas.

A lo largo de toda la varilla se extendían delgadas espirales, bucles y puntos grabados con infinito cuidado sobre la madera.

—Está grabada por completo —musitó Simón, en voz alta.

—Son cosas muy importantes —replicó el gnomo, y levantó la mano en un tímido ademán—. Por favor, ¿puedo?

El muchacho sintió otro ramalazo de culpabilidad y le alargó rápidamente la flecha. Binabik la observó por un lado y por otro, mientras aquélla brillaba al atrapar la luz del sol y los reflejos de la hoguera.

—Es un objeto muy antiguo —dijo el hombrecillo, entrecerrando los ojos hasta hacer desaparecer las oscuras pupilas—. Ha estado por ahí durante bastante tiempo. Ahora tú eres el poseedor de un objeto muy honorable, Simón. La Flecha Blanca no se da con ligereza. Parece que ésta ha sido fabricada en Tumet'ai, un bastión sitha desaparecido hace ya mucho tiempo bajo el hielo, al este de mi patria.

—¿Cómo sabes todo eso? —preguntó el joven—. ¿Puedes leer esas letras?

—Algunas. Y también existen cosas que un ojo entrenado puede llegar a descubrir.

Simón volvió a coger la flecha y esta vez la manejó con mucho más cuidado que en la ocasión anterior.

—Pero ¿qué debo hacer con ella? ¿No dijiste que era el pago de una deuda?

—No, amigo. Es la señal de que existe una deuda. Y lo que debes hacer con ella es mantenerla a buen recaudo. Mientras no la utilices puede ser una cosa hermosa que admirar.

Una delgada neblina penetró en el claro. Simón puso la punta de la flecha hacia el suelo, la apoyó contra el tronco y se acercó a la hoguera. Binabik recogió las palomas de las ascuas y las atravesó con un par de palos; colocó unos de los bultos junto a una piedra caliente que reposaba frente a las rodillas de Simón.

—Quita las hojas que lo envuelven —le indicó—; luego deja pasar un poco de tiempo para que no esté tan caliente.

A Simón le resultaba muy difícil hacer caso de aquella última indicación, pero lo logró.

—¿Cómo las conseguiste? —preguntó poco después, con la boca llena y los dedos resbaladizos y llenos de grasa.

—Después te lo mostraré —replicó el gnomo.

Binabik escarbaba entre sus dientes con uno de los huesos de las costillas de las palomas. El muchacho se apoyó contra el tronco y eructó satisfecho.

—¡Por Nuestra Señora Elysia, ha sido estupendo! —suspiró, y por primera vez en mucho tiempo sintió que el mundo no era un lugar del todo hostil—. Un poco de comida en el estómago hace que las cosas cambien.

—Me alegro de que tu recuperación haya resultado tan simple —sonrió el gnomo.

Simón se dio unas palmadas sobre el vientre.

—En estos momentos no hay nada que me preocupe.

Rozó la flecha con el hombro y ésta empezó a caer. El chico la cogió y la enderezó, y en ese instante volvió a recordar algo.

—Ni siquiera me siento mal a causa…, del hombre de ayer.

Binabik dirigió sus ojos marrones hacia Simón. Aunque continuaba hurgándose entre los dientes, la frente se le arrugó por encima de la nariz.

—¿No te sientes mal porque *esté* muerto o por *haberlo* matado?

—No entiendo bien —respondió—. ¿Qué quieres decir? ¿Cuál es la diferencia?

—Existe mucha diferencia entre una gran roca y un pequeño, pequeñísimo insecto..., pero debo dejar que seas tú quien lo considere.

—Pero... —Simón volvía a estar confuso—. Bueno, pero... era un hombre malo.

—Hummmm... —Binabik asintió con la cabeza, pero el gesto no llevaba consigo un acuerdo explícito—. Ciertamente, este mundo está lleno de hombres malos, de eso no existe la menor duda.

—¡Pero él habría matado al sitha!

—Eso también es cierto.

Simón miró desconsolado el montón de huesos de pájaro que reposaban ante él en la piedra.

—No entiendo. ¿Qué es lo que pretendes decirme?

—¿Adónde vas? —preguntó el gnomo, y tiró el palillo hacia el fuego para después ponerse en pie. ¡Era tan pequeño!

—¿Qué?

Simón lo miró lleno de sospecha cuando comprendió la importancia de las palabras del hombrecillo.

—Desearía saber hacia dónde te diriges, pues tal vez podamos viajar juntos durante un trecho. —Binabik hablaba lentamente y con paciencia, como si se dirigiese a un ser querido pero medio idiota—. Creo que el sol está muy alto en el cielo para que nos preocupemos con otras cuestiones. Nosotros, los gnomos, decimos: «Haz de la filosofía tu huésped durante la tarde, pero no dejes que se quede toda la noche». Ahora, si mi pregunta no es de una naturaleza demasiado inquisitiva, ¿adónde te diriges?

Simón se incorporó, con las rodillas tan tiesas como goznes sin lubricar. Otra vez se encontró asaltado por las dudas. ¿Podía ser la curiosidad del hombrecillo tan inocente como aparentaba? Ya había cometido una vez el error de confiar en alguien con aquel maldito monje. Pero ¿qué salida le quedaba? No le había dicho casi nada al gnomo, y la verdad es que no estaba mal tener un compañero ducho en las artes del bosque. El hombrecillo parecía saber qué hacer, y Simón sentía una súbita necesidad de tener alguien en quien confiar.

—Voy hacia el norte —dijo, y se arriesgó a concretar—. A Naglimund. —Observó atentamente al gnomo—. ¿Y tú?

Binabik empaquetaba sus utensilios en la bolsa que llevaba colgada al hombro.

—Espero viajar más hacia el norte —replicó sin levantar la mirada—; parece que nuestros caminos coinciden. —Ahora levantó sus ojos oscuros—. Qué extraño que te dirijas hacia Naglimund. En las últimas semanas he oído mucho el nombre de esa plaza fuerte.

—¿Sí? —Simón recogió la Flecha Blanca y trató de parecer despreocupado mientras pensaba en cómo llevarla consigo—. ¿Dónde?

—Tiempo habrá para que hablemos mientras recorremos el camino. —El gnomo sonrió, con una amplia y amistosa sonrisa amarillenta—. Tengo que llamar a Qantaqa, que sin duda está sembrando horror y desesperación entre los ratones de los alrededores. No te importe vaciar tu vejiga ahora, así caminaremos más rápidos.

Simón sostuvo la Flecha Blanca entre los dientes mientras seguía aquel consejo.

18

Una red de estrellas

Aunque lleno de ampollas, descalzo y vestido con harapos, Simón consiguió, poco a poco, vencer la sensación de desesperación que lo invadía. Tanto su mente como su cuerpo se hallaban en mal estado a causa del infortunio, y había desarrollado una mirada asustadiza y un estar acobardado —nada de lo cual le había pasado inadvertido a su nuevo compañero—, pero había conseguido apartar un poco el latente horror que palpitaba en él; de momento se había convertido en otro amargo recuerdo. La inesperada compañía lo ayudaba a soportar el dolor que sentía por sus amigos desaparecidos y por su hogar perdido, al menos en la medida en que se lo permitía. Una gran parte de sus pensamientos y sentimientos secretos continuaba aferrada al pasado. Todavía tenía sospechas y no se atrevía a confiar de nuevo para arriesgarse a perder más.

Caminaba a través de los fríos senderos del bosque, llenos del trinar de los pájaros, y Binabik le explicaba que había bajado desde su encumbrado hogar en Yiqanuc, como solía hacer una vez al año, por «negocios»: una serie de mandados que lo llevaban hasta el Hernystir oriental y a Erkynlandia. Simón dedujo que todo ello implicaba algún tipo de comercio.

—Pero, ¡ah, mi joven amigo, cuánta agitación he encontrado durante esta primavera! ¡Vuestras gentes están muy trastornadas, muy asustadas! —Binabik agitó las manos para acompañar sus palabras—. En las provincias más remotas el rey no es muy popular. Y en Hernystir le temen. Por todas partes se ve hambre e indignación. La gente tiene miedo de viajar; los caminos ya no son seguros. Bueno —sonrió—, si quieres que te diga la verdad, los caminos nunca *fueron* seguros, al menos en las zonas más aisladas; pero es cierto que las cosas están empeorando en el norte de Osten Ard.

Simón observaba cómo el sol del mediodía enviaba columnas de luz a través de los troncos de los árboles.

—¿Has viajado alguna vez hacia el sur? —preguntó.

—Si te refieres al sur de Erkynlandia, mi respuesta es sí, en una o dos ocasiones. Pero, por favor, recuerda: en mi pueblo, casi todo lo que es dejar Yiqanuc significa «viajar hacia el sur».

Simón no ponía demasiada atención en las palabras de Binabik.

—¿Siempre viajas solo? ¿Va…, va…, va Qantaqa contigo?

El gnomo volvió a sonreír.

—No. Fue hace mucho tiempo, antes de que mi amiga loba naciera, cuando…

—¿Cómo conseguiste… tener la loba? —interrumpió Simón.

Binabik respondió con un siseo de desaprobación.

—¡Resulta muy difícil contestar preguntas cuando se sufren continuas interrupciones a base de más preguntas!

El muchacho trató de parecer compungido, pero la verdad es que sentía la primavera como un pájaro siente el viento en sus alas.

—Lo lamento —dijo—. Ya me lo han dicho antes…, un amigo…, que hacía demasiadas preguntas.

—No es que sean «demasiadas» —replicó el hombrecillo, y usó su bastón para apartar de su paso una rama baja—, es que las haces unas sobre otras —y dejó escapar una risotada—. Y ahora, ¿qué quieres que yo responda?

—Oh, lo que tú prefieras. Decide —replicó Simón, sumiso, y pegó un salto cuando el gnomo lo golpeó ligeramente en la muñeca con el bastón.

—Me gustaría que no fueses tan obsequioso. Esto parece un trato de mercaderes que venden bienes de mala calidad. Estoy seguro de preferir un sinfín de estúpidas preguntas antes que eso.

—¿Ob… seq…?

—Obsequioso. Adulador, engrasar con aceite. No es de mi agrado. En Yiqanuc decimos: «Manda al hombre con lengua aceitosa que vaya y lama los zapatos de nieve».

—¿Qué significa?

—Quiere decir que no nos gustan los aduladores. ¡No te preocupes! —Binabik volvió la cabeza y rió, con el negro cabello revuelto y los ojos casi ocultos sobre las mejillas—. ¡No te preocupes! Hemos vagado tanto como el perdido Piqipeg; vagado en nuestra conversación, quiero decir. No, no preguntes nada. Nos detendremos aquí para descansar y te explicaré cómo encontré a mi amiga Qantaqa.

Escogieron una gran piedra, una de granito que parecía florecer del suelo del bosque como un puño moteado, con la parte superior salpicada por la luz del sol.

El joven y el gnomo se subieron a ella para tumbarse en lo alto. A su alrededor, el bosque permanecía silencioso; el polvo levantado a su paso se iba posando poco a poco. Binabik rebuscó en el bolso y extrajo una tira de carne seca y una bota de fino y amargo vino. Simón mascaba y se quitó los zapatos para menear los dedos al calor del sol. Binabik miró el calzado con ojos llenos de preocupación.

—Debemos encontrar otra cosa. —Señaló el destrozado y ennegrecido cuero—. El alma de un hombre está en peligro cuando le duelen los pies.

Simón rió la frase del gnomo.

Pasaron un rato en silencio, contemplando el bosque que los rodeaba, el animado verdor de Aldheorte.

—Bien —dijo el hombrecillo, al cabo de unos momentos—, la primera cosa que hay que comprender es que mi pueblo sólo no rehúye la compañía de los lobos, sino que no resulta extraño tener amistad con ellos. Gnomos y lobos han vivido unos con otros durante miles de años, y nosotros mismos nos quedamos a solas con ellos la mayor parte del tiempo.

«Nuestros vecinos, si es que se puede utilizar un término tan educado, los peludos hombres de Rimmersgardia, piensan que el lobo es un animal peligroso y que tiende a la traición. ¿Estás familiarizado con los hombres de Rimmersgardia?

—Oh, sí. —Simón estuvo encantado de entrar en la conversación—. Están por todo Hay… —se calló—, en Erchester. He hablado con muchos de ellos: llevan barbas muy largas —añadió, para demostrar su familiaridad.

—Humm. Bien, pues como vivimos en las altas montañas, nosotros, los qanuc, nosotros, los gnomos, y como no matamos a los lobos, los rimmerios piensan que somos medio demonios y medio animales. En sus congelados y violentos cerebros —Binabik compuso una mirada de cómico disgusto—, existe el pensamiento de que el pueblo gnomo es mágico y malo. Ha habido sangrientas luchas, muchas, muchas, entre rimmerios, los llamamos *croohok*, y mi pueblo qanuc.

—Lo lamento —dijo Simón, que se sentía culpable de la admiración que había sentido por el viejo duque Isgrimnur, el cual, por el contrario, no parecía ser del tipo que masacra inocentes gnomos, aunque tenía la reputación.

—¿Sentirlo? No tienes por qué. Yo mismo soy de la opinión de que los hombres y las mujeres de Rimmersgardia son torpes, estúpidos y sufren de ser excesivamente altos, pero no creo que encarnen el mal, ni deseo verlos muertos. Ahhh —suspiró el gnomo, sacudiendo la cabeza como un sacerdote filósofo en una taberna a punto de cerrar—, los rimmerios me resultan incomprensibles.

—¿Qué me explicabas sobre los lobos? —preguntó Simón, y se maldijo de inmediato por haber interrumpido a su compañero.

A Binabik no pareció importarle en esta ocasión.

—Mi pueblo vive en las escarpadas Mintahoq, llamadas por los rimmerios «Montañas de los Gnomos». Montamos en los lanudos carneros de ágiles pezuñas; los criamos desde que apenas son algo más que una piel hasta que son lo bastante grandes como para llevarnos a través de los pasos de las montañas. Simón, no hay nada en este mundo como ser un jinete de carneros de Yiqanuq. Sentarte en tu montura, cruzar los desfiladeros del Techo del Mundo..., brincar por la inmensidad de los profundos abismos de las montañas, tan profundos que si tiras una piedra tardará casi medio día en estrellarse contra el fondo...

Binabik sonrió y compuso una mueca llena de feliz ensoñación. Simón trató de imaginarse tales alturas y se sintió algo mareado, por lo que tuvo que posar las palmas de las manos sobre la roca para sentirse seguro. Miró abajo. La parte superior de la piedra sólo estaba a una distancia comparable a la altura de un hombre.

—Qantaqa era un cachorro cuando la encontré —continuó el hombrecillo—. Su madre había sido asesinada, con toda probabilidad, o había perecido víctima del hambre. Me gruñó cuando la descubrí; era como una bola de pelo blanco que sólo se diferenciaba de la nieve por su negro morro. —Binabik sonrió—. Sí, ahora es gris. Los lobos, al igual que la gente, cambian a menudo de color a medida que crecen. Yo me encontré... enternecido por su esfuerzo al tratar de defenderse, y me la llevé conmigo. Mi maestro... —Hizo una pausa. El agudo grito de un arrendajo llenó el espacio vacío—. Mi maestro decía que si la había recogido de los brazos de Qinkipa, la diosa de la nieve, entonces había asumido los deberes de un padre. Mis amigos pensaron que yo no sería lo bastante sensible. ¡Ja!, les dije. Enseñaría a la loba a llevarme como si fuese un carnero con cuernos. Nadie lo creía, pues era algo que nunca antes había sucedido. Son muchas las cosas que nunca habían sucedido con anterioridad...

—¿Quién es tu maestro?

Bajo ellos, Qantaqa, que había dormitado en una zona bañada por el sol, rodó sobre la espalda y estiró las patas; el blanco pelo de la panza era grueso como una capa real.

—Eso, Simón, es otra historia que se puede contar, pero hoy no. A pesar de ello, y para acabar, te diré que enseñé a Qantaqa a llevarme. El adiestramiento fue… —Binabik frunció el labio superior— una experiencia muy divertida. No existe arrepentimiento en mí a causa de ello. A menudo viajo más lejos que el resto de mi tribu. Un carnero es un maravilloso animal saltarín, pero tiene muy poco cerebro. Un lobo es listo-listo-listo, y es fiel como una deuda impagada. ¿Sabes que cuando escogen a un compañero lo hacen para el resto de sus vidas? Qantaqa es mi amiga, y la prefiero a cualquier cabra. ¿Sí, Qantaqa? ¿Sí?

La gran loba gris se sentó, y sus grandes ojos miraron con fijeza a Binabik; levantó la cabeza y emitió un corto aullido.

—¿Ves? —sonrió el gnomo—. Ahora vamos, Simón. Creo que deberíamos continuar mientras el sol esté alto.

El hombrecillo bajó de la piedra y el muchacho lo siguió, brincando, después de ponerse sus arruinados zapatos.

El atardecer fue transcurriendo y ellos seguían abriéndose paso a través de los árboles; Binabik contestaba preguntas acerca de sus viajes, demostrando una envidiable familiaridad con lugares con los que Simón sólo se había atrevido a soñar. Habló de cómo el sol de verano mostraba las brillantes interioridades de las heladas Mintahoq como un hábil martillo de joyero; de las regiones más norteñas de aquel mismo bosque de Aldheorte, un mundo de blancos árboles, silencio y huellas de extraños animales; de los remotos y fríos poblados de Rimmersgardia, en los que apenas habían oído hablar de la corte del Preste Juan, donde hombres barbudos y de fiera mirada se acurrucaban junto a los fuegos en las sombras de las altas montañas, e incluso el más valiente de ellos temía las extrañas formas que caminaban por la ululante oscuridad superior. Explicó historias de las escondidas minas de Hernystir, secretos y serpenteantes túneles que perforaban la negra tierra por entre los huesos de las montañas Grianspog; y habló de los hernystiros, astutos y soñadores paganos cuyos dioses habitaban en las verdes praderas, en el cielo y en las piedras… Los hernystiros eran, de todos los hombres, los que mejor habían llegado a conocer a los sitha.

—Y los sitha son reales… —dijo Simón en voz baja, con una mezcla de asombro y algo más que un poco de miedo mientras recordaba—. El doctor tenía razón.

Binabik enarcó una ceja.

—Claro que son reales. ¿Supones que ellos se sientan aquí en el bosque preguntándose si los hombres son reales? ¡Vaya una tontería! Los hombres son jóvenes comparados con ellos, aunque ese pasado reciente los ha perjudicado de una forma terrible.

—¡Es que nunca había visto uno antes!

—Tampoco me habías visto a mí, o a alguien perteneciente a mi pueblo —replicó Binabik—. Nunca has visto Perdruin, o Nabban, o la Pradera Thrithing... ¿Quiere eso decir, entonces, que *todo eso* no existe? ¡Vaya un fondo de necedad que hay en vosotros, erkynos! ¡Un hombre que posee sabiduría no se sienta a esperar que el mundo aparezca ante él pedazo a pedazo para probar su existencia!

El gnomo miró hacia otra parte, con las cejas juntas; Simón temió haberlo ofendido.

—Bueno, entonces ¿*qué* debe hacer un hombre sabio? —preguntó, un poco desafiante.

—El hombre sabio no espera a que el mundo se le revele para conocerlo. ¿Cómo puede alguien ser una autoridad antes de haber experimentado su realidad? Mi maestro me inculcó, y a mí me parece *chash*, que quiere decir correcto, que no debes defenderte contra la llegada del conocimiento.

—Perdona, Binabik —Simón dio una patada a un tallo de roble que salió dando tumbos—, pero sólo soy un pinche de cocina. Esta clase de conversación no tiene sentido para mí.

—¡Ajá! —Con la rapidez de una serpiente, el hombrecillo se inclinó hacia adelante y golpeó a Simón en el tobillo con su bastón—. ¡Esto es exactamente un ejemplo! ¡Ajá!

El gnomo agitó su puño en alto. Qantaqa, que pensó que la llamaba, volvió a galope tendido y al llegar empezó a dar vueltas alrededor de la pareja, hasta que ambos tuvieron que detenerse para evitar tropezar con la juguetona loba.

—¡*Hinik*, Qantaqa! —susurró Binabik.

Esta dejó de moverse y se quedó quieta, meneando la cola como un mastín amaestrado del castillo.

—Ahora, amigo Simón —dijo el gnomo—, por favor, perdona mi enfado, pero es que me has sacado de quicio. —Levantó la mano para detener cualquier pregunta por parte del chico. Este sintió que una sonrisa se abría camino entre sus labios al ver a su compañero tan ensimismado y serio—. Primero —prosiguió—, los chicos que trabajan en las cocinas no han sido engendrados por un pescado o empollados como huevos de gallina. Pueden pensar como los más sabios entre la gente sabia, sólo si *no luchan contra la llegada del conocimiento*: si no empiezan a decir «no puedo» o «no quiero». Bueno, ahora estaba explicando lo que iba a hacer al respecto, ¿te importa?

Simón se divertía. Ni siquiera le importaba ser golpeado en el tobillo, tampoco le dolía.

—Por favor, explícamelo.

—Entonces, consideremos el conocimiento como un río. Si eres una pieza de ropa, ¿cómo sabrás más acerca del agua: dejando que alguien te sumerja en tu rincón y te vuelva a sacar de nuevo, o dejándote llevar por ella sin resistencia, para que te empape del todo? Bien, ¿así pues?

El imaginar que era sumergido en un frío río hizo que Simón se estremeciese un poco. La luz del sol había empezado a seguir una trayectoria angulosa: la tarde estaba pereciendo.

—Supongo…, supongo que si te empapas podrás adquirir más conocimientos sobre el agua.

—¡Con toda *exactitud*! —Binabik parecía complacido—. ¡Con toda *exactitud*! Pues ya has comprendido la lección —dijo el gnomo, y continuó caminando.

La verdad es que el muchacho había olvidado la pregunta original, pero le importaba poco. Existía algo encantador en aquella personita, una seriedad que reposaba bajo el buen humor. Simón se sintió en buenas, aunque pequeñas, manos.

Resultaba difícil no darse cuenta de que ahora se dirigían hacia el oeste; al caminar seguían los rayos del sol, y éste se encontraba casi frente a ellos. A veces, un deslumbrante fulgor traspasaba la frondosidad de los árboles y Simón daba un traspié, deslumbrado; el aire del bosque aparecía súbitamente inundado de brillantes punzadas de luz. Preguntó a Binabik acerca del giro que habían dado hacia el oeste.

—Ah, sí —replicó aquél—, nos dirigimos hacia el Knock. Creo que hoy no llegaremos allí. Pronto tendremos que detenernos para acampar y comer.

Simón se alegró de oírlo, pero no pudo olvidar el hacer otra pregunta; después de todo, también se trataba de su aventura.

—¿Qué es el Knock?

—Oh, no se trata de nada peligroso, Simón. Es el lugar en el que las colinas sureñas de Wealdhelm descienden, y uno puede dejar el espeso y no demasiado seguro bosque y cruzar hacia la ruta de Wealdhelm. Como iba diciendo, creo que no llegaremos hoy. Vamos a ver si encontramos algún lugar para acampar.

Unos cuantos estadios más lejos encontraron un sitio que parecía prometedor: se trataba de un grupo de grandes rocas situadas en una suave vertiente, junto a un arroyo del bosque. El agua salpicaba en medio de la corriente sobre un grupo de piedras de color paloma, arremolinándose alrededor de unas ramas torcidas que habían caído al agua para desaparecer más adelante. Un grupo de álamos, de brillantes hojas, se agitaron suavemente al dar comienzo la brisa del anochecer.

La pareja construyó rápidamente un círculo con piedras secas que encontraron cerca del arroyo para encender una hoguera. Qantaqa parecía fascinada por el proyecto, y se acercaba de vez en cuando para gruñir y golpear las piedras mientras ellos las colocaban laboriosamente en el lugar apropiado. Poco después el gnomo ya había encendido un fuego, que parecía pálido y espectral a la luz de los últimos pero potentes rayos de sol del marchito atardecer.

—Ahora, Simón —dijo Binabik, dando con el codo a la intrusa Qantaqa—, dedicaremos un tiempo a cazar. Vamos a ver si descubrimos algún pájaro apropiado para cenar y te enseñaré algunos trucos inteligentes.

El hombrecillo se frotó las manos.

—¿Cómo los cogeremos? —Simón miró la Flecha Blanca que agarraba en su sudorosa mano—. ¿Tendremos que dispararles la flecha?

Binabik rió alegremente y se golpeó las rodillas con las palmas de las manos.

—¡Para ser sólo un pinche de cocina, tienes mucha gracia, muchacho! No, no, te dije que te enseñaría trucos inteligentes. ¿Sabes?, donde vivo sólo existe una temporada de caza de aves muy corta. En el frío invierno no hay ningún pájaro, excepto los gansos de nieve, que vuelan a la altura de las nubes y atraviesan nuestras montañas en su camino hacia las extensiones del nordeste. Pero en alguna de las tierras del sur por las que he viajado, *sólo* cazan y comen pájaros. Allí he aprendido algunas cosas inteligentes. ¡Te las enseñaré!

Binabik recogió su bastón e hizo una seña a Simón para que lo siguiese. Qantaqa también se adelantó, pero el gnomo la hizo volver atrás.

—*Hinik aia*, vieja amiga —le dijo, con cariño.

Las orejas de la loba se irguieron y sus grises cejas se enarcaron.

—Vamos en una misión sigilosa y de carácter furtivo, y tus grandes patas no nos serán de mucha ayuda.

El animal se dio la vuelta y caminó cabizbajo hasta acercarse al fuego.

—No es que no pueda ser silenciosa —le explicó el gnomo a Simón—, pero *sólo* ocurre cuando ella quiere.

Cruzaron el arroyo y se internaron en los matorrales de monte bajo. En poco tiempo volvieron a estar rodeados por el frondoso bosque; el sonido del agua se había convertido en apenas un murmullo. Binabik se agachó, invitando a Simón a imitarlo.

—Ahora vamos a trabajar —dijo.

Cogió el bastón y le dio un rápido giro; para sorpresa de Simón, éste se separó en dos segmentos. El más corto era el mango de un cuchillo cuya hoja había sido escondida en el espacio hueco de la sección más larga. El gnomo levantó el segmento mayor y lo agitó; del interior salió una bolsa de piel que cayó en el suelo. Después removió una pequeña pieza del otro extremo; el segmento más largo era ahora un tubo hueco. El muchacho se rió de puro contento.

—¡Qué maravilla! —exclamó—. Es como una varita mágica.

Binabik asintió sabiamente.

—Sorpresas en pequeños paquetes. ¡Ese es el credo qanuc!

El gnomo cogió el cuchillo por el mango cilíndrico de hueso y lo metió en el tubo hueco. Otro tubo apareció parcialmente, y acabó de sacarlo con los dedos. Cuando lo levantó para inspeccionarlo, Simón vio que tenía una hilera de agujeros a lo largo de un extremo.

—¿Una... flauta?

—Una flauta, sí. ¿De qué sirve una cena si después no hay música?

El hombrecillo apartó el instrumento musical y abrió la bolsa de cuero con la punta del cuchillo. En su interior se veía un montoncito apretado de lana cardada y un tubo aún más pequeño, que no era mayor que un dedo.

—Cada vez más pequeño, ¿sí?

Binabik le dio unas vueltas hasta abrirlo para mostrarle el contenido a Simón: había diminutas agujas de hueso o marfil, muy apretadas unas contra otras. El chico estiró el brazo para tocar una de las delicadas astillas, pero su compañero apartó precipitadamente el tubito.

—No, por favor —dijo—. Observa.

Cogió una de las agujas con el pulgar y el índice arqueados y la levantó hasta atrapar un rayo de la marchita luz del atardecer; la delgada punta de la aguja aparecía manchada de una sustancia negra y viscosa.

—¿Veneno? —preguntó Simón.

El otro asintió con expresión seria, aunque sus ojos mostraron una cierta excitación.

—Claro —dijo—. No todas tienen tanto veneno, pues no es necesario para matar pajarillos y, además, suele echar a perder la carne; pero uno no puede detener a un oso o a algo más grande con sólo un dardo diminuto.

Binabik volvió a depositar la aguja envenenada junto a las demás y escogió otra sin veneno.

—¿Has matado a algún oso con las agujas? —preguntó Simón, muy impresionado.

—Sí, lo he hecho, pero el gnomo que es sabio no debe quedarse en ese lugar para saber si el animal está muerto o no. El veneno no realiza su trabajo inmediatamente. Muy grandes son los osos.

Mientras hablaba, había separado un trozo de la áspera lana y desenmarañaba las fibras con la punta del cuchillo; sus dedos trabajaban con tanta rapidez y conocimiento como Sara, la doncella del piso de arriba, remendaba. Antes de que los recuerdos de su hogar le pudieran traer a la memoria a más compañeros, la atención de Simón se vio de nuevo capturada cuando Binabik empezó a envolver la base del dardo con los hilos de lana, enrollándolos unos sobre otros hasta que el extremo se convirtió en un suave globo de lana. Cuando hubo acabado, apartó ambas cosas, aguja y lana, y las introdujo por uno de los extremos del bastón de caminar. Metió las demás agujas en la bolsa, que ató a su cinturón, y alargó el resto de los utensilios desmontados a Simón.

—Lleva todo eso, por favor —indicó—. No veo muchos pájaros por aquí, aunque deberían salir a estas horas para alimentarse de los insectos. Tal vez tengamos que esperar a ver aparecer una ardilla, aunque no tienen demasiado buen sabor —se dio prisa en explicar, mientras saltaban por encima de un árbol caído—; además, existe algo más delicado y experimentado en la caza de pájaros. Cuando el dardo alcance la presa, lo comprenderás. Creo que es su vuelo lo que tanto me emociona, y la rapidez con la que laten sus corazoncitos.

Más tarde, envueltos en el rumor de hojas de un anochecer de primavera, mientras Simón y el gnomo holgazaneaban alrededor de la hoguera en plena digestión de la comida —dos palomas y una ardilla—, el muchacho pensó en lo que Binabik le había dicho. Resultaba extraño darse cuenta de lo poco que podías llegar a comprender a alguien a quien acompañas. ¿Cómo podía el gnomo sentir cariño por algo que iba a matar?

«Yo, desde luego, no me sentía de esa manera con respecto al leñador —pensó—. Probablemente me hubiera matado a mí también en cuanto hubiese acabado con el sitha.»

¿Lo hubiera hecho? ¿Hubiera dirigido el hacha contra Simón? Tal vez no: el leñador creía que el sitha era un demonio. Le había dado la espalda al muchacho, algo que no habría hecho si le hubiese temido.

«Me pregunto si tendría una esposa —pensó Simón, de pronto—. ¿Tendría hijos? Pero ¡era un hombre malo! Aun así, los hombres malos pueden tener hijos; el rey Elías tiene una hija. ¿Se sentiría ella mal si su padre muriese? Yo, desde luego que no. Y tampoco me siento mal porque el leñador haya muerto, pero me siento triste por su familia, en caso de que lo encuentren muerto en el bosque, de esa forma. Espero que no tuviese hijos, que estuviese solo, que viviese solo en el bosque, dependiendo únicamente de él mismo…, solo en el bosque…»

Simón se levantó, lleno de miedo. Casi había llegado a ir a la deriva, solo, por sí mismo, y sin ningún tipo de ayuda… Pero no. Allí estaba Binabik, sentado contra una piedra, rumiando sus propios pensamientos. Simón se sintió muy agradecido a causa de la presencia del gnomo.

—Gracias… por la cena, Binabik.

Éste se dio la vuelta para mirarlo, con una sonrisa indolente en las comisuras de los labios.

—He sido feliz al hacerlo. Ahora ya has visto lo que los dardos del sur pueden hacer, ¿tal vez quieras aprender a usarlos?

—¡Claro que sí!

—Muy bien. Entonces te enseñaré mañana; quizá *puedas* cazar nuestra próxima cena, ¿eh?

—¿Durante cuánto…? —Simón encontró una ramita y removió las brasas—. ¿Cuánto tiempo viajaremos juntos?

El gnomo cerró los ojos y se estiró hacia atrás, rascándose la cabeza a través del espeso cabello negro.

—Oh, un poco todavía, creo. Tú vas a Naglimund, ¿correcto? Bien, tengo la seguridad de que al menos iremos juntos durante la mayor parte del camino hacia allí. ¿Es una cosa buena?

—¡Sí!… Sí, ya lo creo.

El muchacho se sintió mucho mejor. Él también se dejó caer hacia atrás, y meneó sus desnudos dedos de los pies ante las brasas.

—*No obstante* —dijo Binabik, junto a él—, todavía no entiendo por qué deseas ir allí. He oído comentarios de que la plaza fuerte de Naglimund se está preparando para la guerra. Corren rumores de que Josua, el príncipe, cuya desaparición fue conocida incluso en los remotos lugares a los que me llevó mi viaje, debe de esconderse allí para preparar la guerra contra su hermano, el rey. ¿Has oído algo de eso? ¿Por qué, si presumo que así es, te diriges hacia allí?

La sensación de despreocupación que sentía Simón se evaporó de repente. «Sólo es pequeño —se dijo—. ¡Pero no estúpido!»

El joven se obligó a respirar profundamente antes de responder.

—No sé demasiado de esas cosas, Binabik. Mis padres murieron y… tengo un amigo en Naglimund…, un arpista.

«Todo eso es cierto, más o menos… pero ¿lo convencerá?»

—Hummm —musitó el hombrecillo, que no había abierto los ojos—. Tal vez existan mejores destinos a los que dirigirse que una fortaleza que espera ser sitiada. Aun así, demuestras mucha valentía al encaminarte hacia allí solo. «Los valientes y los locos a menudo viven en la misma cueva», decimos nosotros. Tal vez, si tu destino no te acaba de convencer, puedas venir a vivir con nosotros, los qanuc. ¡Serías un alto y fuerte gnomo!

Binabik rió, con una aguda y tonta risilla, como si fuese una ardilla respondona. A pesar de sentirse algo nervioso, Simón no pudo evitar unirse a él con una risa clara y abierta.

El fuego había decrecido hasta convertirse en un resplandor apagado, y el bosque que los rodeaba se volvió una indeterminada e indistinguible masa de oscuridad. Simón se arrebujó en el manto. Binabik permanecía ausente y pasaba los dedos por los agujeros de la flauta mientras miraba hacia arriba, hacia el retazo aterciopelado de cielo visible a través de un resquicio abierto entre los árboles.

—¡Mira! —exclamó el gnomo, y extendió el instrumento para señalar hacia la noche—. ¿Lo ves?

El chico movió la cabeza para acercarse al hombrecillo. No veía más que una fina hilera de estrellas.

—No veo nada.

—¿No ves la Red?

—¿Qué red?

Binabik lo miró extrañado.

—¿Es que no te enseñaron nada en ese castillo? La *Red de Mezumiiru*.

—¿Eso qué es?

—Ajá —dijo Binabik, y volvió a reposar la cabeza—. Esa mancha de estrellas que ves ahí arriba es la *Red de Mezumiiru*. Dicen que ella la extendió para dar alcance a su esposo Isiki, que la había dejado. Nosotros, los qanuc, la llamamos *Sedda*, la Madre Negra.

Simón miró hacia los diminutos puntos luminosos; daba la sensación de que aquel entretejido de estrellas separaba Osten Ard de algún otro mundo de luz. Si se miraba con atención podía observarse un cierto orden en la formación.

—No brillan mucho.

—El cielo no está despejado, tienes razón —asintió Binabik—. Se dice que Mezumiiru lo prefiere así, pues de otra manera la brillante luz de las joyas de la red harían que Isiki escapase. Aun así, y a pesar de que hay muchas noches nubladas, tampoco parece lograr cogerlo…

Simón bizqueó.

—Mezza… Mezo…

—Mezumiiru. Mezumiiru, La Mujer Luna.

—Pero dijiste que tu pueblo la llama… ¿*Sedda*?

—Así es. Es la madre de todos nosotros, según creemos los qanuc.

El muchacho se detuvo a pensar unos momentos.

—Entonces, ¿por qué la llamas *así*? —preguntó, y señaló hacia arriba—. *Red de Mezumiiru*. ¿Por qué no *Red de Sedda*?

Binabik sonrió y enarcó las cejas.

—Una buena pregunta. Mi pueblo la llama así o, en la actualidad, le dicen *La Manta de Sedda*. Como he viajado más conozco otros nombres, y parece que después de todo fueron los sitha los que aquí estuvieron primero y los que hace ya mucho tiempo dieron nombre a todas las estrellas.

El gnomo se sentó durante un momento, y miró, junto a Simón, hacia el oscuro techo del mundo.

—Ya sé —dijo el hombrecillo, de repente—. Voy a cantarte la canción de Sedda, o al menos una parte pequeña, pues es muy larga. ¿Puedo empezar?

—¡Sí! —Simón se envolvió todavía más en el manto—. ¡Sí, por favor, canta!

Qantaqa, que roncaba tranquilamente sobre las piernas del gnomo, se despertó, alzó la cabeza para mirar hacia un lado y otro, y emitió un largo aullido. Binabik también miró a su alrededor, y estrechó los ojos mientras trataba de penetrar en la penumbra que se extendía más allá de la hoguera. Un momento después, Qantaqa, aparentemente satisfecha y conforme con todo, volvió a arrebujarse en una posición más cómoda para su gran cabezota, y cerró los ojos. El hombrecillo la acarició, cogió la flauta y sopló algunas notas, a modo de preparación.

—Ha de entenderse —dijo— que esto sólo es una pequeña parte de la canción completa. Explicaré cosas. El esposo de Sedda, llamado Isiki por los Sitha, aunque nosotros lo llamamos Kikkasut, es el Señor de todos los Pájaros…

El gnomo adoptó una postura muy solemne y empezó a cantar con voz aguda, extrañamente musical, como el viento en los lugares altos. Se detenía al final de cada frase para tocar algunas notas con su flauta.

El agua corre
por la cueva de Tohuq.
En la brillante cavidad celeste,
Sedda está hilando.
La hija morena del señor del cielo,
pálida, de cabello oscuro, Sedda.

El rey de los pájaros vuela
por el camino de estrellas,
por el brillante camino.
Ahora a Sedda ve,
Kikkasut la vio,
y juró hacerla suya.

«Dadme a vuestra hija,
a vuestra hija que hila,
que hila delgados hilos».
Kikkasut la llamó.
«¡La vestiré con ricos ropajes,
llenos de brillantes plumas!»

Tohuq lo escuchó,
le oyó esas bellas palabras,
ricas palabras del rey de los pájaros.
Piensa en el honor…
Sedda consentirá a los deseos del viejo y codicioso Tohuq.

—Así que —explicó Binabik, con voz normal— el viejo Tohuq, el señor del cielo, vende a su hija a Kikkasut por una hermosa capa de plumas, que más tarde usará para crear las nubes. Sedda se marcha con su nuevo esposo al país de él, más allá de las montañas, en donde se convierte en la Reina de los Pájaros. Pero la felicidad del matrimonio no durará mucho. Pronto Kikkasut empezará a despreciarla, y sólo irá a casa para comer y maldecir a su esposa —el gnomo sonrió con calma, luego limpió el extremo de la flauta con su cuello de pelo—. Ah, Simón, siempre ha sido una historia tan larga… Bueno, pues Sedda va a una mujer sabia, que le dice que para volver a ganar el volátil corazón de Kikkasut debe darle hijos.

»Con una poción mágica que la mujer le había dado, hecha de huesos, malvavisco y nieve negra, Sedda fue capaz de concebir, y dio a luz a nueve hijos. Kikkasut lo oyó y mandó un mensaje en el que decía que se los llevaría lejos de ella, para que fuesen criados como los pájaros en que se convertirían, y no educados por Sedda, para que se hiciesen inservibles niños luna.

»Cuando su esposa oyó todo esto, cogió a los dos más pequeños y los escondió. Kikkasut vino para llevarse a los demás y le preguntó por el paradero de los otros dos. Sedda le dijo que habían enfermado y muerto. Él se alejó y Sedda lo maldijo.

Binabik volvió a cantar:

Kikkasut salió volando
y Sedda lloró;
lloró por su pérdida.
Se le habían llevado a sus hijos,
excepto a los dos escondidos:
Lingit y Yana.

Los nietos del señor del cielo,
gemelos de la mujer-luna.
Secretos y pálidos,
Yana y Lingit,
ocultados a su padre.
Inmortales para siempre ella los mantendrá...

—¿Ves? —se interrumpió Binabik—. Sedda no quería que sus hijos se convirtiesen en mortales y falleciesen, como los pájaros y las bestias de los campos. Eran todo lo que ella tenía...

Sedda se lamenta,
sola y traicionada
planea una venganza.
Coge sus brillantes joyas,
regalo de amor de Kikkasut,
y las entrelaza.

A lo alto de una elevada montaña,
la morena Sedda sube,
con una manta recién tejida,
que extiende en el cielo de la noche.
Una trampa para su esposo,
ladrón de sus hijos...

Binabik trenzó una melodía durante unos instantes, mientras movía la cabeza lentamente, de lado a lado. Luego bajó la flauta.

—Es una canción de extrema largura, Simón, pero habla de las cosas más importantes. Sigue hablando de los hijos: Yana y Lingit, de su elección entre la muerte de la luna y la muerte del pájaro; la luna muere, pero vuelve a resurgir con la misma forma. Los pájaros mueren, pero dejan a sus polluelos para que los sobrevivan. Yana, creemos nosotros, los gnomos, escogió la muerte de la luna, y fue la matriarca —una palabra que significa abuela— de los sitha. Los mortales, como tú y como yo mismo, amigo Simón, somos descendientes de Lingit. Pero es una larga, muy larga canción... ¿Te gustaría seguir escuchándola un poco más?

Simón no contestó. La canción de la luna y el suave roce del manto de plumas de la noche le habían provocado un profundo sueño.

19

LA SANGRE DE SAN HODERUND

Parecía que cada vez que Simón abría la boca para decir algo o para respirar profundamente se le llenaba de hojas. No importaba que se moviese o se agachase, no podía evitar las ramas que parecían recorrerle el rostro como las ávidas manos de los niños.

—¡Binabik! —se quejó—. ¿Por qué no podemos volver al camino? ¡Me estoy rompiendo en pedazos!

—No te quejes tanto. Pronto nos dirigiremos de nuevo hacia el camino.

Resultaba insoportable observar cómo el pequeño gnomo se abría paso a través de las enredadas ramas y arbustos. Para *él* era fácil decir «¡no te quejes!». Cuando más denso se hacía el bosque más ágil parecía ser Binabik, que se deslizaba suavemente por entre la espesura de los matorrales, mientras Simón iba tropezando por detrás. Incluso Qantaqa se abría paso con facilidad, apenas dejando muestras de su paso tras ella. El muchacho se sintió como si la mitad del bosque se le echase encima en forma de ramas rotas y espinas.

—Pero ¿por qué hacemos esto? Seguro que no nos llevaría mucho más tiempo seguir la senda alrededor del lindero del bosque de lo que me cuesta avanzar centímetro a centímetro.

Binabik llamó con un silbido a la loba, que había desaparecido de la vista. Pronto regresó, y mientras el gnomo esperaba a Simón le acarició el peludo cuello.

—Tienes mucha razón, Simón —dijo, a medida que se acercaba el joven—, nos tomaría más o menos el mismo tiempo. Pero —Binabik levantó un huesudo dedo con el que trazó en el aire un signo de admonición— existen otras consideraciones.

El chico supo que el otro esperaba una de sus preguntas. No la hizo, pero permaneció respirando agitadamente junto al hombrecillo e inspeccionando sus arañazos más recientes. Cuando el gnomo se dio cuenta de que Simón no picaba el cebo, sonrió.

—¿Por qué?, te preguntarás con curiosidad. ¿Qué «consideraciones» son ésas? La respuesta la tenemos a nuestro alrededor, en lo alto de cada árbol y debajo de todas las piedras. ¡Siente! ¡Huele!

El muchacho miró miserablemente a su alrededor. Todo lo que vio fueron árboles y zarzales, y más árboles. Finalmente gruñó.

—No, no, ¿es que ya no te quedan sentidos? —gritó Binabik—. ¿Qué clase de enseñanzas has recibido en esa especie de hormiguero, en ese castillo?

Simón levantó la mirada.

—Nunca dije que viviese en el castillo.

El hombrecillo volvió su rostro rápidamente para mirar el apenas visible camino de ciervos que habían seguido hasta el momento.

—Mira —dijo con voz dramática—, la tierra es un libro que debes aprender a leer. Cada cosa, por pequeña que sea —sonrió abiertamente—, tiene una historia que contar. Los árboles, hojas, musgos y piedras, todos han escrito en el libro cosas de maravilloso interés…

—Oh, no, por Elysia —se quejó Simón, y se derrumbó en el suelo para, a continuación, dejar caer la cabeza hacia adelante y descansar en sus rodillas—. Por favor, no me leas el libro del bosque ahora mismo, Binabik. Me duelen los pies y me arde la cabeza.

El gnomo avanzó hacia él hasta que su rostro estuvo a escasos centímetros del de Simón. Tras observar el revuelto y enredado cabello del joven, volvió a incorporarse.

—Creo que deberíamos descansar —dijo, tratando de ocultar su malestar—. Te hablaré de esas cosas en otro momento.

—Gracias —respondió Simón, con la cabeza sobre las rodillas.

Simón evitó tener que ir a cazar para conseguir algo que cenar con la excusa de quedarse dormido en el instante en que prepararon el campamento. Binabik se encogió de hombros, dio un largo trago de su bota de agua y otro similar de la de vino, e inició un corto paseo por el lugar. Qantaqa husmeaba vigilante a su lado.

Tras una no muy exquisita pero alimenticia cena a base de carne seca, echó las tabas con el acompañamiento de la profunda respiración de Simón. En la primera tirada consultó *Pájaro sin Alas*, *Pez Espada* y *El Camino de Sombras*. Inquieto, cerró los ojos y tarareó una tonada durante un rato mientras a su lado crecía el ruido de los insectos nocturnos. Cuando volvió a tirar las tabas, las dos primeras cambiaron a *Antorcha en la Entrada de la Cueva* y a *Carnero*, pero *El Camino de Sombras* volvió a aparecer, y los huesos estaban unos tan cerca de otros como los restos de algún delicado carnívoro. No había que seguir aquel resultado para tomar apresuradas decisiones —su maestro se lo había enseñado muy bien—, pero Binabik se durmió, finalmente, con sus utensilios y el bolso bien agarrados.

Cuando Simón se despertó, el gnomo se presentó ante él con una estupenda comida a base de huevos cocidos —de codorniz, dijo—, algunas bayas e incluso pálidos brotes de un árbol florecido, que demostraron ser comestibles y más bien dulces. La caminata de la mañana también pareció ser considerablemente más cómoda que la del día anterior. El terreno se iba haciendo más abierto, y los árboles aparecían más espaciados entre sí.

El hombrecillo había estado más bien callado durante toda la mañana. Simón estaba seguro de que la razón era el desinterés que había demostrado por su sabiduría. Bajaron por una larga y suave pendiente, con el sol de la mañana en su camino ascendente, y el muchacho se sintió impelido a decir algo.

—Binabik, ¿me explicarás hoy algo sobre el libro del bosque?

Su compañero sonrió, pero se trataba de una sonrisa más rígida y pequeña de lo que el chico estaba acostumbrado a ver en su rostro.

—Claro, amigo Simón, pero temo haberte causado una mala impresión. Mira, cuando hablo de la tierra como de un libro, no sugiero que debas leerlo para aumentar tu bienestar espiritual, como si de un tomo de religión se tratase, aunque poner atención sobre lo que te rodea es posible, a través de esta razón. No, me refiero más bien a un libro de física, algo que uno lee por el bien de su salud.

«Es en verdad sorprendente —pensó Simón— qué fácil le resulta confundirme a este amiguito, ¡y sin ni siquiera intentarlo!»

El muchacho dijo, en voz alta:

—¿Salud? ¿Libro de física?

El rostro de Binabik se puso repentinamente serio.

—Para tu vida o muerte, Simón. Ahora no estás en tu hogar. Tampoco estás en el *mío*, aunque sin duda yo resulto un huésped más preparado que tú. Ni siquiera los sitha, a pesar de las eras durante las que han observado al sol errar a través de los cielos, se atreven a reclamar a Aldheorte como suyo. —El gnomo se detuvo; depositó su mano sobre la muñeca de Simón y la apretó ligeramente—. Este lugar en que nos encontramos, este gran bosque, es el sitio más antiguo. Por ello tu gente lo llama Aldheorte, que significa viejo corazón; siempre ha sido el corazón de Osten Ard. Incluso esos árboles más jóvenes —y señaló a su alrededor con el bastón— ya se erguían contra los diluvios, el viento y el fuego, antes de que vuestro rey Juan fuese amamantado por primera vez en la isla Warinsten.

Simón miró a su alrededor, bizqueando.

—Otros —continuó Binabik—, hay otros, algunos de ellos los he visto, cuyas raíces se hunden en las profundidades del tiempo; más viejos que cualesquiera de los reinos del hombre o de los sitha, que llegaron a alcanzar la gloria para después hundirse en la oscuridad.

El hombrecillo volvió a apretar la muñeca de Simón, y éste miró hacia el fondo de la pendiente, a la inmensidad de los árboles; se sintió pequeño, infinitesimal, como un insecto trepando por la escarpada ladera de una montaña alta como las nubes.

—¿Por qué..., por qué me explicas todas esas cosas? —preguntó al fin, recobrando el aliento y luchando por contener las lágrimas.

—Porque —dijo Binabik, mientras le palmeaba el brazo— no debes pensar que el bosque, que el mundo entero, es algo parecido a las alamedas de Erchester. Debes observar, y debes *pensar y pensar*.

Un momento después el gnomo volvió a iniciar la marcha. Simón se tambaleó tras él. ¿Qué sería lo que había puesto todo eso allí? Ahora, la gran masa de árboles le pareció una muchedumbre hostil. Se sintió como si lo hubiesen abofeteado.

—¡Espera! —gritó—. ¿Pensar sobre qué?

Pero su compañero no aminoró el paso ni se volvió para responder a su pregunta.

—Vámonos —indicó Binabik. Su voz sonó seca—. Debemos apresurarnos. Con suerte llegaremos al Knock antes de que caiga la oscuridad. —Silbó a Qantaqa—. Por favor, Simón —añadió.

Y ésas fueron sus últimas palabras durante el resto de la mañana.

—¡Allí! —dijo Binabik, rompiendo por fin su silencio.

La pareja estaba en lo alto de un risco, y las copas de los árboles daban la impresión de ser una manta de color verde.

—El Knock.

Dos hileras de árboles se extendían bajo ellos, y más allá un océano de hierba que cubría las colinas, las cuales se veían perfiladas al sol del atardecer.

—Eso es Wealdhelm, o al menos las faldas de sus montes.

El gnomo señaló a la lejanía con el bastón. Los sombreados y destacados promontorios, redondeados como lomos de animales dormidos, parecían sólo a un tiro de piedra de distancia, a través de la verde extensión.

—¿A cuánta distancia están... las colinas? —preguntó Simón—. ¿Y cómo llegaremos hasta arriba? No me acuerdo de cómo se escala.

—No será necesario, Simón. El Knock es un lugar profundo, hundido como si alguien lo hubiese tirado ahí. Si puedes mirar hacia atrás —movió la mano hacia el otro lado del risco—, verás dónde nos encontramos ahora: estamos un poco más bajos que la llanura de Erchester. Y para dar repuesta a tu segunda pregunta, las colinas están muy lejos, pero la vista te hace creer que están más cercanas. La verdad es que será mejor que nos pongamos a andar si queremos llegar a un sitio donde acampar con algo de sol.

El gnomo trotó unos cuantos pasos a lo largo del risco.

—Simón —dijo, y al volverse el muchacho advirtió la tirantez que había en la mandíbula y la boca del hombrecillo—. Debo decirte que aunque las colinas Wealdhelm son como bebés comparadas con mis Mintahoq, para mí estar cerca de lugares altos es... como vino.

«De repente vuelve a ser como un niño», pensó Simón, observando cómo las cortas piernas de Binabik lo llevaban con rapidez pendiente abajo, entre los árboles... «No —cambió de opinión después—, no como un niño, eso es sólo el tamaño; pero sí como un joven, como alguien muy joven.»

«A propósito, ¿qué edad tendrá?»

El gnomo, de hecho, cada vez se hacía más y más pequeño mientras Simón lo observaba. Finalmente maldijo en silencio y corrió tras él.

Descendieron con bastante rapidez a través de anchas y frondosas crestas, aunque de vez en cuando era necesario escalar un poco. A Simón no acabó de sorprenderlo la destreza que desplegaba Binabik, el cual saltaba más ligero que una pluma, levantaba menos polvo que una ardilla y mostraba una seguridad al poner los pies que el muchacho estuvo convencido de que ni siquiera los carneros de los qanuc eran capaces de demostrar. La agilidad de Binabik no lo sorprendió, pero sí la suya propia.

Parecía que se había recuperado un poco de sus anteriores privaciones, y unas cuantas buenas comidas habían conseguido recuperar al Simón que una vez había sido conocido en Hayholt como el «chico-fantasma», «el intrépido escalador de torres y saltamuros». Aunque no igualaba a su compañero nacido en las montañas, tuvo una buena impresión de su comportamiento. Qantaqa era la que padecía algunas dificultades, no porque sus patas no fuesen seguras, sino porque las escasas distancias que tenían que ser recorridas con cuidado —un juego de niños, si uno se cogía con las manos— resultaban demasiado altas para saltar. Enfrentada a aquellas situaciones gruñía un poco, más molesta que enfadada, y se alejaba para dar un rodeo y encontrar algún lugar por el que le resultase más fácil descender; después volvía a reunirse con ellos.

Cuando por fin hallaron un serpenteante camino de ciervos para bajar el último morón, el sol del atardecer se encontraba por debajo de la mitad del cielo, y calentaba sus cuellos a la vez que brillaba en sus rostros. Una tibia brisa agitaba las hojas pero no llegaba a secar el sudor de sus frentes. La capa de Simón, anudada alrededor de la cintura, le confería un aspecto tan ancho como si se hubiese engullido una gran comida.

Para su sorpresa, cuando alcanzaron las vertientes superiores de la pradera —el principio del Knock—, Binabik decidió girar hacia el nordeste, junto a la linde del bosque, en lugar de continuar recto, a través del susurrante y ondulante océano de hierba.

—¡Pero la ruta de Wealdhelm está al otro lado de las colinas! —dijo Simón—. Sería mucho más rápido si…

El gnomo levantó una mano y el chico se hundió en el silencio.

—Existe el más deprisa, Simón amigo, y existe lo que se llama ser rápido —explicó, y la alegre sensación de saber lo que decía, que descansaba en su tono de voz, casi, aunque no lo suficiente, incitó a Simón a añadir algo burlón e infantil, pero que le satisficiera de momento. No obstante, cerró su boca abierta y Binabik prosiguió—. ¿Ves?, creo que será estupendo…, ¿estupendez?…, ¿una estupendería?…, darnos un respiro esta noche en un lugar en el que podamos dormir en una cama y comer en una mesa. ¿Qué piensas de *ello*, eh?

Todo el resentimiento de Simón desapareció, como el vapor de una cazuela acabada de destapar.

—¿Una cama? ¿Vamos a un albergue?

Recordó la historia que le había contado Shem sobre el Pookah y Los Tres Deseos, y Simón supo cómo se sentía una persona con su primer deseo colmado…; hasta que de pronto recordó a la guardia erkyna y al ladrón colgado.

—A un albergue, no —Binabik rió a causa de la ansiedad del muchacho—, sino a un lugar tan bueno, o aun mejor. Es un sitio en el que serás alimentado y podrás descansar sin que nadie te pregunte quién eres o de dónde vienes.

El gnomo señaló más allá del Knock, hacia el lado más alejado de la parte posterior del bosque, en donde su perímetro parecía acabar en la base de las colinas Wealdhelm.

—Está por allí, aunque no se puede ver desde donde ahora estamos. Vamos.

«Pero ¿por qué no podemos ir a través del Knock? —se preguntó Simón—. Es como si Binabik no quisiera salir al descubierto, exponerse…»

El hombrecillo había vuelto a tomar el camino del nordeste, alejándose de la amplia llanura, para viajar por la sombra de Aldheorte.

«¿Y qué ha querido decir con que es un lugar en el que nadie pregunta…, todo eso…? ¿Acaso es *él* también un fugitivo?»

—¡Ve despacio, Binabik! —gritó.

De vez en cuando la blanca grupa de Qantaqa sobresalía por encima de la hierba, como si se tratase de una gaviota flotando en el agitado Kynslagh.

—¡Despacio! —volvió a gritar, ahora en voz más alta.

El viento recogió sus palabras y se las llevó por encima de los riscos erizados que había tras él.

Cuando Simón volvió a tenerlo frente a sí, con el sol a sus espaldas, Binabik se acercó a él y le palmeó el codo.

—Antes he estado un poco brusco contigo. No era mi intención hablar así. Discúlpame.

El gnomo miró al joven y luego dirigió sus ojos hacia donde se movía la cola de Qantaqa, por encima de la hierba, ahora aquí, ahora allá, como el banderín de un diminuto pero rápido ejército.

—No es nada… —empezó a decir el otro, pero su compañero lo interrumpió.

—Por favor, por favor, amigo Simón —replicó, con una nota de azoramiento en su voz—, no quería expresarme así. No diré nada más. —Levantó ambas manos junto a las orejas y las movió en un extraño gesto—. Deja que te diga algo sobre el lugar adonde vamos: San Hoderund de Knock.

—¿Eso qué es?

—Es un sitio en el que estaremos. Yo he estado allí muchas veces. Es un lugar de retiro…, un monasterio, como decís los aedonitas. Son amables con los viajeros.

Aquello era suficiente para Simón. Inmediatas visiones de grandes y altas salas, carne asada y limpios jergones se abrieron paso en su mente; un delirio de comodidades. Empezó a andar más deprisa, hasta casi correr.

—No es necesario ir tan rápido —le aconsejó Binabik—. Seguirán allí. —Echó una mirada al sol, todavía a algunas horas por encima del horizonte—. ¿Quieres que te diga algo del monasterio de San Hoderund? ¿O ya lo sabes?

—Explícame —replicó Simón—. Sé algo de esos lugares. Alguien a quien conocí estuvo una vez en la abadía de Stanshire.

—Bien, ésa es una abadía muy especial. Hay una historia sobre ella.

El muchacho enarcó las cejas, deseoso de escuchar.

—Hay una canción —dijo Binabik—, la «Trova de San Hoderund». Es mucho más popular en el sur que en el norte —por el norte me refiero a Rimmersgardia, no a Yiqanuc, mi hogar—, y el porqué resulta obvio. ¿Conoces algo sobre la batalla de Ach Samrath?

—Es donde los norteños, los rimmerios, vencieron a los hernystiros y a los sitha.

—Vaya, veo que al fin y al cabo algo de educación recibiste. Sí, Simón amigo, fue en Ach Sammrath donde los ejércitos de los sitha y de los hernystiros fueron barridos por Fingil *Mano Roja*. Pero hubo otras batallas anteriores, y una de ellas tuvo lugar aquí. —Estiró el brazo para abarcar la llanura que se extendía a su lado—. Esta tierra se llamaba de otra manera, entonces. Los Sitha fueron, supongo, los que mejor la conocían, y la llamaron *Ereb Irigú*, que quiere decir «Puerta Occidental».

—¿Quién la denominó el Knock? Es un nombre muy extraño.

—No lo sé con exactitud. Yo creo que el nombre rimmerio de la batalla es la raíz del actual. A este lugar lo llamaron *Du Knokkegard*, que quiere decir «El Osario».

Simón miró hacia atrás, a través de la hierba que se movía con suavidad, observando cómo hilera tras hilera se inclinaban bajo los pasos del viento.

—¿Osario? —preguntó, y un frío de premonición recorrió su ser.

«Siempre parece haber viento en este lugar —pensó—. Nunca cesa…, como si buscase algo perdido…»

—Osario, sí. Hubo muchas bajas por ambas partes en esa batalla. Esa hierba crece por encima de las tumbas de muchos miles de hombres.

«Miles, como un cementerio. Otra ciudad de los muertos bajo los pies de los vivos. ¿Lo sabrán ellos? —se preguntó de súbito—. ¿Nos oirán y nos odiarán por…, por estar al sol? ¿O tal vez serán más felices por ello?»

«Recuerdo cuando Shem y Rubén tuvieron que tumbar a *Rim*, el viejo caballo de labranza.» Antes de que el mazo de Rubén *el Oso* cayese sobre él, *Rim* había levantado los ojos para mirar a Simón; unos ojos dulces, pero que sabían, pensó Simón. Sabían y no por ello parecían preocupados.

«¿Se sentiría así el rey Juan, al final, anciano como era, preparado para dormir, como el viejo *Rim*?»

—Hay una canción que cualquier trovador al sur de la Marca Helada puede cantar —dijo Binabik.

Simón movió la cabeza y trató de concentrarse, pero el susurro de la hierba y el silbido del viento le penetraban por los oídos.

—Yo, y tú también debes agradecérmelo, no cantaré ninguna canción —continuó el hombrecillo—, pero sobre san Hoderund sí explicaré algo, ya que es su casa adonde vamos.

Muchacho, gnomo y loba alcanzaron el punto más oriental del Knock y volvieron a torcer hacia la izquierda del sol. Caminaron entre la alta hierba; Binabik se quitó la chaqueta de piel y anudó las mangas en su cintura. La camisa que llevaba debajo era de blanca lana, desabrochada y holgada.

—Hoderund —empezó a decir— era un rimmerio de nacimiento que, tras muchas experiencias, se convirtió a la religión aedonita. Después fue hecho sacerdote por la Iglesia.

»Como se suele decir, ninguna puntada es importante hasta que la capa se deshace. No nos habría importado lo que hacía Hoderund, estoy seguro, si el rey Fingil *Mano Roja* y sus rimmerios no hubieran cruzado el río Vadoverde y por primera vez no hubieran penetrado en las tierras de los sitha.

»Ésta, al igual que la mayoría de historias importantes, es demasiado larga para contarla en una hora de caminata. Evitaré las explicaciones y te diré esto: los norteños habían barrido a todos los que se pusieron en su camino, y habían ganado varias batallas en su ruta hacia el sur. Los hernystiros, bajo el mando de su príncipe Sinnach, decidieron salirles al paso aquí —Binabik volvió a abarcar con sus manos la pradera bañada por el sol— y detenerlos en su violenta embestida de una vez por todas.

»Toda la gente y los sitha huyeron del Knock, temiendo ser aplastados entre los dos ejércitos; huyeron todos excepto Hoderund. La batalla, según parece, atrajo a los sacerdotes como a moscas, igual que a Hoderund. Fue a ver a Fingil *Mano Roja* en su tienda y le suplicó que se retirase, para así poder ahorrar las miles de vidas que iban a ser perdidas. Predicó, si puedo así decirlo, tonta y bravamente a Fingil, hablándole de las palabras de Jesuris Aedón sobre abrazar a tu enemigo y convertirlo en tu hermano.

»Fingil, y ello no debe causar sorpresa, lo tomó por un loco y se disgustó mucho al oír aquellas palabras en boca de otro rimmerio... Oh, ¿es eso *humo*?

El hombrecillo cogió a Simón por sorpresa al cambiar de tema —la narración de Binabik se había introducido en él y le había provocado una especie de insolación, de ensueño— y señaló hacia el lado más lejano del Knock. Lo cierto es que detrás de una serie de suaves colinas, la más alejada de las cuales parecía llevar la marca de estar cultivada, se elevaba una débil columna de humo.

—La cena, pienso —sonrió Binabik.

A Simón se le abrió la boca sólo de pensarlo. En aquella ocasión el gnomo también aceleró su paso. Volvieron a girar hacia el sol al curvarse en esa dirección el oscuro lindero del bosque.

—Como decía —resumió Binabik—, Fingil encontraba las nuevas ideas aedonitas de Hoderund de lo más ofensivo. Ordenó ejecutar al sacerdote, pero un soldado misericordioso lo dejó escapar.

»Pero lo que menos hizo Hoderund fue irse lejos. Cuando al fin ambos ejércitos se enfrentaron, corrió al campo de batalla y se puso entre rimmerios y hernystiros, blandiendo el Árbol y haciendo un llamamiento para que viviesen todos en la paz de Jesuris Dios. Atrapado entre dos furiosos ejércitos paganos, fue muerto con rapidez.

»Bueno —el gnomo alzó el bastón y atusó un alto manojo de hierba—, una historia cuya filosofía es difícil, ¿verdad? Al menos así nos resulta a nosotros, los qanuc, que preferimos ser ambas cosas, lo que *vosotros* llamáis pagano, y lo que *yo* llamo vivo. El lector de nabba, sin embargo, dijo que Hoderund era un mártir, y en los tempranos días de Erkynlandia dio a este lugar una iglesia y una abadía para la orden Hoderundiana.

—¿Fue una batalla terrible? —preguntó Simón.

—Los rimmerios llaman El Osario a este lugar. La última batalla que tuvo lugar en Ach Samrath tal vez fuera más sangrienta, pero allí existió traición. Aquí, en el Knock, fue cara a cara, espada contra espada, y la sangre corrió como el agua en los arroyos tras el primer deshielo.

El sol, que pendía bajo en el cielo, les daba de lleno en el rostro. La brisa del atardecer, que se había levantado un poco fuerte, combaba la larga hierba y hacía agitarse a los insectos, de forma que parecían bailar en el aire, como delgados puntos de luz dorada.

Qantaqa volvió hacia ellos a través del campo, y a su paso arrasaba la suave y siseante música que producían las briznas de hierba, unas contra otras, a causa de la acción del viento. Cuando empezaron a subir por una larga pendiente, la loba daba vueltas a su alrededor, levantaba la gran cabeza y lanzaba gruñidos excitados. Simón se protegió los ojos con la mano, pero no vio nada al otro lado de la subida, excepto las copas de los árboles del límite del bosque. Se volvió para preguntar a Binabik si les faltaba mucho para llegar, pero el gnomo llevaba la cabeza baja mientras andaban, con las cejas fruncidas en un gesto de concentración y sin hacer caso a Simón ni a la juguetona loba.

Pasaron algún tiempo en silencio, interrumpido únicamente por el roce que provocaba su paso a través de la alta hierba y por los ocasionales aullidos de Qantaqa. El vacío estómago de Simón lo obligó a volver a preguntar. No había empezado a abrir la boca cuando Binabik lo sorprendió al romper el silencio con una canción de tono fúnebre.

> *Ai-Ereb Irigú*
> *Ka'ai shikisi aruya'a*
> *shishei, shishei burusa'eya,*
> *pikuuru n'dai-tu.*

Mientras Simón subía la encrespada montaña batida por el viento, las palabras y el extraño tono en que fueron pronunciadas le parecieron un lamento de pájaros, una desolada llamada desde los altos, solitarios e implacables espacios del aire.

—Una canción sitha. —Binabik dirigió una extraña y tímida mirada al muchacho—. Yo no la canto muy bien. Trata de este lugar, en el que murieron los primeros sitha a manos del hombre, donde la sangre fue vertida por primera vez en tierras de los sitha a causa del afán guerrero del hombre.

Cuando hubo acabado de hablar tocó a Qantaqa con la mano, pues la loba le golpeaba la pierna con su gran hocico.

—*¡Hinik aia!* —le dijo—. Huele a gente y a comida en el fuego —murmuró el gnomo.

—¿De qué habla la canción? —preguntó Simón—. ¿Qué explica?

La extrañeza del canto todavía lo hacía estremecer, pero también le hacía advertir cuán grande era el mundo, y cuán poco llevaba visto, incluso en el atareado Hayholt. Se sentía pequeño, pequeño, más pequeño que el gnomo que trepaba a su lado.

—Dudo, Simón, de que las palabras sitha puedan ser verdaderamente cantadas en lenguas mortales, si se puede captar realmente su significado, ¿entiendes? Y lo que es peor, no es en la lengua de mi lugar de nacimiento en la que *estamos* hablando tú y yo…, pero lo intentaré.

Continuaron andando unos momentos más. Qantaqa parecía haber acabado por aburrirse, o había pensado en algo mejor que compartir su entusiasmo lobuno con aquellos patanes humanos, y había desaparecido por la cresta de la pendiente.

—Este, creo, es cercano a su significado —dijo Binabik, y luego recitó, más que cantó:

> *En la Puerta del Oeste,*
> *entre el ojo del sol y los corazones*
> *de los antepasados, cae una lágrima.*
> *Una estela de luz,*
> *una estela de luz que cae hacia la tierra,*
> *para, al tocar hierro, convertirse en humo...*

El hombrecillo rió.

—¿Ves?, en las manos de un experto gnomo conocedor del bosque la canción se convierte en palabras de pesada piedra.

—No —dijo Simón—. No llego a entenderla del todo..., pero me hace... *sentir* algo...

—Entonces está bien —sonrió Binabik—, pero no hay palabras en mí que puedan igualar las canciones propias de los sitha, y ésta en especial. Es una de las más largas y de las más tristes. También se dice que el rey-erl Iyu'unigato fue el que la compuso, horas antes de ser asesinado por..., por... ¡Ah! ¡Mira, hemos llegado a la cima!

Simón levantó la vista: la verdad es que casi habían llegado a la cima de la elevada pendiente, y el mar sin fin de las apretadas copas de los árboles de Aldheorte se extendían ante ellos.

«No creo que deje de hablar por ello —pensó el muchacho—. Me parece que estaba a punto de decir algo que no deseaba...»

—¿Cómo aprendiste a cantar canciones sitha, Binabik? —preguntó mientras ascendían los últimos pasos hasta llegar a la ancha cima de la colina.

—Hablaremos de ello, Simón —replicó el gnomo, mirando a la lejanía—, pero ahora, ¡mira! ¡Ahí abajo está San Hoderund!

Empezaba a escasamente un tiro de piedra por debajo de ellos y trepaba por la pendiente del monte como musgo que creciese en un viejo árbol: hileras e hileras de cuidadas y espaciadas viñas. Estaban separadas unas de otras por terrazas horizontales excavadas en la falda de la colina, y los bordes aparecían redondeados, como si hubieran dado forma al suelo hacía ya mucho tiempo. Había caminos que circulaban por entre las viñas y serpenteaban por la pendiente tan sinuosamente como las mismas cepas. En el valle que se extendía abajo, resguardado a un lado por esta primera y pequeña estribación de las colinas Weald-helm, y al otro por la oscura frontera del bosque, se veía una densa formación de parcelas y terreno cultivable, con la meticulosa simetría de un manuscrito iluminado. Algo más lejos, apenas visible al otro lado del monte, estaban situadas las pequeñas dependencias de la abadía, una desigual pero bien cuidada colección de cobertizos de madera y una extensión de campo vallado, ahora vacío de vacas u ovejas. Una puerta, el único y pequeño objeto que se movía en el impresionante panorama, oscilaba de lado a lado.

—Sigue los caminitos, Simón, y pronto estaremos ante comida caliente, y tal vez también probemos algo de la cosecha de vino del monasterio.

Binabik bajó con un caminar rápido. En escasos momentos, ambos compañeros se abrieron paso entre las cepas, mientras Qantaqa, molesta por la lenta travesía de sus compañeros, corría colina abajo, saltando por encima de las retorcidas cepas sin tocar un sarmiento o aplastar una sola uva bajo sus grandes y fuertes patas.

Observando sus pies mientras corría por el camino hacia abajo, y sintiendo cómo resbalaban a cada gran zancada que daba, Simón advirtió, más que vio, una presencia ante él. Pensó que el gnomo se había detenido a esperarlo y levantó la vista con amarga expresión, dispuesto a decir algo sobre mostrar compasión por la gente que no ha crecido en una montaña. En lugar de ello, cuando sus ojos se encontraron frente a la forma de pesadilla que había ante él, no tuvo más remedio que gritar y dar un traspié, lo que lo hizo caer sobre el trasero e ir a parar a dos pasos camino abajo.

Binabik lo oyó gritar y se volvió; echó a correr colina arriba para encontrar a Simón sentado en el polvo bajo un enorme y harapiento espantapájaros, que colgaba de una gran estaca, con su crudo y pintado rostro totalmente borrado por la acción del viento y la lluvia. Después observó cómo Simón se miraba las doloridas manos, en el camino. El gnomo no se rió hasta que hubo ayudado al muchacho a incorporarse, cogiéndolo con sus pequeñas y fuertes manos del codo y levantándolo; pero entonces ya no pudo aguantarse más. Se dio la vuelta y empezó a descender de nuevo, dejando a Simón temblando de rabia mientras los apagados sonidos de la risa del hombrecillo flotaban hacia él.

El chico se sacudió el polvo de los calzones y comprobó que los dos bultos, flecha y manuscrito, continuaban en su cinturón sin haber sufrido ningún daño. Resultaba obvio que Binabik no había visto al ladrón que colgaba en el cruce, pero él *sí había* estado allí, donde el sitha colgaba en la trampa del leñador. ¿Por qué, entonces, tenía que reírse del susto que se había llevado Simón?

Se sintió muy tonto, pero al mirar de nuevo al espantapájaros todavía tuvo un presagio que lo estremeció. Se acercó a él, agarró el saco vacío de la cabeza —áspero y frío al tacto— y lo dobló por encima, hasta esconderlo bajo la harapienta capa que pendía a la espalda del muñeco, para que los ojos vacíos se mantuviesen ocultos. Y ya podía reírse el gnomo todo lo que quisiera.

Binabik, ya más apaciguado, lo esperaba algo más abajo. No se disculpó, pero palmeó a Simón en la muñeca y sonrió. Este le devolvió la sonrisa, aunque más pequeña que la del hombrecillo.

—Cuando estuve aquí hace tres meses —explicó Binabik—, en mi viaje hacia el sur, comí la mejor carne de venado. A los hermanos les es permitido tomar algunos ciervos del bosque del rey para ayudar a los viajeros, y a ellos mismos, no es necesario decirlo. Ah, allí está…, ¡y hay humo!

Habían alcanzado la última curva de la colina; el lastimero sonido de la puerta que se balanceaba estaba justo debajo de ellos. Enfrente y bajo la pendiente se extendían los apretados techos de paja de la abadía. El humo se elevaba, como un delgado penacho flotando en forma de remolino, y se disipaba en el viento por encima de la colina. Pero no provenía de ninguna chimenea.

—Binabik… —dijo Simón, lleno de sorpresa que se iba convirtiendo en alarma.

—Quemada —susurró aquél—. O quemándose. ¡Hija de las Montañas…!

La puerta oscilaba hasta cerrarse para, a continuación, volver a abrirse.

—Ha sido un terrible huésped el que ha visitado la casa de San Hoderund.

Para Simón, que nunca había visto la abadía, le pareció que los restos calcinados indicaban que la historia del Osario explicada por Binabik había vuelto a resucitar. Como durante las terribles horas que había pasado errando por los laberínticos túneles del castillo, sintió las garras del pasado abrirse paso para enterrar el presente en un oscuro lugar, inmerso en el pesar y el miedo.

La capilla, el edificio principal de la abadía y la mayor parte de las construcciones habían sido reducidos a humeantes piras. Las chamuscadas vigas de los techos, con su carga de zarzas y paja quemada, permanecían expuestas ante el irónico cielo de primavera como las ennegreci-

314

das costillas de la víctima de un banquete de algún dios hambriento. Esparcidos por los alrededores, como dados lanzados por el mismo dios, aparecían los cuerpos de al menos una veintena de hombres, con los ropajes tan destrozados y tan vacíos de vida como el espantapájaros de la cima de la colina.

—¡Por las Piedras de Chukku...! —suspiró Binabik, que también lo observaba todo, y se dio unos golpes en el pecho con la palma de la mano. El gnomo dio unos pasos, se quitó el bolso del hombro y emprendió una carrera colina abajo. Qantaqa aulló y lo siguió llena de excitación justificada.

—Espera —dijo Simón, casi en un susurro—. ¡Espera! —llamó, y salió detrás de ellos—. ¡Regresa! ¿Qué es lo que haces? ¡Te van a matar!

—¡Horas hace de esto! —exclamó Binabik sin volverse.

Simón lo vio inclinarse brevemente sobre el primer cuerpo que encontró. Un momento después continuó hacia adelante.

Boqueando, con el corazón lleno de miedo a pesar de la obvia verdad que había en las palabras del hombrecillo, Simón miró el mismo cuerpo al pasar. Se trataba de un hombre con un hábito negro, daba la impresión de ser un monje; el rostro permanecía oculto, aplastado contra la hierba. La punta de una flecha aparecía por la parte posterior del cuello. Las moscas revoloteaban y se paseaban por la sangre seca.

Unos cuantos pasos después, el muchacho tropezó y cayó sobre un camino de grava, por lo que se lastimó las palmas de las manos. Cuando vio en lo que había tropezado y advirtió las moscas, que volvían a instalarse en los ojos vueltos hacia arriba, se encontró violenta y atrozmente enfermo.

Cuando Binabik lo encontró, Simón estaba arrebujado a la sombra de un castaño. La cabeza del joven se movía sin orden ni concierto, y el gnomo, como una tierna y eficiente madre, le secó con un puñado de hierba la bilis que colgaba de la barbilla. El hedor a putrefacción estaba en todas partes.

—Malo es esto. Malo. —Binabik tocó el hombro de Simón con suavidad, como para asegurarse de que el joven era real; después se sentó en cuclillas y entrecerró los ojos para resguardarse de los últimos rayos rojos del sol—. No puedo encontrar a nadie vivo aquí. Monjes en su mayor parte, todos vestidos con ropas de la abadía, pero también hay otros.

—¿Otros...? —La voz de Simón era un gorjeo.

—Hombres con ropas de viaje... Hombres de la Marca Helada; tal vez se detuvieron aquí durante la noche, aunque hay una buena cantidad de ellos. Algunos llevan barbas, y a mí me parece que son rimmerios. Es muy extraño.

—¿Dónde está Qantaqa? —preguntó el muchacho, débilmente.

Simón se sorprendió al preocuparse por la loba, aunque, de todos ellos, seguramente era la que menos peligro corría.

—Anda por ahí husmeándolo todo. Está muy excitada.

El chico se percató de que Binabik había desmembrado el bastón y de que en su cinturón aparecía la sección del cuchillo.

—Me pregunto —dijo el gnomo, mientras miraba elevarse el humo y Simón se incorporaba— qué es lo que habrá provocado esto. ¿Bandidos? ¿Una especie de batalla por motivos religiosos, pues he oído que es algo frecuente entre vosotros, los aedonitas, o qué? Lo más curioso...

—Binabik... —Simón carraspeó y escupió. Su boca le sabía como las botas de un porquerizo—. Estoy asustado.

En algún lugar, a lo lejos, se oyó el aullido de Qantaqa, un sonido sorprendentemente agudo.

—Asustado... —La sonrisa del hombrecillo era tan delgada como un hilo de bramante—. Asustado es como debes sentirte.

Aunque el rostro del gnomo aparecía despejado y sin aparente preocupación, una especie de sorprendente indefensión acechaba tras sus ojos. Aquello espantó a Simón más que ninguna otra cosa. Había algo más: una ligera indicación de resignación, como si todo aquel desagradable asunto no le hubiera resultado inesperado.

—Pienso... —empezó a decir Binabik, cuando de repente el aullido de Qantaqa se elevó en un agudo *crescendo*. El hombrecillo se enderezó—. Ella ha encontrado algo —dijo, y levantó al asustado joven con un fuerte tirón de la muñeca—. O algo la ha encontrado a ella...

Con Simón tambaleándose tras él, Binabik se encaminó en dirección a los aullidos. Mientras corría, movió los dedos hacia la cerbatana para colocar algo en el interior. El muchacho supuso que aquel dardo estaría impregnado de la sustancia viscosa y oscura.

Corrieron y atravesaron los terrenos de la abadía, alejándose del desastre, y se metieron en el huerto, tras los angustiosos aullidos de Qantaqa. De los árboles cayó una lluvia de flores de manzano; el viento las empujó a lo largo del borde del bosque.

A menos de diez pasos, en el interior del bosque, vieron a Qantaqa, con los pelos erizados y aullando tan profundamente que Simón pudo sentirlo en el estómago. Había cogido a un monje y lo mantenía arrinconado contra el tronco de un álamo. El hombre blandía en alto el Árbol de su pecho, como si pidiese que un rayo fulminara a la bestia que tenía frente a sí. A pesar de su heroica resistencia, la palidez extrema de su rostro y el temblor de sus brazos indicaban que no esperaba que apareciese ningún rayo. Los ojos fuera de las órbitas y exagerados por el miedo estaban fijos en Qantaqa, y todavía no se había apercibido de la presencia de los recién llegados.

—...*Aedonis Fiyellis extulanin mei*...

Los anchos labios se movían entre convulsiones; las sombras de las hojas moteaban su rosado cráneo.

—¡Qantaqa! —gritó Binabik—. *¡Sosa!*

El gnomo golpeó el bastón hueco contra el muslo. El golpe produjo un eco. Con el último gruñido, Qantaqa bajó la cabeza y corrió hacia él. El monje miró a Simón y a Binabik como si le causasen tanto terror como la loba, retrocedió y cayó de espaldas sobre el suelo. Se sentó con la asombrada expresión de un niño que se ha hecho daño, pero que todavía no se ha dado cuenta de que quiere llorar.

—Jesuris el misericordioso —dijo de forma atropellada mientras la pareja se acercaba a él—. Misericordioso Jesuris. —Una mirada salvaje apareció en sus ojos saltones—. ¡Dejadme, monstruos paganos! —gritó y trató de ponerse en pie—. ¡Bastardos asesinos, paganos bastardos! —El pie le patinó y volvió a encontrarse sentado en el suelo, mientras murmuraba—: Un gnomo, un gnomo asesino...

El rostro del monje empezó a recuperar el color. Volvió a respirar lleno de convulsiones, y pareció como si quisiera llorar.

Binabik se detuvo. Agarró a Qantaqa por el cuello y le hizo un gesto a Simón, indicándole que siguiera avanzando.

—Ayúdalo.

El chico caminó despacio, mientras trataba de componer en su rostro algo parecido a una mueca amistosa, como la de un amigo que se acerca para ayudar; pero le resultaba harto difícil, pues su propio corazón latía bajo las costillas como un pájaro carpintero.

—Todo va bien —dijo—, todo va bien.

El monje se había cubierto el rostro con la manga del hábito.

—Ahora que los habéis matado a todos, también queréis matarnos a nosotros —gritó, y su voz, aunque apagada, tenía un acento más de autocompasión que de miedo.

—¡Es un rimmerio! —exclamó Binabik—. Te lo digo por si no lo habías oído difamar a los qanuc cuando hemos llegado. ¡Bah! —El gnomo emitió un sonido de disgusto—. Ayúdalo, amigo Simón, y llevémoslo a la luz.

El muchacho agarró al hombre por el huesudo codo y con gran trabajo consiguió ponerlo en pie; pero cuando trató de guiarlo hacia el gnomo, el monje se deshizo de él.

—¿Qué es lo que haces? —gritó, mientras se palpaba el pecho en busca del Árbol—. ¿Quieres que abandone a los otros? ¡No, no lo haré, aléjate de mí!

—¿Otros?

Simón se volvió con rostro inquisitivo hacia su compañero. Este se encogió de hombros y acarició las orejas de la loba. Qantaqa pareció sonreír, como si el espectáculo la divirtiese.

—¿Hay alguien más vivo? —preguntó amablemente el joven—. Os ayudaremos, y a los demás también, si podemos. Yo me llamo Simón y éste es mi amigo Binabik.

El monje lo miró con la sospecha reflejada en sus ojos.

—Creo que ya conocéis a Qantaqa —añadió, y de inmediato se sintió arrepentido por el chiste—. Venid, ¿quién sois? ¿Dónde están esos otros de quienes habláis?

El superviviente, que empezaba a recuperar la compostura, lo observó con una larga y desconfiada mirada; después se volvió para observar al gnomo y a la loba. Cuando se dirigió de nuevo a Simón, una parte de la tensión había abandonado su rostro.

—Si en verdad eres… un buen aedonita que actúa por caridad, os pido perdón. —El tono de su voz era rígido, como si no estuviera acostumbrado a pedir excusas—. Soy el hermano Hengfisk. ¿Ese lobo… —desvió la mirada hacia un lado— os acompaña?

—Sí, ella nos acompaña —dijo Binabik con tono severo, antes de que Simón pudiese responder—. Es malo que os haya asustado, rimmerio, pero debéis daros cuenta de que no os ha hecho daño alguno.

Hengfisk no le contestó.

—He abandonado mis responsabilidades para con mis dos compañeros durante demasiado tiempo —explicó el monje a Simón—. Ahora debo ir junto a ellos.

—Iremos con vos —replicó el joven—. Tal vez Binabik pueda ayudar. Es muy hábil con hierbas y esas cosas.

El rimmerio enarcó un poco las cejas, lo que provocó que sus ojos pareciesen aún más saltones. En sus labios apareció una amarga sonrisa.

—Es un amable pensamiento, muchacho, pero temo que el hermano Langrian y el hermano Dochais no van a poder ser ayudados por ninguna… cataplasma de los bosques.

El monje giró sobre sus talones y se alejó, más bien inseguro, hacia lo profundo del bosque.

—¡Esperad! —exclamó Simón—. ¿Qué pasó en la abadía?

—No lo sé —respondió Hengfisk sin volverse—. No me encontraba allí.

El muchacho miró a Binabik en busca de ayuda, pero el gnomo no hizo nada. En lugar de seguirlo, llamó al renqueante monje.

—¿Hermano Hangfish?[6]

El monje se dio la vuelta, furioso.

—¡Mi nombre es Hengfisk, gnomo!

Simón se dio cuenta de lo deprisa que el rostro del hermano recuperaba el color.

—Sólo lo estaba traduciendo para mi amigo —el hombrecillo sonrió, mostrando su dentadura amarillenta—, que no habla la lengua de Rimmersgardia. Decís que no sabéis lo que ha sucedido. ¿Dónde *estabais* mientras vuestros hermanos eran aniquilados?

El superviviente pareció a punto de contestar algo, pero en lugar de ello levantó una mano y cogió el Árbol. Un momento después, dijo con voz tranquila:

—Venid y veréis. No tengo secretos para ti, gnomo, ni para mi Dios.

El monje emprendió la marcha.

—¿Por qué lo haces enfadar? —susurró Simón—. ¿Es que no han sucedido ya suficientes cosas por hoy?

Los ojos de Binabik eran como rendijas, pero no por ello había borrado la sonrisa del rostro.

—Tal vez no haya sido demasiado amable, Simón, pero ya has oído cómo hablaba. También has visto sus ojos. No dejes que te engañe sólo por vestir un hábito de religioso. Nosotros, los qanuc, nos hemos despertado muchas veces en la noche y hemos visto ojos como los de Hengfisk mirándonos, con antorchas y hachas. Tu Jesuris Aedón no ha hecho desaparecer del todo ese odio que guarda su corazón norteño.

Binabik produjo un chasquido con la lengua para que Qantaqa lo siguiese, y partió tras el monje.

—¡Pero escúchate tú también! —dijo Simón, mirándolo a los ojos—. Tú también estás lleno de odio.

—Ah —el gnomo levantó un dedo ante su rostro, que ahora parecía vacío de toda expresión—, pero es que yo no hago ostentación de creer en vuestro, y perdona la expresión, confuso Dios de Misericordia.

El muchacho aspiró como para decir algo, pero lo pensó mejor y mantuvo la boca cerrada.

---

6. Hangfish: pescado colgado; juego de palabras del original inglés. (*N. de la T.*)

El hermano Hengfisk se giró en una ocasión y acusó su presencia en silencio. No volvió a hablar durante un rato. La luz que se filtraba a través de las hojas disminuía rápidamente; en poco tiempo la forma angulosa y vestida de negro del monje fue poco más que una sombra que se movía ante ellos.

—Aquí —dijo.

El rimmerio los condujo alrededor de la base de un gran árbol caído, cuyas ramas expuestas a la luz parecían una gran escoba más que otra cosa: una escoba que hubiera encendido la imaginación de Raquel *el Dragón* sobre heroicos y legendarios barridos.

El irónico pensamiento de Simón sobre Raquel, unido a los eventos de aquel día, le produjo una añoranza tan fuerte de su hogar que casi se cayó; tuvo que cogerse con la mano a la rugosa corteza del árbol para evitar ir al suelo.

Hengfisk estaba arrodillado y alimentaba con ramas una pequeña hoguera que brillaba en un agujero poco profundo. Tendidos junto al fuego, uno a cada lado, al abrigo de un tronco, había dos hombres.

—Este es Langrian —dijo el monje, indicando al de la derecha, cuyo rostro aparecía oscurecido casi por completo a causa de un vendaje lleno de sangre hecho de arpillera—. Yo lo encontré; era el único que vivía cuando volví a la abadía. Creo que Aedón se lo llevará pronto.

Incluso en la tenue luz Simón vio que la piel del hermano Langrian era pálida, del color de la cera. Hengfisk tiró otro palo a la hoguera, mientras Binabik, sin mirar al rimmerio, se arrodillaba junto al herido y empezaba a examinarlo con cuidado.

—El otro es Dochais —añadió Hengfisk, y señaló al otro hombre, que permanecía desmayado como el primero, pero sin heridas visibles—. Fue a él a quien fui a buscar cuando no volvió esta tarde. Mientras regresaba con Dochais, cargando con él —había algo de amargo orgullo en su tono de voz—, encontré…, encontré a todos los demás muertos. —Hizo el signo del Árbol sobre su pecho—. A todos excepto a Langrian.

Simón se acercó más al hermano Dochais, un joven delgado con la gran nariz y la azulada y poblada barba de los hernystiros.

—¿Qué le ocurrió? —preguntó.

—No lo sé, muchacho —respondió el monje—. Está loco. Cogió unas fiebres del cerebro —acabó de decir, y siguió buscando madera para la hoguera.

Simón observó a Dochais durante un momento, percibiendo su dificultosa respiración y el ligero temblor que se apreciaba en sus delgados párpados. Cuando se volvió para mirar a Binabik, que quitaba delicadamente el vendaje a Langrian, una mano blanca salió como una serpiente del negro manto que había junto a él y lo cogió de la pechera con un poderoso zarpazo.

Dochais, con los ojos todavía cerrados, se había puesto rígido, y tenía la espalda tan combada que su cintura se levantaba del suelo. La cabeza estaba caída hacia atrás y giraba de lado a lado.

—¡Binabik! —gritó el muchacho, lleno de terror—. Él…, él…

—¡Aaaahhh!

La voz que surgió de la rígida garganta de Dochais estaba llena de dolor.

—¡El *carro negro*! ¡Mira, viene a buscarme!

El monje volvió a retorcerse violentamente, como un pez fuera del agua, y sus palabras provocaron a Simón una sensación de horror.

«La cima de la colina…, recuerdo algo…, y el crujir de las ruedas negras… Oh, Morgenes, ¿qué es lo que hago aquí?»

Instantes después, mientras Binabik y Hengfisk miraban llenos de sorpresa desde el otro lado de la hoguera, Dochais había tirado de Simón, hasta que el rostro del joven casi tocó los rasgos llenos de pavor del hernystiro.

—¡Me llevan de regreso! —siseó el hermano—, de regreso a…, de regreso a… ¡*ese horrible lugar*!

De una forma horrible, sus ojos se abrieron hasta casi salirse de las órbitas y miró sin ver en los ojos de Simón, a apenas un palmo de distancia. El chico no podía escapar de sus manos, aunque ahora estaba Binabik junto a él para tratar de liberarlo.

—¡*Tú* lo sabes! —gritó Ducháis—. ¡Tú sabes lo que es! ¡Estás marcado como yo! ¡Las vi cuando pasaron, vi a las Zorras Blancas! ¡Aparecieron en mi sueño! ¡Su amo las envió para helar nuestros corazones y llevarse nuestras almas en su negro carro!

Y entonces el muchacho se soltó, boqueando y sin dejar de sollozar. Binabik y Hengfisk ayudaron al sobresaltado monje hasta que cesó en sus espasmos. El silencio regresó al oscuro bosque y rodeó el pequeño fuego como las simas de la noche abrazan a una estrella moribunda.

20

La sombra de la rueda

Permanecía de pie en la llanura, en el centro de la vasta y poco profunda cuenca de hierba, como una mancha de pálida vida en el centro de un río verde. Simón nunca se había sentido tan expuesto, tan desnudo bajo el cielo. Los campos ascendían y descendían desde donde él se encontraba; el horizonte era un apretado más de hierba y cielo gris, que se extendía en todas direcciones.

Tras un lapso que podía haber sido de segundos o años en aquella impersonal y fija atemporalidad, el horizonte se rompió.

Con el pesado crujido de un navío de guerra bajo un fuerte viento, un oscuro objeto apareció por encima del borde de lo que era el límite más alejado de la visión de Simón. Creció y creció, tomando enormes proporciones, hasta que su sombra cayó sobre el muchacho a través de la profundidad del valle; el impacto fue tan repentino que casi pareció retumbar con un hondo y repetido zumbido cuando cayó, el cual removió todos los huesos de Simón.

La enorme envergadura de la cosa se hizo más clara contra el cielo cuando se detuvo un largo rato en el límite del valle. Se trataba de una rueda, una grande y negra, rueda tan alta como una torre. Hundido en la penumbra de la sombra, Simón sólo vio cómo empezaba a girar con fatal intención: la vio rodar lentamente por la larga vertiente verde, desprendiendo y arrancando trozos de césped tras ella. El muchacho permaneció inmóvil en su camino mientras ésta se acercaba, tan inexorable como las ruedas del infierno.

Ahora casi estaba sobre él; la parte frontal parecía un negro tronco que ascendiera hasta el firmamento escupiendo hierba por detrás. El suelo bajo los pies de Simón se hundió hacia adelante cuando el peso del disco aplastó el lecho de la tierra. El chico dio un traspié, mudo y horrorizado; una sombra gris pasó ante sus ojos, una sombra gris con un objeto reluciente…, un gorrión, que volaba sin rumbo, con algo brillante en su garra curvada. Simón entrecerró los ojos para seguirlo en su vuelo y, entonces, como si algo hubiese entrado en su corazón al paso del pájaro, también voló tras el ave, fuera del alcance de la rueda que ya se precipitaba sobre él…

Pero cuando se zambulló en el aire, y el borde del disco, ancho como una pared, aplastaba el lugar en el que había permanecido, el pantalón de Simón se enganchó en un clavo ardiente que sobresalía de uno de los costados de la inmensa rueda. El gorrión, a sólo unas cuantas pulgadas, revoloteaba en libertad, realizando espirales, gris sobre gris de la pizarra del cielo, como una mariposa, hasta que desapareció en la penumbra del atardecer junto con su brillante carga. Una fuerte voz habló.

«Has sido marcado.»

La rueda arrastró a Simón y lo derribó, sacudiéndolo como un mastín rompe el cuello a una rata. El disco siguió girando y tiró de él hacia arriba. Fue elevado hasta el cielo, con los pies bailoteando en el aire y el suelo balanceándose e inclinándose bajo su cabeza, como un océano verde que latiese. El viento que levantaba la rueda al pasar lo alzaba hasta llegar casi a la cumbre; la sangre le bombeaba en los oídos.

Se agarró con las manos a la hierba y al barro que había cuajado en el ancho borde de la rueda. Simón se incorporó dolorosamente y montó en el disco como si fuese el lomo de alguna bestia alta como las nubes. Todavía se elevó más hacia el abovedado cielo.

Llegó hasta el tope, y durante unos instantes se sintió en la cima del mundo. Toda la extensión de las tierras de Osten Ard era visible más allá del final del valle. Los rayos del sol penetraban a través del cielo para tocar las almenas del castillo y la hermosa y brillante aguja, la única cosa en el mundo que parecía tan alta como la negra rueda.

Simón bizqueó al ver algo que le resultaba familiar y, cuando empezaba a hacérsele claro, la rueda giró y lo empujó de la cima, para hacerlo descender con rapidez hacia el lejano suelo.

El muchacho forcejeó para liberarse del clavo y rasgó los pantalones en su intento, pero aquella punta de hierro y él se habían convertido, por alguna razón, en uno; no podía liberarse. El suelo se acercó. Ambos, Simón y la virginal tierra verde, se lanzaron el uno contra el otro con un ruido parecido al de los cuernos al anunciar el final del día a través de los valles. El chico se estrelló, y el viento, la luz y la música se extinguieron como la llama de una vela.

De repente:

> Simón se encontraba en la oscuridad, en el interior de la tierra que se apartaba ante él como agua. Escuchó voces a su alrededor, lentas voces vacilantes que salían de bocas llenas de asfixiante suciedad.
>
> «Quién entra en nuestra casa?
>
> ¿Quién viene a perturbar nuestro sueño, nuestro largo sueño?
>
> ¡Nos robarán! Los ladrones se llevarán nuestra tranquilidad y nuestros oscuros lechos. Volverán a sacarnos a través de la Puerta Brillante...»

Mientras las tristes voces gritaban, el muchacho sintió que lo agarraban unas manos, tan frías y secas como huesos, o tan húmedas y ligeras como insinuantes raíces; unos dedos retorcidos salían de la oscuridad para llevarlo hacia senos vacíos..., pero no podían detenerlo. La rueda giraba, giraba y giraba, haciendo que descendiese aún más, hasta que las voces murieron tras él y fue corriendo a través de la gélida y silenciosa oscuridad.

Oscuridad...

«¿Dónde estás, muchacho? ¿Estás soñando? Casi puedo tocarte.» Era la voz de Pryrates la que había aparecido de repente, y Simón sintió el malévolo peso de los pensamientos del alquimista tras ella. «Sé dónde estás ahora, muchacho de Morgenes. Eres un pinche de las cocinas, un entrometido. Has visto cosas que no deberías haber visto, son cosas que te sobrepasan. Sabes demasiado. Voy a buscarte.

»¿Dónde *estás*?»

Luego se hizo una oscuridad todavía mayor, una sombra bajo la sombra de la rueda, y en lo más profundo de ella ardían dos fuegos rojos, unos ojos que lo habían visto desde una calavera en llamas.

«No, mortal —dijo una voz, y en su cabeza resonó el ruido de las cenizas, de la tierra y el mudo fin de las cosas—. No, esto no es para ti. —Los ojos refulgieron llenos de curiosidad y regocijo—. *Nosotros* lo cogeremos, sacerdote.»

Simón sintió que el poder de Pryrates sobre él se esfumaba, arrollado por el poder de la cosa oscura.

«Bienvenido —dijo la cosa—. Esta es la casa del Rey de la Tormenta, más allá de la Puerta Más Oscura...

»¿Cuál… es… tu… nombre?»

Los ojos cayeron, como brasas desmenuzadas, y la oscuridad que quedó tras ellos quemaba más que el hielo, más que cualquier fuego…, y era más oscura que cualquier sombra…

«¡No! —creyó gritar Simón, pero su boca también estaba llena de tierra—. ¡No te lo diré!»

«Tal vez te demos un nombre…, *debes* tener un nombre, pequeña mosca, pequeña mota de polvo…, así te conoceremos cuando te encontremos… Debes ser marcado…»

«¡No! —Simón trató de liberarse, pero el peso de mil años de tierra y piedra estaban sobre él—. ¡No quiero un nombre! ¡No quiero un nombre! ¡No…!»

«… ¡Quiero un nombre de ti!»

Cuando su último grito retumbó a través de los árboles, Binabik estaba inclinado sobre él, y una mirada de gran preocupación le cruzaba el rostro. Los débiles rayos de sol matinales, sin origen ni destino, llenaban el claro.

—Tengo que cuidar a un loco y a uno que está cercano a la muerte —dijo cuando Simón se sentó—, ¿y ahora tú también tienes que ponerte a gritar en sueños?

El gnomo pretendía hacer una broma, pero la mañana era tan fría que no acompañó el empeño. El muchacho se estremecía.

—Ay, Binabik, yo… —Sintió que una temblorosa y enfermiza sonrisa acudía a su rostro, por el solo hecho de encontrarse en la luz, de estar sobre el suelo—. He tenido un sueño espantoso y terrible.

—No estoy muy sorprendido —respondió el hombrecillo, y frotó la espalda de Simón—. Un terrible día como el de ayer no resulta una buena ayuda para tener un sueño descansado —y se puso en pie—. Si quieres, eres libre de encontrar algo que comer en mi bolsa. Yo voy a atender a los dos monjes. —Señaló hacia las oscuras formas al otro lado de la hoguera. La más cercana, que Simón creyó Langrian, estaba envuelta en una oscura capa verde.

—¿Dónde está… —el joven no pudo recordar el nombre hasta instantes después— Hengfisk? —Tenía la cabeza espesa y la mandíbula le dolía como si hubiera estado cascando nueces con los dientes.

—El desagradable rimmerio, que, es necesario decirlo, *cedió* su manto para calentar a Langrian, ha salido para buscar entre las ruinas de su casa algo de comida y otras cosas. Si ya te sientes mejor volveré junto a los heridos.

—Ah, sí. ¿Cómo se encuentran?

—Langrian, tengo la satisfacción de decir, está mejorando. —Binabik asintió con satisfacción—. Ha dormido tranquilo durante bastante tiempo; algo que tú no puedes decir de ti mismo, ¿eh? —El gnomo sonrió—. El hermano Dochais, tristemente, está más allá de la ayuda que yo pueda prestarle; no está enfermo, excepto por sus pensamientos llenos de pánico. Le di algo que lo ayudase a dormir. Ahora perdóname, por favor. Voy a inspeccionar los vendajes del hermano Langrian.

El hombrecillo se puso en pie y caminó alrededor de la hoguera para saltar por encima de Qantaqa, que dormía cerca de las piedras que rodeaban el fuego, y a quien Simón había tomado por otra gran roca.

El viento acarició las hojas de los robles sobre la cabeza de Simón, que estaba apoyada sobre el saco de Binabik. El muchacho sacó del bolso un saquito que parecía contener el almuerzo, pero incluso antes de abrirlo un tintineo proveniente del interior le indicó que contenía los extraños huesos que había visto con anterioridad. Tras una búsqueda más intensa encontró algo de carne seca envuelta en una tela áspera, pero tan pronto como abrió el envoltorio se dio cuenta de que la última cosa que deseaba era introducir cualquier clase de alimento en su estómago revuelto.

—¿Queda algo de agua, Binabik? ¿Dónde está la bota?

—Hay algo mejor, Simón —dijo el gnomo desde su posición, sobre Langrian—. Hallarás un arroyo a poca distancia, por ahí —señaló en la dirección adecuada, luego cogió la bota y se la lanzó—. Me harás un favor si la llenas.

El joven recogió la bota y vio que sus dos paquetes reposaban cerca de él. Sintió el impulso de coger el manuscrito envuelto y llevárselo hasta el arroyo.

El riachuelo se deslizaba lentamente y había remolinos en los que se atascaban ramas y hojas. Simón tuvo que limpiar un espacio antes de poder agacharse y recoger algo de agua entre sus manos para lavarse la cara. Se restregó con energía con los dedos y sintió como si el humo y la sangre de la destruida abadía se hubiesen introducido en él a través de cada poro y arruga. Después bebió a grandes tragos y llenó la bota de Binabik.

Se sentó a la orilla de la corriente, y su mente regresó al sueño que había cubierto sus pensamientos como una densa niebla desde que despertara. Al igual que las desquiciadas palabras del hermano Dochais la noche anterior, el sueño había levantado horrorosas sombras en el corazón de Simón, pero la luz del día las disipaba como si de inquietos fantasmas se tratase, dejando tras ellos un rastro de miedo. Todo lo que recordaba era la gran rueda negra acercándose a él. Lo demás había desaparecido, dejando negros y vacíos agujeros en su mente, puertas llenas del olvido que no podía abrir.

Pero Simón sabía que había caído en algo más inconmensurable que una lucha entre hermanos de sangre real, incluso más grande que la muerte del doctor Morgenes, o que el asesinato de una veintena de religiosos. Aquello no era sino remolinos de una corriente más grande y profunda, o, mejor dicho, cositas aplastadas por el descuidado girar de una poderosa rueda. Su mente no pudo discernir de qué se trataba, y cuanto más pensaba, más se llenaba de extrañas ideas. Lo único que entendía era que había caído bajo la ancha sombra de la rueda y, si quería sobrevivir, tendría que endurecerse para que no lo aplastasen sus giros.

Estirado en la orilla, con el zumbido de los insectos que volaban por encima de la corriente, llenando el aire, Simón desenrolló las páginas en las que Morgenes compiló la vida del Preste Juan y empezó a hojearlas. No las había mirado desde hacía ya tiempo, debido a las largas marchas y a lo pronto que se acostaban. Apartó algunas de ellas, y leyó una frase aquí, unas palabras allá, sin importarle demasiado lo que decían, ya que lo que quería era rememorar la reconfortante presencia del amigo. Al mirar el manuscrito, recordó las delgadas manos del anciano, llenas de azuladas venas, unas manos diestras y ágiles como pájaros.

Un pasaje le llamó la atención. Era la página que contenía un mapa dibujado a mano y que el doctor había titulado, en la parte inferior: «El campo de batalla de Nearulagh». El bosquejo era poco interesante, pero por algún motivo el sabio no se había molestado en señalar a ninguno de los ejércitos o accidentes del terreno, ni tampoco había incluido ninguna aclaración. El subsiguiente texto fue como una respuesta a una serie de pensamientos que habían plagado su mente desde el desagradable descubrimiento del día anterior.

Ni Guerra ni Muerte Violenta —había escrito Morgenes—, *nada hay que se sustente en ello, pero son la vela hacia la que la humanidad vuela una vez tras otra, con tanta ceguera como la humilde polilla. El que ha estado en un campo de batalla, y quien no ha sido cegado por las historias populares, confirmará que en él la humanidad parece haber creado el infierno en la tierra, llena de impaciencia, en lugar de esperar al original, que, si los sacerdotes están en lo cierto, la mayoría de nosotros llegará a conocer.*

Aun así, es el campo de la guerra el que determina cosas

que Dios ha olvidado —accidentalmente o no, ¿qué mortal puede asegurarlo?— ordenar y arreglar. A partir de ahí, se convierte en el árbitro de la Voluntad Divina, y la Muerte Violenta es su Escribiente.

Simón sonrió y bebió un poco de agua. Recordaba muy bien la costumbre que tenía Morgenes de comparar unas cosas con otras, como a la gente con conejos y a la Muerte con un arrugado sacerdote del archivo. Normalmente aquellas comparaciones iban más allá de la comprensión del joven, pero a veces, mientras trataba de desentrañar los giros y vueltas de los pensamientos del anciano, un significado cobraba forma en su mente, como si de repente una cortina hubiera sido descorrida frente a una soleada ventana.

Juan el Presbítero —había escrito el doctor— fue sin duda uno de los grandes guerreros de la época, y sin esa cualidad nunca hubiera alcanzado su naturaleza real. Pero no fue su habilidad en la batalla lo que lo convirtió en un gran rey: más bien fue el uso de las herramientas de la realeza que le aportó el guerrear, su enorme capacidad como estadista y el ejemplo que dio a la gente del pueblo.

De hecho, sus grandes habilidades en el campo de batalla fueron sus grandes fracasos como Supremo Rey. En lo peor de la batalla no sentía miedo, era un asesino que se reía, un hombre que destruía las vidas de los que se le oponían con el alegre regocijo con que un barón de Utanyeat arroja flechas contra un gamo.

A veces el rey era propenso a actuar con rapidez y sin miramientos, y ello casi le costó ser derrotado en la batalla del valle Elvritshalla, aunque perdió la buena voluntad de los conquistados rimmerios.

Simón frunció el entrecejo al recorrer el pasaje. Sentía la luz del sol que atravesaba las copas de los árboles y le calentaba la nuca. Se dio cuenta de que debía llevar la bota de agua a Binabik..., ¡pero había pasado tanto tiempo desde que se había sentado tranquilamente por última vez!, y la verdad es que sentía curiosidad y sorpresa al leer los escritos de Morgenes, que en apariencia hablaban mal del dorado e indomable Preste Juan, un hombre que figuraba en tantas canciones e historias que sólo el nombre de Jesuris Aedón era mejor conocido en el mundo, y no por mucha diferencia.

Por el contrario —continuaba el pasaje—, *el único hombre que fue un adversario para Juan en el campo de batalla era su virtual oponente: Camaris-sá-Vinitta, el último príncipe de la casa real de Nabban y el hermano del actual duque, un hombre para quien la guerra parecía ser sólo una sangrienta confusión. A lomos de su caballo* Atarin, *y con su gran espada* Espina *en las manos, fue probablemente el hombre más mortífero de nuestro tiempo, aunque no obtenía placer en las batallas y su gran pericia sólo representaba una carga, pues su reputación atraía a numerosos oponentes que de otra manera no habrían tenido motivos para serlo, y lo forzaron a matar cuando no lo hubiera hecho.*

En el libro de Aedón se dice que cuando los sacerdotes de Yuvenis llegaron para arrestar al Sagrado Jesuris, los acompañó sin resistirse, pero cuando intentaron llevarse a sus discípulos Sutrin y Granis, Jesuris Aedón no lo aceptó y barrió a los sacerdotes con su mano. Después lloró por los muertos y bendijo sus cuerpos.

Así era con Camaris, si es que puede realizarse una comparación tan sacrílega. Si alguien se aproximaba al terrible poder y al amor universal que la Madre Iglesia imputa a Jesuris, ése era Camaris, un guerrero que mataba sin odiar a sus enemigos, y era el más terrorífico guerrero de todos...

—¡Simón! ¡Ven deprisa, por favor! ¡Necesito agua y la necesito ahora! El sonido de la voz de Binabik, llena de urgencia, hizo que el chico se sintiera culpable y saltara, para dirigirse rápidamente hacia el campamento.

¡Pero Camaris era un gran guerrero! Todas las canciones lo mostraban riendo mientras cortaba las cabezas de los hombres salvajes de las Thrithings.

«Shem acostumbraba a cantar una, ¿cómo hacía...?»

...Les dio el costado izquierdo,
les dio el costado derecho,
gritó y cantó,
mientras huían dándole la espalda.

Camaris rió,
Camaris luchó,
Camaris cabalgó,
en la batalla de las Thrithings...

Cuando emergió de los matorrales, Simón vio, a la luz del brillante sol —¿cómo era posible que el astro rey estuviese tan alto?—, que Hengfisk había regresado y estaba agachado junto a Binabik, al lado de la débil forma del hermano Langrian.

—¡Aquí, Binabik! —El muchacho le alargó la bota.

—Ha pasado mucho tiempo desde que fuiste... —empezó a decir el gnomo, para no terminar la frase, al mover la bota de piel—. ¿Medio llena? —preguntó, y la mirada que apareció en su rostro hizo que Simón enrojeciese de vergüenza.

—Es que bebí un poco cuando venía hacia aquí —se disculpó.

Hengfisk le dirigió una mirada envenenada y frunció el entrecejo.

—Bueno —dijo Binabik, volviendo a dirigir la atención a Langrian, que tenía un aspecto mucho más sonrosado de lo que Simón recordaba—. Subir es subir, caer es caer. Creo que tu amigo está mejorando.

El hombrecillo levantó la piel que contenía el agua y dejó caer algunas gotas en la boca del inconsciente monje. Éste tosió y escupió, después su garganta se movió convulsivamente mientras empezaba a tragar.

—¿Ves? —apuntó el gnomo, con orgullo—, creo que es la herida de la cabeza la que...

Antes de que pudiera acabar su explicación, los ojos de Langrian pestañearon y se abrieron. Simón oyó que Hengfisk daba un respingo. La mirada del monje se desplazó semidormida por los rostros que se cernían sobre él, y volvió a cerrar los ojos.

—Más agua, gnomo —siseó Hengfisk.

—Lo que hago es lo que sé, rimmerio —replicó Binabik con helada dignidad—. Vos ya cumplisteis con vuestro deber cuando lo sacasteis de las ruinas. Ahora me toca a mí, y no necesito consejos.

Mientras así hablaba el hombrecillo dejó caer algo de agua a través de los agrietados labios de Langrian. Momentos después, la reseca lengua del monje apareció entre los labios como un oso que se despertase de un largo letargo invernal. Binabik se la humedeció con la bota, después mojó un trozo de tela y se lo colocó sobre la frente, que aparecía llena de cortes que empezaban a cicatrizar.

Finalmente Langrian abrió los ojos de nuevo y pareció reconocer a Hengfisk. El rimmerio le tomó una mano entre las suyas.

—He... Hen... —graznó el herido.

El monje apretó el paño humedecido contra la frente.

—No hables. Descansa.

Langrian desvió la mirada de Hengfisk para posarla sobre Binabik y Simón; después volvió al rimmerio.

—¿Los demás…? —pudo decir.

—Descansa. Necesitas descansar.

—Parece que este hombre y yo coincidimos en algo. —Binabik sonrió a su paciente—. Necesitáis dormir.

Langrian parecía querer decir algo, pero antes de poder hacerlo se le cerraron los párpados, como siguiendo el consejo, y se durmió.

Dos cosas sucedieron aquella tarde. La primera ocurrió mientras Simón, el monje y el gnomo comían frugalmente. Como Binabik no quería apartarse de Langrian, no había caza; el trío pasó con la carne seca y los productos que Simón y Hengfisk pudieron recolectar: bayas y algunas nueces todavía verdes.

Mientras se hallaban sentados, masticando en silencio, cada uno de ellos encerrado en sus propios y diferentes pensamientos —el muchacho sentía una mezcla de la horrorosa rueda del sueño y de las triunfantes figuras de los campos de batalla, Juan y Camaris—, murió el hermano Dochais.

En un instante pasó de estar sentado tranquilamente, despierto aunque sin querer comer —había rechazado las bayas que le ofreció Simón, a quien miró como un animal desconfiado hasta que el muchacho se alejó—, a rodar sobre sí mismo, poniéndose a temblar y luego a vomitar violentamente. Cuando los demás pudieron incorporarlo, tenía los ojos en blanco, de un blanco fantasmal; un momento después había dejado de respirar, aunque su cuerpo permanecía rígido como un palo. Agitado como se encontraba, el muchacho estaba seguro de que antes del momento final había oído que Dochais susurraba: «Rey de la Tormenta». Las palabras quemaron en sus oídos e inquietaron su corazón, aunque no supo explicar por qué, a menos que las hubiera oído en su sueño. Ni Binabik ni Hengfisk dijeron nada, pero el chico estaba seguro de que también las habían oído.

Para sorpresa de Simón, el monje lloró amargamente sobre el cuerpo del hermano muerto. Él mismo se sentía extrañamente liberado, una rara sensación que no podía comprender ni reprimir. Binabik permanecía tan impenetrable como una roca.

La segunda cosa ocurrió mientras el gnomo y Hengfisk discutían, más o menos una hora después.

—… Estoy de acuerdo en que podemos ayudar, pero os equivocáis si pensáis que podéis darme órdenes —dijo Binabik, que a duras penas refrenaba su genio, aunque sus ojos se habían entrecerrado hasta convertirse en oscuras rendijas bajo las cejas.

—¡Pero sólo ayudaréis a enterrar a Dochais! ¿Dejaréis que los demás sean devorados por los lobos? —La ira de Hengfisk no se encontraba del todo bajo control, y sus ojos estaban muy abiertos en su cara enrojecida.

—Traté de ayudar a Dochais —replicó el gnomo—, y fracasé. Lo enterraremos, si es que lo deseáis. Pero no entra en mis planes el desperdiciar tres días para enterrar a *todos* sus hermanos muertos. Y existen cosas peores para las que pueden servir que para «ser devorados por los lobos», cosas que quizás hicieran mientras vivían, al menos algunos de ellos.

Al monje le llevó unos instantes comprender la enmarañada forma de hablar de Binabik, pero cuando lo entendió todavía se puso más colorado, si ello era posible.

—¡Tú…, tú, monstruo pagano! ¿Cómo puedes hablar así de muertos que todavía no están enterrados, tú…, enano horrible?

El hombrecillo sonrió, con una plana y mortal mueca.

—Si vuestro Dios los ama tanto, entonces habrá tomado sus… almas, ¿no?…, para llevárselas al cielo; y permanecer tendidos en el suelo sólo podrá perjudicar a sus cuerpos mortales…

Antes de que pudiera añadir algo más, ambos contendientes detuvieron su discusión a causa de un profundo aullido que provenía de Qantaqa, la cual había estado durmiendo junto a la hoguera, al lado de Langrian. Un momento después pudieron ver qué era lo que había puesto a la loba en guardia.

Langrian hablaba.

—¡Alguien…, alguien previno al… abad… traición!

La voz del monje apenas era un susurro.

—¡Hermano! —gritó Hengfisk, llegando a su lado con rapidez—. ¡Guarda tu fuerza!

—Dejadlo hablar —replicó Binabik—. Puede que eso salve nuestras vidas, rimmerio.

Antes de que éste pudiera responder, Langrian abrió los ojos. Primero miró a Hengfisk, y luego a lo que lo rodeaba; el monje se estremeció como de frío, a pesar de estar envuelto en un grueso manto.

—Hengfisk… —dijo en un susurro—, ¿los otros… están…?

—Todos muertos —respondió el gnomo, con franqueza.

El rimmerio le dirigió una mirada de odio.

—Jesuris los ha llamado a su lado, Langrian —explicó—. Sólo quedas tú.

—Me… lo temía…

—¿Podéis decirnos lo que ocurrió? —preguntó Binabik.

Luego se inclinó y colocó otro trozo de tela humedecida sobre la frente del monje. Simón vio por primera vez, bajo la sangre, las cicatrices y la enfermedad, que el hermano Langrian era bastante joven, tal vez no llegase a los veinte años.

—No os canséis —añadió el gnomo—, pero decidnos lo que sabéis.

El herido cerró los ojos de nuevo, como para volver a dormirse, pero sólo trataba de reunir fuerzas.

—Eran… más o menos una docena de hombres los que llegaron…, llegaron, en busca de refugio…, desde el camino. —Se pasó la lengua por los labios; Binabik trajo la bota de agua—. Muchos grupos… grandes viajan estos días. Les dimos de comer, y el hermano Scenesefa… los acomodó en la Sala de los Viajeros.

Mientras bebía agua y hablaba, el monje pareció ir recuperando fuerzas poco a poco.

—Formaban un extraño grupo… Esa noche no se presentaron en la sala principal, excepto el jefe: un hombre de ojos claros que vestía… un yelmo de aspecto maligno… y una armadura negra… Preguntó…, preguntó si habíamos oído algo sobre un grupo de rimmerios… que iban hacia el norte… desde Erchester…

—¿Rimmerios? —repitió Hengfisk, con el entrecejo fruncido.

«¿Erchester? —pensó Simón, atormentado—. ¿Quiénes podrán ser?»

—El abad Quincines le contestó que no habíamos oído nada de tal grupo… y se mostró… satisfecho. El abad pareció turbado, pero no compartió su preocupación con…, con los hermanos más jóvenes…

»A la mañana siguiente uno de los hermanos vino desde los campos de la colina para informar de que un grupo de jinetes se aproximaba desde el sur… Los extraños parecieron… muy interesados, y dijeron que era… el resto de su grupo que llegaba para reunirse con ellos. El jefe de ojos claros… cogió a sus hombres y salió al patio para recibir a los recién llegados…, o al menos eso creímos…

»En el momento en que el grupo que se acercaba cruzó por la Colina de la Vid, se hicieron visibles desde la abadía; parecían ser sólo… uno o dos menos que nuestros huéspedes…

Langrian se detuvo unos instantes para descansar, respirando débilmente. Binabik le hubiera dado algo para dormir, pero el monje herido rechazó la oferta del gnomo.

—No hay… mucho más que explicar. Uno de los otros hermanos… vio a uno de los huéspedes salir corriendo, más tarde, de la Sala de los

Viajeros. No había acabado de abrocharse el manto…, todos llevaban capas, aunque la mañana era cálida…, y por debajo pudo ver el brillo de la hoja de una espada. El hermano corrió a explicárselo al abad, que se había temido algo por el estilo. Quincines fue a hablar con el jefe. Mientras tanto, pudimos ver a los hombres que cabalgaban colina abajo, eran rimmerios, barbudos y con trenzas. El abad le dijo al jefe que él y sus hombres debían irse, que San Hoderund no iba a ser el escenario de una especie de lucha entre bandidos. El líder sacó su espada y la colocó en el cuello de Quincines.

—¡Misericordioso Aedón! —susurró Hengfisk.

—Instantes después oímos el ruido de cascos de caballos. El hermano Scenesefa echó a correr de repente hacia la puerta del patio y gritó, para avisar a los extranjeros que se aproximaban. Uno de los… «huéspedes»… lo atravesó con una flecha, y el jefe degolló al abad.

Hengfisk ahogó un sollozo e hizo el signo del Árbol sobre su corazón, pero el rostro de Langrian continuaba impregnado de solemnidad, carente de toda emoción, y continuó su narración sin interrumpirse.

—Entonces la matanza se abatió sobre nosotros. Los extranjeros se echaron sobre los hermanos empuñando cuchillos y espadas, o extrayendo arcos y flechas de lugares ocultos. Cuando los recién llegados atravesaron la puerta, lo hicieron con sus espadas desenvainadas… Supongo que oyeron el aviso de Scenesefa y lo vieron caer atravesado en el arco de la puerta.

»No sé lo que sucedió a partir de entonces, pero fue una locura. Algunos lanzaron antorchas sobre el techo de la capilla, que se incendió. Yo corrí en busca de agua mientras la gente chillaba, los caballos relinchaban y…, y algo me golpeó en la cabeza. Eso es todo.

—¿Así que no sabéis quiénes formaban los dos bandos de atacantes? —preguntó Binabik—. ¿Pelearon entre ellos o iban juntos?

Langrian asintió con seriedad.

—Pelearon entre ellos. Los que tendieron la emboscada lo tuvieron más difícil que con los desarmados monjes. Eso es todo lo que puedo decir…, todo lo que sé.

—¡Ojalá ardan en el infierno! —siseó el hermano Hengfisk.

—Lo harán —suspiró el monje herido—. Creo que debería volver a dormir.

Langrian cerró los ojos, pero el ritmo de su respiración no varió.

Binabik se incorporó.

—Creo que caminaré un poco —dijo.

Simón asintió.

—*Ninit*, Qantaqa —llamó el gnomo, y la loba se levantó para seguirlo.

El hombrecillo desapareció en el bosque en escasos momentos, dejando a Simón y a los tres monjes junto a la hoguera, dos vivos y uno muerto.

Los oficios por Dochais fueron breves. Hengfisk encontró una sábana entre las ruinas de la abadía. Envolvieron en ella el delgado cuerpo del hermano y lo metieron en una fosa que los tres seres que estaban en condiciones de hacerlo habían excavado en el cementerio de la abadía, mientras Langrian dormía en el bosque con Qantaqa como guardián. Cavar la fosa había representado un duro trabajo —el fuego que había arrasado el granero había quemado los mangos de madera de las palas, y sólo había dejado intactas las hojas, que tuvieron que ser utilizadas con las manos—, sudoroso y agotador. Cuando el hermano Hengfisk hubo terminado sus apasionadas plegarias, cargadas de promesas de justicia divina —parecía olvidar en su fervor que Dochais estaba lejos de la abadía cuando los asesinos habían hecho su trabajo—, ya se había hecho casi oscuro. El sol descendió hasta hacerse invisible, a excepción de un brillante punto que se veía a lo largo de la cresta de la Colina de la Vid; la hierba del patio de la iglesia ya estaba oscura y fría. Binabik y Simón dejaron a Hengfisk arrodillado sobre la grava, con los ojos cerrados en actitud de plegaria, y se dirigieron a explorar los alrededores de la abadía.

Aunque el gnomo trató de evitar el escenario de la tragedia durante todo el tiempo en que fue posible, los resultados de ésta se hallaban tan esparcidos que Simón pronto empezó a desear regresar al campamento del bosque para esperarlo con Langrian y Qantaqa.

Un segundo día de calor hizo poco en favor del estado de los cuerpos; en la hinchazón y rosado abultamiento que mostraban el muchacho advirtió una similitud con el cerdo asado que coronaba la mesa el Día de la Señora en su hogar. Una parte de él se encontraba a disgusto a causa de la debilidad que sentía —¿acaso no había conocido ya la muerte violenta, un campo de batalla lleno en unas pocas semanas?—, pero mientras caminaba se dio cuenta…, tratando de mantener los ojos apartados de la visión de otros ojos, vacíos y agrietados por el sol…, de que la muerte, al menos para él, nunca parecía igual, no importaba lo veterano que fuese el observador. Cada uno de aquellos arruinados sacos de huesos y mollejas habían tenido vida en una ocasión, un corazón que latía, una voz que se quejaba, reía o cantaba.

«Algún día esto me ocurrirá a mí —pensó mientras se abría camino junto a la capilla—, ¿y quién me recordará?» No pudo encontrar ninguna respuesta, y la visión del terreno que se hallaba lleno de tumbas, el orden que reinaba en él, cruelmente satirizado por los esparcidos cuerpos de los monjes asesinados, le resultó de poco consuelo.

Binabik había encontrado los chamuscados restos de la puerta lateral de la capilla; algunas partes de madera indemne aparecían entre la superficie negra como el carbón, como listas de metal recién abrillantadas. El gnomo se acercó a la puerta y apartó algunos fragmentos quemados, pero ésta aguantó. Le dio un fuerte golpe con el bastón y siguió cerrada, como un centinela que hubiera muerto en su puesto.

—Bien —dijo—. Esto me indica que podemos penetrar en el interior sin que toda la estructura se nos caiga sobre la cabeza.

Tomó su bastón y lo introdujo a través de una fisura entre la puerta y el marco; después lo utilizó como una palanca, empujando y tirando, ayudado por Simón, y la puerta se abrió rociándolos con una lluvia de negro polvo.

Después de lo que les había costado abrir la puerta, resultó extraño entrar y ver que el techo había desaparecido: la capilla estaba tan descubierta como un ataúd sin tapa. Simón miró hacia arriba y vio el cielo enmarcado por encima de su cabeza, de color rojo en el fondo y gris arriba a causa de la llegada de la noche. Cerca de la parte superior de las paredes las ventanas aparecían con los marcos ennegrecidos y la parte delantera retorcida hacia afuera, con los cristales caídos, como si un gigante hubiera quitado el techo, se hubiese metido dentro a través de las vigas y hubiera empujado las ventanas hacia afuera con un dedo titánico.

Una rápida inspección no los condujo a nada de utilidad. La capilla, tal vez a causa de sus ricos tapices, había ardido por completo. Los bancos, las escaleras y el altar se habían convertido en estatuas de ceniza amontonadas que permanecían en el mismo lugar, y los escalones de piedra del altar aparecían cubiertos de una fantasmal guirnalda floral, una perfecta y delicada corona del grueso de una hoja de papel de diáfanas flores de ceniza.

A continuación, Simón y Binabik subieron a través del patio para dirigirse a las residencias, un largo pasillo lleno de pequeñas celdas. Aquí los estragos parecían ser más moderados; en un extremo se había prendido fuego, pero por alguna causa se había apagado antes de que pudiera extenderse.

—Mirar especialmente para botas —dijo el gnomo—. Son sandalias lo que estos hombres de abadía suelen llevar, pero alguno de ellos puede necesitar cabalgar o viajar con tiempo frío en alguna ocasión. Algunas que te vayan bien será mejor, pero en caso de necesidad, toma antes las grandes que las pequeñas.

Empezaron a buscar por los extremos del largo pasillo, uno a cada lado. Ninguna de las puertas estaba cerrada, pero todas eran habitaciones muy tristes, con un Árbol en la pared como única decoración. Un monje había colgado una rama de serbal florecido encima de su duro jergón; su confianza en aquel tipo de amuletos llenó a Simón de regocijo hasta que recordó el destino que había sufrido el ocupante de la habitación.

En la sexta o séptima habitación, el muchacho se asustó cuando al empujar la puerta de la celda se produjo un ligero ruido y vio una borrosa figura corriendo junto a su tobillo. Al principio pensó que le habían disparado una flecha, pero una mirada al interior de la diminuta y vacía celda lo convenció de la imposibilidad de tal cosa. Un momento después se dio cuenta de lo que se trataba, y torció la boca en una media sonrisa. Uno de los monjes, sin duda contraviniendo las reglas de la abadía, tenía una mascota, un gato, como el gato con el que había hecho amistad en Hayholt. Tras permanecer dos días encerrado en la habitación, esperando al amo que ya no regresaría, estaba hambriento, furioso y asustado. Simón regresó al pasillo en busca del animal, pero éste ya había desaparecido.

Binabik le oyó rebuscar.

—¿Va todo bien, Simón? —llamó, desde dentro de una de las celdas.

—Sí —gritó el joven como respuesta.

La luz que se filtraba a través de las diminutas ventanas que había por encima de su cabeza ya era gris. El chico se preguntó si debía volver a la puerta y encontrar a Binabik, o seguir buscando un poco más. Pensó que al menos sería mejor acabar de examinar la habitación del monje que tenía el gato de contrabando.

Unos instantes después Simón se acordó de los problemas que acarreaba mantener animales encerrados durante demasiado tiempo. Se tapó la nariz y echó un rápido vistazo alrededor del habitáculo. Encontró un libro, pequeño pero bellamente encuadernado en piel. Anduvo de puntillas a través del sospechoso suelo, recogió el libro de encima del bajo lecho y volvió a enderezarse.

Acababa de sentarse en la siguiente celda para echarle un vistazo al libro cuando Binabik apareció en el dintel de la puerta.

—He tenido poca suerte aquí. ¿Y tú? —preguntó.

—No hay botas.

—Bueno, se está pronto haciendo de noche. Creo que echaré un vistazo por la Sala de los Viajeros, donde durmieron los asesinos, por si puedo encontrar algún objeto que nos pueda decir algo. Espérame aquí, ¿eh?

Simón asintió y el gnomo se marchó.

El libro era, tal y como el muchacho había esperado, un Libro de Aedón, aunque parecía demasiado caro y ricamente encuadernado para que obrase en poder de un pobre monje. Simón supuso que se trataba de un regalo de un pariente rico. El volumen en sí no era extraordinario, aunque las ilustraciones eran muy bonitas —al menos por lo que el chico veía a la débil luz—, pero hubo algo que le llamó la atención.

En la primera página, donde a menudo la gente escribe su nombre, o palabras de saludo si el libro es un regalo, aparecía esta frase, escrita con cuidado pero con poca firmeza:

> *Una daga dorada atraviesa mi corazón:*
> *es Dios.*
> *Una aguja dorada atraviesa el corazón de Dios:*
> *soy yo.*

Simón se sentó; mirando las palabras se sintió inundado por una ola, por un inmenso océano de remordimiento y miedo, y un sentido de las cosas que, aunque invisibles, lo desgarraban.

En medio de su ensoñación, Binabik asomó la cabeza por la puerta y tiró un par de botas sobre el suelo, junto a él, que al caer produjeron un sonido apagado. El chico no levantó la mirada.

—Muchas cosas interesantes hay en la Sala de los Viajeros, no sólo tus nuevas botas. Pero se hace oscuro, y sólo queda un poco de luz. Nos encontraremos ante la sala, pronto —dijo, y volvió a desaparecer.

Después de largos instantes de silencio tras la partida del gnomo, Simón cerró el libro —había planeado llevárselo, pero cambió de idea— y se probó las botas. En otras circunstancias habría estado encantado al ver lo bien que le iban, pero ahora se limitó a dejar sus destrozados zapatos en el suelo y a salir al pasillo para dirigirse hacia la entrada principal.

La débil luz del atardecer menguaba. Al otro lado del patio de los comunes se levantaba la Sala de los Viajeros, un edificio gemelo al que había abandonado. Por alguna razón, el ver la puerta que se abría y cerraba sola lo llenó de un extraño temor. ¿Dónde estaba el gnomo?

Entonces recordó la puerta oscilante del patio que había sido la primera señal de que algo no marchaba bien en la abadía, y Simón se asustó cuando unas ásperas manos lo agarraron del hombro y tiraron de él hacia atrás.

—¡Binabik! —pudo llegar a decir antes de que una gruesa palma se apretase contra su boca, y de que chocase por detrás con un cuerpo duro como la roca.

—¿*Vawer es do kunde?* —susurró en su oído una voz con acento rimmerio.

—¡*Im tosdten-grukker!* —gruñó otra voz.

Inundado por un ciego terror, Simón abrió la boca tras la palma y mordió. Oyó un gruñido de dolor, y durante unos instantes su boca quedó libre.

—¡Ayúdame, Binabik! —chilló, y la mano volvió a posarse sobre sus labios y a apretarle hasta causarle dolor. Un segundo después sintió un impacto tras la oreja.

Todavía pudo sentir los ecos de su grito disipándose cuando el mundo se convirtió en agua ante sus ojos. La puerta de la Sala de los Viajeros oscilaba, y Binabik no vino.

21

FRÍOS CONSUELOS

El duque Isgrimnur de Elvritshalla apretó demasiado contra la hoja. El cuchillo saltó de la madera y le hirió el dedo, liberando una fina línea de sangre justo bajo el nudillo. Maldijo, dejó caer la pieza de madera y se llevó el pulgar a la boca.

«Frekke tiene razón —pensó—, maldito sea. Nunca conseguiré ser mañoso con esto. Todavía no sé por qué lo intento.»

Lo sabía; había convencido al viejo Frekke para que le enseñase los rudimentos del grabado durante su virtual encarcelamiento en Hayholt. Cualquier cosa, había razonado, era preferible a pasear por las salas y almenas del castillo como un oso encadenado. El viejo soldado, que también había servido bajo las órdenes del padre del duque, Isbeorn, había enseñado pacientemente a Isgrimnur cómo escoger la madera, cómo adivinar el espíritu natural que se ocultaba en el interior y cómo liberarlo, trozo a trozo, de su prisión. Observando a Frekke trabajar —sus ojos casi cerrados, sus labios cortados en los que descansaba una inconsciente sonrisa—, los demonios, el pez y los animales que salían a la vida de su cuchillo le habían parecido la inevitable solución a las preguntas que ponía el mundo, cuestiones de aleatoriedad y confusión en la forma de una rama de árbol, la posición de una roca, los caprichos de las nubes de lluvia.

Mientras se chupaba el dedo herido, el duque jugueteó desordenadamente con pensamientos como aquéllos; a pesar de todo lo que dijese Frekke, a Isgrimnur se le hacía terriblemente duro pensar en algo mientras tallaba madera; el cuchillo y la madera estaban reñidos entre sí, en una continua batalla que podía eludir su vigilancia en cualquier momento y deslizarse hacia la tragedia.

«Como ahora», pensó, chupando y probando la sangre.

Isgrimnur envainó el cuchillo y se puso en pie. A su alrededor sus hombres trabajaban duro, limpiaban un par de conejos y preparaban el campamento para pasar la noche. El duque se dirigió hacia la hoguera, se dio la vuelta y permaneció allí, dando sus anchas espaldas a las llamas. El anterior pensamiento sobre tormentas volvió a él cuando miró al cielo, que estaba adquiriendo con rapidez un tono gris.

«Éste es el mes de maya —meditó—. Y aquí estamos nosotros, a menos de veinte leguas al norte de Erchester... ¿Y de dónde vendrá esta tormenta?»

Hacía ya unas tres horas, él y sus hombres habían perseguido a los canallas que les salieron al paso en la abadía. El duque todavía no se imaginaba de quiénes podría tratarse —algunos de ellos eran de su propio país, pero ningún rostro le pareció familiar— o el porqué de lo que habían hecho. Su líder llevaba un yelmo en forma de un rostro de mastín ladrando, pero Isgrimnur nunca había oído nada sobre un emblema como aquél. Podría no haber sobrevivido para preguntárselo, si no hubiera sido por el monje de hábito negro que había gritado para avisarle desde la puerta de San Hoderund y que cayó atravesado por una flecha entre los omóplatos. La lucha había sido cruenta, pero la muerte del monje..., Dios se apiade de él, quienquiera que fuese..., sirvió como aviso, y los hombres del duque se prepararon para el ataque. Sólo perdieron al joven Hove en la carga inicial; Einskaldir fue herido, pero mató a su oponente y a otro más. El enemigo no esperaba una lucha cara a cara, pensó amargamente Isgrimnur. Frente al duque y su guardia, hombres aguerridos y ansiosos de acción tras meses en el castillo, los autores de la emboscada habían huido a través del patio de la abadía, donde aparentemente sus caballos esperaban ya ensillados.

El duque y sus hombres, que tras una rápida inspección no habían encontrado a nadie con vida para que les explicase lo ocurrido, volvieron a montar y emprendieron la persecución. Hubiera resultado un buen gesto quedarse y enterrar a Hove y a los frailes, pero la sangre de Isgrimnur se habían encendido. Quería saber quién había atacado y por qué.

Pero no fue así. Los bandidos llevaban una ventaja de unos diez minutos sobre los rimmerios, y sus caballos estaban frescos. Los hombres del duque los habían llegado a ver en una ocasión, unas sombras móviles bajando por la Colina de la Vid, hacia la llanura, dirigiéndose a través de los bajos promontorios hacia la ruta de Wealdhelm. La visión del enemigo había insuflado nuevos ánimos en la guardia de Isgrimnur, y espolearon sus caballos al descender por la vertiente hacia los valles, a los pies de las colinas Wealdhelm. Sus monturas parecían haberse contagiado de la excitación, y encontraron nuevas reservas; por un instante pareció que los alcanzarían y caerían sobre ellos como una vengativa nube rodando a través de la llanura.

En vez de eso, ocurrió algo extraño. Cabalgaban a la luz del sol, y, de repente, el mundo se hizo perceptiblemente más oscuro. Como la situación no cambió, y una milla después las colinas que los rodeaban seguían sin vida y grises, Isgrimnur levantó la vista para descubrir una concentración de nubes del color del acero que se esparcían por el cielo, sobre sus cabezas, como un puño de sombra sobre el sol. Un trueno retumbó casi de forma imperceptible, y de repente el cielo empezó a enviar lluvia, apenas un chaparrón, al principio, pero luego se convirtió en un torrente.

—¿De dónde ha llegado? —le gritó Einskaldir, que se encontraba separado del duque por una cortina de agua.

Isgrimnur no tenía ni idea, pero lo turbó en gran manera; nunca había visto formarse una tormenta tan rápidamente en un cielo relativamente claro. Cuando poco después uno de los caballos resbaló sobre la mojada y aplastada hierba y cayó, tirando a su jinete —que, gracias a Aedón, salió indemne de la caída—, el duque alzó la voz y ordenó detenerse a su tropa.

Así que decidieron acampar allí, a tan sólo una milla de la ruta de Wealdhelm. Isgrimnur consideró durante breves instantes regresar a la abadía, pero tanto los hombres como los caballos se encontraban cansados, y la llamarada que habían visto surgir de los edificios principales sugería que bien poco debía de quedar de ellos. El herido Einskaldir, sin embargo —quien, bien lo sabía Isgrimnur, a veces parecía carecer de emociones, excepto una gran fiereza—, regresó en busca del cuerpo de Hove y para tratar de descubrir algo que les proporcionase alguna clave sobre la identidad de los atacantes o sus motivaciones. Conociendo como conocía a Einskaldir y sus maneras, el duque cedió, aunque puso como única condición que llevase a Sludig con él, pues era de espíritu algo menos ardiente. Se trataba de un buen soldado, pero valoraba lo suficiente su propia piel como para servir de contrapeso al ardiente Einskaldir.

«Aquí estoy —pensó Isgrimnur con disgusto a causa de la fatiga—, calentándome el trasero frente a la hoguera mientras los jóvenes hacen el trabajo. ¡Maldita edad, maldita sea mi espalda dolorida, maldito Elías y malditos sean estos malditos tiempos en que estamos!»

El duque miró al suelo, después se inclinó y recogió el trozo de madera en el que esperaba dar forma al Árbol, con la ayuda de algún milagro: un Árbol que descansaría sobre el pecho de su esposa Gutrun cuando regresase junto a ella.

«¡Y maldita sea la talla!» A continuación echó el trozo de madera a la hoguera.

Isgrimnur tiraba los huesos de conejo al fuego, sintiéndose algo mejor después de comer, cuando se oyó ruido de cascos de caballo que se acercaban. Se limpió la grasa de las manos en la túnica y sus acólitos hicieron lo mismo; no estaba bien coger las hachas y espadas con las manos resbaladizas. Daba la impresión de que lo que se acercaba era un pequeño grupo de jinetes, dos o tres como mucho; pero aun así nadie se relajó hasta que Einskaldir y su blanco corcel aparecieron en la penumbra. Sludig cabalgaba detrás, tirando de una tercera montura sobre la que aparecían… *dos* cuerpos.

Dos cuerpos, pero, como explicó Einskaldir en su estilo lacónico, sólo uno era un cadáver.

—Un muchacho —gruñó Einskaldir, con la larga barba aún brillante a causa de la grasa del conejo—. Lo encontramos husmeando por allí. Pensamos que debíamos traerlo.

—¿Por qué? —rugió Isgrimnur—. No parece que sea más que una alimaña.

Einskaldir se encogió de hombros. El rubio Sludig, su compañero, sonrió con afabilidad: no había sido idea *suya*.

—No había casas alrededor. No vimos ningún chico en la abadía. ¿De dónde habrá salido? —dijo, cortando otro trozo de conejo con el cuchillo—. Cuando lo cogimos gritó llamando a alguien. «Bennah» o «Binnock», no lo sé con seguridad.

El duque se volvió para echar un vistazo al cuerpo de Hove, que ahora estaba tendido sobre una capa. Era pariente suyo, primo de la mujer de su hijo Isorn; no era un familiar cercano, pero sí lo suficiente, según las costumbres del frío norte, como para que él sintiese un pinchazo de remordimiento al mirar el pálido rostro del joven, su rala barba rubia.

Desde allí se dirigió hacia donde se encontraba el cautivo, todavía con las muñecas atadas, pero ya desmontado del caballo y apoyado en una roca. El muchacho era un año o dos más joven que Hove, delgado pero fuerte, y al ver su rostro pecoso y la mata de pelo rojizo la memoria de Isgrimnur pareció recordar algo, aunque no pudo saber de qué se trataba. El joven todavía estaba inconsciente a causa del golpe que le había propinado Einskaldir; tenía los ojos cerrados y la boca colgando.

«Tiene el aspecto de ser un pobre campesino —pensó el duque—, excepto por las botas, que apostaría a que encontró en la abadía. ¿Por qué, en nombre de la Fuente de Memur, lo habrá traído Einskaldir? ¿Qué se supone que tengo que hacer con él? ¿Matarlo? ¿Llevarlo conmigo? ¿Dejarlo aquí para que muera de hambre?»

—Vamos a buscar algunas rocas —dijo Isgrimnur, al final—. Hove necesitará un túmulo; éste me parece un país lleno de lobos.

Cayó la noche; los grupos de rocas que salpicaban la desolada llanura bajo Wealdhelm sólo eran profundas sombras. El fuego se había avivado y los hombres escuchaban cantar una canción picante a Sludig. Isgrimnur sabía muy bien por qué los soldados que han sufrido la pérdida de uno de los suyos —el indistinguible montón de piedras de Hove era una de las profundas sombras que se extendían más allá del fuego del campamento— sentían la urgente necesidad de satisfacción con aquel tipo de cosas. Como él mismo había dicho meses atrás, de pie al otro lado de la mesa, frente al rey Elías, en el viento había rumores de pánico. Allí donde estaban, en llanura abierta, empequeñecidos pero no protegidos por las altivas colinas, cosas que pertenecían a las historias de los viajeros de Hayholt o Elvritshalla, fábulas de fantasmas que se narraban para animar las noches, dejaban de ser fáciles de borrar del pensamiento mediante un comentario jocoso. Así que los hombres cantaban, y sus voces producían un sonido fuera de lugar, pero muy humano, en medio de la soledad de la noche.

«Historias de fantasmas aparte —pensó Isgrimnur—, hoy hemos sido atacados, y sin que pueda llegar a concebir una razón. Nos esperaban. ¡Nos esperaban! En nombre del dulce Jesuris, ¿qué querrá decir todo ello?»

Podía ser que los bandidos sólo esperasen al próximo grupo de viajeros que se detuviese en la abadía, pero ¿por qué? Si sólo pretendían robar, ¿por qué no se habían limitado a hacerlo en la abadía, un lugar en el que seguro podrían encontrar al menos un par de valiosos objetos y reliquias? ¿Y por qué esperar a los viajeros allí, donde serían vistos al cometer cualquier acto de bandidaje?

«No es que hayan quedado muchos testigos, malditos sean sus ojos. Uno, si es que ese chico ha visto algo.»

El asunto no tenía ningún sentido. No tenía sentido esperar para robar a un grupo de viajeros que, aun en esos tiempos, podían ser guardias del rey, y que de hecho eran norteños bruñidos en la batalla y armados.

Así que la posibilidad que restaba era que tanto él como sus hombres eran los objetivos. ¿Por qué? Y tan importante como aquella pregunta resultaba el ¿quién? De los enemigos de Isgrimnur, Skali de Kaldskryke era el primer ejemplo, bien conocido por él, pero ninguno de los bandidos había sido reconocido como miembro del clan de Skali. Además, aquél había regresado a Kaldskryke hacía tiempo, y ¿cómo podía saber que Isgrimnur, casi enfermo a causa de la inactividad y temiendo por el estado de su ducado, se hubiese decidido, finalmente, a enfrentarse a Elías, y tras la discusión, recibir un reciente permiso real para volver con sus hombres hacia el norte?

«"Te necesitamos aquí, tío", me dijo; y eso que sabía que hace tiempo que dejé de creerlo. Sólo pretendía tenerme bajo su control, eso es lo que creo.»

De todas maneras, Elías no se negó con tanta rotundidad como había esperado Isgrimnur; el pretexto le pareció al duque tan sólo una cuestión de formas, como si Elías supiese que el enfrentamiento se acercaba y ya se hubiese decidido a acceder.

Frustrado por las vueltas que daban sus pensamientos, sin sacar nada en claro, el duque estaba a punto de levantarse para irse a acostar cuando se le acercó Frekke.

—Un momento, señoría.

Isgrimnur reprimió una sonrisa. El viejo bastardo debía de estar borracho. Sólo se volvía formal cuando llevaba varias copas.

—¿Frekke?

—Se trata del chico, sire, el que trajo Einskaldir. Se ha despertado. Pensé que vuestra señoría querría charlar con él.

El soldado se balanceó un poco, pero rápidamente recuperó la compostura.

—Bueno, supongo que sí.

Se había levantado brisa. Isgrimnur se arropó más con la túnica y empezó a darse la vuelta, pero se detuvo.

—Frekke...

—¿Señoría?

—He tirado otra maldita talla al fuego.

—Así lo esperaba, sire.

Mientras Frekke se daba la vuelta y trotaba de regreso a la jarra de cerveza, el duque estuvo seguro de ver una tenue sonrisa en el rostro del viejo.

Bueno, malditos sean él y su madera.

El chico estaba sentado y masticaba la carne de un hueso. Einskaldir se hallaba apoyado en una piedra, junto a él, con aspecto decepcionantemente relajado —Isgrimnur *nunca* lo había visto descansando—. La luz de la hoguera no alcanzaba a iluminar la profunda mirada del soldado, pero el muchacho, al levantar la vista, tenía los ojos tan abiertos como un ciervo sorprendido en una poza del bosque.

Cuando el duque se aproximó, el joven dejó de masticar y lo miró lleno de sospecha, con la boca abierta. Pero después Isgrimnur vio, incluso a través del débil resplandor de la hoguera, que algo cruzaba el rostro del muchacho... ¿Era alivio? El duque se sentía turbado. Había esperado, a pesar de las sospechas de Einskaldir —el hombre, después de todo, era tan quisquilloso y desconfiado como un erizo—, encontrar a un asustado campesino, aterrorizado o al menos lleno de aprensión. Aquél *parecía*, con sus ropas harapientas, un labrador, el ignorante hijo de un patán. Estaba cubierto de suciedad, pero había una especie de viveza, de sagacidad, en su mirada que le hizo preguntarse si tal vez Einskaldir no tendría razón.

—Y ahora, muchacho —dijo bruscamente en lengua westerling—, dime: ¿qué hacías husmeando por la abadía?

—*Creo que voy a cortarle el cuello ahora mismo* —replicó Einskaldir en rimmerspakk, con un amable tono que contrastaba con el horror de sus palabras.

Isgrimnur enarcó las cejas, preguntándose si el hombre había perdido la cabeza, pero después se dio cuenta de que el muchacho continuaba mirándolo plácidamente y de que el soldado sólo estaba probando si el chico entendía su lengua.

«Bueno, si en verdad la entiende, es uno de los tipos con la sangre más fría que *he visto* nunca», pensó Isgrimnur.

No, no era posible que un muchacho de esa edad y en el campamento de unos extranjeros armados hubiera comprendido las palabras de Einskaldir y dejase de reaccionar.

—No entiende —dijo el duque a su súbdito, en lengua rimmeria—, pero parece tranquilo, ¿verdad?

Einskaldir gruñó para afirmar y se rascó la barbilla a través de su oscura barba.

—Vamos, muchacho —prosiguió el noble, dirigiéndose a Simón—. Ya te lo he preguntado una vez. ¡Habla! ¿Qué hacías en la abadía de San Hoderund?

El joven bajó la mirada y dejó en el suelo el hueso que había mordisqueado. Isgrimnur volvió a sentir un tirón de la memoria, pero no pudo concretarlo en nada.

—Estaba…, estaba buscando… unas botas nuevas —respondió.

Simón señaló sus limpias y cuidadas botas. El duque lo identificó como erkyno, y había algo más…, pero ¿qué?

—Y, por lo que veo, encontraste unas. —Se agachó y su mirada quedó nivelada con la del muchacho—. ¿Sabes que puedes ser *colgado* por robar a los muertos que no están enterrados?

¡Por fin apareció una reacción satisfactoria! El acobardamiento del joven ante la amenaza no podía ser fingido. Isgrimnur estaba seguro. Bien.

—Lo siento…, señor. No quería causar ningún daño. Estaba hambriento después de caminar, y me dolían los pies…

—¿Caminas desde dónde?

Ahora lo tenía. El muchacho hablaba demasiado bien como para ser el hijo de un labrador. Se trataba del ayudante de un sacerdote o del hijo de un tendero, o algo así. Sin duda, parecía haber huido.

El joven mantuvo la mirada de Isgrimnur durante unos instantes; el duque volvió a sentir que el muchacho calculaba. Un huido de algún seminario, tal vez, o de un monasterio. ¿Qué es lo que escondía?

El chico habló, por fin.

—He dejado…, he dejado a mi amo, señor. Mis padres…, mis padres me pusieron de aprendiz con un candelero que me pegaba siempre que podía.

—¿Qué candelero? ¿Dónde? ¡Rápido!

—Mor… ¡Malaquías! ¡En Erchester!

«Parece tener sentido —decidió el noble—. Excepto por dos detalles.»

—¿Qué haces aquí, entonces? ¿Qué te llevó a San Hoderund? ¿Y quién —lanzó— es *Bennah*?

—¿Bennah?

Einskaldir, que había permanecido escuchando con ojos entrecerrados, se echó hacia adelante.

—*Lo sabe, duque* —dijo en rimmerspakk—, *dijo «Bennah» o «Binnock», estoy seguro.*

—¿Quién es *Binnock*? —preguntó Isgrimnur, y dejó caer una gran mano sobre el hombro del cautivo, sintiendo un ramalazo de arrepentimiento cuando el muchacho se estremeció.

—¿Binnock…? Ah, Binnock…, es mi perro, señor. Bueno, el de mi amo. Él también huyó.

El muchacho sonreía con una mueca torcida que rápidamente suprimió. A pesar suyo el noble empezó a sentir simpatía por él.

—Me dirijo a Naglimund, señor —continuó el chico, rápidamente—. Oí que la abadía albergaba a los viajeros como yo. Cuando vi los…, los cuerpos de los muertos, me asusté… Pero necesitaba unas botas, señor, de verdad. Esos monjes eran buenos aedonitas, señor, a ellos no les hubiera importado, ¿no creéis?

—¿A Naglimund?

Los ojos del duque se entrecerraron, y sintió que Einskaldir se ponía aún más rígido, si es que eso era posible, junto al muchacho.

—¿Por qué Naglimund? ¿Por qué no a Stanshire o al valle Hasu?

—Tengo un amigo en Naglimund.

Por detrás de Isgrimnur se elevó la voz de Sludig, sobresaliendo de un coro de voces borrachas. El muchacho hizo un gesto, indicando el círculo de la hoguera.

—Es arpista, señor. Me dijo que si me escapaba de Malaquías, podía dirigirme a él y me ayudaría.

—¿Un arpista? ¿En Naglimund? —El duque lo observó con intensidad, pero el rostro del muchacho, aunque sombrío, permaneció con una mirada inocente en los ojos.

Isgrimnur se sintió disgustado con todo aquel asunto. «¡Mírate! ¡Interrogando a un aprendiz de candelero como si él hubiera dirigido el ataque de la abadía! ¡Qué día tan desagradable ha sido el de hoy!»

Einskaldir no estaba del todo satisfecho. Movió el rostro hasta acercarse a la oreja del muchacho y le preguntó, con un fuerte acento:

—¿Cuál es el nombre de ese arpista de Naglimund?

El joven se volvió, alarmado, pero dio la impresión de que más a causa de la súbita proximidad del soldado que por la pregunta en sí, que respondió alegremente al cabo de un instante.

—Sangfugol.

—*¡Frayja's Paps!* —maldijo el noble, y se incorporó—. Lo conozco. Es suficiente. Te creo, muchacho.

Einskaldir se había dado la vuelta sobre su asiento de piedra y observaba cómo reían y hablaban los hombres que había junto al fuego.

—Quédate con nosotros, si quieres, muchacho —dijo el duque—. Nos detendremos en Naglimund, y gracias a esos bastardos hijos de puta tenemos el caballo de Hove sin jinete. Este es un territorio peligroso para cruzarlo en solitario, y en estos días te pueden rajar el cuello en cualquier momento. —Se dirigió hacia uno de los caballos y le quitó una de las mantas de montar para echársela al joven—. Acuéstate donde quieras, mientras sea cerca. Será más fácil para los hombres que se queden de guardia si no nos desperdigamos como un rebaño de ovejas. —Isgrimnur miró el cardado cabello del chico y sus brillantes ojos—. Einskaldir te dará de comer. ¿Necesitas alguna otra cosa?

El joven parpadeó… ¿Dónde lo *había* visto? Seguramente en el pueblo.

—No —contestó—. Me preguntaba si… Binnock se perderá sin mí.

—Créeme, muchacho. Si él no te encuentra, encontrará a cualquier otro, y eso es un hecho.

Einskaldir ya se había alejado e Isgrimnur empezó a dirigirse hacia la hoguera. El muchacho se arrebujó en la manta y se estiró en la base de la roca.

«La verdad es que todavía no me había detenido a mirar las estrellas —pensó Simón mientras miraba hacia arriba, apretado en la manta. Los brillantes puntos parecían pender como libélulas heladas—. No es lo mismo mirar hacia arriba a través de los árboles que aquí, en terreno abierto, como si estuviese encima de una mesa.»

Pensó en la *Manta de Sedda*, y al hacerlo recordó a Binabik.

«Espero que esté a salvo, aunque fue él quien me dejó en manos de los rimmerios.»

Había sido un golpe de suerte que su apresador resultase ser el duque Isgrimnur, pues había sentido auténtico terror al despertarse en el campamento y verse rodeado de hombres barbudos y de fiera mirada. Supuso que, conocida la enemistad entre el pueblo de Binabik y los rimmerios, no tenía que reprocharle al gnomo el haber desaparecido, si es que se había enterado de la captura de Simón. Pero le dolía perder a un amigo de esa manera. Tendría que endurecerse: había empezado a depender del hombrecillo para saber lo que era correcto, lo que había que hacer, como cuando escuchaba absorto al doctor Morgenes. Bien, la lección estaba clara: debía formarse a sí mismo, seguir su propio criterio y hacer las cosas a su manera.

En realidad, no había querido decirle a Isgrimnur su verdadero destino, pero el duque era listo y Simón había sentido en varias ocasiones que el viejo soldado lo tenía en el filo de un cuchillo; un paso en falso y le hubiese caído encima.

«Además, el de pelo oscuro que se hallaba sentado junto a mí durante todo el rato me miraba como si pudiera matarme como se ahoga a un gatito.»

Así que le había dicho la verdad al duque, al menos toda la verdad que podía explicarle, y había funcionado.

La cuestión era qué hacer ahora. ¿Debería quedarse con los rimmerios? Parecía una tontería no hacerlo, pero… Simón no estaba del todo seguro sobre la posición del noble. Isgrimnur se dirigía a Naglimund, pero ¿y si lo hacía para arrestar a Josua? En el castillo todo el mundo hablaba de lo leal que había sido para con el rey Juan, de cómo la tutela del Supremo Rey era para él más sagrada que su propia vida. ¿En qué posición lo colocaba todo eso frente a Elías? Bajo ninguna circunstancia hablaría con nadie sobre el papel que había desempeñado en la fuga de Josua, pero existen ocasiones en que las cosas se precipitan por sí solas. Simón se moría de ansiedad por tener noticias del castillo, de lo que había sucedido tras la última jugada de Morgenes —¿vivía Pryrates?, ¿qué había explicado Elías a la gente sobre todo aquello?—, pero era exactamente aquel tipo de preguntas, aunque las hiciese con habilidad, las que lo podían dejar al descubierto.

Se sentía demasiado agitado como para poder dormir. Se puso a mirar las parpadeantes estrellas y pensó en las tabas que Binabik había consultado aquella mañana. El viento le acarició el rostro, y de repente las estrellas se convirtieron en huesos, esparcidas desordenadamente a través del oscuro campo celestial. Se encontraba muy solo entre extraños y bajo la ilimitada noche. Sintió añoranza del lecho de su hogar en las dependencias de los servidores, de los días en que no habían sucedido todas aquellas cosas. Su nostalgia era como la penetrante música de la flauta de Binabik: un frío dolor que, además, era la única cosa a la que podía agarrarse en el vacío y salvaje mundo.

Dormitó un poco, y entonces lo despertó un ruido; su corazón palpitaba y las estrellas todavía ardían en la oscuridad. Un pánico momentáneo le constriñó la garganta cuando una sombra se inclinó sobre él, una sombra increíblemente alta. ¿Dónde estaba la luna?

Sólo se trataba del hombre que hacía la guardia, como vio un instante después, que se había detenido un momento dando la espalda a Simón. El centinela llevaba puesta su propia manta, que se había envuelto sobre los hombros, y de la que únicamente sobresalía un poco su cabeza sin yelmo.

El vigilante pasó junto a él sin mirarlo. Llevaba un hacha cogida en el ancho cinturón: un arma afilada y pesada. También llevaba una lanza más alta que él, y mientras caminaba hundía el extremo inferior en el suelo.

Simón se arropó más en la manta, resguardándose del cortante viento que soplaba por la pradera. El cielo había cambiado: donde antes había estado despejado, con las estrellas brillando sobre una insondable oscuridad, ahora aparecían montones de nubes, que se aproximaban como pálidos y lechosos dedos desde el norte. En el extremo más lejano del firmamento, las nubes habían cubierto a las estrellas como arena que hubiese sido echada sobre carbones ardiendo. «Tal vez Sedda logre atrapar a su marido esta noche», pensó Simón, medio dormido.

La segunda vez que se despertó lo hizo a causa del agua que se le introducía en los ojos y la nariz. Abrió los párpados, boqueando, y vio que las estrellas habían desaparecido como si hubieran cerrado la tapa de un joyero. Caía agua de las nubes que habían aparecido justo sobre ellos. Simón rezongó y se secó el rostro; se volvió del otro lado y estiró la manta para meter la cabeza bajo ella. Volvió a ver al centinela, ahora situado un poco más lejos que se cubría el rostro y miraba a través de la lluvia.

El chico casi había cerrado los ojos cuando el vigilante profirió un extraño grito y bajó la cabeza para mirar al suelo. Algo en la postura del hombre, algo que sugería que seguía estando derecho pero que a la vez luchaba, hizo que Simón acabase por abrir del todo los ojos. La lluvia empezó a caer con más intensidad, y un trueno rugió a lo lejos. El muchacho apenas podía ver al centinela a través de la cortina de agua. El hombre seguía estando en el mismo lugar, pero había algo que se movía entre sus pies, algo vivo *que salía* de la oscuridad reinante. Simón se sentó, mientras las gotas de lluvia caían sobre él y salpicaban todo el suelo.

Súbitamente, un relámpago iluminó la oscuridad de la noche e hizo que las rocas resplandeciesen como los puntales de madera pintada en las representaciones de la «Vida de Jesuris». Todo el campamento se iluminó —los restos humeantes de la hoguera, las apretadas y dormidas formas de los rimmerios—, pero lo que atrajo la mirada de Simón en aquel instante fue la figura del centinela, cuyo rostro aparecía contraído en una horrible y silenciosa máscara de terror absoluto.

Retumbó el trueno, y el cielo volvió a ser atravesado por un relámpago. El suelo alrededor del soldado se hizo visible, y Simón distinguió una especie de surtidores de tierra que provenían de allí. El corazón le dio un vuelco cuando vio caer de rodillas al vigilante. El trueno volvió a estallar y aparecieron tres relámpagos seguidos. La tierra continuaba manando, pero ahora se veían manos por todas partes, y largos y delgados brazos que tiraban del centinela hacia el suelo. El resplandor del cielo iluminó el campamento, que ahora parecía invadido por una horda de oscuras cosas que salían de la tierra, delgadas y harapientas; agitaban los brazos y miraban con blancos ojos, y —como fue revelado de forma horrible cuando el relámpago volvió a cruzar la superficie del cielo— estaban llenas de pelos y ropas destrozadas. Al morir el trueno, Simón gritó, se atragantó con el agua y volvió a gritar.

Aquello era peor que cualquier visión del infierno. Los rimmerios, alertados por el terrorífico grito de Simón, se hallaban rodeados por todas partes por cuerpos que saltaban y golpeaban. Aquellas cosas surgían de la tierra como verdaderas ratas, pues según se desperdigaban por el campamento la noche se llenó de agudos chillidos que salían de túneles de ciega y cobarde malicia.

Uno de los norteños se puso en pie, y las criaturas se abalanzaron sobre él. No había ninguna que fuese más alta que Binabik, pero las había en cantidades asombrosas, y mientras el norteño trataba de desenvainar su espada, lo derribaron. El muchacho creyó ver el brillo de objetos afilados en manos de las criaturas, que se alzaban y caían sobre el rimmerio.

—¡Vaer! ¡Vaer Bukken! —gritó uno de los hombres de Isgrimnur desde el otro lado del campamento. Los soldados ya estaban en pie, y Simón fue viendo los pálidos resplandores de espadas y hachas. Se deshizo de la manta, se puso en pie y buscó un arma. Aquellas cosas estaban por todas partes y saltaban sobre las piernas como si fuesen insectos, chillando y aullando cuando eran alcanzadas por el hacha de un rimmerio. Sus gritos casi parecían un lenguaje, y eso, en medio de aquella pesadilla, era una de las peores cosas.

Simón se escondió tras la roca que lo había protegido y la rodeó mientras trataba de encontrar algo con que defenderse. Una figura se abalanzó sobre él, cayendo a un escaso paso de distancia; se trataba de un rimmerio, con la mitad del rostro destrozado. El chico se inclinó hacia él para coger el hacha que todavía agarraba con sus manos; el hombre no estaba del todo muerto y murmuró algo cuando Simón liberó el arma. Un momento después el muchacho sintió que una mano huesuda lo cogía de la rodilla y se giró para encontrar frente a sí un horroroso rostro, con algún rasgo humano, que permanecía tras la garra que lo apretaba. El muchacho hundió el hacha en el rostro con tanta fuerza como pudo reunir y sintió un crujido, como cuando se aplasta un escarabajo con el pie. Los rígidos dedos se desprendieron y Simón quedó libre. Con la luz proveniente de los alternativos relámpagos que cruzaban el cielo era casi imposible saber lo que ocurría. Las borrosas figuras de los rimmerios se movían por el campamento, pero todavía había una cantidad mayor de demonios saltarines. Daba la impresión de que el mejor lugar para...

Simón fue empujado al suelo sin que se diera cuenta y una garra lo cogió del cuello. Sintió que un lado de su rostro se hundía en el barro y lo probaba; trató de sacudirse la cosa de la espalda. Una hoja metálica brilló al pasar ante sus ojos y se hundió en la tierra. El joven pudo ponerse de rodillas, pero otra mano llegó hasta su rostro y le cubrió los ojos: una mano que hedía a barro y agua podrida. Los dedos recorrieron su cara como gusanos.

«¿Dónde está el hacha? ¡Se me ha caído!»

Con mucho esfuerzo consiguió ponerse en pie, arqueando las piernas sobre el resbaladizo suelo. Se tambaleó hacia adelante y casi volvió a caer, incapaz de deshacerse de la horrible y extraña cosa que había a su espalda. La mano huesuda le impedía respirar, pues los dedos se hundían en las costillas; creyó oír que la viscosa cosa chillaba triunfante. Pudo recorrer unos cuantos metros más antes de caer de rodillas, con el ruido de la batalla haciéndose cada vez más débil a su espalda. Los oídos le rugían y la fuerza escapaba de sus brazos y cuerpo como harina de un saco agujereado.

«Me muero...», fue todo lo que logró pensar. Ante sus ojos no había nada más que una sombría luz roja.

Entonces desapareció la dolorosa garra del cuello. Simón cayó como un fardo en el suelo, boqueando.

Miró hacia arriba con dificultad. Recortada contra el negro cielo por una cortina de luz que chisporroteaba había una figura de locura..., un hombre montado sobre una loba.

«¡Binabik!»

Simón tomó aire a través de su maltrecha garganta y trató de incorporarse, pero no pudo más que hacer fuerza con los codos antes de que el hombrecillo estuviera junto a él. A un paso de distancia reposaba retorcido, como una araña chamuscada, el cuerpo de la criatura que había salido de la tierra, de cara al cielo.

—¡No digas nada! —susurró Binabik—. ¡Debemos irnos! ¡Deprisa!

El gnomo lo ayudó a sentarse, pero el muchacho agitaba las manos para alejarlo, golpeándolo con tanta fuerza como un bebé.

—Tengo que…, tengo que… —Simón señaló con un tembloroso dedo hacia el caos que reinaba en el campamento, a unos veinte pasos de distancia.

—¡Ridículo! —cortó Binabik—. Los rimmerios pueden pelear sus propias batallas. Mi deber es salvarte. ¡Vámonos!

—No —dijo el joven, testarudo. El hombrecillo cogió su bastón hueco con la mano y Simón supo lo que había derribado a su atacante—. Tene…, tenemos que ayu…, ayudarlos.

—Sobrevivirán. —El otro se mostró inflexible. Qantaqa había seguido a su amo, y ahora husmeaba solícita en las heridas del chico—. Tú eres mi deber.

—¿Qué quieres de…? —empezó a decir Simón.

Qantaqa aulló, con un profundo y amenazador tono de alarma; Binabik levantó los ojos.

—¡Por la Hija de las Montañas! —exclamó.

Simón miró en la misma dirección.

Una especie de grumo mucho más oscuro aun surgía de la pelea y se dirigía hacia ellos. Era difícil precisar cuántas criaturas integraban aquel barullo de brazos y ojos, pero seguro que había más de unas cuantas.

—¡*Nihut*, Qantaqa! —gritó Binabik, y un instante después la loba se lanzó hacia ellos; las criaturas retrocedieron llenas de terror ante el avance del animal—. No tenemos tiempo que perder, Simón —agregó el gnomo.

Los truenos retumbaban en la llanura cuando el hombrecillo extrajo el cuchillo de la cintura y levantó al muchacho.

—Los hombres del duque se las arreglarán, ahora; no quiero arriesgarme a que te maten en la última parte de la pelea.

En medio de las criaturas salidas de la tierra, Qantaqa era un ingenio de muerte de pelo color gris. Mordía con sus grandes mandíbulas, se sacudía y volvía a morder; a su alrededor yacían delgados cuerpos negros en irregulares montones. Más seres de aquéllos se dirigían hacia allí, y el aullido zumbón de la loba se elevó por encima del rugido de la tormenta.

—Pero…, pero… —Simón retrocedió mientras Binabik se dirigía hacia su montura.

—Fue mi promesa que te protegería —explicó el gnomo, llevándose a Simón—. Ese era el deseo del doctor Morgenes.

—¡¿Doctor…?! ¡¿*Conoces* al doctor Morgenes?!

El muchacho lo miraba balbuceante. Binabik silbó un par de veces, y Qantaqa, con un último estremecimiento, apartó a dos de las criaturas para dirigirse hacia ellos.

—¡Ahora corre, necio muchacho! —gritó el hombrecillo.

Corrieron. En primer lugar Qantaqa, saltando como un ciervo, con el morro lleno de sangre; luego Binabik. Simón los siguió, entre tropezones, tambaleándose a través de la llanura embarrada mientras la tormenta le hacía preguntas para las que no tenía respuesta.

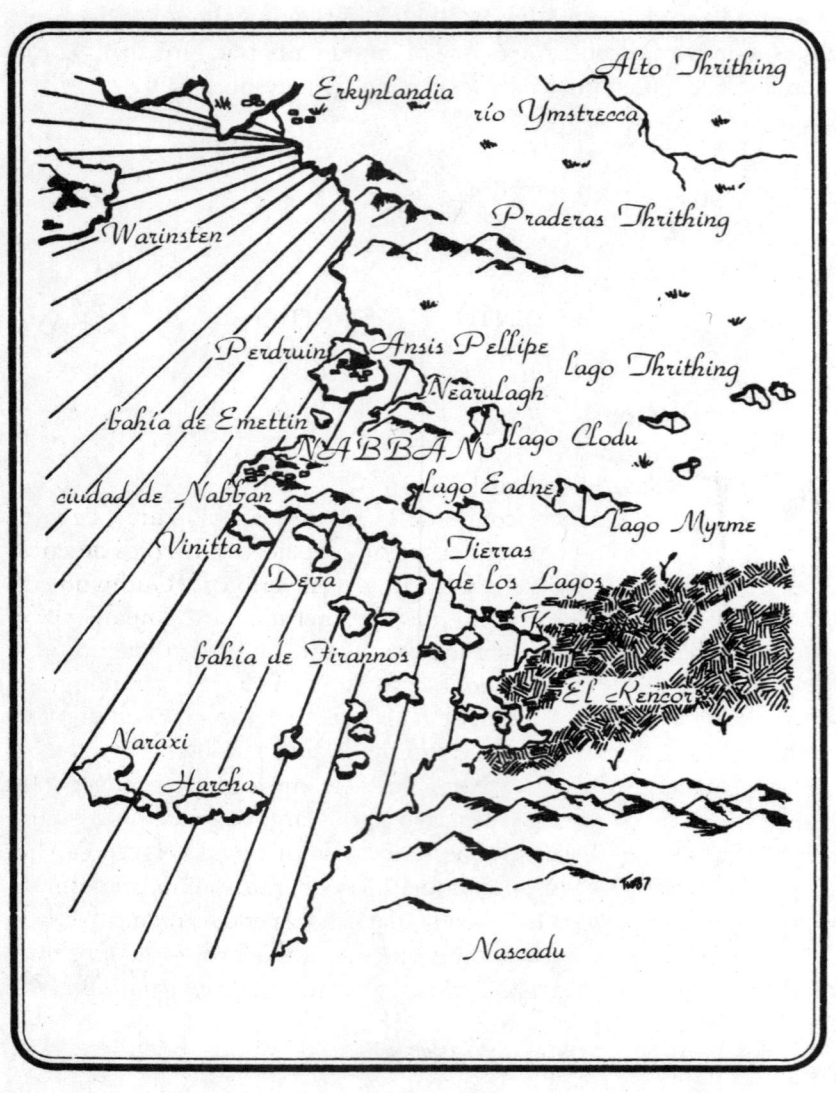

22

Viento del norte

No, no quiero nada!

Guthwulf, conde de Utanyeat, escupió zumo de citril sobre las baldosas del suelo, y el paje, con los ojos desencajados, se escurrió hacia afuera. Al verlo irse, Guthwulf sintió haber sido tan impetuoso, no porque experimentara simpatía por el chico, sino porque no fue hasta aquel momento cuando al muchacho se le ocurrió que podía querer algo. Llevaba casi una hora esperando fuera de la sala del trono sin una gota de nada para beber, y sólo Aedón podía saber cuánto tiempo tendría que seguir allí, pudriéndose.

Volvió a escupir. El fuerte olor del citril le impregnaba la lengua y los labios, y maldijo cuando la saliva cayó por su larga barbilla. Al contrario que muchos de los hombres que tenía bajo su mando, Guthwulf no estaba acostumbrado a masticar aquella amarga raíz sureña, pero durante aquella extraña primavera —en la que se había encontrado confinado durante días en Hayholt, esperando las órdenes del rey— había pensado que cualquier distracción, incluso la de quemarse el propio paladar, sería bienvenida.

Además, y sin duda a causa del tiempo tan húmedo, los pasillos de Hayholt parecían apestar a moho, a moho y…, no, corrupción era una palabra demasiado melodramática. Por todo ello, y a pesar del sabor, el aromático citril parecía ser una ayuda.

Justo cuando Guthwulf se había puesto en pie y abandonaba el taburete para continuar con el frustrante paseo que había ocupado la mayor parte de su tiempo de espera, la puerta de la sala del trono crujió y se abrió hacia adentro. La rapada cabeza de Pryrates apareció en la entrada, con ojos planos y brillantes como los de un lagarto.

—¡Ah, buen Utanyeat! —dijo, mostrando los dientes—. ¡Cuánto tiempo habéis esperado! El rey está listo para veros. —El sacerdote abrió más la puerta, mostrando su ropa escarlata y una ligera visión de la alta sala que se extendía tras él—. Por favor —añadió.

Guthwulf tuvo que pasar muy cerca de Pryrates al entrar, y estrechó el pecho para minimizar el contacto. ¿Por qué se acercaba tanto el sacerdote? ¿Quería hacerlo sentir incómodo —no existía ninguna simpatía entre el Heraldo del Rey y el consejero—, o trataba de mantener la puerta tan cerrada como pudiese? El castillo estaba frío aquella primavera, y si alguien gustaba de mantenerse caliente, ése era Elías. Tal vez Pryrates sólo trataba de conservar el calor en la espaciosa sala del trono.

Pues si eso era lo que esperaba encontrar, se equivocó por completo. En el mismo instante en que Guthwulf pasó el umbral de la puerta sintió descender el frío sobre él y se le puso la carne de gallina. Al mirar más allá del trono vio que varias de las ventanas superiores permanecían abiertas, sujetas con palos. El frío del norte se colaba a través de ellas y hacía temblar las llamas de las antorchas.

—¡Utanyeat! —exclamó Elías, medio levantándose del trono de hueso amarillento. El inmenso cráneo del dragón sonreía malicioso por encima del hombro del rey—. Me avergüenzo de haberte hecho esperar. ¡Acércate!

Guthwulf se adentró por el suelo embaldosado, tratando de no temblar.

—Tenéis demasiadas cosas que atender, majestad. No me importa esperar unos minutos más.

Elías volvió a sentarse en el trono, y el conde se arrodilló sobre una pierna ante él. El rey vestía una camisa negra con encajes verdes y plateados; sus botas y pantalones eran igualmente negros. La corona de hierro de Fingil reposaba sobre su pálida frente, y a su lado, enfundada, descansaba la espada con aquella extraña empuñadura cruzada. Al monarca no se lo veía sin ella desde hacía semanas, pero Guthwulf no tenía ni idea de su procedencia. Elías nunca la había mencionado, y había algo demasiado misterioso e incómodo en la espada como para que Utanyeat se permitiese preguntar sobre ella.

—No te importa esperar —sonrió Elías—. Siéntate. —El rey le indicó un banco a uno o dos pasos de donde se arrodillaba el conde—. ¿Desde cuándo no te importa esperar, Wolf? Sólo porque soy el rey no debes pensar que me he vuelto ciego y estúpido a la vez.

—Estoy seguro de que cuando tengáis algo para vuestro Heraldo del Rey, me informaréis.

Las cosas habían cambiado entre él y su viejo amigo Elías, y al conde Utanyeat no le gustaba. El monarca nunca se había mostrado reservado, pero Guthwulf sentía que ahora vastas y ocultas corrientes se movían bajo la superficie de los eventos diarios, corrientes que el rey pretendía que ni siquiera existían. Las cosas habían cambiado, y el conde estaba seguro de que era para peor. Miró a Pryrates, que se mantenía a la espalda del soberano y lo observaba fijamente. Cuando sus miradas se encontraron, el sacerdote de hábito rojo enarcó una despoblada ceja, como con sorna.

Elías se acarició las sienes durante unos instantes.

—Pronto tendrás trabajo más que suficiente, te lo prometo. ¡Ah, mi cabeza! Una corona es en verdad una cosa pesada, amigo. A veces desearía dejarla caer y marcharme a alguna parte, como solíamos hacer antes. ¡Compañeros de los caminos! —El rey apartó la vista de la sonrisa de Guthwulf para mirar a su consejero—. Sacerdote, me vuelve a doler la cabeza. ¿Podéis traerme un poco de vino?

—Ahora mismo, mi señor.

Pryrates fue hasta la parte de atrás de la sala del trono.

—¿Dónde están vuestros pajes, majestad? —preguntó Utanyeat.

El monarca tenía un aspecto de horroroso cansancio, pensó. Los pelos de sus mejillas sin afeitar se erguían negros contra su pálida piel.

—¿Y por qué, con el debido respeto, estáis encerrado en esta especie de cueva helada? Está más fría que el negro culo del diablo, y además huele a moho. Dejadme encender un fuego en el hogar.

—No. —Elías movió la mano como si no considerase la posibilidad—. No quiero calentar nada. Ya tengo suficiente calor. Pryrates dice que se trata de una fiebre intermitente. Sea lo que sea, el aire frío me sienta bien, y corre lo suficiente como para que no os preocupéis por la mala ventilación o los malos humores.

El consejero regresó con la copa del rey; Elías la vació de un trago y se secó los labios con la manga.

—Mucha corriente, en efecto, majestad —sonrió amargamente Guthwulf—. Bien, mi rey, vos… y Pryrates… sabréis lo que hacéis, y sin duda no tenéis nada que aprender de lo que os diga un guerrero. ¿Puedo serviros de alguna otra forma?

—Creo que sí que puedes, aunque el trabajo quizá no sea de tu agrado. Dime, primero, si ha regresado el conde Fengbald.

El señor de Utanyeat asintió.

—He hablado con él esta mañana, sire.

—Lo he convocado aquí. —El monarca mostró la copa vacía y Pryrates trajo una jarra y escanció algo más—. Pero ya que lo has visto, dime si las noticias que trae son buenas.

—Me temo que no sire. El espía que buscáis, el secuaz de Morgenes, sigue libre.

—¡Que Dios lo maldiga! —Elías se rascó justo bajo la ceja—. ¿Es que no llevó los mastines que le di y el rastreador?

—Sí, majestad, y los ha dejado sobre la pista, pero en favor de Fengbald debo deciros que le habéis encomendado una tarea casi imposible.

El rey entrecerró los ojos y lo miró. Guthwulf sintió que se encontraba frente a un extraño. El escanciar de la jarra sobre la copa del rey rompió la tensión, y Elías se relajó.

—Bien —dijo—, debes de estar en lo cierto. Debo tener cuidado en no descargar mi frustración sobre Fengbald. Él y yo… compartimos una pena.

El conde asintió y observó al rey.

—Sí, sire, me preocupó oír que vuestra hija se encontraba enferma. ¿Cómo está Miriamele?

El monarca miró brevemente hacia el sacerdote, que acabó de escanciar y retrocedió.

—Es muy amable por tu parte el preocuparte por ella, Wolf. No creemos que corra ningún peligro, pero Pryrates opina que la brisa marina de Meremund podría ser el mejor remedio para sus males. A pesar de que ello signifique aplazar el matrimonio.

El rey miró el interior de la copa de vino como si fuese la boca de un pozo en el que hubiese caído algo muy valioso. El viento silbó a través de las ventanas abiertas.

Tras unos instantes de silencio, el conde de Utanyeat se sintió impelido de hablar.

—¿Dijisteis que teníais una tarea que encomendarme, mi señor? Elías lo miró.

—Ah, sí, claro. Deseo que vayas a Hernysadharc. Desde que me vi obligado a aumentar los impuestos para poder hacer frente a la maldita y miserable sequía, esa vieja ardilla de Lluth me desafía. Envió al afectado Eolair para ablandarme con dulces palabras, pero el tiempo de las palabras se ha terminado.

—¿Terminado, mi señor? —Guthwulf enarcó una ceja.

—Terminado —gruñó Elías—. Deseo que cojas a doce caballeros y que corras a Taig para desafiar al viejo tacaño en su guarida. Dile que rechazarme en mi derecho es como abofetearme…, como escupir en el Trono del Dragón. Pero sé sutil, y no le comentes nada en presencia de sus caballeros que le haga inclinarse hacia la resistencia. No obstante, deja lo suficientemente claro que seguir negándome lo que me pertenece puede acarrearle el riesgo de que sus muros caigan sobre su cabeza. Mételes el *miedo* en el cuerpo, Guthwulf.

—Lo haré, señor.

Elías sonrió afectado.

—Bien. Mientras estés allí, mantén los ojos bien abiertos para detectar cualquier signo que pueda indicarnos el paradero de Josua. No hay noticias de Naglimund, aunque mis espías la recorren de arriba abajo. Es posible que mi traicionero hermano haya ido a ver a Lluth. ¡Puede que incluso sea él el que azuce la obstinación hernystira!

—¿Puedo decir algo, rey Elías? —Pryrates posó un dedo sobre el codo del monarca.

—Hablad, sacerdote.

—Me gustaría sugerir a nuestro señor de Utanyeat que se mantenga alerta sobre el paradero del chico, el espía de Morgenes. Sería una ayuda suplementaria a los esfuerzos de Fengbald. *Necesitamos* a ese muchacho, majestad. ¿De qué sirve matar a la serpiente si las crías quedan libres?

—Si encuentro a la joven víbora —gruñó Guthwulf—, me complacerá aplastarla bajo mi bota.

—¡No! —gritó el soberano, asustando al conde con su vehemencia—. ¡No! El espía debe vivir, al igual que sus compañeros, hasta que los tengamos aquí en Hayholt, sanos y salvos. Hay muchas preguntas que queremos hacerles. —Elías, como si se avergonzase por su salida de tono, dirigió una extraña mirada de súplica a su viejo amigo—. ¿Estás seguro de haberlo entendido?

—Desde luego, majestad —respondió rápidamente Guthwulf.

—Sólo necesitamos que nos los traigan y que puedan respirar hasta llegar aquí —dijo Pryrates, tan tranquilo como si fuese un panadero hablando de harina—. Después nosotros descubriremos *todo* lo que nos interesa saber.

—Es suficiente —concluyó Elías, y se acomodó en su asiento de huesos.

El conde de Utanyeat se sorprendió al observar gotas de sudor en la frente del rey, cuando él temblaba de frío.

—Ahora, vete, viejo amigo. Vuelve con el total sometimiento de Lluth; si no es así, te volveré a enviar para que traigas su cabeza. Vete.

—Quédate con Dios, majestad.

Guthwulf bajó del banco y se arrodilló sobre una pierna, después se puso en pie y se retiró por el pasillo. Los gallardetes que había por encima de su cabeza oscilaban, movidos por el viento; en las sombras producidas por la temblorosa luz de las antorchas, los animales representativos de los clanes y las bestias heráldicas parecían inmersos en una mágica y fantasmal danza.

Guthwulf se encontró con Fengbald en la antecámara de la sala del trono. Desde su encuentro por la mañana el conde de Falshire había lavado de su rostro y cabello el polvo del camino, y vestía unos justillos de terciopelo rojo con el águila plateada de su familia bordada sobre el pecho, cuyas alas se extendían de forma caprichosa.

—Hola, Guthwulf, ¿lo habéis visto? —preguntó.

El conde de Utanyeat asintió.

—Sí, y vos también lo haréis. Maldita sea, él debería ser el que tomase la brisa marina de Meremund en lugar de Miriamele. Tiene un aspecto…, no sé, da la impresión de estar muy enfermo. Y la sala del trono está helada.

—¿Así que es cierto? —preguntó hoscamente Fengbald—. Lo de la princesa. Esperaba que hubiese cambiado de opinión.

—Se ha ido al oeste, hacia la costa. Parece que vuestro gran día tendrá que esperar un poco —sonrió afectadamente el conde—. Estoy seguro de que encontraréis algo con lo que entreteneros hasta el regreso de la princesa.

—Ese no es el problema. —Falshire torció los labios como si comiese algo amargo—. Temo que esté tratando de echarse atrás en su promesa. He descubierto que nadie sabía que estaba enferma hasta que se marchó.

—Os preocupáis demasiado —dijo Guthwulf—. Son cosas de mujeres. Elías necesita un heredero. Debéis estar agradecido por satisfacer sus expectativas como hijo político, no como yo. —Mostró la dentadura al reírse burlonamente—. Yo iría a buscarla a Meremund.

El señor de Utanyeat se despidió en tono de burla y se marchó, dejando a Fengbald frente a las altas puertas de roble de la sala del trono.

Desde el otro lado del pasillo ella pudo adivinar que se trataba del conde Fengbald y que se hallaba de mal humor. Su caminar, agitando los brazos, como un joven al que hubieran echado de la mesa, y el estrépito intencionado de sus pisadas sobre las piedras del suelo anunciaban el humor en que se hallaba.

Se adelantó y cogió a Jael por el codo. Cuando la chica de mirada vacuna la vio, casi segura de que había hecho algo mal, Raquel hizo un gesto hacia el cada vez más próximo conde de Falshire.

—Será mejor que apartes ese cubo de ahí, muchacha —dijo.

La mujer le quitó a Jael la escoba de las manos. El balde de agua jabonosa estaba en medio del pasillo, justo en el centro del camino que seguía el noble.

—¡Deprisa, estúpida! —susurró Raquel, con un nervioso timbre de alarma en la voz.

En el momento en que decía aquellas palabras supo que no debería haberlas pronunciado. Fengbald iba maldiciendo, con el rostro cruzado por una mueca petulante. Jael, en un frenesí de movimientos mal coordinados, dejó resbalar el cubo de sus húmedos dedos. El balde golpeó contra el suelo produciendo un sonido sordo, y unas gotas de agua espumosa se asomaron por encima del borde para acabar salpicando el pasillo. Fengbald, ya a la altura de las dos mujeres, apenas tuvo tiempo de saltar para evitar el charco, y por un momento pareció perder el equilibrio; agitó los brazos mientras resbalaba y se agarró a un tapiz de la pared para no caer, mientras Raquel lo observaba sin poder hacer nada y con una sensación desolada y de anticipado horror. Fue una suerte que el tapiz aguantase el peso del conde hasta que éste recuperó el equilibrio; no obstante, un momento después el tejido se soltó de una esquina y cayó suavemente por la pared para acabar sobre el espumoso charco.

Raquel miró la enrojecida cara del conde de Falshire durante un instante antes de dirigirse a Jael.

—Desaparece, torpe vaca. Vete de aquí. ¡Ahora mismo!

La muchacha dirigió una mirada de desolación a Fengbald, se dio la vuelta y corrió, con su grueso trasero balanceándose lastimosamente.

—¡Vuelve aquí, guarra! —gritó el noble, con la mandíbula temblando a causa de la rabia. Su largo cabello negro, desordenado ahora a causa de todo el jaleo, le colgaba frente al rostro—. ¡Te daré lo que mereces, lo que mereces por…, por este…, por esto…!

Raquel, con un ojo puesto sobre el conde, se agachó y levantó la empapada esquina del tapiz, para apartarla del charco. No había manera de que pudiera colgarlo; así que continuó sujetándolo, observando cómo goteaba mientras Fengbald dejaba escapar su rabia.

—¡Mira! ¡Mira mis botas! ¡Le cortaré el cuello a esa sucia perra por esto! —El conde miró a Raquel—. ¿Cómo te has atrevido a decirle que se fuera?

La mujer bajó los ojos, lo que no le resultó demasiado difícil ya que el joven noble era al menos un pie más alto que ella.

—Lo siento, señor —dijo, y su miedo puso una nota de respeto en su voz—. Es una chica estúpida, señor, y será castigada por ello; pero yo soy la responsable de las sirvientas y por ello debo cargar con la culpa. Lo siento, lo siento mucho, señor.

Fengbald la miró durante unos instantes, y sus ojos se entrecerraron. Después, tan rápido como una flecha, se acercó y abofeteó a Raquel en el rostro. La mano de la mujer tocó las marcas rojas que aparecieron sobre su mejilla, tan esparcidas como el charco sobre las losas del suelo.

—Entonces dale esto a esa vaca guarra —gruñó—, y dile que si me la vuelvo a encontrar le romperé la cabeza.

El conde miró a la encargada de las sirvientas durante unos instantes y después siguió andando pasillo abajo, dejando una huella de botas a lo largo de las brillantes losas recién fregadas.

«Seguro que lo hará», pensó Raquel para sí, cuando más tarde se sentó en su lecho con un paño de cocina mojado sobre la ardiente mejilla. En la sala del dormitorio de las doncellas, Jael sollozaba. La encargada no había tenido ni siquiera ganas de gritarle, pero el ver el hinchado rostro de la mujer había sido suficiente castigo como para hacer que la gorda y sensible muchacha se abandonase a un paroxismo de lágrimas.

—¡Dulces Rhiap y Pelippa! Preferiría ser abofeteada otra vez antes que oírla lloriquear.

Raquel se dio la vuelta en el duro jergón —bajo el que tenía una tabla de madera a causa de sus dolores de espalda— y se puso la manta por encima de la cabeza para amortiguar el sonido de los sollozos de Jael. Envuelta en la manta sintió su propia respiración sobre el rostro.

«Así es como se debe de estar en la cesta de la ropa sucia —pensó, y luego se recriminó por tener una idea tan estúpida—. Te estás haciendo vieja…, vieja e inservible.» De repente se encontró llorando, por primera vez desde que se enteró de lo de Simón.

«Estoy muy cansada. A veces pienso que me voy a caer de donde estoy, como una escoba vieja a los pies de esos jóvenes monstruos, que no hacen más que pisotear mi castillo y tratarnos como si fuéramos basura, y que probablemente me apartarán y barrerán junto con el polvo. Tan cansada… Si pudiera…, si…»

El aire bajo la manta estaba caliente. Acabó de llorar —¿de qué servían las lágrimas?— y sintió que le llegaba el sueño, que sucumbía a su fuerza como si se ahogase en agua caliente y pegajosa.

En su sueño Simón no estaba muerto, no había muerto en el terrible incendio que se había cobrado la vida de Morgenes y de algunos de los guardias que habían corrido a apagarlo. Decían que incluso el conde

Breyugar había perecido en la catástrofe, aplastado por la caída del techo en llamas… No, Simón estaba vivo, y gozaba de buena salud. Pero había en él algo que lo hacía diferente, aunque Raquel no sabía decir qué —¿la mirada de sus ojos, la mandíbula más firme?—, pero no importaba. Era Simón, y estaba vivo, y mientras soñaba su corazón parecía volver a la vida. La mujer lo veía, veía al chico muerto —su chico, en realidad. ¿Acaso no lo había criado como si fuese su madre hasta que desapareció?—, y éste aparecía en un lugar de una inmaculada blancura, mirando a un árbol blanco que se elevaba hacia el cielo como si fuese una escala que condujese al trono de Dios. Y aunque lo veía de espaldas, pues sus ojos miraban hacia arriba, Raquel no sintió que su cabello, aquella espesa y rojiza mata de cabello, necesitase un corte… Bueno, bueno, pronto vería si realmente era así…, el muchacho necesitaba una mano firme que…

Cuando se despertó, apartó la sofocante manta a un lado, y tuvo miedo al encontrar más oscuridad a su alrededor —en esta ocasión, la oscuridad de la noche—; el peso de la pérdida y la pena volvieron a abrirse camino en ella y la cubrieron como un tapiz mojado. Se incorporó y poco a poco se puso en pie; el paño de cocina cayó de su rostro, seco como una hoja en otoño. No había ninguna razón para que siguiese acostada, como una niña asustada. Había trabajo que hacer, se recordó Raquel, y no existía el descanso en aquel lado del paraíso.

El tamboril repicó, y el intérprete de laúd rasgueó un acorde antes de empezar el último verso.

> *¿…y así llegáis, mi bella dama,*
> *con ropas y sedas de Khandery?*
> *¡Si queréis mandar en mi corazón,*
> *venid y seguidme a la Sala de Emettin!*

El músico terminó con unas delicadas notas e hizo una reverencia mientras el duque Leobardis aplaudía.

—¡La Sala de Emettin! —dijo el duque a Eolair, conde de Nad Mullach, quien seguía su ejemplo a través de sus aplausos.

En secreto, el hernystiro estaba seguro de que así se sentía mejor, pues no era muy aficionado a las baladas de amor que tan populares eran allí, en la corte de Nabban.

—*Me gusta* mucho esa canción —sonrió el duque.

El largo y blanco cabello de Leobardis, junto con sus rosadas mejillas, le conferían el aspecto de un viejo tío preferido, de la clase de los que beben demasiada cerveza durante las celebraciones aedonitas y luego tratan de enseñar a silbar a los niños. Sólo los ropajes blancos, con encajes azules y dorados, y el círculo amarillo que cruzaba su frente con el martín pescador de nácar lo hacían diferente de un hombre normal.

—Venid, conde Eolair; creo que esta música es la savia de Taig. ¿No es Lluth el más grande mecenas de los arpistas de Osten Ard, y vuestro Hernystir el hogar natural de los músicos?

El duque se inclinó por encima del brazo de su silla de color azul para palmear la mano de Eolair.

—Es cierto que el rey Lluth siempre está rodeado de arpistas —asintió el conde—. Por favor, duque, si os parezco preocupado, no es por vuestra causa. Vuestra amabilidad es algo que siempre recordaré. No, debo admitir que estoy preocupado por las cuestiones de que hablamos antes.

Una mirada de desvelo se posó en los azules ojos del duque.

—Ya os he dicho, Eolair, que habrá tiempo para tratar esos asuntos. Resulta muy aburrido esperar, pero aquí estáis.

Leobardis se acercó al intérprete, que esperaba pacientemente con una rodilla en tierra. El músico se levantó, hizo una reverencia y se marchó. Su fantásticamente guarnecido ropaje se hizo patente cuando se reunió con un grupo de cortesanos de similar vestimenta, con trajes suntuosamente bordados. Las damas complementaban sus ropas con exóticos sombreros alados, o coronados como brillantes aletas de pescado. Los colores de la sala del trono, al igual que los vestidos de los cortesanos, eran suaves: elegantes azules, beiges, rosas, blancos y verdes de tenues tonos. La impresión general era la de un palacio construido con delicadas piedras de mar, todo uniforme y suavizado por el contacto del océano.

Más allá de los caballeros y damas de la corte, ocupando toda la pared a la izquierda del trono del duque, se extendían unas altas y arqueadas ventanas que daban sobre el activo y verde océano, brillante a causa de la luz del sol. El agua, que se lanzaba sin violencia contra la base sobre la que reposaba el castillo ducal, formaba un vibrante y vivo tapiz. Observando a lo largo del día cómo la luz danzaba en la superficie, o viendo fragmentos de mar tan profundo y translúcido como el jade, a menudo Eolair deseaba barrer a los cortesanos de su paso y enviarlos fuera de la habitación para que nadie pudiese turbar su visión.

—Tal vez tengáis razón, duque Leobardis —dijo Eolair—. Uno debe dejar de hablar de vez en cuando, aunque se trate de algo de vital importancia. Supongo, aquí sentado, que debería aprender algo del mar. Él no necesita esforzarse mucho para conseguir lo que quiere; de vez en cuando se traga las piedras, las playas… e incluso las montañas.

Leobardis gustaba de aquel tipo de conversaciones.

—Ah, sí, el mar nunca cambia, ¿verdad? Y, sin embargo, siempre es cambiante.

—Eso es cierto, mi señor. Y no siempre se muestra en calma. En ocasiones hay tormentas.

Mientras el duque acercaba la cabeza hacia el hernystiro, no muy seguro de si el comentario quería decir algo más que lo obvio, su hijo Benigaris entró en la sala, inclinando la cabeza brevemente para saludar a algunos de los cortesanos que habían hecho lo propio cuando se dirigía hacia el trono del duque.

—Padre; conde Eolair —dijo, haciendo una reverencia a cada uno de ellos.

Eolair sonrió, y adelantó un brazo para estrechar a Benigaris.

—Me alegro de veros —añadió el hernystiro.

Benigaris estaba más alto desde la última vez que lo había visto, pero entonces el hijo del duque sólo tenía diecisiete o dieciocho años. Casi habían transcurrido dos décadas, y a Eolair no le disgustó observar que a pesar de ser algo más de ocho años mayor, era Benigaris el que se había ensanchado en la cintura, y no él. No obstante, el joven era alto y de anchas espaldas, y poseía unos ojos oscuros bajo pobladas y negras cejas. Tenía una impresionante figura enfundada en su túnica y en el vestido acolchado: un enérgico contraste comparado con su afable padre.

—Sí, ha pasado mucho tiempo —asintió el muchacho—. Hablaremos durante la cena. —A Eolair le pareció que Benigaris no se sentía demasiado entusiasta ante la idea. El hijo del duque se dirigió a su padre—. Sir Fluiren ha venido para verte. En estos momentos está con el chambelán.

—¡Ah, el bueno de Fluiren! Es una ironía para vos, Eolair. Se trata de uno de los más grandes caballeros salidos de Nabban.

—Sólo vuestro hermano Camaris ha sido más grande —interrumpió el conde, contento de que salieran a flote las memorias del más marcial Nabban.

—Sí, mi querido hermano. —Leobardis sonrió con tristeza—. Bien, ¡y pensar que Fluiren debe de haber venido a verme como emisario de Elías!

—Sí, hay una cierta ironía en ello —dijo Eolair.

Benigaris se mordió el labio inferior, lleno de impaciencia.

—Te espera. Creo que deberías ir a su encuentro de inmediato, en un gesto de respeto hacia el Supremo Rey.

—¡Vaya, vaya! —Leobardis le dirigió una sonrisa divertida al conde—. ¿Habéis oído a mi hijo dándome órdenes? —Cuando el duque se volvió a dirigir al muchacho, Eolair pensó que en su mirada había algo más que divertimiento: ¿rabia?, ¿preocupación?—. Sí, de acuerdo. Dile a mi viejo amigo Fluiren que lo veré… Déjame pensar…, sí, en la sala del consejo. ¿Os uniréis a nosotros, Eolair?

Benigaris se adelantó.

—¡Padre, no creo que debas invitar ni siquiera a un amigo tan sincero como el conde a oír una comunicación secreta del Supremo Rey!

—¿Puedo preguntar qué clase de secretos hay que mantener ocultos a Hernystir? —preguntó el duque, con la voz llena de rabia.

—Leobardis, por favor. No os preocupéis; yo también tengo cosas que resolver. Me acercaré más tarde a saludar a Fluiren —intervino Eolair; luego se incorporó e hizo una reverencia.

Cuando se detuvo a la salida de la sala del trono para admirar una vez más la espléndida vista, oyó elevarse tras él las voces de Leobardis y de su hijo, en sorda discusión.

«Las olas producen más olas, como dicen los nabbanos —pensó—. Tengo la impresión de que el equilibrio en que se encuentra Leobardis es más delicado de lo que yo había llegado a creer. Sin duda es por ello por lo que se niega a hablar conmigo con más franqueza acerca de sus problemas con el rey. Es una buena cosa que sea más duro de lo que aparenta.»

Oyó que los cortesanos murmuraban tras él y se dio la vuelta para ver a varios de ellos que miraban en su dirección. Sonrió y saludó con una ligera inclinación de la cabeza. Las mujeres se ruborizaron y cubrieron sus bocas con sus mangas; los hombres también inclinaron la cabeza y desviaron la mirada. Sabía lo que debían de estar pensando. Él les resultaba una curiosidad, un rústico y salvaje occidental, aunque fuese amigo del viejo duque. No tenía importancia si vestía y hablaba perfectamente, seguían pensando lo mismo. De repente, Eolair sintió una profunda nostalgia de su hogar en Hernystir. Hacía mucho tiempo que viajaba por cortes extranjeras.

Las olas se precipitaron contra las rocas de abajo, como si el mar no estuviese satisfecho hasta que con su monstruosa paciencia no hubiese derribado el castillo.

Eolair pasó el resto de la tarde paseando por los ventilados pasillos y por los cuidados jardines de Sancellan Mahistrevis. Aunque ahora era el palacio del duque y el capitolio de Nabban, una vez fue la sede de todo el imperio del hombre en Osten Ard; y aunque su importancia había decrecido, sus glorias seguían siendo muchas.

Asentado en una protuberancia rocosa de la colina Sancelline, los muros occidentales del palacio se encontraban orientados hacia el mar, que siempre había sido la savia de Nabban. En todas las casas nobles de allí se usaban pájaros como símbolos de poder; el martín pescador *Benidrivine* del linaje del actual duque, el águila pescadora *Prevan* y el albatros *Ingadarine*, incluso la garza de Sulis, que una vez, aunque por poco tiempo, ondeó sobre Hayholt, en Erkynlandia.

Al este del palacio se extendía la misma ciudad de Nabban, a través del cuello de la península; una ciudad muy poblada, asentada sobre la colina y llena de atestados barrios, que se estrechaban cuando la península se ensanchaba para dar paso a los campos y granjas de las Tierras de los Lagos. Desde el mundo conocido hasta el ducado peninsular y las posesiones insulares, las perspectivas de Nabban se habían ido reduciendo y sus gobernantes se habían ido encerrando en su mundo. Pero una vez, no hacía demasiado tiempo, el manto de los emperadores nabbanos había cubierto el mundo, desde el nauseabundo Wran hasta las más lejanas extensiones de la helada Rimmersgardia; en esos días, las luchas de las águilas pescadoras, pelícanos y los esfuerzos de garzas y gaviotas habían conseguido un poder por el que valía la pena correr cualquier riesgo.

Eolair entró en la Sala de las Fuentes, donde chorros de brillante agua pulverizada se elevaban hacia el techo para después caer como una fina cortina en medio del suelo de piedra; se preguntó si a los nabbanos los había abandonado ya la voluntad de pelear o si sólo se trataba de que habían llegado a un acuerdo sobre su propia y gradual pérdida de importancia, y si las provocaciones de Elías sólo servirían para conducirlos a encerrarse todavía más en su delicada y hermosa concha. ¿Dónde estaban aquellos hombres de inmensa grandeza, los que habían levantado el imperio nabbano con las ásperas rocas de Osten Ard, hombres como Tiyagaris o Anitulles…?

«Claro —pensó—, estaba Camaris», un hombre que, aunque en su interior se sentía más llamado a servir que a ser servido, podía haber tenido el mundo a su merced. Camaris había sido un individuo muy poderoso.

«¿Y quiénes somos nosotros, los hernystiros, para poder hablar? —se preguntó—. Desde la muerte de Hern *el Grande*, ¿qué hombres poderosos han surgido en nuestras tierras occidentales? ¿Tethtain, que conquistó Hayholt a Sulis? Tal vez, ¿pero quién más? ¿Dónde está la Sala de las Fuentes hernystira? ¿Dónde están *nuestros* grandes palacios e iglesias?

«Pero claro, en eso estriba la diferencia. —Eolair miró más allá de las fuentes, a la aguja de la catedral de Sancellan Aedonitis, el palacio del lector de la Madre Iglesia—. Nosotros, los hernystiros, no miramos a los torrentes de las montañas y decimos: ¿cómo puedo llevarme esto a mi casa? Nosotros construimos nuestros hogares junto a los torrentes. No tenemos a un Dios sin rostro al que glorificar con torres más altas que los árboles de Circoille. Sabemos que los dioses viven en los árboles y en las entrañas de la tierra, y en ríos que caen más altos que cualquier fuente, por las laderas de las montañas Grianspog.

«Nunca hemos querido dominar el mundo. —Se rió para sí, al recordar la Taig de Hernysadharc, un castillo no de piedra, sino de madera: el corazón de roble, al igual que los corazones de su pueblo—. La verdad es que todo lo que deseamos es que nos dejen tranquilos. Aunque, tal vez, con todos esos años de conquistas, esta gente nabbana haya olvidado que a veces también tienes que luchar por *ello*.»

Cuando dejó la Sala de las Fuentes, Eolair de Nad Mullach se cruzó con dos guardias legionarios.

—Maldito montañés —oyó que decía uno de ellos, al mirar su cabello recogido en una trenza.

—Bueno, ya sabes —replicó el otro—, de vez en cuando los pastores necesitan bajar y ver lo que es una ciudad.

—…¿Y cómo está mi sobrinita Miriamele, conde? —preguntó la duquesa Nessalanta.

Eolair estaba sentado a su izquierda, cerca de la cabecera de la larga mesa. Fluiren, en su condición de recién llegado y de hijo distinguido de Nabban, se sentaba en el lugar de honor, a la derecha del duque Leobardis.

—Parece que se encuentra muy bien, señora.

—¿La veíais a menudo cuando estabais en la corte del Supremo Rey?

La duquesa Nessalanta se acercó a él, alzando una ceja exquisitamente dibujada. A pesar de su edad, todavía conservaba una gran hermosura, aunque qué parte de esa belleza correspondía a las hábiles manipulaciones de su peluquero, sus costureras o sus doncellas era algo que Eolair no podía adivinar. Nessalanta era exactamente la clase de mujer que hacía que el conde —que no era reacio a la compañía del bello sexo— se sintiese completamente incómodo.

La duquesa era más joven que su esposo el duque, pero era la madre de un hombre hecho y derecho. ¿Qué era lo que quedaba de su belleza real y qué parte de ella se debía a los artificios? ¿Pero eso qué importancia tenía, al fin y al cabo? Nessalanta era una poderosa mujer, y sólo el mismo Leobardis poseía más control que ella sobre los asuntos de la nación.

—No tuve la ocasión de estar mucho tiempo en compañía de la princesa, duquesa, aunque tuvimos oportunidad de hablar durante las cenas. Estaba tan deliciosa como siempre, pero creo que seguía sintiendo mucha añoranza de Meremund.

—Ya. —La dama se introdujo un trozo de pan en la boca y luego se frotó los dedos delicadamente—. Es muy interesante que mencionéis eso, conde Eolair. Acaban de llegar noticias de Erkynlandia sobre su regreso al castillo de Meremund. —La duquesa elevó la voz—. ¿Padre Dinivan?

Unos cuantos asientos más allá un joven sacerdote levantó la mirada de su comida. Aunque la cabeza aparecía afeitada a la manera de los monjes, su cabello continuaba siendo tan rizado como largo.

—¿Sí, mi señora? —preguntó.

—El padre Dinivan es el secretario privado de Su Santidad el lector Ranessin —explicó Nessalanta.

El hernystiro puso cara de estar impresionado y Dinivan rió.

—No creo que se deba a ningún mérito o talento por mi parte —dijo—. El lector también acoge a perros extraviados. El escritor Velligis se enfadó mucho. «El Sancellan Aedonitis no es una perrera», le dijo al lector, pero Su Santidad sonrió y le respondió: «Tampoco Osten Ard es una guardería, pero el Señor Benevolente permite que sus hijos sigan ahí, a pesar de sus equivocaciones». —Dinivan se frotó las pobladas cejas—. Es duro discutir con el lector.

—¿No es cierto —preguntó la duquesa mientras Eolair reía— que cuando visteis al rey os dijo que su hija había marchado a Meremund?

—Sí, así es —contestó Dinivan, ahora más serio—. Dijo que se había puesto enferma, y que los médicos de la corte le habían recomendado el aire del mar.

—Siento oír eso.

Eolair miró al duque y al viejo sir Fluiren, que conversaban en voz baja en medio del vocerío de la cena. Para ser un pueblo refinado, reflexionó, los nabbanos disfrutan hablando en voz alta cuando están a la mesa.

—Bueno —añadió Nessalanta, volviendo a sentarse en la silla después de que un paje pasase con un aguamanil para lavarse los dedos—, eso prueba que no se puede forzar a las personas a ser lo que no son. Miriamele lleva sangre nabbana y, claro, nuestra sangre es salada como el mar. No se nos puede pedir que abandonemos la costa. La gente debe permanecer en el lugar al que pertenece.

«¿Y qué —se preguntó el conde— tratáis de decirme, graciosa dama? ¿Que me quede en Hernystir y deje a vuestro esposo, y a vuestro ducado, en paz? ¿Que regrese con los míos?»

Eolair observó con tristeza la conversación entre Leobardis y Fluiren. Sabía que estaba allí manipulado; no había forma de que pudiese olvidar a la duquesa y tratar de introducirse en la conversación. Mientras tanto, el viejo Fluiren le transmitía al duque las lisonjas de Elías. ¿Y las amenazas? No, probablemente, no. Elías no hubiera enviado al digno Fluiren para eso. Disponía de Guthwulf, el lord mayor, preparado para cualquier eventualidad de ese tipo.

Resignado, reemprendió su superficial charla con la duquesa, pero su atención no estaba allí. Estaba seguro de que ella conocía la verdadera naturaleza de su misión y que no le parecía bien. Benigaris era la niña de sus ojos, y había evitado a Eolair durante toda la noche. Nessalanta era una mujer ambiciosa, y sin duda creía que la fortuna de Nabban permanecería más segura atada al poder de Erkynlandia —aun de una dominante y tiránica Erkynlandia— que unida a los paganos de Hernystir.

«Y —Eolair cayó en la cuenta— también es cierto que ella tiene una hija en edad de ser casada, lady Antippa. Tal vez su interés por la salud de Miriamele no sea de la clase que debe sentir una tía por su sobrina.»

La hija del duque, Antippa, ya había sido prometida al barón Devasalles, un joven noble currutaco que en aquel preciso momento estaba disputando un pulso con Benigaris en medio de un charco de vino, al otro extremo de la mesa. Pero tal vez Nessalanta hubiera puesto su mirada sobre objetivos mayores.

«Si la princesa Miriamele no quiere, o no puede, casarse... —pensó Eolair—, entonces, tal vez la duquesa haya puesto sus ojos sobre Fengbald para casar a su hija. El conde de Falshire sería una presa mucho más codiciada que un barón nabbano de segunda fila. Y el duque Leobardis estaría ligado a Erkynlandia mediante vínculos de acero.»

Así que ahora no sólo había que preocuparse por el paradero de Josua, sino también por el de Miriamele. ¡Vaya enredo!

«¡Habría que ver lo que el viejo Isgrimnur diría sobre todo esto, después de quejarse de tantas intrigas! ¡Seguro que se le incendiaría la barba!»

—Decidme, padre Dinivan —dijo el conde, volviéndose hacia el sacerdote—, ¿qué es lo que dice vuestro libro sagrado sobre el arte del politiqueo?

—Bueno —una mirada de concentración nubló momentáneamente el apacible e inteligente rostro de Dinivan—, el Libro de Aedón habla a menudo del juicio de las naciones. —Pensó durante un instante más—. Uno de mis pasajes favoritos dice: «Si tu enemigo viene a hablar con una espada en las manos, ábrele la puerta y habla con él, pero mantén tu propia espada cerca. Si viene a ti con las manos vacías, recíbelo de la misma forma. Pero si llega trayendo regalos, mantente tras los muros y tírale piedras». —El sacerdote se limpió los dedos en el hábito negro.

—Un libro muy sabio, en verdad —asintió Eolair.

23

De vuelta al viejo corazón

El viento llevó la lluvia a sus rostros mientras corrían hacia el este a través de la oscuridad, en dirección a las ocultas colinas. El clamor del campamento de Isgrimnur fue apagándose, embozado en el manto de los truenos.

Mientras maldecía al atravesar la mojada llanura, el miedo que Simón sentía iba disminuyendo; la sensación de energía, el sentir que podía correr y correr a través de la noche como un ciervo, se iba enfriando por la lluvia y por un caminar sin descanso. Al cabo de media legua su carrera había dado lugar a un paso rápido, pero un poco después se convirtió en algo cansino. La rodilla que le habían agarrado se le iba poniendo rígida, como un gozne oxidado, y sentía oleadas de dolor en la garganta cada vez que respiraba hondo o tragaba saliva.

—¿Te envió… Morgenes? —gritó.

—Después, Simón —boqueó Binabik—. Todo dicho después.

Corrieron y corrieron, tropezaron y se metieron en charcos que se habían formado en la empapada hierba.

—Entonces… —empezó el muchacho, respirando con dificultad—, ¿qué… eran esas… cosas?

—¿Las… cosas que atacaban? —Mientras corrían, el gnomo hizo un extraño gesto al llevarse la mano a la boca—. Bukken, «cavadores» son… también llamados.

—¿Qué es lo que son? —preguntó Simón, y casi resbaló sobre un montón de fango.

—Malos. —Binabik hizo una mueca—. No hay necesidad de decir ahora.

Cuando ya no pudieron correr más, se pusieron a andar, hasta que el sol surgió tras las nubes, como una vela tras una sábana gris. Las Wealdhelm aparecieron ante ellos, con sus contornos iluminados por el pálido amanecer, como las espaldas encorvadas de los monjes al rezar.

En el escaso refugio que ofrecían un grupo de piedras graníticas redondeadas, situadas en un mar de hierba como una imitación de las colinas que se veían a lo lejos, Binabik montó una especie de campamento. Después de caminar entre las rocas para encontrar el lugar que estuviese más a cubierto de las lluvias, ayudó a Simón a echarse en un pequeño espacio que había entre dos piedras inclinadas una contra otra, formando un ángulo en el que el muchacho pudo echarse con una mínima comodidad. Simón cayó pronto en un profundo sueño causado por la extenuación.

Algunas gotas de agua procedentes de la lluvia caían por las aberturas de las piedras cuando Binabik se echó sobre la capa del muchacho —que el gnomo había traído junto con sus otras cosas todo el camino desde San Hoderund—; después rebuscó en su bolsa algo de pescado seco para masticar y sus tabas. Qantaqa regresó de su exploración de los alrededores para acurrucarse junto a las espinillas de Simón. El gnomo cogió los huesos y los lanzó, usando su bolsa como mesa.

El Camino de las Sombras. Binabik sonrió con amargura. Después, *El Carnero* y otra vez *El Camino de las Sombras*. Maldijo; sólo un tonto desdeñaría un mensaje tan claro. El hombrecillo sabía que él era muchas cosas, y a veces también tonto, pero aquí, y ahora, no había lugar para ello.

Se puso la capucha que reposaba sobre su espalda y se acurrucó junto a Qantaqa. Para cualquiera que pasase por allí —si es que llegaba a ver algo con aquella débil luz y con la lluvia sobre el rostro— los tres compañeros no le hubieran parecido nada más que un inusual y apagado grupo de liquen al socaire de las rocas.

—¿A qué has estado jugando conmigo, Binabik? —preguntó hoscamente Simón—. ¿Cómo conociste al doctor Morgenes?

Durante las horas que había dormido, el pálido amanecer se había convertido en una fría y lóbrega mañana, no compensada ni por la hoguera ni por el desayuno. El cielo, lleno de nubes, colgaba cercano a sus cabezas, como un techo raso.

—No he jugado a nada, Simón —replicó el gnomo.

Binabik había limpiado y vendado las heridas del cuello y la pierna del muchacho, e inspeccionaba pacientemente a Qantaqa. Sólo una de las heridas de la loba parecía revestir alguna seriedad; se trataba de un profundo corte en una pata. Cuando el hombrecillo limpió la herida de tierra, el animal le olisqueó los dedos, confiado como un niño.

—No me arrepiento de no habértelo dicho; si no me hubiera sentido forzado a explicártelo, continuarías ignorándolo. —El gnomo frotó un dedo lleno de ungüento contra el corte y dejó libre a su montura, que pronto empezó a estirarse y a olisquearse la pierna—. Sabía que haría eso —dijo en tono de reproche, para después sonreír con cariño—. Al igual que tú, Qantaqa no creo que conozca mi oficio.

Simón, que se dio cuenta de que había estado tocando inconscientemente sus vendajes, se aproximó al gnomo.

—Venga, Binabik, *dímelo*. ¿Cómo conociste a Morgenes? ¿De dónde eres *realmente*?

—Soy de donde te he dicho —replicó indignado—. Soy un qanuc. Y no conozco a Morgenes, sólo nos vimos una vez. Es un buen amigo de mi maestro. Son… colegas, como creo que dicen los aprendices.

—¿Qué quieres decir?

Binabik reclinó la espalda contra la roca. Aunque en aquel momento no había lluvia de la que resguardarse, el cortante viento que soplaba era suficiente razón como para permanecer cerca de las piedras. El hombrecillo consideró cuidadosamente sus palabras. A Simón le pareció que estaba cansado y su piel aparecía algo más floja y pálida de lo normal.

—En primer lugar —dijo finalmente el gnomo—, debes saber algo acerca de mi maestro. Se llamaba Ookequk. Era el… «cantor», lo llamaríais vosotros, de nuestra montaña. Cuando nosotros decimos «cantor», nos referimos no a alguien que sólo canta, sino a alguien que recuerda las viejas canciones y la vieja sabiduría. Como un doctor y un sacerdote a la vez, me parece.

»Ookequk fue mi maestro a causa de algunos indicios que los más ancianos creyeron ver en mí. Representaba un gran honor poder compartir su sabiduría. Cuando me lo dijeron estuve tres días sin comer para presentarme con la pureza debida. —Binabik sonrió—. Cuando le anuncié ese logro mi nuevo maestro me golpeó en la oreja. "Eres demasiado joven y estúpido para privarte a ti mismo de comer", me dijo. "Eso es una presunción. Sólo debes dejar de comer por accidente."

La sonrisa del gnomo se transformó en carcajada; cuando Simón pensó en ello unos momentos, también sonrió un poco.

—Bueno —continuó el hombrecillo—, algún día te explicaré mis años de aprendizaje con Ookequk: era un gnomo grande y gordo, Simón; pesaba más que tú y sólo tenía mi estatura. Pero ahora debemos reanudar el hilo de nuestra conversación.

»No sé con exactitud dónde se conocieron Morgenes y mi maestro, pero fue mucho antes de que yo fuese a su cueva. Eran amigos y mi maestro le enseñó el arte de hacer que los pájaros transportasen mensajes. Intercambiaron mucha correspondencia, mi maestro y tu doctor. Compartieron muchas… ideas acerca del mundo.

»Al cabo de dos veranos fallecieron mis padres. Su muerte les llegó en la nieve de la montaña que llamamos Nariz Pequeña, y, cuando ya no estuvieron, dirigí todos mis pensamientos…, bueno, casi todos…, a aprender de mi maestro Ookequk. Cuando en aquel deshielo me dijo que lo acompañaría en un largo viaje hacia el sur, me llenó de emoción. Se me hacía evidente que aquélla iba a ser mi prueba de méritos.

»Lo que ignoraba —prosiguió el gnomo, revolviendo entre la húmeda hierba que había ante él con su bastón, casi rabioso, pensó Simón, pero sin rencor en su voz cuando continuó hablando—, lo que no se me dijo, era que Ookequk tenía razones más importantes para viajar hacia el sur que finalizar mi aprendizaje. Había recibido un mensaje del doctor Morgenes… y de algunos otros… sobre cosas que lo intranquilizaron, y sintió que había llegado la hora de devolver la visita que el anciano le había hecho hacía muchos años.

—¿Qué cosas? —preguntó Simón—. ¿Qué le dijo Morgenes?

—Si todavía no lo sabes —replicó Binabik con seriedad— es que tal vez puedes pasar sin esas verdades. En ello debo pensar, pero por ahora déjame decir lo que puedo…, lo que debo.

Simón asintió, rígido y sintiéndose reprendido.

—No te cansaré explicando todo el largo viaje hacia el sur. Yo me iba dando cuenta de que mi maestro *no* me había explicado toda la verdad. Estaba preocupado, y cuando consultaba los huesos o leía ciertos signos en el cielo y el viento todavía se preocupaba más. Algunas de nuestras experiencias fueron muy desagradables. Como ya sabes, yo he viajado mucho, la mayor parte del tiempo como servidor de mi maestro Ookequk, pero nunca he visto épocas tan malas como ésta para los viajeros. Una experiencia como la tuya durante la última noche la tuvimos cerca del lago Drorshullvenn, en la Marca Helada.

—¿Te refieres a esos… bukken? —preguntó Simón. Aunque la luz

377

del día lo invadía todo a su alrededor, el recordar las viscosas manos se le hacía terriblemente vivido.

—Eso es —asintió Binabik—, y eso fue..., es..., un mal augurio, que ataquen así. Mi pueblo no guarda ningún recuerdo de que los boghanik, ése es el nombre que nosotros les damos, asaltasen a un grupo de hombres armados. Es preocupante. Su forma normal de actuar es hacer presa en animales y viajeros solitarios.

—¿Qué es lo que *son*?

—Después Simón, hay muchas cosas que aprenderás si tienes paciencia conmigo. Mi maestro no me lo dijo todo, lo que no quiere decir, por favor, date cuenta, que yo sea *tu* maestro, pero estaba muy preocupado. Durante todo nuestro viaje a través de la Marca Helada no lo vi dormir. Cuando yo me dormía él seguía despierto, y por la mañana lo encontraba de pie ante mí. No era joven, ya era viejo la primera vez que me presenté ante él, y con él estudiando estuve varios años.

»Una noche, cuando cruzábamos la zona norte de Erkynlandia, me indicó que permaneciese atento porque iba a caminar por el Sendero de los Sueños. Nos encontrábamos en un lugar parecido a éste. —Binabik señaló a la desolada llanura que se extendía bajo las colinas—. La primavera había llegado, pero todavía no había estallado. Eso sería, ah, tal vez alrededor de vuestro Día de Todos los Locos, o el día antes.

«La víspera de Todos los Locos... —Simón trató de retroceder, de recordar—. La noche en que aquel terrible ruido despertó a todo el castillo. La noche anterior... a la llegada de las lluvias...»

—Qantaqa había salido a cazar, y el viejo carnero *Un-Ojo*, una gorda, grande y paciente cosa que llevaba a Ookequk, dormía cerca del fuego. Estábamos solos, con la única presencia del cielo. Mi maestro comió de la corteza de los sueños que le traían del pantanoso Wran, en el sur, y cayó en una especie de letargo. No me explicó por qué lo hacía, pero creo adivinar que buscaba respuestas que no podía encontrar de otra forma. Los boghanik lo habían asustado, porque sus acciones eran impropias.

»Pronto se puso a hablar entre dientes, como hacía normalmente cuando su corazón caminaba por el Sendero de los Sueños. La mayor parte de lo que decía no podía entenderse, pero una o dos cosas dijo que *también* fueron luego dichas por el hermano Dochais; por ello me viste mostrar sorpresa.

Simón tuvo que reprimir una amarga sonrisa. ¡Y pensar que había creído que era su propio miedo el que se hizo obvio, azuzado por las delirantes palabras del hernystiro!

—De repente —continuó el gnomo, que seguía moviendo la hierba húmeda con el bastón—, me pareció que algo había atrapado a mi maestro, otra vez igual que al hermano Dochais. Pero él era fuerte, más fuerte en su interior que nadie, hombre o gnomo, y luchó. Peleó y peleó durante toda la tarde y la noche, mientras yo permanecía junto a él sin poder serle de otra ayuda más que de humedecerle la frente. —Binabik arrancó un puñado de hierba y lo arrojó al aire para tratar de golpearlo con el bastón—. Luego, poco después de la medianoche, me dijo algunas palabras con tranquilidad, como si estuviese bebiendo con los demás ancianos en la cueva del clan, y murió.

»Creo que para mí fue peor que la muerte de mis padres, porque ellos se perdieron, desaparecieron en un alud, sin dejar ningún rastro. Enterré a Ookequk en la falda de la colina. Ninguno de los rituales adecuados fueron correctamente llevados a cabo, y ello es una vergüenza para mí. *Un-Ojo* no quería marcharse sin su amo, y, por lo que sé, tal vez todavía permanezca allí.

El gnomo se mantuvo en silencio durante unos instantes, mirando fijamente el bulto de sus rodillas bajo las calzas. Su dolor era tan parecido a la pena del propio Simón que el muchacho no pudo pensar en palabras que tuviesen un significado para alguien aparte de él mismo.

Momentos después Binabik abrió su saco en silencio y extrajo un puñado de nueces. El muchacho las cogió, junto con la bota de piel llena de agua.

—Después —volvió a empezar el hombrecillo, como si no hubiese hecho ninguna pausa—, sucedió algo extraño.

Simón se arrebujó en el manto y observó el rostro del gnomo mientras éste hablaba.

—Dos días permanecí junto al lugar en que había enterrado a mi maestro. Era un bonito sitio, bajo un cielo despejado, pero mi corazón estaba triste porque sabía que hubiera sido más feliz enterrado en las montañas. Pensé en lo que debía hacer, si continuar para ver a Morgenes en Erchester o regresar junto a mi pueblo y decirle que el cantor Ookequk había muerto.

»En la tarde del segundo día decidí que debía regresar a Qanuc. No había comprendido la importancia de las conversaciones de mi maestro con Morgenes, tristemente tengo que reconocer que todavía no la entiendo, y además tenía otras… responsabilidades.

»Llamé a Qantaqa, y acaricio por última vez a *Un-Ojo* entre los cuernos, cuando un pajarito de color gris se posó sobre el túmulo de Ookequk. Lo reconocí como uno de los pájaros mensajeros de mi maestro; parecía muy cansado, llevaba un mensaje y…, y otra cosa. Cuando me acerqué para capturarlo, Qantaqa salió disparada de los arbustos y el ave se asustó, lo cual no es sorprendente, y se elevó en el aire. Apenas pude cogerlo. Por muy poco, Simón, pero lo cogí.

»Era un mensaje escrito por Morgenes, y el objeto de la nota eras tú, amigo mío. Explicaba al que lo leyera, que debería haber sido mi maestro, que podías estar en peligro, y viajando solo desde Hayholt a Naglimund. Le pedía a Ookequk que te ayudase, sin que tú lo supieses, si era posible. También decía algunas cosas más.

Simón estaba fascinado: aquélla era una parte de su propia historia que desconocía.

—¿Qué otras cosas? —preguntó.

—Cosas que eran sólo para los ojos de mi maestro. —El tono de Binabik era amable, pero firme—. No hace falta decir que eso cambiaba las cosas. Mi maestro era requerido para hacerle un favor a su viejo amigo…, pero sólo yo podía realizarlo. Eso también era difícil; sin embargo, desde el momento en que leí la nota de Morgenes, supe que debía acudir a su llamada. Antes del anochecer de ese mismo día me encaminé hacia Erchester.

«La nota decía que viajaría solo. Morgenes nunca creyó que podría escapar.» Simón se sintió invadido por las lágrimas, y trató de suprimirlas con una pregunta.

—¿Cómo se supone que ibas a encontrarme?

Binabik sonrió.

—A través del duro trabajo qanuc, amigo mío. Tuve que buscar tu rastro, los signos que indicasen el paso de un hombre joven, sin destino aparente, cosas por el estilo. La proverbial obstinación qanuc y mucha suerte me llevaron hasta ti.

Un recuerdo se abrió paso en el interior de Simón, gris y tenebroso a pesar de la distancia que lo separaba de ello.

—¿Me seguiste a través del cementerio, el de las afueras de la ciudad? —No *todo* había sido un sueño, como bien sabía. *Algo* lo había llamado por su nombre.

El redondeado rostro del gnomo aparecía totalmente plano.

—No, Simón —respondió pensativo—. No descubrí tu rastro hasta, creo, el camino del Viejo Bosque. ¿Por qué?

—No tiene importancia. —El muchacho se levantó y miró la mojada llanura. Volvió a sentarse, y cogió la bota de agua—. Bueno, creo que entiendo, ahora…, pero tengo mucho en que pensar. Parece que tendremos que continuar hacia Naglimund. ¿Tú qué crees?

Binabik pareció turbado.

—No estoy seguro, Simón. Si los bukken vuelven a estar activos en la Marca Helada, la ruta hacia Naglimund será demasiado peligrosa

380

para un par de viajeros solitarios. Debo admitir que me preocupa lo que tenemos que hacer ahora. Desearía tener aquí a tu doctor Morgenes para que nos aconsejase. ¿Tanto peligro corres que no podemos arriesgarnos a enviarle un mensaje, Simón? No creo que quiera que te lleve a través de todos esos terribles peligros.

Al chico le llevó unos instantes darse cuenta de que Binabik hablaba como si Morgenes continuase vivo. Un segundo después lo asaltó una asombrosa revelación: *el gnomo no sabía lo ocurrido.*

—Binabik —empezó a decir, y mientras hablaba tuvo la sensación de que estaba infligiendo una especie de herida—, ha muerto. El doctor Morgenes ha muerto.

Los ojos del hombrecillo parecieron vaciarse de vida durante un instante, y el blanco se hizo visible alrededor del castaño por primera vez. Un segundo después la expresión de Binabik pareció congelarse en una desapasionada máscara.

—¿Muerto? —preguntó al final, con la voz tan helada que Simón se sintió desnudo y sin defensa, como si hubiera sido culpa suya, ¡él, que tantas lágrimas había derramado por el doctor!

—Sí. —El chico decidió proseguir y se arriesgó a asegurar—: Murió al sacarnos del castillo al príncipe Josua y a mí. El rey Elías lo mató… Bueno, tuvo a Pryrates para hacerlo.

Binabik lo miró a los ojos, y después apartó la vista.

—Sabía lo de la captura de Josua. Se mencionaba en la carta. El resto son… noticias muy malas. —Se levantó y el viento jugueteó con su negro cabello—. Voy a caminar un rato, Simón. Debo pensar en lo que significa todo esto…, tengo que pensar.

Su rostro no denotaba ningún tipo de emoción. El hombrecillo se alejó del grupo de rocas y Qantaqa se incorporó para seguirlo de inmediato, pero él empezó a decirle algo para alejarla, aunque luego se encogió de hombros. La loba daba círculos alrededor de su amo, que caminaba con la cabeza baja y las pequeñas manos metidas en las mangas. Simón pensó que parecía demasiado pequeño para las pesadas cargas que llevaba.

Simón abrigaba la esperanza que cuando regresara el gnomo trajese una gorda paloma o algo parecido, pero sus esperanzas se vieron frustradas.

—Lo siento, Simón —dijo el hombrecillo—, pero no hubiera servido de nada. No podemos hacer un fuego sin humo con nada de por aquí: sólo hay arbustos mojados, y no creo que hacer señales de humo sea una buena idea, de momento. Come algo de pescado seco.

El pescado, del que quedaba ya poco, ni lo llenó ni tenía sabor, pero Simón lo masticó con ganas; ¿quién sabía cuándo podrían volver a comer en aquella miserable aventura?

—He estado pensando, Simón. Tus noticias, y tú no tienes la culpa, son dolorosas. Tan pronto después de la muerte de mi maestro, oír el fin del doctor, ese buen anciano… —Binabik se detuvo, se agachó y empezó a meter las cosas en su bolsa, después de haber separado algunos objetos—. Éstas son tus cosas, mira. Las traje para ti. —Le alargó dos familiares bultos cilíndricos.

—Éste… —dijo Simón, al coger los paquetes—, no la flecha, el otro… —se lo volvió a ofrecer a Binabik—, está escrito por el doctor Morgenes.

—¿De verdad? —El gnomo desenvolvió una esquina de la tela que lo cubría—. ¿Cosas que nos ayudarán?

—No lo creo —respondió el muchacho—. Se trata de la vida del Preste Juan. He leído algo…, trata sobre todo de batallas y esas cosas.

—Ah, ya. —Binabik se lo volvió a alargar a Simón, que lo metió en su cinturón—. Demasiado malo, todo esto es. Si pudiéramos usar palabras más específicas en este momento… —El hombrecillo siguió metiendo cosas en la bolsa—. Morgenes y Ookequk, mi maestro, pertenecían los dos a un grupo muy especial.

Rebuscó entre sus pertenencias y le alargó algo a Simón para que lo viese. El objeto brillaba débilmente a la luz encapotada del atardecer; se trataba de un medallón en el que aparecía un rollo de pergamino y una pluma para escribir.

—¡Morgenes tenía uno de éstos! —exclamó el joven, acercándose para verlo mejor.

—Así es —asintió Binabik—. Este era de mi maestro. Es una especie de señal que pertenece a todos los que se unen a la Liga del Pergamino. Hay, según me dijo, no más de siete miembros. Tu maestro y el mío han muerto, y ahora no deben de ser más de cinco. —Limpió el medallón con su manita y lo volvió a meter en la bolsa.

—¿La Liga del Pergamino? —preguntó Simón—. ¿Qué es eso?

—Un grupo de gente instruida que comparte conocimientos, le oí decir a mi maestro. Tal vez sea algo más, pero nunca me lo explicó. —Acabó de empaquetar y se levantó—. Siento tener que decirlo, Simón, pero creo que tendremos que volver a caminar.

—¿Ahora?

Los dolores que había olvidado volvieron de repente a hacerse presentes en sus músculos.

—Me temo que es necesario… Como te he dicho, he pensado mucho; he pensado en esas cosas... —Cogió el bastón y silbó a Qantaqa—. Primeramente, debo llevarte a Naglimund. Eso no ha cambiado, pero mi determinación parecía haberse dormido. El problema es el siguiente: no confío en la Marca Helada. Ya viste a los bukken, y me parece que preferirás no volverlos a ver, pero tenemos que dirigirnos hacia el norte. Pienso, entonces, que debernos volver a Aldheorte.

—Pero Binabik, ¿cómo estaremos seguros allí? ¿Qué hará que esas cosas no nos sigan por el bosque, donde ni siquiera podemos correr?

—Una buena pregunta. Una vez ya te hablé del Viejo Bosque, de su edad y..., y... No puedo encontrar la palabra en tu lengua, Simón, pero «alma» y «espíritu» pueden darte una idea.

»Los bukken pueden pasar bajo el Viejo Bosque, pero no les resulta fácil. Hay poder en las raíces de Aldheorte, poder que esas criaturas no están dispuestas a desafiar. También hay alguien allí a quien debemos ver, alguien que debe escuchar lo que les ha ocurrido a nuestros maestros.

Simón estaba cansado de oírse hacer preguntas, pero a pesar de ello continuó haciéndolo.

—¿De quién se trata?

—Su nombre es Geloë. Es una mujer sabia, conocida como una *valada*, una palabra rimmeria, ésta. También puede que nos ayude a llegar a Naglimund, ya que tenemos que cruzar el bosque desde la parte oriental por encima de Wealdhelm, una ruta no conocida para mí.

El muchacho se colocó la capa y se abrochó el cierre bajo la barbilla.

—¿Debemos partir ahora mismo? —preguntó—. Es ya muy tarde.

—Simón —dijo Binabik a la vez que aparecía Qantaqa, con la lengua fuera—, por favor, créeme. Aunque hay cosas que todavía no puedo decirte, debemos ser compañeros que confíen uno en el otro. Necesito tu confianza. No sólo es el reinado de Elías lo que está en juego. Hemos perdido, ambos, a gente a la que queríamos, a un anciano y a un viejo gnomo que sabían mucho más que nosotros. Ambos estaban asustados. El hermano Dochais, creo, *murió* de miedo. Algún *mal* se ha despertado, y seremos unos idiotas si seguimos al descubierto durante más tiempo.

—¿*Qué* es lo que se ha despertado, Binabik? ¿*Qué* maldad es ésa? Dochais pronunció un nombre, yo lo oí. Antes de morir dijo...

—¡No necesitas decir...! —Binabik trató de interrumpirlo, pero Simón no le prestó atención. Estaba cansado de consejos y sugerencias.

—...*Rey de la Tormenta* —añadió resueltamente.

El gnomo miró a su alrededor con rapidez, como si esperase la aparición de algo terrible.

—Ya lo sé —siseó—. Yo también lo oí, pero no sé mucho. —Un

trueno retumbó más allá del distante horizonte; el hombrecillo hizo una mueca—. El Rey de la Tormenta es un nombre que causa espanto en el oscuro norte, Simón: un nombre para atemorizar, para conjurar. Todo lo que poseo son pocas palabras que a veces me enseñaba mi maestro, pero son suficientes como para preocuparme.

Binabik se colgó la bolsa al hombro y empezó a caminar por la pradera llena de barro, hacia la masiva y apretada línea de las colinas.

—Ese nombre —dijo, con la voz extrañamente apagada en un lugar tan vacío— es por sí mismo una cosa que marchita las cosechas y atrae la fiebre y los malos sueños.

—¿Lluvia y mal tiempo…? —preguntó Simón, alzando la vista hacia el cielo, que ofrecía un feo aspecto.

—Y otras cosas —replicó su compañero, y con la palma de la mano se tocó la chaqueta, justo encima del corazón.

24

Los mastines de Erkynlandia

Simón soñaba que paseaba por el Jardín de Pinos de Hayholt, situado justo a la salida del refectorio. Por encima de los árboles que se mecían por la brisa, colgaba el puente de piedra que conectaba la sala y la capilla. Aunque no sentía frío —la verdad es que no tenía conciencia de su cuerpo excepto para moverse de un lugar a otro—, la nieve caía en suaves copos a su alrededor. Las finas agujas de las ramas empezaron a combarse bajo los espesos mantos de nieve y todo aparecía en calma: el viento, la nieve, el mismo Simón, todos se movían en un mundo sin sonido y de lentos movimientos.

El viento sopló con más fuerza, y los árboles del resguardado jardín empezaron a inclinarse ante el paso de Simón, apartándose como las olas de un océano alrededor de una roca sumergida. La nieve caía ahora más densa, y el muchacho se adelantó por el pasillo formado por troncos cubiertos de blanco. A medida que se adentraba por él, los árboles se inclinaban hacia atrás ante el chico como soldados llenos de respeto.

El jardín nunca había sido tan grande, ¿no?

Simón sintió de repente que sus ojos miraban hacia adelante. Al final del nevado camino había un gran pilar blanco, que se elevaba muy por encima de su cabeza y penetraba en el oscuro cielo.

«Claro —pensó para sí en una semilógica de sueño—, es la Torre del Ángel Verde.» Nunca antes había podido ir directamente desde el jardín hasta la base de la torre, pero las cosas habían cambiado desde que se había ido… Las cosas habían cambiado.

«Pero, si es la torre —pensó, mirando la inmensa forma—, ¿por qué tiene ramas? No es la torre…, o al menos ya no lo es… Es un árbol; un gran árbol blanco…»

Simón se sentó, con los ojos abiertos.

—¿*Qué* es un árbol? —preguntó Binabik, que se hallaba sentado cerca del muchacho, remendando la camisa de Simón con una aguja hecha de un hueso de pájaro. Acabó un momento más tarde y se la alargó al joven, que extendió un brazo lleno de pecas por debajo de la capa—. ¿Qué es un árbol? ¿Era un sueño bonito?

—Era sólo un sueño —dijo Simón, y calló un instante mientras se ponía la camisa por encima de la cabeza—. Soñé que la Torre del Ángel Verde se había convertido en un árbol. —Miró a Binabik lleno de perplejidad, pero éste se encogió de hombros.

—Un sueño —concedió el gnomo.

El chico bostezó y se estiró. No es que hubiera estado durmiendo con demasiada comodidad al amparo de la hendidura de aquel lado de la colina, pero era preferible a pasar la noche en la pradera, al descubierto. Pronto había captado aquella lógica, una vez que se pusieron en marcha.

El amanecer llegó mientras dormía, apenas visible tras la manta de nubes, como una mancha de luz gris y rosada que cruzó el cielo. Al mirar atrás desde la falda de la colina se hacía difícil decir dónde se separaba el cielo de la brumosa pradera. Aquella mañana el mundo parecía un oscuro y lóbrego lugar.

—He visto fuegos en la noche, mientras dormías —dijo el gnomo, interrumpiendo a Simón en sus ensoñaciones.

—¿Fuegos? ¿Dónde?

Binabik señaló con la mano izquierda al sur de la pradera.

—Por allí abajo. No te preocupes, creo que están muy lejos. Incluso cabe la posibilidad de que no tengan nada que ver con nosotros.

—Eso espero. —El joven entrecerró los ojos al mirar a lo lejos—. ¿Crees que pueden ser Isgrimnur y sus rimmerios?

—Lo dudo.

Simón se dio la vuelta para mirar al hombrecillo.

—¡Pero dijiste que lo conseguirías! Que sobrevivirían…

El gnomo le dirigió una mirada llena de exasperación.

—Si hubieras esperado lo habrías oído. Estoy seguro de que sobrevivieron, pero, *ellos* viajaban hacia el *norte*, y dudo que hayan decidido volver atrás. Esos fuegos se veían al sur, como…

—…Como si se acercasen desde Erkynlandia —acabó el chico.

—¡Sí! —exclamó Binabik, un poco enojado—. Pero puede que se

trate de comerciantes o de peregrinos… —Miró a su alrededor—. ¿Adónde habrá ido Qantaqa ahora?

Simón hizo una mueca. Reconocía una maniobra de evasión en cuanto la veía.

—Muy bien. Puede tratarse de cualquier cosa…, pero *tú* fuiste el que ayer aconsejó que nos diéramos prisa. ¿Vamos a esperar para ver con nuestros propios ojos si se trata de comerciantes o… de «cavadores»? —La broma resultó macabra. La última palabra le trajo un regusto amargo a la boca.

—No ser estúpido es importante —gruñó Binabik, con disgusto—. Boghanik, los bukken, no hacen hogueras. *Odian* todo lo que brilla. Y no vamos a quedarnos a esperar a que los que han encendido las fogatas lleguen hasta aquí. Regresaremos al bosque, como ya te dije. —Hizo un gesto, señalando a su espalda—. Al otro lado de la colina lo podremos ver.

Los arbustos crujieron tras ellos, y gnomo y muchacho se sobresaltaron. Sólo se trataba de Qantaqa, que corría erráticamente la falda de la colina, husmeando el suelo. Cuando la loba alcanzó el campamento, estuvo tocando el brazo de su amo con el morro hasta que éste le acarició la cabeza.

—Qantaqa está de buen humor. —El gnomo sonrió, mostrando sus amarillos dientes—. Ya que contamos con la ventaja de un día nublado, que hará invisible el humo de cualquier fogata, creo que podremos preparar una comida decente antes de volver a ponernos en marcha. ¿Estás de acuerdo?

Simón trató de que su expresión mostrase seriedad.

—*Creo*… que podré comer algo… si es que debo hacerlo —dijo—. Si de verdad crees que es importante…

Binabik lo miró, tratando de decidir si Simón aprobaba o no el desayuno, y el muchacho sintió unas inmensas ganas de reír.

«¿Por qué actúo como un cabezahueca? —se preguntó—. Corremos un terrible peligro y no parece que las cosas vayan a mejorar de inmediato.»

La perpleja mirada del hombrecillo resultó más de lo que podía aguantar, y la risa lo desbordó.

«Bueno —se dijo—, una persona no puede estar preocupada durante *todo* el tiempo.»

Simón suspiró satisfecho, y permitió que Qantaqa se llevase los restos de carne de ardilla que había en sus dedos. Se maravilló de la delicadeza de la que hacía gala la loba con aquellas grandes mandíbulas y brillantes dientes.

La hoguera era pequeña, ya que su compañero no quería correr riesgos innecesarios. Una delgada columna de humo se elevaba sinuosamente y desaparecía en el viento que soplaba por la falda de la colina.

Binabik leía el manuscrito de Morgenes, que había desenvuelto con el permiso de Simón.

—Es mi esperanza que entiendas —dijo el gnomo sin levantar la vista— que no debes hacer lo mismo con ningún otro lobo que no sea mi amiga Qantaqa.

—Claro que no. Me asombra lo bien amaestrada que está.

—No *amaestrada* —dijo Binabik, con énfasis—. Tiene una deuda de honor conmigo, que incluye a aquellos que son mis amigos.

—¿Honor? —preguntó Simón, lentamente.

—Estoy seguro de que conoces el término, aunque deje mucho que desear en las tierras del sur. Honor. ¿No puedes imaginar que exista algo así entre un gnomo y una animal? —El hombrecillo levantó la vista y luego volvió a bajarla para seguir hojeando el manuscrito.

—Oh, es que no pienso en casi nada durante estos días —explicó el muchacho, sin darle importancia a la cosa y acariciando la poblada barbilla de Qantaqa—. Sólo trato de mantener la cabeza sobre los hombros y llegar a Naglimund.

—Eso sólo es una evasiva —murmuró Binabik, pero no siguió con el tema.

Durante unos instantes no se oyó ningún ruido en la colina, excepto el sonido de unas páginas al ser hojeadas. El sol matinal se elevaba en el cielo.

—Aquí —dijo el gnomo, al cabo de unos instantes—, ahora escucha. Ah, Hija de las Montañas, al leer sus palabras todavía echo más de menos a Morgenes. ¿Sabes algo de Nearulagh, Simón?

—Sí. Es donde el rey Juan derrotó a los nabbanos. En el castillo hay toda una puerta con grabados sobre eso.

—Estás en lo cierto. Aquí Morgenes escribe sobre la batalla de Nearulagh, donde Juan se encontró por primera vez con el famoso sir Camaris. ¿Puedo leértelo?

Simón eludió un ramalazo de celos. El doctor no había dicho en ningún momento que el manuscrito fuese sólo para él, recordó.

> *... Después de que la decisión de Ardrivis —valiente, dicen unos; arrogante, según otros— de encontrarse con ese nor-*

teño rey insolente en la planicie de la Pradera Thrithing, ante
el lago Myrme, fuese un desastre, Ardrivis condujo el grueso de
sus fuerzas de regreso por el paso Onestrine, un estrecho cami-
no entre los lagos de montaña Eadne y Clodu...

—De lo que habla Morgenes —explicó Binabik— es de Ardrivis, el
emperador de Nabban; no creía que el Preste Juan pudiese enfrentarse
a él con fuerzas suficientes, tan lejos de Erkynlandia. Pero los isleños
perdruinos, que siempre habían permanecido bajo la sombra de Nabban, llegaron a un acuerdo secreto con Juan y lo ayudaron a abastecer a
sus tropas. El rey cortó las legiones de Ardrivis en pedazos cerca de la
Pradera Thrithing, algo del todo insospechado por el orgulloso nabbano. ¿Lo entiendes?

—Creo que sí. —Simón no estaba del todo seguro, pero había oído
tantas baladas sobre Nearulagh que la mayoría de los nombres le resultaban familiares—. Lee un poco más.

—Sí, lo haré. Deja que encuentre la parte que quería leerte... —Re-
pasó la página—. ¡Ah!

... Y cuando por fin el sol desapareció tras el monte Ones-
tris, el último sol para ocho mil muertos y agonizantes guerre-
ros, el joven Camaris —cuyo padre, Benidrivis-sá-Vinitta,
había tomado el mando de las tropas del emperador a la
muerte, de su hermano Ardrivis, tan sólo una hora antes—
condujo la carga de cinco mil hombres de caballería, los restos
de la Guardia Imperial, en busca de la venganza...

—¿Binabik? —interrumpió Simón.

—¿Sí?

—¿Quién tomó el qué de quién?

El gnomo rió a carcajadas.

—Perdona. Hay un montón de nombres a los que atender, ¿verdad?
Ardrivis fue el último emperador de Nabban, aunque su imperio no era
más grande de lo que hoy en día es el ducado de Nabban. Ardrivis quiso pelear con el Preste Juan porque conocía sus deseos de unir Osten
Ard y sabía que estallaría un conflicto. Bueno, de todas formas, no te
aburriré con todo lo de esa pelea, pero ésta fue la última batalla, como
ya sabes. Ardrivis, el emperador, fue muerto por una flecha, y su hermano, Benidrivis, se puso al mando del imperio... durante el resto del día,
que acabó con la rendición de Nabban. Camaris era el hijo de Benidrivis, y era muy joven, tal vez tuviese quince años, y durante aquella tarde

fue el último príncipe de Nabban, como a menudo se refieren a él las canciones... ¿Lo entiendes, ahora?

—Algo más. Es que con tanto nombre me he perdido un momento.

Binabik volvió a coger el pergamino y continuó leyendo:

> *Con la llegada de Camaris al campo de batalla, Los cansados ejércitos de Erkynlandia se mostraron inquietos. Las tropas del joven príncipe no eran frescas, pero Camaris era un torbellino, una tormenta de muerte; y su espada Espina, que su tío agonizante le diera., era como un oscuro relámpago. Incluso en ese último instante, dicen los relatos, las fuerzas de Erkynlandia podían haber sido derrotadas, pero el Preste Juan se personó en el campo de batalla, con Clavo Brillante en el guantelete de su mano, y se abrió camino entre la guardia imperial nabbana hasta llegar frente al galante Camaris.*

—Ésta es la parte que quiero que escuches atentamente —dijo el hombrecillo mientras pasaba la hoja para seguir leyendo en la siguiente.

—Eso está bien —respondió Simón—. ¿Lo partirá el Preste Juan por la mitad?

—¡No seas ridículo! —gruñó Binabik—. ¿Cómo se habrían convertido entonces, en los más famosos de los amigos? «¡Partirlo por la mitad!» —Binabik continuó.

> *Las baladas dicen que pelearon durante todo el día y la noche, pero dudo mucho que así fuese. Lo cierto es que pelearon durante bastante tiempo, pero sin duda la penumbra y la oscuridad que había caído sobre el campamento hizo creer a algunos de los cansados observadores que aquellos dos grandes hombres habían peleado a lo largo de todo el día...*

—¡Qué gran pensamiento el de tu Morgenes! —rió Binabik.

> *Sea cual fuere la verdad, estuvieron intercambiando mandobles y golpeando sus armaduras mientras caía el sol y los cuervos se alimentaban. Ninguno de los dos pudo obtener ventaja sobre el otro, aunque la guardia de Camaris ya había sido derrotada hacía rato por las tropas de Juan. Aun así, ningún erkyno se atrevió a interferir.*
>
> *Parece que finalmente, y por casualidad, el caballo de Camaris metió el casco en un agujero, se rompió la pata y cayó*

con un gran relincho. En su caída atrapó al príncipe debajo. Juan podía haber acabado con todo allí mismo, y pocos le habrían recriminado algo, pero en lugar de ello —según juran todos los observadores— ayudó a incorporarse al caballero de Nabban, le volvió a entregar la espada y, cuando Camaris se recuperó, continuaron la lucha.

—¡Aedón! —exclamó Simón, impresionado.

Había escuchado la historia, claro, pero era algo muy diferente hacerlo con las inteligentes y claras palabras del doctor.

La lucha continuó hasta que el Preste Juan —que al fin y al cabo era veinte años mayor que Camaris— empezó a cansarse, se tambaleó y cayó a los pies del príncipe de Nabban.

Camaris, conmovido por el poder y el honor de su oponente, no lo mató; en lugar de ello le puso a Espina en el cuello y lo instó a prometer que dejaría Nabban en paz. Juan, que no había esperado que le devolviesen el favor, miró a su alrededor, al campo de Nearulagh, vacío excepto por sus propias tropas, pensó durante unos instantes y a continuación dio una patada en la entrepierna a Camaris-sá-Vinitta.

—¡No! —dijo el joven, desconcertado.

Qantaqa levantó una soñolienta cabeza al oír la exclamación. Binabik sólo sonrió y continuó la lectura de los escritos de Morgenes.

A continuación, Juan se levantó sobre el amargamente herido Camaris, y le dijo: «Aunque todavía os faltan por aprender varias lecciones, sois un valiente y noble caballero. Cuidaré de vuestro padre y vuestra familia, y me ocuparé de vuestro pueblo. Espero que a cambio de ello aprendáis la primera lección, la que os he enseñado hoy, y que es la siguiente: el honor es una cosa maravillosa, pero es un medio y no un fin. Un hombre que pasa hambre con honor no ayuda a su familia, un rey que cae con honor no salva su reino».

Cuando Camaris se recuperó, sentía tanto respeto por su nuevo rey que fue el más fiel seguidor de Juan a partir de ese día…

—¿Por qué me lees esto? —preguntó Simón.

El muchacho se sentía insultado por el regocijo que Binabik había mostrado mientras leía los trucos sucios del más grande héroe de su país… Aunque *eran* las palabras de Morgenes y, cuando pensaba en ellas, hacían que el rey Juan pareciese más una persona real que una de esas estatuas de mármol, cubiertas de polvo, que llenaban la catedral de San Sutrino.

—Me pareció interesante —sonrió el gnomo, con aire travieso—. No, ésa no era la razón —explicó con rapidez mientras Simón fruncía el entrecejo—. La verdad es que quería que comprendieses una cosa y pensé que Morgenes podría hacer que lo vieses mejor que yo. No querías abandonar a los rimmerios, y entiendo tus sentimientos; tal vez no haya sido la forma más honorable de actuar. Sin embargo, tampoco resultó muy honorable que yo dejase mis tareas incompletas en Yiqanuc; pero a veces debemos actuar en contra del honor, o, como podría decirse, en contra de lo *obviamente* honorable…, ¿comprendes?

—No demasiado. —El fruncimiento de Simón se convirtió en una afectada y burlona sonrisa.

—Ah. —El hombrecillo se encogió de hombros—. *Ko muhuhok na mik aqa nop*, decimos en Yiqanuc: «Cuando te cae en la cabeza, entonces te das cuenta de que es una piedra».

El muchacho pensó en ello mientras su compañero volvía a introducir en el saco sus útiles de cocina.

Binabik tenía razón en cuanto a una cosa. Cuando llegaron a la cresta de la colina, no vieron nada a excepción de la gran masa oscura de Aldheorte, que se extendía sin límite ante ellos, como un océano negro y verde, congelado un momento antes de que sus olas se abatiesen contra la base de los montes. A pesar de ello, el Viejo Bosque tenía el aspecto de un mar al que la propia tierra podría romper y penetrar.

Simón se encontraba maravillado y le resultaba difícil respirar. Los árboles se extendían a lo lejos hasta que se los tragaba la niebla, como si el bosque pudiera atravesar las fronteras de la tierra.

El gnomo, que lo vio mirar, le dijo:

—De todas las ocasiones en que es importante que me escuches, ésta es una de ellas. Si nos perdemos el uno al otro ahí dentro, puede que no nos volvamos a encontrar.

—Ya estuve antes en el bosque, Binabik.

—Estuviste en el lindero, sólo en el lindero, amigo Simón. Ahora vamos a internarnos en él.

—¿A través del bosque?

—¡Ja! No, eso nos llevaría meses, tal vez un año, ¿quién sabe? Pero vamos a adentrarnos en él, así que esperemos ser huéspedes bien acogidos.

Mientras miraba hacia abajo, el muchacho sintió un hormigueo en la piel. Los oscuros y silenciosos árboles, los sombreados caminos que nunca habían escuchado el sonido de un paso: todas las historias de los habitantes de un pueblo y de un castillo se encontraban a las puertas de su imaginación, y parecían demasiado fáciles de recordar.

«Pero debo ir —se dijo—. Y, de todas formas, no creo que el bosque sea malvado. Sólo es viejo…, muy viejo; y no le gustan los extraños, o al menos eso es lo que creo, pero no es maligno.»

—Vámonos —dijo con su voz más clara y fuerte, pero cuando Binabik empezó a caminar colina abajo ante él, Simón hizo el signo del Árbol sobre su pecho, para estar en el lado correcto de las cosas.

Descendieron por el monte hasta llegar a la formación de colinas de hierba que se extendían hasta el límite de Aldheorte, cuando Qantaqa se detuvo repentinamente, con su velluda cabeza ladeada. El sol estaba alto, el mediodía ya había pasado y la mayor parte de las nieblas bajas habían desaparecido. Simón y el gnomo se dirigieron hacia donde estaba la loba, que se hallaba inmóvil como una estatua gris, y miraron alrededor. Ningún movimiento parecía perturbar la estática ondulación de la tierra en ninguna parte.

Qantaqa se quejó cuando la pareja se aproximaba y movió la cabeza hacia el otro lado, como escuchando. Binabik dejó el saco sobre el suelo, haciendo que sonasen débilmente los huesos y piedras del interior, y también ladeó la cabeza.

El hombrecillo abrió la boca para decir algo, con el cabello caído sobre sus ojos, pero antes de que dijese nada Simón también lo escuchó: un delgado y débil ruido, que aumentaba y descendía en intensidad como un vuelo de gansos que graznasen a leguas de distancia sobre sus cabezas, muy por encima de las nubes. Pero el sonido no parecía provenir del cielo; más bien daba la impresión de que llegaba rodando a través del largo corredor que existía entre el bosque y las colinas; si procedía del norte o del sur era algo que Simón no podía adivinar.

—¿Qué…? —empezó a preguntar.

Qantaqa volvió a emitir un sonido de queja y agitó la cabeza, como si no le gustase lo que oían sus orejas. El gnomo levantó una pequeña y morena mano y escuchó durante unos instantes más; después volvió a ponerse el bolso al hombro e hizo una seña con la cabeza para que Simón lo siguiese hacia la oscura línea frontal del bosque.

—Mastines, creo —dijo. La loba trotó a su alrededor en círculos, a veces acercándose a ellos y otras alejándose—. Creo que están lejos, todavía, al sur de las colinas, sobre la Marca Helada. Aunque cuanto antes entremos en el bosque, mejor…

—Tal vez —añadió Simón, caminando a paso rápido junto al hombrecillo, que casi corría—, pero ese ruido no se parece al de ningún mastín de los que he oído…

—Eso —gruñó Binabik— es mi pensamiento, también…, y es por ello por lo que debemos darnos toda la prisa que podamos.

Mientras pensaba en todo lo que había dicho Binabik, Simón sintió una fría mano que le agarraba las entrañas.

—Alto —exclamó, y se detuvo.

—¿Qué es lo que haces? —siseó el gnomo—. Todavía están lejos, pero…

—Llama a Qantaqa —dijo pacientemente Simón. Binabik lo miró durante un momento y luego llamó con un silbido al animal, que rápidamente trotó hacia ellos.

—Espero que me lo expliques pronto… —empezó a decir el gnomo, pero el muchacho señaló a la loba.

—Monta en ella. Vamos, rápido. Si necesitamos darnos prisa, yo puedo correr…, pero tus piernas son demasiado cortas.

—Simón —dijo Binabik, estrechando los ojos—, corrí por los delgados riscos de Mintahoq cuando sólo era un bebé…

—Pero estamos en terreno llano, y cuesta abajo. ¡Por favor, Binabik, dijiste que necesitábamos darnos prisa!

El hombrecillo lo miró, después se dio la vuelta y se dirigió hacia Qantaqa, que hundió el estómago en la espesa hierba. Binabik pasó la pierna por encima del amplio lomo y se colocó encima de la loba, sujeto del grueso pelo del cuello. Volvió a chasquear los labios y el animal se levantó, primero de las patas delanteras y luego de las traseras, con el gnomo balanceándose en su lomo.

—*Ummu*, Qantaqa —dijo aquél, y la loba avanzó.

Simón alargó su paso para ir junto a ellos. Ahora no oían ningún otro sonido que el que ellos mismos ocasionaban a su paso, pero el recuerdo de los lejanos aullidos hizo que al chico se le erizase el vello de la nuca, y el oscuro rostro de Aldheorte le pareció cada vez más una sonrisa de bienvenida de un amigo. Binabik cabalgaba echado hacia adelante, sobre el cuello de Qantaqa, y durante largo tiempo no volvió a mirar a Simón.

Juntos descendieron por la larga vertiente. Al final, cuando el gris sol tapizaba con su luz las colinas que dejaban tras ellos, alcanzaron la primera hilera de árboles: un grupo de delgados abedules que parecían pálidas doncellas de servicio franqueando el paso a los visitantes hacia el interior de la casa de su viejo amo.

Aunque las colinas que dejaban atrás seguían iluminadas por la oblicua luz del sol, los compañeros se encontraron, de un momento a otro, pasando a través de una espesa penumbra, a medida que se adentraban en el bosque. El blando suelo amortiguaba sus pasos, y corrieron tan silenciosos como fantasmas a través de la espesura. Columnas de luz atravesaban el techo de ramas, y el polvo que levantaban a su paso pendía en el aire como brillantes chispas de luz entre las sombras.

Simón se cansó rápidamente, y el sudor corría por su rostro y su cuello como riachuelos de suciedad.

—Más lejos debemos ir —le dijo Binabik desde lo alto de su montura—. Pronto el camino estará demasiado enmarañado como para correr, y la luz será muy poca. Entonces descansaremos.

El muchacho no dijo nada, pero continuó hacia adelante, con la respiración ardiendo en el interior de los pulmones.

Cuando el chico bajó el ritmo y se limitó a medio correr, Binabik descendió de la grupa de la loba y fue a su lado. El sol se iba ocultando por encima de las copas de los árboles y el suelo del bosque cada vez se iba oscureciendo más, mientras las ramas superiores iban adquiriendo extrañas coloraciones, como las ventanas de la capilla de Hayholt. Más tarde, cuando el suelo desapareció casi de su vista, Simón tropezó en una piedra medio oculta; el gnomo lo sujetó del codo y pudo incorporarse.

—Ahora siéntate —le indicó.

Simón se dejó caer sin decir una palabra y sintió el suelo movedizo bajo su cuerpo. Un poco más tarde Qantaqa regresó. Después de husmear por toda la zona, se sentó y empezó a lamer la transpiración de la nuca del chico; a él le producía cosquillas, pero estaba demasiado cansado como para preocuparse por ello.

Binabik se sentó en cuclillas y examinó el lugar en que se habían detenido. Estaban a medio camino de una ligera pendiente, al fondo de la cual se veía el lecho de un arroyo con una oscura corriente de agua en el centro.

—Cuando vuelvas a recuperar el aliento —dijo—, creo que deberíamos ir justo hacia allí. —Con el dedo señaló un lugar un poco más arriba, donde se veía un gran roble que, con sus retorcidas raíces, evitaba la invasión por parte de otros árboles y creaba una especie de claro reducido a ambos lados de su inmenso y poderoso tronco.

Simón asintió, todavía tratando de respirar con normalidad. Al cabo de un rato se incorporó y se dirigió, junto con el hombrecillo, colina arriba, hacia el roble.

—¿Sabes dónde estamos? —preguntó mientras se dejaba caer para colocar su espalda contra una de las raíces medio enterradas.

—No —respondió Binabik—, pero mañana cuando salga el sol tendré tiempo para hacer ciertas cosas…, y entonces lo sabré. Ahora ayúdame a encontrar algunas piedras y ramas con las que podamos hacer un poco de fuego. Y después —el gnomo se incorporó y empezó a buscar madera seca— habrá una sorpresa que te gustará.

Binabik había construido una especie de caja de piedras de tres lados alrededor de la hoguera para ocultar la luz, que todavía crepitaba con fuerza. El rojo resplandor conformaba extrañas sombras. Rebuscó en su bolso mientras Simón observaba cómo unas cuantas chispas ascendían en espiral.

Se prepararon una magra cena a base de pescado seco, pastelillos duros y agua. El muchacho sentía que su estómago no recibía lo que se merecía, pero era mejor estar allí estirado, calentando sus doloridas piernas, que seguir corriendo. No podía recordar cuándo había sido la última vez que había corrido tanto tiempo seguido.

—¡Ja! —exclamó Binabik, alegre, levantando de la bolsa su rostro teñido de rojo por la luz de la hoguera, con una sonrisa de triunfo.

—Una agradable sorpresa, dijiste. De las de la otra clase tengo más que suficiente para el resto de mi vida.

El gnomo sonrió mostrando los dientes, y su rostro redondeado pareció estirarse hacia las orejas.

—Muy bien, el decidirlo es asunto tuyo. Prueba esto —dijo, y le alargó una jarrita de cerámica.

—¿Qué es? —Simón lo puso cerca del fuego para observarlo. Parecía sólido, pero la jarra no tenía ningún tipo de marcas—. ¿Algún objeto de los gnomos?

—Ábrelo.

El joven pasó el dedo por la parte superior y se dio cuenta de que la jarra se hallaba sellada con algo parecido a la cera. Hizo un agujero a través de la tapa y luego se la llevó a la nariz para tratar de identificar su contenido. Un instante después metió los dedos, los sacó y se los llevó a la boca.

—¡Mermelada! —exclamó, alegre.

—Hecha de uvas, estoy seguro —dijo Binabik, contento de la respuesta de Simón—. Alguna encontré en la abadía, pero los últimos acontecimientos la habían apartado de mi mente.

Después de comer un poco le pasó el recipiente al hombrecillo, que también la encontró deliciosa. En poco tiempo acabaron con ella y dejaron la jarra para que la lamiese Qantaqa.

Simón se arrellanó en la capa junto a las cálidas piedras del fuego.

—¿Puedes cantar una canción, Binabik —preguntó—, o explicarme una historia?

El gnomo levantó la vista.

—No pienso en una historia, Simón, pues necesitamos dormir para levantarnos temprano. Tal vez una corta canción.

—Eso estará bien.

—Pero, después de volver a pensar —continuó Binabik, apretándose la capucha alrededor de las orejas—, me gustaría *oírte* cantar una canción. Una canción tranquila, claro.

«¿Yo? ¿Una canción?», pensó Simón. A través de una rendija abierta entre los árboles pudo ver el débil brillo de una estrella. Una estrella…

—Bueno, entonces —dijo—, ya que tú cantaste para mí sobre Sedda y la manta de estrellas…, supongo que puedo cantar lo que las sirvientas me enseñaron cuando era un niño. Espero acordarme de las palabras; es una canción muy graciosa.

En un profundo claro de Aldheorte,
Jack Mundwode convocó
a sus hombres de los bosques,
ofreció una corona y el reconocimiento del monte
al que pudiese cogerle una estrella.

Beornoth se presentó el primero, y gritó: «¡Treparé
hasta la copa del más alto de los árboles!,
y arrancaré esa estrella para la hermosa corona dorada
que pronto sólo a mí pertenecerá».

Así que se subió a un abedul y a la rama más elevada,
después a un alto y viejo tejo.
Pero por mucho que saltase y trepase,
a coger la estrella nunca llegó.

El próximo fue Osgal, que prometió
lanzar una flecha al cielo.
«Tocaré la estrella para que caiga a mis pies,
y la corona será mía para siempre…»

Veinte flechas lanzó. Ni una sola
a la burlona estrella alcanzó.
Cuando las flechas volvieron a caer Osgal se
escondió tras Jack, que rió y le dio un empujón.

Ahora todos los hombres lo pretendieron, y pelearon y discutieron,
sin que ninguno de ellos alcanzase el éxito,
hasta que apareció la bella Hruse, que miró hacia
abajo, a los hombres, mientras se alisaba la ropa.

«Pequeña es la tarea que Jack Mundwode os pide
—dijo con brillo en los ojos—.
Pero como ninguno de vosotros tiene una corona dorada,
intentaré desatar el nudo de Mundwode.»

Entonces cogió una red que había ordenado a los hombres traer
y la echó al lago.
El agua se revolvió y casi hizo desaparecer
el reflejo de la brillante estrella.

Después de un rato sonrió, y a Jack le dijo:
«¿Lo has visto?,
está allí, en mi red, atrapada y mojada,
si la quieres, recógela».

El viejo Jack rió y gritó a todos los que lo rodeaban:
«Esta es la mujer que por esposa debo tornar.
Así como ha tomado mi corona y me ha traído una estrella,
así debo darle mi vida».

Sí, ella tomó la corona y le trajo una estrella,
así que Jack Mundwode la tomó por esposa...

Podía oír cómo Binabik se reía desde la oscuridad, tranquilo y alegre.

—Una canción para divertirse, Simón, gracias.

Pronto se apagaron las ascuas y el único sonido que quedó fue el andar del viento por entre los innumerables árboles.

Antes de abrir los ojos percibió un extraño y monótono ruido, que subía y bajaba de intensidad cerca de donde él estaba estirado. Levantó la cabeza, torpe aún a causa del sueño, y vio a Binabik sentado con las piernas cruzadas ante el fuego. El sol no estaba muy alto, y el bosque a su alrededor aparecía envuelto en pálida niebla.

El gnomo había preparado cuidadosamente un círculo de plumas alrededor del fuego, plumas de muchos y diferentes pájaros, como si las hubiera recogido de los árboles cercanos. Se inclinaba hacia las llamas con los ojos cerrados y cantaba en su lengua nativa, que era el sonido que había despertado a Simón.

—...*Tutusik-Ahyuq-Chuyuq-Qaqimak, Tutusik-Ahyuq-Chuyuq-Qaqimak* —repetía constantemente.

La delgada espiral de humo de la hoguera empezó a agitarse como mecida por un fuerte viento, aunque las plumas permanecieron fijas en el suelo, inmóviles. Con los ojos todavía cerrados, el gnomo empezó a mover la palma de su mano en círculo por encima del fuego; la espiral se desplazó, como si hubiese sido empujada, y empezó a elevarse desde una esquina de la hoguera. Binabik abrió los ojos y durante un instante se quedó mirando el humo; después detuvo el movimiento circular de la mano. Un poco después el humo reanudó su movimiento normal.

Simón, que lo había observado todo con la respiración contenida, se atrevió a decir:

—¿Ahora ya sabes dónde estamos? —preguntó.

Binabik se dio la vuelta y sonrió, complacido.

—Buenos días. Sí, creo que puedo saberlo con cierta precisión. Tendremos pocos problemas, aunque caminaremos mucho, hasta llegar a casa de Geloë...

—¿Casa? —preguntó Simón—. ¿Una casa en Aldheorte? ¿Cómo es?

—Ay... —El gnomo estiró las piernas y se frotó las pantorrillas—. No es como ninguna casa que hayas... —Se detuvo y se quedó sentado mirando por encima del hombro del chico, como transfigurado.

El joven se giró alarmado, pero no vio nada.

—¿Qué ocurre?

—Calla... —Binabik continuó mirando—. Allá. ¿Lo oyes?

Lo percibió al cabo de nada: los distantes ladridos que habían escuchado en su viaje a través de las colinas, en dirección al bosque. Simón sintió que se le erizaba el vello.

—¡Otra vez los mastines...! —dijo—. Pero se oye como si todavía estuviesen lejos.

—Aún no lo entiendes. —El hombrecillo miró a la hoguera, después al cielo matinal, a través de las copas de los árboles—. Nos han sobrepasado. ¡Han corrido durante toda la noche! Ahora, a menos que mis oídos me jueguen una mala pasada, regresan y se dirigen hacia nosotros.

—¿De quién son los perros? —Simón sintió las palmas de las manos humedecidas por el sudor y se las frotó en el manto—. ¿Nos siguen a nosotros? No nos pueden cazar en el bosque, ¿verdad?

Binabik dispersó las plumas con una patada y empezó a empaquetar sus cosas en la bolsa.

—No lo sé —contestó—. No conozco la respuesta a ninguna de esas preguntas. Hay un poder en el bosque que puede despistar a los perros de caza…, a perros *ordinarios*. Es dudoso que algún barón local haya hecho correr a sus animales durante toda la noche sólo por deporte, y tampoco he oído de ningún tipo de perros que pudieran hacerlo.

El gnomo llamó a Qantaqa. Simón se sentó y se puso las botas a toda prisa. Se sentía cansado, y ahora supo que tendrían que volver a correr.

—Son de Elías, ¿verdad? —preguntó con una mueca, quejándose mientras metía el pie lleno de ampollas en la bota.

—Tal vez.

La loba se acercó y su amo le pasó la pierna por encima del lomo para subirse a ella.

—Pero ¿qué importancia puede tener para él el ayudante de un doctor? ¿Y dónde habrá encontrado el rey unos mastines que pueden correr desde la puesta del sol hasta el amanecer sin detenerse? —Binabik puso el bolso sobre el lomo de Qantaqa y alargó a Simón su bastón—. No lo pierdas, por favor. Desearía haber encontrado un caballo para ti.

Los compañeros empezaron a descender por la colina hacia el barranco y después torcieron para dirigirse más allá.

—¿Están cerca? —preguntó el muchacho—. ¿A qué distancia está… esa casa?

—Ni los mastines ni la casa están cerca —dijo Binabik—. Bien, correré junto a ti tan pronto como Qantaqa empiece a cansarse. *¡Kikka-sut!* —exclamó—. ¡Cómo desearía tener un caballo!

—Yo también —respondió Simón, respirando con dificultad.

Caminaron durante toda la mañana a través del profundo bosque, en dirección este. Subían y bajaban rocosos valles y los ladridos parecían desaparecer por unos minutos, para volver a oírse con más intensidad que antes. Cumpliendo su palabra, Binabik descabalgó de la loba en cuanto Qantaqa empezó a dar muestras de cansancio y caminó junto a Simón; sus cortos pasos le hacían dar dos por cada uno del chico, y sus dientes se hacían visibles al respirar con dificultad.

Se detuvieron para beber agua y descansar con el sol en lo alto de la mañana. Simón arrancó tiras de ropa de sus dos paquetes para vendarse los talones llenos de ampollas, y después le alargó los paquetes a Binabik para que los metiera en la bolsa, pues ya no podía soportar que continuaran rozándole sus muslos mientras andaba o corría. Mientras apuraban las últimas gotas de la bolsa de agua y trataban de recuperar el aliento, se volvieron al hacerse audibles los ruidos de la persecución. Esta vez, el inconfundible ladrido de los mastines estaba mucho más cercano, e inmediatamente se pusieron en movimiento.

Al cabo de poco tiempo empezaron a subir por una larga pendiente. El terreno se hacía progresivamente más rocoso a medida que iban ascendiendo, e incluso las especies de árboles parecían cambiar. Al hacer eses remontando la colina, Simón experimentó un enfermizo sentimiento de derrota que se esparcía por todo su cuerpo como si se tratase de veneno. Binabik le había dicho que no llegarían a casa de Geloë antes del anochecer, si es que no habían perdido la carrera. El ruido de sus perseguidores se había hecho constante: unos excitados aullidos tan cercanos que Simón no podía encontrar respuesta, mientras se tambaleaba al subir la pendiente, a cómo conseguían respirar y ladrar al mismo tiempo mientras corrían tras ellos. ¿Qué clase de perros *eran*? El corazón del chico latía como el ala de un pájaro. Tanto él como el gnomo se enfrentarían sin mucha tardanza a sus perseguidores. El pensar en ello lo ponía enfermo.

Al fin pudo verse un delgado retazo de cielo a través de los troncos que había en el horizonte, en la cima de la pendiente. Atravesaron la última línea de árboles y Qantaqa, que corría por delante de ellos dos, se detuvo de forma precipitada y aulló, con un agudo y penetrante sonido proveniente de lo más profundo de su garganta.

—¡Simón! —gritó Binabik, y tirándose al suelo, atrapó las piernas del muchacho y lo hizo caer a su vez. Cuando el negro túnel en que se había convertido la visión del muchacho se volvió a ensanchar, advirtió que se encontraba estirado sobre los codos, en una escarpada roca, mientras abajo se extendía un profundo cañón que lo separaba del otro lado. Se desprendieron unos fragmentos de la piedra que había bajo su mano y cayeron por la pared cortada a pico, para desaparecer entre las verdes copas de los árboles que se alzaban en el fondo del barranco.

Los ladridos eran como el agudo toque de unas trompetas de guerra. Simón y el gnomo se alejaron del borde del precipicio, a unos pies de distancia, colina abajo, y permanecieron quietos.

—¡Mira! —siseó el joven, sin dar importancia a sus manos y barbilla ensangrentadas—. ¡Mira, Binabik!

Señaló hacia el fondo de la larga pendiente que acababan de subir, a través del manto de los árboles; atravesando los claros, a lo lejos, a una media legua de distancia, se veía una agitación de pequeñas formas blancas: los mastines.

Binabik cogió el bastón que le había dado a Simón y lo desenroscó hasta que quedó dividido en dos mitades. Extrajo los dardos y alargó la parte del cuchillo al muchacho.

—Rápido —dijo—. Corta la rama de un árbol. Venderemos caras nuestras vidas.

Las roncas voces de los perros subían colina arriba, una canción de acoso y de muerte.

25

EL LAGO SECRETO

ortó y astilló frenéticamente, dobló la rama hacia abajo con todo su peso, con el cuchillo en sus temblorosas manos. A Simón le costó un tiempo arrancar la rama que podía servirle —¡qué patética defensa iba a resultar!—, y cada segundo que pasaba acercaba más a los mastines. La parte que arrancó era casi tan larga como su brazo, y estaba anudada en uno de los extremos con otra rama que había caído.

El gnomo revolvía en el interior de su bolso y con una mano aguantaba a Qantaqa por el espeso pelo del cuello.

—¡Sujétala! —le dijo a Simón—. Si la dejamos ir ahora, atacará demasiado pronto. La echarían hacia abajo y la matarían al instante.

El chico pasó un brazo alrededor del ancho cuello de la loba y la encontró temblando, llena de excitación, y con el corazón latiendo bajo su brazo. Simón sintió que su propio corazón se aceleraba para ponerse al unísono con el del animal, ¡todo parecía tan irreal! Justo aquella mañana Binabik y él se habían sentado tranquilamente junto al fuego…

El grito de la jauría se hizo más intenso; aparecieron subiendo por la colina como termitas blancas saliendo de un nido. Qantaqa se echó hacia adelante e hizo caer al joven de rodillas.

—*¡Hinik Aia!* —gritó Binabik, y la golpeó en el morro con el tubo hueco.

Después cogió un trozo de cuerda que encontró en el fondo del bolso e hizo un nudo. Simón pensó que entendía cuál era la intención del gnomo, y miró por encima del borde del precipicio. Había demasiada distancia hasta el fondo, más del doble de la longitud de la cuerda. Entonces vio algo más, y sintió que la esperanza se volvía a abrir paso en su interior.

—¡Mira, Binabik! —señaló.

El hombrecillo, a pesar de la imposibilidad de deslizarse hasta abajo mediante la cuerda, la ataba alrededor de una roca a menos de una yarda del borde del cañón. Cuando acabó levantó la vista para mirar en la dirección señalada por Simón.

A menos de cien pasos de donde se encontraban, una gran encina vieja inclinada hacia abajo, con un extremo que se balanceaba sobre el cercano borde y una de sus ramas cayendo por la pared del precipicio a no mucha altura, iba a parar a una especie de repisa que sobresalía por encima de la pared del otro lado.

—¡Podemos cruzar por ahí! —dijo el muchacho, pero el gnomo movió la cabeza.

—Si podemos bajar por ahí con Qantaqa, ellos también podrán hacerlo, y eso no nos llevará a ninguna parte. —La repisa sobre la que se apoyaba el árbol en la otra pared apenas era más ancha de dos palmos—. Pero tal vez nos sea de alguna ayuda. —Binabik se puso en pie y tiró de la cuerda, comprobando que el nudo aguantaba—. Coge a Qantaqa y llévala por ahí, si puedes. No demasiado lejos, sólo unos diez codos o así. Mantenía sujeta *hasta que yo os llame*, ¿has entendido?

—Pero… —empezó a decir Simón, y miró hacia la pendiente.

Las blancas formas, tal vez una docena de ellas, casi habían llegado hasta donde ellos se encontraban. Cogió a Qantaqa, que no dejaba de ladrar, por el cuello y la llevó hacia la caída encina.

En el borde del cañón quedaba lo suficiente del árbol como para que hubiese espacio entre las retorcidas raíces y el extremo de la roca. No era fácil mantener el equilibrio allí colgado con la loba, que se estremecía y tiraba de Simón, gruñendo; el ruido casi fue totalmente tragado por los aullidos de los mastines que se aproximaban. El muchacho no podía conseguir que el animal subiese al tronco, y se dio la vuelta para mirar a Binabik, lleno de desesperación.

—¡*Ummu!* —dijo el gnomo, con voz ronca.

Un instante después Qantaqa saltaba sobre la encina, todavía gruñendo. Simón subió a horcajadas sobre el tronco, aunque la rama que había cortado y que mantenía en su cinturón representaba una molestia. Avanzó sobre sus caderas, cogido a la loba, hasta que se hubo alejado lo suficiente del borde del cañón. Justo entonces percibió el grito del gnomo, y Qantaqa se giró al oír la voz. Simón se agarró del cuello del animal con ambas manos mientras sus rodillas se apretaban contra el tronco. De repente sintió frío, mucho frío. Hundió el rostro en el peludo lomo de la loba, aspiró su espeso y salvaje olor y murmuró una oración.

—Elysia, madre de nuestro Redentor, ten misericordia y protégenos…

Binabik estaba a un paso del borde del cañón con un rollo de cuerda en las manos.

—*¡Hinik*, Qantaqa! —llamó, y entonces los mastines aparecieron ya fuera de los árboles, subiendo el trozo final.

Simón no podía verlos con claridad desde donde se hallaba sentado agarrando a la loba, que no dejaba de tirar para ir en busca del gnomo; sólo veía blancos lomos y orejas tiesas. Las bestias se movieron a toda prisa en dirección al hombrecillo, y en su carrera producían un sonido de cadenas arrastradas por el suelo.

«¿Qué está haciendo Binabik? —pensó Simón, a quien el miedo le hacía difícil seguir respirando—. ¿Por qué no corre, por qué no usa sus dardos o algo?»

Todo resultaba como la repetición de sus peores pesadillas, como Morgenes en llamas situado en medio de Simón y de la mortífera mano de Pryrates. No podía quedarse allí sentado observando cómo Binabik era asesinado. Cuando se levantó para ir hacia él, los perros saltaron hacia el gnomo.

Simón sólo pudo ver durante unos instantes los largos y pálidos hocicos, los ojos blancos, y apenas unas retorcidas lenguas rojas y gargantas del mismo color… Después Binabik saltó hacia atrás, hacia el fondo del cañón.

«¡No!», gritó el muchacho en silencio, horrorizado. Las cinco o seis criaturas más cercanas al gnomo lo siguieron hacia el fondo del precipicio, incapaces de detenerse, y cayeron por la grieta en un revoltijo de blancas piernas y colas. Desesperado, el chico vio al montón de perros golpearse contra las paredes del cañón a medida que caían y estrellarse contra los árboles del fondo, con una explosión de ramas rotas. Sintió otro grito que le subía por el pecho…

—*¡Ahora, Simón! ¡Suéltala!*

Con la boca abierta, miró hacia abajo y vio a Binabik apretado contra la pared de roca: estaba suspendido de la cuerda que lo sujetaba alrededor de la cintura a menos de doce pies por debajo de donde había saltado.

—¡Suéltala! —volvió a decir, y Simón dejó de sujetar el cuello de la loba con su brazo.

El resto de los perros estaban en el borde del precipicio, arriba, y no dejaban de husmear el terreno y mirar hacia abajo; ladraban de forma salvaje al hombrecillo que colgaba tan frustrantemente cerca de ellos.

Mientras Qantaqa regresaba por el ancho tronco de la encina, uno de los mastines blancos puso su mirada de diminutos ojos como cristales empañados sobre el árbol y Simón, dejó escapar un ronco gruñido y corrió en aquella dirección; los demás lo siguieron rápidamente.

Antes de que el aullante grupo llegase a la encina, la loba gris daba sus últimos pasos y alcanzaba el borde con un magnífico salto. El primer mastín estuvo sobre ella en un abrir y cerrar de ojos, y dos más lo hicieron inmediatamente. El aullido de guerra de Qantaqa resonó sordamente por encima de los ladridos y aullidos de los animales.

Simón, que se había quedado helado tras un momento de indecisión, empezó a avanzar, poco a poco, hacia el borde del precipicio. El tronco era lo suficientemente ancho como para que las piernas extendidas le doliesen, y pensó en ponerse de rodillas para gatear hacia adelante, sacrificando el estar bien sujeto a poder correr. Por primera vez dirigió su mirada al fondo del abismo. Las copas de los árboles parecían una abultada alfombra de color verde tendida muy a lo lejos, muy abajo. La distancia le provocaba mareos, pues había más trozo para saltar que desde el muro a la Torre del Ángel Verde. La cabeza le dio vueltas y apartó la mirada, decidiendo mantener las rodillas allí donde estaban. Cuando volvió a levantar la vista vio una forma blanca que pasaba del borde del cañón hasta el ancho tronco de la encina.

El mastín gruñía y se dirigía hacia él, con las patas sobre la corteza. Simón sólo dispuso de un instante para coger la rama que llevaba a la cintura antes de que el animal cruzase los doce pies que lo separaban de él y se lanzase hacia su cuello. Durante un instante la rama se quedó enganchada en el cinturón, pero había puesto el extremo más estrecho hacia abajo y ello le salvó la vida.

Cuando pudo liberar la cachiporra, el perro ya estaba sobre él. Unos colmillos amarillos brillaron cuando dirigió un mordisco a su rostro. El muchacho levantó la rama lo suficiente como para asestar un buen golpe, evitando la acometida del perro, cuyos dientes sólo mordieron el aire a una pulgada de su oreja izquierda y lo llenaron de saliva. El mastín tenía las patas sobre el pecho de Simón y el desagradable aliento a carroña de la bestia le hacía casi imposible respirar; el joven perdía el equilibrio y trató de levantar la cachiporra, pero ésta quedó trabada por las patas delanteras extendidas del animal. El muchacho se echó hacia atrás cuando vio que el morro de la bestia volvía a embestir hacia su rostro y trató de liberar la rama. Hubo un momento de resistencia y, entonces, una de las blancas patas del animal resbaló del hombro de Simón y el perro perdió el equilibrio. Agitó las patas y trastabilló, tratando de agarrarse a la corteza; después tropezó con la porra, que arrastró en su caída hacia el fondo del cañón.

Simón se estiró sobre el tronco, cabeza abajo, y se sujetó a él con las manos, tosiendo y tratando de apartar de sí el fétido aliento de aquella bestia. Levantó ligeramente la cabeza para ver que otro mastín había aparecido en el árbol, justo bajo sus raíces, con los lechosos ojos brillando como los de un pedigüeño ciego. La bestia le mostró los dientes, con una sonrisa de color rojo. Simón levantó sus vacías manos cuando el animal se acercó lentamente por el tronco, con unos fuertes músculos que se hacían visibles por debajo del corto pelo.

El mastín se giró para rascarse el flanco a causa de algo que le había picado; después volvió su fantasmal mirada otra vez sobre Simón. Dio otro paso, se tambaleó, volvió a dar otro paso incierto y de repente se dejó caer para resbalar por el tronco y perderse en el abismo.

—El dardo negro parece que es lo más rápido —dijo Binabik.

El hombrecillo estaba a pocas yardas colina abajo de la masa de secas raíces de la encina. Un instante después Qantaqa estaba a su lado, con el morro manchado de roja sangre. Simón los miró y poco a poco se dio cuenta de que habían sobrevivido.

—Ve despacio —le aconsejó el gnomo—. Te tiraré la cuerda. No tendría sentido perderte ahora, después de todo lo que hemos pasado...

La cuerda formó un arco en su caída y llegó hasta la rama en la que estaba Simón. Éste la agarró con manos temblorosas como si sufriera de parálisis.

Binabik dio la vuelta con su pie a un mastín muerto. Era uno de los que había matado con sus dardos. El algodón sobresalía de la regular piel blanca del cuello de la criatura como un diminuto champiñón.

—Mira esto —dijo.

Simón se agachó un poco más. No se parecía a ningún perro de caza de los que había visto. El delgado hocico y la mandíbula colgante le recordaban más a uno de los tiburones que los pescadores sacaban del Kynslagh que a ningún otro perro. Los opalescentes ojos blancos, ahora sin vida, parecían ser ventanas que mostrasen alguna enfermedad interior.

—Ahora mira allí —señaló Binabik.

En el pecho del animal, quemado y negro bajo los cortos pelos, se hallaba un fino triángulo de estrecha base. Era una marca realizada con fuego, como las que hacían los hombres de las Thrithings sobre los flancos de sus caballos mediante hierros candentes.

—El signo del Pico de las Tormentas —explicó el gnomo lentamente—. Es la marca de las nornas.

—¿Quiénes son…?

—Un pueblo extraño. Su país está más al norte todavía de Yiqanuc y de Rimmersgardia. Allí hay una gran montaña, muy alta y con la cima siempre llena de nieve y hielo, llamada Pico de las Tormentas por los rimmerios. Las nornas no viajan por las tierras de Osten Ard. Algunos dicen que son sitha, pero no sé si eso es cierto.

—¿Cómo puede ser? —preguntó Simón—. Mira el collar.

Se inclinó hacia el suelo y arrancó el aro que rodeaba el rígido cuello del mastín muerto.

Binabik sonrió tímidamente.

—¡Qué vergüenza! ¡He pasado por alto el collar, blanco sobre blanco como es, yo, que desde pequeño me enseñaron a cazar en la nieve!

—Pero míralo —urgió Simón—. ¿Has visto la hebilla? Aquella pieza era ciertamente interesante; se trataba de una hebilla de plata a la que habían dado la forma de un dragón enroscado.

—Ese es el dragón de las jaurías de Elías —dijo Simón, con seguridad—. Lo sé porque a menudo he visitado a Tobas, el que cuida de los perros.

Binabik se agachó y miró el cuerpo del animal.

—Le creo. Y en cuanto a la marca del Pico de las Tormentas, sólo es necesario verla para darte cuenta de que estos mastines no han sido criados en tu Hayholt.

El gnomo se irguió y retrocedió un paso. Qantaqa se acercó para husmear el cuerpo y después se apartó rápidamente con un gruñido.

—Un misterio cuya solución deberá esperar —apuntó el gnomo—. Ahora hemos tenido suerte de poder conservar nuestras vidas y haber salido enteros. Debemos ponernos en marcha. No deseo encontrarme con el amo de estas bestias.

—¿Estamos cerca de la casa de Geloë?

—Creo que nos hemos desviado un poco de nuestro camino, pero podemos arreglarlo. Si nos marchamos ahora podremos evitar la oscuridad.

Simón miró el alargado morro y la mandíbula del perro, su cuerpo poderoso y su ojo velado.

—Eso espero —dijo.

No pudieron encontrar forma alguna de cruzar el cañón; de mala gana decidieron retroceder y descender la larga pendiente y buscar otra forma de descenso más fácil que dejarse caer por la escarpada roca. Simón se encontraba feliz por no haber tenido que bajar de allí; sentía las rodillas tan débiles como si tuviese fiebre. No tenía ganas de volver a mirar por las fauces del cañón y no ver nada ante él excepto la larga y profunda caída. Una cosa era escalar y trepar por las paredes y torres de Hayholt, con sus esquinas y rendijas, y otra descender por el tronco de un árbol suspendido como una frágil ramita sobre la nada.

En la base del promontorio, a la que llegaron una hora más tarde, giraron a la derecha y empezaron a dirigirse hacia el noroeste. No habían recorrido más de cinco estadios cuando oyeron un agudo y quejumbroso alarido que cortó el aire del atardecer. Ambos se detuvieron, y Qantaqa levantó las orejas y emitió un gruñido. El ruido volvió a repetirse.

—Parece el grito de un niño —dijo Simón, moviendo la cabeza para localizar la fuente del sonido.

—A veces los bosques gastan esas jugarretas —empezó a decir Binabik.

El fúnebre lamento se elevó otra vez. A continuación llegaron unos airados ladridos que conocían bien.

—¡Por los ojos de Qinkipa! —gritó el gnomo—. ¡¿Es que nos seguirán hasta Naglimund?! —Los ladridos volvieron a oírse, y él escuchó atentamente—. Parecen provenir de un solo perro. Tenemos un poco de suerte.

—Es como si viniesen de allí abajo. —El muchacho señaló hacia donde los árboles se hacían más densos, a cierta distancia—. Vamos a ver qué es.

—¡Simón! —La voz de Binabik estaba llena de sorpresa—. ¿Qué has dicho? ¡Estamos huyendo para salvar nuestras vidas!

—Dijiste que parecía haber sólo uno de ellos. Tenemos a Qantaqa. Alguien está siendo *atacado*. ¿Cómo podemos marcharnos sin hacer nada?

—Simón, no sabemos si se trata de una trampa… o de un animal.

—¿Y si no lo es? —preguntó el joven—. ¿Y si eso ha atrapado al hijo de algún leñador… o… alguna otra cosa?

—¿Al hijo de un leñador? ¿A esta distancia de la linde del bosque? —Binabik lo miró lleno de frustración. Simón le devolvió una mirada desafiante—. ¡Ja! —exclamó muy serio—. Está bien, hagamos lo que deseas.

El muchacho se dio la vuelta y empezó a correr hacia la espesura de los árboles.

—¡*Mikmok hanno so gijiq*, decimos en Yiqanuc! —gritó el gnomo—.

¡Si quieres llevar una comadreja hambrienta en el bolsillo, es asunto tuyo!

El chico no se volvió a mirarlo. El hombrecillo golpeó el suelo con el bastón y corrió hacia él.

Al cabo de cien pasos había alcanzado a Simón, y en los veinte siguientes abrió el bastón para buscar la bolsa de los dardos. Siseó una orden para hacer retroceder a Qantaqa y diestramente hizo una bola de algodón que puso alrededor de uno de los dardos, todo ello mientras corría.

—¿Puedes envenenarte si tropiezas y caes sobre uno de ellos? —preguntó Simón.

Binabik le lanzó una amarga y preocupada mirada mientras trataba de mantenerse corriendo.

Cuando llegaron al lugar del que provenían aquellos extraños sonidos, ante ellos apareció una escena de decepcionante inocencia: un perro se agazapaba ante un castaño, mirando hacia una oscura forma que había en una de las ramas superiores. Podía haberse tratado de uno de los mastines de Hayholt jugando con un gato refugiado en un árbol, pero tanto el perro como la presa eran bastante más grandes.

Estaban a menos de cien pasos cuando el animal se volvió hacia ellos; al verlos les mostró los dientes y emitió un áspero y sonoro ladrido. Volvió a mirar durante un momento a lo alto del árbol, después estiró las largas piernas y se lanzó hacia ellos. Binabik detuvo su paso y levantó el tubo hueco hasta sus labios. Qantaqa corrió tras él. El perro acortaba la distancia y el gnomo hinchó las mejillas y disparó. Si había acertado el dardo fue algo que la bestia no demostró, pues todavía corrió más deprisa, rugiendo; Qantaqa se abalanzó hacia adelante para salirle al paso. El mastín era aún más grande que los otros, tan grande o incluso un poco más que la loba.

Los dos animales no se anduvieron por las ramas y se lanzaron uno contra otro, con las mandíbulas preparadas para morder; un momento después caían revueltos al suelo entre ladridos y gruñidos, como una bola de pelo gris y blanco. Binabik maldecía junto a Simón y se le cayó la bolsa de cuero en sus prisas por preparar otro dardo. Las agujas de marfil se diseminaron por entre las hojas y el musgo, a sus pies.

Los aullidos de los combatientes elevaron su volumen. La gran cabeza blanca del mastín arremetió una y otra vez, como una víbora. La última ocasión en que la vio llevaba sangre sobre su pálido hocico. Simón y el gnomo corrían hacia ellos cuando éste lanzó de pronto un grito ahogado.

—¡Qantaqa! —gritó, y corrió hacia adelante.

El muchacho apenas tuvo tiempo de ver el cuchillo con mango de hueso en manos de Binabik, y un momento después, de forma increíble, el gnomo se abalanzó entre los animales y hundió la afilada hoja, la volvió a elevar y volvió a hundirla. Simón, que temía por la vida de sus dos compañeros, recogió el tubo hueco de donde Binabik lo había dejado caer y se acercó a la pelea. Llegó a tiempo para ver aparecer al hombrecillo tirando de la gruesa masa gris de pelo perteneciente a Qantaqa. Los dos animales quedaron separados y en ambos había sangre. La loba caminaba con lentitud, cojeando de una pierna. El mastín blanco permaneció echado, en silencio.

El gnomo se agachó y, poniendo su brazo alrededor del cuello de Qantaqa, apretó su frente contra la del animal. Simón, emocionado, se alejó de ellos para acercarse al árbol.

La primera sorpresa que se llevó fue encontrar dos figuras sobre las ramas del castaño; un joven de grandes ojos que tenía en su regazo a un ser más pequeño y silencioso. La segunda sorpresa consistió en que Simón conocía a una de las figuras, concretamente a la que más abultaba.

—¡Eres *tú*! —Miró hacia arriba, asombrado, al rostro colorado y lleno de pavor—. ¡Tú! ¡Mal…, Malaquías!

El muchacho no dijo nada; siguió mirando hacia abajo con ojos asustados, balanceando al pequeño ser que reposaba en su regazo. Durante unos momentos el bosque permaneció en silencio e inmóvil, como si el sol del atardecer hubiera sido detenido en su camino por encima de los árboles. Entonces el estrépito de un cuerno rompió la calma.

—¡Deprisa! —gritó Simón a Malaquías—. ¡Baja! ¡Vamos, baja! Binabik y la renqueante Qantaqa se aproximaron a ellos.

—Es el cuerno de un cazador, estoy seguro —dijo Binabik.

Malaquías, como si lo hubiese comprendido al fin, empezó a moverse por la larga rama con su pequeño compañero en brazos. Cuando alcanzaron la parte superior del tronco pareció dudar durante un instante; después alargó el bulto a Simón. Se trataba de una niña de cabello oscuro, de no más de diez años. La criatura permanecía inmóvil, con los ojos cerrados sobre un rostro demasiado pálido; cuando la cogió el muchacho, sintió un desagradable olor proveniente de la áspera ropa. Un momento después bajó Malaquías de la rama, tropezó y cayó, aunque se incorporó casi de inmediato.

—¿Y ahora, qué? —preguntó Simón, tratando de acunar a la niña contra el pecho. El cuerno volvió a hacerse audible en alguna parte del borde del cañón que habían dejado atrás, y ahora también percibieron el excitado aullar de más mastines.

—No podemos luchar contra hombres y perros a la vez —dijo el gnomo, con el rostro cansado—. No podemos correr más que los caballos. Debemos escondernos.

—¿Cómo? —inquirió el chico—. Los perros nos olfatearán.

Binabik se inclinó sobre la pata herida de Qantaqa, la tomó en su manita y la dobló hacia adelante y hacia atrás. La loba se resistió un poco, pero después se sentó, respirando con dificultad, mientras el hombrecillo acababa con sus manipulaciones.

—Es una lesión dolorosa, pero no está rota —le explicó a Simón, y después se volvió para hablar con el animal.

A Malaquías se le hizo imposible mantener la mirada frente a Simón.

—*Chok*, Qantaqa, mi valiente amiga —dijo el gnomo—, *¡ummu chok Geloë!*

La loba respiró profundamente, después se incorporó y se dirigió hacia el noroeste, alejándose del clamor que se elevaba tras ellos. Desapareció de la vista, entre los árboles, en cuestión de escasos momentos, arrastrando la ensangrentada pata delantera.

—Espero —explicó Binabik— que la confusión de olores que hay aquí —señaló el árbol, y luego al gran perro tendido cerca de él— los despiste y sigan el rastro de Qantaqa. Creo que no podrán atraparla, incluso coja. Es demasiado lista.

Simón miró a su alrededor.

—¿Y si nos escondemos allí? —preguntó, y señaló una hendidura que había en la falda de la colina; estaba formada por un gran rectángulo de piedra que se había desprendido y caído hacia atrás y constituía una gran grieta.

—No sabemos la dirección que tomarán —respondió Binabik—. Si llegan desde la colina será bueno para nosotros. Si lo hacen desde más atrás, pasarían justo junto al agujero. Es demasiado arriesgado.

A Simón le costaba trabajo pensar. El estruendo de los mastines acercándose lo llenaba de pánico. ¿Tendría razón el gnomo? ¿Los perseguirían hasta llegar a Naglimund? Tampoco es que pudieran seguir corriendo durante mucho más tiempo, cansados y maltrechos como estaban.

—¡Allí! —exclamó de repente.

Sobre el suelo del bosque, a escasa distancia de donde se encontraban, reposaba una mole de piedra tres veces más alta que un hombre. Los árboles crecían cerca de su base y la rodeaban como niños pequeños ayudando al anciano abuelo a sentarse a la mesa.

—¡Si podemos trepar hasta allí arriba —dijo Simón—, estaremos por encima incluso de los que vayan a caballo!

—Sí. —Binabik asintió con la cabeza—. Eso es, eso es. Simón. Venga, vamos a subir.

El hombrecillo le hizo una seña al silencioso Malaquías. El muchacho se acomodó lo mejor que pudo a la niña contra el cuerpo y corrió tras ellos.

El gnomo trepó un tramo y se agarró a la rama de un árbol cercano mientras se daba la vuelta.

—Dadme a la pequeña.

Así lo hizo Simón; extendió los brazos todo lo que pudo y después se volvió para ayudar a Malaquías, que buscaba un lugar donde poner el primer pie, y lo empujó por el codo hacia arriba. El joven rechazó aquel gesto de ayuda y trepó cuidadosamente.

Simón fue el último en hacerlo. Cuando llegó al primer reborde recogió la rígida figura de la niña y la depositó sobre su hombro; después volvió a iniciar su ascenso hasta la cima redondeada de la roca. Se estiró con los otros entre las ramas y hojas que allí había, oculto tras una pantalla de árboles. El corazón le latía apresuradamente de cansancio y miedo. Tenía la impresión de que había estado corriendo y ocultándose desde siempre.

Mientras trataban de buscar una posición cómoda para los cuatro, se elevó el ladrido de los perros hasta conformar un agudo aullido; un momento después el suelo se llenó de agitadas formas blancas.

Simón dejó que Malaquías cogiese a la niña y poco a poco se movió hasta unirse a Binabik, junto al borde de la roca.

A través de una rendija del follaje vieron lo que ocurría abajo.

Había canes por todas partes, husmeando y ladrando; al menos una veintena de ellos corrían excitados arriba y abajo, entre el cuerpo de su compañero, el árbol y la base de la gran roca. Incluso pareció que uno miraba directamente a Simón y a Binabik, con unos vacíos y brillantes ojos blancos y mostrando unas fieras fauces rojas. Poco después se alejó y volvió con sus compañeros.

El sonido del cuerno se hizo más cercano. Un minuto después apareció una hilera de caballos, abriéndose paso entre la espesa vegetación de la falda de la colina. Ahora los perros tenían una cuarta esquina que recorrer en su circuito, y lo hacían ladrando entre las grises piernas del caballo que iba al frente; éste caminaba con tanta tranquilidad como si las bestias fuesen mariposas. Las monturas que iban tras el primero no se mostraron tan tranquilas y una de ellas dio un respingo; su amo la sacó de la fila y la espoleó por la vertiente hasta que se detuvo cerca de la roca en la que permanecían escondidos los cuatro fugitivos.

El jinete era joven y barbilampiño; poseía una mandíbula angulosa y pelo rizado de color castaño, el mismo color de su montura. Vestía una capa azul y negra por encima de la plateada armadura, con el emblema de tres flores amarillas en diagonal desde el hombro a la cintura. Tenía una expresión amarga en el rostro.

—Otro que está muerto —dijo—. ¿Qué tenéis que decir de esto, Jegger? —Su voz adoptó un tono de sarcasmo—. Oh, perdonadme, *maestro Ingen*, quise decir.

Simón estaba sorprendido de la claridad con la que oía las palabras del hombre, como si hablase con los fugitivos ocultos, y retuvo el aliento.

El individuo de la armadura miraba a alguien que estaba fuera de su campo de visión, y su perfil le resultó muy familiar. Simón estaba seguro de que lo había visto antes, seguramente en Hayholt. Lo cierto era que por su acento tenía todo el aspecto de ser un erkyno.

—No tiene importancia la forma en que me llaméis —contestó otra voz, profunda, monótona y fría—. Vos no hicisteis a Ingen Jegger maestro de esta cacería. Estáis aquí por... mera cortesía, Heahferth, ya que éstas son vuestras tierras.

El muchacho supo entonces que el primer hombre era el barón Heahferth, un sujeto habitual en la corte de Elías y amigo del conde Fengbald. El que había hablado después hizo que su gris montura apareciese en la rendija a través de la que Simón y Binabik miraban. Unos agitados perros blancos se movían por entre los cascos del caballo.

El hombre llamado Ingen iba vestido completamente de negro, y tanto su capa como las calzas y la camisa eran del mismo tono triste y deslustrado. Al principio tuvieron la impresión de que llevaba una barba blanca, pero después se dieron cuenta de que los pelos de su rostro eran de un amarillo tan pálido y descolorido como sus ojos, que debían de haber sido azules.

Simón observó el frío rostro enmarcado en la negra cofia, el fuerte y musculoso cuerpo, y sintió un miedo diferente del que había experimentado durante aquel peligroso día. ¿Quién era aquel hombre? Tenía el aspecto de ser rimmerio, su nombre también lo era, pero hablaba de una forma extraña, con un ligero y extraño acento que el chico nunca había oído con anterioridad.

—Mis tierras acaban en el límite del bosque —dijo Heahferth, y volvió a su lugar con su montura.

Media docena de hombres con armadura ligera aparecieron en el claro y detuvieron sus caballos, a la espera.

—Y donde acaban mis tierras —continuó— también lo hace mi paciencia. Esto es una farsa. Un montón de perros muertos esparcidos como paja...

—...Y dos prisioneros escapados —acabó de decir Ingen.

—¡Prisioneros! —se mofó Heahferth—. ¡Un muchachito y una niña! ¿Es que creéis que ésos son los traidores que Elías está tan ansioso por atrapar? ¿Creéis que ellos dos —movió la cabeza para señalar el cuerpo del gran mastín muerto— hicieron *eso*?

—Los perros han estado siguiendo *algo*. —Ingen Jegger observó al animal muerto—. Mirad, mirad las heridas. Ni un oso ni un lobo han podido hacerlo. Es nuestra presa, y todavía sigue corriendo. Y ahora, gracias a vuestra estupidez, nuestros prisioneros también continúan huyendo.

—¿Cómo os atrevéis? —dijo el barón, alzando la voz—. ¿Cómo os atrevéis? Con sólo dar una orden puedo hacer que os llenen de flechas como un erizo.

Ingen levantó lentamente la mirada del cuerpo del mastín.

—Pero no lo haréis —respondió con calma.

El caballo de Heahferth volvió a piafar y, cuando éste lo hubo dominado, los dos hombres se miraron fijamente durante unos instantes.

—Oh..., entonces, muy bien —concluyó el barón. Su voz adoptó un tono diferente mientras apartaba la mirada del hombre vestido de negro y la dirigía hacia los árboles—. ¿Qué hacemos ahora?

—Los perros han descubierto un rastro —dijo Ingen—. Haremos lo que tenemos que hacer. Continuar.

El hombre de negro levantó el cuerno que colgaba en uno de sus costados y sopló una vez. Los animales, que habían estado pululando por el borde del claro, levantaron la cabeza y se dirigieron a toda prisa en la dirección en la que había desaparecido Qantaqa; Ingen Jegger lanzó a su alto caballo gris tras ellos sin decir palabra.

El barón Heahferth, maldiciendo, hizo una seña a sus hombres para que lo siguieran.

En cuestión de segundos el bosque se vació y se llenó de silencio una vez más, pero Binabik los mantuvo ocultos durante un tiempo adicional antes de dejar que sus compañeros descendiesen de la peña. Una vez sobre el suelo, examinó rápidamente a la niña: le abrió los ojos con un delicado y huesudo dedo y se acercó a ella para comprobar la respiración.

—Muy mal ella está. ¿Cómo se llama, Malaquías?

—Leleth —respondió el chico, mirando el pálido rostro—. Es mi hermana.

—Nuestra única esperanza es llevarla rápidamente a casa de Geloë —dijo Binabik—. Y también espero que Qantaqa extravíe a esos hombres para que podamos llegar sanos y salvos.

—¡¿Qué *haces* aquí, Malaquías?! —inquirió Simón—. ¿Cómo has huido de Heahferth?

El muchacho no respondió, y cuando el otro volvió a repetir las preguntas torció la cabeza y desvió la mirada.

—Las preguntas, para después —intervino el gnomo—. Rapidez es lo que necesitamos ahora. ¿Puedes cargar con la niña, Simón?

Emprendieron su camino a través del denso bosque en dirección noroeste. El sol, que descendía, parecía bailar a través de las ramas.

El chico le preguntó a Binabik sobre el hombre llamado Ingen y su extraña manera de hablar.

—Es un rimmerio negro, creo —respondió aquél—. Son una gente muy extraña, a los que rara vez se ve fuera de los asentamientos más norteños, donde a veces van a comerciar. No hablan la lengua de Rimmersgardia. Se dice que viven en los márgenes de las tierras pertenecientes a las nornas.

—¡Otra vez ellas…! —gruñó Simón, agachándose por debajo de una rama que llegó hasta él con fuerza tras el paso descuidado de Malaquías. El muchacho se volvió para mirar a Binabik—. *¡¿Qué es lo que ocurre?!* ¿Por qué se preocupa esa gente por nosotros?

—Son tiempos peligrosos, amigo Simón —contestó el hombrecillo—. Atravesamos una época peligrosa.

Pasaron algunas horas, y las sombras del atardecer se alargaron. Los pedazos de cielo que se veían brillar a través de las copas de los árboles se fueron tornando de color rosado. Los tres fugitivos siguieron andando.

El terreno era llano, aunque de vez en cuando encontraban algún corto descenso. En las ramas superiores las ardillas y los arrendajos seguían con sus interminables conversaciones; los grillos emitían su monótono canto desde abajo de las hojas caídas.

En una ocasión Simón vio un gran búho gris deslizándose rápidamente como un fantasma a través de las retorcidas ramas superiores. Más tarde avistó otro, tan parecido al primero que podían haber sido gemelos.

Binabik observaba el cielo, cuando pasaban a través de claros, y rectificaba la dirección desviándose un poco hacia el este; al cabo de poco tiempo llegaron a un pequeño riachuelo que corría a través de miles de pequeños espigones de ramas caídas. Durante un trecho caminaron siguiendo la corriente por la orilla llena de altas y espesas hierbas; cuando un árbol les impedía el paso, lo rodeaban y continuaban por la superficie de las piedras que salpicaban la corriente.

El cauce del riachuelo se hizo más amplio cuando se unió a otro, y al poco tiempo Binabik levantó la mano para señalar una parada. Acababan de rodear un recodo y allí el río caía repentinamente, formando una pequeña cascada sobre una serie de bloques de piedra.

Permanecieron en el borde de la gran cavidad que allí se formaba y que iba a dar a un montículo de árboles, el cual conducía a un ancho y oscuro lago.

El sol se había puesto; en la penumbra poblada de insectos el agua tenía un color púrpura y daba la impresión de gran profundidad. Había retorcidas ramas que se introducían en el agua como serpientes. Cerca del lago existía una atmósfera de quietud, de secretos sólo susurrados a los incontables árboles.

En el lado más alejado, oscura y difícil de ver en la negrura envolvente, se erguía sobre el agua una alta cabaña de techo de paja, de tal manera que daba la impresión de mantenerse flotando en el aire, aunque un momento después Simón vio que se elevaba por encima de la superficie del lago sobre pilares. Una tenue luz brillaba en las dos pequeñas ventanas.

—La casa de Geloë —dijo Binabik, y empezaron a descender por la alameda.

Sin que su aleteo produjera ningún tipo de ruido, una forma gris se abalanzó sobre ellos desde lo alto de los árboles y describió dos círculos por encima del lago; después desapareció en la oscuridad que se extendía alrededor de la cabaña.

Durante un instante Simón pensó que el búho había entrado en la casita, pero le pesaban los párpados a causa del cansancio y ni pudo verlo con claridad. La canción de los grillos se elevó a medida que los viajeros se adentraban en las sombras. Una forma en movimiento se dirigía hacia ellos bordeando el lago.

—¡Qantaqa! —rió Binabik, y corrió para encontrarse con ella.

26

En casa de Geloë

La figura que permanecía enmarcada en la cálida luz del vano de la puerta no se movió ni dijo nada al ver a los compañeros; éstos atravesaban el largo puente que llevaba desde la orilla del lago a los escalones que había frente a la casa. Simón siguió a Binabik, con la niña cuidadosamente sujeta, y no pudo acertar a responder por qué aquella mujer, Geloë, no tenía una entrada de una naturaleza más permanente, al menos algo que tuviese una barandilla de cuerda. Sus cansados pies encontraban dificultades para mantenerse en el estrecho puente.

«Supongo que no debe de recibir muchas visitas», pensó, y miró hacia el bosque, que se había oscurecido rápidamente.

El gnomo subió el primer escalón e hizo una reverencia, por lo que casi echó a Simón fuera del puente.

—*Valada* Geloë —anunció—, Binbines Mintahoqis requiere vuestra ayuda. Traigo a unos viajeros.

La figura que se encontraba en el umbral retrocedió unos pasos y dejó libre la entrada.

—Ahórrame los modales nabbanos, Binabik —dijo con una ronca y musical voz, impregnada de un acento extraño, pero de mujer, sin lugar a dudas—. Te conozco. Qantaqa ha llegado hace una hora. —La loba, que permanecía al borde de la rampa, irguió las orejas—. Claro que sois bienvenidos. ¿Piensas que iba a rechazarte?

El gnomo entró en la casa. Simón, que estaba un escalón más abajo, habló:

—¿Dónde puedo dejar a la niña?

A continuación se introdujo en la habitación, que le dio la sensación de ser grande y tener un alto techo; estaba inundada de sombras danzantes provocadas por las llamas de muchas velas. Tras él entró Geloë.

La mujer iba vestida con una áspera ropa de color pardo, toscamente sujeta mediante un cinturón. Su altura estaba a medio camino entre la del gnomo y la de Simón; su rostro era ancho y moreno a causa de los rayos del sol, con arrugas en las esquinas de los ojos y en las comisuras de los labios. El oscuro cabello aparecía moteado aquí y allá con manchas grises, y lo llevaba corto, por lo que casi tenía el aspecto de un sacerdote. Pero fueron sus ojos los que fascinaron a Simón: redondos, con gruesas pestañas, y de un intenso color negro azabache. Eran unos ojos viejos y llenos de conocimiento, como si perteneciesen a algún antiguo pájaro, y en ellos residía un poder que lo dejó clavado en el suelo. La mujer parecía estar tomándole las medidas, volviéndolo del revés y agitándolo como si fuese un saco, y todo ello a la vez. Cuando al fin su mirada descendió hacia la niña, el muchacho se sintió tan hueco como una bota de vino vacía.

—La niña está herida. —No era una pregunta. Simón dejó que la mujer la tomase de entre sus brazos mientras Binabik se adelantaba.

—Ha sido atacada por unos perros —dijo el gnomo—. Perros con la marca del Pico de las Tormentas.

Si el hombrecillo había esperado ver en Geloë una mirada de sorpresa o de miedo, se llevó un chasco. La mujer se dirigió hacia un jergón de paja, donde dejó a Leleth.

—Buscad algo de comida si tenéis hambre —dijo la *valada*—. Ahora debo atender a la niña. ¿De dónde venís?

Binabik no esperó ni un segundo más para empezar a explicarle los acontecimientos más recientes y ella se puso a desnudar el inconsciente cuerpo de la niña; entonces hizo su aparición Malaquías, que se aproximó al jergón y observó cómo Geloë limpiaba las heridas de Leleth. Cuando Malaquías estuvo demasiado cerca y la molestó en sus movimientos, la *valada* tocó suavemente el hombro del muchacho con una mano morena por el sol. Mantuvo el contacto y lo miró con fijeza durante unos instantes, hasta que él desvió la vista, acobardado. Tras una pausa volvió a levantar los ojos y a mirar de nuevo a Geloë, y algo sucedió entre ellos antes de que el chico se diese la vuelta y se sentase contra la pared.

Binabik encendió la chimenea, ingeniosamente acondicionada en un profundo pozo excavado en el suelo. El humo, sorprendentemente

419

escaso, se elevaba hasta el techo; Simón imaginó que debía de haber una chimenea escondida entre las sombras de arriba.

La cabaña en sí, que en realidad constaba de una gran habitación, le recordaba las estancias de Morgenes en muchos aspectos. Una infinidad de extraños objetos colgaban de las paredes revocadas con arcilla: ramas con hojas colocadas en cuidadosos haces, bolsas de flores secas derramando sus pétalos, y cañas y juncos, al igual que largas raíces que parecían provenir del lago. La luz procedente del fuego también iluminaba una multitud de pequeños cráneos de animales, destacando sus brillantes y pulidas superficies pero sin llegar a penetrar en la oscuridad de las cuencas de los ojos.

Había toda una pared que estaba dividida entre el techo y el suelo por una alta estantería de madera, la cual también aparecía cubierta de curiosos objetos como pellejos de animales y pequeños montones de ramas y huesos, piedras de todas las formas y colores hermosamente desgastadas por el agua, y una cuidadosamente dispuesta sucesión de rollos de pergaminos, con los mangos hacia el exterior, como si se tratase de un montón de leña. Todo aparecía tan lleno de cosas que a Simón le costó unos instantes darse cuenta de que no era una estantería sino una mesa; junto a los pergaminos reposaba un montón de vitela, y una pluma en un tintero hecho con el cráneo de un animal.

Qantaqa resoplaba en calma con el morro contra uno de los muslos. El muchacho le acarició el hocico. En su rostro y en sus orejas podían verse una infinidad de cortes y pequeñas heridas, pero su pelo había sido cuidadosamente limpiado de sangre seca. Simón se alejó de la mesa y se dirigió hacia la gran pared que daba al lago a través de las dos pequeñas ventanas. El sol había desaparecido y la luz de las velas se reflejaba sobre el agua en forma de dos largos e irregulares rectángulos. El chico vio su propia silueta en uno de ellos, como la pupila de un brillante ojo.

—He puesto a calentar algo de sopa —dijo Binabik, tras él, y le ofreció un tazón—. Yo también la necesitaba —sonrió—, al igual que tú y todos los demás. Espero no tener nunca más un día como éste.

Simón sopló sobre el líquido caliente y después sorbió un poco a través de los labios. Tenía un fuerte olor y resultaba un poco amargo, como sidra caliente.

—Está buena —dijo, y sorbió un poco más—. ¿De qué es?

—Tal vez sea mejor que no lo preguntes —sonrió Binabik con malicia.

Geloë levantó la mirada del jergón, ceñuda, y miró al hombrecillo con ojos penetrantes.

—Déjate de cuentos, gnomo; vas a hacer que el chico tenga dolor de estómago —rugió irritada—. Estragón, diente de león y musgo es lo que hay en la sopa.

Binabik pareció escarmentado.

—Os pido disculpas, *valada*.

—Está buena —intercedió el joven, preocupado por si la había ofendido, aunque sólo fuese como destinatario de la broma de Binabik—. Gracias por acogernos. Me llamo Simón.

—Ah —rezongó Geloë, y volvió a seguir con la limpieza de las heridas de Leleth.

Sin decir nada más, Simón acabó el caldo con tanta calma como pudo. El gnomo le cogió el tazón y lo volvió a llenar, y el chico lo volvió a terminar con tanta rapidez como el otro.

Binabik empezó a peinar el espeso pelo de Qantaqa con sus huesudos dedos, quitando los restos de hojas y ramas que encontraba y tirándolos al fuego. Geloë aplicaba un vendaje a Leleth en silencio mientras Malaquías observaba todo, con el lacio cabello negro colgando sobre el rostro. Simón encontró un lugar relativamente adecuado para estirarse apoyado contra la pared de la cabaña.

Una legión de grillos y otros cantores nocturnos llenaban los espacios vacíos de la noche mientras el muchacho caía en un profundo sueño, con su corazón latiendo a ritmo tranquilo.

Todavía era de noche cuando se despertó. Agitó la cabeza algo estúpidamente, tratando de deshacerse de los restos de un sueño demasiado corto; le llevó unos instantes recordar dónde se encontraba.

Geloë y Binabik hablaban tranquilamente; la mujer estaba sentada sobre un alto taburete y el gnomo, a su vez, aparecía sentado con las piernas cruzadas a los pies de ella, como un estudiante. En el jergón que había tras ellos descansaba una oscura forma que Simón reconoció como Malaquías y Leleth durmiendo juntos.

—No importa si has sido o no inteligente, joven Binabik —decía la mujer—. Has tenido suerte, que es todavía mejor.

Simón decidió hacerles saber que se había despertado.

—¿Cómo está la niña? —preguntó, mientras se estiraba. Geloë lo miró con ojos sombríos.

—Muy mal. Se encuentra malherida y tiene fiebre. Los mastines… Bueno es una desgracia ser mordido por ellos. Comen carne podrida.

—La *valada* está haciendo todo lo posible, Simón —intervino Binabik.

El gnomo tenía algo en sus manos: una nueva bolsa que cosía mientras hablaba. El muchacho se preguntó dónde podría encontrar dardos nuevos. Ah, y una espada…, o un cuchillo, al menos. La gente que iba de aventuras siempre llevaba un cuchillo o tenía gran ingenio. O magia.

—¿Le has dicho…? —dudó Simón—. ¿Le has dicho lo del doctor Morgenes?

—Ya lo sabía —dijo Geloë, con la mirada puesta sobre él. Cuando habló lo hizo con deliberada fuerza—. Tú estabas con él, muchacho. Sé tu nombre, y sentí la marca de Morgenes cuando te toqué para coger a la pequeña de tus brazos.

Como para demostrarlo extendió una ancha mano, llena de durezas.

—¿Sabíais mi nombre?

—En cuanto a lo concerniente al doctor, sé muchas cosas. —Geloë se echó hacia adelante y removió la chimenea con un largo y ennegrecido atizador—. Hemos perdido a un gran hombre, un hombre al que nosotros no podemos permitirnos el lujo de perder.

Simón dudó, pero la curiosidad pudo más que él.

—¿Qué queréis decir? —El chico gateó por el suelo hasta sentarse cerca del gnomo—. ¿Qué significa *nosotros*?

—*Nosotros* significa todos nosotros —respondió—. *Nosotros* abarca a todos los que no damos la bienvenida a la oscuridad.

—Le he relatado a Geloë todo lo que nos ha ocurrido, amigo Simón —explicó Binabik, con calma—. No es ningún secreto que tengo algunas explicaciones para ello.

La mujer torció el gesto y se apretó la ropa contra el cuerpo.

—Y yo no tengo ninguna más que añadir… todavía. De todas formas, está claro que los signos que he visto en el tiempo desde mi aislado lago, los gansos que vuelan hacia el norte y que deberían haber pasado hace un par de semanas y todas las cosas ocurridas me han provocado una gran preocupación. —Juntó las palmas de las manos, como en posición de rezo—. Todas esas cosas son reales y el cambio que auguran, por cierto, también es real. Terriblemente real.

La mujer dejó caer las manos sobre el regazo y los miró.

—Binabik está en lo cierto —dijo al final.

El gnomo asintió con gravedad, pero a Simón le pareció observar un brillo de satisfacción en sus ojos, como si le hubieran dirigido un gran cumplido.

—Esto es mucho más que la pelea entre un rey y su hermano —continuó Geloë—. Las luchas intestinas entre reyes pueden destrozar la tierra, arrancar árboles de cuajo y bañar los campos de sangre. —Una rama cayó en el fuego y alzó una cortina de chispas que sobresaltó a Simón—.

Pero las guerras de los hombres no traen oscuras nubes del norte o envían hambrientos osos de regreso a sus guaridas en el mes de maya.

La *valada* se incorporó y alargó los brazos, cuyas amplias mangas colgaron como las alas de un pájaro.

—Mañana trataré de encontrar algunas respuestas que ofreceros. Ahora debéis dormir mientras podáis, pues me temo que la fiebre de la niña volverá a manifestarse con más fuerza durante la noche.

La mujer se dirigió hacia la pared del otro lado y empezó a bajar pequeñas jarras de un estante. Simón extendió su manto sobre el suelo, cerca del pozo de la chimenea.

—Tal vez sea mejor que no duermas tan cerca de las llamas —le advirtió Binabik—. Una chispa proveniente de ahí abajo podría prenderte fuego.

El muchacho lo miró, pero el gnomo no parecía bromear, así que recogió la capa y la colocó a algunos pies de distancia más atrás; después se tendió sobre ella y enrolló la capucha para utilizarla como almohada. A continuación dobló los extremos por encima de él y quedó completamente tapado. El hombrecillo buscó un lugar en una esquina y, después de unos momentos en los que trató de encontrar una buena posición, se durmió.

La canción de los grillos había tocado a su fin. Simón miró las sombras que parpadeaban en el techo y oyó el tranquilizador siseo del viento al atravesar por las ramas de los árboles del bosque y por encima de las aguas del lago.

No había ningún candil encendido, y tampoco ningún fuego; sólo la pálida luz de la luna se filtraba a través de las altas ventanas, iluminando la atestada habitación con una especie de brillo helado. Simón miró a su alrededor las curiosas e irreconocibles siluetas que se apreciaban sobre la mesa y las gruesas e inertes masas de libros amontonados en pilas torcidas, que sobresalían del suelo como las lápidas de un cementerio. Sus ojos se sintieron atraídos por un libro en particular, que aparecía abierto y brillaba como la madera de un árbol recién astillado. En el centro de la página por la que se hallaba abierto había un rostro familiar: un hombre con ojos ardientes, cuya cabeza sostenía la cornamenta de un ciervo.

Simón miró la habitación y después volvió a dirigir su atención sobre el libro. Se encontraba en las estancias de Morgenes, claro. ¡Claro! ¿Dónde había pensado que estaba, si no?

Aun después de darse cuenta de ello, de que las siluetas se convirtiesen en las familiares formas de los frascos, botes y anaqueles del doctor, existía un sospechoso ruido en la puerta, como si alguien estuviese rascando sobre la hoja. El muchacho se asustó al oír el inesperado sonido. Franjas diagonales de luz provenientes de la luna creaban la impresión de que la habitación estaba inclinada. El ruido volvió a hacerse audible.

—¿…Simón…?

La voz sonaba en tono muy bajo, como si el que hablaba no quisiera ser escuchado, pero el chico la reconoció al instante.

—¡¿Doctor?!

Simón saltó y se dirigió hacia la puerta. ¿Por qué el anciano no había llamado? ¿Y por qué volvía tan tarde? Tal vez había realizado algún misterioso viaje y se había quedado sin poder entrar. ¡Claro, era eso! Suerte que él estaba allí para dejarlo entrar.

Simón trató de encontrar el picaporte.

—¿Qué habéis estado haciendo, doctor Morgenes? —susurró—. ¡Os he esperado durante tanto tiempo!

No hubo respuesta a su pregunta.

Mientras descorría el cerrojo de la ranura se vio inundado por una súbita sensación de desasosiego. Se detuvo con la puerta medio cerrada y se puso de puntillas para mirar a través de la rendija que había entre dos tablas.

—¿Doctor?

En el pasillo interior, bañado en la luz azulada de las lámparas, el anciano aparecía ante la puerta, encapuchado y cubierto por el manto. Su rostro estaba envuelto en sombras, pero no había equivocación posible en cuanto a su viejo manto, la escasa corpulencia o las guedejas de blanco cabello que asomaban por la capucha, teñidas de azul a causa de la luz. ¿Por qué no respondía? ¿Estaría herido? Creyó haber oído que el doctor decía algo y se inclinó hacia adelante.

—¿Qué?

Las palabras que llegaron hasta sus oídos estaban llenas de un doloroso acento.

—…*Falso… mensajero…* —fue todo lo que entendió.

La ronca voz parecía tener que esforzarse al hablar, y entonces la cara se irguió y cayó la capucha.

La cabeza sobre la que reposaba la fina mata de blanco cabello aparecía quemada y ennegrecida, como un muñón con vacíos agujeros como ojos; el delgado cuello sobre el que se sostenía era un bamboleante y quemado palo. Simón retrocedió sin ni siquiera poder liberar el grito que le subía por la garganta. Una fina línea roja se abría camino a través de la frente de la negra y pellejuda bola que era la cabeza; un momento después se abrió la boca, una raja de carne rosada.

—...El... falso... mensajero... —dijo, y cada palabra salió acompañada de una boqueada—. Ten... cuidado...

En aquel momento Simón gritó hasta que la sangre se arremolinó en sus oídos, porque la cosa quemada hablaba, sin ninguna duda, con la voz del doctor Morgenes.

Su alocada cabeza necesitó un tiempo para calmarse. Se sentó y respiró con dificultad, mientras Binabik se situaba junto a él.

—No hay nada que temer aquí —dijo el gnomo, y después colocó la palma de su mano sobre la frente de Simón—. Estás helado.

Geloë se acercó desde al camastro, donde había vuelto a cubrir a Malaquías con la manta que éste había tirado al despertarse asustado por el grito del chico.

—¿Tenías sueños como éste cuando vivías en el castillo, muchacho? —preguntó la mujer, mirándolo severamente.

Simón se estremeció. Enfrentado a aquella poderosa mirada no sintió necesidad de decir nada excepto la verdad.

—No, hasta..., hasta los últimos meses antes..., antes...

—Antes de la muerte de Morgenes —dijo Geloë—. Binabik, a menos que el conocimiento me haya abandonado, no puedo creer que todo esto sea fruto de la casualidad, que pueda soñar con Morgenes en mi casa. No un sueño como éste.

El gnomo se pasó una mano por el revuelto cabello.

—*Valada* Geloë, si vos no lo sabéis, ¿cómo puedo saberlo yo? ¡Hija de las Montañas! Siento que oigo los ruidos de la oscuridad, pero no puedo descubrir los peligros que nos rodean, aunque sé que existen. Los sueños de Simón que nos avisan sobre «falsos mensajeros»... son uno de los muchos misterios que nos inundan. ¿Por qué las nornas? ¿Y el rimmerio negro? ¿Y los asquerosos bukken?

Geloë miró a Simón y, suavemente aunque con vigor, lo arropó de nuevo en el manto.

—Intenta volver a dormir —dijo—. Nada que pueda hacerte daño entrará en la casa de la hechicera. —Se volvió a mirar a Binabik—. Creo, si el sueño que nos ha descrito es tan coherente como parece, que el muchacho nos será de mucha utilidad en nuestra búsqueda de respuestas.

Tendido sobre la espalda, Simón vio a la *valada* y al gnomo como negras formas enmarcadas en el brillante resplandor de las brasas de la hoguera. La figura más pequeña se inclinó sobre él.

—Simón —susurró Binabik—, ¿has tenido algún otro sueño que quieras explicar?

El joven movió la cabeza lentamente de lado a lado. No había nada, nada excepto sombras, y se sentía cansado de hablar. Todavía podía percibir el sabor del miedo que le había provocado la cosa quemada que apareció en la puerta; sólo quería rendirse en el pozo del olvido, dormir, dormir...

Pero no lo consiguió con facilidad. Aunque mantuvo los párpados cerrados, las imágenes del fuego y de la catástrofe se le hicieron visibles. Se movió y cambió de posición, pero sin encontrar ninguna que le permitiese descansar los músculos. Oyó hablar en voz baja al gnomo y a la hechicera en un tono que le recordó a las ratas escarbando en las paredes.

Al cabo de un rato incluso ese ruido cesó, y el ulular del viento volvió a hacerse audible; entonces abrió los ojos. Vio que Geloë se hallaba sentada sola ante el fuego, con los hombros encorvados, como un pájaro que se resguardase de la lluvia y con los ojos medio abiertos. Simón no pudo asegurar si dormía u observaba el lento arder del fuego.

Su último pensamiento, que se abrió paso lentamente desde lo más profundo de su ser, temblando como si se tratase de llamas bajo el mar, fue el de una alta colina, una colina coronada de piedras. Todo ello había ocurrido en un sueño, ¿no? Debería haberse acordado..., y se lo tendría que haber explicado a Binabik.

Un fuego ardió en la oscuridad de la cima de la colina, y oyó el crujir de ruedas de madera, las ruedas del sueño.

Cuando la mañana llegó, el sol no vino con ella. Desde la ventana de la cabaña Simón vio las oscuras copas de los árboles en el extremo más alejado de la hondonada, pero el lago estaba revestido de un espeso manto de niebla. Incluso era difícil distinguir el agua que corría por debajo de la ventana. La niebla confería un aspecto borroso e insustancial a todas las cosas. Por encima de la oscura línea de árboles el cielo aparecía del todo gris.

Geloë se había llevado a Malaquías para recoger una clase de liquen de propiedades curativas, y había dejado a Binabik para atender a Leleth. El gnomo parecía albergar escasas esperanzas sobre el estado de la niña, pero cuando Simón miró el pálido rostro y los débiles movimientos del pequeño pecho, se preguntó qué diferencia observaba el hombrecillo que él no podía apreciar.

El muchacho volvió a encender el fuego con un montón de ramas secas que Geloë había amontonado ordenadamente en un rincón, y después ayudó a cambiar los vendajes de la niña.

Cuando Binabik apartó la sábana del cuerpo de Leleth y quitó los vendajes, Simón se estremeció, pero no por ello se apartó. Todo el torso de la pequeña aparecía ennegrecido de magulladuras y mordeduras de feo aspecto. La piel le había sido arrancada desde debajo del brazo izquierdo hasta la cadera, un desgarrón de casi un pie de largo. Cuando el hombrecillo acabó de limpiar la herida y la vendó de nuevo con anchas tiras de tejido, pequeñas manchas rosadas florecieron a través de las vendas.

—¿Tiene alguna posibilidad de conservar la vida? —preguntó Simón.

Binabik se encogió de hombros, con las manos ocupadas en los nudos.

—Geloë cree que sí —respondió—. Es una mujer severa y de mente clara, que no tiene a los seres humanos en más estima que a los animales, pero que no por ello deja de apreciarlos. Creo que no lucharía contra lo imposible.

—¿Es realmente una hechicera, como dijo?

El gnomo extendió la sábana por encima del cuerpo de la niña, dejando sólo su rostro al descubierto. La boca de Leleth estaba parcialmente abierta y Simón pudo observar que había perdido los dos dientes frontales. Sintió un repentino y amargo dolor por ella, perdida con su hermano en el salvaje bosque, capturada, atormentada y asustada. ¿Cómo podía nuestro Señor Jesuris amar un mundo como aquél?

—¿Una hechicera? —preguntó Binabik, y se incorporó. Afuera, Qantaqa daba los primeros pasos sobre el puente, así que Geloë y Malaquías no debían de andar muy lejos—. Una mujer *sabia* sí que es, y un ser de extraña fuerza. En tu lengua yo entiendo «hechicera» para designar a una persona mala, una que pertenece al diablo y que causa el mal a sus vecinos. Eso no es la *valada*. Sus vecinos son los pájaros y los habitantes del bosque, y ella los apacienta como a su grey. Hace muchos años vivía en Rimmersgardia, hace *muchísimos* años, y luego vino aquí. Es posible que la gente que antes vivía a su alrededor pensase alguna tontería de ese tipo…, tal vez a causa de ello se trasladó a este lago.

El gnomo se giró para dar la bienvenida a la impaciente Qantaqa y le acarició y rascó el largo pelo del lomo mientras ésta se retorcía de placer; después cogió un cazo y lo llenó de agua. Regresó y colgó el cazo en el gancho de una cadena, sobre el fuego.

—Dijiste que conocías a Malaquías del castillo, ¿verdad?

Simón observaba a Qantaqa. La loba había regresado junto al lago y permanecía metida en aguas poco profundas, con el hocico casi pegado a la superficie.

—¿Crees que quiere coger algún pez? —preguntó Simón, sonriendo.

Binabik también sonrió con paciencia y asintió.

—Puede hacerlo si quiere. ¿Qué hay de Malaquías?

—Ah, sí, lo conocí allí… un poco. Una vez lo cogí mientras me espiaba, aunque lo negó. ¿Te ha dicho algo? ¿Te ha explicado qué es lo que él y su hermana hacen en Aldheorte y dónde fueron capturados?

Qantaqa había atrapado un pez, una cosa brillante y de color plateado que se retorcía sin esperanza cuando la loba trepó a la orilla del lago, empapada.

—Hubiera tenido más suerte tratando de enseñar a cantar a una piedra. —Binabik encontró un tazón de hojas secas en uno de los estantes de Geloë y echó unas cuantas en el cazo con agua hirviendo. Al instante la habitación se llenó de cálidos y mentolados olores—. Cinco o seis palabras he escuchado de su boca desde que lo encontramos en lo alto de aquel árbol. Él te recuerda y algunas veces he observado que te mira. Creo que no es peligroso; de hecho, tengo una total seguridad al respecto, pero todavía es necesario que sea vigilado.

Antes de que pudiese responder algo, el muchacho oyó el corto ladrido de Qantaqa. Miró por la ventana a tiempo de ver al animal salir corriendo y desaparecer entre la niebla, después de haber abandonado a la orilla del lago al casi totalmente devorado pez. Pronto regresó, seguida por dos oscuras figuras que de forma gradual se convirtieron en Geloë y en el extraño Malaquías. Ambos venían charlando animadamente.

—¡Por Qinkipa! —gritó Binabik mientras removía el cazo del agua—. ¡Mira cómo habla ahora!

Mientras se restregaba los zapatos fuera, la mujer asomó la cabeza por la puerta.

—Hay niebla por todas partes —dijo—. Hoy el bosque está dormido.

Entró en la casa y se desprendió del manto, seguida de Malaquías, que otra vez parecía lleno de cautela, aunque sus mejillas estaban llenas de color.

Geloë se dirigió a su mesa y empezó a vaciar el contenido de un par de sacos. Hoy vestía como un hombre, con gruesos calzones de lana, un justillo y un par de usadas pero fuertes botas. Transmitía una sensación de tranquilidad, como un capitán que ha realizado todos los preparativos posibles y ahora sólo espera a que la batalla dé comienzo.

—¿Está lista el agua? —preguntó.

Binabik se inclinó sobre el cazo y olió el vapor.

—Parece que sí —contestó.

—Bien.

La mujer desató la pequeña bolsa de tela que llevaba colgada del cinturón y sacó un puñado de oscuro y verde musgo, todavía moteado con rastros de agua. Después de dejarlo caer ceremoniosamente en el cazo, lo removió con la cuchara de madera que el gnomo le tendió.

—Malaquías y yo hemos hablado —dijo, mirando el líquido—. Hemos hablado de muchas cosas. —Levantó la cabeza, pero el chico bajó la mirada y sus mejillas enrojecieron un poco más; después fue a sentarse junto a Leleth, en el jergón, a quien cogió de la mano y palpó la pálida y húmeda frente.

Geloë se encogió de hombros.

—Bueno, hablaremos cuando Malaquías esté preparado. Por el momento, tenemos trabajo que hacer.

Extrajo algo de musgo del interior del cazo mediante la cuchara, lo palpó con el dedo y cogió un tazón de una mesita de madera cercana para depositar toda la masa viscosa del cazo. Luego se llevó el humeante tazón junto al colchón.

Mientras Malaquías y la hechicera hacían cataplasmas con el musgo, Simón salió de la casa y se acercó al lago. El exterior de la cabaña de Geloë tenía un aspecto tan extraño a la luz del día como de noche: el techo de paja se elevaba por encima de la casa hasta converger en un punto, como un extraño sombrero, y la oscura madera de las paredes estaba cubierta de negros y azules grabados rúnicos. Caminó alrededor de la cabaña y se acercó a la orilla, donde vio que las letras desaparecían y volvían a aparecer según el ángulo de la luz que recibiesen. Ocultos en la espesa sombra de debajo de la casita, los pilares en los que se asentaba se hallaban cubiertos de una extraña especie de guijarros.

Qantaqa regresó a los restos de su pescado y pareció disgustarle perder los últimos trozos de carne que quedaban entre las espinas. Simón se sentó junto a ella, en una roca, y después se alejó un poco más en respuesta al gruñido amenazador de la loba. Arrojó piedras a la niebla y escuchó el chapoteo de éstas al entrar en contacto con el agua, hasta que Binabik se reunió con él.

—¿Te interrumpo? —le preguntó aquél.

El gnomo le alargó un pedazo de crujiente pan negro sobre el que había esparcido un aromático queso. Simón se lo comió con ansia, y después se sentaron y observaron unos cuantos pájaros que picoteaban en la arena de la orilla del lago.

—*Valada* Geloë quisiera que te unieses a nosotros, que formases parte de lo que haremos esta tarde —dijo Binabik, rompiendo el silencio.

—¿De qué se trata?

—De buscar. De buscar respuesta.

—¿Buscar? ¿Cómo? ¿Es que vamos a ir a algún sitio?

El hombrecillo lo miró con gravedad.

—De alguna manera podría decirse que sí... No, bueno, no me mires así. Te lo explicaré —y arrojó una piedra al lago—. Hay una cosa que se hace en algunas ocasiones, cuando los caminos que llevan a los sitios se encuentran cerrados. Una cosa que pueden hacer los sabios. Mi maestro lo llamaba «andar el Sendero de los Sueños».

—¡Pero eso lo mató!

—¡No! Eso es... —La expresión del gnomo pareció preocupada mientras trataba de encontrar las palabras adecuadas—. Es decir, sí, murió mientras estaba en el sendero. Pero un hombre puede morir en cualquier camino. Eso no significa que todo el que camine sobre él vaya a morir. La gente es aplastada por carros a diario en tu calle Mayor, pero cientos de ellos caminan por ella sin que les ocurra nada.

—¿Qué es exactamente el Sendero de los Sueños? —preguntó Simón.

—Primero debo admitir —dijo Binabik con una triste sonrisa— que el camino de los sueños es más peligroso que la calle Mayor. Mi maestro me enseñó que es como un sendero de montaña más alto que cualquiera de los existentes. —El gnomo levantó la mano por encima de su cabeza—. Desde ese camino, aunque la ascensión implique una gran dificultad, puedes ver cosas que de otra forma no verías, cosas que son invisibles desde el sendero de lo cotidiano.

—¿Y la parte de los sueños?

—Se me enseñó que el sueño es un medio para subir a ese sendero, un camino que cualquier persona puede tomar. —El hombrecillo arrugó una ceja—. Pero cuando una persona alcanza el sendero mediante el sueño ordinario de la noche, no puede andar a lo largo de él: mira desde un único lugar, y luego debe regresar. Por ello, me explicó Ookequk, estas personas no se dan cuenta de lo que ven. A veces —hizo un gesto señalando hacia la niebla que colgaba entre los árboles y el lago— sólo ven neblina. El sabio, sin embargo, puede andar *por* el sendero, una vez que ha llegado a dominar el arte de escalar hasta él. Puede andar y puede mirar, ver las cosas como son y cómo cambian. —El gnomo se encogió de hombros—. Explicarlo no es fácil. El camino de los sueños es un lugar para ir y ver cosas que no se pueden ver con claridad desde donde estamos, bajo el sol. Geloë es una veterana en esa clase de viajes. Yo también tengo algo de experiencia, a pesar de no ser un maestro.

Simón continuó sentado mirando el agua durante un rato, mientras pensaba en las palabras de Binabik. La otra orilla del lago parecía invisible; se preguntó a qué distancia estaría de donde él se encontraba. Los recuerdos del día anterior estaban tan llenos de neblinas como el aire de la mañana.

«Ahora que pienso en ello —cayó en la cuenta—, ¿qué distancia habré recorrido? Un largo camino, más lejos de lo que nunca pensé que viajaría. Y todavía me quedan muchas leguas por delante, estoy seguro. ¿Vale la pena correr el riesgo para mejorar nuestras posibilidades de llegar vivos a Naglimund?»

¿Por qué le tenían que tocar decisiones de este tipo? Resultaba muy desagradable. Se preguntó con amargura por qué Dios lo había escogido para recibir tales tratos, si es que era verdad, como acostumbraba a decir el padre Dreosan, que Él tenía sus ojos puestos sobre todos y cada uno de nosotros.

Pero tenía más cosas en las que pensar aparte de su rabia. Binabik y los otros parecían contar con él, y eso era algo a lo que Simón no estaba acostumbrado. Ahora esperaban cosas de él.

—Lo haré —dijo, al fin—. Pero dime una cosa: ¿qué es lo que en verdad le ocurrió a tu maestro? ¿Por qué murió? El gnomo asintió lentamente con la cabeza.

—Se me dijo que había dos maneras de que sucedieran las cosas en el sendero…, hay cosas que son peligrosas. La primera, y eso es algo que les suele ocurrir a los que no están preparados, es que si uno trata de caminar sin la visión apropiada, es posible pasar de largo por los lugares en que el camino de los sueños y la pista de la vida terrestre se separan. —El gnomo separó las palmas de sus manos—. En ese caso, el caminante no puede encontrar el sendero de regreso. Pero creo que Ookequk era demasiado sabio para caer en eso.

La posibilidad de perderse en aquellos reinos imaginarios preocupó al muchacho y aspiró una bocanada de aire húmedo.

—Entonces, ¿qué le ocurrió a Ook…, Ookequk?

—El otro peligro que él me enseñó —explicó Binabik mientras se ponía en pie— es que hay otras cosas, aparte de las de sesgo sabio y bueno, que vagan por el Sendero de los Sueños, y otros soñadores de una especie más peligrosa. Creo que él se llegó a encontrar con uno de éstos.

El hombrecillo condujo a Simón hacia la cabaña por la pequeña rampa.

Geloë destapó una ancha cazuela y metió dos dedos en el interior, para sacarlos cubiertos de una pasta de color verde oscuro todavía más viscosa y de un olor más extraño que las cataplasmas de musgo.

—Inclínate hacia adelante —le dijo a Simón, y dejó caer unas gotas sobre su frente, por encima de la nariz; luego hizo lo mismo con Binabik y finalmente con ella.

—¿Qué es? —preguntó el chico.

El muchacho sentía algo extraño en la piel, algo caliente y frío a la vez.

Geloë se sentó ante la hoguera hundida en el suelo y les hizo un gesto para que se uniesen a ella.

—Belladona, hierbamora y corteza de castaño para darle la consistencia adecuada...

Alineó al muchacho, al gnomo y a sí misma alrededor de la hoguera, en forma de triángulo, y puso la cazuela en el suelo.

La sensación que Simón percibía en la frente era de lo más curioso, pensó mientras observaba a la *valada* que tiraba ramitas verdes en el ruego. Blancas volutas de humo ascendieron hacia el techo e hicieron que el espacio que había entre ellos se convirtiese en una columna de niebla, a través de la cual refulgían sus ojos al reflejar el fuego.

—Ahora frotad esto con ambas manos —dijo la mujer, a la vez que extraía de la cazuela un vasito para cada uno de ellos—, y poneos una pequeña cantidad en los labios, pero no en la boca. Sólo una pizca...

Cuando hubo acabado todo, extendieron las manos y las unieron entre sí. Malaquías, que no había hablado desde que Simón y el gnomo habían regresado, los observaba desde el jergón, junto a la niña que yacía dormida. El extraño muchacho parecía tenso, pero la boca se mantenía recta, como si desease guardar escondido su nerviosismo. Simón extendió los brazos a ambos lados y agarró la pequeña y seca mano de Binabik a su izquierda y la áspera de Geloë a su derecha.

—Cogeos fuerte —dijo la hechicera—. No sucederá nada terrible si os soltáis, pero es mejor que nos mantengamos unidos.

Bajó la mirada y empezó a hablar en voz baja, con palabras inaudibles. Simón vio cómo se movían los labios de la mujer y los caídos párpados de sus grandes ojos; de nuevo pensó en cuánto se asemejaba a un pájaro, a un orgulloso pájaro. Continuó mirando a través de la columna de humo, y el hormigueo que sentía en las palmas de las manos, en la frente y en los labios empezó a molestarle.

La oscuridad se hizo repentinamente, como si una densa nube hubiera pasado ante el sol. Al instante siguiente no pudo ver nada excepto el humo y el brillante resplandor rojo del fuego que había bajo él; todo lo demás había desaparecido en los muros de oscuridad que surgieron a cada lado. Sentía pesadez en los ojos, y al mismo tiempo sintió como si alguien le hubiese hundido el rostro en la nieve. Tenía frío, mucho frío. Cayó de espaldas, quedó tumbado y la oscuridad se hizo a su alrededor.

Después de un tiempo, que Simón no podía imaginar cuán largo había sido, y durante el cual sólo recordaba que había seguido sintiendo el débil contacto de dos manos en las suyas —una sensación que proporcionaba gran seguridad—, la oscuridad comenzó a desvanecerse y a dar paso a una luz que parecía no tener procedencia, una luz que se alimentaba de sí misma. La claridad era desigual: algunas partes brillaban con la luminosidad solar reflejada sobre superficies pulidas; otros lugares se veían casi grises. Después, el campo luminoso se convirtió en una gran y deslumbrante montaña de hielo, una montaña de tal altura que la cima estaba oculta en las nubes que llenaban el oscuro cielo. Columnas de humo aparecían por entre las hendiduras de sus helados costados y emprendían el camino hacia el halo que envolvía las partes superiores.

Y entonces, de alguna forma, Simón se dio cuenta de que se encontraba en *el interior* de la gran montaña y volaba con tanta rapidez como una chispa a través de los túneles que conducían hacia el interior, oscuros túneles que, sin embargo, estaban formados por hielo brillante y claro. Una cantidad infinita de sombras recorría su camino a través de la niebla: sombras brillantes, de pálidos rostros, formas angulosas que recorrían los corredores como haces de brillantes lanzas o que atendían a los extraños fuegos azules y amarillos cuyo humo coronaba las alturas.

La chispa que era Simón todavía sentía dos firmes manos que le agarraban las suyas, o que más bien le decían que no estaba solo, ya que una chispa carece de manos de las que pueda ser cogida. Se encontró en una gran habitación, un gran agujero en el centro de la montaña. El techo estaba a tan gran altura del suelo de heladas baldosas que de él caía nieve en suaves copos, como ejércitos de diminutas mariposas blancas. En el centro de la inmensa cámara se abría un monstruoso pozo, cuya boca brillaba con una débil luz azul, y que parecía ser el lugar de procedencia de un horroroso y angustioso miedo. Algún tipo de calor emergía de sus insondables profundidades, pues en el aire, por encima de él, aparecía una columna de neblinas, una columna que brillaba con difusos colores, como un carámbano cuando atrapa la luz del sol.

Colgando en la niebla, por encima del pozo, aunque su forma no era del todo clara ni sus dimensiones podían ser del todo adivinadas, había *algo* inexplicable; una cosa compuesta por muchas otras cosas y formas, y todo tan translúcido como el cristal. Daba la impresión de estar formado —según podía entrever Simón a través de la niebla— por ángulos y confusas curvas, de sutil y pavorosa complejidad. De una manera que no acertaba a definir, tenía la impresión de que se trataba de un instrumento musical. Si era así, se trataba de un instrumento tan inmenso, tan extraño y tan espantoso que la chispa en que se había convertido el muchacho nunca podría escuchar su música y continuar vivo.

Frente al pozo, en un asiento anguloso de escarchada piedra negra, se sentaba una figura. Simón la veía con extrema claridad, como si repentinamente estuviese suspendido por encima del terrible y azulado pozo. La figura vestía unos ropajes blancos y plateados fantásticamente intrincados. Un pelo blanco caía por sus hombros para fundirse de forma casi imperceptible con los vestidos inmaculadamente blancos.

La pálida forma levantó la cabeza y el chico vio que el rostro era una masa de brillante luz. Algo después, cuando volvió a girarse, advirtió que tan sólo se trataba de una hermosa e inexpresiva escultura de un rostro de mujer..., de una máscara de plata.

El deslumbrante y exótico rostro se volvió hacia él, que se sintió empujado, alejado, desconectado bruscamente de la escena como un gatito al ser levantado de los dobleces del lecho.

Una visión cruzó ante Simón, que de algún modo formaba parte de la espiral de nieblas y de la severa figura blanca. Al principio sólo se trataba de otro pedazo de blanco alabastro, pero de manera gradual se fue convirtiendo en una forma angulosa entrecruzada por sombras negras; éstas se convertían en líneas, y las líneas, a su vez, conformaron símbolos, para finalmente convertirse todo en un libro que colgaba ante él. En la página por la que estaba abierto aparecían letras que Simón no pudo leer, runas retorcidas que primero parecieron moverse, aunque luego quedaron fijas y claras.

Transcurrió una cantidad de tiempo inconmensurable y las runas volvieron a brillar otra vez. Los caracteres se hicieron a un lado y se transformaron en negras siluetas, en tres formas estilizadas..., en tres espadas. Una tenía la empuñadura en forma de Árbol de Jesuris. La de otra parecía las vigas de un techo entrecruzadas en ángulo recto. La tercera poseía una extraña guarnición doble, y las piezas cruzadas conformaban, junto a la empuñadura, una especie de estrella de cinco puntas. En algún lugar de su interior, Simón reconoció esta última espada. En algún lugar de una memoria oscura como la noche, profunda como una cueva, apareció el recuerdo de aquella hoja.

Las espadas empezaron a desaparecer, una tras otra, y cuando lo hicieron por completo sólo quedó tras ellas una nada gris y blanquecina.

Simón tuvo la impresión de que caía hacia atrás, de que se alejaba de la montaña, de la cámara del pozo, del mismo sueño. Una parte de él agradeció la caída, horrorizada por los terribles y prohibidos lugares por los que había vagado su espíritu, pero la otra parte no quería alejarse de allí.

¡¿Dónde estaban las *respuestas*?! Toda su vida había sufrido una conmoción y había sido aplastada por el paso de una maldita, implacable y despiadada rueda, y en lo más profundo de su ser se encontraba desesperadamente airado. También asustado, atrapado en una pesadilla que parecía no tener fin. Pero lo que sentía ahora era cólera; en aquellos momentos era lo más fuerte dentro de sí.

Se resistió al tirón; luchó para mantener el sueño con armas que no entendía, para desenterrar el conocimiento que quería. Abarcó la claridad que disminuía a pasos agigantados y trató de modelarla, de transformarla en algo que le explicase el porqué de la muerte de Morgenes, por qué habían perecido Dochais y los monjes de la abadía de San Hoderund, por qué la pequeña Leleth permanecía tan cercana a la muerte en una cabaña en las profundidades del bosque. Luchó y odió. Y si una chispa puede llorar, lloró.

Poco a poco y con mucho dolor, la montaña de hielo volvió a recobrar la forma ante él. ¿Dónde estaba la verdad? ¡Quería respuestas! Mientras Simón luchaba, la montaña crecía cada vez más y se hacía más esbelta; de ella empezaron a brotar ramas de hielo que alcanzaban el cielo. Después éstas cayeron, y sólo quedó una lisa torre blanca, una torre que ya conocía. En la cima ardían fuegos. De repente oyó el sonido de una explosión, como el repicar de una monstruosa campana. La torre se tambaleó. La campana volvió a repicar. Supo que todo ello tenía una espantosa importancia, que guardaba algún fantasmal secreto. Podía casi sentir la respuesta...

—¡Pequeña mosca! *Tú* has venido a *nosotros*.

Una horrible e inmensa oscuridad lo envolvió por completo, apartando de su vista la torre y enmudeciendo la campana. Sintió que el hálito de la vida se escapaba del interior de su sueño y que se veía cerrado por una extrema frialdad. Se vio perdido en el vacío, como una diminuta manchita en el fondo de un mar de insondables profundidades, apartado de la vida. Todo había desaparecido..., todo excepto el horrible y aplastante odio que se iba apoderando de él..., ahogándolo.

Y entonces, cuando había perdido toda esperanza, se vio liberado.

Se vio encumbrado, vertiginosamente alto por encima del mundo de Osten Ard, entre las garras de un gran búho gris, volando como el hijo del viento. La montaña de hielo desapareció de su visión, tragada en la inmensidad de la blanca llanura. Con una rapidez más allá de lo imaginable, el búho lo llevó lejos de todo aquello: sobrevolaron lagos, hielos y montañas, en dirección a la oscura línea del horizonte. Cuando todo empezaba a cobrar forma de nuevo, cuando la línea se convirtió en un bosque, sintió que empezaba a resbalar de las garras del ave. El pájaro lo cogió con más fuerza y viró hacia la tierra. El suelo pareció elevarse hacia ellos, y el búho desplegó sus alas. Planearon y giraron rápidamente a través de los campos nevados hacia la seguridad del bosque. Y entonces se encontraron bajo la protección de los árboles y a salvo.

Simón gruñó y cayó hacia un lado. En el interior de su cabeza sentía el ruido de un martillo que golpeaba contra un yunque, como hacía Rubén *el Oso* durante los torneos. La lengua parecía haberle crecido hasta alcanzar el doble de su tamaño normal y el aire que respiraba tenía gusto metálico. Trató de acurrucarse y movió su pesada cabeza tan despacio como pudo.

Binabik estaba estirado a escasa distancia, con el rostro pálido; Qantaqa husmeaba junto a él y gemía. Al otro lado de la chimenea, el moreno Malaquías sacudía a Geloë, que permanecía con la boca abierta y los labios brillantes de saliva. Simón volvió a gruñir mientras sentía que la cabeza le palpitaba, colgando entre los hombros como un fruto demasiado maduro. Se arrastró hasta el gnomo. Este respiraba; cuando el muchacho se inclinó sobre él, Binabik empezó a toser y a boquear en busca de aire. Finalmente abrió los ojos.

—¿Estamos... —carraspeó—, estamos... todos aquí?

Simón asintió y miró hacia donde se encontraba Geloë, todavía inmóvil a pesar de las atenciones de Malaquías.

—Un momento... —dijo, y poco a poco se puso en pie.

Salió de la cabaña tambaleándose y llevando en una mano una pequeña y vacía cazuela. Se sorprendió ligeramente al ver que, a pesar del manto de niebla, todavía estaban en plena tarde: el tiempo que había durado su caminar por los sueños le había parecido mucho más largo de lo que en realidad había sido. También tuvo la extraña sensación de que algo había cambiado fuera de la cabaña, pero sin poder asegurar en qué consistía la diferencia. El paisaje parecía más lejano. Decidió que debía de tratarse de algún efecto fruto de su experiencia. Después de llenar la cazuela con agua del lago y de quitarse la viscosa pasta verde de las manos regresó a la casa.

Binabik bebió sediento y después le hizo un gesto a Simón para que le llevase el cazo a Geloë. Malaquías observó, medio esperanzado y algo celoso, cómo el muchacho tomaba cuidadosamente la mandíbula de la hechicera y vertía un poco de agua en su boca abierta. La mujer tosió, después tragó, y Simón vertió un poco más de líquido.

Mientras le sostenía la cabeza, el joven fue consciente de que Geloë lo había salvado mientras caminaba por el sueño, aunque no sabía cómo, pero albergaba aquella sensación. Miraba a la mujer, que ahora respiraba de forma más regular, cuando recordó el búho gris que lo había agarrado cuando su ser daba las últimas boqueadas en el sueño y se lo había llevado lejos.

Simón supo que ni la hechicera ni el gnomo habían esperado que se diese aquella circunstancia; de hecho, era él el que los había puesto en peligro. Pero por una vez no se sintió avergonzado de sus actos. Hizo lo que debía hacer. Había huido de la rueda durante demasiado tiempo.

—¿Cómo está? —preguntó Binabik.

—Creo que se pondrá bien —replicó Simón, observando a la mujer—. Ella me salvó, ¿verdad?

El hombrecillo lo miró durante unos instantes; el cabello le caía en sudadas guedejas sobre su morena frente.

—Geloë es un poderoso aliado, pero incluso su fortaleza ha sido, en esta ocasión, llevada hasta el límite.

—¿Qué quieres decir? —inquirió el chico, dejando a Geloë en los brazos de Malaquías—. ¿Viste lo mismo que yo? ¿La montaña, y... la dama con la máscara y el libro?

—Me pregunto si todos nosotros vimos las mismas cosas de la misma manera, Simón —respondió Binabik, lentamente—. Pero creo que es importante que esperemos hasta que Geloë pueda compartir sus pensamientos con nosotros. Tal vez más tarde, cuando hayamos comido. Tengo un hambre terrible.

El muchacho sonrió tímidamente al gnomo y se volvió para encontrarse frente a los ojos de Malaquías. Éste empezó a apartar la mirada, pero luego pareció hallar una resolución interior y la mantuvo fija hasta que fue Simón el que empezó a sentirse incómodo.

—Daba la impresión de que toda la casa temblaba —dijo de pronto Malaquías, lo que sobresaltó a Simón. La voz del muchacho era aguda y algo ronca a la vez.

—¿Qué quieres decir? —preguntó el otro, fascinado tanto por el hecho de que el chico hablase como por lo que había dicho.

—La cabaña. Mientras los tres estuvisteis sentados ante el fuego, las paredes empezaron a..., a temblar: como si alguien la hubiese levantado desde fuera y luego la hubiese vuelto a dejar.

—Parece que tan sólo debía deberse a la forma en que nos movíamos mientras estábamos..., quiero decir... Oh, vaya, no lo sé. —Simón lo dejó estar, disgustado.

La verdad era que en aquellos instantes no tenía nada claro. Sentía el cerebro como si se lo hubiesen revuelto con un palo.

Malaquías apartó la mirada para dar un poco más de agua a Geloë. De repente empezaron a caer gotas de lluvia contra las ventanas; el cielo gris no podría contener durante mucho más tiempo su carga de tormenta.

La hechicera tenía un aspecto severo. Habían apartado los tazones de sopa y se sentaron en el suelo, frente a frente: Simón, el gnomo y la señora de la casa. Malaquías, aunque obviamente interesado, permaneció junto a la cama, con la niña.

—He visto cosas malignas moviéndose —dijo Geloë, y sus ojos brillaron—. Cosas malignas que harán tambalear los cimientos del mundo que conocemos. —Había recobrado su fortaleza y algo más: aparecía solemne y grave, como un rey en un juicio—. Casi desearía que no hubiéramos recorrido el camino del sueño, pero es un deseo que no tiene sentido y que proviene de la parte de mi ser que quiera permanecer separada de todo. Veo acercarse días muy oscuros, y temo verme abocada a los eventos de tan malos augurios.

—¿Qué queréis decir? —preguntó Simón—. ¿Qué era todo aquello? ¿También visteis la montaña?

—El Pico de las Tormentas. —La voz de Binabik sonó con una extraña entonación plana, sin matices.

Geloë lo miró, asintió y volvió a mirar a Simón.

—Es cierto. Lo que vimos era *Sturmrspeik*, como lo llaman en Rimmersgardia, en donde es una leyenda; al menos eso creen los rimmerios. El Pico de las Tormentas. La montaña de las nornas.

—Nosotros, los qanuc —dijo el gnomo—, sabemos que el Pico de las Tormentas es real. Pero las nornas no habían interferido en los asuntos de Osten Ard desde hace muchísimo tiempo. ¿Por qué lo hacen ahora? Me da la impresión de que..., de que...

—De que se preparan para la guerra —acabó Geloë—. Estás en lo cierto, si podemos confiar en el sueño. Si hemos visto la verdad es algo que podría asegurar un ojo más avezado que el mío. Pero dijiste que los mastines que os habían perseguido llevaban la marca del Pico de las Tormentas; ésa resulta una evidencia real en el mundo de cada día. Me parece que podemos creer en esa parte del sueño, o al menos creo que debemos hacerlo.

—¿Preparando la guerra? —Simón ya se hallaba confuso—. ¿Contra quién? ¿Y quién era la mujer de la máscara plateada?

La hechicera lo miró con aire de cansancio.

—¿La máscara? No era una mujer. Se trata de una criatura de leyenda, o una criatura que está más allá del tiempo, como dice Binabik. Era *Utuk'ku*, la reina de las nornas.

El muchacho sintió que lo invadía una oleada de frío. Afuera, el viento cantaba una canción fría y solitaria.

—¿Pero quiénes *son* las nornas? Binabik me dijo que fueron sitha.

—El viejo conocimiento dice que una vez formaron parte de los sitha —respondió Geloë—, pero ahora son una tribu perdida, o renegada. Nunca fueron a Asu'a con el resto de su pueblo, sino que desaparecieron en el desconocido norte, en las tierras heladas más allá de Rimmersgardia y de sus montañas. Escogieron apartarse de los acontecimientos que ocurrían en Osten Ard, aunque parece que han cambiado de idea.

Simón vio que un gesto de profundo desagrado cruzó por el amargo rostro de la hechicera.

«¿Y esas nornas ayudan a Elías a atraparme? —se preguntó, sintiendo otra vez el miedo en su interior—. ¿Por qué estoy inmerso en esta pesadilla?»

Entonces, como si el miedo hubiese abierto una puerta en su mente, recordó algo. Desagradables formas acudían a la superficie desde lugares ocultos en su corazón, mientras el chico luchaba para mantener el aliento.

—¡Esas…, esa gente pálida, las nornas! ¡Yo ya las había visto antes!

—¡¿Qué?! —dijeron Geloë y el gnomo, al mismo tiempo.

Simón, asustado por la reacción de ambos, retrocedió.

—¿Cuándo? —preguntó la mujer.

—Fue…, *si* es que sucedió…, puede haberse tratado de un sueño…, la noche en que huí de Hayholt. Estaba en el cementerio, y me pareció oír que alguien me llamaba, una voz de mujer. Me asusté tanto que huí de allí y me dirigí a Thisterborg.

Hubo un movimiento en el jergón; era Malaquías, que cambiaba de posición a causa del nerviosismo. Simón no hizo caso y continuó.

—Había una hoguera en la cima de Thisterborg, entre las Piedras de la Cólera. ¿Las conocéis?

—Sí.

La respuesta de Geloë había sido seca, pero Simón apreció la existencia de algo más tras su contestación, aunque no entendió de qué se trataba.

—Bueno, pues tenía frío y estaba asustado, así que subí hasta arriba. Lo siento, pero estaba seguro de que se había tratado de un sueño. Quizá lo sea.

—Tal vez. Continúa.

—En la cumbre había unos hombres. Eran soldados, puedo asegurarlo porque llevaban armadura. —El chico sintió que le sudaban las palmas de las manos y se las frotó—. Uno de ellos era el rey Elías. Me asusté más, así que me escondí. Entonces…, entonces se oyó un terrible crujido, y una carreta negra apareció procedente del otro lado de la colina. —Todo parecía regresar a la memoria de Simón, o al menos *parecía* que todo…, pero todavía existían sombras vacías—. Esa gente de piel pálida…, nornas, eso es lo que eran…, llegó con el carro, unos cuantos, vestidos con ropajes negros.

Se hizo una larga pausa mientras luchaba por recordar. La lluvia tamborileaba sobre el tejado y era el único sonido que se oía.

—¿Y? —preguntó la *valada*, con suavidad.

—¡Elysia, Madre de Dios! —juró Simón, y empezó a llorar—. ¡No puedo acordarme! Le dieron algo que había en el carro. También sucedieron otras cosas, pero da la impresión de que todo está escondido en mi cabeza, bajo un manto. ¡Casi puedo tocarlo, pero no puedo decirlo con palabras! ¡Le dieron algo al rey! ¡Pensé que era un sueño!

Simón escondió el rostro entre las manos, tratando de exprimir los dolorosos pensamientos de su estremecida cabeza. Binabik le dio unas palmaditas en la rodilla.

—Tal vez eso pueda responder a la otra cuestión. Yo también me pregunté por qué se prepararían las nornas para pelear. Me cuestionaba si pelearían contra Elías, el Supremo Rey, por alguna vieja ofensa pendiente con la humanidad. Han concertado alguna clase de acuerdo. Tal vez fuera eso lo que vio Simón. ¿Pero cómo? ¿Cómo puede Elías llegar a un acuerdo con las sigilosas y sectarias nornas?

—Pryrates —y tan pronto como lo dijo, Simón sintió que era cierto—. Morgenes dijo que el sacerdote abría puertas, y que por ellas entraban cosas terribles. Pryrates también estaba en la colina.

La *valada* asintió con la cabeza.

—Tiene sentido. Una pregunta que debe ser respondida, pero que estoy segura de que va más allá de nuestros poderes, es cuál es el acuerdo. ¿Qué pueden haber ofrecido esos dos, Pryrates y el rey, a las nornas, a cambio de su ayuda?

Compartieron un largo silencio.

—¿Qué decía el libro? —preguntó Simón, de repente—. En el sueño. ¿Lo visteis, también?

Binabik se golpeó el pecho con la palma de la mano.

—Allí estaba. Las runas que vi eran de Rimmersgardia: *«Du Svardenvyrd»*. En tu lengua significa: «El Hechizo de las Espadas».

—O «el Enigma de las Espadas» —añadió Geloë—. Es un libro famoso en los círculos del conocimiento, pero hace tiempo que se perdió. Yo nunca lo había visto. Se dice que lo escribió Nisses, un sacerdote que fue consejero del rey Hjeldin *el Loco*.

—¿La Torre de Hjeldin se llama así por él? —inquirió Simón.

—Sí. Es donde murieron tanto Hjeldin como Nisses.

El muchacho pensó.

—También he visto tres espadas.

El gnomo miró a Geloë.

—Sólo sombras yo vi —dijo—. Creí que tenían el aspecto de ser espadas.

La hechicera tampoco estaba segura. Simón describió las siluetas, pero no significaron nada para ella ni para Binabik.

—Así —intervino el hombrecillo—, ¿qué es lo que hemos aprendido del Sendero de los Sueños? ¿Que las nornas están ayudando a Elías? Eso ya lo imaginábamos. ¿Que ese extraño libro tiene algo que ver con todo esto… tal vez? Eso es algo nuevo. Echamos un vistazo al Pico de las Tormentas y a las salas de la reina de la montaña. Debemos de haber aprendido cosas que todavía no podemos entender, aunque creo que hay algo que no ha cambiado: tenemos que ir a Naglimund. *Valada*, vuestra casa nos protegerá durante un tiempo, pero si Josua vive necesitará saber estas cosas.

Binabik fue interrumpido por un inesperado cuarto personaje.

—Simón —habló Malaquías—, dijiste que alguien te llamó en el cementerio. Era *mi* voz la que oíste. Yo era quien te llamaba.

El muchacho sólo pudo parpadear.

Geloë sonrió.

—¡Al fin empieza a hablar uno de nuestros misterios! Continúa. Diles lo que debes decirles.

Malaquías se sonrojó.

—Yo…, mi nombre no es Malaquías. Me llamo… Marya.

—Pero Marya es un nombre de chica —empezó a decir Simón; después se interrumpió al ver la ancha sonrisa de la hechicera—. ¿Una *chica*? —barboteó, sintiéndose estúpido.

La hechicera se rió entre dientes.

—Resultaba obvio, debo decir… o debería haberlo sido. Tenía la ventaja de viajar con un gnomo y con un muchacho y bajo el manto de la confusión y de extraños acontecimientos, pero le dije que la farsa no podría continuar durante mucho tiempo.

—Al menos no durante todo el viaje a Naglimund, que es adonde debo ir. —Marya se frotó los ojos, llenos de cansancio—. Tengo que entregar un importante mensaje al príncipe Josua de su sobrina Miriamele. Por favor, no me preguntéis de qué se trata, porque no os lo diré.

—¿Y qué pasa con tu hermana? —inquirió Binabik—. No está en condiciones de viajar.

El gnomo miró atentamente a la joven, como tratando de descubrir la forma en que había sido engañado, pues ahora le parecía obvio que se trataba de una chica.

—No es mi hermana —respondió, con tristeza—. Leleth es la doncella de la princesa. Estábamos muy unidas y tuvo miedo de permanecer en el castillo sin mí; quería venir a toda costa. —Marya miró a la niña, que dormía—. Nunca debí traerla. Traté de hacerla subir a un árbol antes de que nos atacasen los perros. Si yo hubiera sido más fuerte...

—No está claro —interrumpió Geloë— que la pequeña pueda volver a viajar. No se ha alejado demasiado del Río de la Muerte. Siento decirlo, pero es la verdad. Debéis dejarla conmigo.

Marya empezó a protestar, pero la hechicera hizo caso omiso de sus palabras.

Simón se inquietó al percibir un brillo de alivio en los ojos de la muchacha. Lo ponía furioso pensar que iba a abandonar a la niña herida, a pesar de lo importante que podía ser el mensaje.

—Bueno —dijo Binabik—, hay que pensar en dónde nos encontramos ahora. Todavía tenemos que llegar a Naglimund, de la que nos separan leguas de bosque y las escarpadas vertientes de Wealdhelm. Todo ello por no mencionar a nuestros perseguidores.

Geloë trató de pensar con claridad.

—Me parece —explicó— que debéis llegar a Da'ai Chikiza a través del bosque. Es un viejo asentamiento sitha, deshabitado desde hace tiempo, desde luego. Allí podéis encontrar la Escalera: es un viejo sendero que atraviesa las colinas y que data de la época en que los sitha viajaban regularmente desde allí a Asu'a..., bueno, Hayholt. Ahora no lo utiliza nadie, excepto los animales, pero será lo más fácil y más seguro que podáis hacer. Por la mañana os daré un mapa. Sí, Da'ai Chikiza... —Un profundo brillo asomó en sus amarillentos ojos, y asintió lentamente con la cabeza, como perdida en sus pensamientos. Poco después volvió a ser la mujer enérgica que los otros conocían—. Ahora debéis dormir. Todos debemos hacerlo. Los hechos ocurridos hoy me han dejado más floja que una rama de sauce.

Simón no opinaba así. Más bien creyó que la hechicera parecía tan fuerte como un roble, pero supuso que hasta un roble podía llegar a sufrir en una tormenta.

Más tarde, mientras permanecía estirado y envuelto en su manto, con el cálido bulto de Qantaqa haciéndose notar contra sus piernas, Simón trató de alejar de su pensamiento las imágenes de la terrible montaña. Aquellas cosas eran demasiado vastas, demasiado oscuras. En lugar de ello, se preguntó qué pensaría Marya acerca de él. Geloë lo había llamado muchacho, un muchacho que no sabía reconocer a una chica. Aquello no era justo, porque ¿cuándo había tenido tiempo para pensar en ello?

¿Por qué lo había espiado en Hayholt? ¿En nombre de la princesa? Y si había sido Marya la que lo había llamado en el cementerio, ¿por qué lo había hecho? ¿Cómo sabía su nombre y por qué se había molestado en saberlo? No recordaba haberla visto nunca en el castillo, al menos no como la chica que ahora parecía ser.

Cuando se entregó en brazos del sueño, como un barquito abandonado en un negro océano, se sintió como si persiguiese una luz, un pedazo de luminosidad que estaba fuera de su alcance. En el exterior, la lluvia cubría el oscuro espejo del lago de Geloë.

27

Las torres de gasa

Trató de no hacer caso de la mano que se apoyaba en su hombro, pero no pudo. Abrió los ojos y vio que la habitación todavía permanecía a oscuras; las ventanas eran visibles únicamente por la escasa luz de las estrellas que entraba a través de ellas.

—Déjame dormir —se quejó—. ¡Es muy pronto!

—¡Levántate, muchacho! —dijo una voz ronca.

Era Geloë, cuya ropa aparecía desordenada sobre el cuerpo.

—No podemos perder tiempo.

Simón bizqueó con los ojos medio cerrados y miró más allá de la mujer arrodillada para ver a Binabik empaquetando sus cosas.

—¿Qué sucede? —preguntó, pero el gnomo parecía demasiado atareado como para responder.

—He salido ahí fuera —explicó Geloë—. El lago ha sido descubierto. Y me inclino a pensar que se trata de los hombres que iban tras vosotros.

Simón se incorporó rápidamente y buscó sus botas, todo parecía irreal entre aquella oscuridad; sin embargo, oía el acelerado latido de su corazón.

—¡Jesuris! —exclamó—. ¿Qué vamos a hacer? ¿Nos atacarán?

—No lo sé —respondió la mujer, y se alejó para despertar a Malaquías... No, a *Marya*, se corrigió Simón—. Hay dos campamentos, uno en el extremo del lago, junto a la ensenada, y el otro no muy lejos de aquí. Puede que sepan de quién es esta casa y están decidiendo qué hacer o puede que la cabaña todavía no haya sido descubierta. Deben de haber llegado después de que apagamos las velas.

Al muchacho se le ocurrió una pregunta, que emergió repentinamente de su interior.

—¿Cómo sabéis que están afuera, en el otro extremo del lago? —Miró por la ventana. El agua volvía a estar cubierta de niebla, y no había señal alguna de hogueras—. Está muy oscuro —acabó por decir, y se volvió hacia Geloë.

La verdad era que no iba vestida como si hubiese estado de exploración por el bosque. ¡Iba descalza!

Pero al mismo tiempo que la miraba y observaba su manto desarreglado y los restos de humedad que se percibían tanto en su rostro como en el cabello, Simón recordó las grandes alas del búho que voló ante ellos, cuando llegaron al lago. Todavía sentía las fuertes garras que lo habían salvado cuando aquellas odiosas cosas del Sendero de los Sueños empezaban a apoderarse de su vida.

—Supongo que eso no tiene importancia —contestó él mismo—. Lo único que importa es que sabemos que están ahí fuera.

A pesar de la escasa luz de la luna que llegaba hasta el interior, el joven vio la sonrisa de la hechicera.

—Estás en lo cierto, Simón —murmuró en voz baja; después fue a ayudar a empaquetar a Binabik, que llenaba dos bolsas más, una para cada chico.

—Escucha —dijo Geloë cuando Simón, ya vestido, se acercó a ellos—. Está claro que debéis partir ahora, antes del amanecer —miró las estrellas—, que no tardará en llegar. La cuestión es cómo.

—Todo lo que podemos esperar conseguir —murmuró Binabik— es deslizarnos junto a ellos por el bosque, moviéndonos con mucho sigilo, ya que, ciertamente, no podemos *volar*.

El gnomo sonrió, con algo de amargura. Marya, envuelta en un manto que le había proporcionado la *valada*, observó la sonrisa del hombrecillo con curiosidad.

—No —dijo Geloë, con seriedad—, pero también dudo que podáis pasar entre ellos con esos terribles mastines que poseen. Tal vez no podáis volar, pero *podéis flotar*. Tengo un bote amarrado detrás de la casa. No es muy grande, pero sí lo suficiente para vosotros, incluida Qantaqa, si no se mueve demasiado —añadió, y acarició con cariño las orejas de la loba, que agachó la cabeza para recibir la caricia.

—¿Y eso de qué servirá? —preguntó Binabik—. ¿Debemos remar hasta el centro del lago para que luego, a la luz del día, sólo tengan que nadar y cogernos? —dijo, mientras acababa de empaquetar la última bolsa. Alargó una a Simón y luego la otra a la muchacha.

—Existe una corriente interior —respondió Geloë—. Es muy pequeña y no demasiado rápida; ni siquiera es como la que seguisteis para llegar hasta aquí. Con cuatro remos podéis salir fácilmente del lago y seguirla. —Su apenas perceptible fruncimiento del entrecejo se debía más a sus pensamientos que a la preocupación—. Por desgracia, la corriente pasa junto a uno de los campamentos. Bueno, eso no va a ser de mucha ayuda, pero debéis remar con mucho sigilo. Tal vez incluso pueda seros de utilidad en vuestra huida. A un hombre tan lerdo como vuestro barón Heahferth, y creedme, he tenido tratos con él y con otros de su calaña, no se le ocurriría que sus víctimas puedan pasar tan cerca de él.

—Heahferth no es quien me preocupa —replicó Binabik—. El que realmente está al mando de la partida es el rimmerio negro, Ingen Jegger.

—Puede que ni siquiera necesite dormir —añadió Simón, a quien no le gustaba nada recordarlo.

Geloë torció el gesto.

—No temáis. O al menos no dejéis que el miedo se apodere de vosotros. Puede suceder que algo les distraiga…, nunca se sabe. —La *Valada* se incorporó—. Ven, muchacho —le dijo a Simón—, eres fuerte y me ayudarás a soltar el bote y traerlo en silencio hasta el puente que hay frente a la casa.

—¿Lo ves? —siseó la hechicera, señalando la oscura sombra que se balanceaba en el lago de marfil, cerca de la esquina más alejada de la casa elevada.

Simón, con el agua hasta las rodillas, asintió con la cabeza.

—Ve poco a poco —dijo la mujer; algo innecesario, pensó Simón.

Mientras cruzaba por el agua, con la cabeza a la altura de las tablas de madera del suelo de la cabaña, el muchacho decidió que no se había equivocado la última tarde, cuando le dio la impresión de que las cosas parecían haber cambiado alrededor de la casita. Por ejemplo, aquel árbol de allí, con la mitad de las raíces en el interior del agua. Ya lo había visto el primer día de su llegada, pero entonces —¡estaba seguro, por Jesuris!— se encontraba *al otro lado* de la cabaña, cerca de la puerta. ¿Cómo podía moverse un árbol?

Encontró la amarra del bote y la siguió, palpando, hasta llegar al lugar en que estaba anudada a una especie de aro que colgaba del suelo de tablas. Se agachó en una posición dolorosa para tratar de deshacer el nudo y arrugó la nariz al sentir un olor apestoso. ¿Se trataba del lago o de la parte baja de la casa? Junto al olor de madera mojada y humedad, existía uno de otro tipo, extraño y animal, cálido y oscuro, pero no desagradable. Mientras bizqueaba en la oscuridad tratando de ver algo, las sombras se iluminaron un poco y pudo encontrarlo. El placer que sintió ante ello y la rapidez con que pudo desanudar el bote se vieron rápidamente contrarrestados por la comprensión de que aquello significaba que pronto amanecería y de que, en realidad, la oscuridad era una aliada. Después de desatar el cabo, empezó a retroceder, arrastrando el bote. Apenas podía distinguir la confusa forma de Geloë esperándolo junto a la gran tabla que descendía desde la puerta de la choza; se dirigió hacia ella con tanta rapidez como pudo..., hasta que tropezó.

Cayó sobre una rodilla con un chapoteo y emitiendo un grito ahogado, aunque pudo incorporarse casi de inmediato. ¿Con qué había tropezado? Tenía la sensación de que se trataba de una rama. Trató de pasar por encima de ello, y tuvo que ahogar la necesidad de gritar que volvió a sentir. Aunque la cosa permanecía inmóvil y sólida, parecía tener la escamosa consistencia de uno de los lucios del foso de Hayholt o de uno de los lagartos que Morgenes tenía disecados en sus estantes. Cuando las ondas producidas en el agua se calmaron, y oyó la voz susurrante pero firme de Geloë preguntándole si se había hecho daño, Simón miró hacia abajo.

A pesar de que el agua casi aparecía opaca y oscura, el muchacho estaba seguro de distinguir la forma de una extraña rama, o más bien de una gran rama de algún tipo. Luego vio que la cosa con la que había tropezado reposaba en el suelo, por debajo de la superficie del agua, y se unía a otras dos ramas escamosas: todas ellas parecían estar conectadas con la base de uno de los dos pilares sobre los que la casa se sostenía por encima del lago.

Simón pasó cuidadosamente por encima de todo aquello caminando con gran precaución a través del agua y en dirección a la sombra de Geloë, cuando de repente se dio cuenta de que las raíces de árbol —o ramas, o lo que fuese— en realidad parecían... una especie de monstruoso *pie*. Una garra, la garra de un pájaro. ¡Qué idea más tonta! Una casa no tiene patas de pájaro, a menos que se levante y... ande.

El joven permaneció en silencio mientras la hechicera amarraba el bote a la base de la tabla.

Todo y todos estaban listos en el interior del pequeño bote. Binabik estaba situado en la proa, Marya en el medio y Simón en la popa, con una nerviosa Qantaqa entre las rodillas. La loba se sentía muy incómoda; se había quejado y resistido cuando el gnomo le ordenó subir al esquife. El malestar que mostraba el rostro del hombrecillo era incluso apreciable en la oscuridad que precedía al amanecer.

La luna ya estaba sobre la bóveda de color azul oscuro que se abría por la parte occidental del cielo. Geloë les alargó los remos y volvió sobre el pequeño atracadero.

—Una vez que hayáis recorrido a salvo el lago y remontado un poco la corriente, creo que lo mejor será que llevéis el bote con vosotros, a través del bosque, hasta Aelfwent. No es un esquife muy pesado y tampoco necesitaréis cargar con él largo trecho. El río fluye en la dirección adecuada, y tiene que llevaros hasta Da'ai Chikiza.

Binabik sacó su remo y alejó el bote del embarcadero. La hechicera permaneció con los pies metidos en el agua hasta los tobillos mientras los empujaba desde la orilla.

—Recordad —siseó—, que tenéis que introducir los remos de canto en el agua. Vuestra protección es el silencio.

Simón alzó la mano.

—Adiós, *valada* Geloë.

—Adiós, joven peregrino. —La voz de la mujer se oía débilmente, a menos de tres codos de distancia—. Que tengáis buena suerte. ¡No temáis! Cuidaré de la niña.

Los viajeros se fueron alejando poco a poco, hasta que Geloë se convirtió en una sombra junto a uno de los pilotes de la casa.

La proa del esquife se abrió paso a través de la superficie del agua como la cuchilla de un barbero en la seda. A un gesto de Binabik agacharon las cabezas, y el gnomo guió silenciosamente el esquife hacia el centro del nebuloso lago. Simón se apretaba contra el grueso pelo del lomo de Qantaqa y sentía el pulso de su nerviosa respiración. Observó los diminutos anillos de ondas que se formaban en la superficie del lago tras el paso del bote; al principio pensó que debían de ser peces, que subían a la superficie en busca de mariposas y mosquitos. Después notó una gota húmeda que lo salpicaba en la nuca. Volvía a llover.

Se aproximaron al centro del lago, a través de grupos de jacintos que aparecían esparcidos sobre el agua ante ellos, como si caminasen por el sendero de un héroe que regresara al hogar. La atmósfera empezó a clarear. Más bien daba la impresión de que una capa de oscuridad hubiera sido rasgada en el cielo, el primero de muchos velos. La línea de los árboles que había permanecido oculta en el horizonte se convirtió en una hilera de ya distinguibles copas que se perfilaban contra el firmamento, cada vez más claro. El agua parecía cristal negro a su alrededor, pero ahora se podían apreciar algunos detalles de la orilla; por ejemplo, las apenas perceptibles raíces de los árboles, que parecían retorcidas piernas de mendigos; el débil brillo de los bloques de granito que se esparcían alrededor del lago secreto como un teatro a la espera de los actores; todo se iba metamorfoseando lentamente de oscuras y grises formas para convertirse en nítidos objetos a la luz del día.

Qantaqa se agachó, sorprendida, cuando Marya se echó hacia adelante para mirar por encima de la regala del bote. La muchacha empezó a decir algo, pero lo pensó mejor y señaló con el dedo hacia la derecha.

Simón miró en aquella dirección y entonces lo vio; había una extraña forma en la desordenada pero a la vez simétrica linde del bosque, una forma como cuadrada y abultada, de un color diferente del de las oscuras ramas que la rodeaban. Se trataba de una tienda azulada.

Después vieron algunas más, un grupo de tres o cuatro que se alineaban tras la primera. Simón frunció el entrecejo y luego sonrió desdeñoso. Qué típico era del barón Heahferth —al menos por lo que había oído en el castillo— cargar con aquel tipo de lujos para entrar en el salvaje bosque.

Justo un poco más allá de las diseminadas tiendas, la orilla del lago parecía hacerse más profunda a lo largo de unas cuantas anas[7]. Después volvía a aparecer, dejando un espacio oscuro en el medio como si le hubieran dado un mordisco. Las ramas de los árboles colgaban sobre el lago y resultaba imposible ver si se trataba de la ensenada de la que les había hablado la hechicera, aunque Simón estaba seguro de ello.

—«¡Justo donde dijo Geloë! —pensó—. Posee una vista muy aguda, muy aguda, pero eso no resulta sorprendente, ¿verdad?»

El muchacho señaló hacia la abertura en el borde del lago y Binabik asintió; él también la había visto.

Se acercaron al silencioso campamento y el gnomo tuvo que remar con más brío para mantenerlos en el rumbo correcto; Simón comprendió que empezaban a sentir el tirón de la corriente. Con mucho cuidado levantó su remo para introducirlo en el agua. Binabik, que había observado el movimiento por el rabillo del ojo, se volvió y movió la cabeza, como diciendo «todavía no»; el chico detuvo el remo justo por encima del agua llena de anillos provocados por la lluvia.

Entonces vio al centinela y avisó con un gesto a los otros. El gnomo

7. Ana: Antigua medida de longitud que variaba según los países. Equivalente a 1,20 metros. (*N. de la T.*)

levantó cuidadosamente el remo del agua y todos se echaron en el bote, con la esperanza de no ser vistos. Aunque el soldado se le ocurriese mirar al lago, con un poco de suerte podrían pasar inadvertidos, o al menos sólo vería un tronco flotando sobre el agua. Aunque eso suponía esperar demasiado, Simón se sintió seguro. No podía imaginarse que el hombre no los viese si se daba la vuelta, a tan poca distancia como se encontraban.

La velocidad del pequeño esquife iba reduciéndose y la oscura grieta en la línea de la orilla se fue acercando a ellos. Se trataba de la corriente interior de la ensenada; Simón vio el agua agitada que pasaba por encima de las redondeadas formas de piedra a algunas yardas canal arriba. El bote casi se había detenido por completo; de hecho, la proa empezaba a virar, rechazada por la corriente. Tendrían que remar rápidamente o serían empujados hacia la orilla, justo al lado de las tiendas.

Entonces, a causa de algo que le había llamado la atención al otro lado del campamento, el centinela se dio la vuelta y le dirigió una mirada al lago.

En un instante, incluso antes de que pudieran sentirse invadidos por el miedo, una oscura sombra cayó de los árboles que había por encima del campamento y se abalanzó sobre el guardia. Serpenteaba entre las ramas como una grande y abultada hoja y se hundió en el cuello del hombre, pero *esa* hoja tenía garras; cuando las sintió en el cuerpo, el vigilante de la armadura dio un grito de horror, dejó caer la lanza y trató de librarse de lo que fuese que lo agarraba. La sombra gris revoloteó, con las alas extendidas, y quedó suspendida justo encima de su cabeza, más allá del alcance de sus manos. El hombre volvió a gritar, agarrándose el cuello, y revolvió entre las hojas y el musgo del suelo en busca de la lanza.

—¡Ahora! —siseó Binabik—. ¡Remad!

Tanto él como Marya y Simón hundieron las palas de madera en el agua y empujaron con desesperación. Las primeras paladas parecieron quedarse enganchadas y el agua los salpicaba mientras el bote era zarandeado. Después empezaron a avanzar con más facilidad, y en pocos instantes remaban contra la fuerte corriente, deslizándose bajo las protectoras ramas que pendían sobre la ensenada.

Simón miró hacia atrás y vio al centinela, con la cabeza descubierta, que manoteaba arriba y abajo, tratando de terminar con la criatura que pendía sobre su cabeza. Unos cuantos hombres aparecían sentados sobre sus camastros riendo mientras observaban a su camarada, que había dejado caer la lanza y ahora tiraba piedras al peligroso pájaro. El búho esquivó los proyectiles con facilidad; cuando el muchacho apartó la cortina de hojas para echar una mirada, el bote viró y se introdujo entre los sombreados árboles.

Remaban con fuerza contra la potencia de la corriente —sorprendentemente potente, ya que en la superficie no parecía moverse— y Simón rió triunfante.

Avanzaron durante largo tiempo contra corriente. Aunque hubieran sentido la necesidad de hablar, les habría resultado muy difícil, ya que remar era un trabajo extenuante. Más tarde, casi una hora después, encontraron un brazo de río oculto por una pantalla de juncos, donde se detuvieron y descansaron.

El sol no había acabado de hacer acto de presencia y tan sólo era una especie de neblina brillante tras un dosel de nubes. Una película de niebla inundaba el bosque y el río, y los alrededores parecían el paisaje de un sueño. En alguna parte, corriente arriba, el río pasaba sobre algún obstáculo; el tranquilo susurro del agua en movimiento parecía aumentar con tonos que indicaban que ésta saltaba y volvía a caer sobre ella misma.

Simón, que respiraba con dificultad, observó a la muchacha mientras ésta se hallaba estirada sobre el borde del bote, con la mejilla descansando sobre el antebrazo. Se le hacía difícil comprender cómo la había confundido con un chico. Lo que le habían parecido rasgos como de zorro, de una finura inusual en un muchacho, lo veía ahora como delicadeza. Marya aparecía ruborizada a causa del esfuerzo. El joven miró la rubicunda mejilla de la muchacha, sobre la suave pero bien definida protuberancia de su clavícula, donde aparecía abierta la camisa de muchacho que vestía.

«No está muy rellena…, no como Hepzibah —dijo en silencio—. ¡Ja! ¡Me gustaría ver a Hepzibah hacerse pasar por un chico! Pero Marya es bonita aun siendo delgada, y su cabello es tan negro…»

Los ojos de la joven se agitaron en el sueño. Continuaba respirando profundamente. Simón palmeó la ancha cabeza de Qantaqa, con aire ausente.

—Está bien hecha, ¿verdad? —preguntó alegremente Binabik. El chico lo miró, sobresaltado.

—¿Qué?

El gnomo se encogió de hombros.

—Perdona. ¿Tal vez decías «él» en Erkynlandia, o «ello»? De todas formas estarás de acuerdo en que Geloë ha hecho un buen trabajo.

—Binabik —dijo Simón, mientras el rubor empezaba a desaparecer de su rostro—, no tengo ni idea de lo que me estás diciendo.

El hombrecillo golpeó el borde del bote suavemente con la palma de la mano.

—¡Del hermoso trabajo que ha conseguido Geloë con sólo corteza y madera, y tan ligero! Creo que no tendremos demasiados problemas para cargarla por tierra hasta Aelfwent.

—El bote… —murmuró el muchacho, asintiendo como un tonto—. El barco. Sí, está bien hecho.

Marya se sentó.

—¿Vamos a tratar de cruzar hasta el otro río ahora? —preguntó.

Cuando se volvió para mirar la franja de bosque que se veía a través de los juncos, Simón observó las ojeras que había bajo sus ojos, y su mirada de agotamiento.

El joven todavía se encontraba molesto con ella por haberla visto sentirse aliviada cuando Geloë insistió en quedarse a la niña, pero también le agradó ver que parecía preocupada, que no era la clase de chica que ríe y bromea todo el rato.

«Claro que no lo es —pensó un momento después—. De hecho, no creo que la haya visto sonreír todavía. Y no sólo porque lo que ha ocurrido da miedo, pues tampoco yo estoy todo el tiempo con el entrecejo fruncido y preocupado.»

—Tal vez sea buena idea —añadió Binabik, respondiendo a la pregunta de Marya—. Creo que ese ruido que se oye y que viene de más arriba es un grupo de rocas que hay en medio de la corriente. Si ése es el caso, tendremos pocas oportunidades de vadearlo con el bote. Tal vez Simón quiera ir a comprobarlo.

—¿Cuántos años tienes? —preguntó éste a Marya.

Binabik, sorprendido, se volvió y lo miró. Marya frunció los labios y miró fijamente a Simón.

—Tengo… —empezó a decir y se detuvo—. Cumpliré dieciséis en octundre.

—Entonces, tienes quince —dijo el chico, un poco pagado de sí mismo.

—¿Y tú? —lo retó ella.

El muchacho se sintió ofendido.

—¡Quince!

Binabik tosió.

—Estoy de acuerdo en que los camaradas de a bordo deben conocerse unos a otros, pero… tal vez lo podáis dejar para más tarde. Simón, ¿quieres ir a ver si realmente hay esas rocas corriente arriba?

Estaba a punto de acceder cuando de repente no quiso. ¿Acaso él era el chico de los recados? ¿Era un muchacho para ir a descubrir cosas para los adultos? ¿Quién había tomado la decisión de ir y rescatar a aquella estúpida chica del árbol?

—Ya que necesitamos *cruzar* hasta no-sé-dónde, ¿por qué preocuparnos? —preguntó—. Hagámoslo y ya está.

El gnomo lo miró y asintió con la cabeza.

—Muy bien. Creo que a mi amiga Qantaqa le hará bien estirar las piernas; además —se volvió a Marya—, los lobos no son muy marineros.

Ahora fue la joven la que miró fijamente a Binabik, como si fuese más extraño que Simón. Después dejó escapar una carcajada.

—¡Eso es verdad! —exclamó, y volvió a reír.

Resultó que el bote era en verdad muy ligero, pero aun así encontraron algunas dificultades para cargarlo a través de las ramas y enredaderas. Lo sostuvieron a una altura en la que tanto Binabik como la muchacha pudieran llevarlo boca abajo, de manera que el afilado ángulo de la popa se apoyase sobre el esternón de Simón. Éste no podía verse los pies mientras andaba, con el resultado de que no hacía más que tropezar con los matorrales. La lluvia los mojaba a través de la red de ramas y hojas; con las manos ocupadas, el chico ni siquiera podía apartarse las gotas que le caían en los ojos. No podía decirse que estuviera de muy buen humor.

—¿A qué distancia está, Binabik? —preguntó, sin poder contenerse más—. Se me está partiendo el pecho por culpa de este maldito bote.

—No está muy lejos, espero —gritó el gnomo, y su voz formó un extraño eco al contestar desde debajo de la bóveda del barco—. Geloë dijo que esa corriente y el Aelfwent corrían paralelos durante mucha distancia; sólo se separaban durante un cuarto de legua. Pronto llegaremos.

—Será mejor que así sea —concluyó Simón, con un tinte de seriedad en la voz.

Delante de él iba Marya; ésta hizo un ruido que Simón estaba seguro de que era de disgusto, de enfado con él, probablemente. El chico frunció el entrecejo de forma horrible, con el rojo cabello revuelto y mojado cayéndole sobre la frente.

Finalmente oyeron otro sonido por encima del suave tamborileo producido por las gotas de lluvia al caer sobre las hojas, un sonido que a Simón le hizo pensar en una habitación llena de gente murmurando. Qantaqa se adelantó y avanzó con estrépito entre los matorrales.

—¡Ja! —gruñó Binabik, dejando sobre el suelo la parte del bote que sostenía—. ¿Lo ves? ¡Lo hemos encontrado! *¡T'si Suhyasei!*

—Creía que se llamaba Aelfwent. —Marya se frotó el hombro sobre el que había descansado el bote—. ¿O es lo que siempre dicen los gnomos cuando encuentran un río?

Binabik sonrió.

—No. Se trata del nombre sitha. Puede decirse que éste es un río sitha, ya que ellos lo utilizaban para navegar hacia Da'ai Chikiza, cuando era su ciudad. Deberías saberlo, pues Aelfwent *significa* «río sitha» en la antigua lengua de Erkynlandia.

—Entonces..., ¿qué es lo que has dicho? —preguntó de nuevo la joven.

—¿T'si Suhyasei? —repitió el hombrecillo—. Es difícil explicarlo con exactitud. Quiere decir algo como «la sangre de ella es fría».

—¿De «ella»? —inquirió Simón, mientras se quitaba el barro de las botas con un palo—. ¿Qué quiere decir «ella» esta vez?

—La selva, el bosque —replicó Binabik—. Vamos, puedes limpiarte todo ese barro en el agua.

Cargaron con el esquife por la orilla, a través de la espesura de arbustos que les golpeaban el rostro y el cuerpo, hasta encontrar el río ante ellos. Era una amplia y extensa corriente, mucho más grande que el riachuelo que acababan de dejar. Depositaron el bote en la pendiente formada por el paso del agua; Simón, el más alto de ellos, tuvo que arrodillarse en los bajíos del río para sostener el barco e introducirlo en el agua, y sus botas quedaron en verdad limpias de barro. Sostuvo el bamboleante barquito mientras Marya y el gnomo subían a bordo en primer lugar a la loba, que parecía dudar y no cooperó demasiado, para después subir ellos. El muchacho se incorporó el último y ocupó su lugar en la popa.

—Tu posición, Simón —dijo Binabik con gravedad—, requiere de una gran responsabilidad. No necesitaremos remar demasiado en una corriente con tanta fuerza como ésta, pero tú debes dirigir el bote y avisar cuando veas rocas por delante para que podamos ayudarse a evitarlas.

—Puedo hacerlo —respondió el chico con rapidez.

El gnomo asintió y soltó la gran rama a la que se había cogido; se separaron de la orilla y fueron arrastrados por el Aelfwent.

Al principio le resultó un poco difícil, según vio Simón. Algunas de las rocas que tenían que evitar apenas eran visibles por encima de la cristalina superficie del agua; más bien solían estar justo debajo y sólo eran reconocibles por los saltos que daba el agua por encima de ellas. La primera que *no* vio hizo un ruido horrible al rascar contra la quilla, y durante unos instantes temieron lo peor, pero el barquito se apartó de la piedra sumergida como un cordero al ver unas tijeras grandes. A Simón le fue resultando más fácil a medida que iban pasando los minutos; en algunos lugares el esquife parecía casi rozar el borde del agua, tan ligero como una pluma sobre el ondulado lomo del río.

Cuando dejaron atrás la parte más rocosa y llegaron a una zona de aguas más tranquilas, el muchacho sintió que el corazón se le tranquilizaba. Las juguetonas manos del río agarraban los remos. El recuerdo de sus escaladas por entre las almenas de Hayholt acudió a la memoria de Simón, adonde subía tan sólo con la ayuda de su propia pericia y desde donde veía los ordenados campos que se extendían hasta el horizonte. También recordó cuando se hacía un ovillo en la Torre del Ángel Verde y miraba hacia los amontonados tejados de las casas de Erchester y al ancho mundo, mientras el viento le acariciaba el rostro. Ahora, sobre la popa del barquito, navegaba como el viento de primavera soplaba por entre las copas de los árboles. Levantó el remo en el aire..., ahora era una espada.

Jesuris era marinero, se puso a cantar de repente; las palabras acudían a sus labios como una imparable corriente de agua. Se trataba de una tonada que alguien le había cantado cuando era muy pequeño.

> *Jesuris era marinero,*
> *navegó por el océano*
> *y recibió la Palabra de Dios,*
> *para hasta Nabban ir navegando.*

Binabik y Marya se volvieron para mirarlo; Simón sonrió.

> *Tiyagaris era soldado,*
> *navegó por el océano*
> *y recibió la Palabra de la Justicia*
> *para hasta Nabban ir navegando.*

> *El rey Juan era gobernante,*
> *navegó por el océano*
> *y recibió la palabra de Aedón*
> *para hasta Nabban ir navegando...*

Simón detuvo su canto.

—¿Por qué has parado? —preguntó el gnomo.

Marya lo miraba con ojos inquisidores.

—Es que es todo lo que sé —respondió el chico, bajando el remo y dejándolo sobre la estela del barquito—. No sé ni de dónde es. Creo que me la cantaba una de las doncellas cuando era pequeño.

Binabik sonrió.

—Es una bonita canción para navegar por el río, creo, aunque algunos de los detalles no son muy correctos, históricamente hablando. ¿Estás seguro de que no te acuerdas de nada más?

—Seguro.

Su falta de memoria lo turbó un poco. Una hora escasa sobre el río había cambiado su humor por completo. Se sentía en un barco de pescadores y había disfrutado con ello…, pero ahora ya no había nada de eso, sólo el bosque que pasaba ante ellos, y el notar el paso del delicado esquife a través de él, tan sensible y con las mismas reacciones que un potro.

—No sé canciones marineras —dijo el gnomo, contento por el cambio de humor de Simón—. En el alto Qanuc los ríos son de hielo, y sólo los utilizan los niños para juegos de deslizamiento. Tal vez pueda cantar algo acerca del poderoso Chukku y sus aventuras…

—Yo sí sé una canción de río —intervino Marya, mientras se mesaba el cabello—. Las calles de Meremund están llenas de canciones de marineros.

—¿Meremund? —preguntó Simón—. ¿Cómo puede una muchacha de castillo haber ido alguna vez a Meremund?

—¿Y dónde crees tú que la princesa y toda su corte vivían antes de venir a Hayholt? ¿En el salvaje Nascadu? —rugió la joven—. En Meremund, claro. Es la más hermosa ciudad del mundo, en donde se encuentran el océano y el gran río Gleniwent. *Tú* no la conoces, no has estado allí. —Le dirigió una fea mueca—. Muchacho de castillo.

—Entonces, ¡cántala! —exclamó Binabik, moviendo las manos—, ¡El río quiere oírla y el bosque también!

—Espero acordarme —contestó Marya, dirigiendo una mirada de reojo a Simón, que se la devolvió con arrogancia.

La actitud de la muchacha le había alterado el humor.

—Se trata de una canción de marineros de río —continuó ella.

Marya se aclaró la garganta y empezó a cantar —al principio un poco insegura, aunque se le pasó rápidamente— con una dulce y profunda voz.

…Los que navegan por el Gran Lago
os hablarán de su misterio,
se jactarán de todas esas batallas
y de toda esa sangrienta historia.

Pero hablad con cualquier rata de río,
que navegue por el Gleniwent,
y os dirá que Dios hizo los océanos,
pero que el río es lo único que cuenta.

Ah, el océano es una pregunta,
pero el río es una respuesta,
con su alegre y divertido retozar,
tan sutil como cualquier bailarín.
Dejad que el Infierno se lleve a los gandules,
porque este viejo barco no los llevará.
Y si perdemos a uno o dos tripulantes,
por ellos beberemos en Meremund...

Unos cuantos hombres parten a navegar,
y nunca volverán a ser vistos,
pero cada noche, nosotros, ratas de río,
nos encontramos en la taberna.

Muchos dicen que bebemos un poco
y caemos rendidos como niños,
pero si el río es tu dama
así es como por las noches duermes.

Ah, el océano es una pregunta,
pero el río es una respuesta,
con su alegre y divertido retozar,
tan sutil como cualquier bailarín.
Dejad que el Infierno se lleve a los gandules,
porque este viejo barco no los llevará.
Y si perdemos a uno o dos tripulantes,
por ellos beberemos en Meremund...

¡En Meremund! ¡En Meremund!
¡Por ellos beberemos en Meremund!
¡Y si no logramos verlos flotar,
guardaré un penique para enterrarlos...!

La segunda vez que Marya llegó a la parte del estribillo, Simón y Binabik ya lo sabían como para unirse a ella. Qantaqa movió las orejas cuando rieron y gritaron al descender por el rápido Aelfwent.

Ah, el océano es una pregunta, pero el río es una respuesta..., cantaba Simón a pleno pulmón cuando la proa del barco se hundió en una depresión de las aguas y cabeceó: volvían a encontrarse sobre rocas. Cuando por fin lograron abrirse camino entre las piedras y evitarlas hasta alcanzar un remanso, todos se encontraban demasiado cansados como para seguir cantando. Sin embargo, Simón todavía reía y, cuando volvieron a abrirse las grises nubes por encima del arbolado techo del bosque para dejar caer más agua, el muchacho irguió el rostro y atrapó gotas de lluvia con la lengua.

—Llueve —dijo Binabik, con las cejas arqueadas bajo la mata de revuelto pelo que le cubría la frente—. Creo que vamos a mojarnos. Un breve instante de silencio fue perforado por la risa del gnomo.

Cuando la luz que se filtraba a través del dosel de árboles empezó a hacerse más débil, dirigieron el bote hacia la orilla y acamparon. Después de que Binabik encendiese una hoguera con la ayuda de sus polvos amarillos, para contrarrestar la acción de la lluvia sobre la madera, el gnomo sacó un paquete de verdura y frutas de uno de los bolsos que le había proporcionado Geloë. Qantaqa, dedicada a sus propios asuntos, husmeaba entre los matorrales y regresaba de vez en cuando con el pelo mojado y con rastros de sangre en el hocico. Simón miró a Marya, que jugueteaba con un hueso de melocotón en la boca, con aire meditabundo, para observar su reacción ante la evidencia de la brutal naturaleza de la loba; pero si la muchacha lo vio no mostró signos de malestar.

«Debe de haber trabajado en las cocinas de la princesa —se atrevió a adivinar—. Pero seguro que si tuviera uno de los lagartos disecados de Morgenes, saltaría, apuesto lo que sea.»

El pensar en el trabajo de la muchacha en las cocinas del castillo lo llevó a preguntarse *qué* hacía al servicio de la princesa y, ya que pensaba en ello, ¿por qué había estado espiándolo? Cuando trató de hacerle preguntas al respecto, la muchacha sólo movió la cabeza, alegando que no podía decir nada acerca de su señora o de los servicios que ella prestaba hasta que el mensaje hubiera sido entregado en Naglimund.

—Espero que me perdones por preguntar —dijo Binabik mientras separaba los cacharros de la cena y cogía su bastón para convertirlo en una flauta—, pero ¿cuáles son tus planes si Josua no está en Naglimund para recibir el mensaje?

La mirada de Marya se llenó de preocupación, pero siguió sin querer decir nada más. Simón estuvo tentado de preguntarle al hombrecillo sobre *sus* planes, sobre Da'ai Chikiza y la Escalera, pero el gnomo estaba ya tocando la flauta con aire ausente. La noche extendió un manto de oscuridad sobre el gran Aldheorte, excepto sobre su pequeña hoguera. Los jóvenes escucharon la música del gnomo, que resbalaba y producía hermosos ecos en las mojadas copas de los árboles.

Al día siguiente volvieron al río poco después de la salida del sol. Los movimientos del agua les resultaron ya familiares. Había ratos ociosos en los que tenían la impresión de que el barco era una roca sobre la que estaban sentados mientras un vasto mar de árboles circulaba ante ellos; después volvían a los peligrosos y excitantes rápidos que agitaban la frágil embarcación como si se tratase de un pez cogido en un anzuelo. La lluvia desapareció al mediodía y cedió el puesto a un sol que brilló a través de las ramas, llenando el río y el suelo del bosque de manchas de luz.

El buen tiempo que hacía —inusualmente ventoso para estar a últimos de maya aunque Simón seguía recordando la montaña de hielo de su sueño compartido— los animó. Flotando a través del túnel que formaban las abovedadas ramas de los árboles —roto aquí y allá por majestuosas manchas de luz que atravesaban los espacios abiertos entre las retorcidas ramas, para convertir al río en un brillante espejo de pulida y dorada agua—, volvieron a sentir ganas de conversar.

Simón, un poco reticente al principio, habló de la gente que había conocido en el castillo: de Raquel; de Tobas, el encargado de los perros, que se embadurnaba la nariz con grasa de antorcha para resultar más familiar a los canes; de Peter *Tazón-Dorado*; del gigantesco Rubén, y del resto. Binabik habló sobre todo de sus viajes, de sus viajes de juventud, del salobre país Wran y de las extenuantes y exóticas extensiones al oeste de su hogar, Mintahoq. Incluso Marya, a pesar de su inicial reticencia y de la larga lista de cosas sobre las que se negaba a hablar, hizo sonreír a Simón y al gnomo con sus imitaciones de discusiones entre marineros fluviales y marinos, y con sus observaciones acerca de la dudosa nobleza que rodeaba a la princesa en Meremund y en Hayholt.

Sólo al segundo día de navegación hablaron sobre cosas que preocupaban a los tres compañeros.

—Binabik —preguntó Simón, cuando comían al mediodía en un trozo de bosque iluminado por la luz del sol—, ¿crees que hemos dejado a esos hombres atrás? ¿Puede que haya otros que también nos busquen?

El gnomo desprendió una pepita de manzana de su barbilla.

—No sé *nada* con seguridad, amigo Simón, como ya he dicho. Es-

459

toy seguro de que no nos vieron y de que no habrá una persecución inmediata, pero como desconozco la razón por la que nos persiguen, tampoco puedo saber si nos encontrarán. ¿Saben que nos dirigimos a Naglimund? Eso no es demasiado difícil de suponer. *Pero* tres cosas hay que nos favorecen.

—¿Qué cosas? —preguntó Marya, con algo de preocupación reflejada en el rostro.

—Primero, en el bosque es más fácil esconderse que buscar. —Levantó un huesudo dedo—. Segundo, hemos tomado un camino que no es el normal para ir a Naglimund, y que es desconocido desde hace cientos de años. —Otro dedo—. Y por último, para descubrir la dirección en que nos dirigimos, esos hombres tendrían que oírselo decir a Geloë. —Su tercer dedo se hizo más firme—. Y eso, creo, es algo que no ocurrirá.

Simón se sentía preocupado secretamente sobre ese punto.

—¿No podrían hacerle daño? Eran hombres que llevaban espadas y lanzas, Binabik. Los búhos no los mantendrán alejados para siempre si lo que creen es que estamos con ella.

El gnomo asintió con gravedad y jugueteó con sus cortos deditos.

—No creas que no me preocupa, Simón. ¡Hija de las Montañas, ya lo creo! Pero sabes poco acerca de Geloë. Pensar en ella como en una mujer sabia pueblerina es cometer un error, un error del que Heahferth y sus hombres se arrepentirán si no la tratan con respeto. Durante mucho tiempo la *valada* Geloë caminó por Osten Ard: mucho tiempo ha permanecido en el bosque, y muchos, muchísimos años, entre los rimmerios. Incluso antes de eso, vino desde el sur para llegar a Nabban, y de sus anteriores viajes nadie sabe nada. Podemos confiar en que se cuidará mucho mejor que yo o, como tristemente hemos podido comprobar, mejor que el doctor Morgenes. —Binabik cogió otra manzana, la última que quedaba en la bolsa—. Pero ya nos hemos preocupado demasiado. Nos espera el río y nuestros corazones deben sentirse ligeros para poder viajar con más rapidez.

Al final de la tarde, cuando las sombras de los árboles empezaron a doblegarse y alcanzaron una mayor extensión a través del río, Simón aprendió más sobre los misterios del Aelfwent.

Estaba rebuscando en su bolsa un poco de tela con la que envolver sus manos para proteger las ampollas que el duro remar le había ocasionado, cuando encontró algo que parecía justo lo que buscaba y lo sacó. Era la Flecha Blanca, todavía envuelta en el retal de su camisa. Le resultó sorprendente encontrarla, así de repente, en sus manos, como si fuese una pluma que pudiera echar a volar con un poco de viento. Con mucho cuidado la desenvolvió.

—Mira —le dijo a Marya, pasando junto a Qantaqa para mostrársela en su envoltorio de blanco tejido—. Es una Flecha Blanca sitha. Salvé la vida de un sitha y me la dio. —Reconsideró un poco lo que acababa de decir—. Mejor dicho, me la disparó.

Era un hermoso objeto que parecía brillar incluso a la escasa luz del atardecer, como si fuese el luminoso cuello de un cisne. Marya la miró y levantó un dedo para tocarla.

—Es muy hermosa —respondió la muchacha, pero en el tono de su voz no apareció ni pizca de la admiración que Simón esperaba encontrar.

—¡Pues *claro* que es hermosa! Es sagrada. Significa que hay una deuda pendiente. Pregúntale a Binabik: él te lo dirá.

—Simón está en lo cierto —explicó el gnomo desde la proa del bote—. Eso ocurrió justo antes de conocernos.

Marya continuó mirando la flecha con indiferencia, como si su mente estuviese en otra parte.

—Es un objeto muy bonito —añadió, con un poco más de convicción en la voz que antes—. Tienes mucha suerte, Simón.

El chico no supo por qué, pero aquello lo puso furioso. ¿Es que no se daba cuenta de lo que había pasado? ¡Cementerios, sithas atrapados, mastines, la enemistad del Supremo Rey! ¿Quién era *ella* para contestarle como lo hacían las sirvientas, con ese aire ausente, cuando él se había lastimado en una rodilla?

—Claro —dijo, y sujetó la flecha ante él de forma que ésta atrapó un rayo de sol—, claro. Para toda la suerte que me ha reportado hasta ahora: he sido atacado, golpeado, cazado y he pasado hambre; más valiera que nunca la hubiese tenido.

Simón observó el arma, deslizando su mirada por los grabados que podían haber sido la historia de su vida desde que había dejado Hayholt, de tan complicados y carentes de sentido que le resultaban.

—Quizá sea mejor que la tire —agregó. *Nunca* lo haría, desde luego, pero se sentía satisfecho al fingir que podía hacerlo—. ¿Qué beneficio me ha reportado...?

El grito de aviso de Binabik se oyó en medio de la frase, pero cuando Simón trató de reaccionar ya era demasiado tarde. El esquife chocó contra una roca escondida casi con un impacto directo; el barquito escoró y la popa golpeó en el agua con un chasquido seco. La flecha voló de la mano del muchacho para cruzar el aire y caer al río, entre un montón de piedras. Cuando la popa se apoyó de nuevo sobre la superficie del agua, Simón se volvió para buscarla; poco después chocaban contra otra roca sumergida y el chico cayó. El barquito escoró demasiado y Simón resbaló…

El agua estaba muy fría. Durante unos instantes el joven pensó que había caído en algún agujero que lo había conducido a un mundo de absoluta oscuridad. Después boqueó, al volver a la superficie, sintiéndose arrastrado por la turbulenta corriente. Chocó contra una roca, fue arrastrado de ella y volvió a sumergirse, con el agua que se le introducía a través de la nariz y la boca. Luchó, volvió a sacar la cabeza y se tensó mientras la corriente lo zarandeaba y lo llevaba de una roca a otra. Sintió viento en el rostro y respiró, y casi enseguida comenzó a toser, aunque algo del maravilloso aire había encontrado el camino hacia sus pulmones a punto de estallar. Entonces, de repente, dejó de haber roca: y se encontró flotando tranquilamente, mientras pataleaba para mantenerse por encima del nivel de las aguas. Para su sorpresa, el barco se hallaba *detrás* de él, todavía tratando de evitar las últimas rocas. Binabik y Marya remaban con energía, con los ojos muy abiertos a causa del miedo, pero Simón vio que la distancia iba aumentando entre ellos. Se deslizaba corriente abajo, y cuando giró la cabeza hacia ambas orillas vio que éstas se encontraban muy lejos de su alcance. Volvió a boquear en busca de aire.

—¡Simón! —chilló Binabik—. ¡Nada hacia nosotros! ¡No podemos remar más rápido!

El muchacho se debatió en el agua y trató de regresar y nadar hacia ellos, pero el río tiraba de él con miles de dedos invisibles. Chapoteó, tratando de dar a sus manos la forma de los remos tal y como Raquel —¿o había sido Morgenes?— le había enseñado mientras lo sujetaba en los bajíos de Kynslagh, pero el esfuerzo le pareció cómico en comparación con la todopoderosa fuerza de la corriente. Pronto se cansó; ni siquiera podía sentirse las piernas. No sentía nada excepto un frío vacío, cuando trataba de moverlas. El agua lo cubrió por encima de los ojos y dio una extraña forma a las ramas de los árboles cuando Simón se hundió.

Algo se sumergió en el agua, junto a su mano, y el chico volvió a hacer un esfuerzo para ganar la superficie por última vez. Era el remo de Marya. Al tener más altura que Binabik, había tomado el lugar de éste y extendido el remo en dirección al lugar en que Simón había desaparecido bajo las aguas. Qantaqa estaba tras ella, ladrando y estirada hacia adelante, casi en una réplica de la postura de la muchacha; el bote se estaba ladeando peligrosamente a causa de todo el peso que soportaba en la proa.

El joven envió una orden a donde habían estado sus piernas, diciéndoles que diesen patadas si podían oírlo, y sacó la mano. Apenas sintió el remo cuando dobló los torpes dedos alrededor de la madera, pero estaba allí justo donde debía estar.

Después de que lo alzasen por la borda —un trabajo casi imposible dado que pesaba más que cualquiera de ellos, excepto la loba—, tosió y expulsó grandes cantidades de agua de río; permaneció respirando con dificultad y estremeciéndose, hecho un ovillo en el fondo del bote, mientras la muchacha y el gnomo buscaban un lugar donde desembarcar.

Simón recuperó suficiente fuerza como para arrastrarse fuera de la barca sobre unas temblorosas piernas. Una vez en tierra, cayó de rodillas y extendió unas agradecidas manos sobre el blanco suelo del bosque. Binabik saltó del bote y recogió algo que había entre el empapado y deshecho montón que había sido la camisa de Simón.

—Mira lo que se había enganchado en tus ropas —dijo, con una extraña mirada en el rostro. Se trataba de la Flecha Blanca—. Vamos a hacer una fogata para ti, pobre Simón. Tal vez hayas aprendido una lección, una cruel pero seria lección, sobre el hablar mal de un regalo sitha mientras navegas por un río sitha.

Ni siquiera con la fuerza suficiente como para sentirse avergonzado mientras Binabik lo ayudaba a quitarse las ropas y envolverse en el manto, el muchacho se durmió frente al fuego. Sus sueños fueron extrañamente oscuros, llenos de cosas que lo cogían y lo ahogaban.

A la mañana siguiente el cielo amaneció nublado. Simón se sentía enfermo. Después de masticar y tragar un par de tiras de tasajo —haciendo caso omiso de las protestas de su estómago revuelto— volvió a subir al bote, esta vez dejando que Marya se colocase en la popa mientras él yacía acurrucado en el centro, con el cálido contacto de Qantaqa contra el cuerpo. Dormitó durante todo aquel largo día en el río. La masa borrosa y verde que era a sus ojos el bosque le provocaba vértigo. Le pareció que tenía fiebre: se sentía como si fuese una patata sobre brasas. Tanto Binabik como Marya comprobaron solícitamente la progresión de la temperatura de Simón. Cuando se despertó del soñoliento y pesado estado en que había caído, sus compañeros almorzaban, y los encontró inclinados sobre él, con la fría palma de Marya sobre su frente. Su pensamiento fue: «¡Qué padres tan extraños tengo!».

Se detuvieron para pasar la noche en cuanto el crepúsculo empezó a hacerse patente entre los árboles. Simón, envuelto en la capa como un niño pequeño, se sentó junto al fuego, dejando sus brazos al descubierto lo suficiente como para beber la sopa que había preparado el gnomo, un caldo de carne de buey seca, nabos y cebollas.

—Mañana debemos levantarnos en cuanto salga el sol —dijo Binabik, lanzando el extremo de un nabo a la loba, que lo olisqueó con indiferencia—. Estamos cerca de Da'ai Chikiza, pero no tendría sentido llegar de noche, pues no podríamos ver nada. Como tendremos una larga ascensión desde allí hasta la Escalera será mejor que la hagamos a pleno día.

Simón observó semidormido al gnomo mientras este sacaba el manuscrito de Morgenes de uno de los bolsos y lo desenrollaba; luego se acercó al débil fuego del campamento para tratar de leerlo; daba la impresión de ser un monje pequeño que estuviese recitando oraciones de su Libro de Aedón. El viento sopló y agitó las ramas por encima de sus cabezas, haciendo caer algunas gotas de agua que permanecían en las hojas, restos de la lluvia de la tarde. Mezclado con el apagado rumor del río estaba el insistente croar de las pequeñas ranas.

A Simón le costó un rato darse cuenta de que la suave presión que sentía sobre su hombro no era sólo otro mensaje de su cuerpo maltratado. Con mucho esfuerzo sacó la barbilla por encima del manto que lo envolvía, liberando una mano para ahuyentar a Qantaqa, y vio que era la cabeza de Marya la que reposaba sobre su hombro, y no la de la loba, con la boca ligeramente abierta y respirando rítmicamente, dormida.

Binabik levantó la mirada de los manuscritos.

—Hoy ha sido un día de duro trabajo —sonrió—. Mucho remar. Si no te molesta, déjala descansar un poco —añadió, y volvió a mirar los escritos.

Marya se acurrucó a su lado y murmuró algo en sueños. El joven agarró la capa que Geloë le había proporcionado a la muchacha y la arropó un poco más; al tocarle la mejilla la chica dijo algo, levantó una mano y dio unas palmaditas torpes sobre el pecho de Simón; después se apretó un poco más contra él.

El sonido de la respiración de la muchacha, tan cercano al oído de Simón, se abrió paso por entre los ruidos provenientes del río y del bosque. El chico se estremeció, y sintió que le pesaban los ojos, le pesaban tanto…, pero el corazón le latía alocado; y era el sonido de su propia sangre alterada lo que lo condujo por un camino hacia la oscuridad total.

Inmersos en la gris y difusa luz de un amanecer lluvioso, con los ojos todavía legañosos y los cuerpos aún no desentumecidos a causa de madrugar, vieron el primer puente.

Simón volvía a estar en la popa. A pesar de la desorientación que sintió al embarcar y volver al río en la semioscuridad, se sentía mejor que el día anterior; todavía estaba un poco mareado, pero parecía mejorar. Cuando llegaron a un recodo del río, por el que discurrían en calma y sin preocuparse, el muchacho vio ante él una extraña forma arqueada que atravesaba la corriente. Se frotó los ojos para liberarse de la modorra que lo embargaba y vio que la cosa más que caer parecía colgar sobre el agua.

—Binabik —preguntó, echándose hacia adelante—. ¿Es un…?

—Un puente, sí —replicó alegremente el gnomo—. La Puerta de las Grullas, creo que debe de ser.

La corriente del río se hizo más fuerte y tuvieron que remar para contrarrestar el tirón. El puente se extendía desde los crecidos arbustos de la orilla para conformar un delgado y esbelto arco que iba a parar entre los árboles de la otra ribera. Trabajado en pálida y translúcida piedra verde, parecía tan delicado como espuma de mar congelada. Aunque había estado completamente grabado con intrincados trabajos, ahora la mayor parte de su superficie aparecía escondida bajo una capa de musgo y de enredaderas. Los lugares que se mostraban desnudos se veían desgastados; los rizos, arabescos y ángulos estaban suavizados, redondeados por la acción de la lluvia y el viento. Pendiendo del punto central del arco, justo por encima de sus cabezas cuando pasaron bajo la hermosa forma, había un pájaro de verde y translúcida piedra, con las alas extendidas.

Pasaron bajo la estructura en escasos momentos, y pronto estuvieron al otro lado. El bosque parecía respirar allí antigüedad, como si a través de una puerta hubieran viajado hacia el pasado.

—Hace mucho tiempo que los caminos fluviales han sido tragados por Aldheorte —dijo Binabik, mientras se daban la vuelta para observar el puente, que cada vez se alejaba más de ellos—, tal vez todas las demás obras de los sitha desaparezcan algún día.

—¿Cómo podía la gente atravesar el río sobre esa cosa? —preguntó Marya—. Tiene un aspecto… tan frágil.

—Más frágil de lo que era, eso es cierto —respondió el gnomo dirigiendo una última mirada al puente—. Pero los sitha nunca construyeron…, nunca *construyeron* para obtener sólo belleza. Sus trabajos son resistentes. ¿No es verdad que la torre más alta de Osten Ard, construida por ellos, todavía se yergue en Hayholt?

La joven asintió con la cabeza, meditando sobre ello. Simón metió la mano en el agua.

Todavía atravesaron once puentes más, o «puertas», como los llamaba Binabik, ya que durante mil años o más habían señalado la entrada del río en Da'ai Chikiza. Cada puerta llevaba el nombre de un animal, explicó el gnomo, y correspondía a una fase lunar. Una tras otra, pasaron bajo zorros, gallos, liebres y palomas, cada una de ellas de diferente forma, realizadas en piedra de luna o en brillante lapislázuli, pero todas con la marca inconfundible de las mismas sublimes y reverentes manos.

Para entonces el sol ya había emprendido su camino por encima de las nubes hacia su posición de mediodía, y ellos se deslizaban bajo la Puerta de los Ruiseñores. En el extremo más alejado de la estructura, en cuyos altivos grabados todavía brillaban restos de oro, el río empezaba a virar en dirección oeste, hacia los invisibles flancos orientales de las colinas Wealdhelm. En aquella parte no había rocas ni rápidos y la corriente se movía con velocidad, aunque de forma uniforme. Simón estaba a punto de hacerle una pregunta a Marya cuando Binabik levantó una mano.

Al doblar un recodo del río apareció ante sus ojos un bosque de delicadas y hermosas torres, situado como una pieza de rompecabezas en el interior de otro bosque mayor. La ciudad sitha, flanqueando el río en ambas orillas, parecía crecer del mismo suelo. Daba la impresión de ser el propio sueño de los árboles hecho realidad en piedra: cientos de formas verdes, blancas y de color azul cielo, una inmensidad de piedras coronadas por agujas, de caminos de gasa como puentes de telaraña, de agujas llenas de filigranas y minaretes que se entremezclaban con las altas copas de los árboles para atrapar el sol en sus rostros como flores de hielo. El pasado del mundo se extendía ante sus ojos, angustioso y desgarrador, cortándoles la respiración. Era lo más hermoso que Simón había visto en su vida.

A medida que se adentraban en la ciudad, con el río abriéndose camino entre las estilizadas columnas, se hizo patente que el bosque se había enseñoreado de Da'ai Chikiza. Las torres de mosaico, llenas de grietas, aparecían ocupadas por enredaderas y retorcidas ramas. En muchos sitios, donde una vez se habían erigido muros y puertas de algún material perecedero, se veían los restos de piedra que se mantenían en un precario equilibrio, sin sostén, como blanquecinos esqueletos de increíbles criaturas marinas. La vegetación lo invadía todo, colgaba por las delicadas paredes y cubría las torres de hojas enramadas.

Simón pensó que de algún modo todo aquello le confería aún más belleza como si el bosque, sin darse un respiro y sintiendo la ciudad inacabada, la hubiese terminado de construir.

La tranquila voz de Binabik rompió el silencio con un tono solemne, como requería el momento; los ecos pronto desaparecieron en el verdor que lo inundaba todo.

—Árbol del Viento Cantor, la llamaron: *Da'ai Chikiza*. Podéis imaginar que hace mucho tiempo estaba llena de música y de vida. Todas las ventanas aparecían iluminadas por lámparas, y brillantes embarcaciones navegaban por el río. —El gnomo giró la cabeza para mirarlos mientras pasaban bajo el último puente de piedra, estrecho como el cañón de una pluma, y lleno de delicadas imágenes de ciervos asustados—. Árbol del Viento Cantor —repitió, distante como un hombre perdido en sus recuerdos.

Simón, sin decir una palabra, dirigió el barquito hacia un lugar en el que se veían unas escaleras de piedra que finalizaban en una plataforma, casi al nivel de la superficie del ancho río. Cuando se detuvieron, se quedaron mirando en silencio las paredes llenas de parras y los corredores inundados por los líquenes. La atmósfera de la ciudad en ruinas estaba cargada de tranquila resonancia, como una cuerda fuera del mástil del instrumento. Incluso Qantaqa parecía confusa, con la cola baja y husmeando el aire. Entonces sus orejas se irguieron y emitió un débil quejido.

El siseo era casi imperceptible. La línea de una sombra cruzó ante el rostro de Simón y fue a estrellarse contra una de las paredes, produciendo un sonido metálico. Un montón de diminutas porciones de piedra verde saltaron en todas direcciones. El muchacho se giró para mirar hacia atrás.

A menos de cien anas de distancia, separada de los compañeros sólo por el río, había una figura vestida de negro con un arco en las manos tan alto como ella misma. Una docena, más o menos, de otras formas con capas azules y negras subía por el camino que había junto a la figura de negro. Una de estas últimas llevaba una antorcha. La primera se llevó una mano a la boca, mostrando durante un instante una pálida barba.

—¡No tenéis adonde escapar! —La voz de Ingen Jegger llegó lejana por encima de los sonidos del río—. ¡Rendíos, en nombre del rey!

—¡El bote! —gritó Binabik.

Cuando se dirigían hacia las escaleras, el oscuro Ingen le alargó algo al portador de la antorcha: encendió fuego en un extremo. Un momento más tarde colocó el objeto en el arco. Cuando los compañeros alcanzaron el último escalón, un rayo llameante cruzó por encima del río y explotó en el interior del bote. La flecha incendió el barquito casi de inmediato, y el gnomo apenas tuvo tiempo para sacar una de las bolsas de la canoa antes de que las llamas lo obligasen a retirarse. Momentáneamente protegidos tras el fuego, Simón y Marya pudieron volver a ascender las escaleras, con Binabik a corta distancia de ellos. Arriba, Qantaqa corría agitada de lado a lado aullando.

—¡Corred! —exclamó el hombrecillo.

Al otro lado del río dos arqueros se unieron a Ingen. El muchacho se dirigía hacia el refugio de la torre más cercana, cuando oyó el desagradable silbar de otra flecha y vio que se estrellaba junto a los mosaicos que había a unos treinta codos por delante de él. Dos saetas más alcanzaron las paredes de la torre que tan lejana le parecía. Simón oyó un grito de dolor, y la aterrorizada llamada de Marya.

—¡*Simón!*

Se giró y vio a Binabik tendido en el suelo, como un pequeño bulto, a los pies de la muchacha. En alguna parte, una loba aullaba.

28

TAMBORES DE HIELO

L a soleada mañana del vigésimo cuarto día del mes de maya acariciaba todo Hernysadharc, haciendo que el disco dorado que había en la torre más alta de Taig se convirtiese en un círculo de brillantes llamas. El cielo era azul como un plato esmaltado, como si Brynioch de los Cielos hubiera echado a las nubes con su fuerte bastón de avellano, permitiéndoles permanecer únicamente sobre las más elevadas cimas de Grianspog.

El repentino retorno de la primavera tenía que haber alegrado el corazón de Maegwin. Por todo Hernystir las últimas lluvias y las crueles heladas habían extendido un manto de pesar sobre la tierra y el pueblo de su padre, Lluth. Las flores se habían helado en el suelo, antes de nacer. Las manzanas habían caído de los árboles, pequeñas y ácidas. Las ovejas y vacas, que pastaban en empapados prados, regresaron con ojos atemorizados, espantadas por el granizo y las fuertes ráfagas de viento.

Un mirlo, esperando con insolencia hasta el último momento, se apartó del camino de Maegwin para ir a parar a una de las desnudas ramas de cerezo, en donde se puso a trinar alborotado. Maegwin no le prestó ninguna atención, pero se recogió el largo vestido y caminó más deprisa hacia el salón de su padre.

La muchacha desoyó la voz que la llamó por primera vez pues no tenía ganas de que nadie la perturbase en su paseo. Finalmente y de mala gana, se volvió para ver a su hermanastro Gwythinn, que corría hacia ella. Se detuvo y lo esperó, con los brazos cruzados.

La blanca túnica de Gwythinn aparecía desordenada y su collar dorado resbalaba por la espalda, como si fuese un niño y no un hombre en edad de convertirse en guerrero. El muchacho llegó a su lado y respiró pesadamente; ella emitió un sonido de desagrado y empezó a ordenarle las ropas. El príncipe compuso una mueca, pero esperó pacientemente mientras la joven volvía a colocar el collar. Su larga melena castaña se había deshecho de la cinta roja que la mantenía sujeta en una cola. Cuando la muchacha lo rodeó para volverle a arreglar el cabello, sus miradas se encontraron y sus ojos estuvieron a la misma altura, aunque Gwythinn no era un hombre bajo. Maegwin frunció el entrecejo.

—¡Por la Grey de Bagba, Gwythinn, mírate! Debes arreglarte mejor. ¡Algún día serás el rey!

—¿Y qué tiene que ver eso con la forma en que llevo el cabello? Además, ya iba bien arreglado cuando empecé a correr, pero tuve que hacerlo con rapidez para atraparte, con esas piernas tan largas que tienes.

Maegwin enrojeció y desvió la mirada. Su altura era un detalle que no pasaba inadvertido, a pesar de que ella trataba de no darle importancia.

—Bueno, ahora ya me has cogido. ¿Vas a la sala?

—Así es. —Una severa expresión se apoderó del rostro del chico, y se acarició el largo bigote—. Tengo que decirle algunas cosas a nuestro padre.

—Yo también —asintió ella, volviendo a caminar.

Sus pasos y altura eran parejos y el color de su cabello tan parecido que cualquiera habría dicho que eran gemelos, pero Maegwin era cinco años mayor e hija de diferente madre.

—Nuestra mejor lechona, *Aeghonwye*, murió la pasada noche. ¡Una más, Gwythinn! ¿Qué es lo que sucede? ¿Se trata de otra plaga, como en Abaingeat?

—Si se trata de una plaga —dijo su hermano con severidad, y llevando la mano a la empuñadura de su espada—, ya sé quién la trajo. Ese hombre es una enfermedad con patas. —Golpeó el pomo y escupió—. ¡Sólo pido que diga algo inconveniente! ¡Por Brynioch! ¡Cómo me gustaría cruzar mi acero con él!

Maegwin entrecerró los ojos.

—No seas loco —murmuró de mal humor—. Guthwulf ha matado a cien hombres. Y, por extraño que parezca, es un huésped en Taig.

—¡Un huésped que insulta a mi padre! —rugió Gwythinn, desembarazándose de la mano de la joven que lo cogía suavemente por el codo—. ¡Un huésped que nos trae las amenazas de un Supremo Rey asfixiado en su propio pobre reinado; un rey que se pavonea, hace tonterías y tira las monedas de oro como si fuesen piedras, y que luego se vuelve hacia Hernystir y pide que lo ayudemos! —Su voz iba elevándose de tono, y su hermana dirigió una mirada a su alrededor, preocupada de que alguien pudiese escucharlo. No había nadie a la vista excepto las pálidas sombras de los guardias de la puerta a unos cien pasos—. ¿Dónde estaba el rey Elías cuando perdimos el control del camino hacia Naarved y Elvritshalla? ¿Y cuándo se enterarán los dioses de las desgracias que han caído sobre la ruta de la Marca Helada? —El rostro del príncipe volvió a enrojecer; miró a su lado, pero ya no encontró a su hermana Maegwin.

Se dio la vuelta y la vio, con los brazos cruzados, a diez pasos de distancia, a su espalda.

—¿Has acabado, Gwythinn? —preguntó la muchacha.

Él asintió, pero su boca aparecía tensa.

—Bien. La diferencia entre nuestro padre y tú, compañero, es mayor que los treinta y tantos años que os separan. Durante todo ese tiempo ha aprendido a hablar y a mantener sus pensamientos ocultos. Es por ello, gracias a él, por lo que algún día serás el rey Gwythinn, y no sólo el duque de Hernystir.

El chico la miró fijamente durante un momento.

—Ya sé —dijo— que te gustaría que fuese como Eolair, que no hace más que reverencias y zalamerías a los perros de Erkynlandia. Ya sé que para ti Eolair es el sol y la luna, sin saber lo que él piensa de ti, como hija de rey que eres, pero yo no soy hombre de esa clase. ¡Somos hernystiros y no nos arrastramos ante nadie!

Maegwin palideció, herida por la referencia a sus sentimientos por el conde de Nad Mullach, acerca de los cuales su hermano tenía toda la razón. La deferencia que él le mostraba era tan sólo la debida a una soltera y desgarbada princesa. Pero las lágrimas no llegaron a asomar en sus ojos; en lugar de ello miró a Gwythinn, cuyo hermoso rostro reflejaba la frustración, el orgullo y, no en menor medida, su amor por su pueblo y su tierra, y volvió a ver en él al hermanito que había llevado en hombros, y al que de vez en cuando había hecho llorar.

—¿Por qué nos peleamos, Gwythinn? —preguntó en tono de queja—. ¿Qué es lo que ha hecho que esa sombra se interponga entre nosotros?

El muchacho bajó la mirada hasta posarla sobre la punta de sus botas, avergonzado, y extendió la mano.

—Amigos y aliados —dijo—. Vamos, entremos y veamos a nuestro padre antes de que el conde de Utanyeat llegue para despedirse.

Las ventanas de la gran sala de Taig estaban completamente abiertas, los rayos de sol que entraban por ellas aparecían inundados de brillantes moras de polvo levantadas por los apresurados pasos de los cortesanos. Las gruesas paredes de madera, cortadas de robles de Circoille, encajaban de forma tan perfecta que ni un solo rayo penetraba por ellas. Entre las vigas del techo colgaban mil grabados pintados con los dioses de los hernystiros, héroes y monstruos, todos esparcidos por el techo mientras la luz reflejaba cálidamente sus rasgos de pulida madera.

En un extremo de la sala, con la luz del sol inundando el lugar, el rey Lluth ubh-Llythinn se hallaba sentado en su gran trono de madera de roble, bajo la cabeza de ciervo grabada que pendía por encima del respaldo del asiento, con una cornamenta real fijada a una cabeza grabada. El rey comía un tazón de gachas y miel con una cuchara de madera, mientras Inahwen, su joven esposa, se hallaba sentada junto a él, en una silla más baja, dando delicadas puntadas en el dobladillo de uno de los mantos de Lluth.

Cuando los centinelas golpearon por dos veces sus escudos con la punta de las lanzas para señalar la llegada de Gwythinn —la nobleza de menor rango, como el conde Eolair, sólo era merecedora de un golpe, mientras que el rey recibía tres y Maegwin ninguno—, Lluth levantó la vista y sonrió, dejando el tazón en el brazo del trono y pasando la manga por su gris bigote. Inahwen observó el gesto y dirigió a Maegwin una desesperada mirada de complicidad femenina, que la muchacha tomó un poco mal. Ella nunca se había acostumbrado a que la madre de Gwythinn, Fiathna, tomase el puesto de la suya (su madre, Penemhwye, había muerto cuando ella tenía cuatro años), pero al menos Fiathna era de la edad de Lluth, ¡y no una chiquilla como Inahwen! No obstante, la joven y rubia mujer tenía buen corazón, aunque tal vez fuese un poco corta de entendimiento. Inahwen no tenía la culpa de ser una tercera mujer.

—¡Gwythinn! —dijo Lluth, incorporándose y cepillándose los restos de la comida del regazo de su túnica amarilla—. ¿No te parece que tenemos mucha suerte al ser visitados por el sol? —El rey señaló hacia las ventanas con la mano, tan contento como un niño con zapatos nuevos—. Es algo que necesitábamos, ¿verdad? Tal vez nos ayude a calmar a nuestros huéspedes de Erkynlandia. —Compuso una mueca de preocupación, con sus inteligentes facciones contraídas y las cejas arqueadas por encima de la gruesa y torcida nariz, rota en su juventud—. ¿No crees?

—No, no lo creo así, padre —respondió el joven, acercándose mientras el rey volvía a tomar asiento en el trono astado—. Y espero que la respuesta que les deis hoy los haga volver de peor humor. —Gwythinn cogió un taburete y se sentó a los pies del monarca, justo bajo la tarima—. Uno de los soldados de Guthwulf se enzarzó en una pelea con el viejo Craobhan, ayer por la noche. Tuve que perder mucho tiempo tratando de convencer a Craobhan para que no ensartase la espalda del bastardo con una flecha.

En el rostro de Lluth apareció una mirada de preocupación que luego se borró, escondida bajo la sonriente máscara que tan bien conocía Maegwin.

«Ay, padre —pensó—, incluso *tú* encuentras difícil hacer que la música siga oyéndose mientras esas criaturas aúllan alrededor de Taig.» La muchacha se adelantó y se sentó en la tarima, junto al taburete de Gwythinn.

—Es cierto —sonrió el soberano, con tristeza— que el rey Elías podría escoger con más cuidado a sus diplomáticos. Pero dentro de una hora se habrán ido, y la paz volverá a reinar en Hernysadharc.

Lluth chasqueó los dedos, y un sirviente se acercó para llevarse el tazón de gachas. Inahwen observó críticamente cómo se alejaba.

—Vaya —comentó en tono de reproche—, no os lo habéis acabado. ¿Qué voy a hacer con tu padre? —añadió, dirigiéndose en aquella ocasión con la mirada a Maegwin, y sonriendo como si también la muchacha fuese un soldado en la constante batalla para hacer que Lluth acabase las comidas.

Maegwin, todavía un poco confusa sobre la forma en que debía tratar a una madre que tenía un año menos que ella misma, rompió el silencio con impaciencia.

—*Aeghonwye* murió, padre. Era la mejor cerda que teníamos y con ella ya suman diez este mes. Algunas de las restantes están adelgazando mucho.

El rey se encogió de hombros.

—Este maldito tiempo… Si Elías pudiera mantener este sol de primavera sobre nosotros, le entregaría cualquier impuesto que pidiese. —Se agachó para acariciar el brazo de su hija, pero no lo suficiente como para llegar a conseguirlo—. Todo lo que podemos hacer es amontonar más esteras en el establo para mantener alejado el frío. Aparte de eso, estamos en las piadosas manos de Brynioch y Mircha.

Sonó otro entrechocar de lanza contra escudo, y apareció el chambelán, frotándose nerviosamente las manos.

—Alteza —dijo—, el conde de Utanyeat pide ser recibido por vos.

Lluth sonrió.

—Nuestros huéspedes han decidido despedirse antes de subir a sus caballos. ¡Claro! Por favor, haced pasa a Guthwulf de inmediato.

Pero el huésped, seguido por algunos de los hombres de la guardia, desarmados, ya había sobrepasado al anciano sirviente.

El conde se dejó caer sobre una rodilla a unos cinco pasos de distancia de la tarima.

—Majestad…, ah, y también el príncipe. Soy afortunado. —No existía traza de burla en la voz, pero sus ojos verdes parecían refulgir—. Y la princesa Maegwin —una sonrisa—, la Rosa de Hernysadharc.

La joven hizo un esfuerzo para mantener la compostura.

—Señor, sólo hay una Rosa de Hernysadharc —replicó— y, ya que era la madre de vuestro rey Elías, me sorprende que se haya borrado de vuestra mente.

Guthwulf asintió con gravedad.

—Desde luego, señora, sólo trataba de haceros un cumplido; pero he notado que llamáis a Elías *mi* rey. ¿Acaso no es también rey vuestro bajo la Suprema Tutela?

Gwythinn se movió en el taburete y se giró para ver la reacción de su padre; la funda de su espada golpeó contra la tarima.

—Claro, claro. —Lluth movió la mano con calma, como si la tuviese metida en agua—. Ya hemos hablado de ello y no veo la necesidad de volver sobre el tema. Reconozco la deuda de mi casa para con el rey Juan. Siempre he hecho honor a ella, tanto en tiempos de paz como durante la guerra.

—Sí. —El conde de Utanyeat se incorporó, con polvo en las rodillas de sus calzas—. ¿Pero qué ocurre con la deuda de vuestra casa hacia el rey Elías? Ha mostrado una gran tolerancia…

Inahwen se puso en pie, y la ropa que cosía cayó al suelo.

—Debéis excusarme —dijo jadeante, y recogió la prenda—, pero hay asuntos domésticos que debo atender.

El monarca le concedió su permiso y la mujer caminó con paso rápido pero lleno de cautela entre los hombres de la guardia de Guthwulf y salió por la puerta entreabierta tan ágil como un gamo.

Lluth exhaló un suspiro; Maegwin lo miró, observando las siempre sorprendentes arrugas de la edad que marcaban el rostro de su padre.

«Está cansado, y ella, Inahwen, asustada —pensó—. Me pregunto cómo estoy yo. No lo sé con seguridad…, pero lo cierto es que me encuentro exhausta.»

Mientras el rey miraba al mensajero de Elías, la habitación pareció oscurecer. Durante unos instantes, Maegwin temió que las nubes tapasen el sol y que el invierno regresase; después se dio cuenta de que sólo se trataba de su propia aprensión, de la extraña sensación de que allí había en tela de juicio algo más que la tranquilidad de su padre.

—Guthwulf —empezó a decir el monarca, y su voz sonó cansada, como si sostuviese un gran peso—, no penséis en provocarme en el día de hoy…, pero tampoco penséis que podéis intimidarme. El rey no ha mostrado ninguna tolerancia sobre los problemas por los que atraviesa Hernystir. Hemos sufrido un largo período de sequía, y ahora las lluvias, que tanto hemos agradecido a los dioses, se han convertido en una maldición. ¿Con qué máximo castigo puede amenazarme Elías que exceda el que me supone ver a mi pueblo asustado y a nuestro ganado morir de hambre? No creo que se pueda pagar diezmo mayor.

El conde de Utanyeat se mantuvo silencioso durante un momento, y su vacía expresión fue endureciéndose de forma progresiva hasta convertirse en algo que a Maegwin le pareció una sarcástica sonrisa.

—¿Que no hay castigo más grande? —dijo el conde, saboreando cada palabra como si tuviera buen gusto—. ¿El diezmo mayor?

Guthwulf lanzó un escupitajo de zumo de citril sobre el suelo, ante el trono del rey. Algunos de los súbditos de Lluth gritaron llenos de horror; el arpista, que había estado tocando tranquilamente en una esquina, dejó caer su instrumento, el cual produjo un discordante sonido al chocar contra el suelo.

—*¡Perro!* —gritó Gwythinn, y se enderezó, tirando el taburete sobre el que había estado sentado.

Un momento después su espada brilló al ser desenvainada y alcanzó el cuello del conde. Éste tan sólo lo miró, con la barbilla un poco echada hacia atrás.

—¡Gwythinn! —rugió Lluth—. ¡Enváinala, maldito seas, enváinala!

Guthwulf frunció los labios.

—Dejadlo. ¡Vamos, adelante, cachorro, mata al Heraldo del Supremo Rey, que está desarmado!

Se produjo un sonido de pasos junto a la puerta cuando algunos de los hombres del conde, una vez recuperados de la sorpresa, se echaron hacia adelante. Este levantó la mano.

—¡No! ¡Aunque este cachorro me rebane el gaznate de oreja a oreja, ninguno de vosotros osará devolver el golpe! Saldréis y montaréis en vuestros caballos para regresar a Erkynlandia. Al rey Elías todo esto le parecerá… muy interesante.

Sus hombres, confundidos, permanecieron en el mismo lugar como espantapájaros con armadura.

—Déjalo ir, Gwythinn —dijo Lluth, con fría cólera en la voz.

El príncipe, con la cara arrebolada, miró al erkyno durante unos instantes y después bajó la espada. Guthwulf se pasó un dedo por el diminuto corte que apareció en la garganta y miró su propia sangre con frialdad. Maegwin se dio cuenta de que había contenido la respiración; al ver la mancha escarlata en la punta de los dedos del conde, volvió a liberarla.

—Viviréis para decírselo vos mismo a Elías, Utanyeat. —Sólo un ligero temblor alteraba la serena voz del rey—. Espero que también le informéis del mortal insulto que habéis dirigido a la Casa de Hern, un insulto por el que seríais merecedor de la muerte si no fuese porque sois el emisario de Elías y el Heraldo del Rey. Marchaos.

El erkyno se dio la vuelta y caminó hacia sus hombres, con una salvaje expresión en el rostro. Cuando llegó hasta ellos se giró sobre los talones y miró a Lluth a través de la gran sala.

—Recordad que no podéis imaginar diezmo más grande que pagar, si algún día oís arder las vigas del Taig y llorar a vuestros hijos —acabó y salió a grandes zancadas por la puerta.

Maegwin, con manos temblorosas, se agachó y recogió un trozo de la destrozada arpa, con cuya cuerda se envolvió la mano. Levantó la cabeza para mirar a su padre y a su hermano; lo que vio la hizo volver a fijar la vista en el fragmento de madera que tenía entre las manos, y apretó la cuerda con más fuerza hasta que se hundió en su carne.

Dejando escapar una imprecación wranana, Tiamak miró desconsoladamente la jaula de cañas. Era su tercera trampa, y todavía no había podido coger ni un cangrejo. La cabeza de pescado que había puesto como cebo había desaparecido, claro, sin dejar huella.

Echó una mirada a la fangosa agua, y tuvo la sospecha de que los cangrejos siempre iban un paso delante de él, eso si no esperaban que dejase caer otra jaula con una cabeza de pescado más. Se imaginaba a toda una colonia de ellos mirando hacia arriba con expresiones de júbilo para luego empezar a sacar la cabeza a través de las rejas con un palo o cualquier otro tipo de herramienta que les debía de proporcionar alguna especie de deidad crustácea.

¿Podrían los cangrejos adorarlo como una especie de ángel proveedor, se preguntó, o lo veían con la cínica indiferencia de una banda de saqueadores que le toma las medidas a un borracho antes de aligerarle la bolsa?

Estaba seguro de que se trataba de la segunda opción. Volvió a poner cebo en la jaula cuidadosamente trenzada y, con un suave suspiro, la dejó caer en el agua; luego fue soltando cabo mientras se hundía.

El sol acababa de ponerse por el horizonte y bañaba el cielo por encima de la ciénaga con sombras anaranjadas y rojas. Tiamak dirigió su barcaza a través de los canales de Wran —sólo distinguibles de la tierra por la falta de vegetación— y se le ocurrió pensar que la mala suerte que había tenido aquel día sólo era el presagio de cosas peores. Aquella mañana ya había roto su tazón favorito, por el que había pasado dos días escribiendo el árbol genealógico de Roahog, el alfarero, como pago; por la tarde había partido una plumilla y derramado un gran vaso de tinta de moras sobre el manuscrito, arruinando casi por completo una página. Y ahora, a menos que los cangrejos decidieran organizar una fiesta en los entresijos de su última trampa, iba a tener bien poca cosa para comer esa noche. Se estaba cansando de tanta sopa de raíces y galletas de arroz.

Se aproximó a la última boya, una entrelazada pelota de juncos, y ofreció una silenciosa oración a Él, Quien Siempre Pisa sobre Arena, para que los pequeños andarines iniciaran su camino hacia la jaula de abajo. A causa de su extraña educación, que incluía un año viviendo en Perdruin —algo que nunca se había oído de un hombre de Wran—, Tiamak no creía realmente en Quien Siempre Pisa sobre Arena, aunque todavía sentía algo de cariño por Él, como podría sentirlo por un senil abuelo que se cayese a menudo por la casa, pero que tiempo atrás le hubiese traído nueces y juguetes. Además, rezar nunca hacía daño, aunque no creyeses en el destinatario de las oraciones. Rezar ayudaba casi siempre a recomponer la mente, y, sobre todo, impresionaba a los demás.

La trampa fue apareciendo lentamente y, por un instante, el corazón de Tiamak se agitó en el pecho, como si buscase amordazar los expectantes sonidos del estómago. Pero la sensación de resistencia fue corta, probablemente alguna raíz que se hubiera enganchado y luego soltado, y la jaula apareció bamboleante en la oscura superficie del agua. *Algo* se movía en su interior; la subió, tratando de verlo con la ayuda de la última claridad del día. Dos diminutos ojos lo miraban desorbitados, ojos que con toda posibilidad debían de pertenecer a cangrejo que desaparecería en la palma de su mano si cerraba los dedos.

Tiamak gruñó. Ya se imaginaba lo ocurrido: el mayor de los quimeristas crustáceos había provocado al más pequeño para que probase la trampa; el jovencito quedó atrapado en el interior, llorando, mientras sus hermanos reían y movían las pinzas. Entonces apareció la enorme sombra de Tiamak e izó la jaula; los hermanos cangrejos se miraron desolados los unos a los otros, preguntándose cómo iban a explicarle a mamá la desaparición del pequeñín.

Aun así, pensó Tiamak, considerando la sensación de vacío que sentía en el estómago, y aunque aquello tan pequeño era todo lo que había conseguido por hoy…, quedaría muy bien en la sopa.

477

Volvió a mirar la jaula y la elevó, removiendo al prisionero y dejándolo sobre la palma de su mano. ¿Para qué engañarse? Había resultado un día desastroso, y eso era todo.

El pequeño cangrejo cayó dejando oír un «paf» al volver a saltar al agua. Tiamak no se molestó ni en volver a hundir la jaula.

Mientras subía por la larga escala desde el bote amarrado hasta la casita sostenida por un baniano, Tiamak prometió conformarse con la sopa y una galleta. La gula era un obstáculo, se recordó, un impedimento entre el alma y los reinos de la verdad. Dejó la escalera cuando llegó al porche y pensó en Ella, Que Dio a Luz a la Humanidad, quien ni siquiera tenía un bonito tazón de sopa de raíces, sino que había subsistido con rocas, polvo y agua sucia hasta que se combinaron en su estómago para parir una carnada de hombres de arcilla, los primeros humanos.

Aquello hacía que la sopa resultara un auténtico banquete, ¿verdad? Además, tenía mucho trabajo pendiente; por ejemplo, arreglar o volver a escribir el manuscrito emborronado. Entre los miembros de su tribu, Tiamak era considerado como un extraño, pero en alguna parte del mundo habría alguien que leería su revisión de *Remedios de los sanadores Wrananos* y se daría cuenta de que en las marismas también había mentes sabias. Pero, ay, un cangrejo le hubiera sabido mejor; eso y una jarra de cerveza de helecho.

Mientras Tiamak se lavaba las manos en el barreño de agua que había preparado fuera antes de marcharse, agachado, pues no tenía sitio para sentarse entre su obsesionantemente recortada y pulida mesa de trabajo y el jarro del agua, oyó como si rascasen en el techo. Escuchó atentamente mientras se secaba las manos con el cinturón de tela. Volvió a oírlo; un susurro seco, como si su estropeada pluma estuviese escribiendo por el tejado.

Sólo le llevó un momento salir por la ventana y trepar, una mano tras otra, hasta llegar al tejado. Se agarró a una de las largas y retorcidas ramas del baniano y ascendió hacia una pequeña caja de corteza de árbol, por encima del tejado en forma de pico, como una casa de muñecas cargada sobre la espalda de la madre. Introdujo la cabeza por uno de los extremos de la caja abierta.

Allí estaba. Se trataba de un gorrión gris, que picoteaba con energía las semillas que había esparcidas por el suelo. Tiamak alargó una mano para cogerlo; después, con tanto cuidado como pudo, descendió por el tejado y se introdujo en la casa por la ventana.

Depositó al gorrión en la jaula para cangrejos que mantenía colgando del techo para ocasiones como aquélla, y encendió un fuego. Las llamas empezaron a aparecer en la chimenea de piedra y, entonces, sacó al pájaro de la jaula. Tenía los ojos brillantes cuando el humo de la chimenea empezó a ascender hacia el agujero que había practicado en el techo.

El ave parecía haber perdido una o dos plumas de la cola y presentaba un ala un poco dañada, como si hubiera tenido alguna refriega en su vuelo desde Erkynlandia. Sabía que provenía de allí porque era el único gorrión que había criado. Sus otros pájaros eran palomas de las marismas, pero Morgenes insistió en los gorriones por alguna razón; qué hombre más raro era.

Después de colocar un cazo con agua sobre el fuego de la chimenea, Tiamak hizo lo que pudo por mejorar el mal aspecto del ala plateada; luego puso unas pocas semillas más y un cuenco de corteza con algo de agua. Estuvo tentado de esperar hasta después de comer para leer el mensaje, de posponer el placer de lejanas noticias tanto como le fuese posible, pero, tal y como le había resultado el resto del día, tanta paciencia era mucho esperar de sí mismo. Metió algo de harina de arroz en el mortero, añadió pimienta y agua, lo mezcló todo y con ello formó una pasta que puso a dorar sobre una piedra caliente, cerca de la chimenea.

El pedazo de pergamino que había sido doblado alrededor de la pata del gorrión estaba algo roto en los bordes y los caracteres aparecían un poco borrosos, como si se hubiesen mojado; pero estaba acostumbrado a aquel tipo de cosas y pronto pudo entender el mensaje. La anotación que revelaba la fecha en que había sido escrito le sorprendió; la gris avecilla había necesitado casi un mes para llegar a Wran. El mensaje aun le sorprendió más, pero no se trataba de la clase de impresión que había esperado.

Fue con una sensación de intenso frío en el estómago que sobrepasaba a cualesquiera de sus otras sensaciones como se acercó a la ventana y miró a través de las retorcidas ramas del baniano hacia las estrellas. Observó el cielo del norte, y durante unos momentos casi creyó sentir que un frío y cortante viento soplaba a través de la cálida atmósfera de Wran. Estuvo largo tiempo ante la ventana antes de darse cuenta, por el olor, de que su cena se quemaba.

El conde Eolair volvió a sentarse en la acolchada silla y levantó la mirada hacia el techo que aparecía recubierto con pinturas de motivos religiosos: curación de los dolores de la lavandera por parte de Jesuris, martirio de Sutrino en el circo del emperador Crexis y otras situaciones. Los colores parecían irse desvaneciendo, y muchas de las pinturas estaban oscurecidas por el polvo, como si éste las envolviera en un fino velo. Pero todavía formaban un conjunto impresionante, aunque se tratase de una de las más pequeñas antecámaras de Sancellan Aedonitis.

«Un millón de toneladas de piedra arenisca, mármol y oro —pensó Eolair—, y todo para erigir un monumento a alguien a quien nadie nunca ha visto.»

Súbitamente se vio invadido por una oleada de nostalgia por su hogar, como le venía ocurriendo durante la última semana. Qué no daría por regresar a su humilde morada en Nad Mullach, rodeado de sus sobrinos y sobrinas, y de los pequeños monumentos de su propio pueblo y de sus dioses; o a la Taig de Hernysadharc, donde permanecía un poco de su secreto corazón, en lugar de estar allí rodeado por la piedra devoradora de tierra, en Nabban. Pero el viento de la guerra flotaba en la atmósfera y él no podía encerrarse en sí mismo cuando su rey le había pedido ayuda. A pesar de todo, estaba cansado de viajar. ¡Qué maravilloso sería volver a sentir la hierba de Hernystir bajo los cascos de su caballo!

—¡Conde Eolair! Perdonadme, por favor, por haberos hecho esperar. —El padre Dinivan, el joven secretario del lector, estaba en la puerta con las manos en el interior de las mangas de su hábito—. Hoy hemos tenido un día muy atareado, y eso que todavía no hemos acabado la mañana. Pero —rió—, ésa es una excusa muy pobre. ¡Por favor, pasad a mis aposentos!

Eolair lo siguió fuera de la antecámara, con pasos silenciosos sobre las antiguas y gruesas alfombras.

—Bueno —dijo Dinivan, sonriendo y calentando sus manos frente a la chimenea—. ¿Está mejor así? Es una vergüenza, pero no podemos mantener caliente la más grande mansión del Señor. Los techos son demasiado altos y hemos tenido una primavera muy fría.

El conde sonrió.

—Eso es cierto, aunque nosotros no nos hemos dado demasiada cuenta. En Hernystir dormimos con las ventanas abiertas, excepto en lo más crudo del invierno. Somos gente que vive de puertas afuera.

Dinivan enarcó las cejas.

—Y nosotros, los nabbanos, somos blandengues sureños, ¿verdad?

—¡No he dicho eso! —rió Eolair—. Una cosa sois vosotros los sureños: maestros en el arte del buen hablar.

El secretario se sentó en una silla de respaldo duro.

—Ah, pero Su Santidad el lector, que es erkyno de origen, como bien sabéis, puede darnos mil vueltas. Es un hombre sabio y sutil.

—Lo sé. Y es acerca de él de quien quiero hablaros, padre.

—Llamadme Dinivan, por favor. Ah, ése es siempre el destino del secretario de un gran hombre: ser buscado por su proximidad al personaje más que por su propia personalidad. —Compuso una mueca burlona.

Eolair volvió a sentir aprecio por el sacerdote.

—Ese, sin duda, es vuestro destino, Dinivan. Ahora, escuchad, por favor. Supongo que sabéis por qué me ha enviado aquí mi señor...

—Tendría que ser un auténtico tonto para ignorarlo. Éstos son tiempos que hacen que las lenguas se agiten como las colas de los perros. Vuestro señor se dirige a Leobardis para saber si pueden llegar a un acuerdo y hacer causa común.

—Cierto.

El conde se alejó unos pasos de la chimenea para colocar una silla cerca de la de su interlocutor.

—Mantenemos un equilibrio muy delicado: mi señor Lluth, vuestro lector Ranessin, Elías, el Supremo Rey, el duque Leobardis...

—Y el príncipe Josua, si es que vive —añadió Dinivan, y su cara mostró un gesto de preocupación—. Sí, un delicado equilibrio. Y vos sabéis que el lector no puede hacer nada que lo rompa.

Eolair asintió lentamente.

—Lo sé.

—En ese caso, ¿por qué os habéis dirigido a mí? —preguntó el sacerdote amablemente.

—No estoy del todo seguro. Sólo esto puedo deciros: parece que se está preparando algún tipo de lucha, como ocurre a menudo, pero yo temo que esta vez se trate de algo más profundo. Debéis de creer que soy un loco, pero temo que está terminando una era y tengo miedo de lo que traerá la que está por llegar.

El secretario del lector se quedó mirándolo. Por unos momentos pareció que su rostro envejecía, como si reflejase los pesares con los que cargaba.

—Sólo os diré que comparto vuestros temores, conde Eolair —dijo, al final—. Pero no puedo hablar en nombre del lector, excepto para decir lo que ya dije antes: es un hombre sabio y sutil. —Hizo la señal del Árbol sobre su pecho—. Para vuestro consuelo os puedo comunicar lo siguiente: Leobardis todavía no ha decidido a quién dará su apoyo. Aunque el Supremo Rey lo agasaja y amenaza, alternativamente, el duque todavía se resiste.

—Bien, ésas son buenas noticias. —Eolair sonrió con cautela—. Esta mañana he visto al duque y me ha parecido muy distante, como si temiese ser visto escuchándome con demasiada atención.

—Tiene muchos elementos que sopesar, al igual que mi señor —replicó el sacerdote—. Pero sabed lo siguiente, lo cual es un secreto: esta mañana llevé al barón Devasalles a ver al lector Ranessin. El barón está a punto de llevar a cabo una embajada de mucha importancia para Leobardis y mi señor, y que tiene mucho que ver con el partido que tomará Nabban en caso de estallar un conflicto. No puedo deciros más, pero espero que al menos sea algo.

—Es más que nada —respondió el conde—. Os agradezco vuestra confianza, Dinivan.

En algún lugar de Sancellan Aedonitis repicó una campana, lenta y profunda.

—La Campana Partida señala que hemos llegado al mediodía —dijo el padre Dinivan—. Vamos. Busquemos algo para comer y una jarra de cerveza, y hablaremos de cosas más placenteras. —Una sonrisa le cruzó el rostro, devolviéndole la juventud—. ¿Sabéis que una vez viajé por Hernystir? Vuestro país es muy hermoso, Eolair.

—A pesar de no tener edificios de piedra —añadió el conde, dando palmadas a las paredes de la habitación del secretario.

—Y ése es uno de sus encantos —sonrió el sacerdote, conduciendo a Eolair fuera de la estancia.

La barba del viejo era blanca y lo suficientemente larga como para que pudiera sujetarla por el interior del cinturón mientras andaba, lo que, hasta aquella mañana, había hecho durante varios días. El cabello no era más oscuro que la barba. Incluso su chaqueta provista de capucha y los pantalones estaban hechos de grueso pellejo de lobo blanco. La piel de la criatura había sido cuidadosamente desollada; con las patas delanteras cruzadas sobre el pecho y la cabeza sin mandíbulas, clavada a un capelo de hierro que le llegaba hasta las cejas. Si no hubiera sido por los trocitos de cristal rojo que llenaban las vacías cuencas de los ojos del lobo y por los fieros ojos del viejo que había bajo aquéllas, podía haber pasado por otro pedazo de bosque cubierto de nieve entre el lago Drorshull y las colinas.

El quejido del viento sobre la copa de los árboles aumentó de volumen, y un montón de nieve cayó desde las ramas de un alto pino sobre el hombre que se agazapaba debajo. Se sacudió impaciente, como un animal, y a su alrededor se formó una fina niebla que acabó de momento con la débil luz del sol y la convirtió en una cortina de diminutos arcos iris. El viento continuó su quejumbrosa canción, y el anciano vestido de blanco se agarró a algo que había a su lado y que a primera vista no parecía ser sino otro montón de blancura, una piedra o el tronco de un árbol. Lo levantó, quitó la nieve de encima y apartó la tela que lo cubría lo suficiente como para poder echar una ojeada al interior.

Silbó y esperó; luego frunció el entrecejo como si algo le molestase. Dejó caer el objeto, se puso en pie y desabrochó el cinturón de blanca piel de reno que llevaba escondido alrededor de su cintura. Después de retirar la capucha del magro y curtido rostro, se deshizo del traje de piel de lobo. La camisa sin mangas que llevaba debajo era del mismo color que la chaqueta, y la piel de sus nervudos brazos no era mucho más oscura. En la muñeca derecha, por encima del guante que llevaba puesto, se veía dibujada con tintas brillantes la cabeza de una serpiente, copiada en azul, negro y rojo directamente sobre la piel. El cuerpo de la culebra rodeaba el brazo del hombre, subiendo por él en espiral y desapareciendo en el hombro, bajo la camisa, para reaparecer sinuosamente por el brazo izquierdo y terminar en una retorcida cola en la muñeca. La vivacidad de los colores contrastaba con el apagado bosque invernal, así como con los ropajes blancos y la piel del hombre. A corta distancia parecía ser una especie de serpiente voladora, partida en el aire y sufriendo su agonía a dos codos de la helada tierra.

El anciano no prestó ninguna atención a la carne de gallina de su brazo hasta que hubo terminado de doblar la chaqueta. Después extrajo una bolsa de cuero de un zurrón que llevaba debajo de la camisa, sacó de ella una cierta cantidad de grasa amarilla y la frotó con energía sobre su piel; así consiguió que la serpiente brillara como si acabase de llegar de alguna húmeda selva sureña. Cuando acabó, volvió a sentarse en cuclillas para esperar. Tenía hambre, pero había terminado sus últimas raciones de viaje la noche pasada. Aquello no tenía demasiada importancia, ya que pronto llegarían los que esperaba, y entonces se acabaría su falta de alimentos.

Con la barbilla caída, ojos de cobalto ardiendo bajo las heladas cejas, Jarnauga observó el terreno que se extendía hacia el sur. Era un hombre muy viejo, y los rigores del tiempo y de los elementos lo habían endurecido. Sólo miraba hacia adelante, esperando la hora que se acercaba en que la Muerte lo llamaría para conducirlo a su oscura y tranquila mansión. El silencio y la soledad no entrañaban terror; habían sido la urdimbre y la trama de su larga vida. Sólo quería acabar la tarea que le había sido encomendada: llevar la antorcha para que otros pudieran usarla en la oscuridad; después abandonaría la vida y el cuerpo tan fácilmente como se desprendía de la nieve que se posaba sobre sus desnudos hombros.

Pensar en las solemnes mansiones que lo esperaban al final de su camino le hizo recordar su querido Tungoldyr, que había dejado hacía quince días. A punto de partir y mientras lo contemplaba, el pequeño pueblo en el que había pasado la mayor parte de sus noventa años aparecía extendido ante él, tan vacío como el legendario Huelheim que lo aguardaba cuando su tarea fuese completada. Todos los demás habitantes de Tungoldyr habían huido meses antes; sólo Jarnauga permaneció en el poblado llamado Puerta de la Luna, situado sobre las altas montañas Himilfell, pero a la sombra del distante *Sturmrspeik*, el Pico de las Tormentas. El invierno se había hecho tan frío que ni siquiera los rimmerios de Tungoldyr recordaban otro igual. La canción nocturna del viento había cambiado para ceder su lugar a algo parecido a un aullido y llantos, hasta que los hombres empezaron a volverse locos y fueron encontrados por las mañanas riéndose sin sentido, con sus familias muertas alrededor.

Sólo Jarnauga permaneció en su casita mientras la niebla del hielo se hacía tan espesa como la lana en los pasos de montaña y en las estrechas callejuelas del pueblo. Los tejados de Tungoldyr parecían flotar como los barcos en los que los espíritus de los guerreros navegaban hacia las nubes. Nadie, excepto él, se había quedado para ver los parpadeantes fuegos del Pico de las Tormentas, que cada vez se iban haciendo más y más brillantes; para oír los sonidos de la vasta y ronca música que penetraba a través del estruendo del trueno que se desencadenaba por las montañas y valles de la provincia más norteña de Rimmersgardia.

Pero, ahora, incluso él —su momento llegaba por fin, como vio a través de ciertos signos y mensajes— había dejado Tungoldyr abandonado en la oscuridad y el frío. Jarnauga, que a pesar de lo que ocurriera nunca volvería a ver el sol reflejado en las casas de madera o a escuchar el canto de los riachuelos de montaña que pasaban junto a la puerta de su casa, descendió hacia el gran Gratuvask.

Tampoco volvería a estar en el porche durante las despejadas y oscuras noches de primavera, ni vería las luces del cielo, las brillantes luces norteñas que había observado desde su juventud, ni los enfermizos e insanos brillos que ahora se destacaban en el oscuro rostro del Pico de las Tormentas. Aquellas cosas habían desaparecido para él. El camino que tenía por delante era liso, pero había poca alegría en él.

Sin embargo, no todo estaba claro, ni siquiera ahora. Existía el preocupante sueño, el sueño del libro negro y de las tres espadas. Durante dos semanas, había estado penetrando en él mientras dormía, pero su significado continuaba ocultándose a sus intentos por desentrañarlo.

Sus pensamientos se vieron interrumpidos por un movimiento proveniente del sur, lejos, en la linde de los árboles que salpicaban las estribaciones occidentales de las colinas Wealdhelm. Dirigió una breve mirada hacia el lugar; luego asintió con lentos movimientos de cabeza y se incorporó.

Mientras volvía a colocarse el manto por encima de los hombros, el viento cambió de dirección; un instante después el apagado murmullo de un trueno descendió desde el norte. Volvió a repetirse, como si fuese el gruñido de un animal que se despierta de un largo sueño. Como un pequeño eco, pero procedente de otra dirección, el ruido de cascos de caballo iba aumentando de un murmullo hasta convertirse en un sonido que rivalizaba con el trueno.

Jarnauga recogió su jaula de pájaros y empezó a andar para salir al paso de los jinetes. Los sonidos fueron aumentando de intensidad a la par —el trueno que retumbaba desde el norte y el apagado repicar de cascos que se aproximaba desde el sur—, hasta que llenaron el blanco bosque con su frío retumbar, como música producida por tambores de hielo.

29

Cazadores y cazados

E
l estruendo del río llenaba, sus oídos. Durante una décima de
segundo Simón tuvo la impresión de que el agua era lo único
que se movía, y de que los arqueros que había en la otra orilla, Marya y él mismo, todos habían quedado congelados en
la inmovilidad a causa del impacto de la flecha que se alojaba en la
espalda de Binabik. Hasta que otro dardo pasó ante el pálido rostro de
la muchacha y fue a estrellarse ruidosamente contra una rota cornisa
de brillante piedra, las cosas no volvieron a adquirir un movimiento
frenético.

Sólo medio consciente de la carrera que habían emprendido los arqueros a través del río, Simón cubrió la distancia que lo separaba de la
joven y del gnomo con tres pasos. Se agachó para mirar a Binabik y una
extraña y aislada parte de su cerebro reparó en que los pantalones de
muchacho que vestía Marya aparecían desgarrados a la altura de las
rodillas. En ese momento sintió que una flecha perforaba su camisa e
iba a alojarse bajo su brazo. Al principio creyó que no lo había alcanzado, pero luego sintió una oleada de dolor que le iba subiendo por la caja
torácica.

Más dardos volaban a su alrededor, iban a parar contra las baldosas
del suelo y rebotaban sobre ellas como piedras en el agua. Simón cogió
al ahora silencioso gnomo en sus brazos, sintiendo la horrible y rígida
caña de la flecha entre los dedos. Se dio la vuelta, interponiendo su espada entre el hombrecillo y los arqueros —¡Binabik estaba tan páli-

do…!, ¡debía de estar muerto!—, y entonces se levantó. El dolor que sentía en las costillas lo volvía a quemar y se tambaleó, inseguro. Marya lo agarró del codo.

—¡Por la Sangre de Löken! —chilló Ingen; su lejana voz apenas era un murmullo en los oídos de Simón—. ¡Los vais a matar, idiotas! ¡Os dije que *los mantuvierais quietos allí*! ¿Dónde está el barón Heahferth?

Qantaqa corrió para unirse a ellos; la joven trató de alejar a la loba y tanto ella como Simón subieron las escaleras que conducían a Da'ai Chikiza. Un último dardo emplumado se estrelló contra el escalón que acababan de dejar, antes de que el aire volviera a quedar vacío y en calma.

—¡Heahferth está aquí, rimmerio! —gritó una voz en medio del clamor de los hombres armados.

Simón miró hacia atrás desde el escalón superior y sintió que el corazón se le paraba.

Una docena de hombres con uniforme de campaña llegaban corriendo y sobrepasaban a Ingen y sus arqueros para dirigirse hacia la Puerta de los Ciervos, el puente que él y sus compañeros habían pasado justo antes de desembarcar. El mismo barón cabalgaba tras ellos sobre su rojo caballo, sosteniendo una larga lanza por encima de la cabeza. No podían correr más que los soldados, pero, aunque así fuese, el caballo del barón los alcanzaría en un abrir y cerrar de ojos.

—¡Corre, Simón! —exclamó Marya, tirando del brazo del muchacho—. Debemos escondernos en la ciudad.

El chico sabía que no había esperanza, pues antes de que pudieran alcanzar el primer escondite los soldados estarían sobre ellos.

—¡Heahferth! —se oyó gritar a Ingen Jegger tras ellos, con una voz débil y monótona que se alzó por encima del estruendo del río—. ¡No podéis! ¡No seáis loco, erkyno, vuestro caballo…!

El resto de la frase se perdió entre el murmullo del agua; si Heahferth lo oyó, no pareció hacerle mucho caso. Un instante después el ruido metálico de las armaduras de los soldados que corrían por el puente fue enmudecido por el de los cascos del caballo del barón.

El estrépito de la persecución iba en aumento. Simón tropezó con una baldosa desenganchada del suelo y dio un traspié.

«Una lanza en la espalda… —pensó para sí, a media caída, y—: ¿Cómo ha podido suceder todo esto?» Entonces cayó sobre un hombro y rodó para proteger el cuerpo del gnomo.

Permaneció estirado sobre la espalda mirando los pedazos de cielo que se mostraban a través de las oscuras copas de los árboles. El no tan insustancial peso de Binabik le aprisionaba el pecho. Marya tiraba de la camisa del muchacho, tratando de conseguir que éste se incorporase. Simón quería decirle que ahora ya no tenía importancia, que ya no valía la pena, pero mientras se incorporaba con la ayuda del codo, levantando el cuerpo del gnomo con el otro brazo, vio las extrañas cosas que sucedían abajo.

En medio del largo y arqueado puente, Heahferth y sus hombres se habían detenido —no, eso no resultaba del todo correcto, se *balanceaban*—; los soldados se agarraban a los bajos pasamanos y el barón se encaramaba sobre su caballo. Sus rasgos no resultaban del todo nítidos a esa distancia, pero sus movimientos eran los de un hombre que se despierta sobresaltado. Un instante después, por alguna razón que Simón no llegó a descubrir, el caballo se encabritó y se lanzó hacia adelante; los hombres lo siguieron, corriendo todavía más deprisa que antes. A continuación —apenas un instante después del extraño movimiento—, el chico oyó un gran crujido, como si un gigante hubiese arrancado un árbol de raíz para utilizarlo como mondadientes. El puente pareció hundirse por la mitad.

Ante los sorprendidos y fascinados ojos de Simón y de Marya, la estilizada Puerta de los Ciervos se vino abajo, primero en su parte central; grandes piedras se desprendieron para caer formando grandes remolinos en el agua. Durante unos instantes dio la impresión de que Heahferth y sus soldados conseguirían alcanzar la orilla; entonces, como una sábana que se extendiera sobre la cama, el arco de piedra se plegó sobre sí mismo y envió una retorcida masa de brazos, piernas, pálidos rostros y un animal debatiéndose por encima de los destrozados bloques de cuarzo transparente a desaparecer entre masas de agua verde y blanca espuma. Instantes después la cabeza del caballo del barón volvió a emerger algunas anas corriente abajo, con el cuello erguido sobre la superficie; después volvió a ser tragada por la rápida corriente.

Simón dirigió la mirada a la base del puente. Los dos arqueros aparecían arrodillados, mirando el torrente; la negra figura de Ingen permanecía tras ellos, observando a los muchachos. Daba la impresión de que sus pálidos ojos apenas se encontraban a escasas pulgadas...

—¡*Levántate!* —gritó Marya, tirando del pelo a Simón.

El muchacho liberó su mirada de la de Ingen Jegger con lo que le pareció casi un tirón palpable, como una cuerda que se destensase. Se incorporó, balanceando su pequeña carga, y se volvieron para dirigirse hacia las altas sombras de Da'ai Chikiza.

A Simón le dolieron los brazos al cabo de cien pasos, y sentía como si un cuchillo le fuese penetrando por el costado; luchó para andar a la altura de la muchacha mientras seguían a la loba a través de las ruinas de la ciudad sitha. Era como correr a través de una gruta llena de árboles y carámbanos, un bosque de reflejos verticales y de oscura y mohosa podredumbre. Por todas partes se veían azulejos partidos, y rotas y grandes telarañas cruzaban a través de hermosas y desmenuzadas arcadas. El chico se sintió como si hubiese sido tragado por algún increíble ogro con las entrañas de cuarzo, jade y nácar. Los sonidos provenientes del río les llegaban apagados; el de su propia y trabajosa respiración competía con el arrastrar de sus pies.

Al cabo de un rato pareció que alcanzaban las afueras de la ciudad: los altos árboles, abetos, cedros y pinos gigantescos, aparecían muy apretados, y los suelos de baldosas que habían encontrado por todas partes se convertían ahora en caminitos que serpenteaban a los pies de los gigantes del bosque. Simón dejó de correr. Su visión estaba oscurecida en los bordes. Se quedó quieto y sintió que la tierra daba vueltas a su alrededor. Marya lo cogió de la mano y lo condujo hasta una piedra invadida por la hiedra que el muchacho, con la vista parcialmente recuperada, reconoció como un pozo. Depositó suavemente a Binabik sobre el paquete que había llevado Marya, acomodándolo en la áspera ropa, y después se apoyó sobre el borde del pozo para tratar de recuperar el aliento. El costado continuaba palpitándole.

La joven se agachó junto al hombrecillo y apartó el hocico de la loba, que parecía llamar a su amo mediante suaves golpes. Qantaqa reculó un paso, emitiendo una especie de gemido de incomprensión; después se echó en el suelo con el hocico reclinado entre las patas.

Simón notó que sus ojos se llenaban de cálidas lágrimas.

—No está muerto.

El chico miró a Marya y después al pálido rostro de Binabik.

—¿Qué? —preguntó—. ¿Qué quieres decir?

—Que no está muerto —repitió la muchacha sin alzar la mirada.

Simón se arrodilló junto a ella. Tenía razón. El pecho del gnomo se movía casi imperceptiblemente y una especie de espuma sanguinolenta aparecía de forma intermitente, cayendo por su labio inferior.

—¡Jesuris Aedón! —Posó la mano sobre la frente del hombrecillo—. Tenemos que extraerle la flecha.

Marya lo miró.

—¿Estás loco? ¡Si lo hacemos, la vida se le escapará! ¡No tendrá ninguna oportunidad!

—No. —El joven movió la cabeza—. El doctor me lo dijo. Estoy seguro de que lo hizo, pero, de todas formas, no sé si podré conseguirlo. Ayúdame a quitarle la chaqueta.

Después de intentar quitarle la ropa con infinito cuidado, llegaron a la conclusión de que era imposible hacerlo sin antes extraerle la flecha. Simón maldijo. Necesitaba algo con que cortar la chaqueta, algo afilado. Cogió el bolso por una correa y empezó a rebuscar en el interior. Incluso en medio del dolor y el pesar que sentía se consideró gratificado al descubrir la Flecha Blanca, todavía envuelta en la tela. La extrajo y empezó a deshacer el nudo.

—¿Qué haces? —preguntó Marya—. ¿Es que no hemos tenido suficientes flechas?

—Necesito algo afilado con que cortar —gruñó—. Es una lástima haber perdido parte de los útiles de Binabik…, la parte en la que tenía un cuchillo.

—¿Es *esto* lo que buscas?

La muchacha metió la mano en la camisa y extrajo un pequeño cuchillo con una funda de piel, que colgaba de un cordel alrededor de su cuello.

—Geloë me dijo que debía llevarlo —explicó, quitándoselo y alargando el objeto a Simón—. Pero no es de mucha ayuda contra arqueros.

—Y los arqueros tampoco son lo suficientemente hábiles como para mantener los puentes en pie, gracias a Dios.

El chico empezó a cortar la engrasada piel de la chaqueta.

—¿Crees que eso es todo lo que ha ocurrido? —preguntó Marya al cabo de unos instantes.

—¿A qué te refieres? —jadeó él.

Era un trabajo difícil, pero había empezado a cortar la prenda desde abajo y la herida de la flecha se mostró, revelando una fea masa de sangre coagulada. Simón siguió empujando la hoja hacia el cuello de la chaqueta.

—Que el puente… se cayó solo. —La joven miró hacia la luz que se filtraba a través del verdor de los árboles—. Tal vez los sitha estuvieran enfadados por lo que estaba ocurriendo en su ciudad.

Simón apretó los dientes y cortó el último trozo de ropa.

—Los sitha que están vivos ya no habitan aquí, y si es cierto que no mueren, tal y como me explicó el doctor, quiere decir que no hay ningún tipo de espíritus que haga que se caigan los puentes. —Removió las partes cortadas de la chaqueta e hizo un gesto de dolor. La espalda del gnomo estaba cubierta de sangre seca—. Ya oíste cómo el rimmerio gritaba a Heahferth; no quería que pasase con el caballo sobre el puente. ¡Y ahora déjame pensar, maldita sea!

Marya alzó la mano como para golpearlo; el chico levantó la mirada y sus ojos se encontraron. En ese instante se dio cuenta de que la muchacha había llorado.

—¡Te he dado mi cuchillo! —exclamó.

Simón agitó la cabeza, confuso.

—Es que puede que… ese demonio de Ingen haya encontrado otro lugar por donde cruzar. Todavía le quedan dos arqueros, y quién sabe qué habrá sido de los mastines…, y…, y este hombrecillo es mi amigo —dijo, y se volvió hacia el ensangrentado gnomo.

Marya guardó silencio durante algunos instantes.

—Lo sé —añadió finalmente.

La flecha había penetrado por un costado, a un palmo de distancia de la columna vertebral. El muchacho ladeó cuidadosamente el cuerpo y pudo deslizar su mano por debajo. Sus dedos encontraron la afilada cabeza de la saeta sobresaliendo justo por debajo del brazo de Binabik, cerca de las costillas.

—¡Demonios! ¡Lo ha atravesado por completo! —Simón trató de pensar frenéticamente—. Un momento…, un momento.

—Rompe la punta —sugirió ella, ahora con la voz más tranquila—. Después podrás extraerla con más facilidad, si es que estás seguro de que debes hacerlo.

—¡Pues claro que sí! —El joven se sentía algo mareado—. Claro que sí.

Le costó un poco cortar la flecha a la altura de la punta, pues el cuchillo no parecía estar muy afilado. Cuando acabó, Marya lo ayudó a volver a colocar a Binabik en la posición en que la saeta podía ser más fácilmente extraída. Después, tras elevar una silenciosa plegaria a Aedón, la sacó a través de la herida producida por su entrada. Un montón de sangre acompañó la extracción. Simón se quedó mirando el odiado objeto durante unos instantes y después lo arrojó lejos. Qantaqa levantó su cabezota para observar el vuelo de la flecha, emitió un gruñido y volvió a dejarse caer.

Vendaron a Binabik con la tela en la que había permanecido envuelta la Flecha Blanca, junto con unas cuantas tiras de su arruinada chaqueta. Después Simón cogió al gnomo, que seguía respirando con dificultad, y lo apretó contra sí.

—Geloë dijo que teníamos que remontar la Escalera. No sé dónde puede estar, pero será mejor continuar hacia las colinas —dijo.

Marya asintió.

Los destellos del sol que perforaban las altas copas de los árboles les anunciaron que casi era mediodía al dejar el pozo. Caminaron con rapidez a través de las afueras de la decadente ciudad, y una hora después el terreno empezaba a subir bajo sus cansados pies. El gnomo volvió a convertirse en una pesada carga. Simón era demasiado orgulloso como para decir algo, pero sudaba profusamente y su espalda, así como los brazos, empezaban a dolerle tanto como su herido costado. Marya sugirió que hiciese unos agujeros en las bolsas para meter las piernas de Binabik y así poder llevarlo más fácilmente. Después de pensarlo, el muchacho descartó la idea. Primero, porque significaría demasiado movimiento para el herido e inconsciente hombrecillo; y, segundo, porque tendrían que abandonar algo de equipaje, y la mayor parte de él era comida.

Cuando la suave pendiente empezó a cambiar para convertirse en duras vertientes llenas de maleza y cardos, Simón hizo una seña a Marya para indicarle que se detuviesen a descansar. El joven depositó al gnomo en el suelo y permaneció en pie, con las manos en las caderas y jadeando mientras trataba de recuperar el aliento.

—Debemos…, debemos… Yo…, yo tengo que… descansar —dijo entrecortadamente.

La muchacha miró su enrojecido rostro con simpatía.

—No puedes cargar con él hasta la cima de las colinas, Simón —dijo con amabilidad—. Parece que más adelante el camino se vuelve todavía más escarpado. Necesitarás las manos para trepar.

—Es… mi amigo —respondió él con sequedad—. Puedo… hacerlo.

—No, no podrás. —Marya movió la cabeza—. Si no utilizamos la bolsa para llevarlo, entonces… —Hundió los hombros, y se sentó sobre una roca—. No sé lo que *debemos* hacer, pero hay que hacer algo —acabó de decir.

Simón se sentó junto a ella. Qantaqa había desaparecido colina arriba, saltando con agilidad por donde a ellos les tomaría largos minutos continuar.

De repente, se le ocurrió una idea.

—¡Qantaqa! —llamó, incorporándose y dejando caer el bolso en el suelo—. ¡Qantaqa! ¡Ven aquí!

Trabajaron enfebrecidos, con el mudo y compartido pensamiento de la figura de Ingen Jegger pendiendo sobre ellos. Simón y Marya envolvieron de pies a cabeza a Binabik en el manto de la muchacha; después lo pusieron boca abajo sobre el lomo de Qantaqa y lo sujetaron al saco con las últimas tiras de tela. El chico recordó la posición de su involuntaria cabalgada hacia el campamento del duque Isgrimnur, pero sabía que si el grueso manto estaba entre las costillas de Binabik y el lomo de la loba, el hombrecillo podría respirar. También sabía que no era una posición correcta para un herido y, probablemente, moribundo gnomo, pero ¿qué más podía hacer? Marya tenía razón; necesitaría las manos para subir la pendiente de la colina.

Una vez que Qantaqa dejó de mostrarse nerviosa, permaneció quieta mientras los jóvenes empezaron a trabajar sobre el arnés. De vez en cuando giraba la cabeza para olfatear el rostro de Binabik, que pendía en uno de sus costados. Cuando los muchachos empezaron a ascender la pendiente, la loba dio sus primeros pasos con mucho cuidado, como si fuese consciente de la importancia que tenía para su silenciosa carga que ella mantuviese un paso uniforme.

Ahora iban más rápidos; andaban sobre piedras y viejos troncos de los que saltaba parte de la corteza bajo su peso. La brillante bola del sol, envuelta en nubes, que se colaba a través de las ramas, ya se dirigía hacia su morada occidental. La cola gris y blanca de la loba flotaba como si fuese una voluta de humo ante los ojos de los chicos, inundados por el sudor. Simón se preguntó dónde se hallarían cuando oscureciera, y qué hallarían ellos en esa misma oscuridad.

El camino se había hecho muy escarpado y ambos, Simón y Marya, se llenaron de arañazos producidos por la densidad de la maleza. Al final llegaron tambaleantes a un claro, libre de arbustos, que había en la vertiente de la colina. Se sentaron agradecidos en el polvoriento camino. Qantaqa los miró como si no le importase continuar por la estrecha pista llena de hierbas, pero en vez de seguir se echó junto a ellos, con la lengua colgando fuera de la boca. Simón desató al gnomo del improvisado arnés. El estado del hombrecillo parecía no haber experimentado ningún cambio y su respiración continuaba siendo muy débil. El muchacho escanció un poco de agua de la bota en la boca de su amigo y luego se la pasó a Marya. Cuando ella hubo acabado de beber, Simón formó un cuenco con sus manos, que la joven llenó de agua, y se dirigió a Qantaqa. Después bebió él algunos tragos directamente de la bota de piel.

—¿Crees que esto es la Escalera? —preguntó Marya mientras pasaba una mano por su negro cabello humedecido.

Simón sonrió débilmente. ¡Qué muchacha, se arreglaba el cabello hasta en medio del bosque! Marya tenía el rostro arrebolado, y el chico advirtió que aquello hacía desaparecer las pecas del puente de su nariz.

—Más parece ser una pista de ciervos o algo parecido —respondió, desviando su atención hacia donde continuaba el sendero por el flanco de la colina—. Creo que la Escalera es una cosa sitha, según dijo Geloë, pero opino que deberíamos seguir por aquí, al menos durante un tiempo.

«La verdad es que no está muy delgada —pensó—. Más bien es lo que se llama delicada.» Simón recordó cómo la muchacha se levantaba para apartar las ramas que molestaban su paso por el río y sus rudas canciones fluviales. No, tal vez «delicada» tampoco fuese la palabra.

—Prosigamos —dijo ella, rompiendo los pensamientos del chico—. Tengo hambre, pero preferiría no estar al descubierto cuando se ponga el sol.

La muchacha se puso en pie y empezó a recoger las tiras de tela para volver a colocar a Binabik en su montura; ésta aprovechaba sus últimos instantes de libertad para rascarse detrás de la oreja.

—Me gustas, Marya —se descolgó Simón, y luego quiso darse la vuelta y correr, hacer *algo*.

En lugar de eso se quedó valientemente donde estaba, y un instante después la joven lo miró, con una sonrisa en los labios, ¡y con el aspecto de ser *ella* la que se encontraba turbada!

—Me alegro —fue todo lo que respondió.

Luego empezó a andar por la pista de ciervos para dejar que Simón, con manos torpes, colocase a Binabik sobre Qantaqa. De repente, mientras acababa de dar la última lazada bajo el velludo vientre de la paciente loba, el chico dirigió una mirada al pálido rostro del gnomo, tan rígido como si estuviera muerto, y se sintió enfadado consigo mismo.

«¡Qué cabezahueca que estás hecho! —pensó—. Uno de tus mejores amigos se está muriendo, estás perdido en medio de la nada, te persiguen hombres armados y tal vez cosas peores, y aquí estás: ¡tonteando con una escuálida sirvienta! ¡Eres un idiota!»

No dijo nada cuando alcanzó a Marya, pero la expresión de su rostro debió indicarle algo, pues la muchacha lo miró con ojos pensativos y empezó a andar con grandes zancadas sin decir ni una palabra.

El sol se había hundido tras las cimas de las colinas cuando el camino de ciervos empezó a ensancharse. Un cuarto de legua después se convirtió en una ancha y llana pista que parecía haber sido utilizada en alguna ocasión como camino de carros, aunque hacía ya mucho tiempo que debía de haber sido abandonada a la acción de los arbustos. Otras pequeñas pistas se abrían a los lados, y más bien parecían grietas abiertas en un terreno lleno de maleza y árboles. Llegaron a un lugar donde aquellos caminitos se unían al suyo, y a unas cien anas se encontraron andando de nuevo sobre viejas baldosas. Poco después llegaron a la Escalera.

El ancho y adoquinado camino cortaba en perpendicular el sendero que ellos habían seguido y subía serpenteando por la escarpada colina en lo que parecía una difícil travesía. Altas hierbas se abrían paso entre las rotas baldosas grises y blancas, y en algunos lugares habían crecido altos árboles justo en medio del camino; éstos arrancaban las baldosas a medida que sus troncos iban aumentando de dimensiones, así que cada uno de ellos aparecía rodeado por pequeños montones de adoquines desenterrados.

—Y éste nos llevará a Naglimund —dijo Simón, más para sí mismo que para la muchacha.

Eran las primeras palabras que pronunciaba tras el largo período en que había permanecido en silencio.

Marya estuvo a punto de contestar algo cuando sus ojos se vieron atraídos por algo que había en la cima de la colina. Trató de vislumbrar lo que era, pero el brillo había desaparecido.

—Simón, creo que he visto brillar algo allí arriba —señaló la cresta de la colina, a algo más de una legua por encima de ellos.

—¿Qué era? —preguntó él.

La joven se encogió de hombros.

—Tal vez una armadura, si es que el sol puede producir reflejos a estas alturas del día —se respondió para sí Simón—, o tal vez las murallas de Naglimund, o…, o quién sabe… —El muchacho volvió a mirar hacia arriba, entrecerrando los ojos—. No podemos apartarnos del camino —añadió, al cabo de un instante—. No hasta haber recorrido un poco más de terreno y mientras haya luz. No me lo perdonaré nunca si no llevamos a Binabik a Naglimund, sobre todo si…, si…

—Ya lo sé, Simón, pero no creo que podamos llegar hasta la cima antes de que anochezca. —Marya dio una patada a una piedra, que rodó hasta quedar frenada por un matorral que había junto a las baldosas. Hizo un gesto de amargura—. Tengo más ampollas en un pie de las que he tenido en total durante toda mi vida. Y tampoco creo que a Binabik le convenga ir sobre el lomo de la loba durante toda la noche —miró a Simón a los ojos—, si es que para entonces todavía vive. Has hecho todo lo humanamente posible, Simón. No es culpa tuya.

—¡Ya lo sé! —replicó él con amargura—. Sigamos andando. Podemos continuar hablando mientras nos movemos.

Reemprendieron la marcha y no pasó mucho tiempo antes de que las sabias palabras de Marya se hicieran obvias. También Simón estaba tan maltrecho y lleno de ampollas que deseaba tenderse en el suelo y llorar. Se trataba de un Simón diferente: el que había vivido su vida de chico de castillo en el laberíntico Hayholt se habría tendido en una piedra y habría pedido comida y poder dormir. Ahora era alguien diferente: estaba herido, pero había cosas que eran más importantes, aunque tampoco podía ser beneficioso seguir tal y como se encontraban.

Incluso Qantaqa empezó a sentir molestias en una de las patas. Simón estaba dispuesto a ceder cuando Marya vislumbró otra luz en la colina. En aquella ocasión no se trataba de un reflejo del sol, ya que la penumbra descendía sobre las pendientes.

—¡Antorchas! —rugió Simón—. ¡Jesuris! ¡¿Por qué tiene que ocurrir ahora, justo ahora que estábamos a punto de llegar?!

—Quizá precisamente por eso. Ese monstruo de Ingen debe de haberse dirigido a lo alto de la Escalera para esperarnos. ¡Tenemos que apartarnos del camino! —dijo Marya.

Con el corazón destrozado los muchachos abandonaron la pavimentada Escalera y se dirigieron a un barranco que continuaba a lo ancho de la colina. Corrieron a toda prisa, tropezando a causa de lo poco que podían ver con el sol ya al otro lado de los montes, hasta que encontraron un pequeño claro, no más ancho que la altura de Simón, protegido por un grupo de jóvenes abetos.

Cuando miró por última vez antes de esconderse en el abrigo de la espesura. Simón vio el brillo de algunas antorchas más en la cima de la colina.

—¡Ojalá ardan en el Infierno esos bastardos! —rugió jadeante, y se agachó para desatar a Binabik del lomo de Qantaqa—. ¡Aedón! ¡Jesuris Aedón! ¡Cómo desearía tener una espada o un arco!

—¿Vas a desmontar a Binabik? —susurró Marya—. ¿Y si tenemos que volver a correr?

—Entonces cargaré con él. Además, si debemos correr, más vale que nos entreguemos ahora. Yo creo que no podría dar ni quince pasos más. ¿Y tú?

La muchacha movió tristemente la cabeza de lado a lado.

Bebieron por turnos de la bota de agua mientras Simón masajeaba las muñecas y los tobillos del gnomo, tratando de hacer que la sangre circulase por sus frías extremidades. El hombrecillo parecía respirar mejor, pero el chico no tenía muchas esperanzas de que eso durase. Una pequeña capa de saliva entremezclada con sangre aparecía y desaparecía por entre los labios del gnomo cada vez que respiraba, y, cuando Simón le levantó los párpados para mirarle los ojos, como había visto hacer al doctor Morgenes con una pálida sirvienta, el blanco de los globos oculares parecía más bien gris.

Mientras Marya trataba de encontrar algo para comer en las bolsas, Simón intentó levantar una de las patas de Qantaqa para ver por qué cojeaba. La loba dejó de jadear para mostrarle los dientes y gruñir de manera harto convincente. Cuando trató de seguir con su investigación, el animal le golpeó la mano y cerró sus mandíbulas a apenas una pulgada de los dedos del joven. Este casi había olvidado que *era* una loba, y se había acostumbrado a tratarla como si fuese uno de los perros de Tobas. Simón le agradeció a Qantaqa que se lo recordase con tanta suavidad. La dejó sola mientras se lamía las heridas con la lengua.

La luz se iba debilitando, y empezaron a aparecer las primeras estrellas en la espesa oscuridad que se extendía sobre sus cabezas. El muchacho masticaba un trozo de una dura galleta que Marya había encontrado para él, y deseó tener una manzana o cualquier cosa que tuviese zumo, cuando un ruido lejano empezó a elevarse por encima de la canción de los primeros grillos. Ambos se miraron, y después, como una confirmación que realmente no necesitaban, dirigieron sus ojos a Qantaqa. Las orejas de la loba se habían erguido y sus ojos estaban alerta.

No había necesidad de nombrar a las criaturas que producían los lejanos aullidos. A ambos les resultaba familiar el sonido de los mastines de caza ladrando a pleno pulmón.

—¿Qué vamos…? —empezó a preguntar Marya, pero Simón movió la cabeza.

Golpeó el tronco de un árbol con su puño, lleno de frustración, y con mirada ausente vio manar la sangre de sus pálidos nudillos. En unos minutos estuvieron rodeados por una completa oscuridad.

—No hay nada que podamos hacer —siseó—. Si corremos, haremos que tengan que seguir más de una pista.

El muchacho deseaba volver a golpear su puño contra algo, romper lo que fuera. Simón, estúpido, estúpido, toda esta maldita aventura, ¿para acabar así?

Se sentó lleno de rabia. Marya se acercó a él y le levantó el brazo para descansar su cabeza sobre el hombro del chico.

—Tengo frío —fue todo lo que dijo.

Simón apoyó la cabeza sobre la de la joven, y lágrimas de miedo y frustración llenaron sus ojos mientras escuchaba los ruidos provenientes de la cima de la colina. Ahora creyó oír voces de hombres que gritaban entre el ruido de los aullidos. ¡Lo que hubiera dado por una espada! A pesar de que no estaba familiarizado en absoluto con su uso, cuando menos les habría causado algún daño antes de ser atrapado.

Con mucho cuidado levantó la cabeza de Marya de su hombro y se inclinó hacia adelante. Como recordaba, el bolso de piel de Binabik estaba en el fondo del fardo. Introdujo la mano en él y empezó a rebuscar con los dedos, a tientas, en la oscuridad del pequeño claro.

—¿Qué es lo que haces? —preguntó la muchacha.

Finalmente encontró lo que buscaba y cerró la mano sobre ello. Algunos de los sonidos llegaban ahora desde la parte norte de la colina, casi al mismo nivel de la vertiente. La trampa se iba cerrando.

—Sujeta a Qantaqa —dijo Simón.

El muchacho se incorporó y gateó una corta distancia, registrando los arbustos hasta que encontró una rama partida de buen tamaño, una rama gruesa, más gruesa que su brazo. La trajo hasta el claro y sobre ella dejó caer la bolsa de polvo de Binabik, como nieve sobre un tronco.

—Hago una antorcha —respondió, y sacó los pedernales del gnomo.

—¿No los atraerá justamente hasta nosotros? —preguntó la joven, con una nota de curiosidad en la voz.

—No la voy a encender hasta que sea necesario —replicó Simón—, pero al menos tendremos algo…, algo con que luchar.

El rostro de Marya estaba en las sombras, pero el chico sentía sus ojos sobre él. La muchacha sabía exactamente el bien que les reportaría un gesto de aquel tipo. Simón esperó —y la esperanza era muy fuerte— que ella pudiera entender por qué era algo necesario.

El feroz aullido de los perros se acercaba cada vez más. El joven oía el ruido que producían los arbustos al ser abatidos y apartados, así como las voces de los cazadores. Los crujidos de las ramas aumentaron de volumen y se acercaban a ellos con sorprendente rapidez; le pareció que no se debían a los perros. Simón golpeó piedra contra piedra con el corazón en un hilo. Debía de tratarse de hombres a caballo. El polvo chispeó pero no llegó a prender. Los matorrales crujían como si fuesen aplastados por las ruedas de un carro.

«¡Prende, maldita sea, prende!»

Algo resultó aplastado en la espesura que había justo por encima del lugar en que se escondían. La mano de Marya se agarró a su brazo con tanta fuerza que le hizo daño.

—¡Simón! —gritó la muchacha.

En ese momento el palo chisporroteó y se encendió; una flamígera oleada de color anaranjado apareció en el borde de la rama. Simón se levantó llevándola con el brazo extendido y las llamas crepitando. Algo se abrió camino por entre los árboles. Qantaqa se liberó de Marya y aulló.

«¡Pesadilla!»

Eso fue todo lo que Simón pensó cuando levantó la antorcha; las llamas iluminaron la cosa que permanecía entre los árboles, que se asustó y retrocedió.

Se trataba de un gigante.

En el horroroso y paralizador instante que siguió, la mente del chico luchó para comprender lo que veía, la cosa que se elevaba ante él que se movía a la luz de la antorcha. Al principio pensó que se trataba de alguna clase de oso, pues estaba cubierta por un pálido y lanudo pelo. Pero no, las piernas eran demasiado largas, y los brazos y negras manos resultaban demasiado humanas. La punta de la peluda cabeza se elevaba tres codos por encima de Simón cuando la cosa se inclinó, doblando la cintura, para mirar con unos ojos incrustados en un rostro pellejudo y de apariencia humana.

Los ladridos se oían provenientes de todas partes, como si se tratase de la fantasmal música producida por un coro de demonios. La bestia extendió un largo brazo acabado en una garra, sujetó a Simón por el hombro e hizo que se tambalease hasta casi conseguir que la antorcha cayese de su mano. El resplandor iluminó brevemente a Marya que, con los ojos desorbitados de terror, se agachaba sobre el cuerpo de Binabik, tratando de apartarlo del paso.

El gigante abrió la boca y *tronó* —pues ésa era la única palabra posible para describir el rugido que emitió— para volver a abalanzarse sobre Simón. Éste saltó y tropezó con algo, pero, antes de que la cosa pudiese avanzar hacia él, el rugido que salió de su pecho se convirtió en un aullido de dolor. Tambaleante, se inclinó hacia adelante.

Qantaqa lo había mordido por detrás de una velluda rodilla, y era como una gris sombra tratando de volver a saltar sobre las piernas del gigante. La bestia rugió y trató de desembarazarse de la loba. Al segundo intento la atrapó con su gran manaza; Qantaqa dio varios tumbos entre los arbustos.

El gigante volvió a dirigir su atención sobre Simón, pero cuando éste levantaba desesperado la antorcha ante él, viendo la parpadeante luz reflejada en aquellos brillantes ojos negros, una masa de formas llego a través de los matorrales, aullando como el viento al pasar entre mil altos torreones. Hervían alrededor del monstruo como un océano de cólera. Eran perros, perros que aparecían por todas partes, lanzándose y mordiendo a la criatura que rugía con su voz de trueno. Movió los brazos como un molinete y cuerpos rotos cruzaron los aires; uno de ellos golpeó a Simón, que cayó al suelo, y la antorcha escapó de sus manos. Por cada mastín que el gigante hacía caer, cinco más ocupaban su lugar.

El muchacho se arrastró en busca de la antorcha, con la mente llena de insanas y enfebrecidas imágenes, y de repente la luz se hizo en todo el lugar. La vasta forma de la bestia reculó por el claro, rugiendo, y entonces aparecieron los hombres a caballo y la gente que gritaba. Una oscura sombra cayó sobre Simón, apartando la antorcha una vez más.

Un caballo se detuvo a escasos centímetros y su jinete se mantuvo en la silla con una larga lanza que brillaba aquí y allá a la luz de las llamas. Un momento después la lanza se convirtió en un gran clavo negro que sobresalía del pecho del asediado gigante, quien daba los últimos rugidos y se derrumbaba bajo un convulsionado manto de mastines.

El jinete desmontó. Hombres con antorchas corrieron junto a él para apartar a los perros; la luz reveló las facciones del individuo y Simón se incorporó sobre una rodilla.

—¡Josua! —exclamó, y cayó de bruces.

La última visión que tuvo fue la del rostro del príncipe, iluminado por la luz amarillenta del fuego, cuyos ojos aparecían muy abiertos y llenos de sorpresa.

El tiempo transcurrió a través de instantes llenos de oscuridad y vigilia. Simón montaba un caballo por delante de un silencioso hombre que olía a cuero y sudor. El brazo del sujeto lo cogía con fuerza por la cintura mientras serpenteaban por la Escalera.

Los cascos del caballo repicaron sobre las piedras, y se encontró observando el vaivén de la cola del animal, que se agitaba ante él. Había antorchas por todas partes.

Simón buscaba a Marya y a Binabik, a todos los demás... ¿Dónde estaban?

Una especie de túnel se había formado a su alrededor, y las paredes de piedra reproducían el palpitar de su corazón. No, no eran latidos: eran *cascos de caballo*. El paso subterráneo parecía extenderse hacia el infinito.

Una gran puerta de madera empotrada en la piedra se alzaba ante ellos. Se abrió lentamente, y la iluminación proveniente de las antorchas se esparció hacia el exterior como el agua al abrir las compuertas de una presa. Las formas de muchos hombres aparecieron a la luz de la entrada.

Ahora descendían por una larga pendiente, ya a cielo abierto, con los caballos en fila india, como una brillante serpiente de fuego que se extendía por el camino tan lejos como alcanzaba a ver. Todo lo que había a su alrededor era un campo de tierra yerma, sólo interrumpido por desnudas barras de hierro.

Abajo se veían los muros delimitados por la luz de más antorchas y los centinelas en sus puestos, observando a la procesión que descendía de las colinas. Las paredes de piedra se encontraban ante ellos, ahora al mismo nivel y luego ya por encima de sus cabezas, como si siguieran un camino que condujera a las profundidades de la tierra. El cielo nocturno estaba oscuro como el interior de un barril, pero moteado de estrellas.

Con la cabeza fluctuando de un lado a otro, Simón se encontró deslizándose de nuevo hacia el sueño o hacia el interior del oscuro cielo: era difícil asegurar de cuál de las dos cosas se trataba.

«Naglimund», pensó, cuando la luz de las antorchas se reflejó en su rostro, y los hombres gritaron y cantaron desde los muros. Entonces se apartó de la luz y la oscuridad lo envolvió como un manto de polvo de ébano.